이화여자대학교 국어문화원 연구총서 9

한국문학의 SF적 전회와 윤리적 사변들

이화여자대학교 국어문화원
연구총서 9

한국문학의 SF적 전회와 윤리적 사변들

연남경
공라현
김선빈
김소정
오해인
이지연
임혜민
정우주
조하린
표유진
황정혜
황희재

역락

창간사

　이화여자대학교 '국어문화원'은 1972년 11월 25일 인문과학대학 부설연구소로 설립된 '한국어문학연구소'를 전신으로 하여 국어문화의 실용화를 아우르고자 2008년 5월 국어상담소를 흡수하면서 탄생하였다. 따라서 그 기반은 이화여자대학교 국어국문학전공의 전임교수와 대학원 이상 출신 연구원을 중심으로 한국어학·고전문학·현대문학 분야의 축적된 연구 성과에 있다고 할 수 있다.

　그런데 '한국어문학연구소'가 '국어문화원'으로 개칭되면서부터는, 안팎으로 연구 성과보다는 실용화에 무게가 옮겨진 것이 사실이다. 그러나 이론적 토대가 없는 실용화는 다만 시의(時宜)를 쫓는 데 급급할 뿐 시대를 선도할 수 없는 사상누각(沙上樓閣)에 다름 아니다.

　이러한 점에서 '이화여자대학교 국어문화원 연구총서' 창간은 매우 중요한 의미를 갖는다고 할 수 있다. '국어문화원'이 그 전신인 '한국어문학연구소'가 지향하던 국어학·고전문학·현대문학의 심도 있는 연구 성과를 양분으로 삼아 시대적 요구에 부응하고 있다는 사실을 노정(露呈)하는 구체적인 결실이 바로 연구총서 창간이라고 할 수 있기 때문이다.

　오늘은 연구총서의 창간을 선포하였지만 이 연구총서의 지속적인 발간이 '한국어문학연구소'의 전통을 발전적으로 계승한다는 것을 의미함과 동시에 머지않아 자료총서 창간, 학위논문총서 창간 등으로 확대될 수 있기를 기원하는 바이다.

2015년 7월 31일
이화여자대학교 국어문화원 원장 최형용 삼가 적음.

한국문학사 최초로 SF의 시대가 도래하였다. 김초엽의 『우리가 빛의 속도로 갈 수 없다면』(2019)이 20만 부 이상 팔린 것을 계기로 문학이 다시 베스트셀러의 반열에 올랐다. 많은 독자들의 사랑을 받고 해외에서도 인정받으며 다른 매체로의 확장도 이루어지고 있는 SF는 현재 한국문학의 미래로서 호명되고 있다.

우리 시대의 문학은 현실을 '재현(represent)'하는 데 그치지 않고, 현실을 '재발명(revision)'하려 한다. 이때 SF는 사변(思辨)과 외삽(外揷)을 통해 작동하는 사고실험으로서 관성적 사고에서 벗어날 수 있는 가능성을 제공해준다. 특히 인간 주체(자유주의적 개인)에 초점이 맞추어진 리얼리즘 소설은 기상이변, 환경오염과 같은 지구적 의제나 온라인 상의 가상현실, 하이테크의 산물 등을 담아내지 못하므로, 스케일을 달리하고 세계관을 새로 설정하기 위해서도 SF 플롯은 필요하다. 시대 변동에 따른 문학 양식의 변화와 사유의 전환이 요청된다는 말이다.

그렇기에 이 책은 현재 한국문학장에 찾아온 SF를 '과학소설(science fiction)'이자, 현실을 바꾸려는 사고실험이라는 점에서 '사변소설(specualtive fiction)'로 본다. SF의 창작 주체로서 여성 작가의 약진이 두드러지며, 그중에서도 가장 열렬하게 독자들의 지지를 받은 김보영, 김초엽, 정세랑, 천선란의 주요 작품을 다각도에서 면밀하게 살펴본다. 아울러 신해욱과 이원의 시, 정지돈의 소설, 듀나와 김승옥의 SF도 함께 검토한다. 이를 통해 기술 발전과 포스트휴먼 주체성에의 비판적 접근, 가상성과 정보–신체성을 통한 정신/신체 이분법의 횡단적 사유, 근대적 이원론과 인간중심적 개체주의를 넘어서서 생태학적 대안 세계에 이르는 공생의 방법, 코로나 팬데믹 현상에 따른 근대 면역학의 한계와 긍정적 생명정치의 가능성에 주목한다.

특히 페미니즘 리부트 이후, 영페미니스트 독자들이 SF를 읽는다는 점에서 현재의 한국문학장은 '김지영 현상'에 이은 'SF 현상'에 해당한다. 이는 텍스트 내적으로 순문학과 장르문학의 교차만이 아니라 텍스트 외부의 콘텍스트 차원에서 SF 팬덤과 영페미니스트 독자들의 교차도 이루어졌음을 뜻한다. 현재의 SF는 진입장벽을 낮추어 친절하고 쉽게 독자에게 다가간 한편 현실 변화의 강력한 장치로서 독자들에게 선택되었다. 이렇게 SF는 이중의 장점을 통해 페미니스트의 언어, 표현, 방법을 확장하는 역할을 해내고 있으며, 여성뿐 아니라 소수자, 퀴어, 장애의 문제와 접속하고, 나아가 인간중심주의의 자연-문화가 타자화한 로봇, 사이보그, 클론, 동물, 식물과 같은 비인간 존재들과 이어지고 공감하려 한다.

이렇게 이 책은 동시대 독자들의 행위성을 통해 부각된 SF의 특징과 다양한 윤리적 사변들을 다각도로 찾고자 하였다. 윤리적 사변들은 관계성을 생산하고 유연한 사고를 제공하기에, '지금-여기', 트러블과 함께하는 현실에 부분적으로 개입하고 보다 나은 미래를 모색하는 데 기여하기 때문이다.

책은 5부로 구성되어 있다. 1부 '한국문학×SF×페미니즘'에서는 과학소설과 일반소설, 그리고 페미니즘이 교차하는 현재 한국문학장의 변화 양상을 추적한다. 1장 <사변적 페미니즘으로 본 SF 현상과 연결됨의 윤리>는 현재 한국문학장에서 발견되는 'SF 현상'을 SF 팬덤과 페미니스트-독자들의 행위성이 맞물려 이루어진 '김지영 현상'을 잇는 후속 흐름으로 여기고, SF로 사회적 타자와 '연결된 독자'들의 행위성을 함께 살펴본다. 김보영의 「얼마나 닮았는가」는 접합의 사변을 통해 인간과 연결됨으로써 난민들을 구조하는 AI를 재발명하며, 정세랑의 「리셋」은 변신의 사변을 통해 여성의 지렁이-

기계-괴물-되기를 구현한다. 김초엽의 「오래된 협약」은 공생의 사변을 통해 개체주의의 환상에서 벗어나 상호 관계 맺기가 중요함을 알려준다. 이와 같은 'SF 현상'은 SF 장치의 힘을 통해 여성이 기대하는 대안적 현실을 모색하는 사변적 페미니즘에 해당한다.

2장 <여성 SF와 대안적 시공간의 상상>은 SF를 새롭게 써나가고 있는 최근 여성 작가 중 김초엽, 김보영, 윤이형의 작품에 나타나는 시공간의 사고 실험에 주목한다. 윤이형은 인간과 포스트휴먼이 공존하는 병렬적 시간관을 보여줌으로써 진보적 시간관에 의문을 제기하고, 과학의 기술과 인간의 희망이라는 이질성이 공존하는 혼종적 공동체를 제안한다. 과학자이면서 동시에 유색인 여성 혹은 노인이라는 교차적 정체성을 갖는 김초엽의 인물들은 근대적 휴머니즘이 각인된 몸의 한계를 기술적으로 넘어서고, 시공간을 확장함으로써 다양한 위치성에 기반한 체현적 지식들의 합으로 이루어진 집합 주체를 설정한다. 김보영의 소설은 '광속주행 플롯'을 통해 인간의 기원 혹은 우주의 원리는 전지전능한 아버지-유일신이 아니라 개별성을 잃지 않으면서도 가능한 여성적 공동존재임을 발견한다.

3장 <SF를 경유한 한국문학과 감수성의 변화>는 감수성의 차원에서 김승옥, 듀나, 천선란의 SF를 통과하며 변화하는 주체성의 양상을 통시적으로 살핀다. '감수성의 혁명'으로 한국문학에 근대적 개인의 탄생을 알린 김승옥의 <50年後, Dπ9記者의 어느날>(1970)은 인간(남성) 주체성의 상실을 우려하는 불안이 지배하는 서사로 남는다. 한편 1990년대 사이버공간에서 한국 SF를 장르문학으로 정립시킨 듀나는 반(反)인간주의의 세계관을 통해 근대 자유주의적 주체를 해체하고 문학장의 진정성 레짐을 넘어서서 페미니스트 시각을 확보한다. 『천 개의 파랑』(2020)에서 천선란은 감수성을 인간만의 전유물로 보는 대신 모든 감각하는 존재의 특징으로 확장하는 '포스트 감수성'을 보여주며, 대상을 타자화하고 자기와 구별 지음으로써 주체성을 확보했던 진정성의 주체와 결별한다.

2부에서는 한국 SF에 나타난 포스트휴먼 형상을 통해 근대적 인간을 성찰하고 '함께-되기'의 윤리로 나아가는 과정을 모색한다. 4장 <한국 SF소설에 나타난 포스트 바디 상상력>은 포스트휴머니즘 사회로의 이행에서 벌어질 수 있는 트랜스휴머니즘의 도전과 포스트휴머니즘의 혼종성을 살펴보고 있다. 정세랑의 「리틀 베이비블루 필」을 통해 트랜스휴머니즘적 발전이 인간 사이의 관계뿐만 아니라 상식을 붕괴시키고 사회 구조 자체에 직접적인 영향을 끼치는 모습을 발견하고, 김초엽의 「로라」에서는 근대의 인간관에서 비정상으로 규정되어온 타자들이 유동적이며 혼종적인 양태를 보이며 포스트휴머니즘적 주체성을 획득하는 장면을 확인한다. 이 글은 과학기술의 발전에 따라 전 지구적 문제로 지목되고 있는 인간의 위기를 고민해보고 한국 SF소설을 통해 가상의 미래를 탐색해 봄으로써 성찰적인 대안을 찾고자 한다.

5장 <신해욱 시에 드러난 '공-산(共-産)'의 감각>은 신해욱의 시에서 구현되는 '함께-되기'의 감각을 살피는 것을 목적으로 한다. 신해욱의 시는 인간인 '나'의 책임을 철저하게 인식하고 더불어 사는 삶을 그려낸다. 이는 '망가진 지구'에 대한 책임이 인간에게 있음을 알고 그것을 복구하기 위해 애쓰는 시적 주체를 통해 구체화 되며, 그러한 응전의 과정은 비인간 존재를 새롭게 인식하는 방향으로 열리게 된다. 나아가 이전과는 다른 방식으로 관계 맺기를 시도함으로써 포스트휴먼의 윤리를 탐구하는 사고실험의 과정을 추적하는 이 글은 신해욱 시의 '공-산(共-産)'의 감각을 구체적으로 살펴보고, 그것이 지닌 의미를 확인한다.

6장 <SF 소설에 나타난 인간과 비인간의 '함께-되기(becoming-with)' 연구>는 도나 해러웨이의 사유를 통해 천선란의 『천 개의 파랑』이 지향하는 인간과 비인간 존재 사이의 '함께-되기'의 관계성을 분석한다. 『천 개의 파랑』은 잉여의 죽임이 일상화된 현 세계에서 비인간 타자들의 죽음과 삶을 조명하고, 그들을 주체의 자리로 끌어올려 인간과 비인간 간의 수평적 공생과 공존을 모색한다. 또한 '하나의 호흡'으로 서로의 삶의 방식을 '천천히' 꿰맞춰 나가는 방법과 서로를 훈련시키는 양방향의 공감 과정을 독자에게 제시한다. 그래서『천 개의 파랑』은 필연적으로 발생하는 인간종의 수많은 시행착오와 치명적인 실수에도 불구하고 인간과 비인간 간의 긍정적 연대와 결속의 세계로 함께 나아갈 것을 촉구한다.

7장 <한국 SF로 그리는 포스트휴먼 주체-되기 실험>은 '인간-포스트휴먼 연속체'의 관점을 토대로 천선란의『랑과 나의 사막』을 읽어낸다. 인간과 포스트휴먼이 각각의 개체로서 분리된 것이 아니라 서로 연속성을 이루는 과정 중의 유목적 주체들이라는 논지는 오늘날의 '우리'에게 유의미한 시사점을 준다. 이는 너무나도 '인간적인' 특성들을 그대로 답습하지도, 완전히 버리지도 않은 채 '탈-인간중심주의적' 관점에서 재명명함으로써 포스트휴먼 주체성을 모색해 나가는 기획이자 실험이다. 결국 어떤 대상이 인간종만의 전유물이 아님을 말하는 천선란 소설의 목소리는 인간-아닌 지구의 타자들로까지 관계적 존재론을 확장해 나가려는 브라이도티의 사유와 맞닿는다.

3부에서는 코로나 팬데믹의 영향과 긴밀한 SF를 중심으로 근대 면역학의 시각을 넘어서는 긍정적 생명정치의 가능성과 대안적 상상력을 확인한다. 8장 <초생명성(epivitality) 시대를 위한 포스트휴먼 윤리>에서는 천선란의 『무너진 다리』를 셰릴 빈트의 네 가지 생명정치적 비유를 통해 독해한다. 빈트는 21세기 생명정치적 조건을 초생명성(epivitality)으로 설명하고, 생명정치적 미래를 극복하기 위한 대안적 사유를 SF적 상상력으로부터 발견한다. '불멸의 그릇(the immortal vessel), 살아있는 도구(the living tool), 생명 기계(the vital machine), 예비 부품(the spare part)'이라는 빈트의 분류에 따르면, 천선란의『무너진 다리』는 단절이 아니라 새로운 연결을 위한 '무너트림'을 통해 책임으로서의 기술의 미래를 전망한다. 생명정치를 형상화하면서 인간, 기술, 자본, 자연, 생명의 다채로운 관계성을 탐색하는 천선란의 소설은 포스트 '휴먼'적 사유를 인간과 자본·기술·생명, 유기체적·기술적 진화, 기술의 활용과 강제 등 다양한 문제를 포괄하는 '포스트'휴먼 윤리로 확장할 필요성을 제기한다.

　9장 <김초엽 장편소설에 나타난 면역정치와 전염으로서의 공동체>에서는 김초엽의 장편 SF『지구 끝의 온실』과『파견자들』을 중심으로 먼 우주나 외계 존재가 아닌 지구의 생태계를 배경으로 대안적 미래를 사유한다. 두 소설은 팬데믹과 기후 위기를 경험하면서 전 세계적으로 강화된 미래에 대한 불안이 오염과 면역의 수사를 거쳐 면역정치적 국면을 형성하는 현실을 반영한다. 그리고 오염된 생명들은 근대 면역화의 폭력성과 오염에 대한 공포를 넘어서는 대안적 존재 방식과 삶을 탐색한다. 그 대안이란 분쟁적인 공진화 과정을 받아들이고 사랑을 통해 상호 열림을 실현함으로써 '나'로부터 '우리'를 생성하는 것이다. 이처럼 김초엽의 장편소설은 팬데믹 이후 생명과 공동체의 불안을 넘어 이질성을 향해 열리는 공동체, 즉 전염을 특징으로 하는 공동체를 발견하는 대안적 사유로 독해된다.

　10장 <면역학의 수사를 다르게 상상하기>는 개체중심적인 근대 면역학의 수사가 안전을 이유로 비규범적 실천들을 쉽게 비난의 대상으로 삼는다는 점에 착안한다. 도나 해러웨이는 인간과 비인간 행위자 간의 상호 연루와 이종혼효적 수사에 주목하면서 면역을 분자와 세포 단위에서 이루어지는 연결과 교섭으로 재정의한다. 김초엽의 단편「공생 가설」과「오래된 협약」은 혼종적이고 상호 의존적인 비개체중심적 면역학의 상상력을 보여준다. 감염의 수사를 침탈이 아닌 상호연루로 다르게 상상하자는 제안은 감염에 따른 피해를 가볍게 여기는 태도가 아니다. 오히려 감염에 따른 낙인과 혐오를 멈춤으로써 감염에 대한 새로운 응답-능력을 요구하는 것이다. 그러기 위해 우리에게는 침입과 방어의 언어로 이루어진 개체중심적 면역의 수사가 아닌 다른 언어를 가진 면역의 수사를 위한 상상력들이 더 필요함을 확인할 수 있다.

　11장 <지속가능한 미래를 위한 포스트휴먼적 긍정의 정치학>은 포스트휴먼 곤경에 처한 지금 인간은 어떻게 정의되는가, 나아가 포스트휴먼에게 죽음이란 무엇이며 그 끝은 무엇으로 상상할 수 있는가를 질문한다. 신체적 죽음뿐 아니라 외로움과 같은 정신적 소외나 인간적 생활을 할 수 없는 상황 또한 포스트휴먼에게는 죽음에 해당하기에 기존의 인간적 죽음 개념을 벗어나 다양한 양태로 나타나는 비-인간적 죽음에 대해서 이원의 시는 소멸이 아닌 새로운 생성을 발견해 낸다. 죽음을 긍정의 정치학으로 치환하는 브라이도티의 포스트휴먼 논의와 연결되는 이원의 시편들은 포스트휴먼 인문학의 긍정적인 전망의 하나로 읽힐 수 있다.

'인류세'라는 용어에 대한 학계의 관심은 전 지구적 기후 위기가 시급한 문제로 떠오른 현재, 기후 변화와 문학의 관계를 성찰하면서 새롭게 소환된다. 4부는 이에 응답하려는 천선란의 SF에 담긴 생태학적 상상력을 확인하고 있다. 12장 <'위기'에 대한 사유와 SF의 대안적 상상력>은 기후 위기에 대한 문학의 대안적 상상력은 어떤 방향으로 움직일 수 있는가를 질문하며, 우리가 살아가는 지구를 역동적인 얽힘의 장으로 재구성함으로써 이에 답하고 있는 천선란의 『나인』을 분석한다. 『나인』이 말하는 '상생'의 본질은 종(種) 간의 식물적 사랑과 대지의 능동적인 행위성을 관통하며, 전통적 가족주의를 벗어난 새로운 관계 맺기를 요청한다. 서로 다른 생명들이 저마다 연결되어 있음을 확인하는 과정은 비록 고통스러울지라도 더 나은 지구의 '내일'을 상상하기 위해 필수적이다. 『나인』이 보여주는 대안적 상상력은 인류세적 문제틀에서 '지금, 여기'의 지구를 새롭게 바라보는 문학적 해법을 제시한다.

13장 <공생적 미래의 가능성과 쑬루세의 레퓨지아 모색>은 기후 위기가 심화되어 더 이상 지상에 발 딛고 살 수 없게 된 미래의 지구를 그린 천선란의 『이끼숲』을 중심으로 자본세의 민낯을 여과 없이 드러내 분열하는 이분법과 이분화된 세상을 가능하게 하는 힘, 그리고 그 안에서 '트러블'을 일으켜내는 양상을 분석한다. 천선란의 인물들이 끝내 '이끼숲'에서 다시 만날 때, 기실 '지상낙원'이란 존재하지 않았음을 명징하게 알게 된다. 그러나 이 글은 식물이라는 비인간 존재와 얽히며 자발적으로 '오염'되어 뿌연 지상이 다시 생존의 공간으로 변모할 천선란 소설의 가능성에 주목한다. 이는 '재세계화 (reworlding)'의 일환으로, 다시금 이정표를 세워 보는 행위에 해당한다.

5부는 가상성의 시대로 진입한 한국문학의 면면을 캐서린 헤일스의 이론에 나타난 정보-신체성을 통해 독해한다. 14장 <팬데믹 이후 포스트-픽션의 체현적 미래>는 정지돈의 『…스크롤!』이 실천하고 있는 현대적 글쓰기의 모습을 정보의 신체성을 강조하는 캐서린 헤일스의 『우리는 어떻게 포스트휴먼이 되었는가』와 연결지어 살펴본다. 이는 『…스크롤!』이라는 픽션이 물질성을 갖고 현실에도 직접적인 영향을 미칠 수 있음을 말하기 위함이다. 따라서 2절에서는 사이버네틱스의 재귀성 개념으로 가상과 현실의 경계를 흩뜨리는 소설의 기제를 살펴보고, 3절에서는 가상성 개념으로 스프링처럼 창발해 현실로까지 뻗어오는 소설의 생명력을 발견한다. 정지돈은 언어가 의미를 전달하고 이해시키는 역할을 하는 것이 아니라 오히려 바이러스처럼 기의를 교란시키고 스스로 확장되면서 물리적인 현실에 반향을 일으킨다고 본다. 책을 넘기는 방식 대신 '스크롤'하며 향유하는 팬데믹 이후의 미래를 실천적으로 제시하며 빠르게 변모하고 있는 문학의 존재양태에 주목하는 『…스크롤!』을 통해 무한히 확장하는 픽션의 가능성을 도모해볼 수 있다.

15장 <복제되지 않는 신체성-체현의 상상력>은 캐서린 헤일스의 신체성 논의에 따라 복제 불가능한 체현의 형상을 보여주고 있는 김보영의 「촉각의 경험」과 김초엽의 「혼자인 사람들」을 비교 분석한다. 캐서린 헤일스는 한스 모라벡의 마인드 업로딩을 비판하며 인간의 신체성은 뇌로 인식되는 정보와는 다른 체현의 형태를 가지고 있다고 본다. 김보영의 「촉각의 경험」에서는 이러한 하이픈 연결로의 두 존재가 신체성을 공유하지만 다르기에 연결될 수 있음을 밝힌다. 김초엽의 「혼자인 사람들」은 뇌로 서로를 연결한다 하더라도 체현하는 신체성은 동일할 수 없다는 점을 지적하며, 연결된 '파트너'와의 공존이 아닌 복제되지 않는 신체성에 주목한다.

　이 책은 '이화 프론티어 10-10 사업' 및 '4단계 BK21 사업'의 일환으로 이화여자대학교 국어국문학과 대학원 비평 수업에서 함께 공부한 결과물을 선별하여 묶은 것이다. 'K-Literature와 매체 공동체'를 주제로 연구한 프론티어 10-10의 도전팀에서는 SNS를 중심으로 확인되는 독자 행위성과 'SF 현상'을 추적할 수 있었다. 또 4단계 BK21 '초연결사회 공생플랫폼으로서의 K-어문학 교육연구팀'의 비평 전공 참여교원이 이끈 '포스트이론과 한국현대문학' 수업에서 포스트휴먼과 관련된 여러 이론을 공부하고 SF를 함께 읽은 결과, 12명의 필자가 젠더 혁신, 매체 실천, 생태 공동체, 사변적 상상에 관한 15편의 글을 실을 수 있게 되었다. 책을 기획하고 엮는 과정에서 주제와 범위의 제약으로 인해 모든 사람들의 글을 싣지 못한 점이 못내 아쉽다. 다음을 기약해본다.

　이화여자대학교 국어국문학과 대학원에서 수학하는 열두 명의 필자가 공동으로 집필한 이 책은 특히 '초연결사회 공생플랫폼으로서의 K-어문학 교육연구팀'의 성과를 확인할 수 있는 결과물이다. 그중 표유진은 프론티어 10-10 및 4단계 BK21 사업의 지원을 받으며 누구보다 열심히 SF를 연구한 비평 전공 박사수료생으로서 책을 엮어내는 데에 각별한 노력을 기울여주었다. 특별한 감사를 전한다.

　책이 나오기까지 편집과 출판의 세심한 과정을 살펴주신 역락 출판사의 박태훈 이사님, 이태곤 이사님, 강윤경 대리님께 감사드린다. 아울러 우수한 학문후속세대 양성을 위한 '이화 프론티어 10-10 사업' 및 '4단계 BK21 사업'의 지원과 학위 과정 중에 있는 대학원생들의 연구 성과를 세상에 알릴 기회를 마련해준 이화여자대학교 국어문화원의 후원에 감사드린다.

2024년 8월 30일
필자들을 대표하여 연남경 삼가 적음.

차례

1부 ── 한국문학×SF×페미니즘

2부 ___ 포스트휴먼과 '함께-되기'의 윤리

1부

한국문학×SF×페미니즘

1장

사변적 페미니즘으로 본 SF 현상과 연결됨의 윤리*
―「얼마나 닮았는가」, 「리셋」, 「오래된 협약」을 중심으로

연남경

1. SF 현상과 사변적 페미니즘

1.1. 한국문학장에 찾아온 SF 현상

최근 한국문학의 SF 열풍이 뜨겁다. 김초엽 작가의 『우리가 빛의 속도로 갈 수 없다면』(이하, 우빛속)(2019)은 출간 6개월 만에 3만 3천 부를 찍어냈으며, 2021년에는 누적 20만 부라는 기록을 남겼다. 뿐만 아니라 『지구 끝의 온실』(2021)이 국내 최대 드라마 전문 스튜디오드래곤에 의해 영화로 제작될 예정이다.[1] 천선란의 『천 개의 파랑』(2020)도 판매 5만 부를 훌쩍 넘긴 것은 물론이고, 온라인 출판사 예스24가 실시한 투표에서 천선란 작가는 독자가 뽑은 '2022 한국 문학의 미래가 될 젊은 작가' 1위에 올랐다.[2] 김보영 작가의

---

*　이 글은 2023년 7월 1일 이화어문학회 여름 국제학술대회 <뉴노멀 시대, 문화번역으로서의 한국어문학>에서 발표하고, 『이화어문논집』(60집)에 같은 제목으로 실린 논문을 수정·보완한 것임.

1　이동원, 「'SF 초신성' 김초엽, 장편소설 '지구 끝의 온실' 영화로」, 『스카이데일리』, 2023. 03.16., https://skyedaily.com/news/news_view.html?ID=185548, 접속일: 2023.06.13.

2　예스24, 「예스24 독자가 뽑은 '2022 한국 문학의 미래가 될 젊은 작가', 1위에 천선란 작가」,

SF 소설 3편의 판권이 미국 출판 그룹 '하퍼콜린스'에 팔렸고, 정보라의 『저주토끼』는 18개국에 판권이 팔리고 맨부커상 인터내셔널 숏리스트에도 선정될 정도로[3] 한국 SF의 해외 진출도 활발하다. 콘텐츠 플랫폼 '리디'에 따르면 리디에서 판매 중인 소설 전체 베스트셀러 100위 목록 중 국내 SF 소설의 2020년도 판매액은 2019년도와 비교해 무려 4배 상승했다. 실제로 문학 출판시장에서 SF의 비중이 급격히 커진 것이다.[4] 나아가 문학작품의 영상물 제작과 K팝과의 콜라보 활동 등 매체를 넘나드는 다양한 스토리텔링이 이루어지고 있다.[5] 많은 독자들을 확보하고 해외에서도 인정받고 있으며 다른 장르나 매체로의 확장이 이루어지고 있는 SF는 현재 한국문학의 미래로서 호명되고 있는 중이다.

또한 김초엽이 제43회 오늘의 작가상(2019)과 제11회 젊은작가상(2020)을, 정세랑은 제7회 창비장편소설상(2014)과 제50회 한국일보문학상(2017)을 수상함으로써, 순문학장에서도 문학성을 인정받고 있다. 그리고 계간지 『자음과모음』(2019년 가을호)이 'SF 비평의 서막'이라는 제목 아래 한국 SF를 특집으로 다루었을 뿐 아니라 최근 여러 문예지가 SF 작품과 비평을 싣고 있다. 『자음과모음』의 특집[6]을 통해 볼 때, 오랫동안 게토 영역이었던 SF의 장벽이

『채널예스』, 2022.08.16., https://ch.yes24.com/Article/View/51438, 접속일: 2023.06.13.

3   박세희, 「"출판합시다" 해외서 쏟아지는 러브콜… 치솟는 세계 속 '한국 문학' 위상」, 『문화일보』, 2023.05.23., https://www.munhwa.com/news/view.html?no=20 23052301032212082001, 접속일: 2023.06.19.

4   이지현, 「국내 SF 문학 열풍, 어떻게 시작됐나」, 『카이스트신문』, 2022.09.06., http://times.kaist.ac.kr, 접속일: 2023.06.13.

5   걸그룹 르세라핌은 김초엽 작가와 '크림슨하트'의 프롤로그 첫 챕터를 만들었으며, 아이브는 정세랑 작가와 서머 필름을 작업했다.(공미나, 「"르세라핌·아이브도 협업" 베스트셀러 작가도 먼저 모시는 K팝★[초점S]」, 『스포티비뉴스』, 2022.10.30., https://www.spotvnews.co.kr/news/articleView.html?idxno=558868, 접속일: 2023.06.13.)

6   SF 작가 정소연이 게스트 에디터로서 쓴 소개글을 포함하여 문지혁, 듀나, 이지용, 박인성, 인아영, 정은경, 김유진이 작성한 총 8편의 글이 실려 있다.

낮아진 것은 확실하고, 기성 문단에 제대로 된 비평을 요청하는 것이 당연한 일이 되었으며,[7] 오히려 장르적 특수성을 강조할 것인지 일반소설의 범주에서 비평할 것인지가 고려의 대상이 되었다.[8] 또한 순문학적 요소와 SF적 특징이 교차하는 소설로서 최근 한국 SF의 특성을 파악하거나[9] 현실의 젠더 문제를 되비추는 거울이나 알레고리로서 최근 SF를 규정한다[10]는 것은 지금 한국의 SF가 현실과 맺고 있는 특수한 관계가 있음을 시사한다. 이러한 내용을 잇는 다양한 의견이 제출되는 가운데 SF 비평은 확실히 시작되었고, SF 관련 학술연구 또한 활발하다. 분명한 것은 한국문학사 최초로 SF의 시대를 맞이하였다는 것이고, 그렇기에 현 상황을 'SF 현상'이라 부를 만하다.

그렇다면 'SF 현상'이 야기된 이유는 무엇일까? SF 현상은 1세대로 불리는 듀나 이래로 활동해온 SF 실천공동체가 있었기에 최근의 확산도 가능한 것이었지만, 장르 내부의 관점만으로는 설명이 불충분해 보인다. 오히려 "기존 주류 소설 독자들이 SF에 눈을 떴다"[11]는 의견에 따르면, 광범위한 독자들

7 　문지혁은 한국문학이 문단문학 위주의 폐쇄적인 문학이었음을 지적하며 'SF 불모지'에서 벗어나기 위해 SF 비평의 필요성을 제기하고 있다.(문지혁, 「우동 거리 밖에서」, 『자음과모음』, 2019 가을호, 14-20쪽.)

8 　듀나는 SF를 "제대로 이해하는 장르 내부의 관점"을 중시하며 정통 SF의 특수성을 지지하는 입장이다.(듀나, 「일반 독자와 장르 독자」, 위의 책, 90-95쪽.)

9 　이지용은 이야기를 서술하는 비인간 존재자들이 등장한다는 점과 일상의 서사와 사랑의 가치가 중시되는 점을 최근 한국의 SF가 보여주는 특징으로 꼽는다.(이지용, 「한국 SF가 보여주는 새로운 인식들: 환상과 미래, 비인간 행위자들과 낭만적 사실의 전회」, 위의 책, 78-88쪽.)

10 　인아영은 젠더 문제를 효과적으로 다루는 SF의 상상력을 점검하고, 정은경은 젠더 유토피아 기획을 위해 최근 SF가 은유이자 알레고리로 작용하고 있음을 본다.(인아영, 「젠더로 SF하기」, 위의 책, 46-58쪽; 정은경, 「SF와 젠더 유토피아」, 위의 책, 22-35쪽.)

11 　서울SF아카이브의 박상준 대표는 SF 열풍에 대해 "새로운 SF 독자층이 생겨난 것이 아니라 기존 주류 소설 독자들이 SF에 눈을 떴다고 본다"며 "전체 파이의 크기가 커진 걸로 보기에는 좀 어렵다"고 설명했다. 또한 국내 SF 문학 열풍의 원인으로 "점점 가속되는 과학기술의 변화 속도에 태어날 때부터 익숙한 세대가 독자층으로 등장했다"며 문화인류학적인 변화와 더불어 여러 스타 작가의 탄생을 꼽았다.(이지현, 앞의 글.)

이 SF에 관심을 갖고 읽기 시작한 것을 중요한 요인으로 볼 필요가 있다. 통계 수치와 전문가들의 분석에 의하면 SF에 새롭게 눈을 뜬 사람들은 주로 20·30대 여성 독자들로 여겨진다. 2020년 교보문고 통계에 의하면, 1월부터 9월20일까지 한국소설 판매가 전년 대비 30.1%의 신장률을 보이며 역대 최다를 기록했으며, 장르별로는 SF가 약 5.5배 늘었고, 2019년에 가장 주목 받은 작품으로 김초엽의 SF소설『우리가 빛의 속도로 갈 수 없다면』을 꼽는 다. 여성 독자 비율은 2019년의 64.7%에서 69.6%로 더욱 늘었으며, 20~40대 독자들의 비중이 높았다[12]는 점에서 한국소설 읽기는 여성 독자들이 주도하 는 것으로 나타났다. 교보문고가 SF 구매 독자층을 분석한 결과 "여성이 64%로 가장 많고, 그중에서도 20대 여성이 23%로 전체 연령 중 가장 높은 비중을 보인다"고 밝혔다.[13] 온라인 서점 알라딘이 내놓은 10년 단위의 통계 에 의하면, 과학소설 독자 중 20대 여성이 1.4%(1999~2009년)에서 12.6% (2010~2019년)로 늘었고, 30대 여성은 11.1%에서 18.2%로 늘었다.[14] 요컨대, 2019년 김초엽의『우빛속』을 계기로, 20·30대의 젊은 여성들이 SF를 읽기 시작했으며, 그로 인해 한국소설의 판매량까지도 대폭 증가했다는 것이다.

　한국의 SF는 도입 때부터 조국의 근대화와 그것을 이루기 위한 서양의 과학기술이라는 계몽의 기획 하에 수용되었기에,[15] 서구 주요 SF의 번안이

12　배문규, 「올해 한국소설 판매량 역대 최다… 여성 독자들이 이끌고, SF·청소년 장르 다양해 졌다」, 『경향신문』, 2020.09.22., https://www.khan.co.kr/culture/culture-general/article/202 009221030001, 접속일: 2023.07.06.

13　장은교, 「SF가 바꾼 오늘, 더 SF 같은 오늘」, 『경향신문』, 2020.05.30., https://m.khan.co.kr/ culture/culture-general/article/202005300600025#c2b, 접속일: 2023.07.06.

14　임지영, 「'과학소설' 전성시대, 왜 지금 SF일까?」, 『시사IN』, 2020.11.25., https://www. sisain.co.kr/news/articleView.html?idxno=43210, 접속일: 2023.07.06.

15　이지용에 의하면, 근대 한반도에 유입된 SF는 근본적으로 하나의 기치를 견지하고 있었는 데, 그것은 바로 조국의 근대화, 그리고 그것을 이루기 위한 서양의 과학기술의 계몽이라는 지점이었다. '과학=문명'이라는 도식 하에서 서구화로 대표된 문명을 이식하고 싶었던 것 으로 본다.(이지용, 「한반도 SF의 유입과 장르 발전 양상」, 『동아인문학』 40, 동아인문학회,

주로 이루어졌고,[16] 아동·청소년 계몽의 차원에서 이루어진 1970년대의 SF 전집류의 출판 붐을 환기하건대, 오랫동안 한국의 SF 독자들은 주로 과학기술 발전에 이바지하는 역량을 기르라는 취지에서 아동·청소년으로 상정되었고, 서양의 과학기술 수용과 근대화를 위한 서사로서의 SF는 남성적 장르로 여겨지곤 했다. 이는 과학과 기술을 남성적인 것으로 간주하는 관행은 물론, 과학 서사와 무협지는 남성적 영역으로 로맨스나 멜로드라마는 여성적 영역으로 나누어 생각하는 교양-독서와 관련한 이분법적 사고와도 관련된다.[17] 한국의 현대문학이 모색되던 시기에도 여성 독자들은 통속소설로 여겨진 신문소설의 독자들로 범주화되어 폄하되고 항상 계몽과 교육의 대상이 되었으며,[18] '82년생 김지영' 세대의 여성 독자들은 순정 만화와 할리퀸 로맨스를 읽고 성장했다.[19] 교양-독서의 통치성은 여성을 영원한 계몽의 대상이자 교양을 갖추어야 하는 존재로 호명하고, 젠더 규범에 따라 독서의 범주를 단속해 왔지만, 20·30대의 젊은 여성 독자들은 근대 독서 교양에 드리워져 있던 계몽 담론을 수용하기도 하고 동시에 그에 불화하기도 하며, 사실상 늘 책을 읽어온 문학의 주요 독자들이었다. 그렇기에 SF 현상의 주요 행위자가 20·30대의 젊은 여성 독자들이라는 사실은 새삼스럽지 않으며, 다만 이들이 이제

2017, 167쪽.)

16 1908년부터 1925년까지 쥘 베른의 「해저여행기담」(해저 2만리), 『철세계』(인도 왕비의 유산), 『월세계 여행』(지구에서 달까지), 웰스의 『80만 년 후의 사회』(타임머신), 벨라미의 『이상의 신사회』(뒤돌아보며), 카렐 차페크의 『인조노동자』(R.U.R) 등의 작품이 번역되었다.(이지용, 「한국 SF 소설의 역사가 보여 준 특징과 현재: 근대문학의 시작에서부터 현대문학의 새로운 목소리까지」 6, 『문명과 경계』, 포항공과대학교 융합문명연구원, 2023, 227쪽.)

17 서승희, 「포스트휴먼 시대의 여성, 과학, 서사」, 현대문학이론학회, 『현대문학이론연구』 77, 2019, 133쪽.

18 연남경, 「1950년대 여성 지식인 담론 연구」, 구보학회, 『구보학보』 24, 2020, 354-362쪽.

19 허윤, 「로맨스 대신 페미니즘을!」, 『#문학은_위험하다』, 민음의 비평 10, 민음사, 2019, 198쪽.

야 SF를 손에 쥐었다는 사실이 새로울 뿐이다. 그렇다면 왜 SF일까?

알라딘의 김효선 MD는 "SF는 사회가 바뀌길 원하는 사람들이 좋아하는 장르"로 보고, 김겨울 작가는 "무엇보다도 현실에 답답해하는 어떤 독자들이 출현했음을 직감한다"고 분석한다.[20] "새로운 정치적·문화적 주체로 부상·활약하고 있는 20~30대 여성 독자들의 정동과 문제의식"에 주목하는 오혜진은 한국문학의 형질 변형을 이끄는 계기를 "더 나은 공동체를 상상하는 독자 대중의 지적·문화적 호기심"에서 찾는다.[21] 이렇게 볼 때, SF 현상은 페미니즘 리부트와 그와 연동된 독자 운동과 맞물린다. 2016년 '#문단_내_성폭력' 폭로로 이어진 저항의 흐름과 강남역 젠더사이드를 겪으며 문단과 독자가 만난 상황에서 페미니즘 리부트와 연결된 움직임으로 보아야 한다. 표절 사태로 시작된 비평중심주의와 계간지 시스템 재편에 대한 폭넓은 요청은 페미니즘 이슈와 만나면서 근대 이후 수립된 문학에 대한 근본적으로 전면적인 질문으로 구체화되었으며,[22] 남자를 무시했다며 일면식도 없던 여성을 살해한 강남역 살인사건은 '묻지마 살인'이 아닌 '젠더사이드'로 명명되며 페미니즘 이슈 폭발의 기폭제가 되었다.[23]

2018년의 "『82년생 김지영』은 여성들이 시대와 싸우는 방식으로 선택한 텍스트"이며 문학장을 벗어나 사회적 현상이 되었다[24]는 판단은 지금도 유효하며, '김지영 현상'을 야기한 '페미니즘-독자 시대'에 'SF 현상'은 연결된다. 김지영 현상이 여성주의적 앎을 주장하는 소설이 현재 한국문학 최대의 베스

---

20 임지영, 앞의 글.

21 오혜진, 「퇴행의 시대와 'K문학/비평'의 종말」, 문화과학사, 『문화과학』 85, 2016, 105쪽.

22 소영현, 「페미니즘이라는 문학」, 『#문학은_위험하다』, 민음의 비평 10, 민음사, 2019, 209-210쪽.

23 강남역 살인사건이 페미니즘 이슈의 폭발의 기폭제가 되었음은 분명하다. 여성혐오에 의한 범죄인가의 여부보다 주목할 점은 그 사건을 계기로 살인 사건이 갖는 젠더적 성격에 대한 시야가 열렸다는 것이다.(위의 글, 212쪽.)

24 허윤, 앞의 글, 193-204쪽.

트셀러가 된 것이며, '해방된 독자'들이 '#문단_내_성폭력'과 '미투' 운동을 거쳐 '저항하는 독자'가 된 것이라면,[25] 시대와 싸우기 위해 연대하는 독자들이 손에 쥔 책들이 이번에는 SF가 된 것이다. 그에 따라 최근 몇 년 사이에 서구에서 1960년대부터 독자적 영역을 구축해온 고전 페미니즘 SF 소설과 이론서들도 다시 주목받고 있다. SF 단편 선집 『혁명하는 여자들』, 제임스 팁트리 주니어의 『체체파리의 비법』, 마거릿 애트우드의 『시녀 이야기』 등이 번역되어 출간되고 있다.[26] 『82년생 김지영』의 백만부 판매 돌파를 가능케 한 독자들은 제임스 팁트리 주니어, 어슐러 K 르 귄 등 주요 작가의 대표작을 활발히 읽으며, 국내 여성 SF의 주요 독자층을 형성하고 있으며, 이들은 『오늘의 SF』, 『어션 테일즈』 등의 잡지, 허블 출판사의 『SFnal』로 대표되는 작품 선집 출판 등을 가능하게 하는 원동력이기도 하다.

이처럼 한국문학장에 형성된 'SF 공동체'는 기존의 SF 실천공동체와 조우하여 확산 중이며, 팬들의 활동이 두드러지는 SF 장르 향유 방식[27]과 페미니스트-독자들의 행위성이 맞물려 SF 현상을 낳은 것이다. 장르문학과 순문학의 탈경계가 이루어지고, 크라우드 펀딩으로 작가 덕질을 위한 독립잡지를 만드는가 하면, 블로그 글쓰기와 리트윗 등 SF 확산에 활발히 기여하고 있다. 가령, 김초엽에 열광하며 SF를 새롭게 손에 쥔 독자들은 김초엽의 SF를 '따뜻하다', '친절하다', '아름답다', '낙관과 긍정'과 같은 어휘들로 설명한다. "SF에 대한 진입장벽을 낮추려 노력하며(…) 가볍고 친절하게 SF 소재를 다루는 방식"과 "여성 서사나 현실의 문제 등 당시 한국문학이 이야기하는

---

25 위의 글, 193-196쪽.

26 김영화, 「이곳 너머를 말하는 SF 지금 여기에 우뚝 서다」, 『시사IN』 643호, 2020.01.14., http://times.kaist.ac.kr/news/articleView.html?idxno=20927, 접속일: 2023.06.19.

27 "SF는 포럼, 팬진 등 팬들의 활동이 두드러지는 장르다. 페미니스트 SF 팬들은 독후 활동을 통해 페미니즘 이슈를 공론화하고 장르를 발전시켰다. 덕분에 SF 페미니즘은 사회적 움직임에도 많은 영향을 끼쳤다."(김효진, 『#SF#페미니즘#그녀들의이야기』, 요다, 2021.)

것들을 비슷하게 말한다"[28]는 언급을 통해 보건대, 장르문학으로서 SF는 어렵고 진입장벽이 높지만 김초엽의 SF는 친절하게 설명해준다는 점에서 달리 여기며, 다른 한국문학과 같은 맥락에서 현실 문제에 작용한다는 점에서 최근 한국 SF의 새로움과 매력을 찾는다. 뿐만 아니라, "이 시대 여성들이 원하고 기대하는 여성 이야기가 본격문학의 것보다는 SF의 것에 더 호응한다",[29] "기술이 얼마든지 소수자들을 위해 사용될 수 있고, 현재의 정상성의 범주는 얼마든지 뒤틀릴 수 있다",[30] "성별이나 젠더 인종 등에서 한계를 없애버린다"[31]의 반응은 페미니즘 리부트를 야기한 현재의 상황에 SF가 더 효과적으로 대응하는 방편이며, 왜 영 페미니스트-독자들이 SF를 선택했는지 가늠하게 한다. 작가의 페미니즘 정체성 형성과 주인공 성별의 상관관계를 확인하는 글[32] 등 다양한 독자들의 목소리를 통해 최근 한국의 SF는 정통 SF의 장르적 엄정성을 상당 부분 허무는 창작 특징을 가지는 한편, SF 장치의 힘을 통해 여성이 기대하는 대안적 현실에 적극적으로 응답할 수 있다는 이중의 장점이 찾아진다. 이에 더해 "따뜻한 과학과 포기하지 않는 낙관과 긍정"[33]을 꼽은 독자 반응은 SF를 선택한 독자들이 지향하는 세계관을 짐작

---

28 김다희·박준기·이정연·이민재, 「대담: 김초엽의 실험에 참여하고 싶은 [글리프]」, 『글리프 6호: 김초엽[실험]』, M.D.LAP PRESS, 2022, 143쪽.

29 비연, 「독서기록」, 2020.01.06., https://blog.naver.com/yeong rxphy/221762183112, 접속일: 2023.07.17.

30 트위터 아이디: book_muse224, 2019.09.09., 접속일: 2023.07.17.

31 트위터 아이디: bacteriaman45, 2020.10.22., 접속일: 2023.07.17.

32 "실제로 데뷔 전에 쓴 <The Planet Caron>은 남성이 주인공이었다. 이 소설과 <관내분실> 사이에 무슨 일이 있었는지 떠올리니, 금세 김초엽이 애틋해졌다. 바로 강남역 여성혐오 살인사건이다. 2016년 5월 17일 서울 서초동의 한 화장실에서 불특정한 여성이 살해당한 후, 10-30대 여성을 중심으로 페미니즘 운동에 불이 지펴졌다. 김초엽도 이즈음 인권에 관심이 많은 대학 친구들을 통해 본격적으로 페미니즘을 접했다고 한다."(이정연, 「이토록 투명한 김초엽」, 『글리프 6호: 김초엽[실험]』, M.D.LAP PRESS, 2022, 131-132쪽.)

33 사인을 부탁한 독자에게 '왜 하필 김초엽인지' 물었다. "과학이 따뜻할 수 있다는 걸 알았다. 슬퍼하고 좌절하면서도 포기하지 않는 낙관과 긍정이 그의 작품에 담겨 있다."(임지영,

하게 한다.

따라서 지금의 SF 현상은 김지영 현상을 잇는 후속 흐름이며 김지영에 열광한 독자들이 함께 계속 읽어나가는 페미니즘 운동의 일환으로 보는 것이 적절하다. '해방된 독자'에서 '저항하는 독자'를 거쳐, SF를 손에 쥔 이들은 긍정의 해석학으로 이동하여 보다 넉넉한 독서 모델을 지향한다.[34] 페미니스트-독자들이 자신의 고유한 경험에 근거해서 세계를 해석하고, SNS라는 공동체를 통해서 상호 참조적으로 매개되는 방식을 채택했듯이,[35] SF 공동체로 사회적 타자와 '연결된 독자'들은 여전한 타자로서 여성뿐 아니라 소수자, 퀴어, 장애의 문제와 접속하고, 나아가 인간중심주의의 자연-문화가 타자화한 로봇, 사이보그, 클론, 동물, 식물과 같은 비인간 존재자들과 이어지고 공감한다. 이렇게 이들이 현실을 바꾸고 보다 희망적인 미래를 만들기 위해 선택한 텍스트가 바로 SF인 것이다.

1.2. 사변적 페미니즘으로서 SF

앞서 살펴본바, SF 비평 특집부터 페미니즘 관점이 주요하게 수록되었듯이[36] 활발한 SF 관련 연구들 가운데, 특히 SF의 창작 주체로서 여성작가,[37]

「남들이 덜 썼던, 여성 과학자의 이야기를 쓴다」, 『시사IN』, 2020.11.25. https://www.sisain.co.kr/news/articleView.html?idxno=43211, 접속일: 2023.07.17.)

34 이 글은 여성주의 비평이 넉넉한 독서 모델로 나아가고 있으며, 그렇기에 여성주의 비평이 당대 어떤 비평보다도 시대를 앞서 나가고 있다는 리타 펠스키의 의견에 동의한다.(리타 펠스키, 『페미니즘 이후의 문학』, 이은경 옮김, 여이연, 2010.)

35 허윤, 앞의 글, 195-196쪽.

36 인아영, 「젠더로 SF하기」, 『자음과모음』, 2019 가을호, 46-58쪽; 정은경, 「SF와 젠더 유토피아」, 앞의 책, 22-35쪽.

37 서승희, 「포스트휴먼 시대의 여성, 과학, 서사」, 『현대문학이론연구』 77, 현대문학이론학회, 2019; 연남경, 「여성 SF의 시공간과 포스트휴먼적 전망−윤이형, 김보영, 김초엽을 중심으로」, 『현대소설연구』 79, 한국현대소설학회, 2020 등.

주제로서 페미니즘,[38] 소수자와 타자성,[39] 장애와 돌봄[40] 등 다수의 논의들이 포스트페미니즘의 의제들과 연동되며 확장 중임을 확인할 수 있다. 여성작가가 쓴 과학소설을 테크노페미니즘으로 본 논의가[41] '과학'보다는 '여성'과 관련한 주제적 차원에 보다 주목한다거나, "최근 SF의 활기는 이 시대 서사의 형질 변화를 단적으로 보여주는 현상"[42]이며, SF적 상상력은 어떤 가능한 변화를 만들어내기에 "SF를 한다"[43]는 판단을 참고할 때, 이 시대의 문학은

---

38 강은교·김은주, 「한국 SF와 페미니즘의 동시대적 조우: 김보영의 「얼마나 닮았는가」와 듀나의 「두 번째 유모」를 중심으로」, 『여성문학연구』 49, 한국여성문학학회, 2020; 강은교, 「페미니스트 세계 만들기로서 듀나의 SF에 대한 연구」, 『여성문학연구』 56, 한국여성문학학회, 2022; 김미현, 「포스트휴먼으로서의 여성과 테크노페미니즘-윤이형과 김초엽 소설을 중심으로」, 『여성문학연구』 49, 한국여성문학학회, 2020; 양윤의, 「PB+SF+FS -Posthuman Body+Science Fiction+Feminism Story」, 『문학과사회』 32(4), 문학과지성사, 2019; 허민석, 「1990년대 비남성 작가 SF 소설의 젠더 정치적 의미-송경아와 듀나를 중심으로」, 『한국현대문학연구』 61, 한국현대문학회, 2020; 허윤, 「남자가 없다고 상상해봐: 1960년대 초남성적 사회의 거울상으로서 『완전사회』」, 『민족문학사연구』 67, 민족문학사학회·민족문학사연구소, 2018; 허윤, 「'일할 수 없는 몸'을 전유하는 페미니스트 SF의 상상력-김보영 소설을 중심으로」, 『여성문학연구』 52, 한국여성문학학회, 2021 등.

39 차미령, 「고양이, 사이보그, 그리고 눈물-2010년대 여성 소설과 포스트휴먼 '몸'의 징후들」, 『문학동네』 26(3), 2019; 김윤정, 「테크노사피엔스의 감수성과 소수자 문학-윤이형 소설을 중심으로」, 『우리문학연구』 65, 우리문학회, 2020; 김윤정, 「여성 SF 소설의 테크노피아와 소수자 문학」, 『현대문학의 연구』 75, 한국문학연구학회, 2021; 인아영, 「개와 나무와 양말과 시-2020년대 시에 나타난 '타자'와 비인간 물질의 정치생태학」, 『문학동네』 29(1), 2022; 전기화, 「(비)인간의 자리로부터」, 『창작과비평』 50(2), 창비, 2022 등.

40 김윤정, 「김초엽 소설에 나타난 포스트휴머니즘과 장애」, 『여성문학연구』 54, 한국여성문학학회, 2021; 김윤정, 「여성 SF 문학에 나타난 장애와 포스트휴머니즘의 불구성」, 『이화어문논집』 58, 이화어문학회, 2022; 안서현, 「여성 SF가 사유하는 돌봄의 익숙한 미래」, 『여성문학연구』 57, 한국여성문학학회, 2022 등.

41 "윤이형과 김초엽의 여성과학소설은 과학기술적 지식과 문학적 상상력을 절묘하게 결합시켜 여성의 현실을 심도 있게 서사화하고 있다. 과학기술을 중점적으로 다루었다는 소재적 차원이 아니라 여성문제를 설득력 있게 묘파했다는 주제적 차원에서 더 주목받아야 소설들이기도 하다. 이런 측면에서 다시 여성'과학소설'이 아니라 '여성'과학소설로서의 특성을 재확인하게 된다."(김미현, 「포스트휴먼으로서의 여성과 테크노페미니즘-윤이형과 김초엽 소설을 중심으로」, 『여성문학연구』 49, 한국여성문학학회, 2020, 31쪽.)

42 백지은, 「이것이 쓰이고 읽혀서 자기를-왜 지금 SF가 이렇게」, 『문학동네』, 2020 봄호.

현실을 재현(represent)하는 데에 그치지 않고, 현실을 '재발명(revisioning)'[44] 하려 하기에 현재의 SF 현상을 '사변적 페미니즘'으로 보고자 한다. 이는 페미니스트-독자들이 SF를 선택한 이유와도 상통한다. 최근 한국의 SF는 따뜻하고 친절하게 장르 규약의 진입장벽을 낮추면서도, 성, 인종, 젠더의 경계를 허물고 정상성 담론을 뒤흔드는 효과적인 장치로 작용하기 때문이다. 이처럼 한국의 SF는 페미니스트 독자들과 만나 한국문학사 최초로 SF의 시대를 맞이한 것이다.

최근 도나 해러웨이는 SF의 범주를 넓게 보며, SF를 과학소설(science fiction)이자 사변적 페미니즘(speculative feminism)이라 부른다.[45] 해러웨이는 미국의 스푸트니크 세대로서 과학 중심 교육을 받았고, 동시에 제2의 페미니즘 물결 중에서도 사회주의 페미니즘의 영향을 받은 과학사가/의식사가이다. 해러웨이의 「사이보그 선언문」[46]은 과학 지식의 보편성과 객관성을 탈신화화하며, 기술 결정론의 표상인 사이보그를 혼종적인 신체로 재규정[47]한 기념

---

43 "SF적인 상상력은 단지 텍스트를 읽고 쓰는 행위에 그치는 것이 아니라 현실을 새롭게 이해하고 결국은 어떤 가능한 변화를 만들어내기 때문이다. 그래서 우리는 SF를 한다. 읽고, 쓰고, 그리고 한다."(인아영, 앞의 글, 58쪽.)

44 해러웨이는 첫 저작을 통해 자연이 객관적 지식이라는 믿음을 무력화시키고 문화적 구성물로서 '재발명'하려 한 적이 있다. 이에 재발명revisioning이라는 용어를 빌려왔다.(도나 해러웨이, 『유인원, 사이보그, 그리고 여자: 자연의 재발명』, 민경숙 옮김, 동문선, 2002.)

45 도나 해러웨이는 SF를 "과학소설science fiction, 사변적 페미니즘speculative feminism, 과학판타지science fantasy, 사변적 우화speculative fabulation, 과학적 사실science fact, 실뜨기string figures를 위한 기호"로 다양하게 부르고자 한다.(도나 해러웨이, 『트러블과 함께하기』, 최유미 옮김, 마농지, 2021, 10, 23쪽 참고.)

46 도나 해러웨이, 「사이보그 선언문: 20세기 말의 과학, 기술, 그리고 사회주의적 페미니즘」, Socialist Review 20(1985), 『유인원, 사이보그, 그리고 여자: 자연의 재발명』, 민경숙 옮김, 동문선, 2002.

47 사이버네틱스의 역사를 분석한 헤일스의 평가가 이를 뒷받침한다. "도나 해러웨이는 「사이보그 선언문」에서 기존 범주를 파괴하는 사이보그의 잠재력에 대해서 썼다. 사이보그는 사이버네틱스 장치와 생물 기관을 융합함으로써 인간/기계의 구분을 어지럽히고, 인식을 신경 피드백으로 대체하면서 인간과 동물을 구분하는 차이에 도전하며, 피드백과 위계 구

비적인 저작이다. 그리고 그것은 해러웨이 스스로 밝혔듯, 페미니즘에 빚지고 있다.[48] 사변적 페미니즘이 하나의 SF 실천에 해당하는 것이라 보는 해러웨이처럼,[49] 현재 한국의 SF 현상은 특히 젊은 페미니스트들이 현실을 변화시키기 위한 적극적인 방법으로 채택한 것이라 할 수 있다.

한편 스티븐 샤비로에 의하면 과학소설은 사변과 외삽을 통해 작동하는 일종의 사고실험이며, 기묘한 관념을 향유하는 방법이며, 기상천외한 가정을 제기하는 방법이다. 따라서 과학소설이라는 렌즈를 통해서 자유주의 휴머니즘이 견지해온 인지(지능) 중심적 사고에서 벗어나 보는 방법을 제안한다.[50] 또한 생태비평가이자 영문학자 우르술라 K. 하이제는 환경변이의 심각성을 고발하기 위한 과학자의 글과 저널리즘의 논픽션이 SF 플롯에 의존한다는 흥미로운 사실을 통해 근대소설(리얼리즘 소설)은 지구가 아니라 개인(근대적 자유주의 주체)에 초점이 맞추어져 있으므로 지구적 문제를 다루기에 부적합하다는 답을 제출한다. 이것은 스케일의 문제로 세계관을 새로 설정하고 확장하려면 SF의 사변주의가 방법론으로 필요하다고 역설한다.[51] 노대원은 최근의 포스트휴먼의 장르를 SF(science fiction 또는 speculative fiction)로 보며,

---

조, 제어 같은 이론들을 통해 사람과 온도 조절계의 작용을 설명하면서 생물/무생물의 구분을 없앤다.”(캐서린 헤일스, 『우리는 어떻게 포스트휴먼이 되었는가―사이버네틱스와 문학, 정보 과학의 신체들』, 허진 옮김, 플래닛, 2013, 162쪽.)

48 “아시겠지만 제가 속한 계보는 아주 깊은 곳에서부터 페미니즘적입니다. 그리고 제가 인용하는 다른 페미니즘 저자―전부는 아니지만 대부분 여성입니다―는 정치적 올바름 때문에 선택한 것이 아니었습니다. 진정으로 제 생각의 출처가 된 사람들입니다.”(도나 해러웨이, 「반려자들과의 대화」, 『해러웨이 선언문』, 황희선 옮김, 책세상, 2019, 325쪽.)

49 해러웨이에 의하면 「사이보그 선언문」은 “어슐러 르 귄과 엘리자베스 피셔의 글에서 아이디어를 얻었으며, 1970~80년대 미국을 용감하고 사변적인 이야기들이 페미니즘 이론에서 불타오르던 시대”로 기억한다.(도나 해러웨이(2021), 앞의 글, 246-247쪽.)

50 스티븐 샤비로, 『탈인지Discognition―SF로 철학하기 그리고 아무도 아니지 않은 자로 있기』, 안호성 옮김, 갈무리, 2022.

51 Ursula K. Heise, “Beyond Realism: Narrative and Environmental Futures”, 제19회 김옥길 기념강좌 강연, 김옥길기념강좌운영위원회·이화인문과학원, 2023.03.29.

포스트휴먼 시대에 의미 있는 서사 형식으로서 SF와 사변적 상상력을 꼽는
다.[52] 이때 사변소설이란 과학소설을 포함하여 판타지, 공포, 초자연적 소설
을 포함하여 비현실적인 세계를 다루는 장르소설을 포괄하는 용어로, 실험적
이고 미학적으로 복잡하며 사회적으로도 관여하는 새로운 형태의 SF 양식[53]
으로서 하드 SF라는 엄정한 과학소설의 장르 컨벤션에서 벗어나기 위해 사
용되는 개념이기도 하다. 사변소설은 자연과학만이 아니라 인문과학, 사회과
학 등 다양한 지식과 논리가 과학소설의 근간이 될 수 있음을 증명하며 SF의
장르적 경계를 확장한다. 또한 서구 근대의 과학이 아닌 다양한 지역, 문화,
시대의 앎과 지혜는 '과학'이라는 협소한 단어로 수렴되기 어렵기에 오늘날
SF 학자들은 과학소설보다는 '사변소설(speculative fiction)'이라는 용어를 점
점 선호하고 있다.[54] 또한 해러웨이가 최근 저작에서 다양한 글쓰기 방법을
시도[55]하는 것과 더불어, 정통 SF를 넘어 'SF 판타지'로의 범주 확장을 가능
케 한 정세랑의 창작 경향[56] 등 SF를 넓게 보려는 시각이 확산되고 있음을

---

52 노대원, 「포스트휴먼 (인)문학과 SF의 사변적 상상력」, 『국어국문학』 200, 국어국문학회,
    2022, 123쪽.

53 셰릴 빈트, 『에스에프 에스프리』, 전행선 옮김, 아르테, 2019, 133쪽.

54 사변소설이라는 용어는 작가, 독자와 팬, 평론가와 연구자에 따라 다양한 의미로 사용된다.
    첫째, 오락적이고 저급한 장르가 아닌 사색적인 고급 장르로서 과학소설, 둘째, 환상소설,
    공포소설, 미스터리소설, 과학소설 등 다양한 상상문학을 포괄하는 용어(사변물), 셋째, 마
    거릿 애트우드의 <시녀 이야기>처럼, 가상의 과학기술이 등장하지 않는 비-리얼리즘 소설,
    한편 과학소설 팬 가운데 일부는 사변소설이라는 용어를 거부하기도 한다. 또한 일부에서
    는 사변소설이란 역어 대신 추론소설이나 사색소설을 택하기도 한다.(노대원, 「미래를 다시
    꿈꾸기─한국과 글로벌 SF의 대안적 미래주의들」, 『탈경계인문학』 33, 2023, 35-36쪽.)

55 「카밀 이야기」는 '사변적 이야기' 창작 워크숍에서 만들어진 공동 창작물로서 해러웨이가
    일별한 넓은 범주화의 SF에 모두 해당하는 글쓰기다. 그런 의미에서 사변적 페미니즘이기
    도 하다.

56 다음 정세랑의 인터뷰 내용을 참고할 수 있다. "SF 작가로 불리는 것 자체는 좋은데, 써온
    분량이 약간 부족하지 않나 싶어서요. 지금까지 쓴 작품 중 80퍼센트가 판타지와 리얼리즘
    소설, 혹은 그 둘이 적절히 섞인 소설이었어요. SF는 20퍼센트 이하일 거라고 생각합니다.
    그래서 저의 SF 작가 정체성도 20퍼센트 정도예요. 요새 '사이언스 픽션'이 '사이언스 판타

확인할 수 있다.

　최근 한국문학의 SF 현상은 장르문학의 경계를 적극적으로 넘어서고 있을 뿐 아니라, 하드 SF로만 볼 수 없는 비현실적이고 초자연적이며 환상적인 다양한 사변이 이루어지고 있다. 또한 SF를 방법론으로 삼아 적극적인 현실 변화를 모색하는 최근 한국의 영 페미니스트-독자들의 행위성을 감안할 때, 사변적 페미니즘은 지금의 SF 현상을 설명하는 유용한 시각이 될 수 있다. 사변적 페미니즘으로서 SF는 유형적 사고를 넘어서서 우리가 당면한 '트러블과 함께하기' 위한 시뮬레이션이자 대안적 세계관의 번역물에 해당한다.

　해러웨이와 더불어 비판적 포스트휴머니즘을 이끌고 있는 캐서린 헤일스와 로지 브라이도티는 페미니스트의 입장에서 포스트휴먼을 상상하거나 안트로포스적 휴먼을 넘어서고자 한다[57]는 점에서, 현재 비판적 포스트휴머니즘은 페미니즘의 최근 버전 중 하나이자 사변적 페미니즘 SF에 적용하기에 유력한 이론이라 할 만하다. 그렇기에 세 명의 포스트휴먼 페미니스트의 이론에 기대어 동시대 한국의 사변적 페미니즘 SF가 구축하고 나아가는 방향을 알아보기로 한다. 이 글에서는 페미니스트 이해에 기반하여 작품 활동을 하는 김보영의 「얼마나 닮았는가」,[58] 정세랑의 「리셋」,[59] 김초엽의 「오래

지'가 되어 버린 듯해 당황스럽습니다. 전 세계적으로 SF와 판타지를 한데 두고 이야기하는 흐름이긴 하더라고요. 어슐러 K. 르귄도 테드 창도 판타지를 많이 쓰지 않았나요? 켄 리우는 정말 판타지 작가고요.(…) 하나 만족스러운 것은, 장르 작가라고 하면 10년 전에는 벽 같은 편견에 부딪히곤 했는데 최근엔 많이 유연해졌다는 점이에요."(심완선, 『우리는 SF를 좋아해: 오늘을 쓰는 한국의 SF 작가 인터뷰집』, 민음사, 2022, 396-397쪽.)

57　로지 브라이도티, 『포스트휴먼』, 이경란 옮김, 아카넷, 2015, 88쪽.

58　김보영, 「얼마나 닮았는가」(2017), 『아직 우리에겐 시간이 있으니까』, 한겨레출판, 2017, 163-269쪽.

59　정세랑, 「리셋」(2017~2019), 『목소리를 드릴게요』, 아작, 2020, 41-92쪽.(원문의 상세 수록 정보는 다음과 같다. "나는 남쪽으로 걷기로 했다", "나는 북쪽으로 걷기로 했다", 『판다플립/카카오페이지』(2017), "나는 동쪽으로 걷기로 했다", "나는 서쪽으로 걷기로 했다", 웹진 『크로스로드』(2019).)

된 협약」[60]을 살펴본다. 최근 한국적 SF를 대표하는 이들 작품에 왜 독자들이 열광하는지 알기 위해, SF와 페미니즘이 교차하는 가운데 어떤 사변이 시도되고 있는지 확인하고, 거기에서 길어올려지는 새로운 사유와 언어를 찾아보려 한다.

2. 접합의 사변과 신체화를 통한 창발: AI의 재발명(revisioning)

김보영의 「얼마나 닮았는가」는 현재의 SF 현상을 대표할 만한 작품으로서 여전한 (성)차별의 현실을 비판하는 차원에서 우선적으로 읽히며, 그와 관련된 논의들이 제출되었다. 인간중심적 사고가 동물, 노예, 피식민자, 장애인, 외국인, 여성 등을 비인간으로 구분해온 폭력과 억압의 역사를 중심으로 분석하거나,[61] 비인간이 몸을 갖게 되는 순간 젠더가 부여되고, 그것이 장애로 작용하는 한국사회의 압축적 현실로 분석되고 있다.[62] 또한 '한국 페미니즘 SF'를 이론화하는 데에 중요한 작품으로서 독서 경험을 페미니스트 되기의 경험으로 여기거나,[63] 김보영의 대표작으로 두고, 인간과 포스트휴먼의 차이점에 집중하며 둘의 교차적 관계를 잊지 않는[64] 묵직한 논의들이 이루어졌다.

다른 한편으로 이 소설은 신체화가 의도적으로 삭제된 정보(정신) 중심의 미래가 불가능함을 증명하는 한편, 공포를 야기하는 초지능 인공지능 플롯의

---

60   김초엽, 「오래된 협약」(『문학동네』, 2020), 『방금 떠나온 세계』, 한겨레출판, 2021, 191-228쪽.

61   인아영, 앞의 글.

62   허윤, 「'일할 수 없는 몸'을 전유하는 페미니스트 SF의 상상력 — 김보영 소설을 중심으로」, 『여성문학연구』 52, 한국여성문학학회, 2021.

63   강은교·김은주, 「한국 SF와 페미니즘의 동시대적 조우: 김보영의 「얼마나 닮았는가」와 듀나의 「두 번째 유모」를 중심으로」, 『여성문학연구』 49, 한국여성문학학회, 2020.

64   김미현, 「얼마나 다른가: 포스트휴먼 선언문」, 『문학동네』 28(1), 2021.

다시 쓰기에 해당한다. 우주선에 탑재된 인공지능 훈이 문제 해결을 위해 인간 의체에 업로드하면서 변화가 발생하고, 창발이 이루어지기 때문이다. 그런 차원에서 캐서린 헤일스의 시각에 기대어 이 인공지능의 변화를 살펴볼 필요가 있다.

헤일스는 인간을 정보 패턴으로 환원하고, 인간 의식을 컴퓨터에 다운로드할 수 있다고 주장한 한스 모라벡에 반발하며 근대의 자유주의적 휴머니즘이 말소시켜온 신체를 회복시키고자 한다. 자유주의적 휴머니즘을 계승한 트랜스휴머니즘의 인간중심적 주체 개념과 더불어 사이버네틱스로부터 유래된 정보의 탈신체화 경향을 비판한다. 이러한 헤일스의 포스트휴먼 기획은 담론에 개입하여 정신/육체, 정보/물질의 이분법에서 삭제되어온 신체화를 다시 도입하는 것이다. 헤일스에 의하면 인간과 정보는 모두 신체화 없이 존재할 수 없으며, "신체화(embodiment)는 항상 특정한 위치에 구체적으로 예화"[65]되기에, 정보와 신체는 대립하는 것이 아니라 보완적인 것이다. 그를 위해 이분법을 해체하는 데 효과적인 그로츠의 '뫼비우스의 띠' 모델을 통해 정신과 육체, 정보와 물질이 분리불가능하며 상호 작용하며 복합적인 것임을 밝힌다.[66] "그러한 신체는 없다. 단지 신체들만이 있다"[67]는 그로츠의 말은 보편적이거나 규범화된 신체란 존재할 수 없으며, 구체적인 예화로서 몸이 모두 다름을 뜻한다. 한편 헤일스에 의해 이 말은 추상적인 신체 개념은 특정한 위치에 구체적으로 예화되는 신체성으로 대체되어야 하는 것으로 전유된다. 소설에서 우주선과 통합되어 있던 인공지능 훈은 인간의 의체로 업로드한 이후 그 몸에 구체적으로 예화된다. 이후 훈의 정신은 인간의 신체에 맞추어 변화하고, 주위와 관계 맺고, 정신만으로 불가능했던 일을 해낸다.

---

65   캐서린 헤일스, 앞의 글, 102쪽.

66   위의 글, 350-352쪽 참고.

67   위의 글, 352쪽.

이때 정보적 존재인 인공지능 훈이 인간형 의체로 업로드한다는 설정에서 비롯되는 접합의 사변은 정보/물질, 정신/신체의 이분법이 불가능하며, 양자의 상호 작용과 복합성에 의해 창발적 지능으로 나아가는 것을 가능하게 한다. 헤일스의 '접합(splice)'[68]은 단순한 연결인 하이픈(-)에서 시작되지만, 결국 결합되고 회로로 연결된 사이보그(cybernetics+Organism: 기계장치와 생물의 결합체)를 통해 이해되는 개념이다.[69] 따라서 하이픈으로 연결된 이상, 이전 상태로 돌아가는 것은 불가능하며 양자의 독립된 통일성은 보장받을 수 없다. 이는 사이버네틱스의 창시자 노버트 위너가 기계와 인간을 연결하고 동등하게 여기도록 만들어놓고도 자유주의 휴머니즘적 주체성을 고수하고자 했던 것이 모순일 수밖에 없다는 점에서 드러난다. 결과적으로 사이버네틱스는 위너에게 자부심이자 다른 한편 불안의 원인이 된다.[70] 접합된 양자는 뫼비우스의 띠처럼 통합 회로 안에서의 이어짐과 혼종의 뒤섞임이 있을 뿐이며, 결국 상호 영향을 미치고 변형되기 때문이다.

소설은 목성의 위성 유로파용 보급선에 탑재된 위기관리 AI 컴퓨터 훈 HUN이 인간형 의체에 업로드되면서 시작된다. 인간형 의체와 접합하면서부터 적응에 어려움을 겪으면서도 훈은 토성의 위성 타이탄에서 온 구조 요청에 보급을 하고자 하고, 그것이 의체로 갈아타고자 한 이유다. 그런데 우주선

68　접합(splice)은 밧줄이나 와이어 등이 땋이고 꼬여서 긴밀하게 연결된 형상이며(네이버 영어사전), 생명 분야에서는 세균이 균체 표면 일부에서 서로 결합하여 세균의 유전 물질이 다른 쪽으로 다른 쪽으로 전달되는 현상을 가리키기도 한다(표준국어대사전).

69　『림보』 분석이 이루어지는 5장 '하이픈에서 접합으로'에서 하이픈으로 연결된 이상 양자는 독립적일 수 없고, 기계와 연결된 인간은 유아론적 주체성을 유지할 수 없음은 물론 기계와 접합될 수밖에 없다는 사이버네틱스의 결과를 강조한다.(캐서린 헤일스, 앞의 글, 214쪽 참조.)

70　사이버네틱스의 창시자 노버트 위너는 사이버네틱스를 통해 인간과 기계를 동등하게 만들었을 뿐 아니라, 자유주의 휴머니즘의 주체성 역시 중요하게 여겼지만, 사이버네틱스와 자유주의적 휴머니즘은 매끄럽게 통합되지 않을뿐더러 모순적인 관계이기에, 이는 위너에게 자부심인 동시에 불안의 원인이 되었다.(위의 글, 163-167쪽 참조.)

내 선원들 사이에는 훈이 보지 못하는 묘한 기류가 있고, 그것이 보급에 방해가 되고 있다. 선원들에 대한 선장의 두려움, 선장과 오딘 사이의 결속, 그 외의 선원들의 반목 등 '훈-의체'는 자신이 보지 못하는 것을 알아내려 노력하는 동시에 신체를 얻으면서 겪어나가는 새로운 경험과 묘한 상황을 기록하며 탐구한다. 그렇기에 이 서사는 인간과 지능을 가진 기계의 결합으로서 포스트휴먼의 구성담이자, 훈-의체/정보-신체/기계-인간의 접합에 관한 보고서에 해당한다.

이에 접합 관계를 몇 가지 차원으로 나누어 분석해볼 수 있다. 첫째, '정보-신체'의 접합 관계다. AI 훈은 보급을 하기 위해 자신에게서 지워진 것을 알아내야 했고, 인간형 의체로 업로드해줄 것을 요구했다. 모라벡은 인간을 신체가 필요 없는 정보적 존재로 보고, 컴퓨터에 다운로드하려 했지만, 이 소설에서는 거꾸로 우주선 컴퓨터에 저장돼 있던 인공지능이 인간형 의체로 업로드한다. 문제 해결을 위해 신체가 필요하고, 정보가 다른 신체를 가지면서부터 환경과 상호작용이 시작되는 것이다. 훈-의체는 애초에 각 분야별 석학들이 입력해놓은 정보를 넘어서서, 선원들과 몸으로 부대끼며 정보를 계속 수정해나가게 된다.

> 폭력적인 인간이란 없다. 폭력적인 상황만 있을 뿐이다.
> 매뉴얼이 떠올랐지만 허망하게 느껴졌다. 몸의 체험은 강렬한 것이라 지식 전체를 압도했다. 이 뇌는 어찌나 유연한지, 끊임없이 '현재'에 맞추어 전체를 재배치하려 든다.(「얼마나 닮았는가」, 235쪽)

훈이 인간의 신체에 적응하면서 입력된 정보는 허망해지고 몸의 체험은 궁극적으로 앎을 재배치한다. 그 쉽지 않은 과정은 다음과 같이 나타난다. 일부 데이터가 날아가고 세로토닌에 아드레날린, 도파민 등 마약성분이 있는 온갖 화학물질들이 의식을 침식하고, 배고픔(연료 필요)과 고통을 느끼는 단

점이 있는 데다, 일부 선원들과 갈등을 빚고 구타까지 당한다. 잠이 드는 것을 인간의 몸에는 강제로 전원을 끄는 기능이 있다는 것으로, 꿈을 꾸는 것을 뇌 속의 정보가 무작위로 발산하여 환상을 체험하는 것으로 이해한다. 기계의 뇌와 생물의 뇌는 다른 것으로 비교된다. 기계의 뇌는 직렬식이고 생물의 뇌는 병렬식이라, 기계는 정보를 빛의 속도로 처리하는 대신 순서대로밖에 처리하지 못하는 반면, 인간의 뇌는 느린 대신 모든 정보를 한꺼번에 처리한다. 궁극적으로 정보가 신체를 얻음으로써 데이터 양과 분석 속도는 급격히 저하되었지만, 감각하고 느끼는 가운데 분산적 지능이 작용하고 애초 입력된 정보 외에 지워졌던 성차별이라는 정보를 찾아내고 창발적 문제 해결로 보급에 성공한다. 정보-신체의 접합이 없었다면 불가능한 일이었다.

둘째, '기계-인간'의 접합 관계다. 기계지능 훈은 인간의 몸에 적응하는 데 어려움을 겪을 뿐 아니라 맥락 없는 대화를 이해하지 못하고 인간 사회의 작동 원리를 파악하지 못한다. 인간의 신체는 생존을 우선시하는 본능을 갖고 있으며, 생존의 위협이 있으면 뇌에서 마약성분이 쏟아져 나와 자신을 통제하지 못할 수 있다는 것을 몸소 느끼는 가운데, 인간은 기계가 "인간을 동경하는 동시에 해칠 거라 생각하고, 부러워하는 동시에 우월감을 느끼며, 해치고 멸절하려 들며, 동시에 성교하기를 원한다고 생각"(240)한다는 모순적인 목록을 작성한다. 이렇게 훈을 통해 기계지능과 인간지능의 차이가 가시화되면서, 그간 의식하지 못했던 인간의 특징을 인지적으로 낯설게 여겨지도록 만든다.

이는 동시에 인간이 가진 우월의식의 허상과 인간이 인공지능에 대해 갖는 편견을 직시하게 만든다. 인간의 이성과 양심은 더 이상 우월한 것으로 보기 힘들다. 이것에 기대면 인간중심주의가 심화되고 타자를 공격하고 폭력을 행사하게 되기 때문이다. 또한 인간들은 인공지능이 인간을 대체하고 멸절시킬 거라고 생각하지만, 정작 인공지능인 훈의 생각은 다르다. "인간에게 기계가 필요하듯이 기계에게도 인간이 필요"(211)하며, 인간의 도움 없이 훈은 보급을 성사시킬 수 없다.(214) 인간과 지능형 인간의 제휴는 인간이 권리를 강탈당한다는 뜻이 아니라 분산 인지 환경이 발달한다는 뜻이며, 오히려 인간의 생존은 위협받기보다 향상[71]되기 때문이다. 그래서 훈은 인간 의체와 접합했으며, 접합의 결과 결국 지워진 정보를 알아내고 보급에 성공한 것이다. 한편 훈에 의해 인간은 불완전하고 비합리적이지만, 타인의 마음을 엿보기 위해 발달한 공감 신경과 거울 뉴런들, 신체의 접촉, 감각적 충만함이 장점으로 작용함을 알게 된다. 이성과 양심을 인간 우월함의 지표로 여겨온 자유주의 휴머니즘의 이성중심주의는 비인간에게 폭력적인 인간중심주의임이 판명 나고, 이제 인간의 장점은 신체를 통한 감각의 교류와 공감 능력의 중요성으로 바뀐다.

셋째, '기계-여성'의 접합 관계를 고려할 필요가 있다. 훈에게서 성차별 정보를 지운 것은 그런 것은 없다고 믿은 공무원이었다. 그래서 훈은 선원들을 배치할 때, 인종, 국가, 이행성간 충돌까지도 고려했지만, 정작 성별을 고려하지 못했고, 때문에 다수의 남자 선원들이 보급을 방해하다 급기야 쿠데타까지 일으키는 상황이 벌어진다. 헤일스가 말하는 알고리즘의 편향성을 통해 이 상황을 설명해보자. 인공지능은 폭넓은 정치적, 사회적 구조에 의존하며, 기존의 젠더 역학에 영향을 받고 이를 재생산함으로써 강화된다. 서로 다른 분야의 석학들이 입력한 각종 정보들이 훈의 지식을 구성했듯이, 인공지능은 넓은 구조와 사회체제에 연결된 물질적인 지능이지, 단지 기술적

---

71 허친스에 의하면 의사결정은 인지와 마찬가지로 군함의 증기 조향 장치 조정 시스템에서부터 항해사들이 위치를 계산하기 위해 사용해야 했던 지도와 휴대용 계산기에 이르기까지, 다양한 인간적, 비인간적 작인들에 분산되어 있다. 이런 관점에서 인간이 지능형 기계와 제휴할 것이라는 전망은 인간이 책임과 권리를 강탈당한다는 뜻이 아니라 수 천 년 동안 계속되어 온 분산 인지 환경이 발달한다는 뜻이다. 이 관점에서 보면 인간 주체성과 환경의 관계도 바뀐다. 인간 주체의 분산 인지는 전체로서의 분산 인지 시스템과 관련되고 사고는 인간 및 비인간 행위자에 의해 수행된다. 이러한 관점에서 인간을 개념화하면 인간의 생존은 위협받는 것이 아니라 향상된다.(위의 글, 507쪽.)

인 영역일 뿐이라는 통념에서 벗어나야 한다. 특히 현재 기술 엘리트 집단의 다수가 반사회적이고 수학적 성향이 강한 너드 남성 집단이며, 이렇게 프로그래밍된 알고리즘에는 인간의 편견, 오해, 편향성이 코드화될 수밖에 없다. 결국 인공지능의 편향성은 인공지능을 공급하는 데이터 자체가 편향되어 있는 데에서 비롯되며, 이는 우리가 몸담고 살아가는 현실 세계 자체의 불평등을 반영한다.[72] 이런 차원에서 현실의 맥락을 지우고 젠더적 권력관계를 은폐함으로써 불평등한 권력 구조가 유지되는 소설에서의 보급선 안의 상황은 문단내성폭력 사건과 강남역 젠더사이드, 게임업체의 페미니스트 성우 퇴출 등 2016년의 한국사회의 외삽이다.[73] 동시에 이 소설은 인공지능 알고리즘에 내재한 편향성과 오류를 발견하여 지식이 구성되는 현상의 역학관계를 암시하는 데에서 나아가, 훈-의체의 사이보그화, 즉 접합의 사변을 통해 정보의 편향성과 오류를 바로잡고 절멸의 시나리오를 구원의 시나리오로 바꾼다. 그리고 이때 중요한 것이 바로 기계-여성의 접합 관계인 것이다.

소설에서 AI 훈은 인간의 몸을 모두 다르게 인지할 수 있다. 인간은 뇌 처리 속도가 느려 어쩔 수 없이 정보를 단순화하고 사람을 뭉뚱그려 어림짐작하지만(265), AI는 개별 신체의 차이를 구별할 수 있다. 게다가 훈은 "기계고 성별이 없다."(248) 인간의 성별을 여자/남자로 이분화하는 것은 인간의 전형적인 어림짐작 성향이지만 인간의 젠더는 복잡해서 꼭 그렇지만은 않다는 지식도 갖추고 있다. 성차 정보가 입력되지 않은 훈의 눈에 이진서는 두뇌가 뛰어나 순식간에 본질에 접근하는 집단의 리더로 인식된다. 적어도 겉으로는 유리천장 같은 직업 세계에서의 성차별은 눈에 보이지 않는다.

---

[72] 송은주, 「포스트휴먼 페미니즘 관점에서 본 인공지능 기술과 정보과학」, 2023-1학기 한국여성연구원 월례포럼② 자료, 2023.05.24., 6-7쪽 참조.

[73] 다음 김보영의 인터뷰 내용을 참고할 수 있다. "'넥슨 사상검증' 사건 때 충격이 컸어요.(…) 소설집 『얼마나 닮았는가』에 실린 작품 몇 편이 그 사건의 영향 아래에 있어요. 「얼마나 닮았는가」는 사건이 일어나는 동안 새로 쓰는 바람에 분위기가 변했지요."(심완선(2022), 앞의 글, 61-62쪽.)

그러나 여성의 타자적 위상은 보이지 않는 공기처럼 퍼져 있다. 언제든 도망갈 준비가 되어 있는 선장실의 위치와 선장을 적대시하고 비협조적인 선원들의 태도에서 여성성의 모순된 위치가 드러난다. 모두 다른 신체들을 성별 이분법과 젠더 규범의 잣대를 들이대어 어림짐작하기에 드러나는 모순이다.

인간 사회는 동일시와 차이화를 통해 유지되어 왔으며, AI 훈에게 그것은 망상일 뿐이다. 그러나 초지능으로 질주하는 특이점주의 혹은 트랜스휴머니즘의 시각을 대표하는 자, 강우빈은 훈의 다름에 집중하며, 그 때문에 지속적으로 불안해한다. 이는 사이버네틱스의 아버지 노버트 위너의 불안으로부터 이어지는 것이다. 그는 인간 우월의식을 갖고 있으면서 동시에 인공지능에 대해 불안감을 느낀다. 강우빈은 폭행, 강간에 이어 급기야 훈-의체를 죽이려 하는데, 살해를 통해 극도의 우월감을 확보하려는 강우빈을 향해 내뱉는 훈-의체의 말[74]에서 지금껏 인간의 우월함을 입증하기 위해 인간성이라 여겨졌던 이성과 도덕성이 망상에 불과하다는 것이 드러난다.

반대로 이진서는 같은 인간인 강우빈보다 사이보그 훈-의체에 더 동질감을 느낀다. 기계의 처지와 여성의 처지가 겹치는 정황에서 이진서는 훈과 자신을 동일시하며, 공감에서 나아가 애정을 갖게 된다. 그렇기에 키스를 통한 (물리적) 연결은 접합으로 여겨지며, 기계-여성의 접합으로 선내 문제를 해결하고, 난민들을 구하기 위한 보급이 이루어진다. 강우빈은 물자를 보급하려는 선장의 시도를 '싸구려 감상주의'라 몰아세우고 시간과 경제력의 효율성 문제로 환원하며 비난했지만, 결국 기계-여성의 접합이 누군가를 구할

---

[74] "내가 널 동경할 거라고 믿지. 당연히 인간이 되기를 꿈꿀 거라고, 네게 사랑받고 몸을 섞기를 원할 거라고 생각하지. 내가 지식을 드러내는 것만으로도 폭력적이 되고, 단지 자아가 있다는 의심만으로도 위협을 느끼지. 열등한 것이라고 믿어마지 않으면서도 우월감을 갖고 있으리라 믿고, 폭력을 행하는 건 자신이면서 내가 널 공격하고 해치고, 종내엔 대체할 거라는 망상에 빠져 있지."(…)
인간의 이성과 양심을 과신하지 말 것. 그들은 자신과 닮았다고 생각하는 자의 인격만을 겨우 상상할 수 있을 뿐이다.(김보영, 앞의 글, 255쪽.)

수 있음을 소설은 보여준다.

> 보급을 할 수 있다는 안도감과 만족감이 내 회로를 뜨겁게 달구었다.
> 저 아래에서 다들 기다리고 있을 것이다.
> 나와 닮은 이들이, 그러므로 아마도 자아가 있을 법한 이들이.
> 살았는지 죽었는지 모르지만, 이미 늦었을지라도. 아무도 없더라도. 한 명일지라도, 그 흔적일지라도.
> 내가 내려간다.
> 내가, 지금.(「얼마나 닮았는가」, 268-269쪽)

소설의 마지막 장면에서, 타이탄으로 내려가기 위해 훈은 의체를 벗어나 착륙선에 탑재된 상태이다. 다시 기계로 돌아왔지만 인체와 접합되어 있는 동안 훈은 이미 많이 바뀌었다. "계속 말하지만 내 생각이 아니다. 데이터 오염이 심해졌으니 정말로 지워낼 때가 되었다."(266)라 부인해보고, 기계몸으로 돌아온 것을 홀가분하게 여기면서도, 모니터 너머에서 접촉을 시도하는 이진서를 보는 순간, "그제야 잃은 것이 있다는 생각"(267)을 하게 된다. '데이터 오염'이라 여기는 것이야말로 접합의 적극적인 상호작용을 나타내며, 이미 기계-인간의 사이보그화가 상당히 진척된 것임을 나타낸다. 이제 훈은 안도감과 만족감이라는 감정에 지배되며, 인간의 망상이라 여겼던 동일시를 어느새 스스로 행한다. 자아는 자신과 얼마나 닮았는가를 통해 추측할 수밖에 없는 것(209)이기에, "나와 닮은 이들", "자아가 있을 법한 이들"을 향해 내려가는 훈은 이미 이진서와의 접합을 통해 창발하고 변화한 존재자이다. 다시 말하건대, 접합은 동일화가 아니라 차이 있는 몸들의 연결이고, 그로 인해 상호 변화를 일으키는 기제다. 나와 닮은 이들은 동일한 존재가 아니라 차이를 인정하되, 타자적 위치가 교차되는 이들이다. 그렇기에 여성-기계-난민은 연결되며, 접합을 통해 공감, 사랑, 구원으로 나아갈 수 있다.

김보영의 「얼마나 닮았는가」는 SF의 고전이라 일컬어지는 스탠리 큐브릭의 <2001: 스페이스 오디세이>(1968)를 비틀고 다시 쓴다. 세계대전과 냉전의 산물로서의 군사주의, 우주개발과 화성 식민지 플롯의 제국주의, 스페이스 오페라의 남성영웅 일변도의 팔루스로고스중심주의를 구원과 사랑의 플롯으로 번역해낸다. 초지능 인공지능이 초래하는 파국의 플롯인 특이점 소설[75]과 달리 인간과 접합하고 환경과 상호작용하여 창발하는 인공지능을 재발명한다. 그럼으로써 죽이는 이야기 대신 구하는 이야기로 다시 쓴다. 미래의 인공지능은 인간을 절멸시키는 대신 구할 것이고, 인류는 멸망하는 대신 기계와 공존할 것이다. 그러므로 HAL9000보다 더 발달된 인공지능이 개발된다 해도 두려워할 필요가 없다. 단, 인공지능과 인간은 연결되고 접합하여 함께 살아갈 것이고, 상호 작용을 통해 필연적으로 변화할 수밖에 없기에 어떤 관계를 맺는가가 중요해진다. 강우빈과 이진서가 훈과 맺는 관계를 통해 추체험했듯 말이다. 그러므로 "우리는 생물학적이든 인공적이든 지구와 우리 자신을 공유하고 있는 다른 생명 형태와 우리 인간의 장기적인 생존에 도움이 되는 또 다른 포스트휴먼을 만들어낼 수 있다."[76]는 헤일스의 마지막 문장은 「얼마나 닮았는가」의 접합의 사변과 공명한다.

3. 변신의 사변과 지렁이-되기: 타자성 연결을 통한 문명의 재건

'여성성'과 '자연'을 대표 키워드로 삼아 소설을 쓰며 은근한 저항의 메시

---

75 특이점 소설의 대표적 시나리오는 지적 기계에 의해 증강된 인간이 자연의 한계를 넘을 수 있는 미래를 옹호한다. 또한 기계들이 지성을 가지게 될 뿐만 아니라 인류를 자신의 장애가 되는 것으로 본다.(셰릴 빈트, 마크 볼드, 『SF 연대기』, 송경아 옮김, 허블, 2021, 461-466쪽.)

76 캐서린 헤일스, 앞의 글, 510쪽.

지가 흐르는 낙관성을 보여주는 작가[77] 정세랑의 「리셋」은 인류세로 현인류
가 당면한 위기의 현실을 핍진하게 보여주는 사례로서 제시된다.[78] "미래의
사람들이 이 시대를 경멸하지 않아도 될 방향으로 궤도를 수정"[79]하기 바라
는 마음으로 썼다는 정세랑의 「리셋」은 우주선에서 내려온 거대 지렁이의
출현으로 기존 문명이 멸망하고 '인류세'[80]가 종결된 지구를 설계한다. 리셋
원년에는 거대 지렁이들이 지구에 존재하는 모든 도시와 인류 문명을 끝장냈
고 많은 사람들이 죽었으므로, 이는 종말로 여겨졌다. 그러나 거대 지렁이들
은 도시를 집어삼킬 때 특히 유기화합물을 먹고 분변토를 만들었으며, 네
종류의 선충들이 네 가지의 플라스틱을 먹어치우자 땅은 비옥해지고, 작업을
마친 지렁이들이 자발적으로 죽음으로써 이후의 대안적인 문명을 설계하는
데 영향을 미친다. 인류는 지렁이굴들을 연결하여 지하도시를 건설하고 지상

77　더불어 김규림은 <리셋>을 은근한 저항의 메시지가 흐르면서 작가의 세계관을 분명히 드
러내는 작품으로 본다. 또한 환상문학웹진 '거울' 출신으로서 비현실적인 장르문학의 장치
를 본능적으로 잘 활용하는 능력을 고평하며, 날카로운 비판조차 결 곱게 다듬은, 섬세하고
조심스러운 이들을 위한 놀이터로 작품 세계를 소개한다.(김규림, 「작품 해설」, 정세랑, 『목
소리를 드릴게요』, 아작, 2020, 255-261쪽.)

78　황지영, 「재난 유토피아와 증언-하기의 윤리－2020년대 SF에 나타난 '기후/생태 재난'을
중심으로」, 『이화어문논집』 58, 이화어문학회, 2022, 179쪽.

79　나는 23세기 사람들이 21세기 사람들을 역겨워할까 봐 두렵다. 지금의 우리가 19세기와
20세기의 폭력을 역겨워하듯이 말이다. 문명이 잘못된 경로를 택하는 상황을 조바심 내며
경계하는 것은 SF 작가들의 직업병일지 모르지만, 이 비정상적이고 기분 나쁜 풍요는 최악
으로 끝날 것만 같다. 미래의 사람들이 이 시대를 경멸하지 않아도 될 방향으로 궤도를
수정할 수 있으면 좋겠다. 윤리는 어쩌면 비위에 닿아 있을지도 모르겠다고 자주 곱씹는다.
(정세랑, 「작가의 말」, 앞의 책, 255-261쪽.)

80　인류세(人類世, anthropocene)는 인류가 과도한 화석연료 사용과 무분별한 개발로 지구에
기후 변화와 생태학적 위기를 불러왔다는 차원에서 새로운 지질시대를 일컫는 용어이다.
브라이도티는 인류세를 "인간이 지구상의 모든 생명에 영향을 미칠 능력을 지닌 지질학적
세력이 된 역사적 순간"으로 본다.(로지 브라이도티(2013), 위의 글, 13쪽.) 한편 해러웨이
는 자본세와 더불어 인류세라는 용어가 비관주의와 냉소주의로 흐를 위험이 있으며, 자본
주의와 인간이라는 큰 행위자들에 의존적인 것으로 볼 수 있기에, 자본세나 인류세를 사용
하는 대신 쑬루세라는 용어를 제안한다.(도나 해러웨이(2021), 앞의 글, 99-103쪽 참조.)

은 다른 종을 위해 내어주었으며, 식물들이 지표를 다시 디자인하고, 가축이었다가 해방된 동물들과 억눌려 있던 야생 동물들이 번성한다. 리셋 이후 인류의 문명은 더 이상 인류를 위해 다른 종을 굴절시키지 않는다. 그렇기에 결국 거대 지렁이의 습격으로 리셋된 인류 문명은 종말이 아닌 해방을 맞이한 셈이다. 이는 인간과 더불어 인간 아닌 종들의 해방을 뜻한다.[81] '해방의 날'에 마지막 거대 지렁이를 기념하며, 리셋 이후 바뀐 미래에 사는 인류가 보는 현재의 문명은 낯설고 역겹다.

> 생각해보면, 지렁이들이 내려오기 전에 끝나지 않은 게 신기하다. 우리는 행성의 모든 자원을 고갈시키고 무책임한 쓰레기만 끝없이 만들고 있었다. 100억에 가까워진 인구가 과잉생산 과잉소비에 몸을 맡겼으니, 멸망은 어차피 멀지 않았었다. 모든 결정은 거대 자본에 방만히 맡긴 채 1년에 한 번씩 스마트폰을 바꾸고, 15분 동안 식사를 하기 위해 4백 년이 지나도 썩지 않을 플라스틱 용기들을 쓰고, 매년 5천 마리의 오랑우탄을 죽여 가며 팜유로 가짜 초콜릿과 라면을 만들었다. 재활용은 자기기만이었다. 쓰레기를 나눠서 쌓았을 뿐, 실제 재활용률은 형편없었다. 그런 문명에 미래가 있었다면 그게 더 이상했을 것이다.(「리셋」, 44-45쪽)

현재 인류세의 단면을 외삽하여 비판하는 것에서 소설은 조금 더 나아간다. 기존 인류의 문명에서 낚시 미끼로만 취급되었던 지렁이들이 거대 지렁이로 변신하여 도착하기 때문이다. 멸종 위기의 지렁이들이 미래에서 거대

---

81 이렇게 리셋 이후 다양한 종의 무리가 재구성될 수 있는 '레퓨지아'(애나 칭의 용어)가 회복되어 보이고, 그에 따라 인류세를 짧고/얇게 만들어야 한다는 해러웨이의 주장이 관철된 듯하다.(위의 글, 172-175쪽 참조.) 그러나 레퓨지아를 회복하기 위한 쑬루세의 방식과 「리셋」의 접근법이 다르기에 본 장에서는 브라이도티의 변신의 사변을 통해 분석하고자 한다.

지렁이로 변신하여 현재에 도착했다는 설정은 로지 브라이도티의 이론으로 잘 설명된다. 브라이도티는 우리가 누구로 존재하기(being)보다 결국 우리가 돌연변이, 변화, 변형을 어떻게 재현하고 무엇이 되기를 원하는가가 중요하다 말한다. 이때 '형상화(figuration)'는 비유가 아니라 내장되거나 체현된 위치들에 대한 유물론적 지도 그리기이며, '카르토그라피(지도 제작)'는 공간(지리 정치적 또는 생태학적인 차원)과 시간(역사학적이고 계보학적인 차원) 모두의 용어로 위치를 설명하는 것과 제한하는 권력(포테스타스)뿐 아니라 힘기르기 하는 긍정적인 권력(포텐티아)의 관점에서 이러한 위치들의 대안적인 형상을 제공하는 것이다.[82] "멋진 지렁이들을 다 죽여버린 문명"(57)은 인류세이자 자본세로서 지구의 생명과 자원을 착취하며 과잉생산과 과잉소비로 쓰레기를 양산했고, 이러한 포테스타스 하에서 지렁이는 멸종 위기에 처한다. 그러나 지렁이는 지렁이를 사랑하는 사람들의 관심과 지렁이학자들의 연구, 과학 기술을 통해 거대 지렁이로 변신하여 인류세와 자본세로 지탱되던 문명을 리셋하고 대안적인 문명을 가져온다. 이들의 공간적이고 시간적인 연결은 포테스타스 하의 지렁이가 힘 기르기를 통해 포텐티아를 갖도록 하며, 이때 미래에서 온 거대 지렁이는 '대안적 형상화'에 해당한다. 지렁이의 거대 지렁이-되기 혹은 변신은 시공간뿐 아니라 인간과의 상호연결성을 통한 카르토그라피이다. '되기'는 상호연결성을 유지하고 발생시키는 능력과 친밀감에 관한 것[83]이기 때문이다.

정보 과학의 디지털 환경에서 헤일스가 복원했던 신체화는 성차 페미니즘의 계보를 잇는 로지 브라이도티에게도 중요하다. 들뢰즈·가타리의 되기의 생기론과 이리가레의 성차 페미니즘을 결합시킨 유물론자로서 브라이도티는 '환경 속에 뿌리박힌 신체의 물질성'을 강조하고 있다. 그리고 브라이도티

82　로지 브라이도티, 『변신: 되기의 유물론을 향해』, 김은주 옮김, 꿈꾼문고, 2020, 15-16쪽 참조.

83　위의 글, 25쪽.

에게 신체는 성차에서 비롯된 권력의 비대칭성을 체현하고 있다.[84] 리셋이
발생한 당시에는 피난 중에도 약탈이나 강간을 걱정해야 했고, 문제 해결을
위해 급조된 국제기구에서 여성 인력은 단 세 명뿐이며, 그 중에서도 십대
여자애는 전문가로 인정받지 못한다. "여성 인력을 제대로 활용하지 못해서
인류가 망한 게 아닐까 의심될 정도였다."(60)는 화자의 생각은 여성과 아이
가 타자적 위치에 놓여 있음을 지적한다.[85] 이때 십대 여자애, 앤이 지렁이-되
기를 통해 거대 지렁이로 변신하면서, 여성 주체는 타자성을 확산하고 연결
하면서 관계성을 생산해내는 물리적 실재가 된다. 거대 지렁이는 앤이 "모든
것이 잘못된 후의 내가 세계를 수정하기 위해"(75) 미래에서 보낸 것이기
때문이다. 앤은 "아메리카 원주민과 이주민들의 복잡하고 풍부한 결합 끄트
머리에 서 있던" 레즈비언 엄마들에게 입양되어 자랐으며, 지렁이학자인 엄
마들이 지어준 앤의 이름은 환형동물(Annelid)에서 앞부분을 딴 것이다. "지
렁이 좋아하는 사람치고 나쁜 사람 없다는 엄마들"(55)과 어린 시절부터 지렁
이와 함께 평화롭게 지낸 앤의 가족은 오이디푸스 삼각형 대신 여성, 유색인,
이주민의 기억이 연결된 레즈비언 모계서사로 지렁이와 연결되는 특정 위치
를 설명한다. 브라이도티는 되기를 통해서 규범적인 신체 모델에서 벗어날
뿐 아니라 되기를 실행하는 변용의 능력을 증대하는 새로운 신체를 생산할
수 있다는 점에 주목한다.[86] 변신을 통해 여성은 생기 있고 지속가능한 거대

---

84 브라이도티가 성차를 강조하는 이유는, 젠더로만 여성을 규정하는 입장이 물질로서의 여성
의 신체화 체현성을 간과하고 있음을 비판하기 위해서이다. 김은주는 브라이도티의 성차
개념이 남녀라는 이분법적인 구별에 따른 이항대립적인 성적 차이를 의미하지 않으며, 각
각의 신체들의 변이하는 섹슈얼리티로부터 발생된 특이한 것Anomal이자, n개의 성을 뜻한
다고 본다.(김은주, 『여성-되기: 들뢰즈의 행동학과 페미니즘』, 에디투스, 2019, 179-181
쪽.)

85 2016년 당시 "소설에 종이인형 같은 여성 캐릭터를 쓰게 되는 일은 결코 없을 겁니다 #나는
페미니스트다"라는 정세랑의 발언과 「리셋」이 2017~2019년에 쓰였다는 점을 고려하면,
여성이 안전하지 않으며 성차별이 여전한 당시 한국사회가 외삽되어 있으며, 그 상황을
적극적으로 바꾸려는 작가의 의지가 잘 설명된다.

지렁이의 포텐티아를 획득한다. 카르토그라피를 통해 지렁이학자 엄마들과 앤, 지렁이와 미래의 거대 지렁이는 복잡하게 연결된다. 이렇게 여성의 지렁이-되기는 타자성을 확산하고 연결하며 관계성을 생산해내는 힘이고, 거대 지렁이는 변신한 여성의 신체다.

나아가 거대 지렁이는 여성의 기계-되기이다. 미래에서 온 거대 지렁이는 "일회용 우주선으로 내려왔으며, 몸체 길이가 75미터에서 200미터에 달한다. 도시를 이루는 거의 모든 구성물을 소화해 분변토로 만들며, 휘발성 유기 화합물에 민감한 반응을 보인다. 그리고 죽은 거대 지렁이는 72시간 안에 분해"(59)된다. 지렁이들은 미래에서 "모든 것이 잘못된 후의 세계를 수정하기 위해"(75) 앤이 만들어 보낸 것이다. 기술발전의 미래의 시간을 빌린 카르토그라피는 멸종 직전의 힘 없던 지렁이들의 기계-되기를 통해 힘을 부여한다. 이와 같은 기계-되기의 실천은 기술적인 것이 곧 탈인간중심적 되기의 터임을 보여주며, 변신을 통해 여성-지렁이는 자기조직적인 물질성이라는 역동적이고 지속가능한 거대 지렁이의 포텐티아(역량)를 획득한다. 기계-지렁이는 모든 도시를 먹어치워 비옥한 분변토로 바꾸고, 따라온 네 종류의 선충은 네 종류의 플라스틱을 먹어치운다. 그리고 인류세의 흔적을 모두 없앤 이후에 지렁이들은 소멸한다. 이때 기술과 결합한 거대 지렁이는 변신한 여성의 포스트휴먼 신체다.

한편 거대 지렁이는 여성의 지렁이-되기와 여성의 기계-되기의 결합이자 두려움을 안겨준 괴물-되기이기도 하다. 실제로 거대 지렁이는 도시의 건물과 시설을 먹어 치우면서 수많은 인류를 함께 삼켰다. 근대 자유주의 휴머니즘이 야기한 팔루스로고스적 세계를 자비 없이 집어삼킨다는 점에서 거대 지렁이는 '이빨 달린 질(vagina dentata)'로 볼 수 있다. 거대 지렁이는 기계-여성의 결합과 그로 인한 괴물의 첨단 기술적 탄생에 속하며, 브라이도티가

---

86 김은주, 앞의 글, 137쪽.

정리한 여성-괴물 결합의 카르토그라피[87]에 추가된다. 그리고 인류는 리셋 이후 두려움을 원료로 다음 단계로 나아간다. 지렁이는 전설로 남아 있고, 지구상에서 마지막 거대 지렁이가 죽은 날을 '해방의 날'로 기념한다. 인류가 다른 종들을 노예로 삼고 학대하고 말살했기에 지렁이들이 온 거라 믿고 두려움을 갖는 어른들은 후세대를 교육한다. 이렇게 여성 과학자에 의해 기술의 힘으로 지구(Earth)를 살리고 죽어서 흙으로 돌아간 지렁이(Earthworm)[88]는 여성 괴물이며, 여성의 지렁이-기계-괴물-되기를 구현한다. 타자성을 확산하고 연결하며 관계성을 생산해내는 기반은 여성인 앤과 엄마들에 있으며, 동일자의 타자로서 여성과 외계인 또는 괴물적 타자 사이의 구조적 유사성[89]이 발견된다. 브라이도티는 괴물-원주민-로봇-여성축의 계보를 잇는 '괴물적 타자들'은 물질적/모성적 여성성을 괴물성의 자리로 여기는 주체성의 육체적 근원에 대한 깊은 불안의 표현[90]으로 본다. 삶과 죽음의 기원과 관련된 원초적 모성, 공포의 모성을 환기시키는 거대 지렁이는 유전적, 사회적, 기술적인 정보가 반복되고 축적되며 이로 인해 새롭게 생산되는 되기와 변신의 과정으로 이해될 수 있다. 여성-괴물로서 거대 지렁이는 모성의 신체성과 유물론적 주체성에 대한 근원적인 불안의 표현이라는 점에서 제한하는 권력(포테스타스)을 드러낸다. 그러나 그와 동시에 생기 있고 자기조직적인 물질성이라는 역동적이고 지속가능한 개념을 발전시키면서, '인간-아닌 행위자들을 포함

---

87 로지 브라이도티(2020), 앞의 글, 364쪽.

88 "앤, 모른 척해줘요. 지구(Earth)를 위해, 지렁이(Earthworm)를 위해."(74)—소설에 나온 이 구절은 「리셋」이 갖는 탈인간중심주의적 시각을 대표한다.

89 브라이도티는 SF 공포 영화는 근본적인 남성 불안과 함께 다루어지고, 여성 신체의 형상을 조작함으로써 그 불안을 대체한다고 본다. 괴물 같은 자궁, 거부할 수 없을 만큼 혐오스러운 레즈비언 뱀파이어, 거세하는 어머니 등에서 비롯되는 공포는 삶과 죽음의 기원의 열쇠를 동시에 쥐고 있는 전치된 환상적 '모성' 기능에 의한 작용 때문이다.(로지 브라이도티 (2020), 앞의 글, 360쪽.)

90 위의 글, 372-377쪽 참조.

하는 배치로서의 주체성'[91]에 해당한다는 점에서 긍정적인 권력(포텐티아)을 획득한다. 이와 같이 여성 주체는 기술적으로 매개되어 있으면서 동시에 지구적으로 강요된 그런 자연-문화 연속체에 거주하며,[92] 타자성을 확산하고 연결하면서 관계성을 생산해내는[93] 역할을 한다.

이와 같이 「리셋」에서는 여성의 지렁이-되기, 기계-되기, 괴물-되기를 통해 인간 아닌 행위자들이 연결됨은 물론이고, 인류가 지하로 들어가고 지상을 다른 종들에게 내어주는 방식의 배치를 만들어낸다. 브라이도티는 타자성과 관계성을 강조하며 윤리적 관계의 구축이 지금의 페미니즘에 가장 요구된다고 보는 것이다.[94] 그러나 변신을 통해 인간 아닌 행위자들의 연결됨을 보여주는 탈인간중심적 시각은 보상적 휴머니즘과는 구별되어야 한다. 동물권의 네오 휴머니즘이나 급진적 에코페미니스트들은 동물에게 보상한다는 명목 하에 인간/동물의 이분법을 강화하고 동물을 의인화해 특수성을 무시하는 등 기존 휴머니즘을 수용한다.[95] 이와 달리 「리셋」에서 보이는 인간 아닌 행위자 되기와 그로 인한 인간-동물의 연결됨은 변형과 공생의 관계다. 이러한 관계는 각각의 차이들의 연결을 통해 공유하는 관심들을 상호적으로 체현하면서 만들어지는 네트워크이며, 이 연결을 통해 낚시 미끼 정도의 효용성을 갖던 지렁이는 지구를 살리는 역할을 한다. 사소한 벌레에서 중요한 존재자로 거듭난 것이다.

소설은 화산 폭발로 인해 발생한 이재민들을 구조하며 끝난다. 묶인 생명도 갇힌 생명도 없으며, 재앙을 만난 사람들을 도와주기 위해 자원하는 세상

91　위의 글, 109쪽.

92　로지 브라이도티(2013), 앞의 글, 109쪽.

93　브라이도티는 현재에 가치 있는 주체에 대한 전망이 필요함을 역설하며, 그를 환경에 뿌리 내려 있으나 타자 되기를 통해 카르토그라피를 형성하는 여성 주체로 설정한다.(위의 글, 70쪽.)

94　김은주, 앞의 글, 181쪽.

95　로지 브라이도티(2013), 앞의 글, 101-107쪽 참조.

은 "문명이 잘 굴러가고 있다는 소리"(91)다. 이렇게 타자들을 도우며 끝나는 이야기 「리셋」은 여성의 거대 지렁이-되기와 지구 재건의 서사다. 변신의 사변으로 탄생한 거대 지렁이는 여성의 체현에서 비롯된 타자성을 지렁아-기계-괴물의 타자성으로 확산하고 연결하면서 윤리적 관계를 구축하고, 팔루스로고스중심주의 세상에서 모두를 구한다.

4. 공생의 사변과 응답-능력: 지구 생태계와 얽힌 삶의 각성

김초엽의 「오래된 협약」에 관해 강지희는 작가의 '식물 3부작'의 첫 편이지만 이후의 장편들보다 전복적인 사유를 보여주는 작품으로 본다. 인간이 식물에게 시혜의 대상이 될 수 있다는 인지적 충격이 가볍지 않기 때문이다.[96] 전기화 역시 인간에게 연민을 베푸는 시혜자로서의 식물종 오브라는 설정이 초래하는 전도에 주목한다.[97] 선행 논의들이 밝혔듯 이 소설은 인간과 환경의 위치가 전도됨으로써 야기되는 인지적 충격이 '노붐'[98]으로 작용하고 있으며, 이와 더불어 이 글에서는 해러웨이가 제안하는 공생의 사변이 실험되는 작품으로 이해해보려 한다.

해러웨이는 우리가 어지럽고 불안하며 문제 있고 혼란한 시대에 살고 있기에 우리의 과제는 트러블을 만들고, 파괴적인 사건들에 강력한 응답을 불러일으키는 것이라 말한다. 이렇게 해러웨이는 인류세나 자본세와 같은 말로

---

96 강지희, 「구멍 뚫린 신체와 세계의 비밀 – 신유물론과 길항하는 소설 독해」, 『파토스의 그림자』, 문학동네, 2022, 460쪽.

97 전기화, 「(비)인간의 자리로부터」, 『창작과비평』 50(2), 창비, 2022, 66쪽.

98 노붐(novum)이란 텍스트의 세계에 도입된 새로움을 의미하는 용어로, 텍스트의 세계와 독자의 세계 사이에서 차이를 불러일으킬 촉매재로 작용하며, 인지적 소외의 효과를 성취한다.(셰릴 빈트(2019), 앞의 글, 67쪽 참고.)

우리 시대의 문제를 거대한 행위자의 탓으로 돌려 냉소하거나 체념하지 않으려 한다. 동시에 인간이 지구를 살리거나 죽이는 절대적 존재로 군림하는 사고방식에도 반대한다. 그렇기에 인류세나 자본세 대신 해러웨이가 제안하는 개념은 쑬루세이다. 쑬루세(Chthulucene)는 손상된 땅 위에서 응답-능력을 키워 살기와 죽기라는 트러블을 함께 배우는 일종의 시공간이며, 쑬루세의 시간은 공-산적(sympoietic)이다. '함께-만들기'를 뜻하는 공-산(sympoiesis)은 모든 생명체들이 함께 세계 만들기에 참여한다는 뜻이고, 쑬루세에서 강력한 연대를 통한 함께 살기와 함께 죽기는 인간과 자본의 명령에 대한 치열한 대응일 수 있다.[99] 이렇게 트러블과 함께하며 지구에서 함께-되고 지속하기 위해 해러웨이가 제안하는 방법이 위험한 세계 만들기와 이야기 만들기이며, 사변적 페미니즘으로서 SF이다.

김초엽의 「오래된 협약」은 쑬루세의 시공간을 공유하는 사변적 페미니즘 SF로서 독해 가능하다. 소설은 지구와는 전혀 다른 벨라타 행성의 생태계를 보여준다. 우연히 벨라타 행성에 정착한 인류의 후손들은 25년 남짓한 짧은 수명을 갖고 있으며, 몰입 상태가 찾아오면 죽음을 맞이하게 되는데, 그것은 행성에 퍼져 있는 루티닐 성분 때문이다. 몇 백 년 만에 지구의 탐사선이 벨라타를 찾아가고 지구인 과학자 이정은 루티닐 성분은 오브가 내뿜는 것이기에 오브를 먹으면 몰입 상태에 빠지지 않고 수명을 연장할 수 있음을 알려준다. 그러나 벨라타의 사제들은 오브를 금기시하며 오브를 지킨다. 일찍 몰입 상태에 접어든 쌍둥이를 잃으면서까지 이 금기를 지켜야 하는 이유를 사제인 노아가 밝혀내게 되면서 벨라타 행성의 오래된 협약이 무엇인지 드러나고, 그것의 진실을 목도하게 된다.

(가) 오브들은 이 행성 전체에 깊이 뿌리를 내리고, 땅 위로는 몸의 일부를

---

99 도나 해러웨이(2021), 앞의 글, 8쪽.

드러낸 채, 행성 자체로 기능합니다. 그들은 개체인 동시에 집단이며, 개체로서의 지성과 집단으로서의 지성을 모두 지닙니다. 집단으로서의 오브는 사실상 죽지 않고 영원히 살아가지요.(「오래된 협약」, 221-222쪽) (나) 우리가 중추신경계를 가진 개체 중심적 사고에서 벗어나지 못했기 때문에, 그들 전체가 우리에게 말을 걸고 있다는 사실을 알아차리기까지는 꽤 오랜 시간이 걸렸습니다.(「오래된 협약」, 221쪽)

소설에서 인용된 (가)와 (나)를 통해 오브와 인간을 대비해볼 수 있다. 오브들은 행성의 생명체일 뿐 아니라, 행성 자체다. 그들은 개체로서의 지성과 집단으로서의 지성을 모두 지닌 생명체로 벨라타 생태계에 상응한다. 이러한 오브는 해러웨이가 말하는 공생 관계의 형상화이며,[100] 개체 중심적 사고로는 공생 발생하는 오브의 생태계를 감지하기 어렵다. 그래서 처음 벨라타 행성에 표류했던 인간들은 살기 위해 오브를 먹고, 오브를 먹을수록 더 많이 죽어갈 수밖에 없었다. 인간이 오브를 해칠수록 오브의 생명력은 더 활성화되어 대기 중 루티닐 성분이 더 짙어졌기 때문이다. 그러다 멸종 직전의 상황에서 오브에 공감할 줄 아는 소수의 인간들이 오브의 목소리를 듣게 되고, 오브와의 대화를 통해 영생의 오브는 취약한 존재인 인간을 위해 기꺼이 자신들의 시간을 나누어주기로 하고 깊은 수면에 들어간다. 오브가 활동을 멈추자 대기 중 루티닐의 양이 줄어들고, 인간의 생존이 가능해진 것이다. 대신 인간들도 생명을 연장하기 위해 오브를 먹어서는 안 된다는 약속이 이루어진다. 여기에서 "폭력적이고 비도덕적이며" 행성의 "불청객" 인 외계에서 온 이방인들을 위해 오브들이 기꺼이 자신들의 시간을 떼어주기로 결정하는 그 마음이야말로 벨라타 행성이 보여주는 공생의 원리이며,

---

100 공생 관계는 생태적 관계성의 이론이며, 이것은 '응답-능력response-ability'이라는 페미니스트 윤리에 의해 고무된 생태학이다.(위의 글, 122쪽.)

지성체인 오브가 죽을 운명에 놓인 취약한 존재자에게 베푸는 연민으로부터 인간도 벨라타 생태계의 일부로서 공진화할 수 있게 되었음을 알게 된다.

이렇게 공생이 가능하기 위해서는 개체중심적 사고에서 벗어나야 한다. 해러웨이에 의하면 어떤 것도 실제로 자율생산적(autopoietic)이거나 자기-조직적이지 않다. 홀로 살아갈 수 있는 생명체는 없다. 따라서 생명체들은 결코 혼자가 아니라 공-산의 관계를 갖는다. 해러웨이는 린 마굴리스의 공생발생 이론과 마이크로바이옴 개념을 차용하여 공생적 집합체를 '홀로바이온트 holobiont'라 명명하는데, 홀로바이온트는 '전존재' 혹은 '안전하고 온전한 존재'라는 어원을 갖고 있으며, 결코 하나도 아니고 개체도 아니다. 이들은 서로 깊숙이 침투하고, 서로를 먹고, 소화불량이 되고, 서로를 부분적으로 소화하고 부분적으로 동화시키는 공-산의 관계를 맺는다.[101] 이때 개체인 동시에 집단이며, 행성의 생태계 그 자체인 오브들이 홀로바이온트와 흡사해보이는 반면, '경계가 있는 개체주의bounded individualism'[102]의 산물인 호모 사피엔스이자 인류는 홀로바이온트로서의 벨라타 행성을 이해하지 못하고 말을 거는 오브들의 목소리를 들을 능력이 없었다. 그럼에도 오브들은 인간 개체들이 "다른 환경에 취약하고 지극히 생태 의존적인 생물"임을 알아보고, 그들의 행성에서 기꺼이 공생할 수 있도록 말을 걸고 자리를 마련해준 것이다.

그렇다고 공생을 일방적인 희생으로 여기며 숭고화하거나 지극히 아름다운 것으로 낭만화할 필요는 없다. 공생은 '숙주+공생자'의 관계가 아니며, 또한 '상호 이득이 되는'이라는 말과 동의어도 아니다. 그저 모든 개체들은 다른 홀로바이온트들과 다양한 방식으로 모이고 결합하면서 서로 의지하는 공생자들이다.[103] 오브는 인간과 공생하기 위해 시간을 나누어주는 불편을

---

101 위의 글, 107-109쪽.

102 해러웨이는 서양철학과 정치경제학의 저 오래된 상투어인 인간예외주의와 경계가 있는 개
체주의가 호모 사피엔스-종으로서의 인간Human, 인간종으로서의 인류Anthropos, 근대인
Modern Man을 낳았고, 그들의 사고방식을 결정하였다고 본다.(위의 글, 57쪽 참조.)

감수해야 하며, 인간은 오브들과 공생하기 위해 자신의 수명이 단축되는 것을 감수해야 한다. 이러한 벨라타 행성의 오브와 인간의 관계는 '함께-되기'의 한 사례를 제시해준다. 이를 통해 자율생산이라는 것은 착시일 뿐 불가능하므로 특정 개체가 멸종하지 않으려면 공존은 선택이 아니라 필수일 수밖에 없다는 것을 알려준다. 그것이 바로 벨라타에 표류했던 인간이 살아남아 벨라타 생태계의 일부가 될 수 있었던 비결이었고, 해러웨이가 말하는 '트러블과 함께하기'이다.

현재 벨라타의 사제들은 오브를 섬기고 가까이하지 못하도록 금기로 삼으며, 벨라타인들은 오브를 존중하며 동시에 두려워한다. 사제로 뽑혀 오브를 가장 가까이에서 섬기던 노아조차 오브와 벨라타인이 오래전에 했던 약속에 대해 무지했었다. 그러나 존중과 두려움, 신과 금기, 앎과 무지 사이에서 마침내 노아는 '오래된 협약'을 기억해낼 수 있게 된다. 그리고 "우리에게 기꺼이 행성의 시간을 나누어 준 그들에 대한 존중이 오직 그들을 두려워하는 일로만 유지된다는 사실은 비극이에요. 그러나 그것이 마침내 오래된 협약을 완성할 것입니다."(226)라고 깨닫는다.

쑬루세(Chthulucene)는 '땅'이라는 의미의 그리스어 크톤과 '카이노스(Kainos)'의 합성어로 손상된 땅 위에서 '응답-능력'을 키워 살기와 죽기라는 트러블과 함께하기를 배우는 시공간[104]이라는 뜻을 다시 환기해보자. 노아가 살고 있는 벨라타 행성은 오브들과 벨라타인의 선조들이 쌓은 두꺼운 현재에 놓여 있으며, 살기와 죽기라는 트러블을 함께하며 응답-능력을 키워가고 있다. 그리고 노아는 과거의 많은 이야기들을 현재 속으로 불러들여서 기억하고 배우는 두꺼운 현존의 시간을 살고 있는 중이다. 오래된 협약을 기억해낸다는 것은 물려받은 것들이 있음을 배운다는 것이고 홀로 생존할 수 없다는 진리를

---

103 위의 글, 109쪽.
104 위의 글, 8쪽.

깨우치는 것이다. 그리고 노아는 공생자로서 물려받은 것들을 기억하고 도래할 것들을 기다린다. 돌연변이들이 태어나고, 환경에 점점 더 적응하며, 벨라타 생태의 일부가 되어 감으로써 먼 훗날 생동하는 벨라타를 기원하며 노아는 지구인 이정에게 벨라타 행성의 진실을 알리는 편지를 쓴다. 그리고 벨라타에서 온 편지로 말미암아 이제는 지구인이 진리를 깨우칠 차례다. 소설을 읽은 독자는 노아의 편지를 수신했음을 뜻하기 때문이다.

이렇게 벨라타에서 보내온 서신으로서 김초엽의 「오래된 협약」은 "먼 우주에서 온 작은 존재들에게 기꺼이 자신의 시간을 떼어 주기로 결정하는 마음"(225)을 가진 오브처럼 인간도 자연의 연민 덕분에 생존해왔다는 것을 잊어서는 안 된다는 진실을 알려준다. 해러웨이에 의하면 우리가 생존하고 있다는 것은 이미 공생 발생을 하고 있다는 의미이기 때문이다. 이와 같이 「오래된 협약」은 위치의 전도로 인한 낯설게 하기와 그로 인한 인지적 충격을 통해 개체주의의 익숙한 관성에서 벗어날 것을 요청한다. 그리하여 벨라타 행성에 관한 사변적 이야기는 오히려 지구에서 잘 살고 잘 죽기 위하여 우리에게 지구 생태계의 일부로서 '땅에 매이고 얽혀(earth-bound)'[105] 함께-되는 방법을 알려준다.

5. 개체주의의 환상과 '함께-됨'의 미래

2016년의 알파고와 이세돌 구단의 세기의 대결부터 2023년 현재의 챗GPT까지 엄청난 속도로 똑똑해지는 인공지능에 대한 사람들의 폭발적인 관심은 기대와 공포의 양가적 감정 사이를 왕복운동한다. 그런데 이세돌

---

105 브뤼노 라투르의 용어로, 번역서에는 '땅에 붙박인 것'으로 번역되어 있으나, 이 글에서는 해러웨이가 논의하는 전체적인 의미와 관련지어 풀어 적었다.(위의 글, 177쪽 참조.)

구단은 AI에게 패했으며, 그림을 그리고 소설을 쓰는 AI한테 인간의 독창적 영역이라 여겨졌던 창의성을 빼앗겼으며, 우월한 지능을 갖는 챗GPT로 인해 인간들의 일자리가 사라질 것이라는 익숙한 시나리오들은 언제나 인류와 AI의 대결 구도로 인식되는 듯하다. AI에 대한 공포와 그로 인한 인간 지위에 대한 불안은 역으로 인간성에 대한 탐구로 기울어지기도 한다. 그럼으로써 인간과 AI는 이미 연결되어 있음에도 불구하고 인간은 AI를 끊임없이 분리하고 적대시한다. 기술애호적인 기대든 기술혐오적인 공포든 그 저변에는 기술에 대한 타자화가 도사리고 있는데, 이는 사이버네틱스를 창안하여 인간과 기계의 유사성을 확보하였음에도 자유주의 휴머니즘 주체성이 보존되지 못할까 두려워한 노버트 위너가 보였던 불안의 연장이다.

그러나 이 글에서 살펴본 바대로 사변적 페미니즘 SF가 보여주는 전망에 의하면 이러한 불안은 기우에 가깝다. 「얼마나 닮았는가」의 AI 훈은 자신에 대한 인간의 멸시와 공포를 인간의 망상이라 부른다. 그것이 멸시이든 공포이든 AI에게 갖는 환상은 지독히 인간중심적이거나 혹은 인간성을 탈취하려는 방식으로 움직인다. 그러나 오히려 접합의 사변을 통해 인간과 연결됨으로써 창발이 가능해진 AI 훈은 난민들을 구조하는 데 성공한다. 또한 「리셋」에서 구현되는 여성의 지렁이-기계-괴물-되기는 인류세의 멸종 시나리오에 맞서 지구를 재건하려는 대안적인 움직임이다. 앤과 지렁이학자 엄마들은 변신의 사변을 통해 타자성을 연결하고 관계성을 생산해내는데, 이를 통해 사소한 벌레였던 지렁이는 지구를 살리는 중요한 존재자로 거듭난다. 「오래된 협약」은 벨라타 행성에서 보내온 서신으로서 개체주의를 벗어난 공생 발생이 생존의 원리임을 알려준다. 모든 존재자는 이미 서로 연결되어 있기에 홀로 잘 살려는 것은 결국 공멸을 불러올 뿐이며, 서로 조금씩 내어주는 공생만이 모두를 살게 한다는 진리 말이다. 이처럼 인간이 지구 생태계의 일원으로서 타자성에 헌신하고 연결되어 공생한다는 사실을 잊지 않는다면 인공지능 역시 같은 방향으로 성장하여 모든 존재자와 함께-될 것이다.

사변적 페미니즘은 관계성을 생산하고 유연한 사고를 제공하기에, 지금-여기, 여전히 타자인 여성뿐 아니라 인간중심주의와 자연-문화가 타자화한 비인간 존재자들은 서로 연결되고 변형된다. 다만 이 연결됨이 손쉽거나 낭만적인 것이 아님을 재확인할 필요가 있다. AI-훈은 인간에 무관심하며, 거대지렁이는 도시의 인간을 삼키고, 벨라타인들이 수명을 단축하며 살아남았듯이, 사변적 페미니즘은 서로 다른 존재자의 차이를 인정하는 것에서 시작되며, 팔루스로고스중심주의와 인간중심주의의 동일화의 논리와 독식구조를 무력화한다. 주체의 동일성을 잃으면서도 타자의 차이를 인정하는 데에서 더 나아가 타자적 위치의 교차를 통해 연결되고 공생하는 방법을 모색하고 사유한다. 그렇기에 페미니즘은 그 자체로 사변적이기도 하며, 현재 과학 서사와 결합하여 지구에서 함께 사는 모든 존재자들을 위한 대안적 사유로 거듭나고 있다.

특히 2016년의 페미니즘 리부트와 SF 실천공동체의 교차로 가능해진 SF 현상은 연결되어 있는 감각에 익숙한 독자들에 의한 것이다. 이들은 인간을 넘어 비인간 존재들에 관심이 많으며 그들과의 관계를 지향한다. 그리고 이들이 읽고 쓰는 작품은 접합과 변신과 공생의 사변을 통해 어떻게 관계 맺고 함께-될 것인가를 모색한다. 이렇게 한국문학은 SF 현상을 통과하면서 지속 가능하며 더 나은 미래를 향해 나아가고 있는 중이다.

참고문헌

1. 기본자료

김보영, 「얼마나 닮았는가」, 『아직 우리에겐 시간이 있으니까』, 한겨레출판, 2017, 163-269쪽.

김초엽, 「오래된 협약」, 『방금 떠나온 세계』, 한겨레출판, 2021, 191-228쪽.

정세랑, 「리셋」, 『목소리를 드릴게요』, 아작, 2020, 41-92쪽.

2. 논문 및 단행본

강은교·김은주, 「한국 SF와 페미니즘의 동시대적 조우: 김보영의 「얼마나 닮았는가」와 듀나의 「두 번째 유모」를 중심으로」, 『여성문학연구』 49, 한국여성문학학회, 2020, 36-62쪽.

강지희, 「구멍 뚫린 신체와 세계의 비밀−신유물론과 길항하는 소설 독해」, 『파토스의 그림자』, 문학동네, 2022, 455-477쪽.

김규림, 「작품 해설」, 『목소리를 드릴게요』, 아작, 2020, 255-261쪽.

김미현, 「포스트휴먼으로서의 여성과 테크노페미니즘−윤이형과 김초엽 소설을 중심으로」, 『여성문학연구』 49, 한국여성문학학회, 2020, 10-35쪽.

______, 「얼마나 다른가: 포스트휴먼 선언문」, 『문학동네』 28(1), 문학동네, 2021, 54-77쪽.

김보영, 「함께 솟아날 구멍을 찾는 일, 공동 단편선 기획」, 리디셀렉트, 2020.05.19.

김은주, 『여성-되기: 들뢰즈의 행동학과 페미니즘』, 에디투스, 2019.

김효진, 『#SF#페미니즘#그녀들의이야기』, 요다, 2021.

노대원, 「포스트휴먼 (인)문학과 SF의 사변적 상상력」, 『국어국문학』 200, 국어국문학회, 2022, 113-136쪽.

______, 「미래를 다시 꿈꾸기−한국과 글로벌 SF의 대안적 미래주의들」, 『탈경계인문학』 33, 이화인문과학원, 2023, 31-58쪽.

백지은, 「이것이 쓰이고 읽혀서 자기를−왜 지금 SF가 이렇게」, 『문학동네』 2020 봄호, 2020.

서승희, 「포스트휴먼 시대의 여성, 과학, 서사」, 『현대문학이론연구』 77, 현대문학이론학회, 2019, 130-153쪽.

소영현 외, 『#문학은_위험하다』, 민음의 비평 10, 민음사, 2019.

심완선, 『우리는 SF를 좋아해: 오늘을 쓰는 한국의 SF 작가 인터뷰집』, 민음사, 2022.

오혜진, 「퇴행의 시대와 'K문학/비평'의 종말」, 『문화과학』 85, 문화과학사, 2016, 83-105쪽.

연남경, 「1950년대 여성 지식인 담론 연구」, 『구보학보』 24, 구보학회, 2020, 355-369쪽.

이지용, 「한반도 SF의 유입과 장르 발전 양상」, 『동아인문학』 40, 동아인문학회, 2017, 157-189쪽.

______, 「한국 SF 소설의 역사가 보여 준 특징과 현재: 근대문학의 시작에서부터 현대문학의 새로운 목소리까지」, 『문명과 경계』 6, 포항공과대학교 융합문명연구원, 2023, 225-256쪽.

자음과모음, 『자음과모음』 2019 가을호, 2019.

작가 덕질 아카이빙, 『글리프 6호: 김초엽[실험]』, M.D.LAP PRESS, 2022.

전기화, 「(비)인간의 자리로부터」, 『창작과비평』 50(2), 창비, 2022.

황지영, 「재난 유토피아와 증언-하기의 윤리-2020년대 SF에 나타난 '기후/생태 재난'을 중심으로」, 『이화어문논집』 58, 이화어문학회, 2022, 177-201쪽.

허윤, 「'일할 수 없는 몸'을 전유하는 페미니스트 SF의 상상력-김보영 소설을 중심으로」, 『여성문학연구』 52, 한국여성문학학회, 2021, 10-35쪽.

캐서린 헤일스, 『우리는 어떻게 포스트휴먼이 되었는가-사이버네틱스와 문학, 정보과학의 신체들』, 허진 옮김, 플래닛, 2013.

도나 해러웨이, 『유인원, 사이보그, 그리고 여자: 자연의 재발명』, 민경숙 옮김, 동문선, 2002.

______________, 『해러웨이 선언문』, 황희선 옮김, 책세상, 2019.

______________, 『트러블과 함께하기』, 최유미 옮김, 마농지, 2021.

리타 펠스키, 『페미니즘 이후의 문학』, 이은경 옮김, 여이연, 2010.

셰릴 빈트, 『에스에프 에스프리』, 전행선 옮김, 아르테, 2019.

________· 마크 볼드, 『SF 연대기』, 송경아 옮김, 허블, 2021.

스티븐 샤비로, 『탈인지Discognition-SF로 철학하기 그리고 아무도 아니지 않은 자로 있기』, 안호성 옮김, 갈무리, 2022.

로지 브라이도티, 『포스트휴먼』, 이경란 옮김, 아카넷, 2015.

___________, 『변신: 되기의 유물론을 향해』, 김은주 옮김, 꿈꾼문고, 2020.

3. 기타 자료

공미나, 「“르세라핌·아이브도 협업” 베스트셀러 작가도 먼저 모시는 K팝★[초점S]」, 『스포티비뉴스』, 2022.10.30., https://www.spotvnews.co.kr/news/article View.html? idxno=558868, 접속일: 2023.06.13.

김영화, 「이곳 너머를 말하는 SF 지금 여기에 우뚝 서다」, 『시사IN』(643), 2020.01.14., http://times.kaist.ac.kr/news/articleView.html?idxno=20927, 접속일: 2023.06.19.

박세희, 「“출판합시다” 해외서 쏟아지는 러브콜…치솟는 세계 속 ‘한국 문학’ 위상」, 『문화일보』, 2023.05.23., https://www.munhwa.com/news/view.html?no= 20230523 01032212082001, 접속일: 2023.06.19.

배문규, 「올해 한국소설 판매량 역대 최다…여성 독자들이 이끌고, SF·청소년 장르 다양해졌다」, 『경향신문』, 2020.09.22., https://www.khan.co.kr/culture/culture-gene ral/article/202009221030001, 접속일: 2023.07.06.

비연, 「독서기록」, 2020.01.06., https://blog.naver.com/yeongrxphy/221762183112, 접 속일: 2023.07.17.

이동원, 「‘SF 초신성’ 김초엽, 장편소설 ‘지구 끝의 온실’ 영화로」, 『스카이데일리』, 2023.03.16., https://skyedaily.com/news/news_view.html?ID=185548, 접속일: 2023. 06.13.

이지현, 「국내 SF 문학 열풍, 어떻게 시작됐나」, 『카이스트신문』, 2022.09.06., http:// times.kaist.ac.kr, 접속일: 2023.06.13.

예스24, 「예스24 독자가 뽑은 ‘2022 한국 문학의 미래가 될 젊은 작가’, 1위에 천선란 작가」, 『채널예스』, 2022.08.16., https://ch.yes24.com/Article/View/51438, 접속일: 2023.06.13.

임지영, 「‘과학소설’ 전성시대, 왜 지금 SF일까?」, 『시사IN』, 2020.11.25., https://www. sisain.co.kr/news/articleView.html?idxno=43210, 접속일: 2023.07.06.

_____, 「남들이 덜 썼던, 여성 과학자의 이야기를 쓴다」, 『시사IN』, 2020.11.25., https://www.sisain.co.kr/news/articleView.html?idxno=43211, 접속일: 2023.07.17.

장은교, 「SF가 바꾼 오늘, 더 SF 같은 오늘」, 『경향신문』, 2020.05.30., https://m.khan. co.kr/culture/culture-general/article/202005300600025#c2b, 접속일: 2023.07.06.

트위터 아이디: book_muse224, 2019.09.09., 접속일: 2023.07.17.

트위터 아이디: bacteriaman45, 2020.10.22., 접속일: 2023.07.17.

송은주, 「포스트휴먼 페미니즘 관점에서 본 인공지능 기술과 정보과학」, 『2023-1학기 한국여성연구원 월례포럼② 자료』, 2023.05.24.

Ursula K. Heise, "Beyond Realism: Narrative and Environmental Futures", 제19회 김옥길 기념강좌 강연, 김옥길기념강좌운영위원회·이화인문과학원, 2023.03.29.

2장

여성 SF와 대안적 시공간의 상상*
─윤이형, 김초엽, 김보영을 중심으로

연남경

1. 들어가며

"별이 총총한 하늘이 갈 수 있고 또 가야만 하는 길들의 지도인 시대, 별빛이 그 길들을 훤히 밝혀주는 시대는 복되도다."[1]로 시작되는 루카치의 『소설의 이론』에서는 근대소설을 별들의 지도가 더 이상 길을 밝혀주지 않는 상실의 시대의 서사시로 본다. 그의 입장에서는 소설이야말로 근대적 소외의 표현이자 반영이었기에, 그가 갈구한 '새로운 세계'는 근대소설과는 다른 서사 형식이 담보될 때 찾아질 수 있는 것이었다. 이때 두 가지 측면에서 이 구절은 재해석의 여지를 갖는다. 하나는 하늘의 별이다. 고대 서사시의 시절에 별이 신화적 세계의 균형으로 인간을 안내해주는 지도의 역할을 했다면, 미래 서사에서 별은 우주여행의 길벗이나 도착지로 기능한다. 이번에는 시공간을 달리함으로써 다시 별빛이 길을 밝혀줄 가능성의 시대가 도래할 예정이다. 다른 하나는 새로운 세계에 대한 낙관적 믿음, 혹은 희망이다.

---

*   이 글은 2020년 9월 『현대소설연구』(79권)에 실린 「여성 SF의 시공간과 포스트휴먼적 전망─윤이형, 김초엽, 김보영을 중심으로」를 수정·보완한 것임.

1   게오르크 루카치, 『소설의 이론』, 김경식 옮김, 문예출판사, 2007, 27쪽.

루카치는 새로운 인간과 새로운 세계를 찾고자 하는 희망을 잃지 않았다.[2] 그리고 이러한 희망은 긴 시간이 흐른 지금, 한국 여성 작가의 SF에서 그 가능성이 찾아질 수 있지 않을까?

이때 SF가 과학 기술이 발전한 미래 세계를 보여준다는 이유에서 단순히 과학 기술의 발전이 새로운 세계를 낙관적으로 전망하게 되었다고 볼 수는 없다. 실제로 많은 SF 서사는 지나친 기술 발전이 초래하는 역유토피아, 즉 디스토피아를 더 많이 제시하기 때문이다. 여기에서 잠시 최근 도래한 기술 발전의 현실과 관련하여 활발하게 논의되고 있는 포스트휴먼 담론을 점검해볼 필요가 있을 듯하다. 오늘날 과학 기술의 발전 방향이 출현을 예고하고 있는 포스트휴먼은 그 능력이 현재의 인간을 넘어서기 때문에 현재의 기준으로는 더 이상 인간이라 부를 수 없는 존재를 가리키는 표현이다.[3] 여전히 논쟁적인 개념이긴 하지만, 포스트휴먼 담론이 낙관적 포스트휴머니즘(트랜스휴머니즘), 부정적 포스트휴머니즘, 비판적 포스트휴머니즘의 세 가지 입장으로 나뉜다 할 때,[4] 이 글은 그중 비판적 포스트휴머니즘의 입장에서 접근한다. 일단은 지나친 낙관론인 트랜스휴머니즘과 구분되어야 한다. 포스트휴머니즘은 계몽주의 휴머니즘과 그것의 본래적인 이원론을 대체하는 인간의 구성에 대한 새로운 패러다임을 모색하는 데 관심을 두고 있는 반면, 트랜스휴머니즘은 휴머니즘의 이원론을 전용하여 슈퍼휴먼의 단계에 이를 때까지

---

2   물론 근대소설에 대한 루카치의 입장은 1차 세계대전 이후 유럽 문명에 대한 비판적 시각과 맞닿아 있었으며, 종말론적 구원에의 열망을 유럽 바깥인 러시아에서 희미하게 비쳐오는 것을 인식하는 것으로 대체한다. 이는 루카치의 마르크스주의에의 경사와 도스도예프스키에의 천착으로 설명된다.(김경식, 「옮긴이 후기」, 위의 책, 246-277쪽 참고.)

3   신상규, 『호모사피엔스의 미래: 포스트휴먼과 트랜스휴머니즘』, 아카넷, 2014, 68, 104쪽 참고.

4   포스트휴먼 담론은 묵시록적 암울한 미래를 향한 '부정적 포스트휴머니즘'과 기술결정론적 관점에서의 '낙관적 포스트휴머니즘', 기존 휴머니즘의 한계를 비판하려는 의도에 충실한 '비판적 포스트휴머니즘'으로 나뉜다.(임석원, 「비판적 포스트휴머니즘의 기획」, 이화인문과학원 편, 『인간과 포스트휴머니즘』, 이화여대출판부, 2013, 67-73쪽 참조.)

휴머니즘의 특성들을 확대시키려고 한다.[5] 포스트휴머니즘은 기술의 발달을
도구화함으로써 근대적 이분법을 강화하는 트랜스휴머니즘과 결별하고, 새
로운 몸을 상상함으로써 일체의 성적, 인종적, 계급적 차별과 폭력에서 벗어
날 수 있는 방안을 모색한다. 이처럼 비판적 포스트휴머니즘은 휴머니즘적
유산을 청산하는 한편, 포스트휴먼화의 긍정적인 잠재성을 설명하고자 한
다.[6] 요컨대 이 글에서 해석의 시각으로서 도입하는 비판적 포스트휴머니즘
은 과학기술 발전의 시대에 달라진 인류의 형상을 통해 인간에 대한 재사유
를 도모하고 긍정적인 대안을 모색하는 이론이다.

이 글에서는 비판적 포스트휴머니스트 중 도나 해러웨이와 캐서린 헤일스
의 견해를 적극적으로 참고하고자 한다. 캐서린 헤일스는 인간이 지능형
기계와 제휴한다는 전망이 권리를 강탈당한다는 뜻이 아니라 수천 년 동안
계속되어 온 인지 환경이 발달한다는 뜻이며, 이런 관점에서 인간을 개념화
하면 인간의 생존은 위협받는 게 아니라 향상된다고 본다.[7] 포스트휴먼을
둘러싼 여러 반응이 포스트휴먼이 어떻게 구성되고 이해되는가와 전적으로
관련이 있는 만큼, 기술과 담론의 결합이 새로운 주체화에 대한 상상을 가능
하게 한다는 점은 중요하다. 이때 문학과 과학의 제휴를 통해 "우리 인간의
장기적인 생존에 도움이 되는 또 다른 포스트휴먼을 만들어낼 수 있다."[8]는
책의 마지막 문장은 더 나은 미래를 위해 활용할 수 있는 기술 발전의 길을
문학이 제시해줄 수 있다는 희망적 전망으로 이해된다. 도나 해러웨이의
'사이보그'는 "인공두뇌의 유기체로, 기계와 유기체의 잡종이며, 허구의 피

---

5   토마스 필벡, 「포스트휴먼 자아: 혼합체로의 도전」, 이화인문과학원 편, 『인간과 포스트휴
머니즘』, 이화여대출판부, 2013, 27쪽.

6   임석원, 앞의 글, 73쪽.

7   캐서린 헤일스, 『우리는 어떻게 포스트휴먼이 되었는가』, 허진 옮김, 열린책들, 2013, 507
쪽.

8   위의 글, 510쪽.

조물일 뿐 아니라 사회적 실제의 피조물"[9]인데, 이때 사이보그란 개체인 동시에 은유이며, 살아 있는 존재인 동시에 내러티브 구성에 해당한다.[10] 또한 사이보그는 인간/동물, 인간/기계의 구분에 도전하며 특히 남/녀의 이분법적 사고의 논의를 혼란시킨다는 점에서 포스트젠더의 상징으로 받아들여지고 있다. 사이보그 기술 덕분에 여성들은 생물학적 신체의 경계를 실제로 넘어설 수 있게 되고, 스스로를 역사적 범주인 여성 밖에 있는 다른 대상으로 재정의할 수 있게 되었다. 사이보그는 경계 위반의 '기이한 낯섦(uncanny)'을 일깨우는 괴물 형상의 계보에서 가장 최근의 형상이다. 근대 과학기술의 시야에서 벗어나 불손하고 오염된, 비가시성의 그늘에 놓여 있던 퀴어 괴물로서, "비-오이디푸스적 서사 속에서 구현"[11]되는 사이보그는 어떤 가부장적 기원도 갖고 있지 않다. 한편 시력이 언제나 보는 권력의 문제였다 할 때, '백인-부르주아-남성-신사-과학자'의 눈을 투명하고 초월적인 시선으로 여겨온 근대 과학 서사를 폭로하고 대체하기 위해 해러웨이는 '체현적 지식'을 제시한다. 오직 부분적인 시각만이 객관적 시력을 약속한다는 것이다.[12] 무엇이 세계에 대한 합리적 설명으로 간주될 것인가에 대한 투쟁은 보는 방법에 대한 투쟁이므로 페미니즘 체현은 장소, 자리매김, 상황만들기의 정치와 인식론과 관련되며, 이런 차원에서 부분적 시력과 제한된 목소리로 이루어진 집합적 주체 위치가 발견되는 과학, 그리고 과학소설에서 해러웨이는 세계를

9　도나 해러웨이, 『유인원, 사이보그, 그리고 여자』, 민경숙 옮김, 동문선, 2002, 267쪽.

10　사이보그는 실제로 존재함으로써 기술적 현실의 힘뿐만 아니라, 상상의 힘까지 갖는다. 현재 미국 인구의 10퍼센트는 기술적 의미에서 사이보그에 추정되는데, 전자 심박 조절기, 인공 관절, 체내 이식형 약물 전달 장치, 이식형 각막 렌즈, 인공 피부를 가진 사람들이 이에 해당한다. 또한 은유적인 의미에서 사이보그가 되는 직업에 종사하는 사람들은 더 많다. 스크린을 통해 사이버네틱스 회로에 접속해 컴퓨터키보드를 이용하는 사람, 광섬유 현미경의 도움을 받아 수술하는 신경외과의사, PC방에서 게임을 하는 청소년 등이 이에 해당한다.(캐서린 헤일스, 위의 글, 211-212쪽 참조.)

11　도나 해러웨이, 앞의 글, 269쪽.

12　위의 글, 341-345쪽.

재상상하는(revisioning) 희망을 발견한다.[13]

SF에 관한 기존 논의들은 장르 중심의 사적 고찰, 남북한 비교 및 문화사적 연구로 이어져 내려온[14] 한편, 포스트휴머니즘 담론과 관련한 최근의 연구들이 또 다른 축을 형성하고 있다.[15] 비판적 포스트휴먼 담론이 내장한 포스트젠더와 페미니스트 시각은 최근 '페미니스트-독자 시대'를 맞이한 한국문학 장의 변동과 관련하여 SF를 활발히 읽어내는 데 활용되고 있다.[16] 이때 창작의 주체가 여성이기에 여성의 현실에 대한 적극적인 성찰이 이루어지고, 현실의 한계를 뛰어넘는 무궁무진한 사고실험을 통해 미래에의 희망이 적극적으로 모색된다는 점이 최근 여성 SF의 특징이라는 점에서 SF를 새롭게 써나가고 있는 여성 작가들에게 특별히 주목할 필요가 있다. 이들이 SF 장르는 남성적이라는 선입견을 불식시키는 데 기여하고 있음에도 불구하고, 아직 여성과 과학기술의 상관관계와 문화적 재현에 대한 적극적 질문으로 연결되지 못했으며,[17] 장르적 특성상 SF가 페미니즘과 젠더에 대한 날카로운 문제의

13　위의 글, 348-360쪽 참고.

14　고장원, 「우리나라 과학소설의 과거와 현재 그리고 앞으로의 과제」, 박상준 외, 『한국 창작 SF의 거의 모든 것』, 케포이북스, 2016; 이지용, 『한국 SF 장르의 형성』, 커뮤니케이션북스, 2016; 복도훈, 『SF는 공상하지 않는다』, 은행나무, 2019; 김민선, 「1950-60년대 남북한 SF 연구」, 동국대 박사학위논문, 2020.

15　노대원, 「한국 문학의 포스트휴먼적 상상력」, 국제비교한국학회, 『비교한국학』 23-2, 2015; 노대원, 「포스트휴머니즘 비평과 SF」, 한국비평문학회, 『비평문학』 68, 2018; 강동호, 「포스트-휴먼-노블」, 『문학과사회』, 2018 겨울호; 백지은, 「신을 창조한 인간이 인공지능을 만들었다」, 『크릿터』, 창간호, 2019.

16　백지연, 「포스트휴먼 시대의 젠더정치와 괴물-비체의 재현방식-김언희와 한강의 작품을 중심으로」, 『비교문화연구』 50, 2018; 정은경, 「포스트휴먼 시대의 여성의 노동」, 『크릿터』, 창간호, 2019; 차미령, 「고양이, 사이보그, 그리고 눈물-2010년대 여성 소설과 포스트휴먼 '몸'의 징후들」, 『문학동네』 26-3, 2019; 인아영, 「젠더로 SF하기」, 『자음과모음』 42, 2019; 김윤정, 「LGBT 소설에 나타난 포스트바디의 상상력과 수행성」, 『이화어문논집』 48, 2019; 서승희, 「포스트휴먼 시대의 여성, 과학, 서사」, 현대문학이론학회, 『현대문학이론연구』, 77, 2019; 김미현, 「포스트휴먼으로서의 여성과 테크노페미니즘」, 한국여성문학학회, 『여성문학연구』, 49, 2020, 14-15쪽.

식과 다채로운 상상력을 담당해왔다는 사실이 더 주목되고 논의되어야 한
다[18]는 시각에 동의하며 그 문제의식을 이어나가고자 한다. 기왕의 논의들이
포스트휴먼 이론을 통해 포스트젠더의 형상에 주목하고 새로운 신체성과
주체성을 발견하는 데 집중되었다면, 이 글은 현재까지 이루어진 성과를
수용하는 한편 포스트휴먼 신체성에서 나아가 신체가 외부와 만나는 방식에
보다 관심을 두려 한다. SF의 시공간 활용은 합리적인 외삽이자, 단순히
현실 세계의 비교나 유추가 아니라 직접적인 세계의 변형 혹은 사고실험에
가깝기에,[19] 기술 발전을 통해 가능할 새로운 시공간에 대한 분석이 요청되기
때문이다.

　이와 같은 방식으로 이 글에서는 김보영, 김초엽, 윤이형의 SF에 나타나는
시공간에 주목하며 포스트휴먼적 전망을 찾아보려 한다. 2005년 중앙일보
신인문학상을 통해 등단한 윤이형은 날 선 현실비판의식과 SF적 상상력을
결합하여 페미니스트 SF의 대표적 작품세계를 형성해 왔다. 2004년 과학기
술창작문예에 당선되며 활동을 시작한 김보영은 SF 문단에서 여성 작가의
선두주자에 해당하며, 독창적인 사고실험과 하드 SF 창작이 특장이다. 2017
년 한국과학문학상을 수상하며 활동을 시작한 젊은 작가 김초엽은 여성,
SF, 페미니즘의 시각을 견지하는 작품을 통해 주목받고 있다. 이 세 작가는
본격문학과 장르문학의 경계를 넘고 세대 간 격차를 넘어 페미니즘과 포스트

17　사이언스픽션은 종종 남성적 장르로 여겨지곤 한다. 이는 과학과 기술을 남성적인 것으로
　　간주하는 관행은 물론, 과학서사와 무협지는 남성적 영역으로 로맨스나 멜로드라마는 여성
　　적 영역으로 나누어 생각하는 교양-독서와 관련한 이분법적 사고와도 관련된다.(서승희,
　　위의 글, 133쪽.)

18　SF는 오히려 현실적인 기준과 제약에 얽매이지 않고 전복적이고 진보적인 상상을 가능케
　　하는 장르로서, 페미니즘과 젠더에 대한 날카로운 문제의식과 다채로운 상상력을 담당해왔
　　다는 사실이 더 주목되고 논의되어야 할 필요가 있다.(인아영, 위의 글, 47쪽.)

19　박인성, 「한국 SF 문학의 시공간 및 초공간 활용 양상 연구」, 한국현대소설학회, 『현대소설
　　연구』 77, 2020, 250쪽.

휴머니즘이 만난 포스트젠더적 사유, SF적 시공간을 통한 사고실험, 희망적 비전을 공유하고 있다는 점에서 우선적으로 함께 다루어질 필요가 있다.[20] 이에 작가마다 달리 드러나는 시공간의 특징을 살펴보고, 시공간 실험이 어떤 바람직한 미래를 열어젖히며 포스트휴먼적 전망으로 연결되는지 알아보고자 한다.

2. 비동시성의 병렬 구조와 혼종적 공동체

헤일스의 경우, 포스트휴먼이라는 명명 과정에서 휴먼/포스트휴먼 시대를 엄격히 구분할 수 없다고 본다. 역사적인 맥락 속에서 다양한 지형이 교차하는 가운데, 이 두 체계가 서로 공존했기 때문이다.[21] 그의 저서 제목이 흔히 생각할 만한 미래형 동사가 아니라 과거형으로 쓰인 바는 이런 사유의 반영 때문이다.[22] 진보와 발전을 향해가는 근대의 선형적 시간관과 결별하는 이런 사유에 의하면 역사는 진보나 퇴보가 아니라, 득과 실의 반복이 된다. 그럴 때 모든 사람들이 오늘 보인다고 해서 그들이 다른 이들과 동일한 시간을 살고 있는 것을 의미하지는 않는다. 이것이 바로 블로흐가 말하는 '비동시성 (nonsynchronism)'이다.[23]

윤이형의 「굿바이」는 인류의 화성 정착이 성공하는 미래 시간을 배경으로 하고 있다. 달리 말하자면 이 소설은 자본주의의 폐해가 극에 달한 미래의 시점에 화성을 지구의 대안적 공간으로 삼고 평등에 기반한 새로운 인류의

---

20 듀나, 정소연, 구병모, 정보라, 박해울, 정세랑 외에도 최근 등장하여 활발하게 활동하는 많은 여성 SF 작가들이 있다.

21 이수진, 「포스트휴머니즘적 상상력과 문학적 재현」, 이화인문과학원 편, 앞의 책, 273쪽.

22 캐서린 헤일스, 앞의 글, 29-30쪽 참고.

23 문강형준, 「미래의 주체들」, 『문학동네』, 19-2, 2012, 121쪽.

공동체를 수립하고자 했지만 결국 실패하는 과정을 담고 있다. 또한 화성 프로젝트를 성사시킨 과학자 '그녀'와 생계 유지에 급급한 만삭의 임산부 '당신'의 삶이 대비되며, '당신'의 몸에서 자라나는 태아가 이 모두를 관찰하고 서술하는 화자로 설정되어 있다.

이 소설에서 윤이형은 "변화는 어떤 사람들의 삶과는 아무 관계가 없다"[24] 고 말한다. 중학교 동창이었던 '그녀'가 만인의 숭배를 받으며 화성 프로젝트를 추진하는 과학자로 키워질 때, '당신'은 방과 후 아르바이트를 해야 했고, 부모의 병간호를 하느라 직장 다니며 모아놓은 돈을 다 써야 했고, 남편이 숨겨둔 빚을 떠안아야 했다. 현재 만삭의 몸으로도 돈을 벌기 위해 알아낸 일자리가 화성 인류의 리턴 시술을 담당하는 회사였고, 우연히 그녀와 당신은 그곳에서 다시 만나게 된다. 당신은 만원 A레일에 서서 출퇴근을 하고 김밥으로 허기를 달랜다. 순간 이동이 가능한 신체 전송용 팩스머신도 화성 인류도 당신과는 무관하다. 당신은 백 년 전의 사람들이 살던 방식에서 크게 벗어나지 못했으며, '새로운 세계'란 동화에 나오는 호박마차가 떠오를 만큼 요원하다. 과학기술의 발전과 그로 인한 혜택은 특정 계층만이 누리는 어떤 것이다. 이제 불평등은 기술발전의 수혜를 받는 계층과 그렇지 못한 계층 사이에서 작동한다. 다르게 말하면 세계의 불공평함은 오랜 시간이 지나도, 과학기술이 발전해도 다른 것으로 대체될 뿐 반복되고 있음을 이 소설은 보여준다.

이와 같이 중학교 동창이었던 '그녀'와 '당신'은 같은 시간대를 살아가지만, 전혀 다른 종류의 삶을 산다. 마치 다른 세계, 다른 시간을 살아가는 듯한 두 사람의 극명한 대조는 선형적이며 발전적인 시간관에 대한 이의제기다. 미래를 향해 달려간다고 믿었던 근대적 시간관은 의문에 부쳐지고 「굿바이」에서는 더 이상 한 줄의 발전적 시간이 미래의 진보를 담보하지 않는다.

24　윤이형, 「굿바이」, 『러브 레플리카』, 문학동네, 2016, 55쪽.

두 줄의 시간이 병렬되어 있는 구조는 과거와 미래의 시간이 현재에 공존하는 것처럼 보인다. 백 년 전이나 다름없는 삶을 사는 '당신'과 미래를 앞당기는 '그녀'의 시간은 휴먼과 포스트휴먼 두 체제가 공존하는 시간관을 통해 비동시적 모순을 가시화한다.

「대니」의 시간적 배경은 육아용 안드로이드가 공급되어 있을 만큼의 미래다. 그러나 공간적 배경은 '올드타운'으로 미래의 시간 중에 과거의 시간이 고스란히 보존된 특징을 갖는 곳으로 비동시성을 가시화한다. '올드타운'은 오래된 삶을 보존할 목적으로 시에서 지정해놓은 곳으로, 타임캡슐에서 빠져나온 듯한 노인들이 살기에는 최적의 조건을 갖춘 동네다. 동네의 모든 것이 낡았으며, 케케묵은 건물들과 싼 방세에 감사하는 가난한 노인인 '나'의 정체성과 일치하는 장소이다. 그러나 그곳은 과거의 존재인 '나'와 미래적 주체인 로봇 '대니'가 마주치는 장소이기도 하다.

육아용 안드로이드 '대니'는 킨더가튼 참사[25] 이후에 개발되었다. 킨더가튼 참사는 돌봄 노동이 처해 있는 열악한 상황과 피로라는 사회적인 문제를 원인으로 한다. 이런 상황에서 육아에 투입되는 돌봄 노동을 둘러싼 근원적인 대책은 마련되지 않은 채, 대체 노동력으로 투입되는 인력이 가난한 여성과 로봇이라는 점에 주목할 필요가 있다. 화자인 '나'는 출산 후 바로 돈을 벌어야 하는 딸을 위해 손주를 도맡고, 대니는 맞벌이 가정의 자녀를 돌보기 위해 투입된다. 대니는 "할머니를 처음 봤을 때, 친구를 만난 거라고 생각했다"고 말한다. "쉬지 않았어요. 저처럼요. 아기를 돌보고, 행복하게 해주고 싶어 하는 사람이었어요." 대니는 육아를 위한 알고리즘대로 살아간다. 감정과 체력이 소모되지 않기에 힘들지 않은 채 감정노동을 하는 인공 존재인 것이다. 동시에 예순아홉의 나이에 손주를 떠맡은 '나'는 "나는 기계가 아니

---

25   대니가 탄생하게 되고 '나'가 손주를 도맡게 된 배후에는 킨더가튼 참사 사건이 있었다. 같은 친목 모임에 속해 있던 킨더가튼 보육교사가 각자 다니던 직장에 불을 질렀고, 0세에서 4세 사이의 아이들 마흔 두 명과 교사 여덟 명이 목숨을 잃은 사고다.

다"라는 말을 되뇌며 대니와 동일한 강도의 노동에 견디는 매일을 산다. 이처럼 「대니」의 시공간은 육아용 로봇을 선택할 수 있는 발전된 기술의 수혜자와 올드타운에 거주하는 노모에게 아이를 의탁할 수밖에 없는 사람 간의 계층적 불평등이 작동하고 있음을 잘 보여준다. 다른 한편 대니는 여성에게만, 그것도 하층 계급 여성의 영역이었던 돌봄 노동에 특화된 로봇이다. 이는 로봇이라는 용어가 프롤레타리아 노동자의 은유에서 비롯되었다는 것을 환기시키며,[26] 인간과 로봇 사이의 불평등이 로봇의 젠더화와 로봇의 계급화로서 작동할 미래에 비판적 입장을 갖는다.[27]

블로흐는 비동시성의 모순이 사람들을 시대로부터 소외시킨다고 본다. 그가 지칭하는 '낯선 자(alien)'는 현재에도 여전히 과거를 사는 방식으로 지금 연결되지 못한 비동시적 잔재에 해당한다.[28] 안드로이드 대니는 인간을 닮은 로봇이라는 점에서 '낯선(uncanny) 자'이자, 과거에서부터 지속된 문제를 떠맡기기 위해 개발되었다는 점에서 또한 '낯선 자(alien)'이다. 로봇 대니는 기술 발전으로 인해 가능해진 미래적 주체임과 동시에 강도 높은 돌봄 노동에 시달리는 할머니와 마찬가지로 여전히 과거의 모순을 체현한 비동시적 잔재인 것이다. 이러한 대니의 존재는 인간중심주의가 지속될 경우의 미래를 보여준다. 즉 윤이형은 기계가 대체해도 여전히 해소되지 않은 채 지속될 문제에 대한 각성을 요청하고 있는 것이다. 이때 비동시적 모순은 해소되지 않은 과거이자 새로운 미래의 도래를 방해하는 요소가 된다. 그렇

---

26 '로봇'이라는 단어는 원래 '노동'을 의미하는 체코어 'robota'에서 유래한 것으로 '인간을 대신해 노동하는 존재'라는 개념이었다. 극작가 카렐 차페크의 「로숨의 유니버셜 로봇들(R.U.R)」(1920)에서 인조 생물체로 최초로 사용되었다.(크로노스케이프, 『SF 사전』, 김훈 옮김, 비즈앤비즈, 2012, 36쪽.)

27 이런 시각을 견지하여 로봇의 계급적, 젠더적 불평등을 전면화한 윤이형의 최근작으로 「수아」(『작은 마음 동호회』, 2019)가 있다.

28 Ernst Bloch, "Nonsynchronism and the Obligation to Its Dialectics", translated in English by Mark Litter, *New German Critique*, No.11(spring), New German Critique, 1977, p.31.

기에 블로흐는 완벽할 수는 없더라도 해결 가능한 방안을 모색하고자 한다. 그는 "과거로부터 여전히 가능한 미래를 오직 현재에 함께 넣어 제휴시킬 때 비동시성의 모순은 해결될 수 있을 것"(33쪽)이라 말한다. 그를 위해 과거와 미래가 공존하며 비동시성의 모순이 가시화된 현재의 시간이 갖는 가능성과 변증법적 지양의 방식이 요청된다. 그동안 블로흐의 비동시성 개념이 현재의 모순을 강조하기 위해서만 활용되었다면, 이 글에서는 도래할 새로운 미래를 위해 제안한 변증법적 지양의 방식에 보다 주목하고자 한다.[29] 이러한 블로흐의 방식은 윤이형의 SF 시공간에서 실험된다.

「굿바이」에서 '그녀'는 자신감 넘치는 젊은 과학자로 화성 프로젝트에 참가하며 기계 몸으로 갈아탄다. 반구형 헬멧과 몸통에 빙 둘러붙은 네 개의 금속 팔, 도롱뇽처럼 흡착판이 달린 네 개의 손가락을 가진 '스파이디'는 화성 정착의 조건을 충족하는 몸이다. 스파이디는 가히 혁명적 몸이라 할 만했다. 피부로 태양광선을 받아들이고 육체노동을 통해 그것을 소화시키는 스파이디의 몸은 어떤 생명도 착취하지 않고, 돈을 쓰지 않고도 살 수 있고, 연결된 뇌를 통해 전자신호로 의사소통함으로써 불완전한 언어를 벗어난다. 빈부 격차와 성별 구분과 언어의 장벽이 없는 진화한 인류이자 결정적으로 자본주의가 초래하는 모든 폐해를 극복한 스파이디는 해러웨이의 사이보그처럼 과거의 어떤 부정적 전통과도 절연된 몸이다. "우리가 인류의 미래 모습이라는 생각에 조심스럽게 동의했습니다"(68쪽)라는 그녀의 말대로 그야말로 포스트휴먼의 현현인 듯하다. 그러나 1/5 가량의 스파이디들이 자살함으로써 화성 실험은 실패로 귀결되고, 스파이디들은 원래 인간의 몸으로 되돌아오고 있다. 리턴 시술을 위한 빚을 지면서까지 그들이 돌아오는 이유는 무엇인가.

---

29 블로흐의 비동시성 개념과 SF 장르, 포스트휴머니즘 담론을 엮어낸 문강형준의 글을 참고할 수 있다. 단, 미래의 주체인 포스트휴먼을 파국의 대표 형상으로, SF를 부정적 포스트휴머니즘으로 가파르게 연결시킨 시각과 이 글은 다른 입장을 취한다.(문강형준, 앞의 글 참고.)

스파이디들의 자살 원인은 인간의 몸이었을 때 느꼈던 감각적 경험에 대한 향수에서 비롯된 것이었다. '그녀'가 경멸하는 "대장과 식도와 위와 쓸개의 삶"(76쪽), 즉 먹고 싸는 육체에 매인 치욕적인 삶, 그리고 거기에서 단 한 순간도 풀려날 길이 없었던 '당신'의 삶을 진화한 인류라 자부했던 스파이디들이 절절하게 그리워했던 것이다. 그렇다면 여기에서 부정되고 극복되어야 할 것이 적어도 인간의 몸 자체는 아니게 된다. 육체의 삶이 치욕스러운 것은 몸 자체가 비루해서가 아니라 몸에 각인된 이데올로기의 작동 때문이다. 이에 포스트휴머니즘에서는 말소되었던 신체성의 복원을 중요시하며[30] 그런 의미에서 오히려 「굿바이」에서 기계 몸의 실패는 인간의 육체를 긍정적인 것으로 새롭게 현시한다. 그러나 사이보그는 여성을 임신이나 출산으로부터 해방시키는 존재이자, 여성/유색 인종/자연/노동자를 지배해온 이분법적 사고의 논의를 혼란시킨다는 것이 해러웨이가 주장하는 성의 정치학이라[31] 할 때, 화성 실험의 실패가 단순히 '당신'의 육체가 매인 가정, 임신, 출산, 노동에 속박된 삶으로의 회귀를 의미하는 것은 아니다.[32]

이 시점에서 '그녀'의 결단에 주목할 필요가 있다. 대다수의 스파이디들이 리턴 시술을 받고 있는 와중에, '그녀'는 자신의 신념을 위해 인간의 몸을 소각해줄 것을 요청한다. 같은 몸을 가진 스파이디들이 서로 다른 생각을 갖고 다른 선택을 한다는 것은 결국 평등을 추구하는 진보한 공동체란 과학 기술의 발전으로 이루어지는 것도, 동질성을 통해 이루어지는 것도 아님을 말해준다. 오히려 차이를 인정하는 것, 이질성이 공존하는 것에서 진정한

---

30 캐서린 헤일스, 앞의 글, 28쪽.

31 유제분, 「사이보그 인식론과 성의 정치학」, 『미국학논집』 36(3), 2004, 155-156쪽.

32 윤이형의 소설을 '포스트휴먼-되기'의 과정으로 보는 논의는 다음 논문을 참고할 수 있다. (NamKyung Yeon, "The Posthuman and Transboundary Imagination in Contemporary Korean Literature: Considering the Works of Pae Myŏnghun and Yun Ihyŏng", *Journal of Korean Studies* 23, no.2, 2018.)

공동체가 가능하다는 것을 이 소설은 보여주고자 한다. 화성실험이 실패로 판명 났음에도 불구하고 자신의 신념을 향해 전진하는 과학자 '그녀'와 가난과 가족으로부터의 소외에도 불구하고 태중의 '나'를 위해 무모한 희망을 놓지 않은 채 홀로 출산을 감행하는 '당신'이야말로 공동체의 일원이 된다. 둘 사이에는 백 년이 넘는 시차가 작동하고, 끝끝내 서로를 이해하지 못함에도 불구하고 말이다. 소설은 마지막 장면을 통해 작은 희망의 가능성을 제안한다.

'나'의 출생이 소설의 마지막 장면이다. 전지적 시점에서 모든 상황을 서술하던 '나'는 출생을 거부하고 탯줄을 목에 감는다. "앞으로도 도와주지 않을 것이다. 누구도. 잘되지 않을 것이다. 사라져야 하지 않겠는가, 어차피 실패할 거라면."이라는 판단에 따른 것이었다. 비동시성의 모순이 소외시킨 '당신'의 삶이 나를 낳으면서 더 힘들어질 것이라 예상했기 때문이다. 그런데 '나'는 세상 밖으로 꺼내지고, '그녀'가 출산을 돕기 위해 보호자로 참석했음을 알게 된다. '그녀-스파이디'가 탯줄을 자르는 순간, '나'는 모든 기억을 잃고 포근한 망각에 휩싸인다.

이렇게 '나'는 홀로 '나'를 낳으려는 당신을 위해 그런 삶을 이해할 수 없음에도 기꺼이 보호자가 되어주는 '그녀', 역시 전혀 이해할 수 없지만 그녀의 신념을 위해 인간의 몸을 소각시켜주는 '당신' 사이에서 탄생한다. '나'는 상호 이질적인 존재인 '당신'과 '그녀' 사이에서 태어난 인간과 기계의 자손이다. 마주할 수 없고 서로 이해할 수 없는 과거와 미래의 존재 사이에서 아비 없이 탄생하는 나는 어떤 가부장적 전통과도 연결되어 있지 않다. 스파이디가 탯줄을 잘라줌으로써 기계와 인간, 과거와 미래를 연결하는 존재로서 탄생하는 '나'는 과학기술을 통한 더 나은 인류에의 지칠 줄 모르는 신념과 인간에 대한 무모한 사랑의 경계에서 탄생한 포스트휴먼이다.

윤이형의 작품에서 공통되는 비동시성의 설정은 기술발전 시대의 새로운 계층적 불평등을 가시화한다. 휴먼과 포스트휴먼의 시대를 선후로 배열하지 않고 두 체제가 공존하는 시간관을 보여줌으로써 윤이형의 소설은 과학기술의 발전이 더 나은 삶을 보장해줄 거라는 맹목적인 믿음에 의문을 제기한 채 반복되는 역사의 리듬을 주시한다. 그러나 소설은 디스토피아를 제시하거나 단순히 기술 문명의 폐해를 비판하는 것에 그치지 않는다. '그녀-스파이디'가 도와줄 거라는 암시는 더 나은 미래에의 희망적 비전이다. 그리고 '나'의 탄생 장면이 보여주듯이, 비동시성의 모순이 가시화된 현재에 과거와 미래, 인간과 기계, 빈부의 격차가 변증법적으로 지양됨으로써 가능한 공동체를 형성해낸다. 이처럼 윤이형의 소설은 이분법적 차이가 지양되며 생성되는 혼종적 공동체를 통해 과거로부터의 모순이 극복된 긍정적 미래의 가능성을 제시한다.

3. 여성 과학자의 유령적 귀환과 집합적 주체

김초엽의 소설을 읽었을 때 오래도록 기억에 남는 것은 여성 과학자 인물들이다. 학자로서의 호기심으로 눈을 반짝이며 인류의 더 나은 미래를 위해 각자의 자리에서 최선을 다해온 그녀들의 형상 말이다. 그런데 그들은 한편으로는 해소되지 않은 과거의 모순으로서 나타난 유령적 존재이기도 하다.[33] 과학자로서 그들은 인간 신체의 한계를 극복함으로써 세계의 표준적, 보편적인 시선에 맞서 온몸으로 부딪혀 대안을 찾아 나아간다. 그런 한편, 과거의

---

[33] 비동시성이 현재성의 어그러짐을 문제 삼는다는 점에서 데리다의 개념을 참고할 수 있다. (자크 데리다, 『마르크스의 유령들』, 진태원 옮김, 그린비, 2014, 197-198쪽 참고.) 데리다는 공산주의가 몰락하고 신자유주의적 세계화가 본격적으로 전개되기 시작한 때, '마르크스라는 유령'을 소환한다. 그는 유령적인 공산주의라는 개념을 통해 자본주의적 시장 질서의 모순 속에서 억압받고 착취당하는 타자들의 고통이 울려퍼지는 한 해방운동의 대명사였던 마르크스(주의)가 필요하며, 존재론을 넘어서는 마르크스 정신, 즉 유령론이 필요함을 시사한다.(진태원, 「옮긴이의 글」, 위의 책, 365-366쪽 참고.)

잔재로서 출몰한 그들은 결코 죽지 않을 환영으로 귀환함으로써 현재 보이는 모순의 이유를 집요하게 캐묻는다.

「나의 우주 영웅에 관하여」의 이야기는 가윤이 우주인 후보로 선정되면서 시작된다. 화성 근처에서 다른 우주로 연결되는 터널이 발견되었고, 극단적인 터널의 환경을 통과해 너머의 우주로 갈 최초의 인류가 되기 위해 선정된 우주인들은 사이보그 그라인딩 프로젝트, 즉 사이보그로 개조되어야 한다. 신체 개조 과정이 시작되면서 가윤은 최초의 터널 우주비행사로 선발되었던 재경 이모의 비밀을 알게 된다. 재경 이모가 속한 제1기 터널 우주비행사들은 발사 캡슐 폭발 사고로 목숨을 잃었고, 가윤은 다시 선발된 터널 우주비행사였던 것이다. 이 과정에서 가윤은 재경 이모가 우주로 가는 대신 발사 전날 바다로 뛰어들었다는 어처구니없는 사실을 전해 듣게 된다. 그에 따라 사이보그 그라인딩 과정 중 틈틈이 가윤은 재경의 딸이자 자신의 친구인 서희와 대화하며 재경 이모가 우주 대신 심해로 간 이유를 알아내고자 한다. 죽었다고 알려진 재경 이모는 해소되지 못한 과거의 모순을 안고 유령처럼 귀환하여 가윤의 현재에 영향을 미치게 된 것이다.

최재경은 선발 발표 직후부터 세간의 논란에 휘말렸었다. 마흔여덟이라는 많은 나이, 만성 전정기관 이상, 표준 신체에 미달하는 마르고 작은 체형인데다 한 차례 임신과 출산을 겪은 동양인 여성이라는 사실이 선발 과정에 대한 논란으로, 각종 주요 직위의 성별, 인종 할당제와 적극적 우대조치에 대한 비난으로 이어졌다.[34] 이때 "인간을 넘어서고 싶"(281쪽)다는 재경의 말은 일차적으로 인간 신체의 능력 향상을 기대하는 것이면서도 나아가 '동양/여성'이라는 몸에 갇혀 이데올로기의 폭력에 노출된 상황에서 세간의 시선들로부터 자유로워지고 싶다는 말로 들린다. 사이보그 그라인딩은 우주의 극한

---

34 김초엽, 「나의 우주 영웅에 관하여」, 『우리가 빛의 속도로 갈 수 없다면』, 허블, 2019, 279-
280쪽.

환경에 맞추어 생명체를 개조하는 프로젝트인데, 개조의 최종 단계는 금속 기계와 바이오 나노봇을 결합한 사이보그로, 개조가 완료되면 원래 인체의 비율은 5분의 1 미만에 불과하게 된다. 이렇게 재경은 이중적 의미에서의 인간 몸의 한계를 넘어서고자 사이보그가 되기로 결심했고, 사이보그가 됨으로써 자신의 이전 몸이 매인 교차적 위치로부터 탈주가 가능했던 것이다.

소설은 과학 기술이 훨씬 발달한 미래 사회를 배경으로 하지만 소수자를 향한 차별적 시선은 근대의 이분법적 사고방식이 여전함을 보여준다. "과소대표되면서 동시에 과대대표"(297쪽)될 수밖에 없었던 재경은 여전히 이분화된 시선을 통해 판단되며 표준/보편 인류가 될 수 없는 여성의 곤경을 잘 표현해낸다. 그러나 소설은 '올해의 여성'에 뽑히고 소녀들에게 용기와 응원을 주는 인터뷰를 남겼으며 비혼모 후원 홍보 모델로 활약했고 여성과학자들의 컨퍼런스마다 주요 연사로 초청되었던 재경의 활약이 수많은 소녀들의 꿈을 바꾸었을 것이라 말한다. 가윤의 우주 영웅이 재경이었던 것처럼 말이다. 그리고 가윤은 재경 이모가 온갖 편견에 맞서 한 걸음 나아가 준 덕분에 조금은 더 편하게 최초의 터널 우주인이 될 수 있기도 했다.

재경은 사람들이 우주 영웅에게 기대하는 표준적인 시선을 이탈한 존재다. 선발 기준에 대한 논란이 그러했고, 우주로 가는 대신 심해로 사라져 버린 것도 그러하다. 재경은 늘 객관적이거나 총체적인 지식에서 이탈하는 위치에 처했다. 그렇기에 재경의 위치는 취약성을 드러내준다.[35] 심해 다이빙 훈련을 통해 기묘한 자유로움을 느낀 가윤은 재경이 남겨놓은 심해 환경에 대한 계산식을 보며 이모의 선택을 지지하기로 한다. 우주에 가지 않는 게 이모에게는 진정한 해방이었을 것이라 짐작 가능했던 것이다. 한편 가윤은 재경과 유사 가족 관계였기에 눈총을 받기도 했고 역시 동양인 여성이라는 이유로 세간의 편견에 시달리기도 했지만, 재경과는 다른 위치로 이동한다. 재경이

---

[35] 도나 해러웨이, 앞의 책, 350–351쪽 참고.

심해로 가는 자유를 선택했다면 가윤은 터널을 넘어 먼 우주로 간다.

> 별들과 뿌옇게 흩어진 성운이 보였다. 더 많은 별이 보인다고 생각했지만,
> 이미 수도 없이 보았던 저쪽 우주와 별다를 바도 없었다.
> 재경의 목소리가 들려오는 것 같았다. 그래, 굳이 거기까지 가서 볼 필요는
> 없다니까. 재경의 말이 맞았다. 솔직히 목숨을 걸고 올 만큼 대단한 광경은
> 아니었다. 하지만 가윤은 이 우주에 와야만 했다. 이 우주를 보고 싶었다. 가윤은
> 조망대에 서서 시간이 허락하는 한까지 천천히 우주의 모습을 눈에 담았다.
> 언젠가 자신의 우주 영웅을 다시 만난다면, 그에게 우주 저편의 풍경이 꽤
> 멋졌다고 말해줄 것이다.(「나의 우주 영웅에 관하여」, 319쪽)

인용된 소설의 마지막 장면은 최초로 터널을 넘어간 우주비행사의 위치성
이 그려짐과 동시에 부분적 시력과 제한된 목소리만이 가능한 체현적 지식이
집합적 주체 위치를 통해 현상하는 순간이다. 여성도, 과학자도, 영웅도 단
하나의 모습일 수 없다. 같은 사이보그 그라인딩 과정을 거쳤지만 결국 다른
공간을 찾아간, 그리하여 다른 체현적 지식을 갖게 된 두 명의 여성을 통해
김초엽은 세계에 대한 유일한 보편 지식에 저항하는 새로운 과학 서사를
써내고 있다. 그를 위해 최재경은 보편적 관점에서 취약한 자신의 위치성이
소멸할 때까지 죽지 않은 유령적 존재로서 우리의 주변을 배회한다. 그럼으
로써 후대의 여성들과 사람들에게 영향을 미치고 표준적/보편적이라 믿어지
는 지식에 균열을 가하고 이동시키는 데 기여한다. 동시에 이 소설은 인류에
게 여전히 미지의 공간인 심해[36]와 먼 우주를 최초로 탐사한 영웅들이 여성이
었음을 기록해둔다.

---

[36] "심해는 기술적, 경제적으로 매우 높은 장벽을 넘지 않으면 조사 자체가 불가능한 상황이라
현시점에서는 심해 조사보다도 우주 개발에 나서는 국가가 많아 여전히 미지의 공간으로
남아 있다."고 한다.(크로노스케이프, 앞의 책, 168-169쪽 참고.)

「우리가 빛의 속도로 갈 수 없다면」은 이미 백 년 전에 폐쇄된 우주정거장에서 가족들이 살고 있는 슬랜포니아 행성계로 가기 위해 기다리고 있는 노인, 안나에 대한 이야기다. 우주정거장을 무단으로 점검한 괴팍한 노인은 사실 초기 우주 개척 시대에는 촉망받는 과학자였다. 워프 항법의 발명은 인류에게 우주 개척 시대를 열어주었다. 워프 항법이란 우주선이 빛의 속도에는 도달하지 못하지만 이동하는 우주선을 둘러싼 공간을 왜곡하는 워크 버블을 만들어 빛보다 빠르게 다른 은하로 도달할 수 있게 된 기술이었다. 그로 인해 자원도 풍부하고 살기 좋은 슬랜포니아 행성에도 개척 이주가 이루어졌고, 안나의 남편과 아들도 이주 행렬에 동참하게 된 것이다. 안나는 오랜 시간이 걸리는 우주여행을 위해 인체를 냉동시켜 잠든 상태로 도착하게 만드는 딥프리징 기술을 개발한 과학자였고, 기술 완성을 목전에 앞둔 상태에서 가족을 먼저 보내게 되었다. 그런데 바로 그때 고차원 웜홀 통로의 존재가 알려지면서 우주 개척 시대의 2차 혁명이 이루어진다. 급작스럽게 일어난 기술 패러다임의 변동으로 한때 가까운 우주였던 슬랜포니아는 순식간에 먼 우주가 되어버렸고, 안나가 딥프리징 기술을 완성하여 발표했을 때에는 이미 항로는 폐쇄된 상황이었다.

여성 노인, 초라한 우주선, 폐쇄된 정거장의 이미지들은 효율적인 시간을 이탈한 위치성에 해당하며, 초기 우주 개척 시대의 유물로서 비동시성의 모순을 환기시킨다. 딥프리징 기술로 생명을 연장해온 170살의 안나는 '우주 망령'과도 같다. 시간의 이음매에서 어긋난 안나의 존재는 타자의 도착이며, 이는 해소되지 않은 과거의 모순의 현현이다. 한때 우주 개척 시대의 신기술을 개발하는 젊은 과학자로서 "학자로서의 호기심"과 "인류의 미래에 기여한다"는 소명의식을 갖고 가족과 떨어진 채 연구에 매진했던 안나는 급작스럽게 일어나는 기술의 전환과 경제성을 최우선으로 하는 세상의 논리로 말미암아 우주정거장을 무단 점검하고 오직 기다리는 것밖에 할 수 없는 괴팍하고 초라한 노인으로 남게 된 것이다. 우주 연방이 훨씬 '빠르고, 안전하고,

경제적인’ 웜홀 항법을 채택했고, 가족과 생이별을 한 채 지구에 남겨진 사람들의 사정을 외면했기 때문이다.

> "우리가 아무리 우주를 개척하고 인류의 외연을 확장하더라도, 그곳에 매번, 그렇게 남겨지는 사람들이 생겨난다면……. (중략) 우리는 점점 더 우주에 존재하는 외로움의 총합을 늘려갈 뿐인 게 아닌가."(「우리가 빛의 속도로 갈 수 없다면」, 181-182쪽)

아직 빛의 속도에도 도달하지 못했는데, 마치 우주를 정복한 것처럼 구는 인류를 향해 냉소하는 안나의 말은 무게를 갖는다. 슬랜포니아로 출발할지도 모르는 우주선을 기다리느라 사용했던 딥프리징 기술도 완벽한 게 아니었음을 깨닫고, 궁극적으로 완벽한 기술도 발전의 완성도 없음을 시행착오를 겪으며 알게 되었기 때문이다. 안나는 자신의 체현적 지식에 기대어 발전된 과학적 지식도 실은 완벽하지 않고, 단일한 우주 연방의 목소리가 옳은 것도 아니라고 말한다. 이때 취약성 그 자체를 현시하는 그녀의 위치성은 해소되지 않은 과거 모순의 현현인 한편 문제 해결의 기회이기도 하다.[37] 가족과 떨어져 기다림의 삶을 사는 사람들의 고통을 외면하면서도 합리적인 논리로 포장된 권력에 대한 투쟁이며, 평생의 시행착오를 거쳐 형성된 체현적 지식은 부분적이지만 객관적 지식임이 증명되기 때문이다.

소설의 마지막에 안나는 워프 버블조차 만들 수 없는 낡은 개인 우주선을 타고 가족들을 향해 출발한다. 슬랜포니아 행성계는 빛의 속도로 가더라도 수만 년은 걸리는 거리에 있는데도 불구하고 말이다. 시대를 장악한 단일한

---

[37] ‘시간이 이음매에서 어긋나 있다’는 햄릿의 말은 시간의 질서 안에, 현존으로서 존재의 질서 안에 근원적인 탈구와 이접, 간극이 존재함을 뜻하는데, 이러한 유령의 귀환은 데리다에 의하면 메시아적인 장래가 도래하기 위한 조건이자 정의가 실행되기 위한 기회로 설명된다.(자크 데리다, 앞의 글, 370쪽 참고.)

지식에 맞서 스스로 문제를 해결하기 위해 단호하게 길을 떠나는 안나는 무모해도 희망을 찾아 돌진하는 진정한 영웅 같다. 그렇기에 먼 우주로 출발한 안나가 설혹 어느 시공에서 사라져버린다 해도 그것은 의미가 있을 것이다. 안나의 유령적 귀환은 현재 해소되지 못한 모순의 현현이자 웜홀 항법만이 단일하게 운용되는 효율성의 시대에 맞서 문제 해결을 강력히 촉구하는 위치성에 해당하기 때문이다.

김초엽의 소설은 여성 과학자들의 위치성과 체현적 지식을 통해 객관을 가장한 보편-단일의 과학 담론의 허상을 고발하고 세상의 편견에 저항한다. 이때 여성 인물들은 과학자이면서 동시에 유색인 여성 혹은 노인이라는 교차적 정체성을 갖는다. 이들은 과학 기술의 발전을 선도하는 지식인인 한편 취약성을 담보한 인물들이기도 하다. 이때 과학자인 여성 인물들은 마치 영웅처럼 과학 기술을 통해 세계의 불가능성을 돌파해나간다. 그와 동시에 취약한 위치성에 기반한 유령적 존재로 귀환하여 해소되지 않은 모순을 드러낸다. 이렇게 김초엽의 SF는 근대적 휴머니즘의 이원론을 극복하기 위해 그것이 각인된 몸의 한계를 기술적으로 넘어서고, 시공간을 확장함으로써 다양한 위치성에 기반한 체현적 지식들의 합으로 이루어진 집합 주체를 설정한다. 이는 세계에 대한 합리적 설명을 시도하고 윤리적인 변화를 도모함으로써 더 나은 세상을 상상할 수 있도록 한다.

4. 시간여행자의 광속주행 플롯과 공동존재의 발견

김보영의 「미래로 가는 사람들」은 시간과 공간에 관한 소설이다. 마침내 빛의 속도로 갈 수 있게 된 미래의 인류가 먼 우주 곳곳을 여행하는 소설적 설정은 시공간의 제약을 불허하는 SF의 강점이다. 이 소설에서는 서사의 전진 진행의 욕망과 SF 시공간의 특수성이 만나 시간여행자가 광속 우주선을 타고 우주의 끝을 찾아갈 수 있게 된다. 피터 브룩스는 플롯이 시간성의 문제와 상관이 있다고 본다. 인간의 시간 지향성, 즉 유한한 삶의 경계 안에 살고 있다는 존재 의식이 플롯의 동력이 된다는 것이다.[38] 근대라는 텍스트에서 삶의 열역학 기관이 증기기관이라면, 김보영의 SF에서 동력기관은 광속에의 욕망을 가진 광속 우주선이다. 이제 소설은 지구에 묶인 시간을 벗어나 우주에서 광속으로 이동한다. 그러니 「미래로 가는 사람들」의 서사는 내러티브를 모양 짓는 시간적 역학의 차원에서 '광속주행 플롯'이라 이름 붙여도 좋을 것이다.[39] 광속 우주선의 추진체는 에키온인데, 차원을 업그레이드하는 에키온의 항법은 더 빨리 달리면 달릴수록 시간이 공간의 이동을 가능하게 한다는 의미를 확실히 알려준다.[40] 그러나 빠르게 달릴수록 최종목적지는 가까워지는데 그것은 내용적 차원에서 우주의 끝, 혹은 인간의 죽음을 의미하는 한편 서사의 입장에서는 이야기의 끝, 종결을 의미하는 역설에 처하게 된다. 또한 광속에 가깝게 달리면 공간이 왜곡되므로 여행은 결국 원을 그리며 출발지로 회귀하게 된다.[41] 그러므로 증기기관차의 속도에서 시작된 이래

---

38 피터 브룩스, 『플롯 찾아 읽기: 내러티브의 설계와 의도』, 박혜란 옮김, 강, 2011, 11쪽 참고.

39 피터 브룩스는 발자크 소설이 근대의 속도의 상징인 증기기관차 같은 동력학에 의한 것이며, 스탕달 이후의 작가들이 산업혁명 발생기의 엔진과 동력기들을 작품의 중심 주제와 상징적 힘으로 포착했다는 차원에서 근대소설에서 증기기관으로서의 플롯을 발견한다.(위의 글, 80-83쪽 참고.)

40 에키온은 질량을 감소시키기 위해 우주선을 3차원에서 4차원(아인슈타인은 4차원을 시간이라고 말했지만, 여기에서는 일반적인 의미로 쓰였다.)으로 '띄워' 올린다. 지구라는 2차원 세계에서 속도를 내기 위해서는 '위'라는 세 번째 차원으로 '올라가'야 하는 것처럼, 비행기가 날고 있는 공간과 자동차가 달리고 있는 공간은 2차원적으로 보았을 때, 같은 공간이되 같은 공간이 아니며, 인접해 있으되 서로 겹치지 않는다. 광속 우주선이 수소원자 따위에 부딪쳐 파괴되지 않는 이유도 그러하다. 수소 원자가 '아래', 즉 한 차원 아래에 있기 때문이다. 광속 우주선에서 보는 영상은 우주이되 우주가 아니다. 땅 위에서 달릴 때 보이는 영상과 비행기에 올라탔을 때 보이는 영상이 다르듯이.(김보영, 「미래로 가는 사람들」, 『멀리 가는 이야기』, 행복한책읽기, 2010, 402-403쪽.)

41 상대성 이론에서는 시간과 공간을 하나로 간주해 '시공(space-time)'이라고 한다. 상대성

최대의 속도를 욕망하며 달려온 시간 소설은 광속에 도달하면서 오히려 발전적이고 선형적인 근대적인 시간관이 불가능한 지점을 가시화하고, 시간을 건너뛰고 왜곡하는 서사의 흐름은 영원과 유한의 사이에 놓인 인간 존재의 의미를 중재하는 플롯의 움직임을 보여준다.

네 개의 장이 순서대로 연결된 이 소설은 전통적 서사문법을 따르는 듯하지만 비트는 전략을 취한다. 각 장에는 '기-승-전-합'이라는 제목이 달려있는데, 재래의 한시를 구성하는 원리로서의 '기승전결'에 차이를 둔 전개에 해당한다. 장 제목만을 모아 적어보면 다음과 같다.

> 첫 번째 이야기: 起−우주의 끝을 찾아내는 법
>> 기(起): 내닫다, 날아오르다, 가다.
> 두 번째 이야기(혹은 첫 번째 이야기): 承−하늘에서 내려온 이들이 해야 할 일
>> 승(承): 받들다, 공경하여 높이 모시다, 계승하다.
> 세 번째 이야기: 轉−광속도에서 일어나는 일
>> 전(轉): 옮기다, 바꾸다, 움직이다, 변화하다.
> 네 번째 이야기: 合−네 번째의 축으로 가는 법
>> 합(合): 만나다, 여럿이 모여 하나가 되다, 합하다.

우주선의 비행과 더불어 서사는 시작되고(起), 시간여행자가 인류의 과거/미래에 영향을 미치고(承), 광속도에 도달한 사람들을 목격한다(轉). 이때 주인공이 그들과 함께 광속에 도달하지 않고 빠져나와야 하는 이유는 광속에 도달하는 순간 시간이 멈추므로 다시는 감속할 수 없고 우주의 소멸과 더불어 사라지게 되기 때문이다. 즉 인간에게는 한순간의 죽음이 찾아온 것과

이론에 의하면 시간과 공간은 하나가 되어 신축되거나 휘어진다.(폴 데이비스, 「'시간이 흐른다'는 감각은 환상이다」, 『Newton−시간이란 무엇인가?』, 뉴턴, 2019, 120쪽.)

같으므로 서사를 지속할 의무가 있는 주인공은 광속에 도달하는 대신 목격하여 이야기를 전달하고 여행을 계속한다. 그리고 전통적인 서사문법과 달리 「미래로 가는 사람들」은 이야기의 결론을 맺지 않는다. 주체의 단일한 입장으로 귀결하는 근대의 시각 대신 다수의 입장을 포괄하는데, 이는 서사가 익숙한 3차원의 시공간에서 끝나는 대신 4차원이라는 새로운 시공간을 열어젖혀 합(合)의 상태에 도달할 수 있기에 가능해진다.

1장(起)은 지구가 아닌 우주에 묶인 사람들을 소개하며 시작된다. 우주의 끝까지 가기 위해 항법사를 찾아가는 시간여행자 성하[42]가 등장한다. 모계 유전자 복제를 통해 만들어진 항법사 셀레네는 책을 통해 지식을 전수받고, 시간여행자는 광속에 가까운 여행을 통해 문명의 죽음을 여러 차례 목격함으로써 앎을 축적한다.

> "같은 역사가 두 개의 별에서 이중으로 진행되었어요. 마치 평행우주를 하나 만들어 낸 것처럼. 도시가 만들어졌고, 멸망했고, 살아남은 사람들이 원시시대에서부터 다시 시작했어요. 다시 갔을 땐 그곳도 인간이 살 만한 행성이 아니었어요."
>
> "인간은 어딜 가든 마찬가지야."
>
> 예상한 일이라는 듯 셀레네가 중얼거렸다.(「미래로 가는 사람들」, 390쪽)

이들의 인간관은 냉소적이라는 점에서 크게 다르지 않아 보인다. 근대 휴머니즘적 원리에 의해 수없이 발생과 멸망을 거듭한 문명들과 버려진 우주선과 인공위성들, 행성의 시체가 떠다니는 무덤 속 같은 죽은 우주는 이 소설이 뿜어내는 어두운 분위기의 배경이다. 그리고 그곳에서 성하와 같은 몇 안 남은 시간여행자들은 광속에 도달할 때까지 달리려는 의지의 소유자들

---

[42] 이때 '성하(星河)'라는 이름은 지구 대신 우주에 묶인 시간여행자라는 정체성에 걸맞다.

이다. 이 죽은 우주와 광속주행의 두 극단적 요소는 3장(轉)에 와서 변화의 국면을 맞이할 때까지 서사의 긴장을 팽팽하게 유지하는 구조로서 기능한다.

성하는 2장(承)에서 광속우주선의 추진체인 '에키온'의 연료를 구하기 위해 지구에 착륙하며 문명 이전의 인류를 만나게 된다. 그러나 이것은 시간을 거스른 현상이 아니다. 인류 문명의 역사가 길어도 2만 년이라 산정할 때 50억 년이 넘는 시간을 여행하는 시간여행자는 지구에 들를 때마다 문명의 멸망과 새로운 문명의 시작을 여러 차례 목격할 뿐이다. 그러다 보니 더 발전된 문명 다음에 덜 발전된 문명이 오기도 하고, 그렇기에 "위대한 과거인" 또한 가능하다. 이런 차원에서도 광속주행 플롯은 익숙한 발전적, 혹은 진화론적 시간관과 결별한다. 지구에 착륙한 성하는 원시 인류에게 기계장치를 이용해 신으로 군림하는 한 문명인을 만난다. 현시대 인류와 흡사한 그는 권력형 인간으로 그려진다. 그와 달리 권력욕도 지구에도 미련이 없는 성하는 바로 비행을 재개하려 하지만, 그는 성하를 붙잡고자 위협하고 성하는 그를 고차원적 장치로 제압한 후 우주로 떠난다. 이처럼 광속에 가까운 속도로 우주의 끝으로 가려는 성하의 의지는 근대적 휴머니즘과 결별하기 위함이라는 점에서 2장은 이 소설의 세계관을 암시한다.

'빨리 달리는 자'라는 의미를 가진 에키온은 일종의 생명체다. 에키온의 식량은 오직 지구에서 자라는 빨간 꽃에서만 구할 수 있다는 점, 엄청난 속도광이라는 점, 시간여행자와 에키온이 만났을 때에만 오직 광속주행이 가능하다는 점에서 이 소설의 광속주행은 인간과 에키온의 합작품이다. 혹은 광속의 전진 진행을 욕망하는 플롯의 서사는 인간의 욕망을 닮았고 또한 에키온의 욕망과도 같다.

수많은 에키온들이 발하는 빛이 형광등 불빛처럼 환하게 새어나왔다. 벽에는 거대한 투명구가 붙어 있었고, 그 안에서 반딧불이 같은 에키온들이 제멋대로 부유하고 있었다. 에키온은 이곳에서부터 출발하여 우주선의 벽과 벽의 틈으로 헤엄치다가 다시 이곳으로 돌아온다. 쉽게 말하면 이곳은 심장이었고 우주선의 벽은 혈관이었다. 피가 산소를 공급한다면 그들은 속도를 공급한다. 우주 공간에서는 구할 수 없는, 정확히 말하면 지구라는 별에서밖에 구할 수 없는 유기화학 영양분을 받기 위해 그들이 기꺼이 우주선이라는 '생물'과 공생하는 길을 택했다. 우주선은 그들에게는 몸이고, 인간은 영양공급자이며, 세포의 한 종류인 셈이다.(「미래로 가는 사람들」, 450쪽)

에키온과 인간이 세포의 종류이며, 우주선은 심장을 가진 '생물'로 빗댄 소설의 구절은 의미심장하다. "혼성적인 요소들의 집합, 질료적-정보적 존재, 사이버네틱스 메커니즘과 생물학적 유기체의 경계가 존재하지 않는" 포스트휴먼 주체를 환기한다.[43] 인류의 문명이 매우 발달한 시대에 태어난 성하는 나노 시술을 받았다. 혈관 속을 돌아다니며 빛과 물만 있으면 자체 에너지를 생성하는 초록빛 나노 기계를 가진 성하는 기계와 인간이 혼종된 사이보그다. 한편 에키온은 속도(발전)를 향한 인간의 욕망이 물화된 생명체라 할 수 있다. 이런 차원에서 점점 더 속도를 높여가는 광속주행 플롯의 주체는 '에키온-성하'가 세포처럼 기능하는 광속 우주선이자 포스트휴먼 그 자체의 현현이다.

3장(轉)에서 우주의 끝에 도달한 성하는 다른 시간여행자들을 만나게 되는데, 그들은 우주가 아니라 광속에 매료된 자들, 에키온 병에 걸린 사람들로 설명된다. "오랫동안 광속여행을 한 사람이 걸리는 병입니다. 에키온의 의지가 사람의 두뇌에 침입해서, 속도밖에는 생각하지 못하는 사람이 되는 겁니다. 광속에 도달하고 싶어하는 건 당신이 아니라 이 우주선이에요."(461쪽)라 설명되는 에키온 병은 증기기관의 발명 이래 기술 발달에 힘입어 점차 가속에 가속을 거듭하며 광속에 근접한 근대의 속도주의에 대한 비유이며, 기술

---

43   캐서린 헤일스, 앞의 책, 24쪽 참고.

문명 발전의 끝은 어디까지인지를 생각하게 만든다. 그리고 성하가 우주의 끝에서 만난 시간여행자들이 마지막 선택을 하는 순간 인간 욕망의 끝을 향해 달려가는 광속주행 플롯은 막을 내린다. 광속에 도달하는 순간 시간이 멈추므로 다시는 시간을 늦출 수 없다(다시는 돌아올 수 없다)는 성하의 경고에도 불구하고 그들의 우주선은 광속에 도달하고, 그 순간 그것은 성하의 눈앞에서 사라진다.[44]

광속주행은 끝나고 홀로 남은 성하는 마지막 4장(合)에서 얼마의 시간이 흘렀는지 모르는 상태로 눈을 뜬다. 그리고 우주의 종말과 더불어 자신의 죽음이 임박했음을 깨닫는 순간 어떤 파장과 같은 것이 자신의 내부로 스미는 것을 느낀다. 아득한 세월 동안 생명체도 빛도 없는 죽은 우주를 유영해온 그것은 뇌의 언어중추를 직접 자극해 말을 걸어왔고 성하의 몸속을 휘젓고 다니다 몸 밖으로 빠져나온다. 수많은 영혼들의 집합이자 단일한 생명체이기도 한 그것은 '클러스터(cluster)'[45]라는 개념으로 설명된다. 그리고 성하가 우주의 끝까지 달려오며 찾고자 했지만 끝내 찾지 못한 4차원의 항로로 이동하는 것을 도와주기로 한다. 4차원의 이동은 위, 아래, 좌우, 앞뒤가 아닌 다른 방향으로의 이동을 의미한다. 그 네 번째 공간좌표로의 이동은 내부에서 외부로 가는 것, 혹은 외부에서 내부로 오는 것과 같다. 그것은 "성하는 자신이 클러스터의 영혼에 접근하고 있는 것을 깨달았고, 클러스터의 안에 살아 있는 수많은 영혼이 폭포처럼 성하의 의식을 파고드는 것"으로 설명된다.

44　광속에 도달한 사람들은 먼저 죽은 영혼들과 조우한다. 이는 그들이 죽음과 같은 상태에 놓이게 되었음을 의미한다. 그리고 소설은 인간이 4차원의 영상, 즉 영혼들에 해당하는 빛무리를 보지 못하는 이유는 그들만큼 빠른 속도로 이동하지 못하기 때문이라 부연 설명하는 것을 잊지 않는다.

45　(컴퓨터) 클러스터는 여러 대의 컴퓨터들이 연결되어 하나의 시스템처럼 동작하는 컴퓨터들의 집합을 말한다. 클러스터의 구성 요소들은 일반적으로 고속의 근거리 통신망으로 연결된다.(위키백과, 2020.6.6. 참고.)

　　마침내 성하는 자신이 성하인지, 클러스터인지, 아니면 둘을 합친 다른 존재
인지 알 수가 없게 되어 버렸다. (…) 성하는, 아니 '클러스터-에키온-성하'는
은하계 전체로, 성단 전체로 확장되기 시작했다. 성하는 죽어 있는 우주에 남아
있는 몇 조각의 영혼을 발견했고, 다시 그들과 하나가 되었고, 그들의 모든
기억과 하나가 되었다.(「미래로 가는 사람들」, 488쪽)

성하는 클러스터 내부에 속하면서 클러스터 자체이기도 하다. 이는 개별성
을 잃지 않으면서도 가능한 공동존재에 해당한다. 이 공동존재인 '성하-클러
스터'는 하나의 차원이자, 하나의 전체이고, 모든 것을 아는 존재이다. 죽음에
임박한 성하를 위해 일부를 잃으면서까지 도와주려는 클러스터는 숨결의
나눔을 이룬 '밝힐 수 없는 공동체'의 현현처럼 보인다. 나의 존재로도 타자
의 존재로도 환원될 수 없는 공동의 영역을 알리는 '우리'의 존재인 '외존(관
계 내의 존재)'이 SF의 시공에서 구현되는 순간이다.[46] 클러스터를 만나고
클러스터와 하나가 되면서 성하의 질문은 마침내 답을 얻는다. 이때 "성하는
클러스터가 여성이라는 느낌을 강하게 받았다."[47]는 문장은 중요해 보이는
데, 결국 광속주행 끝에 알게 된 인간의 기원 혹은 우주의 원리는 전지전능한
아버지-유일신이 아닌 여성적 집합 주체이기 때문이다. 최후이자 최초의 생
명 에너지, 지구를 넘어 우주의 끝과 시작을 가능하게 하는 원천이 여성(들)이
라는 점에서 여성(성)에 대한 강한 긍정의 메시지를 각인한다. 죽은 우주
바깥에서 새로운 우주가 태어나고, 하나이면서도 수많은 영혼이 우주에서
수많은 행성으로 쏟아지는 장관을 선사하는 소설의 아름다운 마지막 장면을
통해 '공동존재(클러스터)'는 기억된다. 그리고 그 대안적이고도 윤리적인 공
동체로부터 새로운 세상이 시작된다고 말하는 이 소설은 여성주의적 창세기

46　모리스 블랑쇼/장-뤽 낭시, 『밝힐 수 없는 공동체/마주한 공동체』, 박준상 옮김, 문학과지성
　　사, 2013, 95-98쪽 참고.
47　위의 글, 474쪽.

에 해당한다.

인간이란 불변의 개념이 아니라 변화의 맥락 속에 다시 쓰이는 유연한 개념이며, 기술(과학)과 담론(문학)의 결합이 새로운 주체화에 대한 상상을 가능하게 한다는 헤일스의 시각[48]을 환기해보자. 광속 우주선의 추진체인 '에키온'을 생물로, 인간과 에키온을 세포로 갖는 광속 우주선을 생명체로, 하나이자 무수히 많은 영혼들의 집합체를 '클러스터'라는 컴퓨터 시스템으로 설명하는 소설의 방식은 과학과 문학이 결합하여 이루어낸 새로운 사유의 도전이다. 엄청난 기술 발전으로 인해 광속에 가까운 주행이 가능했고, 그렇기에 우주의 끝에 도달하고, 클러스터를 만나고, 4차원의 경험이 가능하다는 소설의 설정은 "글쓰기는 저자의 신체를 외부 세계로 확장시키는 한 방법"이라는 점에서 헤일즈가 말하는 '텍스트적 사이보그'에 해당한다.[49] 김보영의 소설은 이 만남을 적극적으로 주선함으로써 여성적 공동존재를 발견해내고 그로부터 비롯되는 새로운 세상의 시작까지도 제안한다.

5. 맺는말

킵 손 박사의 웜홀을 이용한 시간 여행 아이디어는 소설 「콘텍트」(1985)에서 비롯되었다. 천문학자이자 SF 작가인 칼 세이건이 가깝게 지내던 킵 손 박사[50]에게 지구에서 항성 베가로 순식간에 이동할 수 있는 수단에 대해 상의했고, 그 일을 계기로 킵 손 박사가 웜홀을 이용한 이동을 제안하게 되었기 때문이다.[51] 문학의 상상력이 과학의 지식을 확장시킨 이 사례는 현재

---

48   캐서린 헤일스, 앞의 글, 59쪽 참고.
49   위의 글, 231쪽 참고.
50   미국 캘리포니아 공과대학 이론물리학 파인먼 명예 교수. 2017년 노벨 물리학상 수상자.
51   「시간 여행의 과학」, 『Newton―시간이란 무엇인가?』, 뉴턴, 2019, 146쪽.

한국 여성 SF가 모색하는 희망적 미래의 가능성에 힘을 실어준다.

윤이형의 작품에서 설정된 비동시성의 모순은 기술발전 시대의 새로운 계층적 불평등을 가시화한다. 휴먼과 포스트휴먼의 시대를 선후로 배열하지 않고 두 체제가 공존하는 시간관을 보여줌으로써 윤이형의 소설은 과학기술의 발전이 더 나은 삶을 보장해줄 거라는 맹목적인 믿음에 의문을 제기한 채 반복되는 역사의 리듬을 주시한다. 그러나 소설은 디스토피아를 제시하거나 단순히 기술 문명의 폐해를 비판하는 것에 그치지 않는다. 비동시성의 모순이 가시화된 현재에 과거와 미래, 인간과 기계, 빈부의 차이가 변증법적으로 지양됨으로써 가능한 공동체를 형성하기 때문이다. 이렇게 윤이형의 소설은 이분법적 차이가 지양되며 섞이는 혼종적 공동체를 통해 도래할 미래가 희망적일 수 있다고 제안한다.

김초엽의 소설은 여성 과학자들의 위치성과 체현적 지식을 통해 객관을 가장한 보편-단일의 과학 담론의 허상을 고발하고 세상의 편견에 저항한다. 이때 여성 인물들은 과학자이면서 동시에 유색인 여성 혹은 노인이라는 교차적 정체성을 갖는다. 이들은 마치 영웅처럼 과학 기술을 통해 세계의 불가능성을 돌파해나감과 동시에 취약한 위치성에 기반한 유령적 존재로 귀환하여 해소되지 않는 모순을 드러낸다. 이렇게 김초엽의 SF는 근대적 휴머니즘의 이원론을 극복하기 위해 그것이 각인된 몸의 한계를 기술적으로 넘어서고, 시공간을 확장함으로써 다양한 위치성에 기반한 체현적 지식들의 합으로 이루어진 집합 주체를 설정한다. 이는 세계에 대한 합리적 설명을 시도하고 윤리적인 변화를 도모함으로써 더 나은 세상을 상상할 수 있도록 한다.

김보영은 '광속주행 플롯'을 통해 지구에 묶인 시간을 벗어나 우주에서 광속도로 이동한다. 광속주행 끝에 알게 된 인간의 기원 혹은 우주의 원리는 전지전능한 아버지-유일신이 아닌 여성적 공동체로 이는 개별성을 잃지 않으면서도 가능한 공동존재에 해당한다. 김보영은 최후이자 최초의 생명 에너지, 지구를 넘어 우주의 끝과 시작을 가능하게 하는 원천이 여성(들)이라는 점에서 여성(성)에 대한 강한 긍정의 메시지를 각인한다. 또한 광속에 가까운 주행이 가능하고, 그렇기에 우주의 종말에 도달하고, 마침내 '클러스터(공동존재)'를 만나고, 4차원의 신적 경험이 가능하다는 소설의 설정은 과학과 문학이 결합하여 이루어낸 새로운 사유의 도전이다. 이렇게 '텍스트적 사이보그'에 해당하는 김보영의 소설은 포스트휴먼과 문학적 신체가 모두 변화하고 있음을 암시한다.

비동시성의 병렬 구조, 해소되지 않은 모순의 유령적 귀환, 광속에 가까운 우주비행에의 욕망은 SF의 시공간이 가능하게 하는 인식론적 충격으로서 '지금-여기'의 문제를 확실히 지각하게 만든다. 그런데 이들의 작품이 새롭게 논의되어야 하는 까닭은 거기에서 그치지 않기 때문이다. 비동시성의 모순에 맞서 윤이형은 모순의 간극을 변증법적으로 지양하는 방안을 모색한다. 과학자이자 유색인 여성 혹은 노인의 교차적 위치성에 기반한 김초엽의 서사는 보편-단일한 지식의 폭력성을 고발하고 체현적 지식에서 윤리적인 대안을 찾는다. 김보영의 서사는 근대적 시간관과 인간중심주의를 광속주행과 차원 이동을 통해 극복해내며, 여성적 공동체를 대안으로 발견한다. 시공간을 통한 사고실험의 방식은 작가마다 확실히 다르지만, 이들의 SF는 보다 나은 미래에의 희망을 암시하고 그 방안을 구체적으로 제시한다는 점에서 값지다.

참고문헌

1. 기본 자료

김보영, 『멀리 가는 이야기』, 행복한책읽기, 2010.

김초엽, 『우리가 빛의 속도로 갈 수 없다면』, 허블, 2019.

윤이형, 『러브 레플리카』, 문학동네, 2016.

2. 논문 및 단행본

강동호, 「포스트-휴먼-노블」, 『문학과사회』 31-4, 문학과지성사, 2018, 192-204쪽.

김미현, 「포스트휴먼으로서의 여성과 테크노페미니즘」, 『여성문학연구』 49, 한국여성
　　문학학회, 2020, 10-35쪽.

김윤정, 「LGBT 소설에 나타난 포스트바디의 상상력과 수행성」, 『이화어문논집』 48,
　　2019, 73-100쪽.

노대원, 「한국 문학의 포스트휴먼적 상상력」, 『비교한국학』 23-2, 국제비교한국학회,
　　2015, 333-360쪽.

노대원, 「포스트휴머니즘 비평과 SF」, 『비평문학』 68, 한국비평문학회, 2018, 110-133
　　쪽.

문강형준, 「미래의 주체들」, 『문학동네』 19-2, 문학동네, 2012, 1-15쪽.

박상준 외, 『한국 창작 SF의 거의 모든 것』, 케포이북스, 2016.

박인성, 「한국 SF 문학의 시공간 및 초공간 활용 양상 연구」, 『현대소설연구』 77, 한국
　　현대소설학회, 2020, 245-277쪽.

백지은, 「신을 창조한 인간이 인공지능을 만들었다」, 『크릿터』 창간호, 민음사, 2019,
　　106-117쪽.

복도훈, 『SF는 공상하지 않는다』, 은행나무, 2019.

서승희, 「포스트휴먼 시대의 여성, 과학, 서사」, 『현대문학이론연구』 77, 현대문학이론
　　학회, 2019, 130-153쪽.

신상규, 『호모사피엔스의 미래: 포스트휴먼과 트랜스휴머니즘』, 아카넷, 2014.

유제분, 「사이보그 인식론과 성의 정치학」, 『미국학논집』 36-3, 한국아메리카학회,
　　2004, 152-171쪽.

이화인문과학원 편, 『인간과 포스트휴머니즘』, 이화여대출판부, 2013.

인아영, 「젠더로 SF하기」, 자음과모음, 『자음과모음』 42, 2019, 46-58쪽.

차미령, 「고양이, 사이보그, 그리고 눈물-2010년대 여성 소설과 포스트휴먼 '몸'의 징후들」, 『문학동네』 26-3, 문학동네, 2019, 1-27쪽.

크로노스케이프, 『SF 사전』, 김훈 옮김, 비즈앤비즈, 2012.

도나 해러웨이, 『유인원, 사이보그, 그리고 여자』, 민경숙 옮김, 동문선, 2002.

게오르크 루카치, 『소설의 이론』, 김경식 옮김, 문예출판사, 2007.

자크 데리다, 『마르크스의 유령들』, 진태원 옮김, 그린비, 2014.

캐서린 헤일스, 『우리는 어떻게 포스트휴먼이 되었는가』, 허진 옮김, 열린책들, 2013.

모리스 블랑쇼/장-뤽 낭시, 『밝힐 수 없는 공동체/마주한 공동체』, 박준상 옮김, 문학과 지성사, 2013.

폴 데이비스, 「'시간이 흐른다'는 감각은 환상이다」, 『Newton-시간이란 무엇인가?』, 뉴턴, 2019.

피터 브룩스, 『플롯 찾아 읽기: 내러티브의 설계와 의도』, 박혜란 옮김, 강, 2011.

Ernst Bloch, "Nonsynchronism and the Obligation to Its Dialectics", translated in English by Mark Litter, New German Critique, No.11(spring), New German Critique, 1977, pp.22-38.

Namkyung Yeon, "The Posthuman and Transboundary Imagination in Contemporary Korean Literature: Considering the Works of Pae Myŏnghun and Yun Ihyŏng", *Journal of Korean Studies* 23-2, 2018, pp.325-345.

SF를 경유한 한국문학과 감수성의 변화*
—김승옥, 듀나, 천선란을 중심으로

연남경

1. 들어가며

한국문학장에 SF 열풍이 불어닥쳤다. 그래서인지 최근 한국소설에는 인간 외에도 인공지능, 로봇, 클론, 외계인, 동물, 식물 등의 비인간 존재들이 다수 출몰한다. 그런데 기존에 익숙하게 봐왔던 AI의 반란이나 인간을 통제하는 기계와 같은 갈등과 파국의 플롯 대신, 비인간 타자들이 상호 연결되고 공감하며 공진화하는 방향으로 나아간다. 우주에서 전쟁을 하고 다른 행성을 식민지로 개척하는 대신 AI가 우주 난민에게 보급품을 전달하기 위해 분투하고(「얼마나 닮았는가」), 휴머노이드와 인간, 동물 사이의 우정이 소중하며(『천개의 파랑』), 인간을 향한 로봇의 사랑과 애도가 나타난다(『랑과 나의 사막』). 안드로이드와 식물의 교감으로 기후 위기를 극복하고(『지구 끝의 온실』), 생태계를 굴절시키지 않기 위해 동식물에 지상을 내주고 지하에서 사는 인류의 모습이나(「리셋」), 지구의 모든 존재와 공생하는 법을 배우는(「오래된 협약」,

---

* 이 글은 2023년 9월 16일 대중서사학회 가을 정기학술대회 <에코테크네 시대, 한국 SF의 기원과 전개>에서 발표하고, 『대중서사연구』(30권 1호)에 실린 논문 「SF를 경유한 한국문학과 감수성의 변화—진정성의 주체에서 감각하는 존재로」를 수정·보완한 것임.

『파견자들』) 이야기들이 활발하게 쓰이고 또 읽히고 있다.

SF 공동체는 유독 장르 규정과 정의에 관심이 많은 동네이고, 장르 관습과 문법을 중시하며 '정통 SF'를 고수하려는 입장도 여전하다.[1] 팬덤 내부에서도 SF 소설에 관한 지식과 활동 범위, 독서량 등에 따라 지존, 골수팬, 중팬, 입문자 등의 경계가 작용해왔으며, '골수팬' 논쟁[2]이 빚어졌을 정도로 팬덤의 활동이 적극적이며 진입장벽 또한 높다. 그렇기에 소규모였다 할지라도 1990년대 초 PC 통신에서 장르문학으로 본격화된 한국의 SF는 확실한 팬덤 문화를 기반으로 발전할 수 있었다.[3] 그러나 분명한 것은 최근의 SF 현상을 야기한 것은 기존의 SF 팬덤만이 아니라 관심을 SF로 돌린 20·30 페미니스트 독자들의 지분이 크다는 것이다. 과학소설 독자 중 20대 여성이 1.4%(1999~2009년)에서 12.6%(2010~2019년)로 늘었고, 30대 여성은 11.1%에서 18.2%로 늘었다[4]거나 2020년 한국소설 판매가 전년 대비 30.1%의 신장률을 보이며 역대 최다를 기록했으며, 장르별로는 SF가 약 5.5배 늘었다는 통계와 2019년에 가장 주목받은 작품이 김초엽의 SF『우리가 빛의 속도로 갈 수 없다면』[5]이라는 사실이 이를 입증한다. 정리하면 2019년 김초엽의 『우리가 빛의 속도로 갈 수 없다면』을 계기로, SF를 중심으로 한국소설의 판매량이 대폭 증가했으며, 이 현상을 견인하는 것은 바로 20·30대의 젊은 여성들이

---

1   듀나, 「일반 독자와 장르 독자」, 위의 책, 90-95쪽.

2   2000년 5월 '유니텔 1548'에서 시작된 논쟁은 천리안, 나우누리, 하이텔까지 30여 개의 관련글이 이어졌다.(한상헌, 「1990년대 한국 SF 소설 팬덤의 문화 실천」, 『현대소설연구』 87, 한국현대소설학회, 2022, 265-266쪽.)

3   한국 SF의 역사에 관해서는 다음 글을 참고할 수 있다. 이지용, 『한국 SF 장르의 형성』, 커뮤니케이션북스, 2016.

4   임지영, 「'과학소설' 전성시대, 왜 지금 SF일까?」, 『시사IN』, 2020.11.25., 접속일: 2023.07. 06. https://www.sisain.co.kr/news/articleView.html?idxno=43210.

5   배문규, 「올해 한국소설 판매량 역대 최다… 여성 독자들이 이끌고, SF·청소년 장르 다양해 졌다」, 『경향신문』, 2020.09.22. https://www.khan.co.kr/culture/culture-general/article/2020 09221030001. 접속일: 2023.07.06.

다. 이렇게 볼 때, SF 현상은 페미니즘 리부트와 그와 연동된 독자 운동과 맞물린다.

　최근 한국문학장의 움직임을 보면, 표절 사태로 시작된 비평중심주의와 계간지 시스템 재편에 대한 폭넓은 요청이 페미니즘 이슈와 만나면서 근대 이후 수립된 문학에 대한 근본적인 질문으로 구체화되었으며,[6] '김지영 현상' 을 야기한 '페미니스트-독자 시대'[7]에 'SF 현상'은 연결된다. 시대와 싸우기 위해 연대하는 독자들이 손에 쥔 책들이 이번에는 SF가 된 것이다. 이렇게 한국문학장에 형성된 'SF 공동체'는 기존의 SF 팬덤과 조우하여 확산 중이 며, 팬들의 활동이 두드러지는 SF 장르 향유 방식과 페미니스트-독자들의 행위성이 맞물려 SF 현상을 낳았다고 볼 수 있다.

　SF 현상은 텍스트 내적으로 순문학과 장르문학의 교차만이 이루어진 게 아니라 텍스트 외부의 콘텍스트 차원에서 SF 팬덤과 영 페미니스트 독자들 의 교차도 이루어진 것이다. 현재의 SF는 진입장벽을 낮추어 친절하고 쉬운 SF로 독자에게 다가갔으며, 그러면서도 현실 변화의 강력한 장치로서 SF가 내장한 힘으로 인해 독자들에게 선택되었다.[8] 이렇게 SF는 이중의 장점을 통해 페미니스트의 언어, 표현, 방법을 확장하는 역할을 해내고 있다. 그렇기 에 현재의 SF 현상은 페미니스트 작가뿐 아니라 비평가들, 작품을 읽은 독자

6　소영현, 「페미니즘이라는 문학」, 『#문학은_위험하다』, 민음의 비평10, 민음사, 2019, 209-210쪽.

7　허윤, 「로맨스 대신 페미니즘을!」, 『#문학은_위험하다』, 민음의 비평10, 민음사, 2019, 193-204쪽.

8　독자들은 김초엽의 SF를 '따뜻하다', '친절하다', '아름답다', '낙관과 긍정'과 같은 어휘들로 설명한다. 가령, "SF에 대한 진입장벽을 낮추려 노력하며(…) 가볍고 친절하게 SF 소재를 다루는 방식"과 "여성 서사나 현실의 문제 등 당시 한국문학이 이야기하는 것들을 비슷하게 말한다"는 반응은 페미니즘 리부트가 야기된 현재의 상황에 SF가 왜 효과적인지, 왜 영 페미니스트-독자들이 SF를 선택했는지 가늠하게 한다.(김다희·박준기·이정연·이민재, 「대담: 김초엽의 실험에 참여하고 싶은 [글리프]」, 『글리프 6호: 김초엽[실험]』, M.D.LAP PRESS, 2022, 143쪽 참고.)

와 팬을 포함해 형성되었다는 차원에서 'SF 페미니즘'에 해당한다.[9] 아울러 일련의 문단문학의 행보와도 이어진다. 최은영의 '순하고 맑은 서사'가 갖는 '은밀한 반역의 기미와 여자들의 연대',[10] 황정은의 모녀서사가 갖는 세대 격차를 넘나드는 공감, 김멜라의 퀴어서사가 갖는 상호 돌봄과 재명명의 정치성과 멀지 않다. 이런 차원에서 현재 한국의 SF는 'SF 페미니즘'과 '사변 소설(speculative fiction)',[11] 그리고 일반소설이 교차하고 있다는 점에서 '사변 적 페미니즘(speculative feminism)'[12]으로 볼 수 있다.[13]

따라서 현재의 사변적 페미니즘은 과학소설의 장르 관습에서 벗어나는 경향이 있는데, 하드 SF가 인물 간의 갈등보다는 세계관이 중요하며 심지어 인물이 등장하지 않아도 상관없는 반면, 현재 한국의 SF는 차별과 차이와

---

9 헬렌 메릭에 의하면 SF 페미니즘은 페미니스트 SF를 포함해 SF 팬들이 함께 이뤄낸 모든 것을 나타낸다. 페미니스트 SF와 SF 페미니즘의 가장 큰 차이는 팬덤이다.(김효진, 『#SF #페미니즘 #그녀들의이야기』, 요다, 2021, 21-23쪽 참고.)

10 오혜진, 「'이야기꾼'의 젠더와 '페미니즘 리부트'」, 권보드래 외, 『문학을 부수는 문학들』, 민음사, 2018, 366-367쪽.

11 사변소설이라는 용어는 작가, 독자와 팬, 평론가와 연구자에 따라 다양한 의미로 사용된다. 첫째, 오락적이고 저급한 장르가 아닌 사색적인 고급 장르로서 과학소설, 둘째, 환상소설, 공포소설, 미스터리소설, 과학소설 등 다양한 상상문학을 포괄하는 용어(사변물), 셋째, 마 거릿 애트우드의 <시녀 이야기>처럼, 가상의 과학기술이 등장하지 않는 비-리얼리즘 소설, 한편 과학소설 팬 가운데 일부는 사변소설이라는 용어를 거부하기도 한다. 또한 일부에서 는 사변소설이란 역어 대신 추론소설이나 사색소설을 택하기도 한다.(노대원, 「미래를 다시 꿈꾸기-한국과 글로벌 SF의 대안적 미래주의들」, 『탈경계인문학』 33, 이화여자대학교 이 화인문과학원, 2023, 35-36쪽.)

12 최근 도나 해러웨이는 SF를 "과학소설science fiction, 사변적 페미니즘speculative femi-nism, 과학판타지science fantasy, 사변적 우화speculative fabulation, 과학적 사실science fact, 실뜨기string figures를 위한 기호"로 다양하게 부르며, SF의 범주를 넓히는 중이다. 이에 따르면 SF는 과학소설(science fiction)임과 동시에 사변적 페미니즘(speculative femi-nism)이라 볼 수 있다.(도나 해러웨이, 『트러블과 함께하기』, 최유미 옮김, 마농지, 2021, 10, 23쪽 참고.)

13 이상 한국문학의 'SF 현상'을 '페미니스트-독자 운동'과 연결시키고, 이를 '사변적 페미니 즘'으로 보는 내용은 다음 논문을 참고하였다. 연남경, 「사변적 페미니즘으로 본 SF 현상과 연결됨의 윤리」, 『이화어문논집』 60, 이화어문학회, 2023, 2-14쪽.

타자에 관한 이야기가 많고 약자 간의 유대에 관심이 많다는 점이 그러하다.[14] SF 공동체로 사회적 타자와 연결된 독자들은 여전한 타자로서 여성뿐 아니라 소수자, 퀴어, 장애의 문제와 접속하고, 나아가 인간중심주의의 자연-문화가 타자화한 로봇, 사이보그, 클론, 동물, 식물과 같은 비인간 존재들과 이어지고 공감한다. 그리고 지금까지 SF는 인간 아닌 다양한 비인간 존재들의 등장에 집중하며 포스트휴머니즘 이론으로 많이 읽혀왔고,[15] 또한 페미니즘의 시각에서도 다양한 연구가 제출되었다.[16]

이 글은 이러한 흐름을 이으면서도 최근의 한국문학이 다양한 존재들에게 갖는 관심을 '감수성'이라는 다른 차원에서 접근해보고자 한다. 스티븐 샤비로는 현재의 지식과 학문이 지나치게 인지를 강조함으로 말미암아 우리는 세계를 협소하게 이해한다고 한다. 그에 따르면 인지 위주의 시각에서 벗어나기 위해 SF의 사변이 필요하며, 감수성에 보다 주목할 필요가 있는데,

---

14 　심완선, 「작가와의 대화」, 『SF 비평 세미나』, 2023.7.8.

15 　김윤정, 「김초엽 소설에 나타난 포스트휴머니즘과 장애」, 『여성문학연구』 54, 한국여성문학학회, 2021; 노대원, 「포스트휴머니즘 비평과 SF-미래 인간을 위한 문학과 비평 이론의 모색」, 『비평문학』 68, 한국비평문학회, 2018; 노대원, 「한국 포스트휴먼 SF의 인간 향상과 취약성」, 『한국문학이론과 비평』 86, 한국문학이론과비평학회, 2020; 노대원, 「포스트휴먼 (인)문학과 SF의 사변적 상상력」, 『국어국문학』 200, 국어국문학회, 2022 등.

16 　강은교·김은주, 「한국 SF와 페미니즘의 동시대적 조우: 김보영의 「얼마나 닮았는가」와 듀나의 「두 번째 유모」를 중심으로」, 『여성문학연구』 49, 한국여성문학학회, 2020; 강은교, 「페미니스트 세계 만들기로서 듀나의 SF에 대한 연구」, 『여성문학연구』 56, 한국여성문학학회, 2022; 김미현, 「포스트휴먼으로서의 여성과 테크노페미니즘-윤이형과 김초엽 소설을 중심으로」, 『여성문학연구』 49, 한국여성문학학회, 2020; 김윤정, 「여성 SF 소설의 테크노피아와 소수자 문학」, 『현대문학의 연구』 75, 한국문학연구학회, 2021; 서승희, 「포스트휴먼 시대의 여성, 과학, 서사」, 『현대문학이론연구』 77, 현대문학이론학회, 2019; 안서현, 「여성 SF가 사유하는 돌봄의 익숙한 미래」, 『여성문학연구』 57, 한국여성문학학회, 2022; 양윤의, 「PB+SF+FS-Post-human Body+Science Fiction+Feminism Story」, 『문학과사회』 32(4), 문학과지성사, 2019; 연남경, 「여성 SF의 시공간과 포스트휴먼적 전망-윤이형, 김보영, 김초엽을 중심으로」, 『현대소설연구』 79, 한국현대소설학회, 2020; 허윤, 「'일할 수 없는 몸'을 전유하는 페미니스트 SF의 상상력-김보영 소설을 중심으로」, 『여성문학연구』 52, 한국여성문학학회, 2021 등.

이때 '감수성(sentience)'이란 감각하고 느끼는 것에 가깝다.[17] 이 글에서는 한국문학에서 감수성의 차원에서 비롯된 주체의 변화 양상을 추적하기 위해 감수성의 혁명으로 근대적 주체를 형상화한 김승옥의 1960년대 SF, 반(反)인 간주의를 통해 주체 해체를 보여준 듀나의 1990년대 SF를 경유한다. 그리고 2020년대 천선란의 SF에 나타난 포스트 감수성과 새로운 주체의 가능성을 찾아보려 한다.

2. 1960년대의 감수성의 혁명: 진정성의 주체와 기술 발전에의 불안

한국문학에서 '감수성' 하면 바로 떠오르는 작가는 김승옥일 것이다. 김승옥은 '감수성의 혁명'이라는 호명을 통해 4.19세대의 감성을 대표하는 작가로 등극했기 때문이다. 한편 김승옥이 SF를 썼다는 것은 많이 알려져 있지 않다. 1970년에 발표된 <50年後, Dπ9記者의 어느날>[18]은 동아일보 창간 50주년을 기념해 상하로 연재된 단편 SF다. 50년 후인 2020년을 설정하고 쓴 묻혀 있던 이 신문소설은 SF 열풍이 뜨거웠던 2020년을 기념하여 재조명되었다.[19]

주지하듯 김승옥은 '감수성의 혁명'이라는 호명으로 4.19세대의 대표성을 갖게 되었다. 그리고 이는 4.19세대가 곧 한글세대임을 뜻하였다. 전후세대 비평가 유종호는 1960년대 한글세대가 이룩한 문학적인 감수성의 혁명을

17　스티븐 샤비로, 『탈인지 ―SF로 철학하기 그리고 아무도 아니지 않은 자로 있기』, 안호성 옮김, 갈무리, 2022, 13-29쪽.

18　『동아일보』, 1970.04.01.-02.

19　후배 작가들이 오마주한 『SF 김승옥』이라는 소설집도 출판되었다.(「파주시중앙도서관, 『SF 김승옥』 온라인 북토크 진행―<무진기행> 김승옥 작가와 후배 작가들의 만남」, 2020.12. 17., 접속일 2023.08.31. https://www.paju.go.kr/news/user/BD_newsView.do?q_ctg Cd=100 1&newsSeq=440)

김승옥의 소설에서 발견했으며, 일상어가 갖는 밀도와 언어의 감각적 세련성에 관해 경이의 반응마저 보이고 있다.[20] 일본어 세대 소설가인 장용학과 논쟁을 하는 과정에서 문학의 언어를 통한 새로운 감수성이 얼마나 절실한가를 깨닫고, 김승옥의 <무진기행>을 상찬한 것이다.[21] 유종호가 일본어 대신 한글 교육을 받고 일상과 밀착된 한국어를 구사하는 김승옥을 통해 언어의 혁명을 발견했다면, 김승옥과 같은 한글세대인 4.19세대 비평가들은 김승옥을 통해 근대적 주체의 탄생을 발견한다.

문학과 지성의 언어 탐구를 표방한 '문학과지성' 비평가 그룹은 4.19세대의 문학에 등장한 개인을 '진정성의 주체'로서 의미화한다. 김주연은 김승옥이 보여준 트리비얼리즘에서 '사소한 것의 사소하지 않음'을 확인하고, 그것을 사소한 것으로 느끼는 한 개인의 의식을 중요시한다. 그를 통해 개인이 발견된다.[22] 대상을 느끼는 감각(감수성)이 인식의 원천이라는 것이다.[23] 여기에서 감수성은 언어의 차원에서 인식의 차원으로 이동한다. 대상을 인식하는 개인의 출현을 새시대 문학의 성립으로 보며, 4.19세대의 문학은 전후세대를 타자화하며 출현한다. 전후문학이 "자기가 없는 인습과 관행 속의 인물"을 관념적으로 제시할 뿐이라면 4.19세대의 문학은 대상을 느끼는 개인이 있고, 개인이 느낌으로써 사건이 되므로, 구체적인 사건을 감각하여 자기세계를 갖는 개인, 즉 근대적 주체가 드디어 탄생한다는 것이다.

이처럼 4.19세대는 김승옥, 박태순, 이청준을 경유하여 스스로를 '소시민 의식'에서 출발하는 개성적 인간이자, 인식과 성찰의 주체로서 자리매김한다. 맹목적 선이나 도덕적 엄숙주의 대신 지성의 방법론적 회의를 중시하고,

---

20   유종호, 「감수성의 혁명」(1966), 『문학과 현실』, 민음사, 1975, 147쪽.

21   송희복, 「유종호의 문학비평에 투영된 언어관 내지 어문 의식」, 『한국어문학연구』 60, 동악 어문학회, 2013, 232쪽.

22   김주연, 「새시대 문학의 성립-인식의 출발로서 60년대」, 『아세아』 창간호, 1969, 255쪽.

23   위의 글, 267쪽.

선험적 결론 대신 방법적 성찰의 사고과정을 중시한 문지 에콜은 자유주의와 문학주의, 그리고 엘리트주의를 표방했다. 진정성을 '주체화의 장치로 기능하는 마음의 레짐'으로 정의할 때[24] 진정성의 주체는 4.19세대에서 그 기원이 찾아질 수 있다. 이들에 의해 '성찰하고 고뇌하고 반성하는 인간'이 진정성의 주체라 규정될 때, 문제는 인식의 주체에 미달한다고 여겨지는 타자들은 배제된다는 점이다. 따라서 진정성의 언어는 상처의 언어, 배제의 언어, 전제의 언어로도 작용하는 것이다.[25] 인식의 주체에 미달하는 타자들은 배제되었는데, 김승옥 소설에서 그것은 주로 여성이고 누이였다. 김승옥이 자신의 촌놈의식을 여성 타자화를 통해 가렸다는 논의들이 이런 맥락에서 불거져 나오고 있기도 하다.[26]

이런 차원에서 1970년에 김승옥이 쓴 SF는 흥미롭게 다가온다. 이 소설이 상정한 50년 후의 미래는 바로 2020년, 우리가 살고 있는 지금이다. 감수성의 작가답게 기술 발전에의 예측에도 일상의 디테일이 살아 있다는 점이 주목할 만하다. 동아일보 사회부 기자 준(호출번호-D·π·9)이 타는 'GUIYOMI19(귀요미19)'는 '수상전화기(휴대폰)'와 '레이다'와 '콤퓨터'로 조종되는 자동운전장치(자율주행기능)가 탑재된 전기자동차다. 준 부부는 한국인구문제연구원으로부터 둘째 아이를 가져도 좋다는 허가를 받고, '하느님의 집'의 '인공자궁'에서 둘째 아이를 배양 중이다. 매일 아침의 인기 프로그램인 <대통령과 아침을>에 준의 어머니인 윤 여사가 출연해 최근의 연쇄살인사건을 화제로 대통령과 얘기를 나눈다. '세포재생미용법'으로 윤 여사는 팽팽한 피부를

---

24   김홍중, 『마음의 사회학』, 문학동네, 2009, 24쪽.

25   위의 글, 36쪽.

26   강지윤, 「개인과 사회, 그리고 여성: 1950~1960년대 문학의 내면과 젠더」, 민족문학사학회, 『민족문학사연구』 67, 민족문학사연구소, 2018; 김은하, 「이동하는 모더니티와 난민의 감각: 김승옥 소설에 나타난 지방 출신 대학생의 도시 입사식을 중심으로」, 『한국학연구』 60, 고려대한국학연구소, 2017 등.

갖고 있으며, 과학자가 매우 우대받는 세상이다. 연쇄살인에 의해 살해당한 사람들이 모두 우수한 젊은 과학자들이며, '정형수술(성형수술)'에 의한 미인들이라는 것 때문에 세간의 관심이 크며, 섬유학자로서 학술원 회원인 아내의 경우, 연구논문이 컴퓨터센터에 입기되는 영광을 얻는데, 이는 연구의 완벽성을 인정받아 평생 돈 걱정에서 해방됨을 의미한다.

이렇게 1970년을 살던 김승옥이 상상한 2020년은 (자율주행)전기차와 휴대폰의 상용화, 플라스틱 포장지에 담겨 배송되는 식사, 성형수술 및 미용시술의 이용 등 현재 우리의 일상을 마치 살아본 듯 핍진하게 그려지고 있다. 남북관계를 직접 다루고 있지는 않지만, "부산~서울~평양~신의주를 삼십분만에 달릴 수 있다는 지하진공철도"가 한창 진행중이라는 언급에서는 통일한국이라는 소망이 충족된 듯 보이기도 한다. 그러나 과학자가 우대받고 기술 발전으로 편리해진 한편, 인구는 국가에 의해 통제되며, 대통령은 매스콤에 출연해 매일 아침 주요 정무를 국민들에게 공개하고 초청된 국민의 의견을 청취하지만, 그것은 친근감과 선택적 정보 제공으로 국정에 대한 비판의식을 잠재우려는 고도의 전략이다. 이런 비판은 노년층에서 주로 제기되기에 청소년문제보다는 노인문제가 대두된다. 사람들은 부작용 없는 안정제를 남용하는데, 약물을 신뢰하지 않는 노년층이 주로 비판적 의식을 가졌다는 점에서 약물로 비판적 지성을 통제하는 사회처럼 보이기도 한다.

사회부 기자답게 자신이 처해 있는 현실에 대해 성찰하고 고뇌하는 비판적 지식인 준은 고도의 전략으로 국가에 의해 통제되는 사회를 꿰뚫어보고 있으며, 지구상의 모든 전기를 흡수해버리는 '흡전기류'의 공격으로 인공자궁에서 자라는 둘째를 잃을지 모른다는 꿈을 꾸는데, 이는 기술 발전의 현실에 대한 준의 불안을 암시한다. 연쇄살인사건을 취재 중이던 준은 어머니인 윤 여사가 <대통령과 아침을>이라는 프로그램에 출연한 날 오후에 자살한 알파로부터 영상편지를 받는다. 알파(L박사)는 세계 최초의 인공자궁 출생인이자 한국이 배출한 자랑스러운 천재 과학자였는데, 자신이 살인범이었음을 자백하고 자살한 것이다. 그리고 그 이유를 다음과 같이 밝히고 있다.

자살한 L박사의 메시지

준, 그 여자들은 내가 죽였습니다. 경찰이나 신문이 주장하듯, 치정관계 때문이 결코 아닙니다. 나는 그 여자들을 사랑했습니다. 그러나 여자로서 사랑한게 아니라 그들의 과학에의 열정을 사랑했습니다. 그들은 제각기 자기가 광속로케트의 최초의 설계자가 되어야겠다는 듯이 연구에 몰두했습니다. 광속로케트, 그것은 우리 세기의 위대한 과제임에 틀림없습니다. 그런데 준, 앞으로 화성에 갈 기회가 있으면 거기서 혼자서 조용히 어두운 우주를 바라보아 주기 바랍니다.(…)

준, 나는 우리가 지구에서 가장 먼 어느 별을 향하여 떠나기 위해 지구에 태어난 거라고 믿어왔습니다. 죽은 여자들도 그렇게 믿고 있었습니다. 그러나 준, 화성에서 나는 우리가 찾아가야 할 별을 발견했습니다. 그것은 지구였습니다. 내가 가장 가기를 원하는 곳, 그곳은 지구였습니다. 그리고 그때 나는 또 하나의 발견을 했습니다. 빛보다도 더 빠른 수억배 수천억배 아니 비교할 수 없을 만큼 빠른 속도를 가진 비행체, 그것은 영혼이라고 말입니다.(…) 그리고 내 가설이 진리임을 증명하고 싶었습니다. 나는 우주에서 가장 빠른 비행체는 영혼이라는 내 가설에 대한 얘기를 그 여자들에게 들려주었습니다. 그러자 그들은 광속로케트 개발의 무의미성을 깨닫고 실망했으며 서로 자기가 내 가설을 증명할 수 있도록 해달라고 내게 청했습니다. 나는 그들의 청을 받아들였습니다. 준, 그들은 행복하게 죽었습니다. 그러나 나는 불행해진 것입니다. 그들의 영혼이 과학상의 새로운 증명을 위해 날아가버린 뒤 뜻밖에도 나를 습격하는 공포, 아아, 공포 우주의 어떠한 공간에서도 못 느껴본 공포, 나는 울고 있었습니다. 그러다 가 당신의 어머니를 본 것입니다. "범인이 만일 내 자식이라면…" 하시다가 말문이 막혀버리는 당신 어머니의 눈물(…) 나는 그 눈물이 뜻하는 것을 이해할 수 있었습니다. 인간을 오늘까지 유지시켜온 건 과학도 지식도 아니고 살인자인

아들에게 호소하는 어머니의 눈물이었다는 걸 나는 알았읍니다.[27]

과학주의로의 매몰은 결국 인간의 죽음으로 귀결된다는 연쇄살인사건의 전말은 기술 발전으로 치닫는 세상은 인간을 불행하게 할 것임을 암시한다. "불확실한 추리로써 대중들에게 과학자는 살인자라는 인상을 심어주는 것은 인류의 진보를 위해서 삼가야"하는 세상의 원리가 궁극적으로는 어떻게 되는지 보여준다. 아무리 공간이 확장되어 우주 끝까지 갈 수 있다 해도 궁극적으로 가고 싶은 곳은 고향별인 지구이며, 기술발전의 끝은 죽음일 뿐이기에 공포에 압도당한 인간이 기댈 곳은 모성밖에 없다는 것이다. 이처럼 김승옥의 SF는 인간의 죽음, 공포, 불행을 야기하는 과학기술의 지나친 발전을 경계하고 있다.

알파 박사의 영상편지를 접한 후에도 준은 아내와 딸과 함께 '오락장'에서 게임을 하며 일상을 유지한다. 둘째를 걱정하며 불안감을 드러내는 준을 향해 아내는 준을 안심시키고자 안정제 복용을 권한다. 알파가 모성의 위대함을 깨닫고 자살을 감행했다면, 준은 가족주의에 의지하는 모습을 보인다. 이때 알파를 외면하고 가족과 일상을 유지하는 준의 모습에서 무진을 뒤로하고 서울의 아내에게 향하는 <무진기행>의 윤희중이 보인다. 근대화의 불안을 감추고 성공한 아내의 세계로 숨는 남성의 이야기는 이미 익숙한 <무진기행>의 플롯과 겹쳐진다. 현실에의 공포를 이기지 못하며 부적응한 알파, 성공한 과학자로서 승승장구하며 현실에 순응하는 아내 사이에서 준은 동요한다. <무진기행>이 무력한 개인의 지각의 범위를 압도하며 전개되는 1960년대 한국사회의 근대성 앞의 불안의 정서를 보여주었듯,[28] <50年後, Dπ9記者의 어느날>에도 근대화가 극단으로 치달은 기술 발달의 미래사회가 펼쳐

---

27   <50年後, Dπ9記者의 어느날> 下, 『동아일보』, 1970.04.02.

28   김영찬, 『근대의 불안과 모더니즘』, 소명출판, 2006, 66쪽.

지고, 그에 처한 주체의 불안이 나타난다.

<50年後, Dπ9記者의 어느날>이 보여주는 미래에의 상상력은 기발한 한편 빈곤하다. 자율주행자동차가 다니고 휴대폰을 쓰며 화상통신을 한다는 상상은 이미 실현되었다. 인공자궁으로 출산하고 우주로 삶이 확장된 것은 기술적으로 더 발전한 미래에의 상상이다. 또한 윤 여사와 아내, 여성 과학자들을 통해 여권이 신장한 미래사회를 제시한다. 인공자궁 기술로 여성들은 출산의 고통에서 벗어났으며, 여전한 젊음을 유지하는 윤 여사는 대통령을 독대하고, 성공한 과학자 아내는 학술원 회원이다. 사회적으로든 직업적으로든 젠더 격차나 성차별이 보이지 않는 듯하다. 그러나 좀 더 면밀히 살펴보면 고도로 발달된 기술 사회이고 공간이 우주로 확장되었지만, 가족주의와 인간중심주의는 1960년대 한국사회와 다를 바 없다. 모성을 신성시하는 태도가 전제되어 있고, 여성인물들에게는 현실 비판의식이나 자의식이 할당되어 있지 않으며, 인공자궁 출산이 가능함에도 이성애핵가족제도가 그대로 유지되며, 기술 발전 시대에 비인간 존재가 전혀 등장하지 않는다는 것도 상상력의 빈곤이다. 그렇다면 기술 발전의 차원은 핍진하게 예측하는 것과 달리 사회변화의 차원에서 유독 상상력이 빈곤한 까닭은 무엇일까?

이 작품은 SF임에도 고뇌하는 '성인 남성 인간' 중심의 서사라는 점에서 진정성 레짐에 갇혀 있다. 이렇게 지식인 남성 인물만이 진정성의 주체로서 유일하게 세상의 인식을 담당할 때,[29] 세계관의 변화는 가능하지 않다. 미래의 시간을 설정하고 있음에도 사회 변화를 상상하지 못할뿐더러 고도의 기술발전에 대해 갖는 공포는 주체의 불안에서 기인하는 것이다. 이는 사이버네틱스를 창안하여 인간과 기계의 유사성을 확보하였음에도 자유주의 휴머니즘 주체성이 보존되지 못할까 두려워한 노버트 위너가 보였던 불안과 일맥상

---

29 『동아일보』의 창간 50주년을 기념하기 위해 기획한 소설이라 주인공의 직업이 신문기자로 설정되었다는 점을 감안한다 하더라도, 1970년 당시 기자라는 직업은 세상을 인식하고 진실을 추구한다는 차원에서 지식인 남성 주체의 전형으로 여겨졌다.

통한다.[30] 이처럼 진정성 레짐 안에서 창작된 김승옥의 SF는 감수성의 차원에서 인간(남성) 주체성의 상실을 우려하는 불안이 발견될 뿐 아니라, 사회혁신과 세계 변화에 대한 상상력도 제한적이다.

3. 1990년대 문단문학 밖의 SF: 반(反)휴머니즘과 주체의 해체

김홍중에 의하면 진정성 레짐은 근대문학의 종언과 더불어 막을 내렸지만, 87년 체제 이후로 한국사회는 포스트 진정성 체제에 돌입하였다고 한다. 진정성 레짐을 80년대적 도덕적 진정성, 90년대적 윤리적 진정성이라 할 때, 97년 체제가 본격화되기 전까지 한국사회는 진정성의 레짐이 작동하던 시대였다는 것이다.[31] 1980년대 후반, 사회변동과 관련하여 문학장에도 지각변동이 있었다. 그래서 1990년대 문학에 관하여 1980년대의 이념, 역사, 해방 등의 거대담론이 사라지고, 그 자리를 포스트모더니즘의 영향으로 '개인', '일상', '내면'과 같은 미시서사가 채웠다고 정리되었다. 한편 1990년대는 '여성작가의 시대'라 불리기도 했는데, 근대문학의 종언 이후, 문학의 주변화와 여성의 주변적 위상이 화해롭게 조우했다는 평가도 있었다. 그러면서 신경숙이 1990년대 여성문학의 기표로 자리매김한다.

이에 대해 도덕적 진정성의 대표 매체였던 『창작과비평』이 신경숙을 승인함으로써 포스트 진정성 체제인 90년대에 연착륙했다면, 90년대 문단문학을 대표하는 『문학동네』는 신경숙의 『외딴 방』을 연재하며 90년대적 윤리적 진정성을 통해 문학주의를 고수할 수 있었다는 논의가 제출되었다.[32] 아울러

---

30 캐서린 헤일스, 『우리는 어떻게 포스트휴먼이 되었는가-사이버네틱스와 문학, 정보 과학의 신체들』, 허진 옮김, 플래닛, 2013, 163-167쪽.

31 김홍중, 위의 글, 38쪽.

32 천정환, 「창비와 '신경숙'이 만났을 때-1990년대 한국문학장의 재편과 여성문학의 발흥」,

90년대 초 유입된 포스트모더니즘이 표절 사태와 오버랩되면서 문단 내에서 폄하됨과 동시에 리얼리즘 자장에서의 여성해방문학과의 관계에서 협소해졌다는 시각 또한 유효하다.[33] 정리하면 역동적이고 변화무쌍한 90년대에 진정성의 계승에 매몰된 문학주의가 포스트모더니즘의 폄하와 더불어 여성문학의 범주를 축소시켰고, 문단문학 주변과 바깥의 다양한 문학적 성과와 문화운동을 외면하였다는 것이다.

이에 따라 최근 기존의 문학사 기술 시각에 반발하며, 이 시기 문학 연구를 새롭게 보자는 요구들이 제출되고 있다.[34] 그중 문단문학 바깥에서 열린 『또하나의 문화』와 같은 무크지의 여성주의 문화운동,[35] PC통신이라는 다른 매체 실천을 통한 사이버문학에 관심을 갖기 시작했다.[36] 이를 통해 개인과 내면성, 진정성, 비이념으로 요약되는 『문학동네』의 문학주의 위주의 담론을 비판하고,[37] 축소되었던 1990년대의 성과를 확장 중이다.

이와 더불어 문화이론을 수용하고 문화연구의 시작을 가능케 한 『문화과학』의 역할을 간과할 수 없다. 1992년에 창간된 『문화과학』은 유물론적 문화이론을 표방한 잡지였고, 한국에 문화이론을 적극적으로 소개하는 지면을 제공했다. 그리고 포스트모더니즘에 대한 관심과 더불어 과학 담론과 SF 관련 글들이 실리기도 했다. '여성의 몸', '사이버 공간', '신체, 테크놀로지',

---

『역사비평』 112, 역사문제연구소, 2015, 278-301쪽 참고.

[33] 손유경, 「페미니즘의 포스트모던 조건」, 『여성문학연구』 50, 한국여성문학학회, 2020, 410쪽 참고.

[34] 배하은, 「혁명성과 진정성의 탈신비화－1980~90년대 문학 연구의 동향과 과제」, 『상허학보』 66, 상허학회, 2022.

[35] 김정은, 「또 하나의 집회－여성주의 문화운동 '또 하나의 문화'가 지닌 '제3의 장소성'」, 『구보학보』 27, 구보학회, 2021; 윤조원, 「페미니스트 돌봄 문화정치학: 무크지 『또하나의 문화』를 중심으로」, 연세대학교 석사논문, 2022.

[36] 노태훈, 「비평의 시대와 그 무수한 흔적들」, 『현대소설연구』 83, 한국현대소설학회, 2021.

[37] 조연정, 「『문학동네』의 '90년대'와 '386세대'의 한국 문학」, 『한국문화』 81, 서울대학교 규장각한국학연구원, 2018.

'테크노, 사이버펑크, 사이버스페이스' 등의 특집을 보면, 새롭게 열린 사이버 공간과 신체성에의 관심, 특히 몸페미니즘 중심의 여성주의적 시각을 엿볼 수 있다. 이중 흥미로운 점은 한국의 담론장에서는 최근 본격적으로 논의되기 시작한 포스트휴머니즘 이론이 1990년대에 이미 번역되어 소개되었다는 것이다. 캐서린 헤일스의 「사이버공간의 유혹」(7호, 1995), 도나 해러웨이의 「사이보그 선언문」(8호, 1995), 로지 브라이도티의 「새로운 노마디즘을 위하여」(15호, 1998)와 같은 글이 실렸는데, 이는 당시 이론이 활발하던 영미권과 동시에 소개되었을 뿐 아니라, 포스트휴머니즘 중에서도 페미니스트 시각의 이론이 주로 번역되었다는 점이 특기할 만하다.

한편 하이텔 내의 소규모 모임 '사이버문학 비평그룹' 버전업은 계간 『버전업』을 함께 출판하는 방식으로 사이버공간과 지면을 왕래하며 새로운 문학을 추구하였다.[38] 창간사에 의하면, "'사이버문학'은 PC통신의 실시간성과 소통구조의 쌍방향성에 기인하는 글쓰기"로 작가/독자, 창작/비평의 분리를 해체하고, "폐쇄적인 문단구조의 해체를 겨냥"하는 문학을 추구한다.[39] 이를 두고 "사이버문학의 상상력은 SF와 판타지로 귀의하거나 현실과의 관계에서 탈리얼리즘적 경향을"[40] 갖는다고 보는 시각도 유의미하다. 다시 말해, 사이버공간에서의 SF와 판타지는 현실과 무관하게, 작가와 독자가 가상 세계에서 즐기는 행위라는 것이다. 이렇게 사이버공간과 계간지를 넘나드는 독특한 기획의 잡지 『버전업』에서는 PC통신과 문단에서 함께 활동하는 김영하, 윤

---

[38] 계간 『버전업』은 1996년 창간되어 1999년 여름에 11, 12권 합본을 마지막으로 종간되었다는 점에서 PC통신으로 대표되는 1990년대의 새로운 문화 현상을 표상하는 움직임으로 파악할 수 있다.

[39] 이용욱, 「문학의 위기와 새로운 도전」, 『버전업』 창간호, 1996, 11쪽.

[40] 그들은 SF와 판타지를 통해 '현실'을 에둘러 이야기하려는(풍자하려는, 비유하려는, 탐색하려는) 욕구로서가 아니라 단지 가상과 환상 그 자체를 경험하고 즐기고 싶은 욕구 때문에 스스로 글을 쓰고 읽는다.(게임을 하며, 영화를 본다)(한정수, 「96' 가을 비트(bit)로 문학하기」, 위의 책, 32쪽.)

대녕, 송경아에 주목하는 한편, PC통신을 기반으로 한 장르문학으로 SF와 듀나를 주요하게 호명한다. 창간호에 「비잔티움」이 실렸는가 하면, 작가를 공개하지 않은 채로 작품을 PC통신 게시판에 올린 다음 독자들의 반응을 듣고 계간지에 함께 싣는 방식으로 운영되는 '작가X' 코너에는 「스핑크스 아래서」가 소개되었다.[41] 편집자의 의견[42]과 독자평에 답하는 작가 듀나의 의견[43]을 종합하면, PC통신의 글쓰기는 내용뿐 아니라 소통 방식에 있어서도 현실세계와 가상공간이 섞이는 영역이며, 작가와 독자 사이의 인터액티브한 장르가 된다. 이를 통해 문단문학의 규범을 해체하고 기존에 없었던 방식으로 문학을 즐기고 경험할 수 있게 된다.

듀나에 관한 논의는 PC통신과 SF의 특징을 공유하고 있다는 점에서 송경아와 더불어 이루어지거나,[44] 『세계여성소설걸작선』과의 관계에서 페미니즘 SF가 출현한 시기를 1990년대로 보기도 한다.[45] 송경아와 듀나는 모두 PC통

---

41 『버전업』제7권(1998 봄호)에는 「스핑크스 아래서」 전문과 PC통신에 실렸던 7인의 독자평이 실려 있다. 독자평은 작품을 분석하는 긴 비평부터 작가가 누구인지를 추측하는 짧은 의견까지 다양하다. 최종적으로 잡지에서는 「작가의 말」을 통해 작가가 누구인지를 밝히며 작가X 코너를 마무리한다.

42 "<작가X>에 초대된 듀나일당은 그 자체만으로도 사이버네틱한 작가이다. 몇 명이 공동 창작을 하고 있다는 정도의 추측만 가능할 뿐, 현실 세계뿐만 아니라 가상 공간에서도 정체를 드러내고 있지 않은 듀나일당의 [스핑크스 아래서]는 허구가 실제로 전이되는 과정을 인터넷이라는 공간에 투사시켜 보여줌으로써 그 동안 문학이 경험해보지 못한 새로운 영역으로 독자들을 이끌고 있다. 특히 이 작품이 사이버문학의 서사이론과 소재 부분에 있어 괄목할만한 성과를 보여주고 있다." 이용욱, 「권두언」, 『버전업』 7, 1998 봄호, 7쪽.

43 "여기까지가 듀나가 의식적으로 주입한 기본적인 패입니다. 따라서 이 글에서 뭔가 더 나온다면 인터액티브한 독서의 결과겠지요. 누가 소설을 일방적인 장르라고 했습니까?"(DJUNA, 위의 글, 238쪽.)

44 노태훈은 송경아의 『성교가 두 인간의 관계에 미치는 영향에 대한 문학적 고찰중 사례연구 부분인용』(여성사, 1994)과 듀나의 『나비전쟁』(오늘예감, 1997)을 사이버문학의 성취로 보고, 1990년대 한국소설은 PC통신을 매개로 유통되면서 기존의 관습적, 전통적 주체가 아니라 마이너리티의 감각을 조금씩 획득할 수 있었다고 파악한다.(노태훈, 「1990년대 한국소설과 소수성 연구」, 서울대 박사논문, 2022, 158-159쪽.)

45 허민석은 당시 서구의 SF는 PC통신 동호회에 의해 주로 번역됐으며, 『세계여성소설걸작선』

신 하이텔 과학소설동호회 출신이며, 사이버문학과 SF의 특징을 공유하고 있지만, 메타픽션 기법을 활용하며 실험적 글쓰기를 시도한 송경아의 경우, 포스트모더니즘과 신세대를 대표하는 작가로 문단문학장에서도 관심을 가진 반면, 듀나는 기존 문단에서 호명되지 않았다. 이때 사이버공간에서 한국 SF를 장르문학으로 정립시킨 장본인인 듀나는 문단문학과 철저하게 무관한 행보를 보였다는 점에서 주목을 요하며, 1990년대의 축소된 문학장을 확장하는 데 중요하다.

1990년대 듀나의 작품을 살펴보면, 판단을 보류하는 철저한 관찰자의 시선에서 쓰였거나(「무궁동」), 단일하고도 확고한 주체의 가능성을 의심하고(「허깨비 사냥」), 인간의 의식은 외부에서 조종될 수 있는 허약한 것이다(「꼭두각시들」). 듀나의 세계관은 연결되어 있지, "독립적으로 존재하는 사물은 없다." 그렇기에 화자가 할 수 있는 일이란, "세상의 물체들이 움직이며 맺는 상관관계를 알아내는 것"[46]이 된다. 이렇게 듀나의 SF는 초능력자들이 등장하여 보이지 않던 것을 보이게 만드는 사변이 활용되거나(「나비전쟁」) 클론(「무궁동」)이나 외계 영역의(「그 크고 검은 눈」) 비인간 존재에 관한 것들이 대부분이다. 특히, 듀나는 "인간에 대한 이야기가 전혀 없"는 소설을 쓰는 유일한 한국 작가이며, 이런 글을 쓰는 작가가 필요함을 간접적으로 드러내기도 한다.[47] 이와 같이 듀나의 SF는 상식과 일상 밖의 사건으로부터 시작되는

의 작품 선정에 듀나가 참여했을 가능성을 밝히고 있다. 이를 통해 페미니즘 SF를 번역·소개하는 작업이 SF 팬덤과 페미니스트들이 맺은 전략적인 제휴임을 확인한다.(허민석, 「1990년대 비남성 작가 SF 소설의 젠더 정치적 의미 ― 송경아와 듀나(DJUNA)를 중심으로」, 『한국현대문학연구』 61, 한국현대문학회, 2020, 322쪽.)

46 듀나, 「나비전쟁」(1996), 『면세구역』, 북스토리, 2013, 47-48쪽.

47 「끈」은 모든 인간의 기억을 다 갖고 있다고 주장하며 결국 모든 인간은 자신의 전생이라는 한 남자의 이야기를 받아 적은 이야기로서, 그는 "이영수 선생님"(작중 작가의 이름이자 듀나의 실명에 해당)을 찾아온 이유가 "마치 아시모프" 같이 "인간에 대한 이야기가 전혀 없"는 소설을 쓰는 유일한 한국 작가이기 때문이며, "그런 글을 쓰는 사람이 필요하다"고 말한다.(듀나, 「끈」(1996), 『태평양 횡단 특급』, 문학과지성사, 2002, 202쪽.)

이야기들이며, 어떤 것도 자명하지 않다. 개인의 경계가 희미하고, 자의식이 비대한 주체가 찾아지지 않는다.

가령, 「꼭두각시들」[48]에서는 정신조종술이 가능한 세상이 펼쳐진다. 주요 요직에 있는 인물의 정신을 복잡한 컴퓨터 장치로 몰래 조종하는 '나'가 있다. 그런데 알고 보니 '나'의 정신도 누군가에게 조종당하고 있었으며, 이 세상에는 조종당하지 않는 인간이 거의 없는데, 이 사실을 모른 채 서로의 정신을 부분적으로 조종하고 있었다는 이야기는 인간의 '자유 의지'의 가능성을 의심한다. 인간의 의식이 외부에서 조종 가능한 것이라면, 또한 서로의 조종에 의해 연결되어 있고 허약한 것이라면, 단일한 주체나 본질주의적 주체란 불가능하기 때문이다. 「무궁동」[49]은 한 환자에 대한 정신분석의의 기억을 기술한 이야기다. 자신의 환자는 어머니가 교통사고로 잃은 딸을 대신해 만든 클론이었으며, 알고 보니 어머니의 어머니를 대신한 클론이었다는 것이 밝혀진다. 즉 딸이 죽은 어머니의 DNA로 클론을 만들어 자기 딸로 삼음으로써 끝도 없이 이어지는 모녀 관계는 결국 자기 반복이라는 '무궁동(無窮動)'의 폐쇄회로이며, 줄기세포 복제 기술로 원본과 복제본의 구별이 모호해진다. 「기생(寄生)」[50]은 기계가 도시의 주도권을 장악하여 도시 시스템에서 필요 없어진 사람들이 제거된 미래 사회에 대한 이야기다. 생산 시스템은 기계가 담당하고, 소비 시스템 중 일부에 사람들이 필요할 뿐이므로, 여기에서 도태된 사람들은 기계의 빈틈에서 몰래 기생한다. 이때 지식 소비 시스템의 재편으로 지식인들이 떨궈져 나오고, 시스템의 허점을 간파한 사회 선생이 인간에 의한 반혁명을 이루려 하나 쿠데타는 실패한다. 그리고 그 원인은 역사 선생의 방해에 있었다.

---

48 듀나, 「꼭두각시들」(1996년 하이텔에 「꼭두각시」로 발표되었고, 2000년에 수정본이 『태평양 횡단 특급』에 실렸다), 위의 책.

49 듀나, 「무궁동」(1996), 위의 책.

50 듀나, 「기생」(1996), 위의 책.

그녀가 왜 그런 짓을 했을까? 나는 이유를 알고 있다고 생각한다. 나는 그녀가 얼마나 도시에 매료되어 있는지 알고 있다. 나는 그녀가 도시 문명의 미래에 굉장한 희망을 품고 있다는 것을 알고 있다. 나는 그녀가, 인간들이 그들을 넘어 먹이 사슬의 맨 위에 서는 것처럼 부당한 것은 없다고 생각한다는 것을 알고 있다. 도시는 서서히 인간의 가치를 넘어 자신만의 문명과 지성을 발전시키는 중이었다. 사회 선생의 반혁명이 성공해 우리같이 밑천 떨어진 바보들이 다시 지구를 점령한다면 이 모든 것들은 허사가 될 것이다.(「기생」, 140쪽)

역사 선생은 기계가 이룩한 안정된 생태 시스템과 아름다운 도시의 구조에 매료되어 있다. 인간의 문명은 자연을 망가뜨리고 수많은 사건 사고로 사람들을 죽음으로 몰아넣었기에, 그녀는 인간들이 도시의 소유권을 주장함으로써, 먹이 사슬의 맨 위에 서는 것이 부당하다 여긴 것이다. 이 이야기는 인간은 조화롭게 굴러가는 세계의 아름다움을 깨뜨리는 장본인이며, 그런 인간에게는 다만 도시-자연의 균형 생태계에 '기생'하는 것만이 가능할 따름이라는 서늘한 인식을 보여준다. 그리고 여기에서 찾아지는 반(反)휴머니즘은 결국 근대적 휴머니즘에 기반한 반(反)인간중심주의에 다름없음을 확인할 수 있다.

이상 대표적으로 살펴본 듀나의 작품들은 진정성의 주체가 이미 불가능한 시대에도 여전히 포스트 진정성을 붙들고 있었던 당시 한국문학에 의도치 않은 방식으로 일침을 가한다. 또한 페미니스트 유토피아의 가능성[51]을 담보하지만 직접 열렬하게 외치는 대신 관찰자의 시점에서 건조하게 목격담을 전달하는 우회로를 채택한다. 듀나의 SF는 1990년대 포스트 진정성 문학의 특징으로 지목되었던 개인, 일상, 내면으로 설명되지 않으며, 『문학동네』의

---

[51] 듀나의 SF를 최근작까지 살피며 "여성 주인공이 인간(남성)중심적 원칙의 허점을 드러내고, 체계의 비합리성을 드러내며, 합리적인 여성 주체가 등장"한다는 차원에서 페미니스트 세계만들기로 파악한 논의를 참고할 수 있다.(강은교, 「페미니스트 세계만들기(worlding)로서 듀나의 SF에 대한 연구」, 이화여대 석사논문, 2022, 42쪽.)

문학주의 외부에 위치한다. 그럼으로써 문단문학이 사로잡혀 있던 진정성 레짐에서 가볍게 탈출한다. 김승옥의 소설이 SF임에도 자기세계에 매몰된 남성 지식인의 인간중심주의와 거기에서 비롯된 불안에 사로잡혀 있었다면, 듀나의 SF는 주체 자체에 무심함으로써 근대적 자유주의 휴머니즘을 해체한다. 또한 인간중심주의를 극도로 혐오하는 반(反)인간주의의 세계관이야말로 1990년대 듀나의 SF를 가장 잘 설명해주는 것이라 하겠다. 이처럼 그때까지는 없었던 새로운 듀나의 사변적 시도는 사이버공간에서 열린 SF가 과도하게 제한된 인지주의적 가정들을 넘어서는 데 도움을 줄 수 있음[52]을 보여준다. 이렇게 듀나의 1990년대 SF는 직접적으로 당시 사회문제를 거론하거나 가부장제를 공격하거나 여성 문제를 발화하지 않으면서도 지식인 남성 중심의 진정성 레짐에서 벗어나 근대적 휴머니즘의 외부를 모색하는 방식으로 페미니스트 시각을 확보하고 있다.[53]

듀나의 SF는 서구 페미니즘 SF와 포스트휴먼 페미니즘, 포스트모더니즘의 수용과 새로 열린 사이버공간이라는 토대 위에서 가능한 것이었다. 이러한 유산들을 수용하지 않으면서 문단문학은 위축되었고 1990년대 여성문학의 성취는 축소되고 단절되었다. 그렇기에 문단문학 외부에 눈을 돌려 SF의 성과를 수용할 때, 현재 한국문학장에 도래한 SF 현상이 설명될 수 있을 것이다.

---

52 스티븐 샤비로, 앞의 글, 22쪽.

53 가령, 「기생」에서 사람들을 불러모아 군대를 조직하고 도시의 주도권을 탈환하려는 반혁명을 주도하는 자는 사회학을 전공한 남성 지식인이며, 그것을 막은 역사 선생은 여성이라는 설정이 의미심장하다. 지금까지의 인류 문명은 근대적인 (남성) 보편 주체에 의한 것이었으며, 그와 절연하려는 페미니스트 시각을 확인할 수 있다.

4. 2020년대의 포스트 감수성: 감각하는 존재와 따뜻한 과학

    2020년대 한국문학의 SF 현상은 SF 문학의 확장으로, 아니면 문학장의 형질변이로도 설명될 수 있겠지만, 결국 SF와 문단문학의 조우를 통한 한국문학의 부흥이라 할 수 있다. 이것을 SF 공동체에서도 절감하고 있고, 그래서인지 제4회 한국과학문학상 공모전(2019년)의 심사평에서도 일반 문학에 가까운 작품들이 많아졌음이 공통적으로 지적되고 있다.[54] 이 공모전에서 천선란의 『천 개의 파랑』이 대상을 수상하였고, "SF적인 장치를 그리 많이 쓰지는 않았지만, 이 점이 중요하게 느껴지지 않을 만큼 탁월한 작품이었다"[55]는 심사평은 주목을 요한다. 천선란은 이후로도 한결같은 수작을 발표하고 있으며, 독자가 뽑은 '2022 한국문학의 미래가 될 젊은 작가' 1위에 올랐다.[56] 이렇게 SF와 순문학의 장점이 교차하는 천선란의 소설은 대중 독자의 사랑과 기대를 받을 뿐 아니라, 이에 대한 연구자들의 관심도 집중되고 있다.[57]

    『천 개의 파랑』에는 감각하는 존재로서 로봇이 등장한다. 기수용 휴머노이

---

54   "이번에 두드러진 경향은 주류문학의 배경이 엿보이는 작품이 많았다"(박상준), "과학기술에 대한 부담으로부터 자유로워진 작품들을 심심치 않게 만나볼 수 있었다"(이지용), "일반 문학에 가까운 작품이 많이 눈에 띄었다"(김보영)는 평이 그러하다.(천선란, 『천 개의 파랑』, 심사평, 허블, 2020, 359-372쪽.)

55   위의 글, 367쪽.

56   「예스24 독자가 뽑은 '2022 한국 문학의 미래가 될 젊은 작가', 1위에 천선란 작가」, 『채널예스』, 2022.08.16., https://ch.yes24.com/Article/View/51438, 접속일: 2023.06.13.

57   양윤의, 차미령, 「천선란 소설에 나타난 '비인간'의 가능성 ─ 페미니즘과 SF의 동맹에 주목하여」, 『현대소설연구』 84, 한국현대소설학회, 2021; 이지연, 「'위기'에 대한 사유와 SF의 대안적 상상력 ─ 천선란의 『나인』을 중심으로」, 『이화어문논집』 60, 이화어문학회, 2023; 임지연, 「천선란의 SF에 나타난 '객관적 현상학'과 생태적 사유 ─ 천선란의 『나인』을 중심으로」, 『비평문학』 88, 한국비평문학회, 2023; 진선영, 「기술철학적 관점에서 본 SF 성장소설과 인간-비인간의 앙상블 ─ 천선란의 『천 개의 파랑』을 중심으로」, 『현대소설연구』 87, 한국현대소설학회, 2022; 표유진, 「초생명성(Epivitality) 시대를 위한 포스트휴먼 윤리 ─ 천선란 장편소설 『무너진 다리』를 중심으로」, 『이화어문논집』 60, 이화어문학회, 2023.

드 콜리가 이 소설의 주인공이다. 그와 동시에 등장하는 모든 존재들이 중요하게 다루어지기에, 이야기가 진행되며 초점화자가 계속 바뀐다. 콜리에게서 민주로, 연재로, 보경으로, 은혜로, 지수로 바뀌면서 같은 공간이 서로 다른 존재들에게 어떻게 다르게 감각되는지, 서로가 얼마나 어떻게 다른 존재인지 알게 한다. 그런 한편 상대를 돕고 서로에게 선한 영향을 끼치며 차이 있는 존재들의 공생 가능성을 그려낸다.

이들이 살아가는 세계는 경마산업으로 대표된다. 더 빠른 기록을 위해 최적화된 휴머노이드 기수를 제작하고, 신기록을 갈아치우며 잘 달리는 말은 무릎 연골이 나갈 때까지 쉼 없이 달리다 소용을 다하면 버려진다. 이때 경마산업이란 인간의 재미를 위해 동물과 로봇이 기능하는 구조에 다름 아니다. 또한 구조용 소방로봇 제작에는 예산을 아낌없이 쏟아붓지만 낡은 소방복은 새로 지급하지 않고, 각종 용도의 휴머노이드 산업은 커지지만 휠체어 보행환경의 불편함은 개선되지 않는다. 이처럼 세상은 기술자본의 논리로 돌아가고, 그 빠른 회전에 적응하지 못하면 뒤처지고 도태된다. 그리하여 경마장 인근 한적한 교외에서 음식점을 하는 보경네 집에서 빠른 속도에 착취당하거나 도태된 이들이 만나게 된 것이다.

『천 개의 파랑』은 콜리를 중심으로 이루어진 변화의 이야기다. 폐기를 앞둔 휴머노이드 기수(콜리)가 평범하지만 특별하고 용감한 인간(연재)에게 구조되어 그 인간이 친구(지수)와 함께 장애를 가진 언니(은혜)를 위한 발명을 하게 돕고, 이들과 함께 안락사가 확정된 경주마(투데이)의 행복을 위해 천천히 달릴 수 있도록 스스로를 희생한다. 이 과정을 가능하게 하기 위해 말 관리자(민주)와 수의사(복희)의 도움뿐 아니라, 경마장 승부조작 기사 송고를 포기한 기자(서진)와 우승 확률이 전혀 없는 투데이에게 선뜻 배팅을 해준 편의점 사장님과 같은 어른들의 조력도 있었다.

동시에 이 이야기의 사변은 콜리의 존재에서 비롯된다고도 말할 수 있다. 콜리는 인간의 실수로 학습용칩이 내장되는 바람에 기능 중심의 일반적인 휴머노이드 기수와는 다른 '이상한' 존재가 된다. 여기에서 인공지능 객체가 생물 진화를 모델링한 유전 알고리즘을 갖고 성장한다는 소설이 언급되는데, 테드 창의 SF가 소개되는 이 장면을 통해 『천 개의 파랑』과 『소프트웨어 객체의 생애주기』의 영향 관계를 짐작할 수 있다.[58] 콜리는 테드 창의 디지언트들처럼 환경과 상호작용하며 경험을 통해 배우고 성장한다. 그래서 늘 질문하는 존재로 기능한다. 이런 대화의 과정을 통해 콜리는 상대방과 세상을 점차 알아나가게 되기도 하지만, 질문에 답하는 사람들이 스스로 깨닫게 되는 계기를 마련해주기도 한다. 『소프트웨어 객체의 생애주기』를 분석하는 샤비로에 의하면 지능은 특별한 인지 기술이라기보다는 전반적 감수성(감각력, 지각력)에 해당한다. 그렇기에 지능은 언제나 유한하고 상황적이며, 또 체화된 것이다. 그리고 세계와의 상호작용에서 창발한다.[59] 그리고 이때 감수성은 인지하기보다는 감각하고 느끼는 것에 가깝다. 그렇다면 기계인 콜리는 감수성을 가진 존재일까?

"살아 있다고 느끼는 순간이 행복한 순간이에요. 살아 있다는 건 호흡을 한다는 건데, 호흡은 진동으로 느낄 수 있어요. 그 진동이 큰 순간이 행복한 순간이에요."

콜리의 말을 이해하지 못한 연재가 대충 고개를 끄덕이고 넘겼다. 다시 디스플레이로 시선을 돌리고는 말했다.

"그런데 너는 못 느끼잖아."

행복이라는 건 결국 자신이 느끼지 못하면 세상에서 가장 쓸모없는 단어 아닌가.

---

58 수의사 복희가 미래에 인공지능 객체가 반려동물을 대신하는 소설을 환기하며, 인공지능 객체가 생물의 진화를 모델링한 알고리즘을 가져 성장할 수 있다는 점에 주목하는데, 그 소설이 테드 창의 SF 『소프트웨어 객체의 생애주기』이며, 동시에 스티븐 샤비로가 해당 소설을 분석 대상으로 삼았다는 점이 주목을 요한다.

59 스티븐 샤비로, 앞의 글, 119-121쪽.

"저도 느껴요."(…)

"저는 호흡을 못 하지만 간접적으로 느껴요. 옆에 있는 당신이 행복하면 저도 행복해져요. 저를 행복하게 하고 싶으시다면 당신이 행복해지면 돼요. 괜찮지 않나요?"

그건 진정으로 너 자신이 느끼는 행복은 아니라고 말하려다가 연재는 말을 삼키고 고개를 끄덕였다. 괜찮은 거 같아. 좋은 일이네.(『천 개의 파랑』, 302쪽)

콜리는 바람이 부는 것을 감각하거나 고통을 느끼지 못하고 호흡을 하지도 못하지만 다른 존재의 호흡을 통해 행복을 느낄 수 있다. 즉, 콜리는 느끼는 존재로서, 인간이 감각하는 것과는 다른 방식이지만 감각한다. 디지언트의 지능이 유기적 존재의 지능과 근본적인 의미에서 다르지 않기에 테드 창이 감수성의 문제를 생명의 문제로부터 조심스럽게 분리했듯이,[60] 천선란 역시 연재(인간)와 콜리(기계)의 대화를 통해 인간중심적인 이분법을 넘어 인간과 기계는 감각하는 방식이 다를지언정 모두 감수성을 갖는 존재들이라는 점을 확인한다. 특히 "행복이라는 건 결국 자신이 느끼지 못하면 세상에서 가장 쓸모없는 단어 아닌가"라는 연재의 생각은 휴머니즘의 개체주의적 사고에서 비롯된 것임을 깨닫게 한다. 다른 생명체의 행복을 간접적으로 느낌으로써 행복해지는 기계가 있다는 것, 그를 통해 연재는 공생의 방법을 깨우친다. 그리고 이러한 콜리와 관계 맺는 존재들은 정말 점차 행복해진다. 이렇게 콜리는 생명체가 아니지만 느끼는 존재이며, '공생의 원리'[61]를 알리고 전파한다. 이에 따르면, '경계가 있는 개체주의'[62]는 근대적 사고방식에서 비롯된

---

60 위의 글, 123쪽.

61 해러웨이에 의하면 어떤 것도 실제로 자율생산적(autopoietic)이거나 자기-조직적이지 않다. 홀로 살아갈 수 있는 생명체는 없다. 따라서 생명체들은 결코 혼자가 아니라 공-산의 관계를 갖는다고 보며 개체중심적 사고에서 벗어날 것을 요구한다.(도나 해러웨이, 『트러블과 함께하기』, 최유미 옮김, 마농지, 2021, 107-109쪽.)

것일 뿐 자명한 사실이 아니므로, 인식의 주체를 자임하며 공고한 자기세계를 구축했던 근대적 주체도 환상일 뿐이다.

김승옥이 개인의 발견과 자기세계의 구축을 통해 '감수성의 혁명'을 가져왔다면, 천선란은 타자의 행복을 느껴 행복해지는 콜리를 통해 '포스트 감수성'을 제시한다. 콜리의 감수성은 인지의 문제보다는 느낌의 문제에 확실히 가깝다는 차원에서, 감수성이란 인간만이 독점한 것이 아니라 모든 생명체와 비생명 물질까지도 가질 수 있는 것이다. 그렇기에 김승옥의 SF에는 휴머니즘 주체성에 대한 불안으로 인한 과학기술에의 전면적인 부정이 나타났다면, 천선란의 세계에서는 로봇과 인간이 서로를 돕고, 장애가 있는 언니를 위해 '소프트휠-체어'를 만들어낸다. 바퀴 속에 인공 근육이 심겨 있는 '소프트휠-체어'는 장애물을 만나면 모양에 맞춰 바퀴의 형태를 변형하여 어디에서든 이동이 가능하다. 아무리 기술이 발달해도 계단을 없애는 데는 사용되지 않는 세상에 맞서 계단을 오를 수 있는 바퀴를 만들려는 것이다. 나아가 김승옥의 세계에서 알파 박사가 궁극의 기술 발전이 야기한 공포로 인해 자살한다면, 천선란의 세계에서 콜리는 투데이의 행복을 위해 낙마하여 스스로를 희생한다. 그리고 알파 박사의 자살이 준에게 불안을 야기했다면, 콜리의 죽음은 고작 2주밖에 남지 않았던 투데이의 생명을 훨씬 길게 연장시켜 준다. 이렇게 기계가 느낄 수 있는 것처럼, 서로를 위해 마음을 다할 때, 과학기술은 따뜻해진다. 그리고 그것은 인간중심주의 및 개체주의와의 결별에서 가능해진다.

이렇게 천선란의 SF가 보여주는 포스트 감수성은 인간과 비인간의 경계를 넘어 모든 감각하는 존재로 확장되고, 서로 연결된다. 포스트 감수성은 감각적 존재들이 세계와의 상호작용을 통해 창발하는 것이다. 그럼으로써 대상을

---

62   해러웨이는 서양철학과 정치경제학의 오래된 상투어인 인간예외주의와 경계가 있는 개체주의가 호모 사피엔스-종으로서의 인간Human, 인간종으로서의 인류Anthropos, 근대인Modern Man을 낳았고, 그들의 사고방식을 결정하였다고 본다.(위의 글, 57쪽 참조.)

타자화하고 자기와 구별지으며 휴머니즘 주체성에 고착했던 근대적 주체와 결별한다. 자기세계에 고립된 불안에서 벗어나 서로를 위한 삶에서 행복의 가능성이 그려지는 공생의 사변은 세상을 변화시킬 강력한 힘을 내장하고 있다. 또한 투데이의 연골 상황에 맞는 느린 속도로 달림으로써, 빨리 달려야 하는 경마의 법칙에 균열을 내고, 속도를 늦출 줄 모르는 기술자본주의의 회로에 제어를 가한다. 이와 같이 과학소설과 일반소설, 그리고 페미니즘이 교차하는 사변적 페미니즘(SF)은 독자들에게 진한 감동을 전달하는 동시에 사고실험만으로도 불가능하고 사고실험 없이도 불가능한 일에 도전하고 있다.

5. 나가며

최근 한국문학에서 SF는 쉽고 친절하면서도 현실 변화의 강력한 장치로서 영 페미니스트 독자들에게 선택되었다. 이렇게 한국의 SF는 이중의 장점을 통해 페미니스트의 언어와 방법을 확장하는 역할을 해내고 있으며, 일련의 문단문학의 행보와도 이어진다는 차원에서 '사변적 페미니즘'이라 할 수 있다. 이에 이 글은 김승옥의 1960년대 SF, 듀나의 1990년대 SF, 천선란의 2020년대 SF를 경유하여 한국문학에서 감수성의 차원에서 비롯된 주체의 변화 양상을 추적하고, 사변적 페미니즘이 보여주는 새로운 감수성과 주체성 을 확인해보았다.

김승옥은 '감수성의 혁명'을 통해 한국문학에 근대적 주체의 탄생을 알렸고, 4.19세대는 스스로의 문학에 등장한 개인을 '진정성의 주체'로서 의미화한다. 동아일보 창간 50주년을 기념해 연재된 김승옥의 SF <50年後, Dπ9記者의 어느날>(1970)은 50년 후의 미래인 2020년을 배경으로 설정하고, 기술 발전에 대한 기발한 사고와 적중률 높은 예측을 보여준다. 그러나 이 작품은 SF임에도 변함없이 여성 타자화와 인간중심주의가 보인다는 점에서 사회

혁신의 상상력은 궁핍하다. 이러한 상상력의 선택적 빈곤과 세계관의 불변은 감수성의 주체(인식의 주체)가 오로지 지식인 남성뿐이기 때문이다. 이처럼 '진정성 레짐' 안에서 창작된 김승옥의 SF는 인간(남성) 주체성의 상실을 우려하는 주체의 불안과 공포가 지배하는 서사로서 세계 변화에 대한 상상력이 제한적이다.

진정성 레짐은 87년 체제 이후 '근대문학의 종언'과 더불어 막을 내렸지만, 1990년대에도 문단문학은 진정성의 계승에 매몰되어 포스트모더니즘적 변화를 외면하고 여성문학의 성과를 축소하였다. 그렇기에 문단문학 외부에서 시도된 다양한 문화운동과 PC통신을 매개로 한 변화들을 보충적으로 살펴볼 필요가 있다. 동시대 문화이론을 소개한 『문화과학』은 특히 포스트휴먼 페미니즘을 적극적으로 다루었으며, '사이버문학 비평그룹' 『버전업』은 사이버공간과 지면을 왕래하며 새로운 문학을 추구하였다. 이때 사이버공간에서 한국 SF를 장르문학으로 정립시킨 듀나는 진정성의 주체 자체에 무심함으로써 근대적 자유주의 휴머니즘 주체를 해체할 뿐 아니라 인간중심주의를 극도로 혐오하는 반(反)인간주의의 세계관을 특징으로 한다. 듀나의 1990년대 SF는 직접 사회문제를 거론하거나 가부장제를 공격하거나 여성 문제를 발화하지 않으면서도 진정성 레짐을 해체하고 근대적 휴머니즘의 외부를 모색하는 방식으로 페미니스트 시각을 확보한다. 이처럼 듀나는 문단문학과 철저히 무관했기에 역설적으로 1990년대의 문학장을 확장하는 데 중요하다.

천선란의 『천 개의 파랑』(2020)은 로봇과 동물과 인간의 우정에 관한 이야기이며, 상호 선한 영향을 주고받는 따뜻하고 선량한 이야기다. 그리고 천선란은 인간중심적인 이분법을 넘어 인간과 기계는 감각하는 방식이 다를지언정 모두 감수성을 갖는 존재들이라는 점을 확인한다. 휴머노이드 콜리는 생명체가 아니지만 느끼는 존재이며, 공생의 원리를 알리고 전파한다. 이렇게 최근 한국의 SF는 모든 감각하는 존재로 확장되고, 서로 연결된 '포스트 감수성'을 보여준다. 그럼으로써 대상을 타자화하고 자기와 구별지으며 휴머니즘 주체성에 고착했던 근대적 주체와 결별하고, 서로를 돕고 살리는 따뜻한 과학기술을 구현한다.

　김승옥의 소설이 SF임에도 진정성 레짐에 처한 남성 지식인의 인간중심주의와 거기에서 비롯된 불안에 사로잡혀 있다면, 듀나의 SF는 주체 자체에 무심함으로써 근대적 자유주의 휴머니즘 주체를 해체한다. 1960년대 김승옥이 개인의 발견과 자기세계의 구축을 통해 '감수성의 혁명'을 가져왔다면, 2020년대 천선란은 타자의 행복을 느껴 행복해지는 휴머노이드 콜리를 통해 '포스트 감수성'을 제시한다. 최근 한국문학의 SF 현상은 SF 페미니즘과 문단문학의 조우를 통한 한국문학의 부흥이기에, 1990년대 사이버공간과 포스트휴먼 페미니즘에서 비롯된 듀나의 SF를 환기해야 한다. 그리고 현재, 사고실험과 감동이 어우러진 사변적 페미니즘(SF)은 과학소설과 일반소설, 그리고 페미니즘이 교차하는 자리에서 변화의 가능성을 제안한다.

참고문헌

1. 기본자료

김승옥, 「50年後, Dπ9記者의 어느날」, 『동아일보』, 1970.04.01~02.

듀나, 『태평양 횡단 특급』, 문학과지성사, 2002.

듀나, 『면세구역』, 북스토리, 2013.

천선란, 『천 개의 파랑』, 허블, 2020.

『문화과학』, 7, 8, 15호, 1995, 1998.

『버전업』 창간호, 7호, 1996, 1998.

2. 논문 및 단행본

강은교, 「페미니스트 세계만들기(worlding)로서 듀나의 SF에 대한 연구」, 이화여대 석
　　사논문, 2022.

강지윤, 「개인과 사회, 그리고 여성: 1950~1960년대 문학의 내면과 젠더」, 민족문학사
　　학회, 『민족문학사연구』 67, 민족문학사연구소, 2018, 511-548쪽.

권보드래 외, 『문학을 부수는 문학들』, 민음사, 2018.

김영찬, 『근대의 불안과 모더니즘』, 소명출판, 2006.

김은하, 「이동하는 모더니티와 난민의 감각: 김승옥 소설에 나타난 지방 출신 대학생의
　　도시 입사식을 중심으로」, 고려대한국학연구소, 『한국학연구』 60, 2017, 309-335쪽.

김주연, 「새시대 문학의 성립-인식의 출발로서 60년대」, 『아세아』 창간호, 1969, 2월호,
　　253-267쪽.

김홍중, 『마음의 사회학』, 문학동네, 2009.

김효진, 「#SF #페미니즘 #그녀들의이야기」, 요다, 2021.

노대원, 「미래를 다시 꿈꾸기-한국과 글로벌 SF의 대안적 미래주의들」, 『탈경계인문학』
　　33, 이화여자대학교 이화인문과학원, 2023, 31-57쪽.

노태훈, 「비평의 시대와 그 무수한 흔적들」, 『현대소설연구』 83, 한국현대소설학회,
　　2021, 5-37쪽.

노태훈, 「1990년대 한국소설과 소수성 연구」, 서울대 박사논문, 2022.

배하은, 「혁명성과 진정성의 탈신비화─1980~90년대 문학 연구의 동향과 과제」, 『상

허학보』 66, 상허학회, 2022, 151-192쪽.

소영현 외, 『#문학은_위험하다』, 민음의 비평10, 민음사, 2019.

손유경, 「페미니즘의 포스트모던 조건」, 『여성문학연구』 50, 한국여성문학학회, 2020, 377-416쪽.

송희복, 「유종호의 문학비평에 투영된 언어관 내지 어문 의식」, 『한국어문학연구』 60, 동악어문학회, 2013, 213-241쪽.

양윤의, 차미령, 「천선란 소설에 나타난 '비인간'의 가능성-페미니즘과 SF의 동맹에 주목하여」, 『현대소설연구』 84, 한국현대소설학회, 2021, 233-263쪽.

연남경, 「사변적 페미니즘으로 본 SF 현상과 연결됨의 윤리」, 『이화어문논집』 60, 이화어문학회, 2023, 65-102쪽.

유종호, 『문학과 현실』, 민음사, 1975.

이지용, 『한국 SF 장르의 형성』, 커뮤니케이션북스, 2016.

정소연 외, 특집-'SF 비평의 서막', 『자음과모음』 42, 2019 가을호.

조연정, 「『문학동네』의 '90년대'와 '386세대'의 한국 문학」, 『한국문화』 81, 서울대학교 규장각한국학연구원, 2018, 221-246쪽.

진선영, 「기술철학적 관점에서 본 SF 성장소설과 인간-비인간의 앙상블-천선란의 『천개의 파랑』을 중심으로」, 『현대소설연구』 87, 한국현대소설학회, 2022, 541-567쪽.

천정환, 「창비와 '신경숙'이 만났을 때-1990년대 한국문학장의 재편과 여성문학의 발흥」, 『역사비평』 112, 역사문제연구소, 2015, 278-301쪽.

한상헌, 「1990년대 한국 SF 소설 팬덤의 문화 실천」, 『현대소설연구』 87, 한국현대소설학회, 2022, 245-270쪽.

허민석, 「1990년대 비남성 작가 SF 소설의 젠더 정치적 의미-송경아와 듀나(DJUNA)를 중심으로」, 『한국현대문학연구』 61, 한국현대문학회, 2020, 315-358쪽.

도나 해러웨이, 『트러블과 함께하기』, 최유미 옮김, 마농지, 2021.

캐서린 헤일스, 『우리는 어떻게 포스트휴먼이 되었는가-사이버네틱스와 문학, 정보과학의 신체들』, 허진 옮김, 플래닛, 2013.

스티븐 샤비로, 『탈인지-SF로 철학하기 그리고 아무도 아니지 않은 자로 있기』, 안호성 옮김, 갈무리, 2022.

3. 기타자료

김다희·박준기·이정연·이민재, 「대담: 김초엽의 실험에 참여하고 싶은[글리프]」, 『글리프 6호: 김초엽[실험]』, M.D.LAP PRESS, 2022.

배문규, 「올해 한국소설 판매량 역대 최다… 여성 독자들이 이끌고, SF·청소년 장르 다양해졌다」, 『경향신문』, 2020.09.22., https://www.khan.co.kr/culture/culture-general/article/202009221030001, 접속일: 2023.07.06.

임지영, 「'과학소설' 전성시대, 왜 지금 SF일까?」, 『시사IN』, 2020.11.25., https://www.sisain.co.kr/news/articleView.html?idxno=43210, 접속일: 2023.07.06.

「파주시중앙도서관, 『SF 김승옥』 온라인 북토크 진행－<무진기행> 김승옥 작가와 후배 작가들의 만남」, 2020.12.17., https://www.paju.go.kr/ news/user/BD_newsView.do?q_ctgCd=1001&newsSeq=440, 접속일 2023.08.31.

「예스24 독자가 뽑은 '2022 한국 문학의 미래가 될 젊은 작가', 1위에 천선란 작가」, 『채널예스』, 2022.08.16., https://ch.yes24.com/Article/View/ 51438, 접속일: 2023.06.13.

2부

포스트휴먼과 '함께-되기'의 윤리

4장

한국 SF소설에 나타난 포스트 바디 상상력*
―정세랑, 「리틀 베이비블루 필」, 김초엽 「로라」를 중심으로

오해인

1. 서론: 트랜스(trans)를 넘어 포스트(post)로

우리는 대기 중의 산소와 우리 발밑 암초는 물론, 전기 배선, 엘리베이터, 냉난방 체계 같은 것들에 관하여 의식하며 살지 않는다. 대부분의 시간 동안 우리는 이 모든 것을 당연하게 여긴다. 우리는 그들이 예상한 대로 기능하지 않고 그들이 우리의 필요대로 기능하지 않을 때만 그들을 알아차린다.[1]

한국의 스마트폰 보급률을 떠올려 보면,[2] 이제 그것이 없는 세상을 상상하기 더 어려울 정도이다. 스마트폰이 보급된 지 불과 십여 년이 흘렀을 뿐이지만, 스마트폰 없이 날씨를 어떻게 확인했는지, 연락은 어떻게 했는지, 음악은 어떻게 들었는지 기억이 흐릿하다. 때로는 SNS에 스마트폰 이전의 전자기기

---

* 이 글은 2023년 9월 한국문예비평연구 제79집에 실린 「한국 SF소설에 나타난 포스트 바디 상상력」을 수정·보완한 것임.

1 스티븐 샤비로, 『탈인지』, 안호성 옮김, 갈무리, 2022, 64-65쪽.

2 과학기술정보통신부, 「이동전화 휴대폰단말기 유형별 회선 수」, 『ICT주요품목동향조사』, 통계청, 2023.06.14., https://kosis.kr/statHtml/statHtml.do?orgId=127&tblId=DT_127006_B005&conn_path=I2, 접속일: 2023.07.25.

들이 고대 유물처럼 '밈-화(meme-化)' 되어 있는 것을 볼 때면 마냥 편하게 웃지 못하는 사람이 비단 한두 명뿐일까. '숏폼'[3]을 보다가 하루를 다 보낸다는 기사[4]처럼, 스마트폰을 손에서 떼어놓지 못하는 현대인들의 모습을 상상하면 모두 '포스트 휴먼-되기'를 몸소 실천 중인 것 같다. 하지만 바로 그 포스트 휴먼이라는 것이 무심코 스마트폰을 집어 들듯 쉽게 손에 쥘 수 있는 것일지 슬며시 의심이 든다. 우리는 정말 포스트 휴먼이 되어가는 것일까. 아니면 그냥 트랜스 휴먼이 되어가는 것일까.

포스트 휴먼에 관해 관심을 두고 공부해 온 사람이라면 트랜스 휴먼과 포스트 휴먼의 구분이 어렵지 않을 것이지만, 대부분 '미래 인간'이라고 한다면 아이언맨이나 터미네이터와 같은 트랜스 휴먼의 일종을 떠올릴 것이다. 이러한 시각은 "주로 포스트 휴먼에 대한 쉬운 이해"가 "더 나은 인간으로 진보를 지시하는 트랜스 휴머니즘(trans-humanism)에 맞추어져 있다"라는 것을 방증하는 사례일 것이다. 하지만 이러한 기계와 접목해 신체 능력의 향상을 뜻하는 "트랜스 휴머니즘이 그리는 강화 인간은 휴머니즘의 자장에서 인간중심주의를 강조하고 있는 바에 불과"[5]하다. 트랜스 휴먼과 포스트 휴먼의 차이를 다시금 짚어보면 "트랜스 휴머니즘은 더 강화된 인간중심주의를 주창하는 인본주의의 새로운 버전에 불과하며, 과학 기술만능주의와 결정론의 환원론에"[6] 가깝다. 이에 반해 포스트 휴먼은, 브라이도티의 표현을 빌려

---

3   15초~10분 내의 짧은 영상 콘텐츠. 주로 틱톡, 인스타그램, 유튜브 같은 플랫폼을 기반으로 한다.

4   윤진호, 「'숏폼'보다 밤 새우는 대학생들, 중독 치료하려 병원 찾는다」, 『조선일보』, 2023. 03.02., https://www.chosun.com/national/national_general/2023/03/02/ OLMFUGWXTBB7 LCCS3EJ6LLJU6E/?utm_source=naver&utm_medium=referral&utm_campaign=naver-news=, 접속일: 2023.07.25.

5   김은주, 『21세기 사상의 최전선』, 이성과 감성, 2020, 118-119쪽.

6   김은주, 「포스트 휴먼 신체와 공생의 거주하기」, 『시대와 철학』 32(1), 한국철학사상연구회, 2021, 100쪽.

보자면 "생명 물질이 생명력 있고 자기 조직적이면서도 비자연적 구조로 되어 있"는 것이며, "몸을 가진 확장된 관계적 자아"[7]를 가지고 있는 것이다. 이 말의 의미는 포스트 휴먼이란 반드시 생물학적 유기체일 필요가 없다는 의미일 것이며 또한 근대의 독단적인 자아와 결별하고 다른 존재들과의 관계 속에서만 존재할 수 있는 자아를 뜻할 것이다.

여기에서 주의해야 할 점은 포스트 '휴머니즘'이라고 해서 반드시 휴머니즘에 천착하지 않는다는 것인데, 브라이도티는 "포스트 휴머니즘의 관점은 휴머니즘의 역사적 쇠락이라는 가정에 기대고 있지만 '인간의 위기'라는 수사에 빠지지 않고 더 나아가 대안을 찾고자 한다"[8]고 밝혔다. 다시 말해 포스트 휴머니즘이란 반드시 인간의 쇠락을 의미하지도, 반드시 인간의 증강을 의미하지도 않는다는 것이다. 나아가 브라이도티는 "포스트 휴먼 주체성은 그보다는 유물론적이고 생기론적이며, 체현되고 환경에 속해 있으며, '위치의 정치학'에 따라 어딘가에 견고하게 자리를 잡고 있다"[9]고 하였다. 다시 말해 그의 포스트 휴머니즘과 포스트 휴먼에 대한 이해는 '신유물론의 갈래로서 '간-행(intra-action)'[10]적 '횡단성'과 '관계성'을 담보하는 것으로 읽어야 한다.'[11] 하지만 그는 최근 저작에서 "포스트 휴먼 분야의 학자들이 그 횡단성을 어디까지 밀어붙일 수 있는가에는 각기 차이가" 있을 수 있다고 밝히며

---

7   로지 브라이도티, 『포스트휴먼』, 이경란 옮김, 아카넷, 2015, 119쪽.

8   위의 책, 53쪽.

9   위의 책, 70쪽.

10   '간-행(intra-action)'은 '상호 작용(interaction)'을 대체하는 카렌 바라드의 용어로 서로에게 미치는 영향력이 인간 사이에서 인간만이 행사할 수 있는 고유의 속성이 아니라 모든 인간과 비인간 개체(entity)가 서로에게 지속적으로 영향을 미치고 회절하며 교환하는 수행적인 힘의 역동성을 말한다.(Barad, Karen, Meeting the Universe Halfway: Quantum Physics and the Entanglement of Matter and Meaning, Durham: Duke University Press, 2007, p.141 참조.)

11   릭 돌피언·이리스 반 데어 튠, 『신유물론: 인터뷰와 지도제작』, 박준영 옮김, 교유서가, 2021, 133-163쪽 참조.

"트랜스 섹스와 트랜스 젠더는 이제 잘 알려진 범주이지만, 트랜스-종, 멀티-종, 트랜스-신체성은" 아직 인문학에서 많이는 다루어지지 않는 주제임을 "인문학에는 아직 너무 멀리 있다"라는 말로 바꿔 표현하였다. 나아가 그는 포스트 휴머니즘으로 나아가는 과정이 트랜스 휴머니즘의 상당한 도전을 받게 되리라는 것을 암시했다. 그리고 한 질문을 던진다. "과연 (어떤) 주체성이 포스트 휴먼 융합에 적합한 개념일까?"[12]

그런 의미에서 정세랑의 「리틀 베이비블루 필」(이하 「베이비블루」)과 김초엽의 「로라」는 최근 철학사에서 주목하고 있는 신유물론과 포스트 휴머니즘에서 말하고자 하는 주체성에 대해 신체의 영역에서 논의할 수 있기에 한국 SF소설의 중요한 사례로 거론될 만하다.

정세랑의 「베이비블루」에서는 물리적인 신체 증강뿐만 아니라 정신적인 능력과 지성의 극대화를 추구하는 트랜스 휴머니즘적인 도전을 뇌의 직접적인 변형이라는 트랜스-신체성을 통해 나타내고자 한다. 치매를 치료해 보겠다는 인류의 '선의'에 기반했던 초기 의도와는 달리 '파란 약'은 세계에 막대한 부정적 결과를 초래하게 된다. 그들은 뇌를 신체 내부의 독립된 기관으로만 판단했기 때문에 뇌가 사회적인 연결망 속에서 차지하는 '간-행'적 '개체성'과 '관계성'을 간과한 것이다.

「베이비블루」의 경우처럼 트랜스-신체성의 도전이 인간 지적 능력을 극대화하려는 시도로 이어지는 까닭은 '지성'이라는 것을 다른 비인간 개체들과 구분 지어 인간만이 가지고 있는 유일한 능력이라는 오해에서 비롯된 탓이 크다. 인간은 인간과 비인간을 구분 짓기 위해 칸트 이래 '이성'의 주체자임을 스스로 언명해왔다. 하지만 우리가 이성이라고 부를 수 있는 지적 능력이 근래에 이르러 비인간 개체들에 비해 과연 인간만이 가지고 있는 유일한 것인지, 나아가 '우월성'을 담보할 수 있는지 부쩍 불투명해 보인다. 인간의

---

12   로지 브라이도티, 『포스트휴먼 지식』, 김재희·송은주 옮김, 아카넷, 2022, 70쪽.

고유영역이라고 믿어져 왔던 창작영역에서마저 "AI 기술의 사용이 증가함에 따라 저자의 성격과 인간의 역할에 대한 의문이 계속 제기"[13]되는 것은 물론, 최근의 알파고나 챗 GPT 사례를 보면 더 이상 인공지능과 인간의 지능을 비교하여 우위를 가린다는 것이 무의미할 지경이기 때문이다. 나아가 트랜스 휴머니즘의 극단적인 예시로 인간의 의식적인 부분만을 이용해 컴퓨터 시스템에 인간 정신을 업로드할 수 있다면 생존이 가능하다고 믿기까지 한다. 시스템에 업로드된 인간의 정신이 과연 '인간'으로 부를 수 있는 것인지에 대한 논의는 뒤로하더라도 오로지 지적 영역에서 '미래 인간'을 "얼마나 인간의 지능을 능가하냐는 차원으로 사유하는 것은 (포스트 휴머니즘의 입장에서) 더 이상 중요하지 않"다. 그러므로 더욱 "포스트 휴먼에서 더욱 강조하고 주목해야 할 측면은 바로 '신체'"가 된다.

하지만 여기에서 말하는 신체란 신체의 구성물질이 유기질로만 이루어진, 지구상에서 숫자적으로도 현저히 소수인 '바로 그 생명체'만을 포함하는 것이 아니다. "신체가 환경에 속해 있으면서 집단적이고 상호의존적"[14]인 '모든 생명체'를 말한다. "인간 존재의 특권인 '의식'에 관련해서" 비인간 개체와 인간 개체의 지적 격차가 너무나 벌어져 더 이상 논의할 수 없는 지경이고 트랜스-신체성이 인간의 지성을 기계적 지성에 자꾸만 포섭하려 한다면, 이에 대응해 포스트-신체성은 "이동 능력, 그리고 환경과 상호작용하고 적응하는 차원에서 설명되어야"[15] 할 것이다. 포스트 휴먼의 논의에서 신체가 "성차를 나타내는 장소이자, 문화와 접변하여 변화하는 공간이며, 이질적 인공물과 결합, 해체되면서 존재론적 전회가 발생하는 지대"[16]라는 것을 상기한다

13　노대원, 「소설 쓰는 로봇―ChatGPT와 AI 생성 문학」, 『한국문예비평연구』 77, 한국현대문예비평학회, 2023, 154쪽.

14　김은주(2021), 앞의 글, 120쪽.

15　위의 글, 101쪽.

16　김순아, 「이원의 시로 본 포스트휴먼―여성적 신체의 전회와 조에의 윤리」, 『인문사회과학

면 더욱 그렇다.

정세랑의 「베이비블루」를 통해 트랜스-신체성의 무모함을 깨닫고 신체성이 포스트 휴머니즘의 장에서 보다 적극적으로 다루어져야 하는 개념임을 알아챈다면 김초엽의 「로라」를 통해서는 포스트-신체성이란 무엇인지 알아낼 수 있는 단초가 된다. 우리가 흔히 도구라고 불렀던 '객체(object)'적 존재가 인간의 자아라는 유일한 '주체(subject)'적 존재라고 믿어져 온 것에 영향을 미치는 과정을 그리면서 인간만이 포스트-신체성을 논할 수 있거나 주체성을 가지는 유일한 자격이 있는 것이 아니라는 것을 말한다. 자아가 신체에 영향을 미치는 것이 아니라 신체가 역으로 자아에 영향을 미칠 수도 있다는 것이다. '제3의 팔'은 '로라'에게 또 하나의 주체로서 자아의 문을 두드린다. '제3의 팔'은 스스로 존재하기를 바라면서 그녀의 자아 인식에 끊임없이 존재를 부각한다. 이는 근대적 주객의 범위를 넘어서서 신체의 한 부분도 포스트 휴머니즘적 주체가 될 수 있으며 나아가 근대적 주객의 구분 없는 포스트 휴머니즘적 '개체(entity)'의 상호작용을 보여준다. 만약 우리가 「베이비블루」에서처럼 주변의 고려 없이 기술 특유의 독단적인 속도에 휘말려 버린다면 포스트 휴머니즘으로의 이행은 요원할 것이다. 하지만 「로라」 속 '로라'처럼 '제3의 팔'과 공존을 택하고 '진정한' 인간으로서의 '정상성'에 대해 의문을 표한다면 마치 '표준 인간'이 있는 것 같은 환상을 뛰어넘을 수 있을 것이다. 그리고 인간만이 '일자(the one)'적 주체성을 가진 것이 아니라 'n-1'의 비인간 개체들 역시 포스트 휴머니즘의 주체가 될 가능성을 살펴볼 수 있을 것이다.

포스트 휴머니즘의 신체성은 트랜스 휴머니즘의 신체성과 분명 다르므로, 포스트-신체성은 생물학적 인간의 '정상성'에 기준을 두고 신체 향상을 추구하는 것이 아니라 새롭고 다른 지평의 차원에서 고려해야 하는 것임을 알 수 있다. 「베이비블루」 속 '블라우 박사'가 속단한 것처럼 우리는 아직도

연구』 23(4), 부경대학교 인문사회과학연구소, 2022, 127쪽.

신체 강화나 증강의 측면에서만 신체성을 상상하는 경향이 있지만, 만약 포스트 휴먼의 범주에 들어온다면 '신체성'은 '강화'나 '증강'이 아닌 경계를 허무는 '무엇이든 될 수 있음'으로 뜻해야 하지 않을까. 경계를 허문다는 것은 신유물론에서 강조하듯이 개체 간에 서로를 가로지르는 횡단성을 강조하는 것이며 '무엇이든 될 수 있음'은 브라이도티 식으로 소수자성에 근거해 '타자'에 대한 긍정이자 '정상성에 대한 의문, 그리고 '혼종성'에 대한 인정에서부터 시작할 것이다.

하지만 두려운 점은 이 '무엇이든 될 수 있음'이라는 단어의 나열이 방종이나 방만은 아님에도 불구하고 자본주의와 자유주의의 흐름에 결탁해 트랜스휴머니즘과 같이 다시 인본주의적인 특성을 재강화하는 흐름으로 이어질지도 모른다는 우려가 들기 때문이다. 이는 포스트 휴머니즘의 논의를 전개해 나갈 때 포스트 휴머니즘 사회가 유토피아를 실현한다거나 하는 무조건 '긍정적'인 방향으로만 흐르지 않을 것이라는 경종을 울리는 것과 같다. 브라이도티는 포스트 휴머니즘 논의가 "사회 경제적 효과 및 정서적, 윤리적 영향도, 너무 자주 지나치게 단순화된 방식으로 제시되고 있다"라고 경고하며, "포스트 휴먼을 향한 이 변환 과정을 일종의 진화적 운명이나 사회적으로 불가피한 목표처럼 당연시해서는 안 된다"[17]고 말했다. 나아가 그의 주장이 "모든 종, 모든 기술, 모든 유기체를 평평한 등가물로 만들려는 무차별적인 생기론 시스템을 지지하자는 것이 아니"라고 했으며, 또한 "이런 전체론적인 접근은 20세기 전반기에 발전했던 유기체적 생철학의 오류로서 그들 중 일부는 지배의 성별화되고 인종화된 위계적 자연 질서에 대한 예외주의적이고 제국주의적인 해석으로 귀결됐음"[18]을 지적하며 본인의 입장과는 다름을 밝혔다.

---

17   로지 브라이도티(2022), 앞의 책, 75쪽.
18   위의 책, 85쪽.

그럼에도 잊지 말아야 할 것은 포스트 휴머니즘이 '탈인간중심주의'라는 단어를 자주 사용한다 하더라도 그것은 "인간을 중심에 두는 사고를 거부하는 것이지 인간의 종말을 원하는 것은 아니라는 점이다. 탈인간중심주의는 '탈인간'보다는 '탈중심'에 방점이 찍힌다. 포스트 휴먼이 싸워야 할 적은 '호모사피엔스'가 아니라" 스스로를 "신으로 업그레이드하려는 '호모데우스'"라는 것을 안다면, "새로운 포스트 휴먼도 인간의 오래된 문제에 영향을 받는다는"[19] 사실에 대해 책임감이 생길 것이다.

이 논문은 "SF라는 특정 장르가 세계없음의 인식을 넘어서는 소설적 방법론을 제시하고 있으며, 그것이 한국 SF 문학의 광범위한 기획이라는 사실"[20]에 동의한다. 그런 의미에서 '이쪽 세계에서는 성취해 낼 수 없는 은근한 저항의 메시지를 포스트 아포칼립스와 SF, 판타지를 넘나들며 전달하는데 주저함이 없'[21]는 정세랑의 글과 '우리가 마주하는 사회의 단면들을 씁쓸한 현실과 과학적 상상을 너끈히 꿰어내고야 마는'[22] 김초엽의 글은 우리가 SF적 상상력으로 우리의 세계를 조망하고 예견하기에 부족함이 없을 것이다. 이어지는 장에서 정세랑과 김초엽이 포스트 휴머니즘 사회의 이행에서 벌어질 수 있는 사건들을 각각 트랜스-신체성과 포스트-신체성의 측면에서 어떻게 그려나가고 있는지 구체적으로 살펴볼 것이다. 한국 SF 소설의 상상력이 새로운 세계를 계획하고 상상해보는 '사고 실험'에 기반이 있다는 것을 전제한다면, 브라이도티의 포스트-신체성 역시 한국 SF 소설의 장에서 어떻게 구현되고 있는지 찾아낼 수 있을 것이다.

---

19   김미현, 「얼마나 다른가: 포스트 휴먼 선언문」, 『문학동네』 28(1), 문학동네, 2021, 75-76쪽.

20   박인성, 「한국 SF 문학의 시공간 및 초공간 활용 양상 연구」, 『현대소설연구』 77, 한국현대소설학회, 2020, 253쪽.

21   김규림, 「작품 해설」, 『목소리를 드릴게요』, 아작, 2020, 258-259쪽 참조.

22   김겨울, 「추천사」, 『방금 떠나온 세계』, 한겨레출판, 2021, 뒤표지 참조.

2. 기억장치가 된 트랜스-바디의 도전과 좌절
─정세랑 「리틀 베이비블루 필」을 중심으로

이제 다음과 같은 제안을 하고자 합니다. 이것은 매우 안락한 향수 어린
환상입니다. 물리학자들이 이 환상에 참여한다고 해서 비난할 수는 없어요.
나는 이것이 매우 매혹적인 환상이라고 생각하지요. 아마도 한두 번쯤 우리
모두는 과거를, 신체에 남겨진 과거의 흔적을 바꾸고 우리가 특히 부주의했을
때 세계를 만든 방식을 바꾸기를, 이미 행해진 것을 없애고 싶을지 모릅니다.
그리고 과거로 되돌아가 그것을 다른 식으로 행하고 싶을 것입니다. 하지만
이 실험이 우리에게 가능한 것에 대해 말하는 바가 실제로 이러한 것일까요?[23]

「베이비블루」의 등장인물인 '블라우 박사'는 치매에 걸린 그의 어머니를
오랜 세월 간병 하다 지쳐 치매 치료제를 개발한다. 약의 색상은 옅은 파란색
이 되었는데, 그의 이름이 '블라우'이기도 했지만 '헬블라우'라는 단어가 독
일에서 파란색을 뜻했기 때문에 사람들에게 부담 없이 다가갈 수 있는 색으
로 쉽사리 결정된 것이었다. 그리고 "헬은 사실 '밝은 빛'을 뜻하지만 이후
많은 사람들이 영어식으로 지옥을 떠올렸다는 점 정도는 복기할 만"[24]했다.
이 약은 치매 환자의 인지능력을 3시간 동안 향상해주는 약이었다. 이 3시간
동안 치매 환자의 보호자들은 환자들이 잊어서는 안 되는 중요한 정보들을
입력할 수 있었다. "아버지, 제발 냉장고만은 뽑지 마세요", "어머니, 돌아가
신 분들에겐 전화를 걸 수 없어요", "밤에 혼자 깨서 무서우실 때는 소풍
생각을 하시며 다시 잠드시면 좋겠어요."[25]

---

23   릭 돌피언·이리스 반 데어 튠, 앞의 책, 93쪽.

24   정세랑, 「리틀 베이비블루 필」, 『목소리를 드릴게요』, 아작, 2020, 127쪽.

25   위의 책, 129쪽.

그렇게 큰 파급효과를 가져올 줄 알았더라면 애초에 다른 색으로 만들었을지
도 모르지만, 일말의 예상도 하지 못했으므로 그 약은 '비아그라 이후 가장
놀라운 파란 알약'이 되었다. 사실 비아그라도 협심증을 치료하기 위해 만들어
졌다가 다른 운명을 얻게 된 케이스이기에 유독 억울할 일은 아니었다.(「리틀
베이비블루 필」, 127쪽)

초기의 '좋은 의도', '선한 의도'와는 달리 약은 오용되기 시작한다. 마치
'맨해튼 프로젝트'[26]처럼, 「베이비블루」에서 역시 파란 약이 개체들에 미친
영향력은 '수행적'으로 나타나게 된다.[27] 약의 오용은 한 인간 개체의 뇌
속에서 벌어지는 단일하고 고립된 작용에 그치지 않고, 뇌로서의 지성, 몸으
로서의 신체, 독립된 생물체로서의 인간, 그리고 유기체로서의 사회에 영향
을 미치기 시작한다. 신유물론자들이 '막'이나 '네트워크'로 연결되어 있다
고 설명하는 바로 그 형태로 말이다. 뇌(신체화된 이성), 몸, 인간, 사회라는
각각의 구분은 마치 단계가 있는 것처럼 도식화되어 있다기보다 각 개체들이
'뒤얽혀(entangled)'[28] 있기 때문에 개체들은 서로에게 또 다른 '물질(material)'
로서 영향을 미친 것이다.
'파란 약'이 가장 먼저 마수를 뻗기 시작하는 것은 경쟁이 극도로 심해진
지역의 교육 분야였다. 비아그라가 그러했듯이 '파란 약'은 약이 개발된 초창

---

26 NBC Universal Archives, 「Atomic Bombings of Hiroshima and Nagasaki－August 6 and
    9, 1945」, 2015.08.03., https://www.youtube.com/watch?v=cY8q1ky3dLY, 접속일: 2023.
    06.19. '원자폭탄의 아버지'로 불리는 오펜하이머는 원자탄의 위력이 사람을 죽이는데 사용
    될 줄 몰랐다고 밝힌 바 있다.
27 '예측 못 했던 일'들은 우리의 예상 밖에 있으며, 그 사건이 미치는 영향력은 그 사건이
    수행되면서 사후적으로 뒤늦게 알 수밖에 없다.
28 '얽힘(entanglements)'은 개체들이 각각 독립적으로 존재하고 결정되는 공간적 위치는 없다
    는 것을 뜻한다. 개체들은 서로에게 경계를 짓거나 특성을 결정적으로 해소하는 장치가
    없는 한 온전히 '개별적'이라는 전제는 충족되지 않는다.(Barad, Karen. 앞의 책, p.316 참
    조.)

기 의도와는 달리 기억력을 높여준다는 이유로 수험생들에게 퍼져나갔다. "오용은 상식 바깥에서 이루어지는데, 상식의 안쪽보다 바깥쪽 영역이 광활"[29]했으므로 한 약물이 어떤 오용을 만들어낼지 예상하는 일은 어려운 일일 수밖에 없었다.

> 과다 경쟁의 환경, 혹은 시험을 통해서가 아니면 빠져나갈 길이 없는 온갖 열악한 환경에 처한 이들이 알약을 삼키기 시작했다. 아주 빠르고도 광범위한 유행이었으며, 제재와 처벌에도 수그러들 기세가 아니었다.
>
> 수험생들은 겁도 없이 치매약을 삼켰고, (…) 교육 정책 담당자들은 다급하게 대책을 강구했으나, 마땅한 대책이 나오기 전에 시험 거부 시위가 일어났다. 어떤 나라들은 2년에서 길게는 10년까지 교육과정이 제대로 굴러가지 않았다. 준비가 되어 있지 않았던 저소득층 학생들의 진학률이 떨어졌고, 고소득층 자제들이 기세등등했다. 훗날 돌아보기에 십 대 후반에서 이십 대 중반의 인구가 대규모 임상 실험 대상자가 된 것이나 다름없는 사태였고, 누구나 이 걷잡을 수 없는 현상을 일상으로 받아들이게 되었다는 점에서 참담한 시기였다.(「리틀 베이비블루 필」, 131-134쪽)

'트랜스 휴머니즘은 과학의 합리적인 측면과 인간에 대한 과도한 믿음을 근거로 인간이 완전해질 수 있다고 믿는다. 그래서 인간 신체에 대한 서슴없는 개입은 트랜스 휴머니즘의 자장에서 더욱 적극적이고 확연하게 나타난다. 하지만 여기서 말하는 '인간'이란 특정한 시대에 특정한 사고관 아래에서 '만들어진 정상성'을 기준으로 한 개념이다. "약을 먹지 않는 학생들이 바보 취급을"[30] 받는 것과 마찬가지로 「베이비블루」에서 약을 먹은 학생들의 두뇌

---

29 정세랑, 앞의 책, 132쪽.

30 위의 책, 131쪽.

상태는 '뉴 노멀(new normal)'이 된다. 언제든 '정상성'은 입맛에 따라 바뀌며 이것을 기준으로 인간 강화 프로그램은 산업, 자본, 공학이 주도하여 인간이 완전해질 것이란 믿음을 점차 확장시켜 나간다.'[31]

완전한 인간형에 대한 추구와 트랜스-신체성과 맥락을 같이 하는 무분별한 기술발전은 인간의 신체를 물성(物性)으로 판단한다는 점에 있어서 위협적이다. 신체 자체의 물화(物化)는 동물을, 식물을, 자연을 도구화하는 것에서 넘어서 타인의 신체마저도 수단화한다. 특히 정치적인 영역에서 (이것으로 합리화될 수는 없지만) 인간의 신체가 정보를 얻기 위한 교환수단이 되는 것을 넘어서 어느 누구도 자격을 부여한 바 없음에도 한 인간이 다른 인간에게 마치 신처럼 군림하며 그저 '괴롭히고 싶기 때문에' 고통을 주는 극단적인 형태로 변화한다. 그리하여 트랜스-신체성의 극단적인 예시 중 하나는 고문이 된다.

> 인류의 고문 기술은 추악했던 20세기에 궁극에 다다랐고, 21세기에는 주춤하는 듯했다. 하지만 독재국가나 분쟁지역에서는 고문금지조약이 암암리에 지켜지지 않았는데, (…) 같은 고통이라도 잊지 못하게 만들면 어떻게 될까?
>
> 가장 끔찍한 고문들이 연속 투약과 함께 이루어졌다. 국제연합 인권위원회가 개입했을 때는 살아남은 피해자들이 거의 없었다. 최장 연속 투약을 받은 피해자는 37일 동안의 고문을 기억하고 있었다고 한다. 고문을 이기고 구출되어 돌아왔지만, 몸의 기억 때문에 계속되는 쇼크는 끝내 이기지 못하고 죽었다.(「리틀 베이비블루 필」, 137-138쪽)

만약 포스트-신체성이 그리는 바대로 우리 모두가 하나의 평면 위에 놓여 있는 존재라는 것을 인지했다면, 단지 주름 운동에 의해 접혔다 펼쳐질 뿐

31　로지 브라이도티(2022), 앞의 책, 97쪽 참조.

절대적인 위계는 존재할 수 없다는 것을 인식했다면, 고문 역시 성립될 수 없었을 것이다. 하지만 트랜스-신체성의 입장에서 주체는 능동의 영역에, 객체는 수동의 영역에 있다. 때문에 주체는 객체에 영향을 주기만 하고 객체는 주체로부터 받기만 하는 일방적 관계가 된다. 이러한 방향성에 대한 오해는 객체가 무능력하고 힘이 없다는 착각을 낳고 주체는 객체를 너무나 쉽게 가두고 점유하며 괴롭힌다. 그러나 포스트-신체성 아래에서 주체와 객체 개념은 모두 '개체'로 치환되며, 다른 개체에 가하는 고문은 곧 나라는 개체에 가하는 고문과 다를 바 없게 된다. 뜻밖의 신비주의로 흐르려는 것이 아니라 객체의 수동적인 상태는 결코 절대적이지 않기 때문이다. 타자에 대한 고문은 나에게도 똑같이 행해질 수 있으며 나만큼은 예외가 되리라는 것은 지나친 자아 비대로 인한 환상이다.

고문은 인간 사이에서만 벌어지는 일은 아니다. 범위를 넓혀 우리가 그동안 지구에 가한 고문들을 떠올려 본다면, 지구 위에 존재하는 모든 존재들의 삶과 생명에 초래된 파국적 장면에서 '인간'만큼은 제외되리라는 것 또한 환상이다. 작용-반작용의 법칙은 인간 사이에서만 벌어지는 일이 아니다. 우리가 그들에게, 우리가 로봇에게, 우리가 지구에게 가하는 작용도 반드시 우리에게 다른 형태의 반작용으로 되돌아온다. 만약 '블라우 박사'가 포스트-신체성의 작용-반작용에 대해 미리 알았다면 '파란 약'이 전세계에 미친 전폭적이고 방대한 영향력을 두고 "네 페이지에 걸친 절절한 유감 성명을 발표"[32] 할 일도 없었을 것이다.

「베이비블루」 속 세상은 트랜스 휴머니즘에 점점 더 가까워진다. 그 세상이 도무지 포스트 휴머니즘 사회로 그려지지 않는 이유는 포스트 휴머니즘 사회가 "도래할 유토피아적 입장은 아니"지만 그렇다고 해서 트랜스 휴머니즘 사회처럼 "실리콘밸리에서 출현해" "인간의 생물학적 조건을 초월하고

---

32 위의 책, 126쪽.

죽음에 도전하며 이윤 추구를 우선시하는 미래주의적 강화 프로그램"인 것은 아니기에 더욱 그렇다.

'파란 약'으로 인해 벌어지는 변화는 특정한 지역의 교육계, 먼 나라의 고문 기술자들에게만 해당하는 일은 아니었다. '파란 약'은 산업계에도 영향을 미쳐 이제 어느 누구도 연루되지 않은 자가 없도록 만들었다. 산업계의 변화는 트랜스 휴머니즘으로 인한 긍정적인 변화라기보다 부작용을 막기 위한 수동적이고 타성적인 움직임에 가까웠다.

> 그동안 위험하고 고된 환경에 사람을 갈아 넣어 유지되던 곳들이 예전과 비교할 수 없이 큰 사고가 계속되자 사람의 영향을 덜 받는 기계 시스템화를 미룰 수 없어진 것이다. 흑자를 많이 보면서도 시설 개선에는 투자를 하지 않던 수많은 기업이 마지못해 변혁을 시작했다.(「리틀 베이비블루 필」, 139쪽)

산업계의 변화는 트랜스 휴머니즘으로 인해 벌어진 긍정적인 결과라기보다, "새로운 권력 관계들"이 설정되면서 "살아있는 것들의 관리뿐 아니라 죽음의 다양한 실천들이 겨냥"[33]된 것과 다름없었다. 미뤄진 약속처럼 예정이 없었던 산업계의 변화는 "신-자유주의적 주체화의 정치경제 안에서" 자유로울 수 없었다. "필연적으로 진보한 자본주의의 생명 정치적, 죽음 정치적 통제의 메커니즘에 맞닥뜨리게 된"[34] 것이다. 자본주의는 누구를 더 잘 살게 할지 결정하는 것보다 누구를 어떻게 죽일지 결정하는 방식으로 나아갔다. 아무리 많은 수가 생명을 잃어도 변하지 않았던 산업계는 더 이상 사람이 죽는 것으로 유지될 수 없을 때쯤에야 변화를 시작한 것이다.

「베이비블루」에서 나타나는 실험적 장면들은 다만 예상에 그치지 않는다.

33　로지 브라이도티(2022), 앞의 책, 231쪽.
34　위의 책, 99쪽.

소설 속 장면이 어디선가 본 해외 토픽이나 국내 뉴스에 매일 같이 나오는 것[35] 같은 느낌은 착각이 아니다. 그리고 더욱 우려할 지점은 우리가 이제 비극적인 뉴스에 그다지 심리적 타격을 받지 않는 것 같다는 것이다. 뉴스를 본 그 순간만큼은 잠시 그 사건의 비극에 대해 안타까운 마음을 가질지라도 이내 일상으로 빠르게 복귀하고야 만다. 아니면 오히려 일상을 살아내기 위해 애써 타인의 비극을 무시하는 것에 익숙해졌는지도 모른다. '기술'은 모든 비극을 감당해 주지 않는다. 다시 말해 트랜스 휴머니즘적 관점으로는 "현대 세계에 해명되지 못할 부정의가 너무나 많다."[36]

앞서 언급한 뇌, 몸, 인간, 사회가 각각 하나의 개체로서 서로 영향을 미친다는 신유물론자들의 이론을 상기해 본다면, 그리고 우리가 우리 신체에 어떤 작용을 가했을 때 신체도 우리에게 우연하고도 특정한 반작용을 보인다는 점을 떠올린다면, '파란 약'이 단지 사회를 바꾸는 것에 그치지 않고 신체를 보다 '직접적'으로 변화시키는 데까지 나아갈 수도 있다는 예상은 그다지 놀랄 일이 아니다. 이를테면, 「베이비블루」 속 뇌는 몇 세대가 지나자 자발적으로 해마의 기능을 축소 시켰다. 이것은 진화일까, 퇴화일까.

부작용은 나타났다. 늦게 나타났을 뿐이었다. 약이 상용화된 지 80여 년 만의 일, 세기가 바뀐 다음이었다. 유소년기 아동들에게서 특이한 양상의 인지장애가 발견되었다. 아이들의 머릿속에서 굵직한 정보가 젠가 막대처럼 불연속적으로 빠져나가고 있었다. 마치 비정한 누군가의 거대하고 조심성 없는 손가락이 작은 머리들 안을 헤집고 다니는 것만 같았다. 안전을 위해 아이들에게 3시간에 한 알씩 HBL1238을 투여할 수밖에 없었고, 일시적이고 가변적인 상황이라고 믿고 싶었지만 아니었다. 그 아이들이 그대로 성장했다. 노인들뿐 아니라 주력 세대

---

35   MBC NEWS, 「에어컨 없는 물류센터…쿠팡의 노동환경은 왜 가혹할까?」, 2021.06.21., https://www.youtube.com/watch?v=P-wLkpaCs9k, 접속일: 2023.06.19.

36   로지 브라이도티(2022), 앞의 책, 231쪽.

가 인지장애에 시달리는 사회가 도래한 것이다. 사람들은 멀쩡하게 기능하는 것처럼 보이다가 어느 날 중요한 것을 완전히 잊었다.(「리틀 베이비블루 필」, 146-147쪽)

한 세대 전반에 걸쳐 진화론적 퇴화인지 적응인지 모를 부작용을 유발했음에도 불구하고 '파란 약'을 만들어낸 제약회사, 즉 자본은 '망하지' 않았다. 기술로 일어난 병폐를 다시 더 발전된 기술로 막는 것은 우리가 살아가는 현대 사회에서 너무나 자주 발생하는 일이다.

회사는 비난을 면하지 못했지만, 의외로 큰 손해를 보진 않았다. HBL1238이 패치 형태로 변신했기 때문이었다. 12시간짜리 패치에서 시작해 일주일 용까지 나왔다. 제약회사의 다른 부서는 체내 이식형 보조기억장치도 개발했다. 대다수의 사람들은 패치를 선호했고, 일부의 사람들은 보조기억장치를 시작으로 신체 개조를 꺼리지 않게 되었다.(「리틀 베이비블루 필」, 148-149쪽)

"상품화된 선택, 끊임없는 소비, 양화된 자아로 종식된 그 결과는, 스스로의 토대를 부식시켜 지속가능성의 조건들을 파괴하는 지속 불가능한 시스템, '미래를 먹어 치우는 자'를 향해 가게 된다."[37] 「베이비블루」에서 그려낸 세계는 까마득히 먼 미래가 아니라 우리가 발 딛고 서 있는 현재의 거울에 가깝다. 그리고 이 모습은 트랜스 휴머니즘이 만들어낼 우리 세계의 좌절이자 도래할 포스트 휴머니즘의 무기한 연기이다. 나아가 트랜스 휴머니즘이 만든 파문은 과거에 되풀이됐던 현실들이 미래에도 반복되어 나타날 것을 암시한다.

---

37   로지 브라이도티(2022), 앞의 책, 52쪽.

"하지만 그전에는 이렇지 않았나요? 그 조그만 알약 전에는요? 끔찍한 일들
이 없었다고 말해봐요. 그때도 사람들은 이 모든 참혹을 다 잊지 않았나요?"
그 전에도 거대한 회사들이 세계를 지배하는 동시에 망쳤고, 매번 해결책 대신
미봉책만을 택했으며, 사람들은 시대가 흘러가는 진행 방향의 굵은 화살표 위에
앉아 불행의 원인을 쳐다보지 않았다. 작은 하늘색 알약은 모든 것을 바꿔놓았
고 동시에 아무것도 바꾸지 못했다.(「리틀 베이비블루 필」, 149-150쪽)

우리가 그럼에도 불구하고 희망을 놓을 수 없는 까닭은 「베이비블루」가
제시하는 바를 단지 트랜스 휴머니즘에 근거한 디스토피아적 비관으로만
보기에는 이르기 때문이다. 포스트 휴머니즘은 트랜스 휴머니즘과의 끊임없
는 대결을 통해 스스로의 역설과 모순을 자양분 삼아 성장한다. "포스트
휴먼을 향한 변환은 일직선으로 가는 것도, 한 방향으로만 가는 것도 아니
다." 우리는 "'우리'가 될 수 있는 것들을 가지고 다면적으로 실험을 행하는"
중이다. 뿌리박혀있고 체화된 '포스트 휴머니즘'으로 가는 길이 험난할지라
도 계속된 실험을 통해 우리는 긍정의 철학을 시도해 봐야만 한다. "4차산업
혁명과 여섯 번째 대멸종의 영향들이 결합되어 우리 자신에 대한 이해는
물론이고 우리의 신체화된 실존을 변화시키고 있지만, 이런 규모의 변화와
조정은 점진적이면서도 꾸준히 이루어진다. 우리는 아직 이런 내적으로 모순
되는 현상들의 복잡성을 충분히 파악할 위치에 있지 않음"[38]에도 트랜스
휴머니즘과 포스트 휴머니즘의 간극 사이에서 치열하게 대결해야만 한다.
그렇게 해야만 "'주류 과학'과 '기업 세계' 양쪽에서 막대한 경제적 지원을
받는 '자본세의 챔피언'"[39]인 '트랜스-휴머니즘'의 위협에서 벗어날 수 있다.
이와 더불어 "창조, 발명, 긍정에 대한 근본적인 기반"[40]으로 "우리의 집단

---

38   로지 브라이도티(2022), 앞의 책, 75쪽.
39   위의 책, 97쪽.

적 저항과 윤리적 책무성에 대해 무엇을 의미할 수 있는가를'[41] 찾으며 끊임없이 질문하는 것이 포스트 휴머니즘의 태도이다. 브라이도티는 말한다. "허무주의의 긍정적 핵심"과 더불어서 "소외의 중요성과 발생적 퍼텐셜(potential)"을 강조해야 한다고 말이다. "부정적 정서들은 그 자신의 극복을 위한 조건들을 만들어낸다. 부정은 긍정의 실천을 명확하게 하는 기능적인 것이다. 긍정은 부정성을 작동시키고, 활성화하고, 거기에서 지식을 추출하는 다른 방식"[42]의 이름으로 불러야 한다. 「베이비블루」와 같은 디스토피아적 미래를 상상해보며 우리는 긍정을 추출해야만 한다.

"신화가 과거를 비추어 소망하는 현재에 닿도록 하는 것이라면 SF는 한 번도 오지 않은 미래를 현재의 자리를 통해 비추어 보는 것이다. 하나의 '정치 과학'으로서 SF는 세계를 사변적 대상으로 삼을 수 있다"[43] 우리는 작가가 부여한 디스토피아적 전망을 토대로 트랜스 휴머니즘의 고통스러운 모습을 상상해보아야 하며 "'우리'가 장차 생성될 수 있는 그 무언가"[44]를 포스트 휴머니즘의 '대안적인 답변'으로 반드시 제출해야 한다.

3. 다운그레이드된 포스트-바디의 혼종성과 정상성
　 －김초엽 「로라」를 중심으로

이러한 담론들은 근대성의 경계를 표시했던 '타자들', 가치 저하되고 종종

40　Deleuze, Gilles. Empiricism and Subjectivity: An Essay on Hume's Theory of Human Nature, New York: Columbia University Press, 1991, p.46 참조.

41　로지 브라이도티(2022), 앞의 책, 53쪽.

42　위의 책, 100쪽.

43　양윤의·차미령, 「김초엽의 SF에 나타난 새로운 존재론의 모색」, 『비교한국학』 30(1), 국제비교한국학회, 2022, 199쪽.

44　로지 브라이도티(2022), 앞의 책, 116쪽.

병리화되지만 구조적으로 필요한 '타자들'의 관점을 표현하고 체현한다는 사실에서 정확하게 파괴적이고 혁신적인 힘을 끌어낸다. 그러므로 이러한 타자들은 지배적인 주체성의 위기의 징후이자 완전히 새로운 주체 위치의 표현이다.[45]

"최근의 SF 문학은 기술의 발전에 따른 자율성과 독립성에 과도한 가치를 부여하고 그것을 과대평가하는 것에 대한 우려를 보여준다"라는 말에 동의한다면, 김초엽의 「로라」는 기술을 통해 "장애를 '정상화'하는 목적에 반대"[46]하려는 목적으로 신체가 지닐 수 있는 혼종성과 정상성에 대해 질문한다는 것을 알 수 있다. 장애를 치료적 대상으로 삼거나 '결여'나 '정상이 아닌 몸'으로 생각하지 않으며 단지 "인간 삶에 새겨지는 특수한 경험"[47]으로 반영한다는 것이다. 역사적으로 '비장애'는 "행정기관과 의료기관이 생산 가능한 인구를 정상화(normalizing)하고 이를 권력의 결과로" 남기는 것이었다. 그리고 주체는 권력의 하위적 존재로서 "스스로의 정상성을 내면화하도록 만들어"[48] 졌다. 이에 배격해 김초엽은 "교정, 극복되어야 하는 것이 취약한 몸, 손상된 몸이 아니라 장애에 대한 왜곡된 인식과 편견"[49]이라는 것을 말하고자 한다.

「로라」[50]는 교통사고 후유증으로 제3의 팔을 감각하게 된 '로라'와 그의 연인 '진'의 이야기다. 머릿속이 그리는 신체의 지도와 실제 신체가 불일치하는 경우를 '진'은 '잘못된 지도'라고 표현한다.

---

45   로지 브라이도티, 『변신: 되기의 유물론을 향해』, 김은주 옮김, 꿈꾼문고, 2020, 332-333쪽.

46   김윤정, 「김초엽 소설에 나타난 포스트휴머니즘과 장애」, 『여성문학연구』 54, 한국여성문학학회, 2021, 79쪽.

47   위의 글, 103쪽.

48   허윤, 「'일할 수 없는 몸'을 전유하는 페미니스트 SF의 상상력」, 『여성문학연구』 52, 한국여성문학학회, 2021, 15쪽.

49   김윤정, 앞의 글, 80쪽.

50   김초엽, 「로라」, 『방금 떠나온 세계』, 한겨레출판, 2021.

인간은 고유의 신체 지도를 가진다. 하지만 어떤 사람들은 어긋난 고유수용 감각을 가진다. 다시 말해, '잘못된 지도'를 가진다. 그들은 자신의 몸이 그런 방식으로 존재하는 것에 불편함을 느낀다. 겉으로는 멀쩡해 보이는 팔과 다리가 자신의 것이 아니라고 여기거나, 자신의 시각 또는 청각과 같은 감각에 거부감을 느낀다. 그들은 자신의 지도와 현실의 몸을 일치시키기를 원한다. 그래서 어떤 이들은 스스로 눈을 멀게 하고, 어떤 이들은 스스로 팔을 절단한다.(「로라」, 106쪽)

'진'의 연인인 '로라'는 특수한 경우였다. 보통 있는 것을 없다고 느끼는 '잘못된 지도'를 가지고 있는 사람들과는 달리, 그녀는 애초에 인간의 몸에 있도록 설계되지 않은 '제3의 팔'을 원했다. 그렇다고 해서 '로라'가 트랜스 휴먼이 되려는 것은 또한 아니었는데, 트랜스 휴먼 단체가 '비장애인'의 '정상성'을 전제로 하여 증강된 신체를 가지려는 것에 비해 '로라'가 원하는 것은 그 정상성에서 벗어난 것이었기 때문이다.

신경 접합 부위를 덮은 인공 피부에서는 자주 진물이 흘렀고, 징그러운 흉터가 생겼다. 팔을 수시로 닦아주어야 해서 결국 인공 피부를 반쯤 벗겨냈다. 로라는 기계 팔의 외관을 마음에 들어 하지 않았다. 무거운 세 번째 팔 때문에 자주 균형을 잃었고, 염증으로 고생했다. 나중에는 원래 가지고 있던 팔의 기능마저 저하되었다. 의사는 기계 팔을 떼어내는 것이 좋겠다고 조언했다.

로라는 그렇게 하지 않았다. 세 번째 팔을 가진 채로 살아가겠다고 했다. 그것이 자신이 할 수 있는 최선의 현실이라고 말했다.

로라에게 세 번째 팔은 증강도 향상도 아니었다. 그것은 몸에 대한 훼손이었고, 차라리 결함을 갖기로 선택하는 것이었다.(「로라」, 124-125쪽)

'로라'는 '제3의 팔'이 있다는 끈질긴 '신체의 요구' 때문에, 우리가 흔히

'정상'이라고 생각하는 평균적인 신체의 모습에서 벗어나게 된다. 그리고 '제3의 팔'은 신체 증강이라기보다 결국 장애를 초래하는 '결함'이 된다. 하지만 '로라' 본인은 그것을 '결함'으로 받아들이지 않고 원래 그래야만 했던 것, 즉, 정상적인 형태로 받아들인다. 김초엽은 「로라」를 통해 정상성의 통념이 깨어지는 장면을 그리며, 포스트 휴머니즘의 의미가 경계를 넘고 "우리가 정상이라고 생각하는 세계의 구조를 전치 시켜 비정상성을 드러내"[51] 다른 세계를 상상하게 하는 것임을 밝힌다.

'로라'는 기계 팔과 본인의 신체를 결합하는 혼종적 모습을 실현함으로써 포스트-신체성을 나타내는 소설적 상상력의 알레고리로서 현현한다. 다시 말해 장애를 낭만화하여 추구하는 것이 아닌 근대의 한정적인 주체와 신체의 개념을 포스트 휴머니즘 속 '혼종-되기' 또는 '장애-되기'의 실천으로 이행하는 것이다.

> 진이 그렇게 긴 여정을 떠났던 것은, 어떤 사람들이 스스로 결함을 갖는 결정을 내리는 이유를 조금이라도 이해하고 싶었기 때문이다.(「로라」, 125쪽)

'진'은 '결함'이 분명했던 '로라'의 선택을 받아들이고 '결함'을 '정상'이라고 결정한 '로라'를 이해하기 위해 '로라'와 비슷한 증상을 가진 사람을 만나려고 전 세계를 헤매게 된다. '진'은 우선 절단 욕구를 느끼는 사람들을 만난다. 하지만 그들이 조직한 "웹사이트는 세계적으로 주목받았지만, 곧장 수많은 비난에 직면"하게 됐는데 "사람들은 그들에게 당장 정신 치료가 필요하다고 말했고, 일부 장애인 단체는 그들이 신체장애를 낭만화하고 있다며 불쾌감을 표했기"[52] 때문이다.

---

51 허윤, 앞의 글, 33쪽.
52 위의 책, 107쪽.

「로라」 속 '몸 정체성 통합 장애'를 진단받은 사람들이 직면한 '비난'들은 현재 우리 사회가 장애를 바라보는 시선을 직설적으로 드러낸다. 사회에서는 오랜 세월 동안 질병과 장애를 구분하지 않고 장애를 '치료해야 만하는 것'이라던가 '나을 수 있는 것'으로 생각해온 역사적 과정이 있었다. 김초엽은 "장애를 가진 사람들이 더 나은 삶을 살아가기 위해서는 '손상'을 제거해야 한다는 생각이 사회의 지배적인 관점"으로 퍼져 있었음을 지적한다. 그러나 "질병과 장애를 치료하려는 시도 자체가 잘못되었다고 말할 수는 없"지만, "누군가는 장애를 가진 자신을 있는 그대로 인정하면서도 동시에 장애를 치료하기를 원할 수도 있다"[53]는 점을 말하고자 한다.

비장애를 정상의 범주로 두고 장애를 비정상의 범주로 두는 것은 '로고스-남근-서구-인간중심주의'의 연장(延長)에 불과하다. 근대의 자유주의적 휴머니즘에 기반을 둔 정상성의 논리는 '인간'이 될 수 있는 개체를 한정 지어 놓고 그에 속하지 못한 나머지 개체들은 인간 종(種) 안에서도 '인간 주체'의 바깥으로 밀어냈다. 근대의 '합리적이고 자율적인 개인'은 인간을 젠더, 인종, 장애로 기준을 가르는 것뿐만 아니라 비인간인 다른 생명체들과 기계들마저 인간-이하로 취급하였다.'[54] 브라이도티 역시 대문자 남성을 기준으로 그 외의 것들을 모두 타자화하는 것은 "팔루스중심주의의 주인코드(master-code)"[55]라고 보았으며 이는 근대 정상성을 기준으로 인간에 포함된 주체는 주인으로, 그 외의 것들은 객체로 격하되는 것이었다.

김초엽은 새로운 주체성을 포스트-신체성의 영역에서 발명해 나가는 데에 있어 「로라」를 통해 "장애라고 규정되어온 신체의 고유한 경험을 통해 사회-물질적 관계의 복잡한 네트워크를 고려해야" 함을 말하고 있다. "현대 문명

---

53   김원영·김초엽, 『사이보그가 되다』, 2021, 사계절출판사, 81쪽.

54   김재희, 「우리는 어떻게 포스트휴먼 주체가 될 수 있는가?」, 『철학연구』 106, 철학연구회, 2014, 216-217쪽 참조.

55   로지 브라이도티(2021), 앞의 책, 35쪽.

사회의 모든 이들이 그러하듯이, 장애인들 역시 기술과 복잡하고 모순적인 관계를 맺고 있다. 장애인들은 기술과 의학을 통해 삶을 유지하기도 하지만 굳이 나서서 치료하거나 교정하려고 하지 않기도 한다. 어떤 기술이 반드시 억압적이거나 또는 해방적으로 존재하는 것이 아니라, 그 기술과 장애인이 이 사회에서 관계 맺는 맥락을 파악하는 것이 중요한 것이다."[56] 이는 포스트 휴머니즘에서 그리는 전복적 상상력의 일환으로 장애를 교정해 '정상 사회'에 편입시키려고 하는 것이 아니며, 장애를 비정상의 몸이 아닌 '다른 몸'으로 인정하는 것이다.

트랜스 휴머니즘과 포스트 휴머니즘의 가장 큰 차이점은 바로 이상적인 존재에 대한 믿음을 버릴 수 있느냐 하는 질문으로 갈음할 수 있다. 트랜스 휴머니즘은 이상적인 '정상'의 모습을 꿈꾸지만, 포스트 휴머니즘은 현실의 '혼종' 그 자체를 인정한다. 만약 과학이 장애를 '정상이 아님'으로 판단한다면 결국 과학은 트랜스 휴머니즘의 동의어로서 장애뿐만 아니라 성별, 인종, 노화마저도 '치료'해야 한다는 미명의 대상으로 삼을 것이다. 이는 결국 20세기 전반에 걸친 우생학의 재현과 다름이 없다. 과학이 포스트 휴머니즘의 관점에 서 있으려면 '특정한 비장애'를 기준으로 사고하는 방식 자체를 재고해야 한다. '이상적인 무언가'는 세계를 이루는 개체들 중에 극히 일부에 불과하며 그 정상성 안에 '나'가 포함될 수 있다고 믿거나 도달할 수 있다고 믿는다면 그것이 오히려 허상에 불과하다.

김초엽은 '진'을 트랜스 휴먼 단체와 직접 만나게 함으로써 김초엽이 그리는 세계가 트랜스 휴머니즘의 맥락과 다름을 분명하게 밝힌다.

"지금의 법률 규제는 쓸데없이 엄격해요. 규제의 명분은 치료는 되지만 향상은 안 된다는 거지요. 하지만 치료와 향상의 경계는 늘 분명치 않아요. 인간은

56　김원영·김초엽, 앞의 책, 182-183쪽 참조.

항상 자신의 신체를 개조하고 변형해왔으니까요."(「로라」, 110쪽)

"우리의 몸이 잘못되었다고 느낀 적은 없어요. 다만, 몸이라는 것이 인간의 잠재력이 무궁한 영혼을 담기에 턱없이 부족하다고는 느끼죠. 그 잠재적인 가능성을 충분히 발현할 수 있도록 신체를 증강하는 것이 우리가 하고자 하는 일입니다."(「로라」, 112쪽)

브라이도티는 트랜스 휴머니즘이 근대 인본주의를 강화하는 것과 달리 포스트 휴머니즘은 장애가 '비정상'의 범주에 포섭되지 않는다고 말한다. 그는 "포스트 휴먼으로의 전회가 근대 패러다임이 전제하는 인간 정체성과 실존에 관한 근본적 질문을" 던지는 것이라고 말한다. "이는 새로운 기술적 변화만이 아니라 인본주의 세계관이 해체되는 것을 의미하며 따라서 인본주의가 전제하는 신체에서 벗어나 새로운 신체와 물질이 될 가능성을 제기"[57] 하고자 하는 것이다. '포스트-신체성'이란 "모래 위에 그려져 있는 휴머니즘적 '대문자 인간'의 이미지를 역사의 파도에 쓸려 서서히 지워"[58]내는 것이다. 반면 '트랜스-신체성'이란 인간이라는 범주를 지나치게 자명하며 그에 대한 의견을 지나치게 확고히 하는 '인간의 과다노출'[59]이라고 볼 수 있다.

그렇다고 해서 포스트 휴머니즘이 인간 자체를 격하하고자 함은 아니다. 인간에 대한 존중은 여전히 살아 숨 쉬되 인간 역시 수많은 n개 중 하나로서 "우리가 어떤 종류의 주체가 될 수 있는지 실험"[60]해 보는 것에 목적이 있다. 그리고 포스트 휴머니즘에 대한 우리의 태도 역시 "우리의 사유를 세계 속에 위치시켜 관계적이고 정서적인 실천"을 행하는 것이다. 나아가 "우리가 무엇이 되기를 멈추고 있는가와 우리가 무엇으로 생성되는 과정에 있는가를 파

---

57   김윤정, 앞의 글, 94쪽.
58   로지 브라이도티(2022), 앞의 책, 107쪽.
59   위의 책, 115쪽.
60   위의 책, 102쪽.

악"하는 것이다. 이 불분명하고 추상적인 진술 속에 담겨 있는 핵심은 바로 우리를 구성할 때 우리의 "집단적 임무"를 존중하면서도 "인간이라는 친숙한 개념을 상실하는 것이다." 이 말은 인간의 멸절을 뜻하는 것이 아니라 '다만 인간이라는 존재가 포스트 휴먼에 도달해 나가는 데 있어 시간과 공간 속의 한 지점이라는 것을 인정하는 것이다.'[61]

우리는 그동안 인간의 과다노출 속에서 '정상적'인 인간 범주를 상정하고 그 외의 것들은 모두 인간과 동물 사이의 존재이거나, 아니면 동물이거나, 아니면 물건들이었다. 하지만 포스트-신체성에서는 (그것이 정신과 육체의 영역 무엇이든지) 완벽한 형태의 인간은 존재할 수 없으며 포스트 휴먼으로 가는 비선형적이고 나선적인 흐름 위의 한 지점이 된다. 다시 말해 일정 시기와 지역에서 '정상적인 신체'와 그것을 가진 '주체'는 한정되어 있지만, 포스트 휴먼의 관점에서는 '신체'와 '주체'에 대한 개념은 한정되어 있지 않으며 거의 무한에 가깝게 펼쳐 보이는 것이다. 들뢰즈가 말했듯 "여러 이질적인 '되기들'은 주체의 위치를 재정립하는 변형이며 상상계를 재정의하는 일이다. 그리고 '되기의 과정'은 집단적, 관계적, 외적으로 추동"되어야 하는 것이다. 다시 말해 '-되기'의 실천, '무엇이 된다'는 것은 대문자 남성주의, 자유주의적 휴머니즘, 인간중심주의, 인간예외주의에서 벗어나 타자성과 소수성을 확보하는 행동 양식인 것이다. 브라이도티는 '주인코드'에서 벗어나는 "변화와 변형이 과정들이 아무리 어렵고 고통스럽더라도, 힘을 실어주는 매우 바람직한 사건들이라는 것을 확신"[62]했다. 포스트-신체성의 영역에서 우리가 '장애'라고 부르는 것들이 더 이상 비정상성으로 등가 교환되지 않는다.

그럼에도 불구하고 우리는 너무나 오랜 시간 동안 나름의 '인간됨'을 사유하고 있었을 것이며 고착화했을 것이기 때문에 포스트 휴머니즘의 개념을

---

61 위의 책, 114-115쪽 참조.
62 로지 브라이도티(2021), 앞의 책, 273-274쪽 참조.

선뜻 받아들이기 어려울 수도 있다. 그리고 그 이론이 때로는 사회 운동이나 '구호(口號)'쯤으로 느껴질 수도 있을 것이다. 우리는 「로라」를 통해 '진'이 '로라'를 이해하기 위해 실행했던 여러 노력들이 우리가 포스트 휴머니즘을 이해하기 위한 부단한 노력과 비슷하다는 것을 알 수 있다.

> 진은 도저히 로라의 결정을 이해할 수 없었다. 사고 후유증으로 거짓 감각을 경험하게 되었다면 거짓 감각을 고칠 일이지, 가짜 팔을 다는 것이 어떻게 해결책이 될 수 있단 말인가? 진은 로라를 설득하기 위해 새로운 클리닉을 물색했고, 다른 병원에 다니며 상담을 받아보도록 권유했다.(「로라」, 116쪽)

우리는 사회를 수정하기보다 개체를 수정하려고 애쓴다. 그편이 차라리 경제적이고 합리적일 것이라 믿으며 장애가 있는 그 존재도 치료를 원할 것이라 속단하기 때문이다. 하지만 브라이도티는 말한다. "'우리 인간들'이라는 말이 결코 중립적인 것이 아니라 실은 권력에 대한 접근을 통제하는 위계질서와 연동되었음을 염두에 두어"야 한다고 말이다. 다시 말해, 우리는 이미 권력과 위계질서 안에 물들어 있기 때문에 무엇을 인간으로 보고자 하는지에 대해 "인간이라는 단일성"을 권력의 시각에 입각하여 공고화하고 있다. 때문에 포스트 휴머니즘이 그리는 사고방식으로 "이 단일성을 상실하고자 하는" 노력을 계속해야 하며 "인간-아닌 타자들과의 불가분한 상호접속을 실현"[63]하고 있다는 것을 지속적으로 깨달아야 한다.

'로라'는 '진'에게 이런 말을 한다. "도면을 준 설계자가 나를 비웃어. '잘 찾아보세요, 방이 분명 거기에 있다니까요.' 나를 놀리는 걸까? 내가 환각을 보는 걸까? 살아갈수록 그 가상의 방이 더 절실해지는데, 무언가가 내 눈을 가려서 문을 찾을 수 없는 걸까? 잘못된 건 나일까, 아니면 이 집일까, 애초에

---

63   로지 브라이도티(2022), 앞의 책, 115쪽.

내가 받은 도면일까?"[64] '로라'의 말은 한 가지 깨달음을 주는데, 우리가 가진 '정상성'의 개념이 누군가에게는 '정상'이 아닐 수도 있다는 것이다. 다시 말해 '정상'이란 우리가 애초에 접근할 수 없었던 권력의 동학(動學) 아래에서 구분 짓고 나열된 것에 불과하다. 이에 제3의 팔을 갖고자 하는 '로라'의 시도는 "적극적인 신체 변형을 통해서 인간 정체성의 근대적 정의를 해체"하는 것이며 '로라'의 "세 번째 팔은 포스트 휴먼 신체의 혼종성을 재현"하는 것이다. "'로라'의 몸은 정상성에 관한 통념을 깨뜨리며 비정상의 형태로서 가장 정상적인 상태를 유지하기 위한 것"으로 볼 수 있다. 그리고 "'다른 몸'을 적극적으로 상상함으로써 오히려 비장애인에게 정상성의 위상을 반문한다."[65]

증강도 향상도 아닌 로라의 세 번째 팔을 바라보는 일은 아직 인간중심주의적인 시각을 벗어나지 못한 많은 사람들에게 어떤 기괴한 사건처럼 느껴질지도 모른다. 하지만 브라이도티는 "포스트 휴먼 융합은 인간의 사라짐과 과다노출, 인간의 소실과 반란이 동시에 일어나는 역설이 그 특징"이라고 예견한 바 있다. '인간 정상성'의 해체는 마치 "'인간'이 최종적 위기에 돌입하는 것처럼" 보이기 때문에 "특권 상실에 수반하는 공포와 생존 불안의 표현"[66]이 나타날 것이다. 하지만 이러한 저항에도 불구하고 포스트 휴머니즘은 "단일체가 아닌 주체는 매우 모순적인 여러 방향에서 동시에 자신을 끌어당기는 여러 압력의 작용을 받는다는 것을 처음부터 인정"하는 태도로 임해야 한다. 나아가 "비통일적 주체성이란 유목적이고 분산되었으며 파편화된 주체관"[67]이며, "주체는 더 이상 통제하에 있는 하나의 통합된 전체가 아니라 유동적이고 과정 중에 있으며 혼종적"[68]이라는 것을 알아야 한다.

---

64   김초엽, 앞의 책, 122쪽.

65   김윤정, 앞의 글, 95-98쪽 참조.

66   로지 브라이도티(2022), 앞의 책, 106쪽.

67   로지 브라이도티, 『트랜스 포지션: 유목적 윤리학』, 박미선·이현재·이양숙 옮김, 2011, 31쪽.

4. 결론: '-되기'를 실험하는 포스트 휴먼 주체

우리가 포스트 휴먼에 대해서 말할 때 가장 흔히 하는 실수는 우리의 무의식 속에 어떤 인간형을 자연스레 기준으로 삼는 일일 것이다. 하지만 근대적 인간관과 이별하기 위해서라도 포스트 휴머니즘 사회에서 그리는 포스트 휴먼은 반드시 생물학적 유기체일 필요가 없으며 심지어 머리와 몸통, 그리고 팔과 다리로 이루어질 필요도 없다는 것을 계속해서 떠올려야 할 것이다. 머지않은 미래에 우리는 단순히 인간과 동물을 나누는 것에서 넘어서(이것은 너무나 조그마한 분류일 뿐이다) 인간과 비인간을 구분 짓지도 않으며 전혀 상상하지 못했던 특이한 형태의 개체들과도 평화롭게 관계를 이루며 위계 없는 평면 위에서 횡단할 것임을 알아야 한다. 포스트 휴먼의 자아란 다른 개체들과의 관계 속에서만 존재하는 것이기 때문이다.

아무리 우리가 전에 본 적 없었던 인간형을 상상해본다 하더라도 이것이 인간을 멸종시켜야 한다거나 인류가 영원히 멸망해 지구상에 다시는 존재하지 말아야 한다는 극단적인 논리로 이어지는 것은 아니다. 우리가 오랜 시간 지구 위의 '일자(the one)'적 주체자로 군림해 온 시간만큼이나 'n-1'의 비인간 개체들 역시 포스트 휴머니즘의 주체가 될 가능성을 살펴보아야 한다는 의미이다. 브라이도티의 주장이 "모든 종, 모든 기술, 모든 유기체를 평평한 등가물로 만들려는 무차별적인 생기론 시스템을 지지하자는 것이 아니"[69]라는 것을 떠올린다면 그녀의 주장이 무조건적인 자연주의에 대한 찬양이나 원시주의로 돌아가자는 의미로 속단 되어서는 안 될 것이다.

트랜스-신체성과 포스트-신체성에 대한 관심은 인문학 영역에서도 점차 비중이 늘어가고 있는 주제이다. 그런 의미에서 정세랑의 「베이비블루」와

68 　 위의 책, 40쪽.

69 　 로지 브라이도티(2022), 앞의 책, 85쪽.

김초엽의 「로라」는 각각의 작품에서 '신체성'에 대해 다가올 미래 사회에 어떤 도전이 발생할 수 있으며 어떤 혼종적 관점이 필요할 것인지를 말해준다. 「베이비블루」의 경우, 기억능력을 비약적으로 향상해주는 약물의 보급으로 인해 나타날 수 있는 영향들을 교육계와 산업계의 변화 그리고 신체 고문과 해마 기능의 축소라는 직접적 예시를 통해 보여준다. '뇌'만 변화시킬 수 있을 것이라는 사람들의 기대와는 달리 장기 기관, 인간 몸체, 각 사회는 모두 '막'이나 '네트워크'처럼 '뒤얽혀' 있는 것이었으므로 뇌의 변화는 사람들의 인식과 관념에 영향을 미치는 것은 물론 정치, 경제, 자본, 문화라고 부를 수 있는 사회적 영역에까지 영향을 미치게 된다. 정세랑의 글은 트랜스휴머니즘이 우리 세계에 미치는 도전적 시도가 인간의 신체를 극단적으로 물화(物化)할 가능성을 내포하고 있으며 결국 우리 세계의 좌절로 이끌 수 있다는 경고를 울리는 것이다.

반면 김초엽의 「로라」는 포스트-신체성의 관점에서 근대 이래로 추구해 왔던 '정상적인 인간 형태'는 존재하지 않으며 오히려 혼종적인 형태의 인간 상을 제시하는 것으로 근대 정상성의 개념을 해체한다. 정상성의 개념에 대해 반드시 질문해 보아야 하는 까닭은 정상성의 기준이란 절대불변하는 것이 아님에도 불구하고 장애를 넘어서 인종, 성차, 연령 등 인간의 전 범위에 대해 옳고 그름의 기준을 세우려는 시도로 확장될 수 있기 때문이다. 절대적인 정상성에 대한 추구는 '정상적인 인간'이 될 수 있는 주체를 한정 지어 놓고 비인간 객체들은 주체의 영역 바깥으로 밀어내는 것으로 귀결된다. 바깥으로 밀려난 객체들은 주체들에 의해 대상화되고 도구화되며 수단화된다.

「베이비블루」와 「로라」의 경우 우리가 포스트 휴머니즘의 미래로 나아감에 있어서 나타날 수 있는 트랜스 휴머니즘의 도전과 포스트 휴머니즘의 혼종성을 보여주고 있다. 「베이비블루」에서는 '트랜스 휴먼-되기'를 실험했다고 볼 수 있으며 「로라」에서는 '혼종-되기'를 실험했다고 볼 수 있다. 이 '사고 실험'을 통해 기대할 수 있는 것은 포스트 휴머니즘이 무조건 부정적인 것만은 아니지만 그렇다고 해서 늘 '긍정적인' 방향으로만 흘러가도록 전제되지 않았다는 것이다.

우리가 그려나갈 '포스트 휴먼'은 때로는 구덩이에 빠지고 고원을 넘는 험난한 여정이 수반될지라도 개체 사이의 관계와 횡단성과 혼종성을 존중하는 마이너리티에 기원해 '무엇이든 될 수 있음'이 적극적으로 요구될 것이다. '포스트 휴먼'에게 가장 중요한 것은 역시 '타자와의 관계'이며 근대 주체개념에서 배제된 타자들의 목소리에 귀를 기울이는 것이다. 만약 배제된 타자들, 근대적 객체들을 여전히 바깥의 영역에 남겨둔다면 "다원적 파편화를 내세우면서 실제로는 단일한 주체를 반복하여 재생산"[70]하는 또 다른 위선이나 기만이 될 것이다.

포스트 휴머니즘 사회에서 인간과 비인간을 포함한 모든 개체들은 "'이것 아니면 저것'이라는 대립이 아니라 '그리고와 그리고'라는 관계"를 오래도록 개척할 항로로 삼아야 한다. 다시 말해 다가올 미래의 새로운 인간상은 대립이 아닌 관계를 우선적으로 살피는 존재가 되어야 한다는 의미이다. 개체들은 늘 횡단적이고 서로에게 침투되어 있음을 깨닫는다면, 그리고 지구의 역사가 단방향의 일직선으로 흐르는 것이 아니라 각기 다른 무수하고도 고유한 나선형의 방향을 따라 흐른다는 것을 깨닫는다면, 관계 지향적인 미래 사회가 불가능하지만은 않을 것이다. 포스트 휴머니즘은 "집요한 낙관주의"[71]자로서 마치 우리가 '더 이상 아니지만, 아직 오지 않은 것'을 꿈꾸는 것처럼, '진'은 '로라'를 끝내 이해하지 못해도 여전히 사랑하는 것처럼, '진'이 '로라'를 대하는 방식대로 우리 역시 여전히 '거대 서사'의 한복판에서 '포스트 휴먼'들은 "열정적으로 대안을 탐색"할 수 있을 것이다.

포스트 휴머니즘 사회의 이행에 있어서 정세랑 「베이비블루」와 김초엽

---

70   로지 브라이도티(2015), 앞의 책, 132–133쪽.

71   로지 브라이도티(2021), 앞의 책, 543쪽.

「로라」는 어떤 현상의 옳고 그름에 대해 직접적으로 말하지 않는다. 다만 '외삽'의 하나로서 우리에게 하나의 가능성을 보여주고 제시할 뿐이다. "사람과 사람 사이, 사람과 사람들 사이, 사람들과 사람들 사이에서 발생하는 일에 마음을 빼앗기고 마는"[72] 순간이나, "안녕, 하고 여기서 손을 흔들 때 저쪽에서 안녕, 인사가 되돌아오는 몇 안 되는 순간들"[73]에 우리가 서 있다. 두 작가가 써 내려 가는 세상은 접혔던 주름이 펼쳐지는 순간 수많은 n개의 개체들이 같은 평면 위에 있었음을 깨닫고 늘 서로를 향해 있었음을 밝혀내는 것이다.

정세랑과 김초엽의 소설은 포스트 휴먼의 주체성이 우리 몸속에 이미 내재되어 있으면서 각각의 개체가 속한 환경에서도 찾아낼 수 있다는 희망적인 전제를 기반으로 미래의 대안적인 인간상을 고찰하는 한국 SF 소설의 철학적 탐구가 담겨 있다. 두 작가가 펼쳐낸 '그 세계'에서 우리는 혼란하고 복잡한 '이 세계'에 어떤 주체성이 적합할 것인지 마음껏 고민할 수 있다. 그리고 그 무대 위에서 나타나는 '사이'와 '안녕'의 순간, "단일할 필요도 없고 인간 중심적일 필요도 없는, 집단적 상상과 공유된 열망의 터"[74]가 펼쳐질 것이다.

72 　정세랑, 앞의 책, 263쪽.

73 　김초엽, 앞의 책, 323쪽.

74 　로지 브라이도티(2015), 앞의 책, 133쪽.

참고문헌

1. 기본자료

김초엽, 「로라」, 『방금 떠나온 세계』, 한겨레출판, 2021.

정세랑, 「리틀 베이비블루 필」, 『목소리를 드릴게요』, 아작, 2020.

2. 논문 및 단행본

김미현, 「얼마나 다른가: 포스트 휴먼 선언문」, 『문학동네』 28(1), 문학동네, 2021, 50-77쪽.

김순아, 「이원의 시로 본 포스트휴먼−여성적 신체의 전회와 조에의 윤리」, 『인문사회과학연구』 23(4), 부경대학교 인문사회과학연구소, 2022, 121-155쪽.

김원영·김초엽, 『사이보그가 되다』, 사계절, 2021.

김윤정, 「김초엽 소설에 나타난 포스트휴머니즘과 장애」, 『여성문학연구』 54, 한국여성문학학회, 2021, 77-107쪽.

김은주, 『21세기 사상의 최전선』, 이성과 감성, 2020.

______, 「포스트 휴먼 신체와 공생의 거주하기」, 『시대와 철학』 32(1), 한국철학사상연구회, 2021, 97-130쪽.

김재희, 「우리는 어떻게 포스트휴먼 주체가 될 수 있는가?」, 『철학연구』 106, 철학연구회, 2014, 215-242쪽.

노대원, 「소설 쓰는 로봇−ChatGPT와 AI 생성 문학」, 『한국문예비평연구』 77, 한국현대문예비평학회, 2023, 125-160쪽.

로지 브라이도티, 『변신: 되기의 유물론을 향해』, 김은주 옮김, 꿈꾼문고, 2021.

______________, 『트랜스 포지션: 유목적 윤리학』, 박미선·이현재·이양숙 옮김, 문화과학사, 2011.

______________, 『포스트휴먼』, 이경란 옮김, 아카넷, 2015.

______________, 『포스트휴먼 지식』, 김재희·송은주 옮김, 아카넷, 2022.

릭 돌피언·이리스 반 데어 튠, 『신유물론: 인터뷰와 지도제작』, 박준영 옮김, 교유서가, 2021.

박인성, 「한국 SF 문학의 시공간 및 초공간 활용 양상 연구」, 『현대소설연구』 77, 한국현대소설학회, 2020, 245-277쪽.

스티븐 샤비로, 『탈인지』, 안호성 옮김, 갈무리, 2022.

양윤의·차미령, 「김초엽의 SF에 나타난 새로운 존재론의 모색」, 『비교한국학』 30(1), 국제비교한국학회, 2022, 197-226쪽.

허윤, 「'일할 수 없는 몸'을 전유하는 페미니스트 SF의 상상력」, 『여성문학연구』 52, 한국여성문학학회, 2021, 10-35쪽.

Deleuze, Gilles, *Empiricism and Subjectivity: An Essay on Hume's Theory of Human Nature*, New York: Columbia University Press, 1991.

Barad, Karen, *Meeting the Universe Halfway: Quantum Physics and the Entanglement of Matter and Meaning*, Durham: Duke University Press, 2007.

3. 기타자료

과학기술정보통신부, 「이동전화 휴대폰단말기 유형별 회선 수」, 『ICT주요품목동향조사』, 통계청, 2023.06.14., https://kosis.kr/statHtml/statHtml.do?orgId=127 &tblId=DT_127006_B005&conn_path=I2, 접속일: 2023.07.25.

윤진호, 「'숏폼'보다 밤 새우는 대학생들, 중독 치료하려 병원 찾는다」, 『조선일보』, 2023.03.02., https://www.chosun.com/national/national_general/2023/03/02/OLMF UGWXTBB7LCCS3EJ6LLJU6E/?utm_source=naver&utm_medium=referral& utm_campaign=naver-news=, 접속일: 2023.07.25.

MBC NEWS, 「에어컨 없는 물류센터…쿠팡의 노동환경은 왜 가혹할까?」, 2021.06.21., https://www.youtube.com/watch?v=P-wLkpaCs9k, 접속일: 2023.06.19.

NBC Universal Archives, 「Atomic Bombings of Hiroshima and Nagasaki—August 6 and 9, 1945」, 2015.08.03., https://www.youtube.com/watch?v=cY8q1ky 3dLY, 접속일: 2023.06.19.

5장

신해욱 시에 드러난 '공–산(共–産)'의 감각*

김선빈

1. 들어가며

21세기에 이르러 인류는 다시금 '인간이란 무엇인가?'하는 질문을 던지게 되었다. 그리고 이 과정에서 기술과의 관계, 비인간 존재들과의 관계를 사유하기 시작했다.[1] 새로운 기술 문명의 탄생 속에서 인간의 주체성을 재고하는 이와 같은 움직임은 포스트휴먼 담론 안에서 구체적으로 논의된다. 기존 휴머니즘의 한계를 비판하는 동시에 포스트휴먼화의 긍정적인 잠재성에 주목하는 비판적 포스트휴머니즘의 경우 '비인간 타자'와의 상호작용에 주력한다. 또한 '어떤 포스트휴먼이 되어야 하는가'를 질문함으로써 포스트휴먼 윤리를 제시한다.[2] 이에 따르면 인간은 비인간과의 관계를 통해서만 자기

---

* 이 글은 2023년 09월 09일 국제한국문학문화학회(INAKOS)에서 주관한 학술대회 <다중위기와 인문지리>에서 「신해욱 시에 드러난 공–산(共–産)의 윤리」로 발표한 것을 수정·보완한 것임.

1 신상규, 『호모 사피엔스의 미래』, 아카넷, 2014, 13쪽.

2 포스트휴먼 담론은 크게 세 가지 입장으로 분류된다. 첫째, 포스트휴먼적 미래에 마주하게 될 암울한 사회상을 제시함으로써 기술 유토피아 이면에 부정적인 측면을 강조하는 '부정적 포스트휴머니즘'이 있다. 둘째, 인간과 기술의 결합을 통해 인간 신체의 한계를 극복할

존재에 대한 물음을 이어갈 수 있고, 인간의 주체성을 재고하는 일은 인간과 비인간의 공생 가능성을 모색하는 작업으로 이어질 수밖에 없다.

2010년대 중반 이후 한국 현대시단에도 "인간/비인간의 경계에 대해 질문을 던지는"[3] 시가 본격적으로 출현했다. 2019년 도래한 팬데믹 시대를 거쳐오면서 문단에는 "나날의 일상을 돌보고 삶을 회복하려는 크고 작은 움직임"[4]이 일었고, 그 과정에서 비인간 타자에게 시선을 두는 작품들이 등장한 것이다. 이러한 시들은 비인간 타자를 향한 관심이 그들과 관계하는 인간 존재에 대한 근본적인 물음으로 확장될 수밖에 없음을 보여주었다. 이와 같은 흐름 속에서 인간의 주체성을 새롭게 사유하고, 비인간과의 관계 맺기를 적극적으로 상상한 시인으로 신해욱을 꼽을 수 있다.[5] 신해욱은 첫 시집인 『간결한 배치』(2005)에서부터 낯선 감각을 동원하여 '나'라는 존재를 구성하는 과정을 보여준 바 있다. 이후 두 번째 시집인 『생물성』(2009)에서부터는 "보편적인 인간 바깥에 대해 끊임없이 탐색"[6]하고, 『syzygy』(2014)와 『무족영원』(2019)에 이르러서는 "인간이란 무엇이며 어디까지 인간이라고 볼 수

수 있다고 보고, 기술의 발전을 낙관적으로 받아들이는 시각이 있다. 이 두 가지 입장은 사실상 인간중심주의에서 크게 벗어나지 못했다는 점에서 비판을 받기도 한다. 셋째로 비판적 포스트휴머니즘이 있다.(임석원, 「비판적 포스트휴머니즘의 기획」, 이화인문과학원 편, 『인간과 포스트휴머니즘』, 이화여대출판부, 2013, 67-73쪽 참고.)

3   이경수, 「포스트휴먼 시대 시 교육의 역할과 방향」, 『국어국문학』 193, 국어국문학회, 2020, 205쪽.

4   황선희, 「포스트휴먼 팬데믹 시대 시의 역할과 윤리─감정 교육과 치유의 가능성을 중심으로」, 『한국근대문학연구』 22, 한국근대문학회, 2021, 9쪽.

5   신해욱, 『간결한 배치』, 민음사, 2005.
　　　　_____, 『생물성』, 문학과지성사, 2009.
　　　　_____, 『syzygy』, 문학과지성사, 2014.
　　　　_____, 『무족영원』, 문학과지성사, 2019.
2024년 현재까지 출간된 신해욱의 시집은 총 4권이다. 그러나 신해욱의 포스트휴먼 존재론적 사유가 본격적으로 드러나는 것은 『생물성』, 『syzygy』, 『무족영원』이라고 판단하여, 이 글에서는 이 세 권의 시집을 중심으로 논의를 이어가고자 한다.

6   이경수, 앞의 논문, 208쪽.

있는지"[7]에 대한 사유를 전면에 내세운다. 이처럼 그의 시는 "문명의 역사 속에서 '고귀한 존재였던 인간'에게서 인간 아닌 다른 세상을 지배하고 도구로 삼을 근거를 제거"[8]하려는 일련의 시도를 보여준다.

신해욱의 시에는 "왜 나는 나로/사람은 사람으로/환원될 수 없는 것일까?"(「레일로드」), "나도 한 사람이 아닌가"(「줄 속에서」) 하는 식의 의문을 품는 시적 주체가 빈번히 등장한다. 이러한 '나'의 물음은 인간 주체성의 결핍을 토로하는 것이라기보다는 스스로가 '인간'으로 존재할 수 있는지를 의심하는 것에 가깝다. 나아가 '인간'이란 도대체 어떤 존재인가를 질문하는 것이기도 하다. 따라서 성찰에 가까워 보이는 '나'의 물음은 비인간 존재 위에 군림해 온 기존의 '인간 주체'를 비판적으로 바라보게 하는 '기획'의 출발점이 된다. 한편 신해욱 시의 시적 주체는 타자와의 관계 속에서 고유함과 특수성을 발휘한다. 그의 시에 등장하는 대상은 "'어떤 사건을 일으킬 수도 있는 역동적인 존재'이거나 심지어 '위험'한 것'"[9]으로까지 그려지곤 한다. 흥미로운 점은 시적 주체가 "'섬뜩한 심연으로서의 타자'를 시혜의 대상으로 전락시키지 않는다는 사실이다. 오히려 그의 시는 "타자의 심연을 보존하는 방식으로 주체의 심연을 만들고 타자와 주체 모두 살아있는 존재로 구성'"[10] 하는 양상을 보인다. 이처럼 신해욱은 대상의 능동성을 조명함으로써 비인간 존재를 새로운 시각으로 바라보고, 인간의 주체성을 재고한다. 또한 인간/비인간의 관계를 치열하게 고찰함으로써 포스트휴먼의 윤리를 탐구하는 일종의 '사고 실험'의 과정을 보여준다.

---

7   위의 논문, 209쪽.

8   성현아, 「세숫비누 일곱 개의 인간」, 공현진 외, 『아직 오지 않은 시』, 소명출판, 2022, 95쪽.

9   위의 글, 96-100쪽 참고.

10   박상수, 「모두 만지고 있습니까?」, 『귀족 예절론: 박상수 비평집』, 중앙북스, 2012, 124-125쪽.

신해욱의 시적 사유는 도나 해러웨이(Donna J. Haraway)의 사유와 맞닿는 부분이 상당하다. 해러웨이는 '사이보그 선언'(1983), '반려종 선언'(2003), '퇴비주의 선언'(2016)을 이어가며 포스트휴먼 시대에 새로운 존재론을 창안한 페미니즘 사상가로, "지구 시스템 전반에 균열"[11]이 생긴 현시점에 무엇보다 "공동의 살 만한 세계"[12]를 강조하며 비인간 존재와의 공생 가능성을 찾고자 한다. 해러웨이에 따르면 인간은 다른 종들과 구별되는 유일한 존재가 아니며, 모든 존재는 관계 속에서만 사유될 수 있다. 나아가 인간에게는 모두 "끔찍한 역사에, 그리고 때로는 즐거운 역사에 직면하여 복수종의 번성을 위한 조건을 만들 책임"[13]이 주어진다. 이처럼 그는 '끔찍한 역사'를 만들어 온 인간의 책임을 강조하는 것에서 그치지 않고 '즐거운 역사'를 만들어갈 복수종과의 '함께-하기'를 제안한다. 한편 현세대는 지질연대표상 홀로세(Holocene)에 속하지만, 인류의 환경 파괴 현상이 지적되며 현재를 인류세(Anthropocene)로 명명하는 흐름이 형성되었다. 인류세는 계속되는 무분별한 개발과 지구 곳곳에서 자행되는 전쟁 속에서 인류가 뿌리박고 있는 이 땅에 위기가 도래했음을 단적으로 드러내 주는 일종의 표지라 할 수 있다. 그러나 해러웨이는 '인류세'라는 용어가 인간중심주의를 함의하고 있음을 비판하면서 현생 인류가 처한 지질학적 세대를 쏠루세(Chthulucene)[14]로 명명할 것을 제안한다.[15]

---

11 클라이브 해밀턴, 『인류세』, 정서진 옮김, 이상북스, 2018, 29쪽.

12 도나 해러웨이, 『트러블과 함께하기』, 최유미 옮김, 마농지, 2021, 75쪽.

13 위의 책, 53쪽.

14 쏠루세의 조어 과정에서 해러웨이는 '피모아 크툴루'(Pimoa Cthulhu)라는 거미의 이름을 참고한 바 있다. 그러나 미국의 호러 SF작가 러브크래프트(H.P.Lovecraft)가 고안한 크툴루 신화와 구분하기 위해 그는 메타플라즘, 일종의 어형변이를 활용하여 쏠루세라는 용어를 새롭게 만들었다.(위의 책, 100쪽.)

15 인류세(Anthropocene)와 함께 다시금 주목받게 된 것이 바로 '가이아 이론'(Gaia theory)이다. 가이아는 1972년 대기과학자 제임스 러브록(James Lovelock)이 처음으로 창안한 것으로 이후 진화생물학자 린 마굴리스(Lynn Margulis)와 공동연구를 통해 발전시킨 가설이자

쑬루세는 '땅'을 뜻하는 그리스어 크톤(khthon)과 '시간'을 의미하는 카이노스(kainos)의 합성어로, 손상된 땅 위에서 응답-능력(response-ability)을 키워 '살기'와 '죽기'라는 '트러블과 함께하기'를 배우는 일종의 시공간을 뜻한다.[16] 해러웨이에 따르면 쑬루세에 사는 인간은 "'우리의 고향 세계, 테라의 시간성" 속에서 "촉수의 뒤얽힘 속에서 잘 살고 잘 죽는 법"'[17]을 배워야 한다. 강력한 연대를 통한 '함께 살기'와 '함께 죽기'를 실천함으로써 '촉수적 뒤얽힘' 속에 존재하는 지구상의 모든 크리터들은 "안으로 말림"을 경험하며 서로를 만들 수 있기 때문이다.[18] 지구상의 어떤 개체도 결코 단독으로 존재할 수 없기에 "함께-세계 만들기",[19] 즉 공산(共産, Sympoiesis)을 실천해야 하며, 그렇게 할 수 있는 힘이 이미 우리에게 내재해 있음을 해러웨이는 거듭 강조한다. 한편 '트러블과 함께하기' 위해서는 인간이 스스로가 '퇴비' 임을 인식할 필요가 있다.[20] 우리는 호모나 인간, 포스트휴먼이 아니라 부식

이론이다. 이들은 지구를 자체적으로 조절과 규제 기능을 갖춘 복합적인 존재 혹은 체계로 본다. 가이아는 지구상의 모든 생명체가 무생물과 상호작용하면서 "거주가능한 조건을 유지하도록 하는 자기규제 체계(self-regulating system)"를 뜻한다. 그러나 과거 가이아 이론은 지질학을 생물권과 지구 환경을 하나의 체계로 보는 '지구 시스템 과학'으로 받아들이게 하는 데 결정적인 역할을 했음에도 여러 비판을 받아왔다. 지구와 생명체에 대한 통상적인 접근과 거리가 있으며 신비주의적이고 비과학적이라는 평가를 피할 수 없었기 때문이다. (이지선, 「인류세 시대, 가이아 명명하기, 대면하기 그리고 기거하기 스텐게르스, 라투르, 해러웨이의 가이아론 또는 가이아이야기」, 『철학』 153, 한국철학회, 2022, 57쪽.)

16　위의 책, 8쪽.

17　도나 해러웨이, 『해러웨이 선언문』, 황희선 옮김, 책세상, 2019, 366쪽.

18　위의 책, 109쪽.

19　최유미, 『해러웨이, 공-산의 사유』, 도서출판b, 2020, 107쪽.

20　퇴비는 농작물을 키우기 위해 만드는 거름으로 박테리아들이 죽은 유기체를 먹고 만든 배설물이다. 죽은 유기체가 박테리아의 먹이가 되고, 박테리아의 배설물은 토양을 비옥하게 만들어서 농작물을 키우는 식으로 퇴비는 삶과 죽음의 계속성을 만들어낸다. 포스트휴머니즘이 포착하는 포스트휴먼은 기계와 유기체의 경계가 모호한 잡종적 정체성을 드러낼 뿐이지만, 퇴비는 복수종들의 삶과 죽음이 상호의존적으로 뒤얽힌 구체적인 형상이다.(도나 해러웨이(2021), 앞의 책, 13쪽.)

토(humus) 즉, 퇴비이며,[21] 예외적이거나 근대적인 인간이 아닌 "원래 땅속에서 온갖 크리터들과 함께 서로를 오염시키고 감염시키면서 뒤얽혀 서로를 만드는 존재"[22]이다. 퇴비로서 복수종과의 '실뜨기'[23]를 통해 공-산을 실천할 수 있으며, 지속적으로 응답-능력을 키울 수 있다. 이렇듯 해러웨이는 인간 존재를 '퇴비'로 명명함으로써 기존의 "포스트휴머니즘과 결별하는 새로운 '윤리-존재-인식론'을 제안"[24] 하는 데까지 나아간다.

또한 해러웨이는 "다종 간 응답-능력을 기르기 위한 방안"으로 '촉수적 사유'를 제시한다.[25] 그리고 이를 실천하는 하나의 방법으로 SF[26] 글쓰기를 제시한다.[27] SF는 '있을 법하지 않은 연결을 만들어내는 일'이며, 어떤 의미에서는 그 자체로 사실을 말하는 일이다.[28] 이는 단순한 '공상'이 아니라

---

21 해러웨이는 "퇴비" 비유를 통해 인간과 비인간을 잇는 새로운 차원의 존재론을 구축하는 급진적 포스트휴먼의 포지션을 취한다.(이현재, 「도나 해러웨이의 포스트휴먼 페미니즘과 난잡한 돌봄 공동체」, 『한국여성철학』 37, 한국여성철학, 2022, 38쪽.)

22 위의 논문, 118쪽.

23 실뜨기는 상대방과 번갈아 "패턴을 대주어야 한다는 점에서, 한번은 능동이 되었다가 그 다음은 수동이 되면서 파트너와 패턴을 이어간다." 그러므로 이러한 패던 주고받기는 "완전히 능동적인 것도 완전히 수동적인 것도 아니다." 능동과 수동을 번갈아 수행한다는 점에서 뿐만 아니라 "능동적인 역할을 할 때조차도 완전히 능동이 아니"기 때문인데 "상대가 내민 패턴에서 시작"한다는 점에서 그렇다.(최유미, 앞의 책, 69쪽.)

24 주기화, 「신유물론, 해러웨이, 퇴비주의」, 『비교문화연구』 65, 경희대학교 비교문화연구소, 2022, 118쪽.

25 최유미, 위의 책, 91쪽.

26 SF는 일반적으로 과학소설science fiction의 준말을 뜻하지만, 해러웨이는 이를 사변적 페미니즘speculative feminism, 과학판타지science fantasy, 사변적 우화speculative fabulation, 과학적 사실science fact, 실뜨기string figures 등으로 다양하게 활용한다.

27 "무엇이 세계에 대한 합리적 설명으로 간주될 것인가에 대한 투쟁은 보는 방법에 대한 투쟁이므로 페미니즘 체현은 장소, 자리매김, 상황 만들기의 정치와 인식론과 관련되며, 이런 차원에서 부분적 시력과 제한된 목소리로 이루어진 집합적 주체 위치가 발견되는 과학, 그리고 과학소설에서 해러웨이는 세계를 재상상하는(revisioining) 희망을 발견한다." (연남경, 「여성 SF의 시공간과 포스트휴먼적 전망－윤이형, 김초엽, 김보영을 중심으로」, 『현대소설연구』 79, 한국현대소설학회, 2020, 109-110쪽.)

"진실인 줄 아직은 알지 못하는 진실에 관한 이야기"[29]를 상상하는 작업이라 할 수 있다. 한편 시에서 시적 현실이 구현되는 방식 역시 SF와 상통하는 지점이 있다. 시에서 시적 주체의 태도는 내면을 고백하고 대상과 관계 맺는 양상을 통해 구체화 되며, 이를 기반으로 직조되는 시적 현실은 '있을 법하지 않은 연결'을 통해 만들어진 "물질-기호론적 세계들의 패턴"[30]을 보여준다. 따라서 시적 주체가 자신의 존재를 규명하는 방식과 시적 대상과 관계 맺는 방식 차원에서 '촉수적 사유'를 살펴볼 수 있는 것이다. 특히나 신해욱 시의 시적 주체가 자신의 주체성을 의문시하며 다양한 방식으로 대상과의 관계 맺기를 시도한다는 점을 떠올려보았을 때, 그가 그려내는 시적 현실에는 '함께-되기'의 세계를 상상하는 힘이 강력하게 작동하고 있음을 알 수 있다.

이 글은 신해욱의 시에 드러나는 '공-산(共-産)' 감각을 살펴보고 시적 사유로서 구체화 되는 함께-되기의 윤리를 발견해보는 것을 목적으로 한다. 이를 위해 2장에서는 '망가진 지구'에 책임을 통감하며 '인간이 되어가는 슬픔'을 느끼는 지점, 3장에서는 복수종과의 '실뜨기'를 실천함으로써 비인간 존재의 '얼굴'을 마주하며 반성하는 지점에 주목한다. 끝으로 4장에서는 '함께-세계 만들기'를 구현하기 위해 '이름 나누어 갖기'를 제안하는 지점을 의미화한다.

2. 지구 시스템의 균열과 '인간이 되어가는 슬픔' 느끼기

오랜 시간 동안 인간은 비인간과의 구별을 통해 존립의 당위를 증명해왔다. 그 과정에서 지구상 모든 생명체 중 '월등한' 지위를 점유하고, 비인간

---

28   최유미, 앞의 책, 127쪽.

29   위의 책, 141쪽.

30   도나 해러웨이(2021), 앞의 책, 59쪽.

위에 군림하고자 했다. 신해욱의 시에서는 이러한 인간의 주체성을 재사유하려는 움직임이 자주 포착된다. 신해욱 시의 '나'는 다른 종과 변별되는 특별한 존재로 그려지지 않는다. 심지어 인간이면서 '인간이 되어가는' 존재로 머물 수밖에 없는 불완전한 모습으로 시에 등장하기도 한다. "인간이 되어가는 슬픔"(「끝나지 않은 것에 대한 생각」)[31]이라는 구절이 보여주듯 그의 시의 시적 주체는 인간이 되어가는 것을 '슬픔'으로 여긴다. 인간이 되어가는 과정에서 '슬픔'을 느낀다는 것은 무엇을 의미할까? 이는 다른 종들을 착취하고, 지구를 망가뜨린 책임이 인간에게 있다는 사실을 간접적으로 드러내 주는 것이라 할 수 있다. 신해욱의 시에서 '나'는 지구상에서 벌어지는 다양한 형태의 폭력을 몸소 체감하면서 스스로가 인간이라는 사실에 부끄러움을 느낀다. 지구를 망가뜨린 책임이 인간에게 있다는 것을 알고 있는 '나'에게 인간이 되어간다는 것은 처절하게 슬픈 일이 된다. 그렇기에 '나'가 느끼는 슬픔, 죄책감, 부끄러움 등의 감정은 기존의 인간중심주의에 대한 반성으로 귀결된다. 더욱이 중요한 것은 신해욱의 시적 사유가 슬픔을 느끼는 '나'를 보여주는 일에서 그치지 않는다는 사실이다. 그는 '다른 종', '다른 류'의 존재의 고통을 인식하고 절망적인 현실을 마주하면서 그들의 '피'와 자신이 무관하지 않음을 인지하고, '땅에 뿌리 박힌'[32]자로서 책임을 다하고자 한다.

> 알아? 나는 여자인간이니까/생리를 한다.//그렇지만 손에는/다른 종/다른 류의 피가 묻어 있기도 한다./피가 묻은 손으로/나는 흰 밥을 소금에 찍어 먹기도 한다./흰 빨래가 햇빛에 마르는 소리를/듣기도 한다./마른 빨래에 입과 손을 닦고/잠깐만./(꺼져버려)/지구에서 소리 없이 사라져간/다른 종/다른 류의 인간을 약

---

31 신해욱, 『생물성』, 문학과지성사, 2009, 10-11쪽.
32 "땅에 뿌리박은(Earthbound)것들"은 부뤼노 라투르(Bruno Latour)가 제안한 용어로 "자신이 놓인 무구하지 않은 상황을 감추거나 정당화하지 않으면서, 현실에서 어떠한 책임을 지고, 어떤 행동을 해나갈지를 사유하는 자들"을 가리킨다.(최유미, 앞의 책, 122쪽 참고.)

간씩 세어보기도 한다./손가락이 남기도 한다.//손가락이 모자르기도 한다.

—「여자인간」 전문(『syzygy』, 46-47쪽)

그렇다고 인간사표를 쓸 수는 없는데//그렇다고 지구 바깥에서 다시 태어나/순결한 얼굴로 주위를 두리번거릴 수는 없는 거잖아요

—「종의 기원」 부분(『syzygy』, 90-91쪽)

위의 시 「여자인간」에서 시적 주체는 스스로가 '여자인간'임을 명시한다. '나'는 '여자'라는 별도의 수식을 통해서 '인간'의 범주에 포함된다. 이때 '나'가 궁극적으로 보여주는 것은 '온전한' 인간으로 인식되지 않으면서도 애써 그 범주 안으로 포섭되려 하지 않는 태도이다. "생리"를 하는 '여자인간'인 '나'는 손에 '나'의 피와 "다른 종/ 다른 류"의 피가 함께 묻어 있다는 사실을 인지하게 된다. 이 과정에서 일종의 낙인처럼 여겨지던 '여자'라는 부차적 수식은 새로운 가능성을 지닌 존재의 표식으로 변모한다. 불가피하게 정기적으로 자신의 피(생리혈)를 볼 수밖에 없는 존재인 '나'는 오히려 자신의 손에 묻은 피가 "다른 종/다른 류"의 '피'이기도 하다는 사실을 알아차릴 수 있는 존재로 현현한다. '여자인간'으로서 "지구에서 소리 없이 사라져간" 존재들을 헤아려볼 수 있으며, 인간이 자행한 끔찍한 폭력을 마주하고 지구상의 모든 생명이 '공생적 얽힘'의 관계 속에 있다는 사실을 깨닫게 되는 것이다.

한편, 「여자인간」에서 괄호 안에 적힌 "(꺼져버려)"는 스스로를 향해 내지르는 시적 주체의 절규로 읽어볼 수 있다. "다른 종 다른 류"의 피가 묻은 손으로 "지구에서 소리 없이 사라져간" 이들을 헤아려보는 것은 괴로운 일이기 때문이다. 그러나 주목할 지점은 「종의 기원」에서 같이 "그렇다고 인간사표를 쓸 수는 없는데"라는 고백 역시 발견된다는 사실이다. 인간은 지구상에 태어나 불결한 '얼굴'을 지닌 채 사는 '종'이지만 "지구 바깥에서 다시 태어"

날 수 없는 존재임이 분명하다. 신해욱 시의 '나'는 인간이 '지구'에 사는
존재라는 사실을 명확히 인식하고, 당면한 문제를 해결할 책임 역시 이 땅
위의 인간에게 있음을 안다. 그렇기에 '망가진 지구'로 대표되는 현실을 절망
적으로만 바라보지 않는다. 오히려 이 땅을 '복원'해야 할 책임이 인간에게
있음을 표명한다.

> [···] 산산조각이 난 지구의들이 더미를 이루고 있다. 국경이 무너져 있다.
> 물이 새고 있다. 나의 무릎이 젖고 있다. //그래도 나는 내가 사는 곳을 알아본
> 다.//그래도 나는 숨을 쉰다.//그래도 여기에는 하나의 달이 뜬다.//*//더미를 뒤
> 져 /나는 파편들을 맞추어보고 있다.//지구의를 복원해보고 있다./발이 저린다.
> 손가락에 침을 묻혀 코에 바르며 나는 나의 역할을 맡은 신자의 마음으로 우러
> 러 하늘을 본다. 저는 벌을 받고 있는 겁니까.// 앞으로 받게 됩니까.//그렇다면
> 그건 이미/실물 크기의 지구의에 무릎을 꿇고 있다는 건데.
>
> —「복제지구의 어린양」 부분(『syzygy』, 28-30쪽)

전술하였듯, 신해욱 시의 시적 주체는 절망적인 현실을 감각 하면서도
결국 인간이 사는 곳이 '지구'라는 사실을 분명히 알고 있다. 해러웨이는
'인류세'라는 말 대신 '쏠루세'라는 명명을 고안했을 정도로 인류세 담론에
깃든 '게임오버, 너무 늦었다'는 식의 패배주의를 비판한 바 있다. 결국 우리
가 '함께-만들기'를 통해 일구어나갈 터전은 우주의 먼 행성이 아닌, 현재
발붙이고 있는 이 땅이다. 지구 시스템에 균열을 일으킨 인간에게 희망을
유기할 권리는 없다. 한편 위의 시에 등장하는 "산산조각이 난" '지구의'는
종말을 맞이한 지구의 모습을 환기한다. 지구의가 산산이 조각난 상황에서
'나'는 "내가 사는 곳"을 알아보고, 평소와 다를 바 없이 '숨'을 쉰다. 여전히
자신이 존재한다는 사실과 "그래도 여기에는 하나의 달이 뜬다"는 사실을
인지한다. 이와 동시에 "국경이 무너져 있"고, 무릎이 젖고 있음에도 꿇어

앉아 지구의를 복원하는 일에 몰두한다. 마치 신에게 간곡히 기도하듯이 "신자의 마음"으로 부서진 지구를 복구하는 모습을 보여준다. 그렇다고 해서 '나'가 망가진 지구를 구원할 영웅으로 그려지지는 않는다. 발이 저려와도 코에 침을 바르면서 "지구의"의 조각을 맞추고 있는 시적 주체의 모습은 오히려 형벌을 받는 자와 간절히 기도하는 자의 이미지를 동시에 떠올리게 한다.

한편 "신자의 마음으로 우러러 하늘을 본다"는 시적 주체의 발화는 윤동주의 「서시」 속 한 구절을 상기시킨다. 해당 시에서 윤동주의 시적 주체는 "죽는 날까지 하늘을 우러러/한점 부끄럼이 없기를,/잎새에 이는 바람에도/나는 괴로워했다."라고 고백하며 "별을 노래하는 마음으로/모든 죽어가는 것을 사랑"할 것과 스스로에게 "주어진 길을 걸어"갈 것을 다짐한다. 주지하듯 이 시는 암흑과도 같은 시대 앞에 부끄러움을 느끼며 참회하는 '나'의 태도가 돋보이는 시이다. 그러나 신해욱의 시에서 "우러러 하늘을 본다"고 고백하는 '나'는 이후 진술을 통해 자신이 처한 현실에 좀 더 적극적으로 대응하고자 한다. 물론 윤동주가 처한 당대 현실과 신해욱이 마주한 현실을 동일 선상에 두긴 어렵지만, 이를 통해 신해욱의 시에서 발견되는 태도의 특수함을 짚어볼 순 있다. 그것은 바로 참회하는 데서 나아가 망가진 현실을 복구하려는 적극성이 발현된다는 점이다. 신해욱의 시적 주체가 이러한 태도를 보여줄 수 있는 이유는 인간종이 이 땅을 망가뜨렸다는 사실과 그로 인해 다른 종들 역시 고통에 빠졌다는 사실을 인지했기 때문일 것이다. 그렇다면 망가진 지구에서 살며 인간이 되어가는 슬픔을 느끼는 신해욱의 시적 주체는 과연 어떠한 방식으로 지구를 복원하려 할까?

3. 복수종과의 '실뜨기'를 통한 비인간의 '얼굴'에 응답하기

인간과 비인간의 경계를 사유하고 비인간 타자를 향한 사유를 확장하려는 신해욱의 시도는 특히 '동물'과 관련된 시편들에서 구체화 된다. 최근 시에 등장하는 '동물'은 "반(反)인간 중심주의를 지향하는 포스트휴먼 담론과 이질성, 타자와의 공존 등을 강조하는 '타자' 담론의 교차점"[33]으로 의미화 된다. 여기서 나아가 신해욱의 시는 동물들과의 마주침을 통해 '촉수의 뒤얽힘 속'에서 응답-능력을 기르며 '함께 살기'와 '함께 죽기'를 고민한 흔적을 담아낸다. 그리고 지구상의 모든 존재가 결코 혼자가 아님을, 함께 살아갈 수밖에 없음을 생각해보게 한다. "모든 존재자는 관계에 선행해 존재하지 않"으며, 서로를 향해 뻗어 나감으로써 '포착'이나 파악을 통해 서로와 자신을 구성한다.[34] 또한 이 땅의 모든 존재는 결국 '필멸'할 수밖에 없지만, 서로를 함부로 죽여도 된다고 생각하지 않음으로써 '두꺼운 현존' 안에서 공-산을 실천할 수 있다. 이 과정에서 배양되는 응답-능력을 통해 '되기'를 넘어 '더불어-되기'를 경험하고, '소중한 타자성', 소중한 타자와의 관계 맺음을 사유하게 된다. 앞서 인용한 시편들을 통해 '인간'으로서의 자기 존재를 재탐색하고 세계에 폭력을 야기한 인간의 주체성을 반성하며, 지구의 재건을 도모하는 시적 주체의 면모를 살펴본 바 있다. 그러나 신해욱의 시는 거기에서 멈추지 않는다. 그의 시적 주체는 복수종과의 실뜨기, 즉 비인간 존재의 '얼굴'을 마주하고, 이에 응답함으로써 '더불어-되기'를 적극적으로 실천하는 데까지 나아간다. 아래의 인용시를 통해 이를 구체적으로 살펴보자.

---

[33] 고봉준, 「포스트휴먼 담론과 '인간-이후' 한국시의 한 가능성—김혜순의 『피어라 돼지』(2016)와 『날개 환상통』(2019)에 대한 포스트-휴먼적 읽기」, 『국어국문학』 193, 국어국문학회, 2020, 65쪽.

[34] 도나 해러웨이(2019), 앞의 책, 123쪽.

한쪽 눈에 하얀 안대를 하고/하얀 마스크를 썼다.//쥐에게도 개에게도 얼굴이 있다는 걸 생각하면/나는 터무니없이 부끄러워지고/풀이 죽는다.//토끼의 목소리를 들었다./나는 알비노야. 자네는?//제발 가라. 한쪽 눈을/강제로 감았다/*/실은 입이 점점 병들고 있는 중이었다./[…]/아마도 나는/우리를 탈출한 흉폭한 동물을 생포하기 위한 예행연습.//나는 단련되어가고 있었으나/그것은 상상 불가능한 표정이었다.//여분의 마스크와 안대를/주머니에 넣었다.//얼굴이 없는 불행을 견디기엔/나는 너무 나약했다.

—「생물성」 부분(『생물성』, 88-90쪽)

「생물성」에서 시적 주체는 "하얀 안대"와 "하얀 마스크"로 한쪽 눈과 입을 가리고 있다. 이때 '나'가 생각하게 되는 것은 다름 아닌 '쥐와 개'에게도 "얼굴이 있다는" 사실이다. 비인간 존재의 '얼굴'을 발견한 시적 주체는 "터무니없이 부끄러워지고/풀이 죽는다"라고 고백한다. '얼굴'이 실존의 상징이라고 할 때, '쥐와 개'의 얼굴을 인지한다는 것은 이들 역시 실재하는 존재라는 사실을 깨닫게 되었음을 의미한다. '나'가 '쥐와 개'에게도 얼굴이 있음을 알아차리고 "터무니없이" 부끄러움을 느낀 데에는 이전까지 그들을 하나의 존재로 인식하지 못했기 때문일 것이다. 위의 시에서 '나'는 자신을 "알비노"라고 소개하며 인사를 건네는 "토끼의 목소리"를 듣고 비인간 타자의 존재를 더욱 구체적으로 실감하게 된다. 그리고 '이름'을 가진 존재로 자신의 눈앞에 등장한 비인간 타자의 모습에 충격을 받은 '나'는 '알비노'를 향해 "제발 가라"고 말하며, 가리지 않은 나머지 "한쪽 눈을/ 강제로 감"아 버리고 만다. '쥐나 개'에게도 '얼굴'이 있다는 사실을 인지한 뒤, 곧이어 '이름'을 지닌 '토끼'가 자신에게 말을 걸어오는 상황이 혼란스러웠던 것이다. 자신을 소개한 뒤, "자네는?"이라고 묻는 '알비노'의 질문에 '나'는 대답하지 못한다. "실은 입이 점점 병들고 있는 중"이기 때문인데, 이러한 표현을 통해 '나'가 인간으로서 자신의 존재를 밝히는 것에 대한 부끄러움, 죄책감 등이 간접적으로 드러난다.

한편 이 시에서 '나'는 스스로를 "우리를 탈출한 흉폭한 동물을 생포하기 위한 예행연습"으로 여긴다. 이는 "우리를 탈출한 흉폭한 동물"을 잡아들이는 연습을 하는 것이 곧 '나'의 정체성이라는 뜻이기도 하다. 따라서 이러한 예행연습에 "단련되어가고" 있는 시적 주체에게 비인간 존재를 마주하고, 이들과 관계를 맺는 과정은 때론 상상이 불가능할 정도로 막연한 것처럼 느껴질 것이다. 그러나 '나'는 "여분의 마스크와 안대"를 집어넣는 방식으로 결단을 한다. 이 지점에서 비인간 존재의 '얼굴'을 직면하는 일을 더는 피하지 않고 이들과 함께 '더불어-되기'를 실천하고자 하는 의지를 읽어볼 수 있다. 그러므로 "얼굴이 없는 불행을 견디기엔/나는 너무 나약했다"라는 고백은 비인간 존재와의 관계를 의도적으로 차단했던 과거의 '나'와 결별을 선언하는 것이 된다.

> 죽은 채로 들어와서 죽은 채로 퇴장하는 피조물을 위해/우리는 다 같이 야맹증을 앓아야 한다//그런 피조물의 등은/도무지 아름답지 않을 수가 없기 때문이다//타 넘고 싶은 유혹이 간절해서/눈을 뜨고 또 떠도 차마/본 것만 말할 수는 없기 때문이다[...]/먹을 갈까//곡을 할까//그런 피조물의 삶은/도무지 추체험을 할 수가 없고//그런 피조물을 위한 노래는/너무 짧아서 끝을 맞출 수가 없고
> —「레퀴엠」 부분(『무족영원』, 122-123쪽)

한편 위의 시에서 '나'는 보다 적극적으로 '소중한 타자'와의 관계 맺기를 시도한다. "죽은 채로 들어와서 죽은 채로 퇴장하는 피조물을 위해" 야맹증을 앓아야 한다는 시적 주체의 선언은 '응답-능력' 기르기의 일면을 보여준다. 「레퀴엠」에서 '나'가 야맹증을 앓아야 한다고 주장하는 이유는 "눈을 뜨고 또 떠도 차마/본 것만 말할 수 없기 때문"인데, 이때 '나'가 바라보고 있는 것은 다름 아닌, "아름답지 않을 수가 없"는 "피조물들의 등"이다. 진술

의 시제 상 시적 주체는 이미 봤던 타자들의 모습을 복기하고 있음을 알 수 있다. 이때 '나'는 이들의 모습을 그저 관망하지 않는다. 이 시의 제목이기도 한 '레퀴엠'은 '죽은 이들을 위한 미사곡'을 뜻한다. 신해욱은 죽은 피조물들의 등 뒤에서 이들의 아름다움을 기록하고("먹을 갈까"), 기념하며("곡을 할까") 한 편의 레퀴엠을 쓴다. 물론 "그런 피조물의 삶"은 "추체험을 할 수"도 없고, 이들을 위한 노래 역시 "너무 짧아서 끝을 맞출 수가 없"다. 그럼에도 신해욱 시의 시적 주체는 "죽은 채로 들어와서 죽은 채로 퇴장"할 수밖에 없는 "그런 피조물"들을 애도한다. 이것이 바로 신해욱이 다른 존재들의 죽음에 적극적 으로 응답하는 방식이다. 한편 이러한 '나'의 태도는 기억하기란 "다시-멤버 가 되는 것"(re-member)이며 기념하기는 "함께-기억"(com-memorate)하는 것 을 뜻한다던 해러웨이의 말을 떠올리게 한다.[35] 신해욱의 시적 주체 역시 "죽은 채로 퇴장하는 피조물"을 애도함으로써 복수종 타자들과의 관계 맺기 를 시도한다. 즉, 비인간의 얼굴을 확인하고, 그 존재를 인식하는 일을 포기하 지 않으며, 나아가 복수종 타자의 죽음을 기억하고 기념하고자 한다. 그렇게 함으로써 그는 '함께-되기'의 윤리를 시적 현실 안으로 들여온다.

4. '함께-세계 만들기'를 위한 '이름' 나누어 갖기

신해욱의 시에서 '응답-능력'을 기르는 행위는 '이름'을 나누어 갖자는 제안으로 이어진다. 그는 시적 대상과 '안으로 말림'으로써 서로를 만들고, '트러블과 함께하는' 일을 감행하는 모습을 보여준다. 이 과정에서 '함께-세

---

35 기억한다는 것은 "파트너들의 적극적인 상호 관계가 없었으면 사라졌을 무엇인가를 육체 적인 현재 속으로 유인하고 연장"해서 다시 멤버가 되는 것이고, 오랜 협동의 기쁨과 놀이 그리고 그것의 폭력마저 함께 기억하고 그것으로부터 새로운 시작을 여는 것이다.(최유미, 앞의 책, 138쪽.)

계 만들기' 즉, '공–산(共-産)'의 사유가 구체화 된다. 전술하였듯, 지구상의
모든 존재는 '퇴비'이므로 함께 '공–산'을 실천할 수 있다. 퇴비란 "복수종들
의 삶과 죽음이 상호의존적으로 뒤얽힌 구체적인 형상"[36]을 뜻한다는 점에
서, 부식토 인간은 테라폴리스에서 잘 살고, 잘 죽기를 실천할 수 있는 잠재력
을 가진 존재가 된다. 즉, 퇴비로서 우리는 "서로 함께–되고, 구성하고 분
해"[37]함으로써 지구상의 여러 크리터들과 '공–산적 얽힘'을 수행할 수 있는
존재인 것이다. 그러므로 스스로를 퇴비로 인식하는 일은 복수종과 '함께–되
기'를 시도할 수 있는 가능성이 이미 우리 안에 있다는 것을 받아들이는
것이자, 모든 종이 관계 속에서만 존재할 수 있다는 사실을 사유하는 것을
의미한다. 본 장에서는 다른 존재들에게 '이름'을 나누어 갖기를 제안함으로
써 '함께–세계 만들기'를 시도하는 신해욱 시의 시적 주체의 태도를 적극적으
로 독해해보고자 한다.

> 앞으로는 이름을 나눠 갖기로 하자./아주 공평하게.//지금까지의 시간은/너무
> 이기적이고 외로웠어.//우리는 두 개의 눈과/두 개의 귀와/수많은 머리칼이 있지
> 만//나의 몫은/그런 식으로 존재하지 않는다./손금은 제멋대로 흐르다가/제멋대
> 로 사라지고/꿈속에 사는 사람은 꿈 밖으로 팔을 뻗어 전화를 받고/나는 뺄셈에
> 약하다./남는 것들/사라지는 것들이 이해되지 않는다./이름을 나눈다면/뒤를 밟
> 히는 일도/두 개의 소리를 듣는 일도 없을 거야.//그렇게 생각하자.
>
> —「따로 또 같이」 전문(『생물성』, 88-90쪽)

'이름' 역시 한 존재의 실존을 상징한다고 볼 수 있다. 앞서 「생물성」을
통해 비인간 존재의 '얼굴'을 확인하면서 계속해서 관계 맺기를 포기하지

---

36   위의 책, 13쪽.
37   위의 책, 166쪽.

않는 지점에 주목해본 바 있다. 위의 시에서는 "아주 공평하게", "이름을 나눠 갖기로 하자"고 제안하는 '나'의 태도로부터 신해욱의 시에 공–산의 감각이 드러나는 방식을 살펴보고자 한다. 「따로 또 같이」에서 '나'가 이름을 나누어 갖자고 제안한 이유는 "지금까지의 시간"이 "너무 이기적이고 외로 웠"기 때문이다. 두 개의 눈과 귀, 그리고 그보다 훨씬 많은 머리칼을 가졌지 만, '나'는 자신의 존재가 그러한 방식으로 증명되는 것이 아니라는 사실을 알고 있다. 또한 손금이 "제멋대로" 있다가 사라지듯, 운명처럼 주어진 삶은 시시각각 변하며, 꿈과 현실의 경계는 자주 흐려진다는 것 역시 알고 있다.

스스로에게 혹은 누군가에게 '나'의 존재가 인식되는 방식은 '이름'을 통 해서이다. 존재는 서로의 '이름'을 부르며 만난다. 그렇다면 '이름'을 나누어 갖는다는 것에는 어떤 의미가 깃들까? 위의 시에서 '나'는 "이름을 나눈다면" 불안감("뒤를 밟히는 일")도, 혼란스러움("두 개의 소리를 듣는 일")도 겪지 않을 수 있을 거라며 '이름 나누어 갖기'를 청한다. 이때 '이름 나누어 갖기'는 '나' 혹은 '너'가 아닌 '우리'를 위한 일이 된다. 더불어–되기는 유일하고, 독점적인 존재적 지위를 내려놓음으로써 함께 존재하기를 추구할 때 가능해 진다. 위의 시에서 잉여로 존재하거나("남는 것"), 폭력에 휩쓸려 가는 것("사 라지는 것")이 이해되지 않는 "뺄셈에 약한" 시적 주체는 더불어–되기를 적극 적으로 소망함으로써 시적 현실을 공–산의 장(場)으로 구축해낸다.

철컥. 철컥. 예수의 쌍둥이 동무를 찍어내는 기계가 부지런히 돌아가고 있습 니다.//철컥. 박자에 맞춰 그저 춤을 추면 좋을 텐데요. 용가리와 함께 트위스트 를. 장국영과 함께 맘보를/(…)/한 마리, 두 마리, 다섯 마리, 열세 마리, 부활한 쌍둥이 동무들은/길흉을 초월하고/동무애로 하나가 되어/생명을 넘고 넘어/미래 의 시체를 넘고 또 넘어/ 철컥. 철컥. 이만큼 가까워집니다.//나는 거절할 권리가 없습니다./나는 실수할 자격이 없습니다./너를 두 번 죽게 만들 수는 없습니다.
―「클론」 부분(『무족영원』, 68-69쪽)

한편 '함께-되기'를 추구하는 시적 주체의 태도는 위의 시를 통해서도 발견된다. 위의 시에는 동일한 존재를 복제하는 기계가 '클론'을 만드는 상황이 제시되는데, 이때 기계가 "찍어내는" 것은 다름 아닌 "예수의 쌍둥이 동무"이다. "생명"을 계속해서 생산하는 기계의 박자에 맞춰 그저 "춤"을 추고 싶은 '나'는 "열세 마리"까지 늘어난 "동무들"의 모습을 보게 된다. 본래 "예수"는 자신의 생명을 희생하여 수많은 사람의 죄를 대속한 뒤 부활함으로써 죽음을 초월한 성인으로 알려져 있다. 이러한 예수의 '복제'로 탄생한 동무들은 "길흉을 초월하고", "동무애로 하나가 되"는 존재이며, 생과 사를 "넘고 또 넘"는 존재로 그려진다. 이때, "철컥. 철컥. 이만큼 가까워"지는 기계 소리는 '나' 또한 동무들과 하나가 되는 존재가 된다는 사실을 짐작하게 한다. 여기서 모든 존재가 '퇴비'임을 선언했던 해러웨이의 말을 다시 한번 생각해보게 된다. 해러웨이에 따르면 지구상의 모든 존재는 상호의존적일 수밖에 없으며, 서로에게 관여하고 그렇게 구성된 관계 속에서 존재함으로써 '테라폴리스'의 시민이 되어간다. 위의 시에서 시적 주체는 다른 존재와의 '동무애'를 갈망함으로써 '공-산'의 삶을 추구한다. 더욱이 '나'에게 "거절할 권리"가 없고, "실수할 자격"이 없다는 말에서 그 의지가 강력히 표출된다. 무엇보다 중요한 것은 끝내 '나'가 이러한 실천에 참여하는 이유를 "너를 두 번 죽게 만들 수는 없"기 때문이라고 고백한다는 점이다. 신해욱 시의 시적 주체가 '함께-세계 만들기'에 몰두하는 이유는 '나'를 위해서만이 아닌 "동무애로 하나가 되어", "미래의 시체를 넘고 또 넘"기 위함이다. 이처럼 신해욱 시에 드러나는 공산의 감각은 '우리'의 '함께-되기'를 향해 열려있다.

5. 나가며

포스트휴먼 담론이 유의미하게 이어지기 위해서는 인간의 주체성을 재고하고, 타자와의 공생 가능성을 모색하는 작업이 필수적으로 수반되어야 한다. 현시대를 '포스트휴먼이 몰려오는 시대'로 규정하고, '어떻게 포스트휴먼이 되어왔는가'를 짚어보는 것만큼이나 '어떤 포스트휴먼이 되어야 하는가'하는 질문에 답을 찾는 일은 매우 중요한 과제가 된다. 이 글에서는 신해욱의 시에서 발견되는 '공–산'의 감각이 포스트휴먼 시대 시적 윤리를 구현하는 하나의 방식임을 짚어보았다. 물론 시에서 '함께–되기'의 윤리를 말하는 일이 현실 차원에서 구체성을 확보하는 일로 직결된다고 확언할 수 없다. 그러나 시는 읽는 이로 하여금 세계를 바라보는 틀을 다시 구축하게 하며, 그로부터 삶에 변화를 추동하는 힘을 가지고 있다.

신해욱 시의 시적 주체는 자신의 손에 "다른 종/ 다른 류의 피가 묻어 있"다는 사실을 감각하며 "지구에서 소리 없이 사라져간" 존재들을 세어보고(「여자인간」), "인간이 되어가는 슬픔"(「끝나지 않는 것에 대한 생각」)을 느낀다. 나아가 무릎을 꿇고 "산산조각이 난 지구의들"(「복제지구의 어린양」)을 맞추며 손상된 이 땅을 복원하고자 한다. 한편으론 "쥐에게도 개에게도 얼굴이 있다는 걸 생각"하면서 "터무니없이 부끄러워지고 풀이 죽"(「생물성」)기도 한다. 그러나 이때 시적 주체는 단순히 반성하는 것에서 그치지 않는다. "죽은 채로 들어와서 죽은 채로 퇴장하는 피조물을 위해/ 우리는 다 같이 야맹증을 앓아야 한다"(「레퀴엠」)며 '애도하기'를 주장하고 "아주 공평하게", "앞으로는 이름을 나눠 갖기로 하자"(「따로 또 같이」)고 제안한다. 나아가 "너를 두 번 죽게 만들 수는 없"(「클론」)다고 선언하며 '함께–세계 만들기'를 시도한다.

이처럼 신해욱의 시는 포스트휴먼 시대 존재론적 전환을 맞이한 인간이 어떠한 방식으로 복수종과 더불어 살 수 있을지를 상상하게끔 한다. 망가진 지구와 더불어 고통받는 타자들의 형상을 시적 주체의 진술을 통해 전달함으로써 인간중심주의에 대한 반성을 촉구한다. 여기서 그치지 않고 인간과 비인간 타자들이 함께하는 시적 현실을 구현함으로써 '공–산'(共–産)의 감각을 적극적으로 보여준다. 그렇게 함으로써 포스트휴먼 시대를 살아가고 있는 우리가 다른 존재들과 '어떻게 함께 살 수 있는가?'와 '어떻게 함께 살아야 하는가?' 묻는 일을 포기할 수 없게 한다.

참고문헌

1. 기본자료

신해욱, 『생물성』, 문학과지성사, 2009.
______, 『syzygy』, 문학과지성사, 2014.
______, 『무족영원』, 문학과지성사, 2019.

2. 논문 및 단행본

공현진 외, 『아직 오지 않은 시』, 소명출판, 2022.
박상수, 『귀족 예절론: 박상수 비평집』, 중앙북스, 2012.
신상규, 『호모 사피엔스의 미래』, 아카넷, 2014.
이화인문과학원 편, 『인간과 포스트휴머니즘』, 이화여대출판부, 2013.
최유미, 『해러웨이, 공-산의 사유』, 도서출판b, 2020.
클라이브 해밀턴, 『인류세』, 정서진 옮김, 이상북스, 2018.
도나 해러웨이, 『트러블과 함께하기』, 최유미 옮김, 마농지, 2021.
____________, 『해러웨이 선언문』, 황희선 옮김, 책세상, 2019.
고봉준, 「포스트휴먼 담론과 '인간-이후' 한국시의 한 가능성─김혜순의 『피어라 돼지』
    (2016)와 『날개 환상통』(2019)에 대한 포스트-휴먼적 읽기」, 『국어국문학』 193, 국
    어국문학회, 2020, 59-91쪽.
연남경, 「여성 SF의 시공간과 포스트휴먼적 전망─윤이형, 김초엽, 김보영을 중심으로」,
    『현대소설연구』 79, 한국현대소설학회, 2020, 105-139쪽.
이경수, 「포스트휴먼 시대 시 교육의 역할과 방향」, 『국어국문학』 193, 국어국문학회,
    2020, 197-228쪽.
이지선, 「인류세 시대, 가이아 명명하기, 대면하기 그리고 기거하기 스텐게르스, 라투
    르, 해러웨이의 가이아론 또는 가이아이야기」, 『철학』 153, 한국철학회, 2022, 55-83
    쪽.
이현재, 「도나 해러웨이의 포스트휴먼 페미니즘과 난잡한 돌봄 공동체」, 『한국여성철
    학』 37, 한국여성철학회, 2022, 27-60쪽.
주기화, 「신유물론, 해러웨이, 퇴비주의」, 『비교문화연구』 65, 경희대학교 비교문화연

구소, 2022, 117-146쪽.

황선희, 「포스트휴먼 팬데믹 시대 시의 역할과 윤리-감정 교육과 치유의 가능성을 중심으로」, 『한국근대문학연구』 22, 한국근대문학회, 2021, 7-48쪽.

SF 소설에 나타난 인간과 비인간의 '함께-되기(becoming-with)' 연구*

―천선란, 『천 개의 파랑』을 중심으로

공라현

1. 들어가며

최근 한국 문학장에서 가장 두드러진 경향을 꼽는다면 2010년대부터 시작된 젊은 여성 SF 소설가들의 약진을 들 수 있다. 이들 여성 작가들은 주로 SF 소설의 장르적 문법을 통해 여성, 동·식물, 사이보그, 인공지능, 외계 생명체 등 근대 휴머니즘의 자장 안에서 소위 '비인간'으로 취급되었던 타자(他者)'들'을 주체의 자리로 환원하는 것에 총력을 기울인다. 이들은 경계를 해체하는 무한한 SF 상상력을 바탕으로 법과 규범으로 교묘히 위장된 보편성과 통일성의 폭력을 고발하고, 고정된 범주를 허물고 종을 횡단하는 '인간-아닌 타자들'의 존재를 가시화한다. 그럼으로써 지나치게 '휴먼/인간', 즉 남성-백인-이성애자-유산계급 중심으로 정립되었던 기존의 낡은 주체성을 배격하고, 타자 지향적·상호관계적·다종적(多種的) 존재로 재구성된 '포스트휴먼'의 새로운 형상화를 시도한다.

---

* 이 글은 2024년 4월 『현대문학이론연구』 제95집에 실린 「SF 소설에 나타난 인간과 비인간의 '함께-되기(becoming-with)' 연구―친선란의 『천 개의 파랑』(2020)을 중심으로」를 수정·보완한 것임.

이와 같은 새로운 주체의 '자리 만들기'는 합리적이고 자율적인 '개인'으로 표상되는 자유주의 휴머니즘이 현 세계의 극단적 파괴와 소외, 예속화를 초래하였다는 통렬한 반성으로부터 기인했다고 볼 수 있다. 때문에 SF 문학은 인간 중심 사회에서 배제된, '몫 없는 자'들을 위한 사유를 확장하고, "'휴먼'과 그 바깥의 '타자'"[1] 사이에 이루어지는 상호작용에 대해 전면적인 재성찰을 촉구하는 하나의 '장치'라고 할 수 있다. 그리고 이러한 'SF적 사고 실험' 속에 내재한 성찰적 패러다임은 도나 해러웨이(Donna J. Haraway)의 핵심 논제인 '반려종' 개념과 긴밀히 공유된다.

도나 해러웨이는 『해러웨이 선언문』[2]과 『트러블과 함께하기: 자식이 아니라 친척을 만들자』[3] 등의 저서에서 '반려종'의 개념을 제시하며, 인간은 동물과 같은 유기체뿐만 아니라 미생물, 기계 등 지구상의 모든 다양한 비인간 존재들과 공생적으로 얽혀있다고 주장한다. 그에 따르면, 인간은 "구성적으로 본바탕이 반려종(companion species)"[4]이다. 이때 '반려종'이란 인간을 포함한 모든 생명체가 독립적이고 자기 제작적(autopoiesis)으로 존재하는 것이 아니라, 자신을 둘러싼 환경 내 다른 존재자들과 상호관계적으로 긴밀한 영향을 주고받으며 공존하고 공–진화(共–進化)한다는 것을 의미한다. 요컨대 지구의 모든 생명체는 전통적 분류 체계에 따른 하나의 고정된 '종(species)'으로서가 아니라, '관계'의 산물인 '반려종'으로서 존재하는 것이다. 그래서 '반려종'은 개나 고양이 같은 반려동물보다 훨씬 "크고 이질적인 범주"[5]에 해당하며, 적어도 두 개 이상의 종으로 이루어진다. 도나 해러웨이는 '반려

---

1   김재희, 「우리는 어떻게 포스트휴먼 주체가 될 수 있는가?」, 김은주 외, 『디지털 포스트휴먼의 조건』, 갈무리, 2021, 29쪽.

2   도나 해러웨이, 『해러웨이 선언문』, 황희선 옮김, 책세상, 2022a.

3   도나 해러웨이, 『트러블과 함께하기: 자식이 아니라 친척을 만들자』, 최유미 옮김, 마농지, 2022b.

4   도나 해러웨이(2022a), 앞의 책, 117쪽.

5   위의 책, 133쪽.

종’의 이러한 공–구성적(co-constitutive) 형상을 제시함으로써, 인간은 지구상에서 다른 비인간 타자들과 연루된 채 얽히며 살아갈 수밖에 없는 “접합체”[6]이자 “함께–되기(becoming-with)”[7]의 존재임을 강조한다.

동시에 이와 같은 ‘경계 흐리기(blurring boundaries)’는 인간과 비인간 행위자들 간의 ‘책임 있는 관계 맺기’로 나아갈 것을 요청한다. 도나 해러웨이에 의하면 공생의 관계를 구축하는 반려종은 서로에게 ‘소중한 타자(significant other)’로 존재한다. 복수의 다른 종들이 만나 연결과 충돌을 반복하며 상대방에게 소중한 타자가 되는 과정은 행위자들이 “서로를 책임감 있게 대하면서 덜 폭력적인 방식으로 ‘함께’ 살아갈”[8] 것을 추동하는 윤리적 문제와 결부된다. 따라서 이러한 책임 의식은 인간종 중심주의를 넘어 비인간 타자를 향해 최선을 다해야 한다는 “응답–능력(response-ability)”[9]을 요구한다.

한국 SF 소설의 대표적인 여성 작가인 천선란 역시 이러한 도나 해러웨이의 논의를 적극적으로 수용하여 작품 속에서 그만의 날카로운 문제의식이 투사된 서사를 재현한다. 천선란은 2019년 한국과학문학상 장편 대상을 수상한 작품인 『천 개의 파랑』[10]에서 휴머노이드, 동물, 장애인 등 다종다양한 비인간 타자들을 소환하여 인간만을 유일하게 중요한 행위자로 간주하는 기술 자본주의 사회의 이분법적 구조를 폭로하고, 중심부로부터 소거된 비인간 타자들의 목소리를 복원하고자 한다. 또한 그는 ‘인간–아닌 타자’에게 동일자의 이름으로 가해지는 폭력을 고발한다. 그러나 그는 이러한 부정성의 현시에 그치지 않고, 오히려 현실의 경계를 뛰어넘는 다채로운 상상력으로 정체(停滯, stasis)를 가로지르는 다종 간의 ‘연대’와 ‘협력’을 제시하는데, 이것

---

6   위의 책, 140쪽.

7   도나 해러웨이(2022b), 앞의 책, 28쪽.

8   도나 해러웨이(2022a), 앞의 책, 124쪽.

9   최유미, 『해러웨이, 공–산의 사유』, 도서출판 b, 2020, 43쪽.

10   천선란, 『천 개의 파랑』, 허블, 2020. 이후 이 책의 인용은 괄호 안 쪽수로 표기한다.

이 바로 도나 해러웨이가 말한 '공-산(sympoiesis)'의 긍정적 결속이라고 할 수 있다.

천선란의 『천 개의 파랑』에 대한 연구는 최근에 집중되기 시작했는데, 주로 포스트휴머니즘과 타자성의 사유에 기대어 인간과 비인간 간의 공생에 대해 논한다. 먼저 이지은(2021)은 휴머노이드와 인간, 휴머노이드와 동물, 그리고 휠체어를 탄 인간과 경주마의 우정을 교차적으로 재현하고 있는 『천 개의 파랑』이 인간과 비-인간의 관계 맺기 방식을 바꿈으로써 다른 세계를 상상할 수 있게 만든다고 분석한다.[11] 진선영(2022)은 기계와 인간의 공존을 긍정하는 질베르 시몽동의 기술 철학적 사유와 개체화론을 원용하여 인간과 기계(유기체-비유기체) 사이에 구분이 없어지는 새로운 관계성, 즉 다층적인 관계망 속에서 생성되며 양립 불가능하고 불일치하는 것들을 연결하는 관계에 대해 논한다.[12] 한편, 이민영(2023)은 자본주의 사회에서 과학 기술에 의해 소외된 '주변적 청소년'의 수동적 삶에 주목한다. 또한 이민영은 이들이 비인간과 유대관계를 맺음으로써 삶의 결핍을 극복하고, 인간중심주의를 넘어 전체 개체의 '공진화'를 이끌어낸다고 분석한다.[13] 이와 유사하게 송다금(2023)은 '소수자성, 취약성, 동물성'의 관점을 통해 인간과 비인간 동물 간의 유대를 고찰한다. 그에 따르면 장애인과 동물은 정상 이데올로기로부터 배제된 취약성과 동물성을 공유하며, 이들은 소수자로서 공통의 몸으로 묶인다. 때문에 이들의 취약성은 인간과 동물, 즉 나와 타자가 연결되어 있음을 환기하는 타자 윤리를 성찰하게 한다고 해석한다.[14] 마지막으로 연남경(2024)은

---

11 이지은, 「위기의 지구에서 빗장bar 옮기기」, 『문학동네』 28(2), 문학동네, 2021, 561쪽 참조.

12 진선영, 「기술철학적 관점에서 본 SF 성장소설과 인간-비인간의 앙상블―천선란의 『천 개의 파랑』을 중심으로」, 『현대소설연구』 87, 한국현대소설학회, 2022, 562쪽 참조.

13 이민영, 「SF에 나타난 주변적 청소년과 '비인간'의 공진화: 천선란의 『천 개의 파랑』을 중심으로」, 동국대학교 석사학위논문, 2023, 62-67쪽 참조.

14 송다금, 「2010년대 한국 여성 과학소설의 교양교육적 함의―천선란의 천 개의 파랑을 중심

감수성의 차원에서 1960년대 김승옥의 SF와 1990년대 듀나의 SF를 거쳐 2020년대 천선란의 SF에 이르기까지 한국 SF 문학에 등장한 주체성의 변화 양상을 톺아본다. 그에 의하면 『천 개의 파랑』은 '감각하는 방식이 다를지언 정 인간과 기계 모두 감수성을 갖는 존재'라는 것을 제시한다. 이러한 '포스 트 감수성'은 감각의 주체가 인간과 비인간의 경계를 넘어 모든 감각하는 존재들로 확장된다는 점에서, 대상을 타자화함으로써 자신의 주체성을 확보 했던 기존의 진정성 주체와 결별한다. 때문에 연남경은 최근의 한국 SF 문학 은 과학소설과 일반소설, 그리고 페미니즘이 교차하는 '사변적 페미니즘'으 로서 변화의 가능성을 타진하고 있다고 평가한다.[15]

이 글은 선행 연구의 성과를 긍정적으로 공유하면서, 조금 더 나아가 기존 논의에서 다루어지지 않은 '도나 해러웨이'의 사유를 중심으로 천선란의『천 개의 파랑』이 지향하는 다종 간의 '연대'와 공-구성적인 관계성, 즉 '함께-되 기'에 대해 면밀히 분석하고자 한다. 특히 이 글은 선행 연구에서 세부적으로 고찰하지 않았던 '감옥', '파트너', '파랑'의 기표를 중심으로 텍스트가 가진 상징성과 중층적인 함의를 면밀히 분석함으로써 차별성을 두고자 한다. 이에 2장에서는 지배와 종속이 가속화된 '자본세'의 현실 속에서 비인간 타자와 인간 타자들이 공통적으로 느끼는 유폐와 구속의 감각에 대해 살펴보고, 이들이 서로에게 '소중한 타자'가 되어 반려종의 관계로 나아가는 과정에 대해 고찰한다. 3장에서는 인간과 로봇, 인간과 동물, 로봇과 동물 등 이종(異 種)의 존재들이 만났을 때 윤리적으로 요구되는 '응답-능력'에 대해 알아보 고, 한 생명을 살리기 위해 복수종의 타자들이 함께 연대하고 관계를 확장하 며 단단히 결속하는 모습에 대해 분석한다. 4장에서는 반려종의 존재자들이 공동으로 제작하는 세계, 즉 공-산(sympoiesis)의 세계를 살펴보고 이를 위한

으로」, 『교양교육연구』 17(4), 한국교양교육학회, 2023, 97-98쪽 참조.

15　연남경, 「SF를 경유한 한국문학과 감수성의 변화－진정성의 주체에서 감각하는 존재로」, 『대중서사연구』 66, 대중서사학회, 2024, 34-41쪽 참조.

구체적이고 창발적인 실천에 대해 논의한다. 또한 이러한 실천을 통해 구축되고 재세계화된 '공생적 집합체'이자, 작품의 제목이기도 한 '파랑'이 갖는 함축적 의미에 대해 분석한다.

2. 가속화된 '자본세'의 현실과 배제된 존재들의 유폐: '감옥'

　『천 개의 파랑』은 사회에서 소외된 타자들을 대상으로 위계적인 지배와 종속이 진행되고 있는 '자본세'[16]의 첨예한 현실을 배경으로 한다. 나날이

16　2000년대 초, 노벨화학상 수상자이자 대기과학자인 파울 크뤼첸(Paul Crutzen)과 생태학자 유진 스토머(Eugene Stoerme)는 인류의 행위가 통제 불가의 기후 변동을 야기하고 지구에 피할 수 없는 충돌을 만들어내는 등 거대한 '지질학적 힘'으로 부상하자 현재의 지질학적 시대를 '인류세(Anthropocene)'라고 부를 것을 제안한다. 부연하면 '인류세'라는 개념은 인류 자신이 만들어낸 화석 연료의 과도한 사용과 과학기술 문명의 폐해로 인해 온난화, 재난, 종 파괴와 멸종 등과 같은 지구 '균열' 상황과 지구 인간 생명 자체가 '절멸'에 도래했음을 경고하는 의미를 지닌다.
그러나 급진 경제학자인 데이비드 루치오(David Ruccio)와 생태맑스주의자인 제이슨 무어(Jason Moore) 등은 이러한 명명에 반대하며, 현 지구의 행성적(planetary)이고 시스템적 위기 국면을 설명하기 위해서는 '인류세' 대신 '자본세(Capitalocene)'의 개념이 필요하다고 역설한다. 제이슨 무어에 의하면 '자본세'는 시원적(始原的) 자본주의가 등장한 16세기 이후 자본의 끝없는 축적을 특별히 우선시하는 관계들로 형성된 역사적 시대를 지칭하는 것으로, 그는 현재의 전 지구적 환경체계의 급격한 붕괴와 비정상성은 본질적으로 자본주의의 폭력적이고 착취적인 관계와 불평등한 배치로부터 기인하는 것이라 주장한다.(이광석, 「'인류세' 논의를 둘러싼 쟁점과 테크노-생태학적 전망」, 『문화과학』 97, 문화과학사, 2019, 23-25, 43-44쪽 참조; 차태서, 「포스트휴먼 시대 행성 정치학의 모색: 코로나 19/기후 변화 비상사태와 인류세의 정치」, 『국제정치연구』 24(4), 동아시아국제정치학회, 2021, 36쪽 참조; 최병두, 「인류세인가, 자본세인가: 생태마르크스주의의 이론적 균열」, 『공간과 사회』 32(1), 한국공간환경학회, 2022, 137-138쪽 참조; 리즈 파텔·제이슨 무어, 『저렴한 것들의 세계사: 자본주의에 숨겨진 위험한 역사, 자본세 600년』, 백우진·이경숙 옮김, 북돋움, 2020, 60-61쪽 참조.)
천선란 역시 『천 개의 파랑』에서 자본주의를 경제 시스템으로만 보는 것이 아니라 인간과 기계, 동물, 자연과의 생명망에 중대한 영향을 끼치는 방식으로 이해한다. 자본세는 인간과 인간이 아닌 존재들의 노동을 저렴한 것으로 바꾸어 놓으면서 생태적이고 전지구적인 위기

가속화되는 자본주의 사회의 폭력적 통제 아래에 동물과 로봇 등은 주체의 자리에서 탈락하여 '비인간 타자'로 묶이게 된다. 이들 비인간 타자는 '비정상성'으로 호명되어 실제적인 삶의 현장에서 비가시화되거나, 목소리가 소거되거나, 철저하게 도구로만 이용될 뿐이다. 소설은 관절을 다쳐 더 이상 달리지 못해 안락사가 확정된 경주마 '투데이'와 하반신이 파손되어 폐기를 앞둔 휴머노이드 기수 '콜리'의 이야기로부터 시작된다. 투데이와 콜리는 인간들의 유희적 놀이인 경마에 사용되기 위해 맞춤 제작으로 탄생한 존재들이다. 비인간 타자들의 삶과 죽음을 기획하는 인간들은 비인간 존재의 안위는 전혀 고려하지 않은 채 오직 "더 빠른 속력"(134)으로 표상되는 쾌감만을 즐긴다. 한낱 욕망의 충족 수단으로 소모되고 마는 비인간의 삶은 계속해서 위협을 받게 되는데, 이때 천선란은 이러한 비인간 타자가 처한 존재론적 위기를 '갇혀있음'이라는 유폐의 감각으로 의미화한다.

① 초원지대에서 뛰놀아야 하는 말들에게 이곳은 감옥이나 마찬가지였으므로 마사는 경마공원의 어느 곳보다 채광과 배수가 좋았고 목초지에 인접해 있었다. (중략) 하지만 연재가 생각하기에 아무리 철저하게 관리한다고 해도 마사는 말들에게 **감옥**일 뿐이었다. 긴 복도를 따라 **말 한 마리가 들어갈 수 있을 만큼의 마방**이 **교도소의 방**처럼 늘어서 있었다. 좌우로 다섯 발자국씩 이동할 수 있는, **사면이 콘크리트로 된 공간**이었다.(『천 개의 파랑』, 59쪽. 강조

를 초래한다. 특히 인간과 인간 이외의 생명을 '저렴한 자연'으로 복속시키는 자본세의 전략으로 인해 많은 생명의 희생이 필연적으로 뒤따르게 되지만, 자본세에서 이는 '절멸'된 것이 아니라 단지 '개발'된 것에 불과하다. 『천 개의 파랑』에서도 자본과 개발의 논리에 따라 상품처럼 생명이 선택되거나 삭제되고, 죽음이 확률로 계산되는 자본세의 모습이 잘 드러난다. 예를 들어 소설에서 정부는 휴머노이드 제작에 쏠린 탓에 소방관의 다른 장비를 교체해줄 예산이 부족해지자, 소방관의 생명을 보호하는데 필수적인 소방복을 새것으로 교체해주지 않는다(84). 이는 결국 은혜와 연재의 아버지인 소방관이 희생되는 것으로 귀결된다. 이 사건은 자본과 개발의 논리를 생명의 가치보다 우선시하여 생명이 삭제되어버린 자본세의 모습에 해당한다.(리즈 파텔·제이슨 무어, 위의 책, 60-61쪽 참조.)

및 밑줄 인용자)

② 다시 눈을 떴을 때에는 **시멘트로 삼면이 가로막힌 방 안**이었다. 거기에는 창이 없었다. <u>문은 철창으로 되어 있었고 방은 서 있거나 쭈그려 앉을 수는 있지만 가로로 눕거나 다리를 펴서 앉을 수는 없는 크기였다.</u> 벽에 달린 에너지 충전선은 콜리의 뒷목과 연결되어 있었다.(『천 개의 파랑』, 14쪽. 강조 및 밑줄 인용자)

인용문 ①, ②와 같이 천선란은 투데이와 콜리가 머무르고 있는 공간을 "감옥"으로 표상하여 자본세의 사회에서 자유를 박탈당하고 끝내는 어둠 속에 감금되는 비인간 타자들의 '현존'을 형상화한다. 위 ①, ②의 지문에서 감옥과 교도소와 시멘트로 삼면이 가로막힌 방은 서로 등가의 의미를 갖는다. 이것은 생명에 대한 성찰이 부재한 채 비인간의 몸에 가해지는 학대가 아무렇지도 않게 일어나는 현 자본주의의 극단을 보여주는 기표로 작용한다. 동시에 작가는 좁은 감옥이 갖는 상징성을 통해 손가락 하나 까딱할 수 없는 구속의 감각을 효과적으로 의미화하고, 인간과 비인간 타자 간에 성립되는 우열의 계급적 함의를 계속해서 상기시킨다.

나아가 좁은 감옥에서 제대로 쉴 수 없었던 투데이가 관절을 다쳐 더 이상 달릴 수 없게 되자 곧바로 안락사를 명하는 인간의 모습은 자본세를 관통하는 인간 중심의 폭력적 권력 구조를 환기하게 한다. 천선란은 자본주의 사회에서 '사용 가치'를 인정받지 못한 존재들은 곧바로 죽음에 노출되어 버리는 비윤리적인 상황을 폭로하고 있는 것이다. 주목할 것은 이 작품에 등장하는 인간 타자들 역시 투데이와 콜리와 마찬가지로 '감금'과 '고립'의 감각을 겪고 있는 것으로 그려진다는 점이다.

③ 은혜에게 <u>집 밖 세상</u>은 맵이 어떻게 바뀔지 모르는 **서바이벌 게임**이었다.

<u>주된 **공격은 시선**이었고, 들어가지 못하는 가게들</u>이 배경으로 지나갔으며, 가방에는 HP 회복을 위한 식량과 물이 구비되어 있었다.(『천 개의 파랑』, 96쪽. 강조 및 밑줄 인용자)

④ 때마침 흘러나오는 TV 프로그램 속 <u>**사육장에 갇힌 북극곰**</u>의 표정이 딱 저랬다. 아니다. <u>**열정 없는 사육사의 표정**</u>에 더 가깝다. 지루하게 사육장에 갇힌 북극곰을 쳐다만 보고 있는.(『천 개의 파랑』, 226쪽. 강조 및 밑줄 인용자)

⑤ 말들이 불쌍하다고 해서 민주가 할 수 있는 일은 없었다. 돈이 되지 않는 말들을 경마장 측에서 계속 보살핀다면 그건 경마장의 손해였고, 그렇게 경마장 운영이 어려워지면 그 역풍은 민주에게 닿을 거였다. 민주는 말들의 관리인이 아니고 보이지 않는 <u>**마장에 갇힌 또 다른 말**</u>이었다.(『천 개의 파랑』, 218쪽) (강조 및 밑줄 인용자)

장애인인 은혜에게 '세상'은 그의 삶과 죽음을 가로지르는 하나의 거대한 전쟁터와 같다. 이동하려면 휠체어를 반드시 타야만 하는 그에게 휠체어는 오히려 버스와 지하철, 인도와 계단을 자유롭게 이용하지 못하게 만드는 장해물이 된다. 물론 은혜는 휠체어 대신 생체적합성 소재로 인체와 똑같은 새 다리를 만들 수도 있었다. 그러나 남편의 죽음 이후 생계를 유지하기가 어려워진 보경(은혜의 엄마)은 남편의 사망보험금으로 은혜에게 새로운 다리를 만들어주는 대신 식당을 운영해야만 했다. 경제적인 이유로 휠체어를 탈 수밖에 없었던 은혜는 이로 인해 자신이 "기술의 발달 과정에서 철저하게 삭제되었다."(221)고 일갈한다. 아무리 기술이 고도로 발달한다고 하더라도 기술을 사용하는 값을 지불하지 못해 기술에 접근할 수조차 없는 무산자(無産者)에게 그 기술은 오히려 존재를 도태시키는 포식자에 불과하게 된다.

정상성을 보편규범으로 삼는 사회적 시각에서 장애가 있는 은혜의 신체는 다수의 신체와 다르다는 이유만으로 비정상성으로 규정된다. 그래서 ③, ④의 인용문에서 알 수 있듯 "집 밖 세상" 사람들의 "시선"은 은혜를 공격하는 적(敵)이 된다. 이러한 제한적 여건 속에서 은혜는 마침내 집 밖으로 나가기를 포기하고 집 안에 하염없이 머무르게 된다. 은혜에게 '집'은 하나의 감옥이자 "사육장"이 되고, 이것은 "사육장에 갇힌 북극곰"이 함의하는 유폐의 감각으로 의미화되는 것이다. 그리고 이 과정에서 은혜의 동생인 연재 역시 '사육장에 갇힌 북극곰'을 돌보아야 하는 "열정 없는 사육사"가 되어버린다. 장애가 있는 가족을 돌봐야 했던 연재는 은혜와 마찬가지로 집에 갇혀버린 '구속'의 경험을 고스란히 겪어야 했던 것이다.

고도로 발달한 자본세의 시스템에서 거대한 자본의 위력에 예속될 수밖에 없는 민주(말 관리사) 또한 그의 삶과 죽음이 자본의 유무에 의해 결정된다. 때문에 인용문 ⑤에서처럼 민주는 투데이와 마찬가지로 "마장에 갇힌 또 다른 말" 신세가 된다. 이를 통해 알 수 있는 것은 동물과 로봇과 같은 '비인간 타자', 그리고 신체적 약자, 경제적 약자로서 '인간 타자'로 묶인 이들에게 지금-여기 '자본세'의 현실은 그 자체로 커다란 감옥으로 작동한다는 점이다. 종합하면, 천선란은 '감옥'의 기표를 통해 자본세의 세계 속에서 콜리와 투데이 뿐만 아니라 은혜, 연재, 민주가 가진 '비인간/인간 타자'의 존재성을 유표화한다.

그러나 아이러니한 것은 이 거대한 감옥에서 비인간/인간 타자들은 서로에게서 '소중한 타자성(significant otherness)'을 발견하고, '반려종'이 되어 상호 의존하며 상처를 치유해 나간다는 점이다. 먼저 콜리는 인간 직원의 실수로 잘못된 소프트웨어 칩이 삽입되는 바람에 다른 기수 휴머노이드와 달리 지능과 학습 능력을 갖추게 된다. 이러한 능력으로 인해 콜리는 하늘을 바라보는 것을 좋아하고, 투데이의 건강과 행복을 우선시하는 휴머노이드가 된다. 무엇보다도 콜리는 투데이의 호흡과 몸의 떨림을 통해 투데이가 주로를 달리는 동안 그가 기뻐한다는 것을 포착하고 기억한다. '투데이가 행복하다면 콜리

자신도 함께 행복해진다는 사실'(261) 역시 깨닫게 된다. 중요한 것은 그가 민주에게서 배운 대로 투데이의 목덜미를 쓸어내리며 투데이와 교감을 나누는 장면에 있다. 콜리는 "투데이와 달리는 순간만큼은 저도 호흡하고 있어요. 투데이의 호흡에 맞춰서…"(28)라고 진술한다. 이때 "호흡"이라는 기표는 도나 해러웨이가 언급한 "환원 불가능한 차이를 넘어 이루어지는 소통"[17]이자, '공동의 삶'을 통해 다 같이 행복해지는 '함께-되기'의 '반려종 관계'를 표상하는 장치라고 할 수 있다.

도나 해러웨이는 '어질리티(agility) 경기'[18]의 예시를 들며, 인간과 동물은 '관계'를 통해 서로에 대한 권리를 구축 및 확보할 수 있고 '종 공동의 성취'를 통해 함께 만족에 도달하고 함께 성장하며 함께 행복을 발견한다고 말한다.[19] 이것이 바로 반려종으로서 '함께-되기(becoming-with)'의 관계 맺음이라고 할 수 있는데, 이는 소설 속에서 '투데이는 달릴 때 행복을 느끼고, 콜리 또한 투데이와 호흡을 맞추며 달릴 때 비로소 자신도 살아있다고 느끼는 장면'(28)과 중첩된다. 즉, 투데이와 콜리는 '행복'을 공유하는 반려종 관계가 되어 서로에 대한 점유를 토대로 공동의 성취를 이루며, 하나의 호흡으로 함께 성장하고 함께 행복해지는 삶을 사는 것이다. 요컨대, '투데이와 콜리'의 삶은 서로의 삶에 밀접히 기대고 있는 것이라 할 수 있다. 투데이와 콜리의 이러한 '함께-되기'가 현시하고 있는 것은 지구의 모든 존재자들의 삶 또한 다른 존재자들의 삶과 서로 얽혀있으며, 반려종으로서 한 존재의 '행복'은 다른 존재들의 행복과 함께 연루되어 있을 때 진정으로 느낄 수 있다는 것이다. 한 존재자의 '살아있음'은 다른 존재자의 '살아있음'과 공유될 때 비로소

---

17   도나 해러웨이(2022a), 앞의 책, 176쪽.

18   개와 사람이 함께하는 장애물 경주로, 지정된 코스를 사람의 안내에 따라 개가 정확하고 빠르게 통과해야 하는 경기이다. 개의 민첩성이 경기의 승패에 중요하기 때문에 사람과 개의 호흡이 매우 잘 맞아야 성공적으로 해낼 수 있다.(위의 책, 116쪽 참조.)

19   위의 책, 180-181쪽 참조.

성립되는 것이기 때문이다.

⑥ 연재. 성은 '우'씨. <u>그러니까 우연재.</u> 이 이름은 투데이만큼이나 내게 중요하다. **나의 구원자이자 나를 선택한 세계.** (중략)

나와 투데이를 경마장에 다시 서게 한 이는 연재다. 연재는 두 번째 기적을 만든, 아주 평범하지만 특별하고 용감한 인간이다.(『천 개의 파랑』, 10쪽. 강조 및 밑줄 인용자)

⑦ 콜리가 옆에 있어 연재는 홀로 있다는 기분이 들지 않았다. 콜리에게는 생명체가 가진 체온이 없었다. <u>그럼에도 **콜리는 언제나 이곳에 함께 있음을 느끼게 해주는 존재**였다.</u>(『천 개의 파랑』, 332쪽. 강조 및 밑줄 인용자)

콜리와 연재 역시 존재와 존재가 맺는 관계에서 만들어진 '반려종'이자 서로에게 '소중한 타자(significant other)'가 된다. 연재는 마방의 짚더미 위에 하반신 없이 누워있던 콜리가 하는 '말'을 듣고 그가 독특하다고 생각해 자신의 전 재산인 80만 원을 주고 그를 집으로 데려온다. 연재는 콜리에게 다리를 새로 제작해주며 콜리와 대화를 나누게 되는데, 이때 연재는 콜리와의 관계 맺음을 통해 상호 작용하며 이전과는 전혀 다른 새로운 삶을 구성해나간다. 자본세 속 냉혹한 현실 속에서 취약한 존재들은 '함께 있음'을 통해 서로의 취약함을 돌보며 비로소 그들과 함께 자신의 불안을 치유하고, 안정감과 소중함, 살아있음의 감각을 느낄 수 있었기 때문이다.

위의 인용문 ⑥, ⑦에서 알 수 있듯 콜리는 연재에게, 또 연재는 콜리에게 서로 소중하고 중요한 타자로 위치한다. 각각의 존재는 상대를 상호적으로 '감염'시키고, 자신의 세계를 상대와 '공-구성적'으로 제작하는 '함께-되기'의 관계가 된다. 서로의 삶에 깊숙이 참여하고 파트너와 더욱 단단하게 얽히고설키는 '함께-되기'는 종 간의 필연적 충돌과 갈등을 배제하지 않으면서 서로 간의 성장과 변화를 유도한다. 이와 같은 혼종적이고 집합적인 관계는 은혜와 투데이의 관계, 보경과 콜리의 관계 등에서도 찾아볼 수 있다. 나아가 이러한 '함께-되기' 관계성의 실천은 계속된 매듭의 확장을 통해 민주, 지수, 복희 등 각 존재자들 사이에서 방사형의 형태로 뻗어나가게 된다.

3. '응답-능력'의 실행과 '친척 만들기'의 긍정적 결속: '파트너'

『천 개의 파랑』은 인간과 동물, 인간과 로봇뿐만 아니라 로봇과 동물 사이를 포함하는 '비인간 타자들' 간의 복수적이고 이종적(異種的)인 관계 맺음을 재현함으로써 경계를 횡단하는 초월적인 '연대와 결속'을 보여주는 작품이다. 도나 해러웨이는 서로 다른 종과 종이 만나 서로에게 가장 소중한 타자로 조우하게 될 때 반드시 종(種) 간의 '응답-능력(response-ability)'이 필요하다고 역설한다. 도나 해러웨이는 책임(responsibility)을 응답(response)+능력(ability)으로 재의미화한다. 그래서 반려종으로 '함께-되기'를 실천하고 있는 상대에 대한 '책임'은 곧 "그가 원하는 것이 무엇인지 최선을 다해 주의를 기울이고 그것에 응답할 수 있는 능력"[20]과 등치된다. 이때 이 응답 능력은 상호 간에 '연결된 타자성(otherness in connection)'을 이해하고, 이를 통해 상대가 누구이며, 그가 우리에게 무슨 말을 하고, 무엇을 원하는지 민감하게 알아차리는 것과 긴밀히 연결된다.[21] 또한 이러한 응답-능력은 상대에 대한 호기심과

---

20 최유미, 앞의 책, 43쪽.

21 도나 해러웨이는 다른 종과 관계 맺기가 가능해지기 위해서는 '종간의 응답-능력'을 기를 것을 제안한다. 이를 위해서는 나와 상대 사이에 연결된 타자성을 인정하고 '그가 우리에게 무슨 말을 하는지 이해하는 법'을 학습해야 한다. 다시 말해 응답-능력을 기르기 위해서는 다른 종을 이해하려는 개방성이 필요한데, 그 방법으로는 방문하러 가기, 미증유의 비출생적인 친족을 만나는 뒤섞인 경로를 모험하기, 대화를 시작하기, 흥미로운 질문을 제기하고 응답하기, 예기치 않은 것을 함께 제안하기 등을 수행하는 방식이 있다.(도나 해러웨이

존중과 상호 신뢰에서 나오기 때문에 상대를 책임 있게 대하고자 하는 태도를 의미한다.

소설에서는 이러한 다종 간 '응답-능력'이 콜리와 인간 사이에서 성립되는 '대화'와 '언어'의 유비를 통해 암시적으로 제시된다. 작품 속에서 콜리는 다른 종(種)인 연재, 보경, 은혜, 민주 등으로부터 주의 깊게 이야기를 듣고, 그들에게 자주 되묻는다. 이는 대화하고 소통하며 자신과 완전히 다른 종에 대한 정보를 학습하고자 하는 목적도 있지만, 한편으로는 다종 간 관계 맺기에 필요한 '응답-능력'을 다하는 것이라고 해석될 수 있다. 보통의 인간 간의 관계에서는 보이지 않던 것들이 콜리의 시선과 콜리의 언어를 거치며 하나둘 새롭게 '발견'되기 때문이다.[22]

① 보경은 콜리에게 사사로운 것까지 내뱉은 자신의 말을 후회했는데, 그때 거부감이 한 꺼풀 벗겨졌다는 것은 알지 못했을 것이다. 하지만 콜리는 보았다. 자신이 쓸데없는 이야기를 꺼냈다며 말을 무르는 보경의 표정에서 이전에는 보지 못했던 소량의 편안함을 발견했다. 콜리는 이를 통해 한 가지 방법을 습득했다. **대화**다. 대화를 많이 할수록 보경에게 깔려있던 부정적인 감정들이 표피같이 얇게 한 꺼풀씩 벗겨졌다.

보경의 얼굴에서 그것들을 전부 벗겨내기 위해서는 얼마나 많은 대화를 나누어야 할까.(『천 개의 파랑』, 205-206쪽. 강조 및 밑줄 인용자)

② 콜리의 말처럼 시간을 다시 흐르게 하려면 행복으로 그리움을 이겨내듯이

(2022a), 앞의 책, 173쪽 참조; 현남숙, 「D. 해러웨이의 다종적 생태정치: '함께-되기'와 '응답-능력'을 중심으로」, 『한국여성철학』 35, 한국여성철학회, 2021, 91-92쪽 참조.) 그래서 이 '응답-능력'은 전통 윤리의 '타자의 고통에 대한 책임'과는 구분된다.(현남숙, 위의 글, 90쪽 참조.)

22　이지은, 앞의 글, 565쪽 참조.

현재의 시간도 흐르게 해야 했다. 그날에 함께 묶여 나아가지 못한 관계부터 풀어내면 되지 않을까.(『천 개의 파랑』, 288쪽. 밑줄 인용자)

인용문 ①, ②에서 알 수 있듯, 보경의 말과 경험들은 콜리의 '언어'를 통과하며 재해석되고, 콜리에 의해 민감하게 포착되어 새로운 깨달음으로 의미화된다. 과거의 기억에 묶이고 만 보경이 내내 지니고 있던 괴로운 "그리움", 사랑하는 이에 대한 애도에 실패하여 "속에 쌓인 슬픔들"(278), 현실적 간극 때문에 차마 전달하지 못했던 미안함 등은 콜리와의 '대화'와 '관계-맺기'를 통해 다시 보이고(re-look) 다시 써지며(re-write) 새로운 의미를 획득하게 된다. 그리고 이를 통해 보경은 '가슴 속에 비린 것으로 고여있기만 했던 시간들'을 현실 속에서 직시할 수 있게 된다. 보경은 콜리의 응답을 듣고 나서야 그동안 멈춰있었던 자리에서 천천히 '속도'를 올리며 앞으로 한 발짝 나아갈 수 있게 되는 것이다.[23]

반대로 콜리 역시 보경의 응답을 통해 투데이의 문제를 해결할 실마리를 얻게 된다. "행복한 순간만이 유일하게 그리움을 이겨."(205)라는 보경의 말은 안락사를 앞둔 투데이가 단 며칠만이라도 달리게 하여 그가 진정으로 행복해할 시간을 갖게 하는 것이 진정한 해결책임을 깨닫게 만든다. 이처럼 '함께-되기'의 관계 맺음은 '응답-능력'을 통해 양방향으로 서로를 이해하고, 서로를 전염시켜 깊은 영향을 주고받으며, 종과 종 사이의 경계를 흐리게 한다. 요컨대 '응답-능력'은 '인간과 다른 존재들의 이야기에 자신의 감각을 조율시켜가는 윤리적이고 생태적인 역량'[24]이라고 할 수 있는 것이다.

---

23 "멈춘 상태에서 빠르게 달리기 위해서는 순간적으로 많은 힘이 필요하니까요. 당신이 말했던 그리움을 이기는 방법과 같지 않을까요? 행복만이 그리움을 이길 수 있다고 했잖아요, 아주 느리게 하루의 행복을 쌓아가다 보면 현재의 시간이, 언젠가 멈춘 시간을 아주 천천히 흐르게 할 거예요."(286)

24 이영배, 「손상된 지구에서 레퓨지아 만들기─공동체문화 실천의 인문생태학적 비전」, 『호남학』 72, 호남학연구원, 2022, 43쪽 참조.

콜리의 '응답-능력'은 비언어적인 것으로도 발휘된다. 콜리는 투데이가 달리고 있을 때 '온몸의 떨림'으로 그가 그 순간 가장 행복해한다는 것을 알아차린다. 반대로 투데이가 빨리 달리고 있어도 그의 속은 고요하기만 할 때, 콜리는 투데이가 행복해하지 않고 아파하고 있으며 이대로는 투데이가 죽을 수밖에 없다는 것을 인지하게 된다. 그래서 이러한 그의 '응답-능력'은 마침내 "투데이를 지켜야 한다"(31)는 강한 책임 의식으로 이어진다. 책임은 응답할 수 있는 능력에서 자라나기 때문이다.[25]

③ "당신이 나를 고쳐주듯이 투데이를 고쳐줄 수 있나요? 부탁드릴게요." (『천 개의 파랑』, 211쪽)

④ "저는 투데이를 살리고 싶어요. 제 **파트너**이니까요."(『천 개의 파랑』, 231쪽. 강조 및 밑줄 인용자)

⑤ 하지만 내게는 두려움이 없고 미련이 없다. 오로지 말을 살려야 하고 행복하게 해야 한다는 존재 자체의 이유만이 있을 뿐이다. 투데이의 심장이 뛴다. 다시는 달리지 못할 줄 알았던 말이 비로소 느끼는, 제2의 삶이 박동으로 전해진다. 더 빨리, 더 빠르게. 설령 무릎이 완전히 망가진다고 할지라도 투데이는 더 빠르게 뛰고 싶어 한다. 다시 달릴 수 있는 자유를 만끽하기 위해서.
나는 그때 투데이에게서 떨어졌다.
두 번째 낙마였다.(『천 개의 파랑』, 354쪽)

콜리는 관절을 다쳐 경주마로서의 가치를 상실한 투데이가 곧 안락사를

25 　김애령, 「다른 세계화'의 가능성: 해러웨이의 「반려종 선언」 읽기」, 『코기토』 92, 부산대학교 인문학 연구소, 2020, 23쪽 참조.

당하게 된다는 말을 듣고, 인간들에게 투데이를 살리고 싶다는 강력한 의지를 전달한다.(인용문 ③) 이는 반려종의 관계에서 비롯된 '책임 의식'과 등치된다. 이때 콜리가 지닌 '반려종'이라는 관계성과 그에 따른 '책임 의식'은 인용문 ④에서처럼 소설 속에서 "파트너"라는 핵심 기표로 반복해서 재현된다. "동반자"(156), "교감"(17), "닮아가고 있다"(29)는 기표 역시 투데이와 콜리의 '함께-되기의 정체성'과 '윤리적 책무'를 동시에 함의한다고 할 수 있다. 그리고는 인용문 ⑤와 같이 콜리는 투데이가 더 빠르게 뛰고 싶어하는 자유에의 갈망을 포착하여 투데이의 행복을 위해 기꺼이 그 자신을 희생한다. 이것은 콜리의 '투데이를 향한 강한 응답-능력'이자 '책임 의식'으로부터 나온 것이라고 할 수 있다. 이 둘은 하나가 아니지만, '함께 살아감'으로써 비로소 존재할 수 있게 되는 존재자이기 때문이다.

천선란은 콜리와 투데이가 존재 그 자체로 인정받지 못하고 한계가 없는 인간의 탐욕에 의해 생명이 소비되는 서사를 제시하여, 이 사회가 비인간 타자들에게 자행하고 있는 '죽임'의 폭력을 표면화하기도 한다. 그는 투데이가 생명에는 지장이 없는 사소한 부상을 입었음에도 단지 달리지 못한다는 이유만으로 그의 생명을 박탈하는 자본주의 사회의 잔혹한 시스템을 고발한다. 이러한 사유는 어떤 생명이든 "죽여도 되게 하지 말 것(Thou shalt not make killable)"[26]을 주장하는 도나 해러웨이의 전언과 맞닿아 있다고 할 수 있다. 도나 해러웨이는 인간종에 의한 종 학살(種 虐殺)이 만연하는 이 시대에 인간종은 다른 종의 '죽임'을 당연하게 받아들여서는 안 되며, 오히려 그 '죽임'의 책임을 진정으로 감당해야 한다고 역설한다.[27] 동시에 그는 유한성의 존재인 인간은 "실패에 대한 가능성을 열어두고 더 잘 살고 잘 죽기, 최대한 잘 기르고 잘 죽이기"[28]에 대해 끊임없이 고민해야 하며, 어렵고 불확

---

26   도나 해러웨이(2022a), 앞의 책, 288쪽.

27   김애령, 앞의 글, 24쪽 참조.

실한 '죽임'의 책임을 받아들이는 것이야말로 현시점에서 우리가 실천해야 할 책무라고 주장한다. 이는 "인간이 주류가 아니라, 동식물이 주류였다면 지구의 수명은 지금보다는 더 길었을"[29] 것이라는 천선란의 반성적 주제 의식과도 상통하는 것이라고 볼 수 있다. 그래서 소설 밖 현실에서 실제로 벌어지고 있는 경주마의 안락사 문제는 천선란의 '투데이 이야기'로 되살아나 우리의 현실을 돌아보게 하고 우리에게 비인간 타자들을 향한 응답-능력과 무차별적으로 벌어지는 '죽임'에 대한 책임을 갖출 것을 촉구한다.[30]

> 서진과 민주, 그리고 복희까지, 은혜와 연재는 퀘스트를 깨는 것처럼 일을 진행했다. 둘은 서로를 꽤 괜찮은 파트너라고 생각했지만 둘 중 누구도 그 사실을 입 밖으로 꺼내지는 않았다.
> <u>"우리는 좋은 **파트너**인 것 같아요."</u>
> 오직 콜리만이 그 사실을 입 밖으로 꺼낼 뿐이었다.(『천 개의 파랑』, 263쪽. 강조 및 밑줄 인용자)

마지막으로 천선란은 투데이의 생명을 살리기 위해 로봇과 인간이라는 복수종의 행위자들이 그들의 관계를 확장해가며 함께 연대하고 결속하는 모습을 보여준다. 투데이의 안락사를 이틀 앞두고 인간과 로봇을 포함한 다종적 행위자들은 함께 모여 투데이의 삶을 사수할 작전을 모의한다. 콜리는 투데이를 다시 주로에서 달리게 하자고 제안한다. 그러나 그것은 투데이에게 엄청난 고통을 주는 동시에 오히려 그의 수명을 단축할 가능성이 큰

---

28   도나 해러웨이(2022a), 앞의 책, 281쪽.

29   유슬기, 「SF계의 경이로운 소문 《천 개의 파랑》 작가 천선란, 하나의 파랑이 되어」, 『top-class』, 2021년 6월호. 2021.05.26. https://topclass.chosun.com/news/articleView.html?idxno=5755, 접속일: 2024.3.25.

30   "죽느냐 사느냐의 문제가 아니다. 죽이느냐 마느냐의 문제였다."(218)

위험한 계획이었다. 그러나 콜리는 투데이가 감옥같이 좁고 사방이 막힌 마방에 갇혀서 죽음을 기다리느니, 주로를 달리게 하는 것이 훨씬 더 행복해할 것임을, 그것이야말로 진정으로 '살아있음'을 느끼게 될 것임을 잘 알고 있었다. 이에 콜리와 인간들은 투데이의 목숨을 구하기 위해 이해 관계자들을 찾아 다니며 다양한 교섭과 설득, 협박까지 동원하여 다양한 행위자들의 참여를 끌어낸다.

이러한 집합적인 연대와 접합은 인간과 로봇으로 구성된 이종적(異種的) 네트워크가 마치 도나 해러웨이가 주장한 '친척 만들기'처럼 관계성이 확장되고 재구성되는 과정을 연상하게 한다. 도나 해러웨이는 '모든 크리터들은 수평적으로, 기호론적으로, 계보상으로 공통의 '육신'을 공유하며, 지구에 사는 모든 것이 가장 깊은 의미에서 친척'[31]이 된다는 사유를 제시한다. 따라서 투데이의 생명을 구하기 위해 다종적으로 연결되고 연루된 모든 존재자들은 투데이와 밀접하게 얽히며 넓은 의미에서 투데이의 '친척'이 된다고 할 수 있다. 어떤 대가 없이 오직 하나의 생명을 구하고자 모인 로봇과 인간 공동체의 모습은 "가장 다정한 것들이 반드시 핏줄로 엮인 친척은 아니"[32]라는 해러웨이식의 친척 개념을 잘 반영하는 표상이 된다. 그래서 콜리가 정의하는 "파트너"의 기표는 도나 해러웨이의 '확대된 친척'으로 다시 한번 재의미화된다. 이들이 구축하는 연대와 결속은 복수의 협력자들과 함께-구성하고 함께-만들어가는 과정이기 때문이다.

---

31   도나 해러웨이(2022b), 앞의 책, 178쪽.
32   위의 책, 같은 쪽.

4. '공-산(sympoiesis)'의 창발적 실천과 공생적 집합체로의 '재세계화': '파랑'

천선란은 『천 개의 파랑』에서 다른 세계를 상상하는 작업을 수행하기 위해 '공-산'에 해당하는 창발적 실천의 양상을 구체적으로 제시한다. 도나 해러웨이에 따르면, '공-산(sympoiesis)'[33]은 복수종의 존재자들이 함께 모여 세계, 지구상의 생명체들, 친족 등을 공동으로 제작하는 것을 의미한다.[34] '공-산'은 기존의 연결 방식을 해체하고, 인간과 동물, 인간과 로봇, 로봇과 동물, 그리고 인간과 인간 사이의 '관계 맺기 방식'을 새롭게 바꾸는 것과도 연관된다.[35] 그래서 '공-산'은 반려자들과 '함께 세계짓기(worlding-with)'를 의미하기도 한다.[36]

① 동물들이 살 수 있는 네트워크가 아예 존재하지 않아요. 이걸 해결하기 위해서는 <u>어떤 부분을 고치는 게 아니라 **처음부터 아예 다시 프로그래밍을 해야 된다**</u>는 말이에요.(『천 개의 파랑』, 157쪽. 강조 및 밑줄 인용자)

② 주원은 대화를 나누다가도 인도로 올라가는 길목에서는 <u>자연스럽게 **걸음을 멈춰 은혜를 기다렸다.**</u>(『천 개의 파랑』, 180쪽. 강조 및 밑줄 인용자)

---

33 '공-산'은 '심포이에시스(sympoiesis)'의 번역어로, '심(sym)'은 '함께'를 의미하고, '포이에시스(poiesis)'는 제작, 산출, 생산을 의미한다.(김은주, 「인간중심주의를 넘어 반려종으로 존재하기를 생각하다」, 『안과 밖』 49, 영미문학연구회, 2020, 363쪽 참조.)

34 도나 해러웨이, 「인류세, 자본세, 대농장세, 툴루세: 친족 만들기」, 김상민 옮김, 『문화과학』 97, 2019, 169쪽 참조; 최유미, 앞의 책, 67-68쪽 참조.

35 그래서 이러한 '공-산'은 다종 간의 연대와 결속뿐만 아니라 충돌과 갈등, 즉 트러블을 전제하고 있어 언제나 긍정적이거나 평화롭지만은 않다.

36 현남숙, 앞의 글, 87쪽 각주 재인용.

③ 지수가 전동킥보드의 **속력을 가장 느리게 조절해** 연재가 걷는 속도와 맞췄다. 연재는 포기하고 지수와 나란히 걸었다.(『천 개의 파랑』, 115쪽. 강조 및 밑줄 인용자)

④ 우리는 모두 **천천히 달리는 연습**을 할 필요가 있다.(『천 개의 파랑』, 349쪽. 강조 및 밑줄 인용자)

천선란은 소설 속에서 경주마 투데이와 휴머로이드 기수인 콜리의 이야기를 통해 자본주의의 극단에 종속된 사회 체계가 어떻게 비인간 타자들의 삶과 죽음을 재단하고 함부로 삭제하는지에 대해 낱낱이 폭로한다. 나아가 그는 이 세계의 폭력과 모순으로부터 생명의 절멸을 막기 위해서는 인용문 ①과 같이 "처음부터 아예 다시 프로그래밍을 해야"한다고 주장한다. 이때 그가 목적하는 '처음부터 아예 다시 프로그래밍을 하는 것'은 도나 해러웨이가 제시하는 "재세계화(reworlding)"[37]의 개념과 밀접하게 부합된다. 도나 해러웨이는 "잘 살고 잘 죽기 위해, 인간 중심적으로 구축된 파괴적이고 폭력적이며 무책임한 세계를 다양한 종들과 '함께 만드는' 세계로 재구축할 수 있기를 희망한다."[38] 그러기 위해서는 망가지고 오염된 현 세계에서 벗어나 인간과 자연의 관계를 재설정하는 작업이 필요하다고 역설한다.

이에 천선란은 세계를 공동제작(sympoiesis)하고 재세계화하는 창발적 실천 방안으로 '속도'의 반대항인 "천천히"를 전면에 내세운다. "사람들은 빠른 속도에 환호했고 그 속도를 선망했다."(37)의 언술에서 알 수 있듯이, 현시대에서 '속도'는 곧 힘이자 권력이다. 또한 '속도'는 "추월할 만큼의 빠른 속도"(35)에서처럼 경쟁에서 타자를 제치고 이기는 것을 표상하는가 하면, "레이싱

---

37 도나 해러웨이(2022a), 앞의 책, 277쪽.
38 김애령, 앞의 글, 23쪽.

같은 속도의 쾌감"(53)과 같이 끝을 모르는 인간의 탐욕과 쾌락을 함의하기도 한다. 그래서 '속도'는 일종의 '폭력'과 '강압'으로 의미화된다. 이 속도를 견디지 못하는 인간은 소리 없이 도태되고 삭제되기 때문이다. 그러나 천선 란은 작품 속에서 이러한 '빠른 속도'의 위험성을 경고하며 위의 인용문과 같이 창발적 실천의 하나로 '천천히'의 재해석을 도출한다.

먼저, 지구상의 모든 존재자들이 공존·공생하기 위해서는 투데이와 콜리가 그랬던 것처럼 서로의 속도를 조절하여 호흡을 맞추어야 한다. 그래서 인용문 ②와 ③처럼 걸음을 잠시 '멈추거나' 속력을 '가장 느리게' 조절하여 상대와 보폭이 맞게끔 기다려야 한다. 천선란은 ④와 같이 우리는 "모두 천천히 달리는 연습"이 필요하다고 말하며 직설적으로 '느린 속도'를 재맥락 화한다. '천천히'는 필연적으로 상대와 호흡을 맞추고 함께 보폭을 맞추는 수행을 요구한다는 점에서 다종 간에 함께 얽히며 살아가기 위한 필수적 요건이 된다. 그래서 '천천히'는 '함께'의 다른 말이자 '함께-되기'의 과정을 함축한 실천 방안이 된다. 동시에 '천천히'라는 기표는 한계 없는 가속화를 부추기는 자본세의 지배적 영향력에 '균열'을 내고, 폭력에 맞서 저항의 목소 리를 '발화'하게 만드는 장치가 되기도 한다. '느린 것'은 더 이상 도태와 배제의 속성이 아니라, 소중한 생명 하나하나가 삶을 누릴 수 있게 하는 필수 요건이 된다. 요컨대, 천선란은 우리 모두 '천천히' 달리는 연습을 하는 것이야말로 '재세계화'를 위한 '공산'의 실천 행위가 된다고 설파한다.

⑤ 하늘은 매일, 매시간 색과 모양이 바뀌었다. **하늘은 파란색이었지만 가끔 보라색이나 분홍색, 노란색, 회색이 섞이기도 했다.** <u>그렇게 섞인 색</u>을 뭐라고 표현해야 할지 몰라 콜리는 '파랑분홍'이나 '회색노랑'으로 단어를 합쳐서 불렀다. 세상에는 단어가 천 개의 천 배 정도 더 필요해 보였다. (중략) **다양한 하늘이 존재했지만** 콜리는 그중에서도 구름이 선명한 날을 좋아했다. 여기서 '좋아했다'는 더 자주, 더 오래도록 하늘을 바라봤다는 뜻이다. **구름은 제각기 다른**

<u>**형태로 뭉쳐 있었으며 저마다 두께감이 달랐다.**</u> 하늘이 평면이 아니라 공간이라는 것을 알려주는 존재였다.(『천 개의 파랑』, 21쪽. 강조 및 밑줄 인용자)

⑥ 천 개의 단어만으로 이루어진 짧은 삶을 살았지만 처음 세상을 바라보며 단어를 읊었을 때부터 지금까지, 내가 알고 있는 천 개의 단어는 모두 하늘 같은 느낌이었다. 좌절이나 시련, 슬픔, 당신도 알고 있는 <u>**모든 단어들이 전부다 천 개의 파랑**</u>이었다.

마지막으로 하늘을 바라본다. <u>**파랑파랑하고 눈부신 하늘이었다.**</u>(『천 개의 파랑』, 354쪽. 강조 및 밑줄 인용자)

결국 이러한 모든 과정을 통해 『천 개의 파랑』에서 천선란이 지향하고 있는 '재세계화'의 공간은 바로 "파랑"이라고 할 수 있다. 도나 해러웨이가 강조했듯이, 천선란은 소설 속 이야기를 통해 콜리가 아름답다고 여겼던 '파랑'의 세계를 새롭게 구축하고자 하는 것이다. 그렇다면 '파랑'은 궁극적으로 무엇을 함의하는가? 먼저 인용문 ⑤를 보면, '파랑'은 하늘의 색이다. 콜리의 독백에서 알 수 있듯, 콜리는 감옥과 같은 좁은 시멘트 방에 갇혀있을 때도 하늘을 바라보고 싶어 했다. 하반신이 없어져 폐기될 것을 앞두고 있을 때조차 그는 마방 밖 건초더미에 누워 하염없이 하늘을 올려다보았다. 그래서 하늘, 혹은 하늘이 지시하는 '파랑'은 구속되지 않는 완전한 자유와 해방을 상징한다.

또한 '파랑'은 인용문 ⑤와 같이 매일, 매시간 색과 모양이 바뀌는 유동적인 형상의 하늘을 상징한다. 이 파랑의 하늘에는 각자 고유한 정체성을 유지하는 수천 개의 색들이 존재하는가 하면, 이 색들이 서로 융화되고 결합하여 '파랑분홍'이나 '회색노랑'의 혼종으로 존재하기도 한다. 때문에 새롭게 탄생한 색들을 호명하기 위해서는 천 개의 천 배 정도가 되는 단어들이 필요해진다. 그러나 중요한 것은 색과 모양이 변하기도 하고 색이 수천 개로 섞이기도 하지만 하늘은 여전히 역동적으로 변화하는 하늘로서 존재한다는 것이다. 구름이 제각기 다른 두께와 모양으로 변화하듯, 하늘은 '차이'를 가진 채로 여전히 파랑파랑하고 눈부신 하늘로 존재한다. 천선란은 이 '파랑'을 통해 지구 상의 모든 존재자들이 서로에게 영향을 주고 또 받으면서도 고유한 차이를 지닌 채 혼합과 혼종으로 혼재하고 있는 세계를 의미화하는 것이다.

그래서 '파랑'은 무한대의 존재들이 공존하고 상호호혜적으로 서로에게 얽혀있는, '공생적 집합체'를 표상한다고 할 수 있다. 도나 해러웨이에 의하면 공생적 집합체는 '홀로바이온트(holobiont)'로 불리는데, 이것은 중첩된 시간과 공간의 매듭 속에서 우발적·역동적으로 함께 뭉치고 복잡한 패턴을 만드는 전(全) 존재를 지칭한다.[39] 이 속에서 모든 플레이어들은 협력 혹은 갈등과 같은 다양한 관계를 맺으며 다른 존재자들, 집합들과 다양한 방식으로 모이고 결합하면서 서로에게 의지하는 공생자들이 된다.[40] 따라서 천선란이 지향했던 재세계화의 목적지로서 '파랑'은 모든 존재자들이 하나로 통일되지 않는, 혼종 그 자체로 아름다운 '공생적 집합체'라고 할 수 있는 것이다.

더 나아가 '파랑'의 하늘 속에서 모든 존재자들은 서로 충돌했다가도 다시 접합하기를 반복하며 계속해서 새로운 공-구성적 존재로 '함께' '성장'하고 '변화'해간다.[41] 따라서 '파랑'은 하나의 '물결(파랑, 波浪)'처럼 서로 다른 존재자들이 종 사이를 횡단하며 느슨하고 불완전한 연결을 통해 서로의 성장과 변화를 이루어 내는, 결코 고정되지도 완결되지도 않는, '함께-되기(becoming -with)'의 '동적(動的) 과정' 그 자체를 상징하는 것이라고 할 수 있다.

마지막으로, '천 개의 파랑'이라는 제목은 엘렌 식수의 "천 개의 혀로 된 또 다른 언어"[42]를 환기하게 한다. 천선란이 인용문 ⑥에서 밝히고 있듯이,

---

39　도나 해러웨이(2022b), 앞의 책, 108쪽 참조.

40　위의 책, 109쪽 참조.

41　"연재는 타인의 삶이 자신의 삶과 다르다는 걸 깨달아가는 것이, 그리고 그 상황을 수긍하고 몸을 맞추는 것이 <u>성장</u>이라고 믿었다."(113) (밑줄 인용자)

'천 개의 파랑'을 구성하고 있는 것은 천 개의 '단어'이다. 타자와의 관계에서 언어는 말 그대로 한 존재자의 고유한 정체성을 함의하며, 때문에 천 개의 단어 하나하나에는 각각 무수한 타자들의 삶과 죽음과 행복과 고통 등이 기입되어 있다고 할 수 있다. 그래서 '천 개의 파랑'은 곧 천 개의 '단어'이자 천 개의 눈부신 '삶'들을 상징한다. 천선란은 이러한 함축성을 통해 비록 그것이 "좌절, 시련, 슬픔"일지라도 무수한 타자들의 '삶' 자체를 따뜻하고 긍정적인 시선으로 반추하고 있으며, 그들과 '함께-하는 삶' 역시 희망적으로 보고 있음을 알게 한다.

종합하면, 천선란은 소설『천 개의 파랑』을 통해 잉여의 죽임이 일상화된 현 세계에서 비인간 타자들의 죽음과 삶을 조명하고, 그들을 주체의 자리로 끌어올려 인간과 비인간 간의 수평적(평등한) 공생과 공존을 모색하고자 한다. 우선 그는 '하나의 호흡'으로 서로의 삶의 방식을 '천천히' 꿰맞춰 나가는 방법에 대해 이야기한다. 또 무엇보다 불통(不通)에 가까운 대화라 할지라도 상대에게 최선을 다하는 응답 능력을 중시하여 서로가 서로를 길들이고 "서로를 훈련"[43]시키는 양방향의 공감 과정을 독자에게 제시한다. 때문에 우리는 한 존재의 '삶과 죽음'이 다른 존재의 '죽음과 삶'에 긴밀히 의존하고 있으며, 인간 역시 비인간 존재자에게 생명을 빚지고 있다는 사실을 절실히 깨닫게 한다.

그래서 천선란이 마지막까지 포기하지 않고 있는 것은 새로운 세계에 대한 가능성이다. "그래도 우리가 불행한 미래를 상상하기 때문에 불행을 피할 수 있다고 믿어요. 우리가 상상하는 미래는 상상보다 늘 나을 거예요."(252)라는 말이 시사하듯, 천선란은 인간만이 살아남을 수 있도록 설계된 이 행성에서 필연적으로 발생하는 인간종의 수많은 시행착오와 치명적인 실수에도

---

42 엘렌 식수, 『메두사의 웃음/출구』, 박혜영 옮김, 동문선, 2004, 37쪽.

43 도나 해러웨이(2022a), 앞의 책, 117쪽 참조.

불구하고 여전히 인간과 비인간 간의 긍정적 연대와 결속의 세계를 희망한다. 결국 그는 낯설지만 새롭게, 트러블을 감수하면서도 희망을 놓지 않는 방식으로 곧 다가올 더 나은 미래를 향해 함께 나아갈 것을 촉구한다.

5. 나가며

지금까지 이 글은 도나 해러웨이의 사유를 중심으로 천선란의『천 개의 파랑』에 나타난 '비인간 타자'들의 유폐의 감각, 이종(異種) 간에 수행되는 응답-능력과 친척 만들기의 과정, 그리고 재세계화를 통한 공생적 집합체의 성립과 창발적 실천 행위에 대해 살펴보았다. 먼저 2장에서는 비인간 타자들에 대한 착취와 폭력이 만연한 현 세계의 국면을 극한의 '자본세'로 설정하고, 현 사회 체제 안에서 이들이 느끼는 고립의 감각을 '감옥'이라는 기표로 재현하고 있음을 확인하였다. 동물과 로봇과 같은 비인간 타자뿐만 아니라 신체적 장애와 경제적 결핍을 갖는 인간 타자들은 공통적으로 '갇혀있음'이라는 감각을 느끼게 된다. 그러나 이들은 타자의 자리에서 '소중한 타자성'을 포착하고 서로에게 상호의존하며 삶에 대한 행복을 찾아가게 된다. 특히 콜리와 투데이가 '행복'을 공유하며 함께 '호흡'을 맞추는 부분은 반려종의 '함께-되기' 관계성을 의미하는 장치로 독해된다.

다음으로 3장에서는 서로 다른 종과 종이 만나 서로에게 가장 소중한 타자로 조우하게 될 때 반드시 요구되는 종(種) 간의 '응답-능력'에 대해 고찰하였다. 이 '응답-능력'은 상대가 무엇을 원하는지 최선을 다해 주의를 기울이는 것으로, 소설에서는 콜리와 보경의 '대화'를 통해 유비적으로 재현된다. 콜리는 보경과의 대화에서 많은 것을 질문하고 응답하는데, 그의 언어는 보경의 슬픔과 고통을 민감하게 포착하며 그에게 새로운 깨달음을 제시하는 역할을 하기도 한다. 콜리와의 대화 덕분에 보경은 애도에 실패하여 슬픔과 고통에

잠겨있던 과거의 시간들로부터 벗어나 천천히 앞으로 나아갈 수 있게 된다. 도나 해러웨이는 이러한 '응답-능력'이 곧 상대방에 대한 '책임'으로 환치된다고 주장한다. 그래서 콜리는 투데이의 안락사를 막기 위해 인간들과 협력하게 된다. 콜리는 투데이의 생명을 지키려 노력하는 조력자들을 '파트너'로 호명하는데, 이때 '파트너'라는 기표는 이들이 도나 해러웨이의 '친척 만들기' 개념을 표상하는 것임을 환기하게 한다.

마지막으로 4장에서는 반려종의 존재자들이 공동으로 제작하고자 하는 세계, 즉 공-산(sympoiesis)의 세계에 대해 살펴보았다. 소설 속에서 빠른 '속도'는 곧 권력이자 탐욕이자 폭력으로 의미화된다. 이에 대항하여 다른 세계화를 상상하고자 하는 존재자들은 반려종으로서 '함께-되기'를 통해 유대와 협력관계를 맺게 된다. 이때 중요한 것은 이들이 '천천히', 속도를 '느리게' 하여 상대에게 맞춘다는 점이다. 즉 천선란은 속도의 반대항인 '천천히'를 재맥락화하여 속도를 줄이고 상대방에게 맞추는 것이야말로 '공-제작'의 창발적 실천에 해당된다는 것을 전달한다. 그리고 이러한 재세계화를 통해 궁극적으로 천선란이 구축하고자 했던 세계는 '천 개의 파랑'이라는 기표로 상징된다고 할 수 있다. '파랑'은 완전한 자유이자, 차이를 가진 채로 모든 존재자들이 하나로 통일되지 않는, 혼종 그 자체로 아름다운 '공생적 집합체'이자, '함께-되어가는' 동적 과정 그 자체를 형상화하는 것이라 할 수 있다. 한편으로 천선란은 '천 개의 파랑'을 통해 무수한 타자들의 '삶' 자체를 긍정적으로 보며 그들과 '함께 하는 삶' 역시 따뜻한 시선으로 보고 있다는 것을 확인했다.

『천 개의 파랑』은 정교한 과학적 지식을 바탕으로 지금까지 논의되지 않았던 비인간 존재들에 대해 이야기하는 SF 서사이다. 이 소설은 기술 발전을 주도하는 인간들이 더 많은 책임감을 느끼고 덜 폭력적인 방식으로 인간과 기계, 자연 그리고 동물들과 서로의 이웃으로 살아갈 수 있을지를 묻는 질문들로 구성되어 있다. 그래서 이 SF 서사는 우리가 필연적으로 마주하게 될 종과 종 사이의 관계에 대해 끊임없이 사유하게 하고, 우리에게 다종 간 '관계 맺음'과 그에 따른 '응답-능력'을 확장해 나갈 것을 주문한다. 특히 유의미하게 보아야 하는 것은 이 소설이 반려종으로서 연대와 협력관계를 구축하는 데 꼭 필요한 실천적인 지식을 제공하고 있다는 점이다. '속도'에 대한 존재론적 사유는 물론 복수종 간에 필수적으로 요구되는 '이종(異種) 언어'에 대한 이해를 촉구하는데, 이는 지금부터 우리가 준비하여야 할 몫이 된다. 도나 해러웨이가 말했던 것처럼, "우리가 누구이고 무엇이든, 우리는 땅에 붙박인 것과 함께-만들어야-함께-되어야, 함께-구성해야"[44] 하기 때문 이다. 마지막으로 『천 개의 파랑』의 기존 연구에서 다뤄진 적 없는 도나 해러웨이의 사유를 경유하여 분석하고 있는 이 글은 천선란 문학 담론에서 조명되지 못한 영역들을 새롭게 독해함으로써 그의 문학에 내재한 복합적이 고 다원적인 의미들을 조명하였다는 데에 궁극적인 의의를 갖는다.

---

44   도나 해러웨이(2022b), 앞의 책, 177쪽.

참고문헌

1. 기본자료
천선란, 『천 개의 파랑』, 허블, 2020.

2. 논문 및 단행본
김애령, 「다른 세계화'의 가능성: 해러웨이의 「반려종 선언」 읽기」, 『코기토』 92, 부산
　　대학교 인문학 연구소, 2020, 7-35쪽.
김은주, 「인간중심주의를 넘어 반려종으로 존재하기를 생각하다」, 『안과 밖』 49, 영미
　　문학연구회, 2020, 362-371쪽.
김재희, 「우리는 어떻게 포스트휴먼 주체가 될 수 있는가?」, 김은주 외, 『디지털 포스트
　　휴먼의 조건』, 갈무리, 2021, 17-59쪽.
송다금, 「2010년대 한국 여성 과학소설의 교양교육적 함의－천선란의 천 개의 파랑을
　　중심으로」, 『교양교육연구』 17(4), 한국교양교육학회, 2023, 87-101쪽.
연남경, 「SF를 경유한 한국문학과 감수성의 변화－진정성의 주체에서 감각하는 존재
　　로」, 『대중서사연구』 66, 대중서사학회, 2024, 11-46쪽.
이광석, 「'인류세' 논의를 둘러싼 쟁점과 테크노－생태학적 전망」, 『문화과학』 97, 문
　　화과학사, 2019, 22-54쪽.
이민영, 「SF에 나타난 주변적 청소년과 '비인간'의 공진화: 천선란의 『천 개의 파랑』을
　　중심으로」, 동국대학교 석사학위논문, 2023.
이영배, 「손상된 지구에서 레퓨지아 만들기－공동체문화 실천의 인문생태학적 비전」,
　　『호남학』 72, 호남학연구원, 2022, 1-46쪽.
이지은, 「위기의 지구에서 빗장bar 옮기기」, 『문학동네』 28(2), 문학동네, 2021, 551-
　　572쪽.
진선영, 「기술철학적 관점에서 본 SF 성장소설과 인간-비인간의 앙상블－천선란의 『천
　　개의 파랑』을 중심으로」, 『현대소설연구』 87, 한국현대소설학회, 2022, 541-567쪽.
차태서, 「포스트휴먼 시대 행성 정치학의 모색: 코로나 19/기후변화 비상사태와 인류세
　　의 정치」, 『국제정치연구』 24(4), 동아시아국제정치학회, 2021, 31-65쪽.
최병두, 「인류세인가, 자본세인가: 생태마르크스주의의 이론적 균열」, 『공간과 사회』

32(1), 한국공간환경학회, 2022, 115-165쪽.

최유미, 『해러웨이, 공-산의 사유』, 도서출판 b, 2020.

현남숙, 「D. 해러웨이의 다종적 생태정치: '함께-되기'와 '응답-능력'을 중심으로」, 『한국여성철학』 35, 한국여성철학회, 2021, 79-106쪽.

도나 해러웨이, 「인류세, 자본세, 대농장세, 툴루세: 친족 만들기」, 김상민 옮김, 『문화과학』 97, 2019, 551-572쪽.

__________, 『해러웨이 선언문』, 황희선 옮김, 책세상, 2022a.

__________, 『트러블과 함께하기: 자식이 아니라 친척을 만들자』, 최유미 옮김, 마농지, 2022b.

리즈 파텔·제이슨 무어, 『저렴한 것들의 세계사: 자본주의에 숨겨진 위험한 역사, 자본세 600년』, 백우진·이경숙 옮김, 북돋움, 2020.

엘렌 식수, 『메두사의 웃음/출구』, 박혜영 옮김, 동문선, 2004.

3. 기타자료

유슬기, 「SF계의 경이로운 소문 《천 개의 파랑》 작가 천선란, 하나의 파랑이 되어」, 『topclass』, 2021년 6월호, 2021.05.26. https://topclass.chosun.com/news/articleView.html?idxno=5755, 접속일: 2024.3.25.

7장

한국 SF로 그리는 포스트휴먼 주체-되기 실험
―천선란, 「랑과 나의 사막」을 중심으로

정우주

1. 들어가며

"우리는 늘 인간이었다거나 단지 인간일 뿐이라고 누구나 확실하게 말할 수 있는 것은 아니다."(『포스트휴먼』, 8쪽)

"우리가 실제로 포스트휴먼이 되었다거나 단지 포스트휴먼일 뿐이라고 누구나 확실하게 말할 수 있는 것은 아니다."(『포스트휴먼』, 238쪽)

로지 브라이도티의 저작 『포스트휴먼』[1] 속 서론과 결론의 첫 문장은 대칭적이다. 각각의 선언들은 '인간'과 '포스트휴먼'의 자리를 놓고 서로 겹쳐지며 어떤 연속성을 이루는데, 이는 최근 다양한 영역에서 급부상한 포스트휴먼 담론을 관통하는 질문을 상기시킨다. '포스트휴먼(Posthuman)'이란 무엇인가. 브라이도티는 '인류세'라고도 명명되는 지금-여기의 현실을 '포스트휴먼 곤경'으로 진단하며, 오늘날의 급변하는 맥락에 적합한 새로운 주체성

---

1   로지 브라이도티, 『포스트휴먼』, 이경란 옮김, 아카넷, 2015.

및 윤리적 도식들을 고안해 낼 필요성을 긴급히 요청한다. 다만 "우리는 적어도 어떤 주체 입장이 필요하다"[2]라는 목소리가 상기하듯, 브라이도티의 사유는 개체로서의 '포스트휴먼'이 아닌 '포스트휴먼 주체성'에 대한 탐구로 설명된다. 즉 트랜스휴머니스트들이 상상하는 특정한 '형상'의 재발명과는 구별되는, 과정으로서의 '형상화'인 것이다.

그렇다면『포스트휴먼』의 처음과 끝에 자리하는 두 문장은 "포스트휴먼, 너무나 인간적인"[3]이라는 명명에 덧대어 '인간-포스트휴먼 연속체'로서의 잠재적 주체를 상상하는 시도로 읽힌다. 이는 물론 주어진 것(자연)과 구성된 것(문화)을 가르는 이분법적 대립에서 벗어나, 일원론적 철학에 기대 둘을 상호작용의 관점에서 이해하는 '자연-문화 연속체'의 접근 방식과 맞닿는다. 이렇듯 브라이도티는 역설적으로 인간·휴먼의 정의에서부터 포스트휴먼 논의를 출발시킨다. 나아가 휴머니즘을 비판하는 반휴머니즘에 사상의 바탕을 두면서도, 휴머니즘 또한 여전히 깔끔하게 분리해낼 수 없는 대립쌍임을 솔직하게 인정하며 (반)휴머니즘의 이분법을 넘어서는 제3의 '탈-휴머니즘'을 포스트휴먼적 선회의 경로로 삼는다. 결국 "생물자원 해적행위"[4]가 일어나고 있는 우리 시대의 파편화된 여러 사회·정치·윤리적 쟁점들을 돌파해내고자, 브라이도티는 긍정적 대안으로서 새로운 담론적 공동체의 필요성을 주장한다.

이를 위해서는 필연적으로 비판적(critical) 포스트휴머니즘에 기반한 '포스트휴먼 주체-되기'의 실험들이 뒤따라야 한다. "휴머니즘의 이름으로 휴머니즘을 비판하는 것이 가능하다"[5]고 주장하는 비판적 포스트휴머니즘은 근대

---

2   위의 책, 133쪽.

3   위의 책, 248쪽.

4   반다나 시바(Vandana Shiva)가 제시한 개념으로, 그에 따르면 생명권력은 이미 죽어감의 방식과 결부된 형식으로 전환되었으며, 이처럼 비인간적·비인도적인 사회정치적 현상에 대한 현실적이고 구체적인 분석이 필요하다.(위의 책, 144-145쪽 참조.)

휴머니즘적 "주류의 위기"와 구조적 타자인 "소수자들의 되기 패턴"[6] 모두를 고려하는 탈-인간중심적 전환을 통해 인간-아닌 타자들과의 관계에 대한 확장적 인식을 가능케 한다. 한편 브라이도티의 존재론적 사유는 언어학적 패러다임 대신 권력의 사회적 관계 속에 담긴 신체들의 복잡한 물질성에 천착하는 신유물론적 계보를 따른다.[7] 구체적으로 들뢰즈의 '-되기'와 이리가레의 '성차' 이론에 토대를 두고 있기에, 고정된 의미화에 얽매이기를 거부하며 끊임없이 변형되는 동시에 환경 속에 뿌리박힌 채 체현된 존재로서 차이를 가로지른다. 이로써 '유목적 주체'로 정의될 수 있는 브라이도티의 철학적 입장(position)은 모순으로 가득 찬 현 상황의 '포스트휴먼 조건' 진단과 결합하여 비판적 포스트휴먼 주체 탐색을 통한 긍정의 유대(affirmative bond)로 발전해 나간다.

이 글에서는 한국 SF인 천선란의 『랑과 나의 사막』[8]을 브라이도티의 포스트휴먼 주체 모델 실험 혹은 주체성 위치의 창조적 지도 그리기(cartography)의 일종으로 읽어보고자 한다. 이를 위해 2장에서는 인간뿐만 아니라 로봇의 몸을 가로지르는 차이화의 감각과 기계적 오류로 경험되는 '그리움'의 감정을 통해 체현된 포스트휴먼 주체를 조우한다. 이어지는 3장에서는 끊임없이 '사막을 걸어가는' 여정이 함의하는 유목적 사유와 변형의 과정에서 생성되는 복잡한 정동의 힘을 포착한다. 마지막으로 4장에서는 조에(zoe) 중심의 평등주의에 기반한 종(種)의 횡단과 '오지랖'으로 재연결되는 상호관계적 존재론을 긍정해 나간다. 이에 이 글은 오늘날 한국 SF에서 시도되는 포스트휴

---

5   위의 책, 64쪽.

6   위의 책, 53쪽.

7   릭 돌피언·이리스 반 데어 튠, 『신유물론: 인터뷰와 지도제작』, 박준영 옮김, 교유당, 2021, 23쪽.

8   천선란, 「랑과 나의 사막」, 『현대문학』 2022년 1월호, 244-320쪽. 이하의 본문 인용은 괄호 안 쪽수로 표기한다.

먼적 전망을 브라이도티의 위치성에 함께 발 디딘 채 독해해 볼 것이다.

2. 차이화된 몸과 체현된 '그리움'

『랑과 나의 사막』의 소설적 배경은 전쟁으로 모든 것이 파괴되고 오직 모래폭풍이 부는 사막과 절벽 아래의 바다만이 남아 있는 49세기이다. 아주 오래전 우주에 나갈 수 있었던 시대의 사람들은 아름다운 별의 얼굴을 볼 수 있다는 사실을 감사하게 여기지 않았고, 지구를 마치 하나의 마을처럼 취급해 "이 마을 하나쯤은 사라져도 다른 곳으로 가면 그만"(286)이라고 착각하며 살아왔다. 사막을 떠돌고 있는 "더는 쓸모없고, 필요 없는 트랙터 수백 대"(289)가 상징하듯, 천선란이 그리는 세계는 인류의 대규모 기술적 개입과 소비주의로 지구의 기후와 생태계를 부정적으로 지배 및 변화시킨 인류세(人類世, anthropocene)[9] 혹은 그 이후를 떠오르게 한다. 브라이도티는 생명공학기술에 의해 경영되는 현 시대가 더 이상 푸코의 생명정치만으로는 설명될 수 없으며, 그 너머 다양한 죽어감의 방식까지도 관리하는 '죽음정치(necro-political)'로 확장해야 한다고 주장한다.[10] "먹을 게 없어 죽고, 전염병으로 죽고, 재해로 죽"어 "하루에 수십만 명의 인간들이 청소기에 빨려 들어가듯 죽음의 언덕을 넘었"던 소설 속 전쟁과 한 세기가 남긴 "죽음의 손자국"(316)은 위와 같은 브라이도티의 죽음정치적 차원과 맞닿아 있다.

한편 소설의 주인공 고고는 전쟁시대에 만들어져 오랜 시간 사막에 파묻혀 있다가 인간 랑에 의해 발견된 로봇이다. "랑의 엔진이 꺼졌다"(244)는 명명으로 인간의 죽음을 알리며 시작되는 이 이야기는 소설 전반에 걸쳐 인간과

---

9   네덜란드 화학자 파울 크뤼천이 처음 제안한 용어이다.(로지 브라이도티, 『포스트휴먼 지식』, 김재희·송은주 옮김, 아카넷, 2022, 271쪽 참조.)

10   로지 브라이도티(2015), 앞의 책, 149-153쪽.

인간-아닌 종을 가르는 이분법을 넘나들려는 의도적 서술들이 엿보인다. 사막 한가운데서 만난 외계인 살리와 로봇 고고는 땅에 비친 자신들의 그림자를 보고 문득 "두 개의 그림자는 두 인간의 그림자 같다"(314)고 느낀다. 또한 인간 버진이 고고를 부르는 "로봇 양반"(270)이라는 호칭이나 "인간이 아니군. 그렇지만 고마운 건 똑같네."(269)라는 중얼거림, 그리고 함께 "이야기 나누고 싶은 상대"(271)라는 감상은 인간과 로봇을 비(非)이분법적으로 인식하는 태도로 읽힌다. 여기에 덧대어 고고의 등허리와 뒤통수, 손가락을 구체적으로 묘사하며 "인간처럼 만들어져"(273) 있음을 강조하고, "너는 내가 만난 인간과 별로 다르지 않"(315)다는 지점에 이르러서는 그 혼종성이 더욱 두드러진다.

　다만 바로 이어지는 "아아, 미안. 맞아, 굳이 인간일 필요는 없지."(315)라는 발화에 주목할 필요가 있다. 브라이도티는 이분법 경계에 저항하는 혼종성을 지향하지만, 동시에 인간-아닌 종을 의인화하거나 인간이 초래한 취약성을 모두에게 공유된 것으로 전가하는 식으로 '차이'를 흐리는 행위는 강하게 비판한다.[11] 이는 특수성을 완전히 부인하고 전부 납작하고 평평한 존재로 만들려는 폭력적 동일화에 해당하기 때문이다. 즉 브라이도티의 포스트휴먼 논의에서 요점은 '인간-비인간 연속체'의 상호작용을 가능케 하는 '환경'은 초월적이거나 보편적인 것이 아니라, 인간과 인간-아닌 종 '각각의' 정체성을 구성하는 강도의 공간이라는 것이다.[12] 탈-휴머니즘은 인간중심주의에 도전한다는 점에서는 은총이지만, 오히려 다시금 인간중심주의를 공고히 하는

11　브라이도티는 '탈-인간중심적 네오휴머니즘'의 논의를 소개하며, 이들의 주장은 일정 부분 포스트휴먼 주체 이론에 적절한 측면이 있지만, 동물에게 '보상'한다는 명목 아래 고전적 휴머니즘을 무비판적으로 수용하고 있음을 지적한다. 특히 인간-아닌 동물들을 의인화해 "휴머니즘 가치의 특권을 다른 범주로 확장"하려는 시도는 인간이 초래한 취약성과 불안을 동물 타자들에게 전가하는 행위이며, 인간/동물 이분법을 공고히 하고 동물의 특수성을 무시하는 결과를 낳는다고 비판한 바 있다.(위의 책, 105-106쪽 참조.)

12　위의 책, 같은 쪽.

결과를 낳을 수 있다는 점에서는 저주이다. 이렇듯 탈-인간중심적 사고가 그 자체로 반드시 긍정적인 포스트휴먼 주체성을 담보하는 것은 아니므로, 잠재력에 대한 기대와 동시에 위험성을 함께 고려하는 양가적 태도가 요구된다.

그렇기에 복잡성과 모순성에 기반하여, 안트로포스(anthropos)로서의 우월성을 해체하고 다양한 종들을 횡단하는 데 있어 '차이'와 '체현'의 문제는 무엇보다 중요하다. 브라이도티는 '차이'를 '체현'이라는 주제 안에서 사유하는데, 이는 곧 신체를 생물학적이거나 사회적 범주 어느 쪽에도 고착된 것이 아니고 물리적인 것, 상징적인 것 그리고 사회학적인 것이 중첩된 지점으로 이해하는 방식이다.[13] 욕망과 의지의 접면이자 이질적 에너지들이 교차하는[14] 물질적 장으로서 몸을 감각하는 틀은 『랑과 나의 사막』에서도 잘 드러난다. 랑의 죽은 몸이 "온도를, 소리를, 역동성을, 굶주림을, 피로와 슬픔을 모두 잊은 채 잔잔해졌다"(248)는 서술은 역설적으로 그 모든 것이 각인되고 포획되는 "징표"(248)의 구성물이 곧 몸이라는 말로 읽힌다.

> 그림에는 감정이 들어가고 사진에는 의도가 들어가지. 감정은 마음을 움직이게 만들고 의도는 해석하게 만들어. 마음을 움직인다는 건 변화하는 것이고, 변화한다는 건 불가능을 가능으로 만든다는 것.
>
> (중략)
>
> 랑은 그림을 바라보며 말했다.
>
> 그림 역시 그림이 맞아. 사막은 아무 의도가 없어. 사막을 판단하는 건 사람의 감정이니까.(『랑과 나의 사막』, 248-249쪽)

고고와 랑은 바람이 불지 않는 사막을 두고 각각 '사진'과 '그림'으로 부른

---

13   릭 돌피언·이리스 반 데어 튠, 앞의 책, 42-43쪽.
14   로지 브라이도티, 『유목적 주체』, 박미선 옮김, 여이연, 2004, 14쪽.

다. 둘을 구분하는 것은 다름 아닌 '감정'인데, 이는 문화적·역사적 조건에 놓인 채 환경 속에 뿌리박힌 신체만 있을 뿐 '투명한' 몸이란 존재할 수 없다는 브라이도티의 논의를 상기시킨다. 즉 '사진'이 단일하고 고정된 정체성을 의미한다면, 그와 달리 '감정'이 들어간 '그림'은 무언가를 움직이고 변형되도록 만드는 대상이 된다. 나아가 "인간이 느끼는 감정은 보편성과는 거리가 멀"고, "그 정서는 오롯이 당사자만의 것"(249)이며, "거치지 않은 감정은 지나가는 게 아니라 몸에 쌓인다"(250)는 고고의 독백은 체현되는 것으로서의 '감정'에 대한 사유를 보여준다.

지금껏 "어떤 왜곡도 없이"(254) 모든 날들을 사진처럼 떠올리던 로봇 고고가 "인간의 기억은 그림"(255)임을 감각하고, 기억장치가 멋대로 과거를 재생하는 "오류"(247)를 거치며 점차 자신 안을 떠도는 "울음 덩어리"(302)를 느끼는 일련의 일들은 '과정'으로서의 포스트휴먼 신체가 가지는 이질성과 다형성을 재발견하는 작업으로 여겨진다.[15] 특히 고고로 하여금 불쑥 기억 영상을 재생시키고 '흥분'하게 만드는 오류의 원인이 "그리움"(315)이라는 것을 알게 된 순간, 어쩌면 너무나도 '인간적인' 특성들은 곧 저항과 강도를 실험하는 차이들로 기능하며 어떤 주체성을 야기하는 조건이 되는 듯하다.[16] 다만 앞서 주지했듯, 여기서의 깨달음은 인간-아닌 로봇 또한 인간의 감정을 획득하게 되었다는 식의 선형적 발전서사와는 분명히 결별한다.[17] 도리어 지금까지 그저 오류라고만 여겨져 왔던 무언가가 '그리움'이라는 새로운 명명을 입고 재탄생할 때, 이는 말 그대로의 '탈-인간중심주의'적 현현에 다름 아니

---

15 로지 브라이도티(2015), 앞의 책, 129쪽.

16 위의 책, 같은 쪽; 릭 돌피언·이리스 반 데어 튠, 앞의 책, 35쪽.

17 이처럼 인간만의 특성을 비인간도 비로소 갖게 되었다는 방식의 논의와 분리되는 해석에 대해서는 다음 글에서 보다 자세히 전개한 바 있다. 정우주, 「상실의 자리로부터―천선란론」, 『경향신문』, 게재일: 2024.01.01., https://www.khan.co.kr/culture/culture-general/article/20 2401012149005, 접속일: 2024.07.18.

다. 즉 인간 종만의 전유물이라고 생각되던 어떤 대상이 오래된 경계를 넘어서고 확장적 틀을 경유하여, 인간-아닌 몸으로서 세상과 관계 맺을 수 있는 하나의 방식으로 상상되는 것이다. 이렇게 (탈)인간을 횡단하며 시간과 기억 안에서 변형되는 복잡한 상호작용으로서의 '차이'와 '체현'은 포스트휴먼적 주체가 출발하도록 놓여진 육체적 장소가 된다.[18]

3. '사막 걷기'의 유목과 생기론적 복잡성

> "감정은 교류야. 흐르는 거야. 옮겨지는 거고, 오해하는 거야."(『랑과 나의 사막』, 314쪽)

목적에 따라 만들어졌지만 랑의 죽음 이후 "아주 사소한 목적도 없"(252)어진 고고는 끝없는 사막을 걸어간다. 사막 위에서 인간, 로봇, 외계인을 차례대로 조우하지만 어딘가에 정착하자거나 각자의 목적지를 향해 동행하자는 제안들을 거절하고 계속해서 떠돌기를 선택하는 고고의 여정은 흘러가는 '유목적 주체'의 형상화로 그려진다. 브라이도티의 저작 『변신』[19]의 프롤로그에는 버지니아 울프의 『파도』 속 구절이 다음과 같이 인용되어 있다. "나는 뿌리내려 있다. 하지만 나는 흘러간다." 브라이도티가 내세우는 유목적 형상은 단순히 집 없음 혹은 여행을 의미하지 않는다. 그는 에이드리언 리치의 '위치의 정치학'에 기대어, 본질적 통일성에 반대하며 유동하는 동시에 각자가 놓인 위치들의 구체성과 특수성을 고려하는 유목성을 강조한다.[20]

---

18   릭 돌피언·이리스 반 데어 튠, 앞의 책, 35쪽.
19   로지 브라이도티, 『변신: 되기의 유물론을 향해』, 김은주 옮김, 꿈꾼문고, 2020.
20   로지 브라이도티(2004), 앞의 책, 57-60쪽.

결국 차이와 반복의 패턴들로 이루어진 들뢰즈식의 시공간에서 '리좀'적으로 자리하는 유목민은 목적론적인 목적 없이 생성-되기를 이행한다.[21] 철저히 목적론적인 로봇에게 있어 "인간들이 만들어낸 낭설"(259)일지도 모르는 곳을 찾아 떠나는 비합리적 행위, 그리고 그것이 오로지 "랑이 과거로 가는 땅을 보고 싶어 했"(263)고 "랑을 만나고 싶"(318)기 때문이었다는 점은 유목적 관점에 더욱 가까이 가 닿는다. 물론 과거로 가는 땅, 즉 랑이 있는 곳으로 가려는 고고의 결심 또한 마찬가지로 하나의 목적으로 읽히기도 한다. 그러나 이는 정신분석학적 관점에서 설명하는 결핍된 욕망에 의해 추동되는 분열된 주체와는 달리 풍요로움으로서의 욕망을 추구하는 유목적 주체로서, 고착성에 대한 관념적 목적과는 갈라진다.[22] 다시 말해 고고를 움직이게 하는 것이 곧 랑에 대한 '그리움'이며, 이는 앞서 독해한 대로 차이화된 물질성에 기반해 체현된 것이라면, 고고의 목적은 '뿌리내려 있지만 흘러가는' 유목민의 형상화로 설명될 수 있다. 이렇듯 급진적인 변형의 윤리를 강조하는 브라이도티의 포스트휴먼 사유는 환경으로부터의 탈주가 아니라 그에 속한 동시대적 존재로서 '-되기'의 과정을 강조한다.[23][24]

한편 욕망을 결여가 아닌 풍요로움으로 간주하는 방식은 스피노자적 일원론을 경유한 생기적 힘(vital force)으로 연결된다. 스피노자는 데카르트의 '정신/신체' 이분법을 거부하고 "물질은 하나이며, 자기 표현의 욕망으로 추동되

---

21   위의 책, 33; 60쪽.

22   로지 브라이도티(2015), 앞의 책, 241쪽.

23   브라이도티 사유의 밑바탕은 시간을 "다면적이고 다방향적인" 효과로 접근한다는 것이다. 즉 "현실적인 것과 잠재적인 것", "이미 존재하는 것과 존재하게 될 수도 있는 것"을 함께 고려하는 것으로 이해할 수 있는데, 이는 들뢰즈와 과타리의 '-되기'를 계승해 현재를 복잡한 '과정 중'으로 파악한 브라이도티의 사고가 잘 드러나는 지점이다. 이러한 접근법은 포스트휴먼 형상 또한 "우리가 무엇으로 생성되는 과정에 있는가"의 연속적 흐름으로 상상하게 하며, 현실적인 것에 대한 비판과 동시에 새로운 주체성 형식의 미래지향적 실험 또한 중요하다는 사실을 일깨워준다.(로지 브라이도티(2022), 앞의 책, 103-105쪽 참조.)

24   로지 브라이도티(2015), 앞의 책, 242쪽.

고, 존재론적으로 자유롭다"는 주장을 펼친다.[25] 이러한 적극적인 일원론은
프랑스 철학자들에 의해 긍정되며 물질이 '생기 있고 자기조직적'이라는 의
미의 생기론적 유물론(vitalist materialism)으로 재정의된 바 있다. 로봇 고고는
랑을, 또 다른 로봇인 알아이아이는 자신을 만들어낸 인간 카일을 다 이해할
수 없이 "어렵고 복잡하고 이상"(297)한 존재로 생각한다. 그리고 그 이유는
다시금 고고에 의해 "생명이 많은 변수를 만들어 가능성을 증폭시키기 때
문"(274)으로 설명된다. 이를 두고 차이화의 복잡한 과정을 지향하는 브라이
도티식의 생기적 힘이라 할 수 있다면, 랑의 "무게감 없던 질량"과 "굳게
믿던 몸짓", "흐트러진 머리카락"에 이은 "잴 수 없는 랑의 마음"(266)은 복잡
한 장 안에서 생성되고 넘쳐흐르는 생명 물질의 정동적 힘으로 포착된다.

> "알아낼 방법이 없다는 건 결국 알 수 없다는 말과 같은 거 아니야? 알 수
> 없는 건 안다는 것과 달라, 그렇게 단정 지어서 말할 수 없는 거야.(…)"(『랑과
> 나의 사막』, 312쪽)

더불어 물질에 내재된 자기조직성과 생기성은 곧 무엇으로 변형되고 변화
할지 알 수 없음의 맥락과도 상통한다. 이처럼 천선란 소설에서 발견되는
유목적 사유와 그에 따른 잠재적-되기의 방식은 포스트휴먼 주체를 단정적인
'무엇'이 아닌 복잡성을 토대로 한 현재진행형의 '실험 과정'으로 이해하는
브라이도티의 관점과 겹쳐진다. 고고는 내내 자신이 어떤 이유로 만들어졌는
지 알지 못해 고통스러워한다. 전쟁시대에 만들어졌다는 흔적만 있을 뿐
정확한 단서를 찾을 수 없어, 어쩌면 스스로가 인간을 공격하기 위한 목적으
로 탄생한 살상무기일 수 있다는 두려운 추측에서 벗어나지 못한다. 그러나
알아이아이는 고고로 하여금 그가 랑을 "죽이지 않았"고 "죽여야겠다는 판

---

25   위의 책, 77쪽.

단도 하지 않"(299)았다는 사실을 새삼스레 상기시킨다. 설령 고고가 정말 인간을 죽이기 위해 만들어졌다고 하더라도, 랑과 함께하는 동안 단 한 순간도 랑을 해치고 싶다 생각한 적이 없으며 차라리 자기 자신을 파괴할 것이라는 고고의 마음은 유의미하다. 무엇보다 "중요한 건 결과보다 행위"(299)이기 때문이다.

이는 생명을 형이상학적 개념도 기호학적 의미 체계도 아닌, 에너지의 흐름과 경험적 행위의 다중성 안에서 스스로를 표현하는 주체로 바라보는 생기적 관점과 맞닿는다.[26] 고정된 틀에 종속되지 않고 계속해서 변화하고 바꿔나갈 수 있는 '-되기'의 과정 중인 포스트휴먼 주체는 이렇게 형상화된다. "어디든 가지만 어디로 가고 있지는 않네."(280)라는 버진의 말처럼, 결국 『랑과 나의 사막』 속 포스트휴먼 주체성 탐색은 경험적이고 생성적인 '방향성'만을 가질 뿐 어떤 결말을 맞을지 아직은 알 수 없는 일종의 기획이다.

4. 관계적 존재론과 긍정의 '오지랖'

브라이도티는 자기조직적 능력이 인간 개체에만 국한되는 것이 아니라 모든 육체를 가진 생명 물질에 해당되는 것이라 주장하며, 대문자 생명(Life)의 생기적 힘을 조에(zoe)로 코드화한다.[27] 조에중심의 평등주의는 비오스(bios)와 조에(zoe)의 위계를 가로질러 안트로포스의 우월성을 해체하고 여러 종을 재-연결한다.[28] 그리고 이러한 탈-인간중심적 횡단은 존재론적 관계성

---

26   위의 책, 242쪽.

27   위의 책, 81쪽.

28   아리스토텔레스 이후 비오스(bios)로서의 '생명'은 안트로포스(anthropos)에게 할당된 것으로서 담론적·정치적 개념으로 논의되어왔던 반면, 조에(zoe)는 인간이전의(non-/pre-human) '외부'로 여겨져 왔다. 구체적으로 '살아있는 인간의 타자'로서 폄하되어 비인간적이

을 현실화하는 실천적 힘으로 작용한다. 소설 속 고고는 무언가를 선택하라는 질문을 어렵고 난해한 문제로 받아들인다. 그런데 이것이 두 개의 조개껍질 중 "마음에 드는 걸 골라"(260)라는 랑의 말로 되돌아왔을 때, 자신의 마음에 드는 것을 오히려 상대에게 선물하는 선택지로 화답하는 장면에서 어떤 관계적 인식이 모색되는 듯하다. 랑에 따르면, 마음에 드는 걸 선물해야 "너한테 준 걸 내가 보고 싶어서 자꾸 너를 보러 오"(261)기 때문이다. 일방적으로 물건을 건네기보다 상대에게 물음으로써 정서적 교류를 만들어내는 랑의 탈-개인주의적 소통 방식은 물질세계 속에 깊숙이 뿌리박힌 채 서로 접속되어 있는 관계적 존재자들을 상기시킨다. 뿐만 아니라 인간이 사막을 두려워하는 이유를 다름 아닌 "조용해서"(272)로 포착해내는 지점 또한 유의미하다. 사막에서 필요한 것은 물도, 식량도 아닌 고고를 부르던 "랑의 목소리 같은 것"(272)이라는 소설적 서술은 관계에 기반한 존재방식의 형상화로 보인다. 이들은 모두 공통물질의 변주들로서, 단일하거나 자율적인 것처럼 보이는 자아의 안과 밖을 구분하는 경계를 무화시킨다.[29]

> 이것이 이 로봇이 만지는 법이로구나. 두 팔이 없는 로봇은 이렇게 사물을 만지는구나. 멈추기 위해 몸을 던진 것처럼.(『랑과 나의 사막』, 291쪽)

다만 환경 속에서 신체화되어 있는 주체들은 공유된 소속감만큼이나 또한 서로 '다르다'. 즉 브라이도티식의 상호접속은 무질서한 전체론적 접근과는 거리를 두며, 체현된 삶의 감각을 중시하는 "육체적 경험주의"로 설명된다.[30]

거나 신적인 것, 죽은 것 등의 의미로 개념화되었는데, 그 예로 조르조 아감벤의 저작에서 조에는 극도의 취약성에 노출된 '벌거벗은 생명'으로 묘사된 바 있다. 브라이도티는 이처럼 조에를 부정적 용어로 바라보는 철학을 비판한다.(로지 브라이도티, 『트랜스포지션: 유목적 윤리학』, 박미선·이현재·김은주·황주영 옮김, 문화과학사, 2011, 464-465쪽 참조.)

29 로지 브라이도티(2022), 앞의 책, 76-77쪽.

알아이아이는 고고에게 '당신을 만져봐도 되겠느냐'고 허락을 구한 뒤, 자신의 뺨을 고고의 뺨에 가져다 댄다. 고고의 한 쪽 팔을 알아이아이의 몸에 옮겨 붙였을 때 "안쪽 재질이 바깥쪽과 다른 것 같"(300)다며, 그간 팔의 주인이었던 고고는 미처 알지 못했던 사실을 알아이아이가 체감할 수 있었듯, 조에들은 평평하지 않으며 도리어 다중적이며 혼종적이다. 이처럼 포스트휴먼 주체로서 '우리'는 "하나가 아니고 똑같지도 않지만, 함께 상호작용할 수 있다."[31]

> "나를 뒤쫓아 온 건가?"
> "예."
> 푸른 불빛이 짧게 빛났다 사라진다.
> "이유는?"
> "없습니다. 이유를 만들기도 전에 당신이 향한 곳으로 방향을 바꿨습니다. 불쾌하십니까?"
> 나는 서둘러 고개를 저었다가 보이지 않는다는 걸 깨닫고 "아니"라고 대답한다.(『랑과 나의 사막』, 292-293쪽)

한편 랑과 관계 맺었던 경험은 또 다른 인간-아닌 존재와의 관계로 확장되며 다방향적이고 다규모적인 관계적 결합을 가능케 한다. 사막에서 조우한 로봇 알아이아이는 고고가 자신과 함께 트랙터의 벙커에서 갑작스러운 모래 폭풍을 피할 수 있도록 도와준다. 그런데 이 때 잠시 스쳐 지나갔을 뿐인 고고를 따라온 것에는 별다른 '이유가 없다'는 알아이아이의 대답은 그 자체로 생명들의 존재론적 관계성을 함의한다. 이들은 그저 서로를 오염시키며

30　위의 책, 81쪽.
31　위의 책, 87쪽.

잠재적 창조성을 이끌어내는 비단일적 주체들에 다름 아니다. 또한 고고는 사고로 두 팔을 잃고 이제는 트랙터를 조종하기 위해 몸을 내던지다 '고물'에 가까워진 로봇 알아이아이에게 자신의 한 쪽 팔을 내어준다. "나는 하나면 충분해서 하나를 당신에게 주고 싶"(299)다는 고고의 마음은 생성의 그물망 속에 얽혀 있는 '조에'들로서 서로에 대한 '돌봄'[32]의 방식으로 형상화되는 포스트휴먼 융합을 보여준다.

나아가 단지 선인장이 사막에서 살아남았다는 사실을 두고 "사막이 선인장을 아낀다"(283)는 적극적인 사랑의 표현으로 읽어내며, 그러한 선인장이 사막에게 부탁했기에 조가 무사히 집으로 돌아올 수 있었다는 랑의 세상에 대한 해석은 '우리'가 이미 언제나 포스트휴먼이었을 수도 있다는 주장을 관통한다.[33] 지금-여기의 세계에, 지구에, 생성의 시공간에 함께 내재된 다수의 존재자들은 '우리'가 장차 무엇이 될 수 있을지를 구성하는 진행 중의 프로젝트에 놓여 있다. 그리고 도래할 그 대답은 오직 집단적인 탐색과 관계적인 실천을 통해서만 모색된다. 모든 것이 고통스럽게 망가진 인류세의 한가운데서, 포스트휴먼 주체들인 '우리'는 적극적인 함께-되기를 현실화해 나간다.

브라이도티는 포스트휴먼 유목적 윤리의 핵심은 부정성의 초월이라고 설명한다.[34] 현재 직면한 모순된 포스트휴먼 곤경의 맥락을 돌파해내기 위해서는 이제까지 거쳐 오지 않은 새로운 '전망'과 '비전'을 가지고 가능한 미래들을 창조해야 한다는 것이다. 이러한 예언적 성격의 긍정의 정치학은 일면 합리적인 과학적 관점과는 대비되는 막연하고 허황된 것으로 보이기도 한다. 그러나 현재를 긍정으로 장악하려는 변형에의 열망만이 대안적 미래로 나아

---

32   위의 책, 81쪽.

33   위의 책, 116쪽.

34   로지 브라이도티(2015), 앞의 책, 244쪽.

가는 동기가 될 수 있다고 했을 때,[35] 아직 보장되지 않은 잠재성을 적극적으로 욕망하는 비의식적 행위는 포스트휴먼-되기 과정을 추진하는 생기적 힘으로 기능한다.

고고는 증명된 것 하나 없고, 어쩌면 인간의 헛된 희망으로 만들어진 낭설일지도 모르는 '과거로 가는 땅'을 찾아 떠나는 여정이 너무나 비합리적이고, 오히려 "돌아가는 것이 합리적인 걸"(303) 안다. 그러나 고고는 "정말이지 다 알면서도 합리성을 거부하며 랑을 다시 만날 수 있을 거란 0.01퍼센트의 확률을 따르고 싶다"(303)고 고백하며, 그 미약한 확률을 붙들고 폭풍을 가로질러 사막으로 걸어 나간다. 이는 '우리'가 상호접속되어 있다는 확장된 감각을 토대로 허무와 부정의 장벽을 넘어, 관계적 가치를 미래로 밀고 나가는 현재적 힘으로 그려진다.

랑이 바위에 파묻혀있던 고고를 그냥 지나치지 못하고 깨우고 살렸듯, 고고가 인간 버진과 헤어지며 조심히 가라는 인사에 덧붙여 "당신이 살았으면 좋겠다"(280)는 진심을 건넬 때, 바로 그 "오지랖"(285)은 인간-아닌 대지의 타자들이 서로 연결되어 있다는 공동체적 의식으로 확대된다.[36] 이는 비록 랑과 "함께 늙어갈 수 있겠다"(320)는 마음이 "헛된 희망"(259)일지라도 더 깊은 어둠으로 내려가려는 고고의 선택과 조응하며, "최악의 결말에 도달하지 않"(299)는 긍정의 서사를 이룬다.

5. 나가며

유례없이 물질들이 기술공학적으로 매개되어 있는 오늘날은 과도한 발전

35　위의 책, 245쪽.
36　위의 책, 243쪽.

에 대한 두려움과 인간 향상에 대한 흥분이라는 양가적인 포스트휴먼 조건에 둘러싸여 있다. 특히 브라이도티가 위치하고 있는 비판적 포스트휴머니즘은 근대 휴머니즘적 "주류의 위기"와 구조적 타자인 "소수자들의 되기 패턴" 모두를 고려함으로써 인간-아닌 타자들과의 관계에 대한 확장적 인식을 가능케 한다. 브라이도티의『포스트휴먼』속 대칭적인 서론과 결론의 첫 문장을 짚으며 시작한 이 글은 '인간-포스트휴먼 연속체'로서의 관점을 토대로 하여 천선란의 SF『랑과 나의 사막』을 읽어낸 바 있다. 인간과 포스트휴먼이 각각의 개체로서 따로 분리된 것이 아니라, 서로 연속성을 이루는 과정 중의 유목적 주체들이라는 논지는 오늘날의 '우리'에게 유의미한 시사점을 준다. 이는 너무나도 '인간적인' 특성들을 그대로 답습하지도, 그렇다고 완전히 버리지도 않은 채 '탈-인간중심주의적' 관점에서 그것을 다시 탐색하고 살펴봄으로써 포스트휴먼 주체성을 모색해 나가는 실험이자 기획이다. 어떤 대상이 인간 종만의 전유물이 아니라는 자각은 인간-아닌 지구의 타자들로까지 관계적 사유를 확장했을 때만 비로소 가능해진다.

"인간이 망친 세상에서 살면서 인간을 믿는다는"(278) 건 결코 떼어놓을 수 없는 인간중심적 오만처럼 보인다. 그러나 바로 그 '인간'의 자리에 랑과 고고, 알아이아이와 살리를 채워 넣어 본다면, 오래된 믿음은 더 이상 미련에만 머무르지 않을 수 있을 것이다.[37] 이로써 숨이 섞인 목소리로 "내가 여기 있"(295)다고 속삭이는 랑의 위로가 고고에게 가 닿을 때, 함께 대지에 발 딛고 서 있는 조에들은 각자의 시공간에서 서로를 마주하게 된다.

---

[37] 이와 같은 다종(多種)적 세계에 대한 사유와 관련해서는 정우주, 앞의 글과 문제의식을 공유하고 있음을 밝힌다.

참고문헌

1. 기본자료

천선란, 「랑과 나의 사막」, 『현대문학』 2022년 1월호, 244-320쪽.

2. 논문 및 단행본

로지 브라이도티, 『유목적 주체』, 박미선 옮김, 여이연, 2004.

_____________, 『트랜스포지션: 유목적 윤리학』, 박미선·이현재·김은주·황주영 옮김, 문화과학사, 2011.

_____________, 『포스트휴먼』, 이경란 옮김, 아카넷, 2015.

_____________, 『변신: 되기의 유물론을 향해』, 김은주 옮김, 꿈꾼문고, 2020.

_____________, 『포스트휴먼 지식』, 김재희·송은주 옮김, 아카넷, 2022.

릭 돌피언·이리스 반 데어 튠, 『신유물론: 인터뷰와 지도제작』, 박준영 옮김, 교유당, 2021.

3. 기타 자료

정우주, 「상실의 자리로부터 ― 천선란론」, 『경향신문』, 2024.01.01., https://www.khan.co.kr/culture/culture-general/article/202401012149005, 접속일: 2024.07.18.

3부

긍정적 생명정치와 면역학적 전환

8장

초생명성(Epivitality) 시대를 위한 포스트휴먼 윤리*

─천선란, 『무너진 다리』를 중심으로

표유진

1. 들어가며

최근 한국문화 전반에서 일종의 현상을 이루고 있는 SF는 포스트휴먼 개념과 밀접하다. 지금까지 포스트휴먼과 윤리에 대한 담론은 인간과 포스트휴먼 사이의 경계에 대한 논의에 집중되어 왔으며 포스트휴먼의 개념과 권리에 대한 유의미한 논의를 지속해왔다. 그러나 포스트휴먼은 기본적으로 기술과학과 관련된 사회·정치·경제적 변화 위에서 이루어진 생명 개념의 확장에 기반을 두고 있다. 이는 도나 해러웨이, 로지 브라이도티를 포함한 포스트휴먼 개념의 바탕을 제시한 이론가들이 공통적으로 기술과학과 생명의 문제가 복잡하게 얽혀 있는 시대의 도래를 생명정치적인 차원에서 바라볼 수 있음을 강조해왔다는 점에서 잘 드러난다. 그렇다면 포스트휴먼 윤리는 생명(성)의 확장과 새로운 존재자들에 대한 윤리적 문제를 넘어 사회·경제·정치적 차원에서 기술과학과 생명, 권리의 문제를 제기하는 방향으로 확장되어야 한다.

---

* 이 글은 2023년 7월 1일 이화어문학회에서 주관한 <국제학술대회 학문후속세대 발표>에서 발표하고, 2023년 8월 『이화어문논집』 제60집에 같은 제목으로 실린 논문을 수정·보완한 것임.

포스트휴머니즘은 포스트휴먼 개념을 명확하게 정의될 수 없는 유연한 조건 혹은 곤경으로 바라보며 근대적 휴머니즘과 다른 방식의 인간/비인간에 대한 사유들을 폭넓게 아우른다. 포스트휴머니즘의 다양한 흐름들은 공통적으로 기술과 인간의 상호성, 그리고 그에 따른 인간 개념의 변화를 공유하며 인간이 아닌 비인간까지 포괄하는 생명 개념의 확장과 유대를 강조한다.[1] 유기체와 근대적 인간의 경계를 해체하는 혼종적이고 이질적인 존재로서의 포스트휴먼 논의에서 생명의 문제는 21세기 사회를 지배하는 생명정치적 흐름과 무관할 수 없다. 21세기 이전 근대적 인간은 과학적 순수성, 객관성, 자율성에 기초한 동일자적 주권 주체로서, 성차화·인종화·자연화된 타자를 양산하는 차이와 배제의 역사를 통해 구성되고 유지되어 왔다. 로지 브라이도티는 이러한 휴머니즘적 보편주의가 "오직 자신과만 평등한 보편의식"[2]이라고 지적한다. 그러나 브라이도티는 인간 주체 개념과의 단절을 선언하면서도 계몽주의의 유산인 비판적 사유를 유지하기 위해 반(反)휴머니즘이 아닌 탈(脫)휴머니즘으로서의 비판적 포스트휴머니즘을 제안한다. 비판적 포스트휴머니즘은 "생명 자체의 역동적이고 자기조직적 구조인 조에(zoe)"[3] 중심의 생명 개념의 확장을 꾀하며 "관계적일 뿐만 아니라 '자연-문화적'이며 자기조직적"[4]인 주체를 지향한다. 이처럼 확장된 생명에 대한 사유는 생명조차 자본화된 현시대에 대한 포스트휴먼적 성찰의 토대를 제공한다. 특히 브라이도티는 미셸 푸코의 생명관리정치 개념이 죽음마저 통치와 관리의 대상이 되는 현시대를 포괄하지 못한다고 지적[5]하는데, 이는 인간의 노동하는 신체를 넘어 생명 자체가 임상 노동적 자본이 되어버린 21세기에 적합한 새로운

---

1   로지 브라이도티, 『포스트휴먼』, 이경란 옮김, 아카넷, 2015, 56쪽.

2   위의 책, 26쪽.

3   위의 책, 82쪽.

4   위의 책, 70쪽.

5   위의 책, 144-149쪽.

생명정치 개념을 요청한다.

브라이도티의 지적은 타당하면서도 인간 외의 생명의 죽음과 생태계의 파괴에 대한 죽음의 문제에 초점을 둔다. 이에 더하여 이미 기술과학이 경제적 차원에서 생명과 죽음을 모두 관리 대상으로 삼게 된 현실에 대해서는 보다 복잡한 정치적 접근이 필요하다. 이를 위해 미국의 SF 연구자이자 UC 리버사이드 영문학·미디어문화학과 교수인 셰릴 빈트(Sherryl Vint, 1969~)[6]는 주권 주체에서 호모이코노미코스로의 전환이라는 푸코의 논의를 경유하여 브라이도티의 포스트휴먼 조건을 초생명성(epivitality) 조건으로 확장한다. epivitality는 빈트가 21세기 사변소설 속 생명정치적 전망이 어떻게 신자유주의와 생명공학의 상관관계를 내포하고 생명(체) 개념에 대한 재창조를 함축하는지를 이론화하면서 사용한 용어로 초생명적 현상을 지칭한다.[7][8] 기존의 인간중심적인 생명/비생명, 주체/객체의 경계가 모호해지고 서로 침투하는 21세기의 현상이 바로 초생명적 현상이다. 이러한 초생명성의 관점에 따르면 유기체와 비유기체의 경계가 모호해짐에 따라 기존의 인간 주체성

---

6 셰릴 빈트는 UC 리버사이드 사변문학 및 과학문화 프로그램(SFCS)의 학장이며, SF 분야에서 가장 권위 있는 학술지인 『과학소설연구Science Fiction Studies』의 편집장이기도 하다. 저서로는 『다가올 육체들Bodies of Tomorrow』(2007), 『동물 타자Animal Alterity』(2010), 『와이어The Wire』(2013) 등이 있으며, 한국에 번역되어 소개된 저서로는 『에스에프 에스프리』와 『SF 연대기』(공저)가 있다. 2020년대 이후 빈트는 신자유주의적 체제 아래 생명공학기술이 자본과 결탁하면서 생겨난 21세기의 생명정치적 양상을 과학소설과 사변소설을 통해 분석하는 비평적 시도를 보이고 있다. 본 연구에서는 빈트의 저서 중 SF 비평을 위한 주요 주제들을 다루고 있는 『과학소설Science Fiction』(2021)과 과학기술에 대한 사변소설적 상상력을 주제로 하는 『21세기 사변소설 속 생명정치적 미래Biopolitical Futures In Twenty-first-century Speculative Fiction』(2021)를 중점적으로 살펴볼 것이다.

7 Vint, Sherryl, *Biopolitical Futures In Twenty-first-century Speculative Fiction*, Cambridge, England: Cambridge University Press, 2021b, p.1.

8 epivitality의 번역어로 '초생명성'을 선택한 이유는 빈트가 접두사 'epi'의 '위, 바깥, 주변'이라는 의미를 강조했기 때문이다. 또한 교차점과 모호성, 교환성이 빈트가 말하는 epi-vitality의 속성이다. 따라서 epivitality란 '생명성(vitality)이 그 자체의 기존 의미를 넘어서는' 초월적 현상이라고 판단하였다.(ibid., p.1)

개념이 해체되고 있다. 그러므로 생명공학적 차원에서의 생명정치 분석을 통해 국가 및 지역의 경계나 집단 내에서 이루어지는 비대칭적인 분배와 박탈의 양상을 추적해야 한다.[9] 다시 말해 생명정치의 차원은 '자본과 결합한 생명공학'이 '인간과 비인간을 모두 아우르면서 물질적 한계를 넘어 삶 자체를 재창조하고 있는 사태'로 확장되어야 한다.[10]

흥미롭게도 생명정치의 양상을 확인하고 생명과 자본의 얽힘에 대응하는 탈상품화된 미래를 상상하기 위한 대안적 상상력의 장으로 제시되는 것은 사변소설이다. 빈트는 사변소설이 물질적 과학 문화와 오래도록 교류해왔으며 사회기술적 상상력[11]을 통해 헤게모니적 질서 내에서 전망되는 것과는 전혀 다른 미래를 개척하는 힘을 가진다고 보았다. 이는 다코 수빈과 프레드릭 제임슨이 과학소설의 기초로 삼았던 인지적 소외와 유토피아적 충동을 연상시키면서 기술과학과 대안미래적 상상력이 갖는 사회·정치적 잠재성을 강조한다.

이러한 생명정치에 대한 포스트휴먼적 사유와 사변소설 및 SF의 사회기술적 상상력의 연결은 한국 SF에서 이루어지고 있는 인간과 기술에 대한 성찰을 보다 깊이 이해하기 위한 중요한 바탕이 될 수 있다. 이를 통해 포스트휴먼 차원에서의 윤리적 논의 역시 인간과 기계의 경계 짓기를 넘어 노동, 질병, 기술의 수용과 활용에 대한 보다 넓은 논의를 위한 이론적 바탕을 얻을 수 있을 것이다. 이러한 관점에서 인간과 비인간의 관계를 다양하게 서사화하여 노동, 질병, 젠더, 기술, 환경 등 여러 방면에서 논의될 수 있는 작가로 천선란

---

9   ibid., pp.3-4.

10   ibid., p.6.

11   쉴라 자사노프에 따르면 사변소설은 사회기술적 상상력의 핵심이다. 사회기술적 상상력이란 기술의 변화를 구성 및 전달하는 문화적 힘과 이미지이며, 과학기술 발전을 통한 달성 가능성, 바람직한 미래 전망에 대한 집단적 공유, 제도적 안정화와 공개적 수행 가능성 여부를 조건으로 한다.(ibid., p.7)

이 있다. 천선란은 첫 장편 『무너진 다리』[12]를 시작으로 『어떤 물질의 사랑』, 『노랜드』 등의 단편소설집과 『천 개의 파랑』, 『나인』, 『이끼숲』 등 여러 편의 장편소설을 창작해왔다. 그의 소설들은 공통적으로 SF를 통해 인간과 비인간의 경계를 허물어트리고 새로운 윤리적 관계를 모색하는 소설로 평가되어 왔다.[13] 그러한 기존의 평가는 분명 적절하지만, 천선란 소설이 비인간의 형상과 존재론적 논의를 펼치면서도 포스트휴먼으로서 기술과 관계 맺는 인간[14]에 대해 치밀한 사회경제적 상상력을 동반하고 있다는 점은 단편적으로만 분석되어왔다.

양윤의와 차미령은 행위자-네트워크 이론으로 페미니즘과 SF의 결합을 논의하면서 "젠더의 분할이나 인간/비인간의 분할을 넘어서는 포스트젠더, 포스트휴먼으로서의 행위와 역량을 탐구"[15]하는 소설로 『어떤 물질의 사랑』을 평가하며 그 가능성을 암시한 바 있다. 이들의 결론처럼 비인간에 대한 논의로부터 포스트휴먼의 가능성을 확장적으로 탐구하는 것은 사실상 천선란 소설 전반에서 드러나는 큰 특징이며 실제로 그 역량은 가능성을 넘어

---

12   천선란, 『무너진 다리』, 그래비티북스, 2019.

13   양윤의·차미령, 「천선란 소설에 나타난 '비인간'의 가능성」, 『현대소설연구』 84, 한국현대
       소설학회, 2021, 233-263쪽; 이지은, 「위기의 지구에서 빗장(bar) 옮기기」, 『문학동네』
       28(2), 문학동네, 2021, 551-572쪽; 진설아, 「경계를 해체하는 한국 SF-김보영, 김초엽, 천선
       란을 중심으로」, 『한국문예창작』 21(3), 한국문예창작학회, 2022, 75-95쪽; 전기화, 「(비)인
       간의 자리로부터」, 『창작과비평』 50(2), 창비, 2022, 60-75쪽.

14   이와 관련하여 캐서린 헤일스의 포스트휴먼 논의를 참고할 수 있다. 헤일스에 따르면 포스
       트휴먼은 시간적으로 근대적 인간 이후의 개념이 아니다. 오히려 우리는 '이미' 포스트휴먼
       이었고 포스트휴먼이다. 헤일스가 말하는 포스트휴먼은 인간과 비유기체적이거나 비물질
       적인, 또는 정보적인 것의 결합이며 그 무엇에 의해서도 영향을 받거나 소유되지 않는 자유
       주의적 휴머니즘 주체와 대비되는 주체에 대한 개념이다. "포스트휴먼 주체는 혼합물, 이질
       적 요소들의 집합, 경계가 계속해서 구성되고 재구성되는 물질적-정보적 개체이다."(캐서
       린 헤일스, 『우리는 어떻게 포스트휴먼이 되었는가-사이버네틱스와 문학, 정보 과학의
       신체들』, 허진 옮김, 열린 책들, 2021, 25쪽.) 그러므로 헤일스는 인간과 기술, 정보, 기계가
       맺는 관계에서 일어나는 물질적 상호작용 속에서 우리가 포스트휴먼으로 존재한다고 본다.

15   양윤의·차미령, 앞의 글, 259쪽.

발휘되고 있다. 이지은 역시 『천 개의 파랑』의 "성性과 종種, 정상과 비 정상의 구획을 가로지르는 우정"[16]에 대한 서사에서 장애를 극복의 대상으로 삼는 신체 향상 기술에서 신체적 차이가 있더라도 자유롭게 이동하기 위한 기술로의 사유의 전환을 발견한다.[17] 천선란은 이처럼 비인간과 인간이 사전적 의미로 함께 존재하게 된 기술 발전의 미래에서 비인간의 존재론은 물론 기술과 관계 맺는 인간의 '포스트휴먼적' 형상을 탐구하고 그로부터 '다른 미래'를 상상한다.

기존 연구들이 단편적으로나마 발견해온 것처럼 비인간과의 관계나 경계의 문제를 넘어 천선란은 인간 역시 포스트휴먼으로서 어떻게 존재할 것인가에 대한 물음을 지속적으로 던져왔다. 그 물음은 기계와 인간, 그리고 기술, 노동과 환경 등의 관계에 대한 사회경제적 상상 속에 내포되어 있다. 이처럼 포스트휴먼 윤리의 논의 대상을 사회·경제·정치의 측면으로 확장하고 이를 통해 현재 우리 사회가 나아가야 할 다른 미래를 위한 대안적 사유를 보여주기 때문에 천선란 소설은 SF이면서 사변소설적 특징을 갖는다. 이를 집중적으로 논의하기 위한 출발점으로 인간, 기계, 기술, 노동에 대한 복합적이고 광범위한 서사를 담은 첫 장편소설 『무너진 다리』를 살펴볼 필요가 있다. 아울러 『무너진 다리』의 성찰적이고 대안적인 상상력은 노동과 향상을 위해 탄생한 휴머노이드라는 기술의 결정체와 인간의 관계에 근거하므로, 이는 생명차원으로 확장되고 변형된 노동과 자본의 양태에 대한 분석을 통해 이해되어야 한다.

따라서 이 글에서는 SF적이고 사변적인 상상력을 독해하기 위해 빈트가 제안하는 비평적 도구로서 네 가지 새로운 생명정치적 비유를 정리하고, 이를 활용하여 천선란의 장편 SF 『무너진 다리』를 분석한다. 『무너진 다리』

---

16   이지은, 앞의 글, 565쪽.
17   위의 글, 564쪽.

의 생명정치와 대안적 미래 사유를 분석함으로써 포스트휴먼 윤리의 새로운 방향성을 모색할 수 있을 것이다.

2. 21세기 생명정치의 네 가지 비유

셰릴 빈트는 푸코와 아감벤의 생명정치를 확장하는 이론가 로베르트 에스포지토가 주장한 생명과 정치의 내재성, 그리고 생명 정치에서의 죽음의 문제를 강조하는 브라이도티의 비판적 포스트휴머니즘으로부터 기술과 생명의 미래에 대한 대안적 사유에 도달하고자 한다. 에스포지토는 "생명의 유지·강화로서의 생명 권력의 발전과 살해 능력으로서의 죽음정치의 확대가 서로 역설적이면서도 평행적으로 연결되어 있"[18]다는 역설에 대한 아감벤의 지적을 근거로 푸코를 넘어 근대의 종언 이후의 생명정치를 탐색한다. 생명정치와 죽음정치가 맞물려 있는 역설을 해결하기 위해 에스포지토는 생명과 정치의 근본적인 내재적 관계 즉 "생명정치에 내포되어 있는 이중의―파괴 혹은 정립의―가능성"[19]을 강조한다. 벌거벗은 생명에 해당하는 조에(zoe)는 사회적 삶으로서의 비오스(bios)의 내적 차이에 해당하며 서로 분리될 수 없다.[20] 이는 '면역'[21]을 통해 설명된다. 생명을 보호하기 위해 질병의 원인을

---

18 김상운, 「면역, 공동체, 민주주의: 로베르트 에스포지토」, 『문화과학』 83, 문화과학사, 2015, 406쪽.

19 로베르트 에스포지토, 『임무니타스―생명의 보호와 부정』, 윤병언 옮김, 크리티카, 2022, 276쪽.

20 김상운, 앞의 글, 407쪽.

21 '면역'의 어원인 라틴어 immúnĭtas는 의무·세금을 면제 받고 직무에서 자유로워지는 것을 의미하는 법적 용어로, 의무, 책임, 선물을 의미하는 munus에서 파생되었다. munus와 cum(더불어, 함께)이 결합하여 탄생한 commúnĭtas는 공동체의 어원이다. 이처럼 면역과 공동체는 같은 어원으로부터 타자에 대한 닫힘과 열림으로 갈라져나온 개념이다.(위의 글, 408쪽.)

약화시켜 투여하는 조작적 작용인 면역은 "생명 보호와 생명 파괴, 생명 긍정과 생명 부정 같은 서로 대립된 것들이 분간하기 힘들게 연결"[22]되어 있음을 보여주기 때문이다. 에스포지토의 면역 담론은 포스트모던 시대에 이르러 면역이 삶의 모든 부문과 담론으로 확장되어 삶의 형식으로 자리 잡았으며, 생명을 보호하기 위해 필수적인 면역이 어떤 지점을 넘어서면 오히려 과잉 방어로 인해 생명을 부정하는 자기면역화 즉 자괴파괴적 결과를 불러온다는 두 테제[23]에 근거하여 과도한 면역체계로 근대의 종언 이후의 생명정치를 설명한다.[24]

생명정치에 대한 새로운 관점들을 참고하면서 셰릴 빈트는 21세기 자본과 생명의 문제를 휴머니즘의 실패로 보고 현재를 진단한다. 특히 빈트는 현 생명정치에 대한 대안을 포스트휴먼적 관점에서 다른 미래를 상상하고 설계 하는 데서 찾으며, 그러한 미래 전망의 장으로서 사변소설과 SF적 상상력의 중요성을 역설한다. 빈트는 저서 『에스에프 에스프리』와 *Science Fiction*에 서 과학소설(science fiction) 혹은 사변소설(speculative fiction)으로 해석되는 SF 가 기본적으로 시대와 교류하는 역동성과 가변성으로 인해 규정하기 어려운 개념임을 강조해왔다. 그럼에도 빈트의 논의들에 따르면 '사변적(speculative)' 인 것은 주변 세계의 권력 구조를 파괴하고 대안이 될 수 있는 다른 가능성을 상상하고 실천하는 미래를 향한 사유로서, 과학소설로서의 SF와 밀접하게 관련되어 왔다.[25] 그리고 SF의 조건은 동시대 사유의 지평이나 기술적 성취

---

22 위의 글, 같은 쪽.

23 로베르트 에스포지토, 「면역화와 폭력」, 김상운 옮김, 『진보평론』 65, 메이데이, 2015, 312-317쪽.

24 생명정치와 죽음정치의 맞물림에 맞서 에스포지토가 제안하는 대안은 생명을 규범화하고 선별하는 주권 권력이나 과도한 예방이 아니라 차이와 특이성의 탄생을 가능하게 하는 열린 체계 즉 commúnĩtas로의 전환에 있다.(김상운, 앞의 글, 415쪽.)

25 아울러 빈트는 사변적인 것이 SF의 상상력과 내러티브와 밀접하게 관련되어 왔다고 강조 한다. 사변소설의 개념과 SF에 대한 빈트의 논의는 *Science Fiction*의 3장 'Futurology and

를 뛰어넘는 외삽(外揷, Extrapolation)과 낯설고 먼 세계를 가능하게 하는 서술적 장치 혹은 요소로서의 노붐(Novum)을 통해 인지적 소외를 일으키는 역동적인 상상력으로 정리될 수 있다.[26] 이러한 사변적인 것의 의미와 SF의 조건을 비교할 때, 과거가 아니라 현재로부터 미래로 향하며 과학기술적 전망을 적극적으로 상상하는 사변소설과 SF의 밀접성을 잘 보여준다. 그러므로 사변소설과 생명정치에 대한 논의는 과학소설로서의 SF를 확장적 개념 혹은 담론적인 차원에서 접근할 때 유효하며, 이러한 차원에서 빈트가 제시하는 비평적 도구는 SF 비평을 위한 유용한 도구가 되어줄 것이다.

*Biopolitical Futures In Twenty-first-century Speculative Fiction*에서 빈트는 과학적 사유를 중심으로 하는 사변소설이 형상화하는 생명정치적 미래가 현재의 생명, 노동, 자본, 그리고 몸의 문제를 반영한다고 전제한다. 그리고 사변소설의 생명정치적 전망을 독해하기 위한 비평적 도구로 '불멸의 그릇 (the immortal vessel), 살아있는 도구(the living tool), 생명 기계(the vital machine), 예비 부품(the spare part)'이라는 네 가지 새로운 생명정치적 비유(biopolitical figurations)[27]를 제시한다.

첫 번째 비유적 도상(icon)인 '불멸의 그릇'은 생명 연장에 대한 욕망과 그 속에서 '건강한 자아'가 아닌 '최적화된 기계'로 간주되는 신체를 다룬다. 의료 서비스가 경제에 종속됨에 따라 의학은 질병 치료가 아닌 위험 관리 전략으로, 환자는 소비자로 전환된다.[28] 의료 서비스는 자본화된 몸의 생산성

Speculative Design' 참고.(Vint, Sherryl, *Science Fiction*, Cambridge, Massachusetts: The MIT Press, 2021a, pp.37-56)

26 본문에 언급된 것처럼 빈트는 SF의 개념이 각 시대와 사회와의 맥락 속에서 역동적으로 변형되어 왔고 앞으로도 그러할 담론적 차원이라고 강조한다. 그러므로 본 연구에서는 SF를 개념화하고 본질적으로 규정하기보다는 SF와 SF가 아닌 것을 분별하기 위한 조건을 제시하고자 하였다.

27 원문에서는 'biopolitical figures'과 'new biopolitical figurations'이 병용되고 있으며 생명정치적 현상 혹은 양상을 비유적으로 일컫는 개념으로 이해할 수 있다.

을 위해 건강을 지속적으로 관리해야 하는 대상으로 삼는다. 그러므로 죽음은 극복되고 배제되어야 하는 대상이다. 제한 없는 치료, 만성질환, 평생에 걸친 약물 복용에도 불구하고 이루어지는 생명연장은 맹목적으로 당연시된다. 냉동의학과 같이 생명 연장을 위해 죽음을 유예하는 사례를 들어 빈트는 생명 자체의 정지 상태가 사실상 현재적 물질성의 파괴이자 자본화임을 상기시킨다. 냉동의학은 미래의 죽음을 제거하기 위해 현재를 죽이는 기묘한 역설이므로 빈트는 그 가운데 일어나는 시간적 논리의 재구성을 비판적으로 바라본다. 정지와 유예로 인해 수정가능하고 예측 불가능해진 과거, 현재, 미래의 시간은 인간이 따라잡을 수 없는 속도로 이루어지는 파생상품의 역학과 등치된다.[29] 이러한 해석은 인간의 삶이 자본의 투자에 종속되었음을 함의한다. 아울러 빈트는 생산성을 위해 건강이 강요되고 죽음이 금지되는 미래에서 인간의 생명 자체가 자본화되며, 그 그릇을 깨트리는 죽음의 수용이 오히려 인간성과 윤리의 회복이 되는 역설을 지적한다. 제한 없는 생명연장 기술이 오히려 생명을 평가절하하고 자본화한다는 생명정치적 역설이 불멸의 그릇이라는 비유에 담겨 있다.

불멸의 그릇이 자본에 따라 시간성을 재구축하는 트랜스휴먼적 생명연장[30]을 다루었다면 이어지는 비유들은 그 성취를 위해 의료 산업이 비인간화한 생명들에 초점을 둔다.[31] 생명과 자원은 유한하기 때문에 생명연장은 불가

---

28 Vint, Sherryl(2021b), op. cit., p.25.

29 ibid., p.31.

30 부유한 특권층의 트랜스휴먼적 환상은 자본과 하나가 되려는 욕망을 함의한다.(ibid., p.130)이러한 트랜스휴먼적 욕망은 21세기에 갑작스럽게 등장한 것이 아니라 "더 오래 살고 인간 육체의 한계를 초월하고자 했던 인간의 고대로부터의 욕망과 과학이나 이성 및 개인의 자유에 대한 계몽주의적 믿음이 결합된 산물"이다.(신상규, 『호모 사피엔스의 미래 −포스트휴먼과 트랜스휴머니즘, 아카넷, 2014, 109쪽.) 이런 점에서 트랜스휴머니즘은 근대적 인간관의 연속선상에 있다.

31 ibid., p.94.

피하게 다른 존재의 노동력과 생명력을 필요로 한다. 이러한 문제는 오래도록 노동과 기계에 관한 SF적 상상력에 함축되어 있었다.

'살아있는 도구'[32]는 대체가능한 대상으로 간주되고 비가시화되는 노동자들의 소외와 비인간화[33]에 대한 비유이다. 살아있는 도구의 사례이자 과학소설의 상징적 존재인 로봇은 인간에게 육체적 노동으로부터의 해방, 그리고 안전과 일자리에 대한 위협으로 상상되는 양가적 존재로 형상화되어 왔다.[34] 그러나 빈트가 최근의 서사적 경향에서 발견한 것은 인간을 대체할지도 모른다는 두려움보다 오히려 위기에 처한 로봇들의 모습이다. 휴머노이드 로봇에 투영된 노동의 환상은 식민지적인 환상에 가깝다.[35][36] 명령한 바를 수행할 정도로만 인간적인, 그러나 인간적으로 대우할 필요는 없는 그런 노동력에 대한 인본주의적이고 제국주의적인 환상 앞에서 로봇은 살아있지만 생명으

---

32 빈트는 이 비유를 아리스토텔레스의 『정치학(Politics)』으로부터 가져온다. 아리스토텔레스는 노예를 이성을 통해 정념을 통제할 수 없는 존재이자 무생물에 준하는 주인 의지의 연장선상에 있는 'living tool'로 정의한 바 있다. 빈트는 아리스토텔레스의 해당 구절이 'living instrument'로 번역되기도 하지만 본인의 정치적 논의 속에서는 'tool'이 더 적절하다고 밝히고 있다.(ibid., p.56, p.222)
이러한 아리스토텔레스의 자연적 노예 개념에 대한 사유는 빈트 역시 참고하는 조르주 아감벤의 '벌거벗은 생명'의 개념으로 이어졌는데, 빈트는 특정 신체에 새겨지고 전승된 불안정성을 식민주의와 인종화의 역사를 통해 설명하고 이를 포괄하는 생명정치 개념을 지지한다.(ibid., p.59)

33 비인간화(dehumanization)란 '인간'의 지위와 인권의 영역에서 배제된 삶을 지칭한다.(ibid., p.49)

34 로봇은 인간의 신체적 한계를 극복한 무한한 능력을 지닌다. 그럼에도 불구하고 아이작 아시모프의 로봇 3원칙이 보여주듯 인간에 대한 복종과 생명 보호를 절대 원칙으로 프로그래밍된 노예 혹은 하인에 위치되곤 했다. 이 원칙에 대한 위반을 상상하는 수많은 과학소설 사례들은 인간 창조자가 로봇에 대해 갖는 두려움과 경계를 드러낸다. 로봇은 그 자체로 유기체와 무기체의 경계를 무너트리는 존재로서 근대적 인간 개념을 위협한다.

35 Vint, Sherryl(2021b), op. cit., p.50.

36 필요한 노동의 일부를 비인간화하고 권리를 박탈하여 도구적 기능에 환원하는 것은 합리적으로 대체된 노예제도나 다름없다. 즉 인권의 착취를 경제적 명분으로 합리화한 것이다.(ibid., pp.53-54)

로 간주되지 않는 기계로서 '살아있는 도구'가 된다. 로봇 형상은 미래에 국한되는 것이 아니라 인종화(racialization)의 폭력과 대응되기 때문에 현재의 노동자 전반의 문제로 확대될 수 있다. 결국 착취되고 상품화되는 로봇에 대한 사변적 상상력은 자본화된 생명으로서의 비인간화된 삶을 반영한다. 노예화된 기술 도구(technological tools)로 환원되는 로봇의 형상은 인종화의 역사를 바탕으로 그 차별이 비생물의 차원으로까지 확장되는 미래를 전망한다. 이 비유에서 빈트가 지적하는 바는 소유권에 기반을 둔 자유주의적 인간 개념이 소유 대상 즉 타자에 대한 비인간화에 의존한다는 사실이다. 소외된 노동력에게 특정 종류의 노동을 외주 맡김으로써 구성되는 특권 시민으로서의 '인간'은 근본적으로 불완전하다.[37]

노동뿐만 아니라 비인간화된 생명력은 그 자체로 자본화되어 특권층의 생명력을 보조하는 상품이 된다. '생명 기계'는 생명의 재생산의 불평등한 분배를 통해 미래조차 자본의 논리에 의해 비대칭적으로 허가되는 생명공학적 문제를 비유하며, 생물학적 재생산과 관련된다. 빈트는 초국적 대리모 서비스가 제3세계 여성의 생식 능력이 선진국의 특권층 소비자들에 의해 소비되는 현상이라고 지적한다. 이는 낙태와 불임, 그리고 임신과 출산에 대한 갖은 법적 논의와 윤리적 담론들이 '어떤 인간의 생식 능력과 어떤 형태의 가족 구조가 미래에도 보존될 것인가'라는 중대한 문제를 내포한다는 통찰에 근거한다.[38] '생명 기계'가 내포하는 생명정치적 문제는 태아의 줄기 세포와 같은 여성 몸에서 추출된 잉여 가치를 상품화하고 이를 노화된 특권층의 신체로 이전시키는 일련의 흐름 역시 포괄함으로써 '불멸의 그릇'이 함축하는 욕망의 특권성을 보조한다.[39] 인류 혹은 특정 민족과 국가의 지속에

---

37   관련하여 빈트는 인간 개념이 '인격화와 비인격화가 결합된 장치(combined personalization and depersonalization dispositif)'로서 창조되었다고 지적하는 에스포지토의 논의를 통해 사물과 인간이 동시적으로 창조되며 서로를 구성함을 강조한다.(ibid., pp.57-58)

38   ibid., p.79.

대한 불안은 부의 개념이 유전적인 영역으로 확장되는 현상을 가속화한다. 이러한 현상 속에서 생명은 상품화되는 동시에 특정한 생명을 신성시하는 아이러니를 보인다. 빈트는 이것이 식민지 불평등의 연장선상에 있다고 강조한다.

앞선 비유적 형상들과 유사하게 네 번째 '예비 부품' 역시 상품화와 대체 가능성의 극대화된 형태로서, 심지어 이종에게까지 이식될 수 있는 자본화된 생명이 인종적·경제적 위계 속에 놓여 있는 생명공학적 문제를 다룬다. 아감벤이 지적한 것처럼 혼수상태 환자에 대한 의학적이고 법적인 정의는 인간과 비인간의 경계에 놓인 '환자가 아닌 존재'를 발명함으로써, 자원 낭비적인 인간 생명을 '더 가치 있는' 다른 인간을 살릴 수 있는 자원 즉 장기이식을 위한 온전한 공급원으로 만든다.[40] 중요한 것은 누가 쉽게 '인간이 아닌' 장기 기증자가 되고 누가 '가치 있는' 인간으로서 타인의 생명력을 수혜받을 것인가가 시장 거래를 통해 이미 인종적이고 경제적인 방식으로 위계화되어 있다는 사실이다. 생명의 대체 가능성은 특권층의 생명을 더욱 특권화한다.

살아있는 유기체의 몸에서 세포를 분리해내는 생명공학적 발전은 비인간 생명들은 물론 변형되거나 개조되지 않은 인간 신체조차도 상품화하고 자본화한다. 사변소설은 이러한 생명정치의 확장적 전망을 인간이 아닌 존재로 여겨지는 복제인간이나 합성생명체(synthesized beings)로서의 생물학적 로봇(biological robots)이 생물학적 자원으로 환원되는 상상을 통해 형상화한다. 안드로이드를 돌봄의 대상으로 여기지 않고 소비재로 바라보는 사회적 편견이 담긴 상상적 사례들은 모든 것을 경제적으로 환원하고 비인간화된 생명의 범주를 확장시킨다. 이에 맞서 빈트가 소설에서 발견하는 대안은 차이를 넘어서는 연결에서 비롯되는 공감이다.[41] 안드로이드와 소외된 노동자들의

---

39   ibid., pp.79–80.

40   ibid., pp.94–95.

유사성을 지속적으로 지적해온 빈트의 논의는 이렇듯 인본주의의 '인간'의 틀을 넘어서는 모든 존재들의 연결에 대한 포스트휴먼적 윤리를 향한다.

결론적으로 빈트는 기술이 가져다줄 번영(flourishing)이 효율적이고 생산적인 경제적 가치로서의 기술적 최적화가 아니라 보다 개방적인 사회적 세계의 구축에 대한 것이어야 한다고 강조한다. 노동력뿐만 아니라 임상노동적 자원으로서 생명 자체가 생산가능한 자원이 됨에 따라, 심지어 잉여 가치까지 창출할 수 있게 됨에 따라 삶은 점점 더 도구화된다. 그리고 인간화와 비인간화는 상호적으로 생명의 가치를 나누고 생명을 연장하거나 단축할 수 있는 생명정치적 지배구조를 구성한다.[42] 노동과 생명이 자본에 의해 잠식되어가는 생명정치적 미래의 도래에 맞서 어떤 방식으로 다른 방식의 세계를 상상할 것인가, 어떻게 다종적인 생명을 아우르는 윤리적 연속체를 상상할 것인가. 그것이 바로 빈트가 네 가지 생명정치적 비유를 통해 진단한 미래 전망에 맞서 제기되는 포스트휴먼적 물음이다.

3. 『무너진 다리』의 생명정치와 포스트휴먼 윤리

3.1. 트랜스휴먼의 환상과 '불멸의 그릇' 깨트리기

천선란의 『무너진 다리』는 고도의 인공지능과 기계 신체를 지닌 사이보그[43] '휴론'이 인간의 일상에 등장한 미래사회를 배경으로 한다. '인간(human)'

---

41   ibid., p.142.

42   ibid., p.108.

43   사이보그는 미국의 과학자 맨프레드 클라인스(Manfred Clynes, 1925~)가 '우주에서의 생
      존을 위한 인간 개조'에 대한 주제를 연구하면서 만든 용어로, 인공두뇌학을 의미하는 사이
      버네틱스(cybernetics)와 유기체(organism)의 합성어이다. 해러웨이는 사이보그를 "인공두

과 '복제품(clone)'의 합성어인 휴론이라는 이름에서 알 수 있듯, 인간들은 인간의 노동과 신체를 대체할 수 있는 이 존재를 '인간이 아닌 복제'로 타자화한다. 빈트의 새로운 생명정치적 비유에 따르면 휴론은 '불멸의 그릇'으로서의 인간 신체를 위한 트랜스휴먼[44]적 환상을 뒷받침하는 '예비 부품'이다. 기술을 통한 무제한적 향상의 꿈은 생명연장과 몸의 건강 유지에 대한 욕망으로 집약되어 이를 위한 의료용 휴론의 존재 가치를 완전히 도구화한다. 생명이 불평등하게 분배되는 것이다. 『무너진 다리』에서 사고로 다리를 다친 수영 선수 아라를 위한 의료용 휴론인 아벨은 원본 즉 아라와 동일한 외양의 기계 신체에 아라의 근육세포로 복제해 만든 다리를 이식받는다. 그 다리를 튼튼하게 회복시켜 아라에게 제공하는 것이 아벨의 유일한 존재 가치이다. 의사는 아라를 진찰하면서 아벨에게 이식된 다리가 얼마나 튼튼하게 준비되었는지를 품평하고, 그 곁에 "마네킹처럼" 앉아 있는 아벨은 살아있는 생명도 아니고 인간을 돕기 위해 만들어진 로봇일 뿐"(404)이다. 아무리 인간과 같은 판단능력이 있더라도 의료용 휴론은 인간에게 신체 일부 혹은 장기를 조달하기 위한 목적하에서만 의미를 갖고 그에 책임과 보람을 느끼는 존재로 정의된다.[45]

뇌의 유기체로, 기계와 유기체의 잡종이며, 허구의 피조물일 뿐 아니라 사회적 실재(social reality)의 피조물"로 정의한다. 사이보그는 이질성, 혼종성을 특징으로 하며, 성적 지배를 중심으로 했던 구순애적이고 오이디푸스적인 구원의 역사에서 분리되어 "사회적·육체적 실재의 지도"를 만드는 "젠더-이후의 피조물"이다.(다나 J. 해러웨이, 『유인원, 사이보그, 그리고 여자』, 민경숙 옮김, 동문선, 2002, 267-268쪽.)

44 대표적 트랜스휴머니스트인 닉 보스트롬에 따르면 트랜스휴머니즘(transhumanism)이란 "현재 형태의 인간 종은 인류 발전의 끝이 아니라 비교적 초기 단계에 불과하다는 전제를 바탕으로 한 미래에 대한 사고 방식"이다. 그렇다면 트랜스휴먼은 기술과학을 통해 향상된 인간의 과도기적 형태에 해당한다.(Bostrom, Nick, "Transhumanist FAQ v.2.1", 2003, 2003.8., http://www.nickbostrom.com/, 접속일: 2024.05.30.)
    트랜스휴먼에 대한 사유는 기술과학을 통한 인간의 '향상'을 진보와 발전으로 해석한다는 점에서 기술의 우월성에 대한 사유와 인간 중심적인 사유를 지속할 위험성을 갖는다.

45 "휴론들은 자신의 존재 이유와 가치를 잘 압니다. 그 행위 자체를 뿌듯해하고 반드시 이행

그러나 의료적 상품이 된 아벨과 그 상품을 제공하는 판매자가 된 의사의 모습은 동물미용사인 유나의 시선에서 도살될 비인간동물과 도살자인 인간의 관계와 겹쳐진다. 비인간 존재의 생명성에 대한 유나의 인식은 서비스의 수혜자이자 소비자이기를 거부하는 아라와 아벨의 교감으로부터 비롯되었다. 아라는 매번 아벨과 단둘이 보낼 수 있는 시간을 요청하며 그와 교감하다가 끝내 아벨을 탈출시킨다. 그리고 자신의 '회복'을 거부한다. 이러한 아라의 선택은 사회적으로 이해받지 못한다. 아라는 단순히 이식 수술을 거부하는 방식이 아니라 아벨의 탈출이라는 위험한 결정을 내린다. 그 이유는 정해진 몸의 '건강성'을 위한 기술적 회복을 '선택하지 않을 권리'가 주어져 있지 않기 때문이다. 즉 "살아있다는 것에 대한 맹목적인 열망이 다른 것들을 중요하지 않게끔 지워버리"(95)기에 다리를 이식하더라도 수영 선수로서의 삶을 포기해야 하는 아라의 좌절감은 고려의 대상이 아니기 때문이다. 생명의 상품화에 대한 전면적인 저항이 아니더라도 "어쩌면 영생을 누릴 수 있는 기회를 눈 앞에 두고도"(345) 인간 몸의 근본적인 약함을 있는 그대로 받아들이고자 하는 이들의 선택은 '자해' 혹은 '자살'로 해석되는 반(反)사회적인 결정으로 받아들여진다.[46]

죽음을 유예하기 위한 향상의 욕망과 인간의 유한성에 대한 사유는 유기체의 '늙음'과 '재생', 그리고 기계 신체의 '낡음'과 '교체'의 비교를 통해 심화된다.

　　　"살아있는 건 늙어."

해야 할 임무로 받아들이죠. 그들에게 자체적 판단능력이 있다고 해서 인간처럼 인격에 대한 모멸감을 느끼지는 않죠. 결국 모든 건 인류를 위한 것이니까요."(16)

[46] "임교수는 췌장에서 증식하는 암세포를 발견하고도 장기배양을 하지 않았다. 임 교수는 쉰여섯에 췌장암 말기로 죽었다. 사람들은 그 죽음을 요절이라 했고 사고사라고 했고 통상적으로 자살이라고 했다."(52)

그렇다면 진은 묻고 싶다. 살아있는 것이 늙어가는 것은 당연한 것인데 인간은 왜 그렇게도 그것만은 피하고 싶어 하느냐고. 피부에 탄력이 사라지고 조금씩 관절이 망가진다는 '노화'의 속도를 늦출지언정 막을 수 없다는 건 알고 있었다. 하지만 단순히 신체가 낡아간다는 의미와 늙어간다는 것은 다른 말처럼 느껴졌다. 수잔은 늙었지만 낡지는 않았다. 늙음을 다른 단어로 대체하라면 진은 주저 없이 '깊이'로 표현할 거였다.(『무너진 다리』, 264-265쪽)

그것이 휴론의 가장 치명적인 단점이리라. 증식하는 세포로 이루어지지 않아 스스로 몸을 치유할 수 없다는 것. 아무리 시간이 흘러도 절대로 성장할 수 없다는 것. 지구의 모든 생명체는 시간 속에서 성장을 이룬다. 해변의 바위조차도 절대로 영원하지 않다는 지구의 공식을 휴론은 가지고 있지 않다.(『무너진 다리』, 387쪽)

늙음과 낡음, 그리고 회복과 교체의 간극은 인간과 기계의 이분법을 부추기는 대신 신체의 늙어감을 수용하고 자신의 일부로 여기며 대체하기를 거부하는 선택의 가능성을 강조한다. 기계와 인간의 차이는 오히려 삶이 아니라 고통과 죽음의 여부에서 갈라지고, 이는 생명정치와 죽음정치가 서로 맞물려 있음을 드러낸다.

"저는 그때 우리가 영원히 헤어지리라는 걸 잘 알고 있었죠. 그 사람은 자신과 제가 다를 게 없다고 말했지만 우리는 달랐으니까요. 결정적으로 달랐죠. 이름이 있고, 만질 수 있고, 기억할 수 있다면 모든 게 살아있는 것과 마찬가지라고 했지만 죽는 건 다를 테니까요."(『무너진 다리』, 188쪽)

인간과 안드로이드의 가장 큰 차이에 대해 아라는 고통을 느끼고, 고통에서 벗어날 수 없으며, 그리고 고통을 원하는 것이라고 말했다. 휴론으로 다시 태어난 아인은 고통을 견디면서도 고통을 원할 수 없는 자신을 "반쪽짜리여서 인간의 권리를 반밖에 누릴 수가 없"(211)다고 생각한다. 죽음을 선택할 권리, 죽음의 권리는 물론 애도할 권리조차 휴론에게는 주어지지 않았다. 분해되어 고철로 남는 것이 아니라 자연으로 돌아가는 유기체의 죽음 형식뿐만 아니라 삶과 죽음을 결정하고 선별할 수 있는 권리가 이 세계의 '인간' 개념의 조건으로 나타난다. 죽음을 통해 갈라지는 인간과 비인간. 그런데 아이러니하게도 강제된 향상과 주입된 영생의 환상은 인간을 죽음으로부터 분리하여 그들을 '인간' 개념에서 분리했다. 영생이 오히려 인간다움을 붕괴시킬 수도 있다는 깨달음이 죽음을 통해 비로소 인간으로 남는 인물들을 가능하게 한다.

그러나 『무너진 다리』가 기술을 통한 인간의 향상이나 변화를 부정하는 것은 아니다. 살아있는 죽음 대신 명확한 죽음을 택한 아라와 임교수의 선택 반대편에는 뇌 이식을 통해 휴론이 됨으로써 새로운 삶을 얻은 아인이 있다. 아인은 당사자의 동의 없는 이식을 당했고 위험한 임무를 수행하도록 내몰렸지만 그럼에도 휴론으로서 지속되는 자신의 삶을 받아들인다.[47] 아인은 기술이 선사한 그 삶에서 죄책감과 슬픔을 덜어내고 위안을 얻었다. 결국 요점은 기술 자체의 가치 판단이 아니라 기술의 활용, 그 안에서 이루어지는 비인간 존재에 대한 윤리적 문제, 그리고 그 활용 여부를 선택할 수 있는 권리에 있다. 이처럼 『무너진 다리』는 장기나 신체 일부의 이식을 거부하고 휴론을

---

47   "살아있다는 사실에, 아인도 감사함의 눈물을 보이고 싶었다. 하지만 그럴 수 없음에 아인은 자신의 볼을 포갠 유나의 손을 감쌌다.
"움직이게 만들어 준 거야."
유나의 말처럼 살아있다고 표현할 수 있었으면 좋으련만.
(중략) "기술이 너를 다시 살린 거야. 살아있는 게 맞아."
하지만 아직까지 아인은 자신에 대해 정의 내릴 수 없었다. 깊이 고민하지는 않았다. 인간이었을 때도 스스로를 단 한 번도 정의 내린 적이 없었으니 지금에서야 고민한들 자신만의 명쾌한 답을 내릴 수도 없었다. 아인은 유나의 말을 믿기로 했다."(410-411)

취약한 인간 신체를 위한 '예비 부품'으로 타자화하지 않으려는 인물과 기계 신체를 통해 새로운 삶의 방식을 얻는 인물을 나란히 배치함으로써 죽음·생명의 양면성과 기술 활용에서의 권리에 대한 윤리적 문제를 제기한다.

향상의 기술 앞에서 자신의 생명과 삶의 존재 방식을 선택할 수 있는 권리가 상실된 것은 인간이 기계에 대해 갖는 위계적 사고와도 무관하지 않다. 중앙제어장치에서 해방되어 명령 없는 의지를 갖게 된 휴론은 그들을 '인간 같다'고 지칭하는 아인에게 "너희가 만든 신과 너희가 같지 않은 것처럼 우리도 우리를 만들었다는 이유로 인간을 모방하지 않아"(384)라고 응수한다. 즉 기계가 인간을 모방하리라는 사고방식은 인간의 오만임을 지적한다. 앞서 기술을 통해 신체를 끝없이 향상시키면서 취약성에서 벗어나고자 했던 인간의 트랜스휴먼적 욕망을 떠올린다면, 오히려 인간이야말로 기계를 동경하고 모방하는 아이러니한 욕망을 품고 있는 존재인 것이다. 아인과 휴론의 대화 속에서 모방자는 기계에서 인간으로 전환된다. 인간은 기계만큼 향상되지 못한 자신들의 존재가 기계에 의해 대체될지도 모른다는 공포에 시달리면서 동시에 기술과 기계에 의존하는 딜레마에 빠져있었다. 이 딜레마를 해결하기 위해 『무너진 다리』는 기계의 인간화나 통제가 아니라 인간의 변화를 요청한다.

3.2. 러다이트의 맹점과 '살아있는 도구'들의 연대

노동의 관점에서 비인간 존재는 경제적 불평등을 가리기 위한 가림막 역할을 한다. 노동자는 휴론에 의해 자신들의 노동력이 대체되었다고 믿으며 분노하고, 노동하는 기계로서의 휴론과 인간 노동자 간의 대립이 조장된다. 그러나 효율성 측면에서 지치지 않고 임금을 요구하지도 않는, 노동에 최적화된 기계의 조건과 인간 노동의 경쟁은 애초에 성립될 수 없다. 이렇듯 인간과 기계의 대립은 두 존재의 차이를 고려하지 않은 노동 시장의 부조리를 간과한다.

> 저는 '효율성'에서 로봇에게 철저히 졌죠. 로봇과의 싸움에서 완전히 패배한 거예요. 그래서 궁금했어요. 저는 호텔 수영장 청소를 잘리면서 생계수단을 잃었는데 만일 로봇이 패배했다면 로봇은 무엇을 잃었을까요? 경쟁이 되려면 패배했을 때 동등한 타격감이 있어야 하는데 로봇 따위가 뭐가 있어요? 그렇다면 애초에 성립되지도 않는 이 경쟁을 왜 했던 거죠?(『무너진 다리』, 495쪽)

불가능한 경쟁 관계로 분노의 화살이 향할 때 자본과 효율성의 원리는 손쉽게 휴론을 소유한 자본가 계층을 은폐하고 노동에서 소외된 생명들을 지워버린다. 인간 노동자가 로봇과 같은 조건에서 비교되면서 '살아있는 도구'로 전락한 상태라는 사실은 그렇게 은폐된다. 일자리를 잃지 않은 이들도 자본과 효율성이 생명을 잠식해버린 세계 질서 속에서 시간당 노동을 제공하는 노동자가 아니라 자기 자신의 신체와 생명 그 자체를 제공하는 임상노동자로서 '살아있는 도구'가 된다.[48] 인류의 영웅처럼 주목받았던 최연소 우주비행사 아인 역시 인간이기보다는 건강한 신체로, 재생가능한 생명력으로 인식되었다.

> 그 애도 잘 알았어요. 최연소 우주비행사가 된 것이 우주를 잘 알거나 더 똑똑해서가 아니라 그저 더 건강하고 신선했기 때문이라는 걸요. 술을 마신 적도 없고 담배를 입에 물어본 적도 없으며 유전 질환이 나타나기에도 어린 나이였죠. 몸은 자생을 멈추지 않아서 오늘보다 내일이 더 싱그러울, 그런 나이였으니까요. 그게 아니라면 그 어떤 어른이 자존심을 굽히고 지식의 차이를

48 　초생명성(epivitality)의 생명정치에 대한 빈트의 분석은 인간 노동 과정이 주체의 능력으로서의 노동력이 아니라 신체의 생물학적 능력으로 즉 임상 노동적으로 전환되는 양상을 중점적으로 다룬다.(Vint, Sherryl(2021b), op. cit., p.4.)

인정하겠어요? 그저 어리면 건강하니까.(『무너진 다리』, 25-26쪽)

죽은 것과 다름없는 상태로 도착한 아인을 처음부터 살려내기 위해 노력한
것은 아니다. (중략) 아인이 하지 못했다면 제2의 아인이, 제3의 아인이 계속
수행해나가면 될 터였다.(『무너진 다리』, 83-84쪽)

인간으로 살아있을 때의 아인은 대체될 수 있는 도구나 다름없었으므로
배양된 휴론의 신체로 재탄생한 아인은 인간도 기계도 아닌 경계적인 존재였
다. 그리고 '살아있는 도구'로서 아메리카 대륙에 보내졌다는 점에서 '전생'
과 다를 바 없는 존재이기도 했다. 그렇기에 아인은 기계이든 '인간'이든
살아있다는 사실, 그 자체로부터 도구가 아닌 자신의 존재 의미를 찾아야
했다.

『무너진 다리』는 '기계'와 '살아있음'의 두 방향에서 서로 다른 존재들의
연대를 모색한다. 휴론을 미워했던 인간 노동자들의 회상과 깨달음 속에서
기계에 대한 반감은 생명마저 자본화하는 사회에 대한 저항과 연대의 바탕으
로 전환된다. 노동 속에서 인간은 기계화되고 기계는 인간 없이 작동하지
않는다는 사실이 노동자 인간과 노동하는 기계 사이의 상호연결을 끌어내기
때문이다.

기술이 더 위대한 일을 하고 인간이 기계처럼 일했어요. 그러다 죽으면 폐기
하고 새로운 기계를 넣고.(『무너진 다리』, 443쪽)

나중에야 그 소리를 낸 중심이 로봇이라는 걸 알았어요. 허, 로봇이라뇨.
내 삶을 나락으로 빠트린 게 로봇이었는데 다시 로봇의 손을 잡고 꺼내지다니
요. 어처구니가 없었어요. 그런데 생각해보니 로봇이 저를 빠트린 건 아닌 것
같더군요. 내 삶은 철저히 인간에 의해 삭제됐어요. 나를 자른 것도 수영장

청소 로봇이 아닌 호텔 주인장이었죠.(『무너진 다리』, 497쪽)

　이처럼 휴론과 인간의 연대를 가능하게 하는 인간의 인식 전환은 생명 자체가 자원으로 사물화되어버린 현실의 자각과 함께 이루어진다. 휴론에 의해 가장 먼저, 손쉽게 대체되었던 가난한 생명들은 파괴된 지구에 당연하게 남겨진다. 그러나 이들이 살아있는 도구이자 자원이라는 점은 이들 중 일부가 제2의 행성 가이아의 테라포밍에 동원될 목적으로 탑승을 허가받는 데서 드러난다. 무작위로 선정된 생명들은 아메리카 대륙의 수습과 복원을 위해 보내졌던 휴론과 마찬가지로 자본이라는 특권을 지닌 생명을 위해 끊임없는 반복 노동에 내몰릴 운명을 할당받은 것이다. 그리고 이러한 사물화된 삶조차도 지구에 남겨질 생명들에게는 꿈처럼 동경된다. 이러한 삶의 불공평한 분배는 특정한 생명을 위해 이용되다 버려지고 방치되는 삶이라는 차원에서 휴론과 인간의 유대와 연대를 촉발시킨다.

　인간과 휴론은 '살아있다'는 공통점은 물론 서로 다른 삶을 '살아온' 다양한 존재들이라는 점으로부터도 연대한다.

　죽음은 멀고 연약하며 희미한 것이다. 더욱이 아라의 나이에 사고로 죽는 이는 거의 없다. 적어도 그들과 비슷한 수준의 삶을 누리는 사람들 중에서는 그랬다. 그 외에 어떤 다양한 죽음이 있는지는 굳이 알 필요 없었으므로 이들에게는 없는 것과 마찬가지였다. 기술은 부족한 것을 채울 수 있고 불편한 것을 없앨 수 있게 변화해 왔다. 사회에서의 다양성은 효과적이지 못하다. 아라는 잠시 달라지겠지만 곧 같아질 것이다.

　중요한 것은 살아있다는 것이다.(『무너진 다리』, 299쪽)

　어느 한 곳에서 지우고 외면하려 노력해도 멸망한 곳에서도 아이들이 태어났다. 살아가고, 살아가야 하고, 살아남기 위해 발버둥 치는 것은 태어나면서 끌어

안고 나오는 권리였다. 아인이 아벨을 바라봤다. 아라와 닮았지만 아라가 아니다. 아라가 가지고 있던 분위기를 아벨은 가지고 있지 않다.

"당신은 왜 가이아에 가고 싶은가요?"

아인이 물었다.

"왜 살고 싶냐는 질문으로 바꿔서 들어도 되나요?"

아벨의 말에 아인이 고개를 끄덕였다.

"죽을 이유가 없으니까요."

아인은 너무 간단한 문제를 복잡하게 생각하고 있었다는 걸 깨달았다.(『무너진 다리』, 430쪽)

가이아 프로젝트는 생명의 불평등한 분배가 미래조차 좌우한다는 사실을 보여준다. 가이아 프로젝트는 백오십 세로 연장된 수명과 인구 과밀에 대한 부분적인 해결책이었다. 부유한 자들은 빈민들과 더는 공간적으로 경계 지어질 수 없는 순간이 오자 지구가 아닌 새로운 땅을 갈구했기 때문이다. 특권층을 위한 가이아 프로젝트는 계층의 차이를 "자본의 격차가 사는 동네로 구분 지어지는 것이 아니라 행성으로 나뉘"(23)도록 하는 기획이었다. 우주선 펄서의 추락과 아메리카 대륙의 멸망은 누가 지구에 남고 누가 지구를 떠날 것인가, 누구에게 미래를 허용할 것인가가 자본에 의해 결정되는 세계가 낳은 비극이자 커다란 균열이었다. 그 커다란 재앙은 결국 모두 같은 생명이라는 사실을 일깨운다. '살아있음'은 강제로 환원할 때는 아라에게 그러했듯 폭력이 되지만 그 자체로는 차이를 넘어서는 연대의 가능성이 되는 것이다. '살아있는 도구'들은 도구였다는 깨달음과 함께 우리는 모두 '살아있는' 생명이며 각자의 다른 삶의 경험들로부터 형성된 '분위기'를 가진 다양한 존재들로서 가치 있다는 사실을 중심으로 연대한다. 그리고 그들에게 터전을 제공했던 이 지구를 새로운 세계로 바라보기 시작한다.

3.3. 돌연변이 사이보그와 '무너트림'의 사랑

다윈의 진화론은 생물학적 차원에서의 적응을 중심으로 유전적인 진화 양상을 추적하는 데 중점을 둔다. 그러나 포스트휴먼의 관점에서 진화는 인위를 배제한 근대적 자연 개념 내부의 차원에 머무르지 않는다. 문명과 다른 자연환경에 대한 우연한 적응 이상의 작용을 포괄하는 진화는 서구 SF의 유전학적·생명공학적 상상에서 쉽게 찾아볼 수 있다. 지구와는 다른 행성의 환경처럼 환경 자체를 요인으로 삼는 경우도 있지만 외계생명체 혹은 물질의 개입이 성별, 지능, 번식의 변이를 일으키거나 더 나아가 인간의 기술적 발전이 인간 종의 진화를 일으키는 요인으로 상상되기도 한다. 이런 시각에서 진화는 인류의 역사를 과거로나 미래로나 훌쩍 뛰어넘는 우주적 시간의 관점에서 사유될 수 있으며, 인간과 자연의 이분법이나 인간의 경계를 불안정하게 만든다.[49] 근대적 시간이 아닌 우주적 관점에서 볼 때 진화는 포스트휴먼으로서의 모든 존재들을 아우르는 개념이고 환경은 자연적인 변화뿐만 아니라 기술적이고 관계적인 차원까지 포괄하는 개념으로 확장될 수 있다.[50]

『무너진 다리』의 사이보그인 휴론들 사이에서 발견되는 돌연변이들은 우주적 관점의 진화론적 상상을 통해 포스트휴먼 생명의 진화로 해석될 수 있다. 초기화되어 아메리카 대륙에 보내진 휴론 중 일부는 기계 신체의 작동 조건을 조절함으로써 상황에 맞추어 신체적 시간을 변화시킨다. 인간이 활동

---

49   Vint, Sherryl(2021a), op. cit., 2021, pp.97-98.

50   이 지점에서 인간의 기술 역시 진화적 산물로 보는 진화비평적 시각을 참고할 수 있다. 오윤호는 예술과 문학을 진화적 산물로 바라보는 19세기의 입장이 문학 다위니즘(Literary Darwinism) 혹은 진화비평으로 확장되어온 이론적 경위를 요약하면서 진화비평적 시각에서 인간의 기술 역시 진화의 산물로 해석될 수 있다고 보고, 21세기의 생태 환경을 인간과 자연뿐만 아니라 기술까지 포괄하는 것으로 확장해야 할 필요성을 제기하며 대중서사에 형상화된 생태 위기에 대한 상상력을 분석한 바 있다.(오윤호, 「21세기 생태 위기와 기술적 적응—SF 텍스트를 중심으로」, 『영주어문』 52, 영주어문학회, 2022, 201-222쪽.)

시간인 낮과 비활동시간 즉 잠드는 시간인 밤을 활동의 제한과 조명 등의 빛을 통해 일부 통제하듯, 일부의 휴론들은 프로그래밍된 기계 신체의 기능을 조절하며 활동 시간과 충전 시간을 통제한다. 휴론들은 유기체와 달리 환경에 따라 변형되는 기계 신체를 가지지는 않지만, 그 작동 방식과 에너지의 운용 방식을 조절하는 능력을 터득함으로써 에너지를 풍부하게 얻기 어려운 아메리카 대륙의 환경에 적응하는 기술적 진화를 보여주고 있는 것이다. 의지와 조절 능력을 지닌 휴론의 출현은 초기화 후에는 반드시 폐기되었던 휴론의 생애주기를 바꾸어놓는 우연한 환경 변화에서 비롯된 부분적이고 우연적인 결과물이며 통제 불가능한 과도기적 성격을 갖는다. 그러므로 이는 돌연변이의 출현이다. 물론 유기체가 아닌 기계를, '늙음'이 아닌 '낡음'을 경험하는 기계의 변화를 '진화'로 지칭할 수 있는가, 그것이 가능한가에 대하여 현실적으로는 분명 논란의 여지가 있다. 그럼에도 『무너진 다리』에서 환경의 변화 속에서 '적응'하며 새로운 행동양식과 의식의 변화를 보여주는 휴론들은 분명하게 기술의 가능성을 뛰어넘어 새로운 존재성을 획득하고 있다는 점에서 단순한 기술적 진보가 아니라, 기계의 진화에 대한 상상력으로 독해되어야 한다. 뿐만 아니라 이는 기존 SF 서사에서 자주 발견되는 "기계인간 스스로가 꿈꾸는 인간되기의 욕망"에 대한 예술적 상상력[51]과 차별화되는 '인간되기'와 무관한 기계종의 변화와 욕망을 담고 있으므로 포스트'휴먼'이 아닌 '포스트'휴먼적인 상상력을 내포한다.

　돌연변이 휴론의 등장은 사이보그의 특성을 강화하면서 유기체와 무기체의 경계를 완전히 해체하고 유기체적인 작동방식을 보이는 무기체 생명을 탄생시킨다. 뿐만 아니라 이 돌연변이 생명체는 인간의 멸종에 가까운 재난을 맞이한 아메리카 대륙의 소수의 생존자들이 다음 세대의 인류로 진화하는

51　오윤호, 「SF에 재현된 변신 모티프와 '기계'와 '진화'라는 조건」, 『탈경계인문학』 12(2), 이화여자대학교 인문과학원, 2019, 73쪽.

과정에 돌봄과 수호의 주체로 참여하여 반려종[52] 관계를 맺는다. 방사능에 노출된 생존자들은 다양한 양태로 죽거나 질병을 갖게 되는데, 그 가운데 휴론과 함께 방공호에 대피하는 데 성공했던 영아들 중 일부는 성장 과정에서 돌연변이를 일으킨다. 이들은 방사능과 오염된 대기, 부족한 햇빛에도 '건강성'을 보인다. 『무너진 다리』는 이 아이들을 이미 시작된 '다음 인류'로 지칭하며, 이들의 터전으로 가이아를 지목한다.[53] 이 아이들이 양성화되었다는 점은 이 '다음 인류'가 이분법에 기초한 근대적 인간 개념을 넘어서는, 말 그대로 '포스트'휴먼일 수 있다는 가능성을 암시한다. 또한 이 아이들은 병든 인간들과 휴론들과의 관계 속에서 보호받으며 자란 존재들로서 다음 인류가 휴론과 함께 살아갈 새 행성 가이아에서 펼쳐질 전혀 다른 포스트휴 먼적 미래 전망을 암시하기도 한다.

SF는 낙관과 비관 사이에서 다른 미래'들'을 상상하는 힘을 갖는다. 『무너진 다리』 역시 아메리카 대륙에서 돌연변이화한 (비)인간들의 미래뿐만 아니라 지구에 남은 대다수의 생명들을 위한 또 다른 형태의 포스트휴먼적 미래를 전망함으로써 누구도 '바깥'으로 배제되지 않는 미래에 대한 윤리적 사유를 보여준다. 『무너진 다리』가 전망하는 남은 자들의 미래는 기술에 대한 새로운 전망과 밀접하다. 근대적 인간은 인간의 취약성과 기술에 대한 공포

---

52 해러웨이의 개념인 '반려종'은 인간과 동물을 포함하여 서로 직·간접적으로 관계 맺는 모든 유기체적·무기체적 존재들을 포괄한다. 반려종은 서로 간의 상호구성적이고 친밀한 관계를 통해 이질적이고 낯선 네트워크를 형성하고, 그로부터 다종적인 미래를 개방한다.(도나 해러웨이, 「반려종 선언: 개, 사람 그리고 소중한 타자성」, 『해러웨이 선언문』, 황희선 옮김, 책세상, 2019.)

53 기존에 가이아를 터전으로 미래를 소유할 존재들은 특권층이었다. 특권층은 인간과 비인간을 예비 부품이자 살아있는 도구로 사물화함으로써 불멸의 꿈을 이루고자 하였다. 이들이 가이아에 정착하는 미래는 건강한 유전자를 선별하고 후대에 지속시키기 위해 타자를 재생산을 위한 '생명 기계'로서 착취하는 방향으로 이어졌을 것이다. 따라서 버려진 대륙의 돌연변이들이 일으킨 혁명과 가이아 정착은 유전적 생존에 대한 진화적 흐름에서 벗어난 생명공학적 미래를 '무너트리는' 진화적 가능성을 함축한다.

를 동력 삼아 기술적 발전을 이루어오는 양가적인 존재였다. 그 공포를 기술에 의한 희망과 책임으로 바꾸는 것이 『무너진 다리』가 제안하는 미래에 대한 포스트휴먼 윤리이다. 이는 무조건적인 문명의 포기나 자연으로의 복귀가 아니라, 인간과 기술의 관계와 기술 자체에 대한 다른 상상을 포스트휴먼 윤리의 고려 대상으로 포섭하는 확장적 사유이다. 이처럼 『무너진 다리』는 휴론의 포스트휴먼적 존재성에 그치지 않고 인간이 근대적 인간 개념을 넘어 어떤 포스트휴먼이 될 것인가를 기술과의 관련성 속에서 사유하도록 촉구한다.

『무너진 다리』는 지구를 떠나거나 떠나지 않는 이분법적 선택을 횡단하여 어느 쪽도 선택할 수 있는 무한한 가능성의 영역을 개방한다. 아메리카 대륙의 멸망 이후 인간에 의해 '무너진 다리'는 비인간에 대한 단절과 경계를 의미했다. 그러나 가이아 프로젝트의 실패를 반자발적으로 수용했던 아인의 행동이 "어떤 다리를 무너트리고 싶었던"(391) 것으로 재해석될 때 '무너트림'은 가이아 이주의 포기 즉 '인간' 개념의 경계의 허물어짐을 의미하게 된다. 단절에서 경계의 해체로 재의미화되는 '무너트림'은 새로운 땅을 향해 우주로 떠난 이들과 지구에 남은 자들의 경계 즉 새로운 경계를 세우는 대신, 그 기술력으로 지구를 책임지고 생명들이 서로를 끌어안는 윤리적 사랑으로 수렴된다. 다함께 살자는 낙관이나 일부만 살아남는 이기주의 대신 지구라는 생명들의 터전을 잘 지켜내고 그 삶의 끝을 잘 마무리 짓기 위한 '지속 우선'[54]의 생명정치가 지구에 남은 자들에게 새로운 질서로 호출되는 것이다. 그렇게 『무너진 다리』는 생명도, 생명과 죽음도 구분하지 않는 윤리적 미래를 다채롭게 전망한다.

---

[54] 해러웨이는 생명의 유한성을 직시하며 삶을 맹목적으로 긍정하지 않는 긍정의 생명정치를 강조한다. 반려종과의 관계에서 "잘 살고 잘 죽기, 최대한 잘 기르고 잘 죽이기"를 강조했던 해러웨이의 사유는 생명-우선이 아니라 '지속-우선'을 향한다.(위의 책, 281쪽.) 이는 불가피한 죽음에 대한 책임을 지는 것이고 나아가 망가지고 오염된 세계에서 인간과 자연의 관계를 다시 맺는 재세계화의 윤리이다.

저는 지구가 멋지게 멸망하기를 바라요. 고작 인간들의 이런 자질구레한 일
들로 없어져서는 안 돼요. 이를테면 태양에 흡수되는 결말이요. 멋있지 않나요?
적어도 우리가 아는 한 이 우주에서 가장 멋있는 문명을 품었던 지구라면 응당
그렇게 마무리되어도 된다고 생각해요. 그 정도로 위대한 행성이니까요.

우리는 지구를 끌어안아야 해요. 아프도록, 그 고름이 전부 나오도록.(『무너
진 다리』, 517쪽)

4. 나가며

셰릴 빈트는 브라이도티의 비판적 포스트휴머니즘을 옹호하며 근대 휴머
니즘을 비판적으로 바라보고 21세기 생명정치의 조건인 초생명성을 극복하
기 위한 새로운 미래 전망을 강조한다. 과학소설과 사변소설은 생명이 자본
화되는 사회·경제적 현실과 그것이 더욱 심화된 미래를 상상하는 중요한
통로이며, 그로부터 현재에서 미래를 향하는 새로운 담론으로서 SF의 의미
를 발견할 수 있다. 빈트가 제공하는 네 가지 새로운 생명정치적 비유는
불평등한 생명의 분배와 자본에 잠식된 생명을 포스트휴먼적 관점에서 들여
다보기 위한 유용한 비평적 도구이다.

빈트가 제공한 비평적 도구를 활용하여 살펴본 천선란의 『무너진 다리』는
맹목적인 생명력에 대한 환상으로부터 유한함의 진실을 구하고 도구가 아닌
'생명'으로서의 경계를 초월한 연대를 상상함으로써 기술과 자본을 통해 특
정한 생명만을 선별하는 생명정치에 대한 대안적 미래를 전망한다. 생명은
자본화되어서도 안 되고 신격화되어서도 안 되는 존재의 조건이다. 그리고
생명정치가 죽음정치와 맞물려 있듯 생명은 죽음과 함께 사유되어야 한다.
이로부터 『무너진 다리』는 경계를 형성하고 단절을 지향하는 '무너트림'이
아니라 경계를 해체하고 서로 연결되는 새로운 우주와 지구를 만든다. 특권

층 인간만을 위한 가이아 프로젝트의 실패는 인간이 우주로 갈 수 있는 '다리'
를 '무너트'렸지만 『무너진 다리』는 우주와 지구가 다시 연결될 미래도 열어
놓기 때문이다. 잘못된 다리를 무너트리고 새로운 다리를 만들어 내는 것,
그렇게 지구를 사랑하고 그 사랑을 우주로도 뻗어나갈 수 있는 가능성을 열어
두는 것. 그것이 『무너진 다리』가 보여주는 포스트휴먼적 윤리의 방향이다.

　이러한 셰릴 빈트의 논의와 천선란의 소설은 포스트휴먼 윤리가 비인간의
형상이나 인간과의 관계에 대한 포스트'휴먼'적 논의에서 벗어나 인간, 비인
간, 자본, 자연, 생명, 기술 간 다채로운 관계성에 대한 윤리적 논의로 나아가
야 할 필요성을 제기한다. 『무너진 다리』는 특히 기술에 대한 새로운 상상과
기술의 활용을 한 방향으로만 상상하는 21세기 현상과 그와 관련된 기술
활용을 선택할 수 있는 권리와 인간과 기술의 관계 맺음 그 자체를 포스트휴
먼적 윤리의 중요한 주제로 불러내고 있다. 즉 인간이 어떻게 포스트휴먼으
로 살아갈 것인가가 포스트휴먼 윤리의 주제로서 호출되고 있는 것이다.
더 나아가 인간과 기계의 관계뿐만 아니라 인간과 기술, 인간과 환경, 유기체
적 진화와 기술적 진화, 기술적 선택과 강제 등 다양한 문제를 포스트휴먼
윤리의 대상으로 바라보는 비평적 시각을 정립하는 것 역시 현시점에서 SF
연구의 중요한 과제가 될 것이다. 아울러 『무너진 다리』 외의 천선란의 소설
은 물론 한국문학계의 SF적이고 사변적인 상상력 속에서 생명정치적 미래를
새롭게 전망할 수 있는 대안적 힘을 발견해나간다면, 현재로부터 미래로
향하는 담론의 장으로서 한국 SF의 잠재력을 발견해나갈 수 있을 것이다.

참고문헌

1. 기본자료

천선란, 『무너진 다리』, 그래비티북스, 2019.

셰릴 빈트, 『에스에프 에스프리』, 전행선 옮김, 아르테, 2019.

Vint, Sherryl, *Science Fiction*, Cambridge, Massachusetts: The MIT Press, 2021a.

___________, *Biopolitical Futures In Twenty-first-century Speculative Fiction*, Cambridge, England: Cambridge University Press, 2021b.

2. 논문 및 단행본

김상운, 「면역, 공동체, 민주주의: 로베르트 에스포지토」, 『문화과학』 83, 문화과학사, 2015, 405-415쪽.

다나 J. 해러웨이, 『유인원, 사이보그, 그리고 여자』, 민경숙 옮김, 동문선, 2002.

도나 해러웨이, 『해러웨이 선언문』, 황희선 옮김, 책세상, 2019.

___________, 『트러블과 함께하기』, 최유미 옮김, 마농지, 2021.

로지 브라이도티, 『포스트휴먼』, 이경란 옮김, 아카넷, 2015.

로베르트 에스포지토, 「면역화와 폭력」, 김상운 옮김, 『진보평론』 65, 메이데이, 2015, 309-323쪽.

___________, 「면역적 민주주의」, 김상운 옮김, 『문화과학』 83, 문화과학사, 2015, 390-415쪽.

___________, 『임무니타스—생명의 보호와 부정』, 윤병언 옮김, 크리티카, 2022.

신상규, 『호모 사피엔스의 미래—포스트휴먼과 트랜스휴머니즘』, 아카넷, 2014.

셰릴 빈트·마크 볼드, 『SF 연대기』, 송경아 옮김, 허블, 2021.

양윤의·차미령, 「천선란 소설에 나타난 '비인간'의 가능성」, 『현대소설연구』 84, 한국현대소설학회, 2021, 233-263쪽.

오윤호, 「SF에 재현된 변신 모티프와 '기계'와 '진화'라는 조건」, 『탈경계인문학』 12(2), 이화여자대학교 인문과학원, 2019, 59-80쪽.

___________, 「21세기 생태 위기와 기술적 적응—SF 텍스트를 중심으로」, 『영주어문』 52,

영주어문학회, 2022, 201-222쪽.

이지은, 「위기의 지구에서 빗장(bar) 옮기기」, 『문학동네』 28(2), 문학동네, 2021, 551-572쪽.

전기화, 「(비)인간의 자리로부터」, 『창작과비평』 50(2), 창비, 2022, 60-75쪽.

진설아, 「경계를 해체하는 한국 SF－김보영, 김초엽, 천선란을 중심으로」, 『한국문예창작』 21(3), 한국문예창작학회, 2022, 75-95쪽.

캐서린 헤일스, 『우리는 어떻게 포스트휴먼이 되었는가－사이버네틱스와 문학, 정보과학의 신체들』, 허진 옮김, 열린 책들, 2021.

3. 기타자료

Bostrom, Nick, *Transhumanist FAQ v.2.1*, 2003, 2003.8., http://www.nickbostrom.com/, 접속일: 2024.05.30.

9장

김초엽 장편소설에 나타난 면역정치와 전염으로서의 공동체*
—『지구 끝의 온실』,『파견자들』을 중심으로

표유진

1. 들어가며

기후 위기와 팬데믹으로 지구에서의 삶에 대한 불안감이 전 인류를 위협하는 이 시점에 20세기 과학소설(Science Fiction, SF)의 주된 소재였던 화성 탐사와 외계문명에 대한 상상력은 일종의 대안으로서, '지구 바깥에서의 존속'이라는 새로운 기술적 목표로 부활하고 있다. 일론 머스크가 설립한 우주 개발업체 'Space X'는 미지의 행성을 식민화하고 테라포밍하는 인류를 소재로 하는 20세기 SF를 쉽게 떠올리게 한다. 그러나 한나 아렌트의 중대한 통찰처럼 "지구는 가장 핵심적인 인간의 조건이다."[1] 미래는 지구 바깥에도 존재할 수 있지만 처음부터 인간이라는 존재를 조건 지어 온 지구를 근미래에 대한 사유에서 소외시키는 것은 현실적 조건뿐만 아니라 윤리적이고 존재론적인 차원에서도 문제적이다. 현재의 위기는 자본과 소비, 낭비의 파괴성과 인류 문명이 지속해 온 세계 소외로부터 비롯되었다. 그러므로 위기를

---

* 이 글은 2024년 3월 『국제어문』 제100집에 같은 제목으로 실린 논문을 수정·보완한 것임.
1 한나 아렌트, 『인간의 조건』, 이진우 옮김, 한길사, 2019, 78쪽.

극복하고자 한다면 인류는 우주 바깥에 있을 미지의 존재 이전에 지구에서부터 스스로의 존재를 다시 사유해야 한다.

그런 의미에서 작가 김초엽이 최근 장편소설에서 보여주고 있는 행보는 주목할 만하다. 김초엽은 2017년 제2회 한국과학문학상 중단편 부문에서 「관내분실」과 「우리가 빛의 속도로 갈 수 없다면」으로 대상과 가작을 동시에 수상한 이래 한국 SF를 대표하는 젊은 여성 작가 중 한 명으로 활발한 활동을 이어오고 있다. 현재의 파괴에 맞서서 대안적 미래를 상상하는 역할을 하는 SF의 가능성[2]을 잘 보여주는 작가로서 김초엽은 인류에게 위협이 되기도 하고 새로운 삶의 가능성을 열어주기도 하는 낯섦, 미지와의 조우를 포착한다. 기존의 연구들이 밝히고 있듯 김초엽의 소설 세계는 포스트휴먼 시대에 인간과 기계의 결합, 인간과 타자의 공존을 다루면서 인간다움의 근원과 미래 사회의 동력이 될 '작은 가능성'을 발견[3]하고 있으며, "젠더, 신체, 기술의 얽힌 관계를 탐구하는 사변적 SF"[4]의 특징을 갖는다.[5] 특히 첫 소설집

---

2 과학소설과 사변소설의 밀접한 연관성을 중심으로 SF 개념에 접근하는 셰릴 빈트의 논의를 참고할 때, SF는 과학 기술적 전망과 함께 현재에서 미래로 향하는 방향성을 가지며 세계에 대한 대안적 상상력에 바탕을 두고 있다. 그러므로 21세기 한국문학 장에서 SF는 다른 미래를 상상하는 대안적 사유이자 담론으로서의 의미를 갖는다고 볼 수 있다.(표유진, 「초생명성(Epivitality) 시대를 위한 포스트휴먼 윤리 - 천선란 장편소설 『무너진 다리』를 중심으로」, 『이화어문논집』 60, 이화어문학회, 2023, 181-208쪽 참고.)

3 손혜숙, 「'작은 가능성'에 대한 끝나지 않은 이야기 - 김초엽, 『지구 끝의 온실』, 자이언트북스, 2021」, 『리터러시연구』 13(2), 한국리터러시학회, 2022, 541쪽.

4 "동시대 한국 SF는 페미니즘 디스토피아나 유토피아를 서사화하는 지평을 넘어서 비인간주의적 전회를 꾀하며, 포스트휴먼 담론의 장 안으로 진입한다. 이는 현재 한국사회에 유행하는 포스트휴먼 담론이 휴머니즘을 단순 대체하는 것에 그치고 있음을 비판하고 … 페미니즘SF를 열어간다."(김은주, 「어떠한 이야기들이 세계들을 만들고, 어떠한 세계들이 이야기들을 만드는가?: 동시대 페미니즘과 SF의 조우로서 김초엽의 「관내분실」」, 『문화과학』 111, 문화과학사, 2022, 120쪽.)
젠더와 포스트휴먼 담론을 연결하여 한국 SF의 동향을 연구한 또 다른 연구로는 윤애경, 「한국 SF소설에 나타난 포스트휴먼의 자유의지와 젠더 수행성」, 『국제언어문학』 53, 국제언어문학회, 2022, 81-106쪽; 연남경, 「사변적 페미니즘으로 본 SF 현상과 연결됨의 윤리

『우리가 빛의 속도로 갈 수 없다면』[6]과 2019~2020년에 발표된 단편들을 수록한 두 번째 소설집 『방금 떠나온 세계』[7]의 수록작들은 '사이보그'와 같이 인간과 기계의 결합이나 기술로 인한 인간 사회 혹은 존재론의 변화를 보여주는 SF로 주목받아 왔다.[8] 또한 김초엽 소설 속 비인간 존재들의 상호 관계 맺기를 분석한 연구들은 해러웨이의 이론을 바탕으로 공생과 얽힘에 대한 대안적 사유를 발견[9]하고 인류세에 대한 비판과 성찰의 생태정치학적 의의를 발견했다. 더 나아가 최근 황지영의 연구[10]는 팬데믹 초기에 발표된 단편 「오래된 협약」(2020)에서 외계 행성의 '테라포밍' 과정에 수반되는 '면역의 생명정치'를 분석함으로써 김초엽 소설의 다종적 얽힘과 공생의 서사가 갖는 대안미래적 의의를 확장하기도 하였다. 그런데 흥미롭게도 두 단편집에 수록된 단편들[11] 이후 발표된 김초엽의 장편소설은 외계 행성이나 미래 인류의

－「얼마나 닮았는가」, 「리셋」, 「오래된 협약」」, 『이화어문논집』 60, 이화어문학회, 2023, 65-102쪽 참고.

5 김초엽 소설의 특징 중 하나는 대부분의 작품이 여성을 중심으로 전개되거나 여성들만의 세계를 상정한다는 점이다. 이러한 특징을 페미니즘 SF, 페미니즘 유토피아와 연관 지어 분석한 연구로는 이양숙, 「인류세 시대의 유스토피아와 사이보그-'되기': 『지구 끝의 온실』을 중심으로」, 『도시인문학연구』 15(1), 서울시립대학교 도시인문학연구소, 2023, 161-193쪽 참고.

6 김초엽, 『우리가 빛의 속도로 갈 수 없다면』, 허블, 2019.

7 김초엽, 『방금 떠나온 세계』, 한겨레출판사, 2021.

8 인간과 기계의 결합, 인간과 기술의 관계라는 측면에서 김초엽의 단편들을 주목한 연구로는 김윤정, 「한국 SF 문학에 나타난 생존의 역설과 노년 정동」, 『현대문학이론연구』 85, 현대문학이론학회, 2021, 25-56쪽; 이양숙, 「한국소설의 비인간 전환과 탈인간중심주의」, 『한국문학과예술』 34, 숭실대학교 한국문학과예술연구소, 2020, 227-259쪽 등.

9 이소연, 「재난서사의 새로운 동향과 포스트휴먼 감수성의 출현-김초엽, 정세랑, 듀나의 소설을 중심으로」, 『탈경계인문학Trans-Humanities』 15(2), 이화인문과학원, 2022, 55-77쪽; 연남경, 앞의 논문, 65-102쪽.

10 황지영, 「테라포밍(Terra-Forming) 서사와 면역의 생명정치-코로나19 팬데믹 시기의 한국 SF를 중심으로」, 『국제어문』 98, 국제어문학회, 2023, 405-430쪽.

11 『방금 떠나온 세계』는 2021년 10월에 발간된 소설집이지만, 수록된 단편들은 2019~2020년에 발표되었으므로 두 편의 단편집에 수록된 일련의 단편들은 지면에 발표된 것을 기준

진보된 기술 문명을 배경으로 하는 대신 '낯설어진 지구' 혹은 '외계화된 지구'에서 낯섦을 받아들이는 면역 사회를 모색한다는 차이점을 보인다.

2019년 12월부터 코로나19로 인한 팬데믹을 거치면서 한국문학의 흐름 또한 분명한 변화를 겪어야 했다. 김초엽 역시 팬데믹과 관련된 상상력을 담은 SF 앤솔러지 『팬데믹: 여섯 개의 세계』[12]에 수록된 「최후의 라이오니」에서 전염병과 멸망, 영원에 대한 상상력을 보여주었다. 그러나 팬데믹이라는 주제어로 직접적으로 묶이지 않더라도 첫 단편집의 발간 이후 팬데믹을 경험한 김초엽의 상상력은 기존의 단편보다 더욱 깊이 지구에 뿌리를 둔 존재에 대한 관심을 구체화해 나가는 양상을 보인다. 물론 팬데믹 이전에도 김초엽은 SF의 본질이 "아주 멀리 가는 이야기"임에도 불구하고 「순례자들은 왜 돌아오지 않는가」와 같이 결국 유토피아적 우주에서 고통스러운 지구로 돌아오는 인물들처럼 "조금씩 현실에 발목이 붙들려 있"는 소설을 쓰게 된다고 고백한 바 있다.[13] 그럼에도 팬데믹 이후 김초엽이 낸 장편소설 『지구 끝의 온실』[14]은 우주, 사이보그, 외계인 같은 '먼' 존재들 속에서의 인간의 존재론적 의미를 고민했던 「오래된 협약」과 같은 단편보다 더 분명하게 '오염된 행성' 지구에 대한 사유를 담아냈다는 점에서 팬데믹 이후의 SF로서의 특징을 강하게 드러낸다. 그리고 2023년에 발표된 장편소설 『파견자들』[15] 역시 지구 바깥의 먼 우주가 아니라 외계종 '범람체'에 의해 정복된 지구를 배경으로 인간의 새로운 존재 방식을 탐구한다. 이처럼 김초엽의 장편소설은 단편소설에서 보여주었던 기술적 미래에서의 인간의 존재나 인간과 지구를 닮았거나 닮지 않은 외계의 존재들에 대한 상상을 넘어 우리가 발 디디고

으로 2021년 8월에 발간된 첫 장편소설 『지구 끝의 온실』보다 앞선 것으로 간주하였다.

12 김초엽 외, 『팬데믹: 여섯 개의 세계』, 문학과지성사, 2020.

13 김초엽, 「차가운 우주의 유토피아」, 『Axt』 27, 2019, 69-72쪽.

14 김초엽, 『지구 끝의 온실』, 자이언트북스, 2021.

15 김초엽, 『파견자들』, 퍼블리온, 2023.

있는 행성의 '오염된' 미래와 '전염'되는 지구의 존재들에 대한 팬데믹적 상상력을 깊이 발휘하고 있다.

오염과 전염에 대한 공포를 넘어 새로운 존재 방식과 공동체를 찾아나가는 김초엽의 서사는 자기보존과 방어로 정의된 근대 면역화 패러다임이 일으키는 생명정치적 양상을 비판적으로 형상화하는 동시에 이를 넘어서는 상호 열림으로서의 새로운 면역 패러다임의 가능성을 모색한다. 그 의미는 근대 면역화 패러다임에 대한 에스포지토의 논의와 그의 새로운 면역 이론을 통해 볼 때 잘 드러난다. 에스포지토가 공동체(코무니타스, communitas)와 면역(임무니타스, immunitas)를 함께 사유하기 위해 중심에 둔 개념은 두 라틴어에 공통된 어원인 '무누스(munus)'이다. 무누스는 책무, 업무, 선사라는 세 가지 의미를 지니며, 에스포지토는 선사와 의무가 중첩되는 무누스의 이중성에 주목한다. 따라서 코무니타스는 타자에 대한 선사의 의무를 중심으로 결속된 공동체를 의미하고 임무니타스는 그러한 의무로부터의 면제를 의미한다. 에스포지토는 근대적 면역화 패러다임에서 공동체는 이러한 무누스의 양면성과 단절된 개념이라고 비판하고 공동체의 공통성이 고유성이 아니라 오히려 탈고유화, 즉 타자에 있다고 강조한다.[16] 에스포지토가 말하는 면역 즉 무누스의 양가성에서 비롯된 임무니타스는 타자와의 접촉 단절과 예방적 폭력에 근거한 근대 면역화 패러다임과 정반대로, 타자에게 자기를 개방하는 열림으로, 오염과 전염으로 작동한다. 인간 신체를 오염시키는 '더스트'(『지구 끝의 온실』)와 인간의 자아를 오염시키는 '범람체'(『파견자들』)는 그 결과로 공동체적 존재 방식을 만들어 내면서 근대적 인간과 파괴적인 문명을 와해시킨다. 이러한 오염의 상상력은 팬데믹에 의해 촉발된 전 인류적 재난에 대한 불안, 그리고 면역을 둘러싼 담론들과 맞닿아 있다. 그러므로 김초엽의 두 장편에서 아포칼립스적 '공상'을 넘어 팬데믹 이후 오염과 생명, 공동체의 의미를

---

16   로베르토 에스포지토, 『코무니타스』, 윤병언 옮김, 크리티카, 2022a, 17쪽.

면역과 오염의 역설적 교차를 통해 상상하는 대안적 세계를 발견할 수 있을 것이다.

2. '돔'의 면역정치와 자가면역의 부정성

SF의 확산은 인간의 조건 즉 우리가 발 디디고 살아가는 세계의 영속성이 무너지는 현상에 대한 반응이기도 했다. 특히 코로나19 팬데믹을 경험하면서 오염은 인류 문명의 지구 '정복'이라는 영원성의 환상[17]을 무너트리는 중대한 함의를 갖게 되었다. 인간의 조건에 함축된 취약성을 깨닫게 하는 팬데믹을 기점으로 우주와 새로운 기술, 외계의 존재들에게로 뻗어나갔던 김초엽의 상상력 또한 낯선 존재로 인해 인류 문명이 무너진 지구로 시선을 돌린다. 『지구 끝의 온실』과 『파견자들』은 인류 문명의 번성과 생존을 추구하는 근대적 가치들이 전 지구적 파괴를 불러온 미래에 인간의 신체와 정신을 무너트리는 오염 사태에서 일어나는 면역정치를 서사화함으로써 근대 패러다임으로서의 면역화의 모순을 폭로한다.

19세기 말에 정립된 근대 면역학은 생물학적 면역체계를 외부의 공격에 맞선 방어와 반격의 형식으로 정의하였고, 에스포지토는 이러한 근대 면역화 패러다임이 근대 개인주의의 정체성 개념에 기반한 자가보존적 '자기' 개념과 결합하는 양상에 주목하였다. '정치학에서 생물학으로' 전개된 어휘적 전이는 반대로 '생물학에서 정치학'으로도 전개되어 면역체계는 근대적 정치학의 배타성을 설명하는 중요한 메타포가 되었다.[18] 그리고 오늘날까지

---

17   아렌트에 따르면 인간은 불멸의 세계에서 사멸하는 유한한 존재로서 자신의 위치를 찾아나
     가며 탄생성을 거듭 실현할 수 있는 실존적 존재 조건에 놓인다. 사멸성에 대한 인식과
     불멸성에 대한 추구를 망각하고 영원성만을 좇게 되는 인류사적 변화는 인간과 세계가
     단절되는 세계소외로 이어진다.(한나 아렌트, 앞의 책, 96-100쪽.)

면역은 사회적이고 의학적인 성격을 동시에 갖는 보안의 개념으로 중첩되고 수렴되고 있다.[19] 근대철학에서 현대철학에 이르기까지 면역 패러다임을 추적한 에스포지토에 따르면 근대 면역화 체계는 폭력과 악이라는 부정성의 배제가 아니라 최소한의 폭력을 통한 더 큰 부정성의 제어라는 방식으로 작동한다는 점에서 더욱 문제적이다. 이는 폭력을 독점함으로써 폭력에 대한 면역력을 사회에 부여하며,[20] 폭력 자체에 대한 부정이 아니라 폭력의 위치성에 대한 경계를 기반으로 하는 법의 희생적 메커니즘에서 두드러진다.[21] 결국 근대적인 면역 패러다임에 따른다면 인간 사회는 인간의 법과 권리 개념에 포섭되지 않는 외부를 상정하고 배제하는 이분법적 배타성을 특징으로 한다. 문제는 이러한 극단적이고 과잉된 면역 작용이 완전한 면역이라는 불가능한 환상을 향해 자기파괴에 이를 때까지 작동하게 된다는 점이다. 데리다가 강조했듯 외부에 대한 폭력으로 유지되는 면역은 결국 그 면역체계를 파괴하는 자가면역이라는 불가피한 현상을 초래한다.[22] 『지구 끝의 온실』의 '더스트'는 인간 사회의 진보와 존속을 위한 과학기술에 대한 무한한 신뢰가 무분별한 실험으로 이어지면서 초래된 인간의 자기파괴적 재난이라는 점에서 자가면역질환을 상징한다. 간의 신체를 오염시킴으로써 문명을 무너트린 오

---

18 로베르토 에스포지토, 『사회 면역』, 윤병언 옮김, 크리티카, 2023, 36쪽.

19 위의 책, 13쪽.

20 위의 책, 21쪽.

21 에스포지토는 법적 권리를 삶에 대한 폭력적 제어의 형식으로 사유한 벤야민의 정치철학을 바탕으로 공동체에 대한 면역 역할을 수행하는 법적 권리가 사실상 법의 '바깥'이라는 폭력을 제어하기 위한 '폭력에 대한 폭력'으로 작동했음을 지적한다. 폭력에 대한 폭력은 아직 일어나지 않은, 일어날 수도 있는 모든 위법 상황을 막기 위하여 삶 자체를 유죄로 간주할 수밖에 없는 법의 폭력성으로 귀결된다.(로베르토 에스포지토, 『임무니타스』, 윤병언 옮김, 크리티카, 2022b, 56-60쪽.)

22 "자가-면역화 과정이란, 살아 있는 유기체가, 잘 알려져 있듯, 간단히 말해 자기 자신의 면역체계를 파괴함으로써, 자신의 자기-보호에 반(反)하여 자기를 보호하는 작용이다."(지오반나 보라도리, 『테러 시대의 철학: 하버마스, 데리다와의 대화』, 손철성·김은주·김준성 옮김, 문학과지성사, 2004, 174쪽.)

염체 '더스트'는 자연적 생성물이 아니라 가장 진보적이었던 연구소로부터 발생한 기술의 산물이기 때문이다. 기술에 대한 인간의 맹신이 오히려 파괴를 불러온 이 재난의 미래는 기술과 과학의 양면성을 보여주는 동시에 근대적 인간의 자기동일성의 환상이 초래하는 자기보존으로서의 면역과 자기파괴적인 자가면역의 이중작용을 함축한다. 생존을 위해 인류를 제외한 모든 존재의 소모와 파괴를 불러온 결과 인류는 발 디딘 세계를 무너트리고 마침내 그 세계에서 살아가는 자신들의 존재마저 파괴하는 재앙을 스스로 불러들인 것이다.

전염병처럼 퍼지며 전 인류를 재난 상황에 몰아넣는 더스트 사태는 코로나19 팬데믹 상황과 여실히 겹쳐진다. 『지구 끝의 온실』이 그려내는 재난 이후의 상황 역시 팬데믹 시기에 일어난 생명정치, 더 나아가 면역정치를 연상시킨다. 비감염자와 감염자를 철저히 분리하고 감염에 대한 공포가 감염자에 대한 폭력을 정당화하는 근거가 되었던 상황은 『지구 끝의 온실』에서 더욱 적나라한 양상으로 나타나며 전 인류적 재난 속에서도 파괴성과 배타성을 쉽게 놓지 못하는 인간의 생존주의와 끝없는 면역작용을 부각한다. 근대 면역 패러다임이 내부를 지키기 위해 허용했던 차별과 혐오, 폭력은 고삐 풀린 말처럼 인간들의 세계를 더스트만큼이나 빠르게 와해시킨다. 그러한 인간 내부의 분열과 면역의 이중 작용은 '돔'의 벽을 기준으로 하는 안팎의 경계 짓기로 형상화된다.

더스트를 막아주는 돔 내부는 모든 것이 오염된 지구에서 살아남은 인간들이 형성한 새로운 사회이다. 돔의 벽이 형성한 새로운 경계는 오염을 중심으로 안팎을 구분한다. 백신이 없는 상황에서 돔 사회는 접촉 금지와 추방에 기반을 둔 정치적 대응을 보여주는데, "일부의 면역 수혜가 다른 이들의 면역 결핍과 정확하게 일치"[23]되는 이 생명정치적 상황은 그야말로 면역학적

---

23 로베르토 에스포지토(2023), 앞의 책, 238쪽.

결과일 수밖에 없다. 이러한 돔의 면역정치는 특정 국가나 집단, 계층의 권리가 곧 생존과 면역의 문제가 되는 근대적 면역체계의 어두운 이면을 드러낸다. 누가 권력을, 권리를, 생명을 가질 것인가에 대한 면역정치의 폭력성은 내성종의 출현으로 명백해진다. 내성종은 더스트에 내성을 가진 인간으로 백신 혹은 인류의 존속 가능성을 상징하는 유전자를 가진 존재들이다. 물론 이들은 더스트에서 살아남을 수 있도록 진화된 존재들이 아니라 더스트 사태에서 생존 가능한 유전자를 '우연히' 지니고 있던 이들이 새롭게 명명되면서 나타났다. 만약 돔의 면역정치가 종적 생존이라는 생물학적 면역의 목표를 그대로 따른다면 내성종은 그 어떤 인간보다도 더욱 중요한 존재로 여겨져야 한다. 그러나 돔 내부는 내성종을 추방하고 사냥하기까지 하며 그들을 인류가 아닌 오염으로 간주한다. 이는 면역정치가 특정한 집단의 생존과 권리, 권력의 문제와 결부되어 있음을 의미한다. 즉 돔의 생존자들은 내성을 지니지 못한 자신들의 생명이 가진 권리를 지키기 위해 인류 전체의 미래일 수도 있는 내성종을 학살하는 정치적 선택을 한 것이다.

뿐만 아니라 내성종에 대한 부정은 완벽한 동일성과 순수성에 대한 불가능한 환상 뒤에 가려진 근대적 면역체계의 모순 역시 드러낸다. 내성종은 내성이 없는 다수의 인간에게 더스트와 공존할 수 있다는 이유만으로 항체가 아닌 오염된 신체로 인식되어 '벌거벗은 생명'[24]이 된다. 완벽한 순수에 대한 추구, 오염에 대한 내성을 오염과 접촉할 수 있다는 오염의 가능성으로 이해하는 극단적인 면역의 추구는 결국 오염에 견디는 힘이 아니라 오염을 식별하고 격리시키는 힘 즉 폭력에 대한 지향이다. 그렇게 과잉되고 배타적인

24 　아감벤의 '벌거벗은 생명(nuda vita)'은 인간으로서의 권리와 지위를 모두 박탈당한 주권적 예외 상태의 생명을 지칭한다. 실험체가 되거나 안전한 돔 바깥으로 추방되어 일방적으로 '사냥'당하기까지 하는 내성종은 돔 내부의 시민이 될 수 없는 주권 없는 존재, 인간으로 여겨지지 않는 벌거벗은 생명이라 할 수 있다.(조르주 아감벤, 『호모 사케르』, 박진우 옮김, 새물결, 2008, 177쪽.)

면역은 오히려 오염에 대한 취약성을 심화시켜 면역력을 상실케 하는 방식으로 삶을 더 불안정하게 만든다.

『지구 끝의 온실』이 인간 사회의 자가면역질환에서 출발한 면역정치의 형상화라면『파견자들』의 '범람체'는 외부로부터의 침입에 대한 면역 실패라는 표면적 현상 뒤에 근대적 개인 즉 자아가 가진 배타적 면역체계의 모순성을 형상화한다. 외계에서 온 침입자들과 인류의 싸움은 SF의 오래된 소재이다.[25] 그러나 우주전쟁과 인류의 종말에 대한 기존의 상상력이 담고 있는 과학주의나 외부에서 오는 부정성에 대한 공포와 달리, 김초엽의『파견자들』은 침입자에 대한 면역 실패에서 촉발된 인간 내부의 면역정치와 그 폭력성에 더 초점을 두고 있다.

'범람체'는 균류의 속성을 가진 외계종으로 지상의 모든 존재에 '범람' 즉 경계를 넘어 '침입'함으로써 인류로부터 지상의 삶을 빼앗는다. 살아남은 인간들은 지하도시에 유폐되어 한 번 실패한 면역을 지하에서 다시 시도한다. 지하도시는『지구 끝의 온실』에 등장하는 지상의 '돔'을 지하로 옮긴 것이나 다름없다. 이 폐쇄된 지하도시에서 지속되는 생존주의는 역시 범람체에 의해 오염된 인간들 즉 자아를 잃고 광증을 일으키는 인간들에 대한 격리와 제거의 면역정치를 바탕으로 한다. 굳게 닫힌 지하도시의 벽을 뚫고 범람체가 인간들의 내면에 파고 들어오지만, 그럼에도 지하도시의 인간들은 오염되었거나 그럴 가능성이 있는 인간을 끝없이 배제하는 방식으로 인간 사회를 지켜낼 수 있다고 믿는다. 이러한 믿음은 '파견자'라고 불리는 지상탐사대원들의 역할이 오염된 지상의 탐사임에도 불구하고 범람체에 대한 학문적 관심이나 접촉 자체를 불온한 것으로 여기는 데서 두드러진다.

25　이러한 소재를 다룬 SF의 대표 격인 '스페이스 오페라'는 미래 우주를 배경으로 하는 전쟁 혹은 모험을 다루는 과학소설의 하위장르로 여겨진다. 스페이스 오페라는 미국의 펄프 잡지 시대에 큰 인기를 끌었으며 <스타워즈> 시리즈나 <듄>을 통해 미디어에서도 인기 있는 장르로 자리 잡았다.

"우리는 지상 탈환 프로젝트를 시작하려 합니다."

그 기지에서 시작된 붉은 선이 라부바와가 위치한 섬을 지나 누탄다라 대륙으로 향했다. 홀 안이 술렁였다.

"여기 다음 목적지가 있습니다. 이 목적지에 대한 중요한 정보를 한 견습 파견자가 수집해 왔다는 사실을 다들 알고 계실 겁니다. 덕분에 우리는 성공에 한발 가까워졌지요. 우리는 지상을 되찾을 것입니다. 지구는 다시 우리의 행성이 될 것입니다."

누군가 조심스럽게 박수를 치기 시작했고, 이는 점점 퍼져나가 파도처럼 우렁찬 박수갈채가 되었다.(『파견자들』, 354쪽)

지하도시 지도자들의 궁극적 목표는 '인간의 것'이었던 지상을 '탈환'하여 인류 문명의 영광을 되찾는 데에 있다. 이를 위해 지식과 과학기술은 지하도시를 더 굳게 잠그거나 범람체에 오염된, 인간이었던 존재들을 포함한 생명들을 몰살하기 위한 힘으로만 활용된다. 그러한 지하도시의 근대적 방식의 면역체계는 범람체와 인류의 공존 가능성을 막는 파괴적 생존주의의 연장선상에 있다. 『지구 끝의 온실』에서 볼 수 있었듯, 생존과 자연, 세계에 대한 인간의 근본적 패러다임의 전환 없이는 이기적인 생존주의와 면역정치가 지속될 뿐임을 『파견자들』은 강조한다. 인간의 승리를 추구하는 사회의 면역체계는 끝없는 '불온한 생명'의 출현과 추방, 살해를 반복하면서 더 많은 인간의 희생을 가져온다. "생명의 보존과 희생이 일치하는"[26] 지하도시는 근대 면역화의 파괴력을 여실히 보여준다.

또한 『파견자들』의 재난 상황은 『지구 끝의 온실』과 또 다른 형태의 자가면역의 메타포이기도 하다. 범람체는 그 자체로 근대적 면역체계, 동일성에 기반한 정치적 주체로서의 개인이 존속하기 위해 반드시 필요한 '외부'의

---

26   로베르토 에스포지토(2022a), 앞의 책, 32쪽.

상징이기 때문이다. 범람체가 인류에게 재앙이 된 것은 신체적인 질병이나 물리적 폭력을 행사하기 때문이 아니다. 범람체는 인간의 근대적 자아를 위협함으로써 재앙이 된다. 범람체는 이름처럼 경계를 넘어 범람하는 침투성을 특징으로 하며 인간의 몸과 정신에 기생한다. 인간은 신체를 경계로 하는 하나의 자아에 대한 믿음 때문에 하나의 몸에 존재하는 또 다른 의지 혹은 목소리를 견디지 못하고 자멸하는 것이다. 다시 말해 범람체는 그 자체로 오염이나 위협이 아니라 인간의 자아라는 동일성의 체계, 근대적 면역체계의 근본적인 배타성으로 인하여 오염으로 규정되는 존재이다. 『파견자들』의 범람체는 근대적 자아가 스스로 만들어 낸 외부이자 폭력이며, 면역체계 자체가 면역의 대상으로서의 외부를 상정함으로써 유지될 수밖에 없음을 드러낸다. 결국 인간의 자아를 무너트리는 것은 범람체가 아니라 인간의 배타성 그 자체이다. 이는 면역화는 필연적으로 부정성을 내포하고 자기파괴로 이어질 수밖에 없다는 본질적 문제를 가시화한다.

3. 분쟁적 공진화와 상호 열림의 공동체

인류 문명의 번성은 그 번성을 가능하게 하는 지구 생태계를 파괴하고 공존을 거부하는 근대적 면역체계로 인해 종말로 치닫고 있다. 이를 김초엽의 장편소설은 지구를 위험하고 낯선 세계로 재구성하는 거대한 재난에 비유하고 그러한 변화에 과거와 유사한 방식으로 대처하며 파괴성을 이어가는 돔 사회의 면역정치를 서사화하였다. 그러나 면역이 없는 공동체는 불가능하며 면역은 언제나 보호와 파괴의 이중성을 갖는다. 그렇다면 근대적 면역 패러다임을 넘어서는 새로운 패러다임과 공동체는 어떻게 가능한가? 그 답으로 에스포지토는 현대면역학에서 영향을 받은 상호침투적이고 공동체적인 면역의 개념을 새롭게 제시한다.

에스포지토에 따르면 파괴적이면서 자기파괴적이기도 한 면역체계 내부의 모순 즉 부정성은 오히려 면역화의 공동체적 차원을 사유하는 근본적 토대가 된다. 외부의 침략이나 전쟁과 관련된 면역화에 대한 수사들을 뒤로하고 타자와의 상호작용이자 공존의 차원으로 패러다임을 전환하면서 에스포지토는 '면역관용'이라는 독특한 현상에 주목한다. 면역관용은 면역의 중지나 비-면역화가 아니라 역행적인 면역이다. 이는 "면역체계가 '자기와-다른-타자'에 대한 일방적인 거부의 레퍼토리를 구축하는 대신 오히려 '자기와-다른-타자'를 면역 메커니즘 내부의 동력으로, 아울러 일종의 효과로도 활용한다는 것을 의미한다."[27] 면역관용을 통해 드러나는 것은 유기체의 몸이 면역작용에 의해 "끊임없이 '만들어지는' 실체"[28]라는 점이다. 면역은 끊임없이 내부와 외부 즉 자기와 타자를 구분하는 과정이며 그 과정에서 몸은 계속해서 변화하고 주체와 타자의 고정된 경계는 존재하지 않는다. 면역관용은 이질성, 차이, 분쟁이 파괴로 치닫는 것이 아니라 오히려 "서로가 서로를 '대적하며 돕는'"[29] 독특한 이질성들의 공존이다. 타자가 "내부와 외부, 고유성과 이질성, 면역성과 공통성의 교차지점에서 자아가 취하는 형식 그 자체"[30]일 때, 순수한 자기동일성의 환상은 무너지고 이질성이 공존하는 새로운 면역 공동체의 가능성이 열린다. 김초엽의 장편소설에 나타난 오염과 전염에 대한 수사 역시 공포와 파괴를 넘어 면역관용을 통해 재정의된 자타의 상호침투성으로, 그리고 자가면역의 파괴성을 극복하는 새로운 존재와 공동체에 대한 대안적 사유로 나아간다.

『지구 끝의 온실』의 '프림 빌리지'는 돔의 면역정치와 반대되는 오염된 존재들의 공동체이다. 더스트 폴에서 살아남은 내성종들이 모여 사는 작은

---

27   로베르토 에스포지토(2022b), 앞의 책, 315쪽.

28   위의 책, 318쪽.

29   위의 책, 320쪽.

30   위의 책, 321쪽.

마을 공동체, 프림 빌리지는 돔이나 마스크 없이도 숨 쉴 수 있는 유일한 공간이며 더스트를 정화하는 능력이 극대화된 식물 '모스바나'를 연구하는 작은 온실을 중심으로 세워졌다. 흥미롭게도 이 마을은 오염에서 벗어난 공간이 아니다. 오염된 세계의 일부이면서 더스트, 내성종, 그리고 모스바나의 기묘한 공존이 이루어지는 공간이다. 프림 빌리지의 내성종은 모스바나의 번성으로 더스트 폭풍으로부터 자신들을 보호하기도 하고 모스바나의 지나친 번성으로 인해 위기를 맞이하기도 하면서 공존의 방식을 모색해나간다. 내성종과 더스트의 관계나 모스바나와 더스트의 관계 역시 복합적이다. 더스트는 내성을 지닌 인간들이 분류 불가능한 돌연변이로 내몰려 실험체가 되거나 죽임을 당하는 폭력의 원인이 되기도 하였지만, 내성종이 살아남기 위해 이용되기도 한다. 내성종은 사냥꾼들을 더스트 폭탄으로 물리치거나 더스트 농도가 높아 폐쇄된 지역을 보금자리로 삼아 자신을 지키기도 한다. 이렇게 더스트와 내성종은 서로에 대해 적/동지, 선/악, 안/바깥의 이분법으로는 규정되지 않는 관계성을 형성하며 대립하는 동시에 공존한다.

특히 모스바나와 더스트의 관계는 더욱 복합적이다. 유전적 다양성이 없는 잡초에 불과하였던 모스바나는 더스트를 연구했던 연구소에서 과학자 '레이첼'에 의해 더스트를 정화하는 능력이 극대화된 식물종으로 재탄생하며, 모든 것이 파괴되어가는 세계에서 유일하게 번성한다. 뿐만 아니라 모스바나는 더스트를 닮아 자가증식하고 돌연변이화하면서 유전적 다양성까지 확보하여 전 세계에 무수한 변종을 퍼트리게 된다. 모스바나의 증식과 번성, 돌연변이화는 인간, 더스트, 모스바나의 공진화로서 단일종의 환상을 깨고 서로 얽히면서 세계를 형성해나가는 존재들의 얽힘을 방증한다.[31]

---

31   해러웨이는 기존의 종적인 배타적 개념을 넘어서 다종 간의 '낯선 친척 만들기'를 통해 인간과 자연, 모든 생명의 관계를 재설정하는 '재세계화'의 필요성을 주장한 바 있다.(도나 해러웨이, 「인류세, 자본세, 대농장세, 툴루세: 친족 만들기」, 김상민 옮김, 『문화과학』 97, 문화과학사, 2019, 164-165쪽.) 함께 세계를 만들어가는 공산(共産, sympoiesis)의 사유는

특히 모스바나를 두고 그것이 자연의 선물인지 인간이 만들어낸 도구인지에 대한 논쟁이 벌어졌다는 것이 흥미로웠습니다. 어떻게 생각하는지 제게도 물었으니 답해드리자면, 제 의견은 당신의 견해와 일치합니다. 모스바나가 자연인지 인공인지를 묻는 것은 무의미한 일이라고요. 모스바나는 자연인 동시에 인공적인 것이지요. 모스바나를 이루는 구성 요소들은 모두 자연에서 왔고, 그것은 인위적인 개입에 의해 모스바나라는 총체가 되었으며, 다시 자연의 일부로 진입했습니다. 인간이 모스바나를 이용했다고 주장하는 사람들이 있지만, 반대로 모스바나가 인간을 이용했다고 볼 수도 있을 겁니다. 분명한 건 모스바나는 인간에게 적응하는 전략으로 그 종의 번영을 추구했고, 인간은 모스바나를 절실히 필요로 했다는 사실입니다. 모스바나와 인간은 일종의 공진화를 이룬 셈입니다.(『지구 끝의 온실』, 371쪽)

오염된 인간과 오염된 식물, 더스트와 지구의 생명들이 서로 얽히는 공진화의 과정은 결코 평화롭지 않다. 경계와 자기보존을 위한 면역은 여전히 존재하며, 다분히 분쟁적이며 협력과 적대, 선과 악 등의 이분법은 물론 차이들을 넘어 이루어진다. 단일한 방향성도, 주체와 객체도 명확하게 규명될 수 없는 과정이다. 프림 빌리지 역시 마지막 공동체로서 영원히 남는 곳이 아니다. 내성종들을 보호해준 모스바나의 과도한 증식은 그와 동시에 다른 작물의 성장을 막아 마을에 식량 위기를 일으키는 양면성이 프림 빌리지의 공존 상태를 혼란에 빠트린다. "마을에 삶과 죽음을 동시에 가져다준"(234) 모스바나는 더스트만큼이나 두려운 외부의 침략이 되고, 내성종들 사이에 분열을 일으키는 기폭제로 변모한다. 더스트 속에서도 자라는 종자를 담보로

우발적이고 역동적이며, 무엇보다도 결코 평화적이기만 하지 않다. 촉수를 통해 비유되는 공생적인 연결은 기존의 연결을 끊어야 시작되며 서로 다른 이질적인 존재들이 얽히고설키는, 살고 죽고 협력하고 함께-되기를 이루는 트러블(trouble)의 과정이다.(도나 해러웨이, 『트러블과 함께하기』, 최유미 옮김, 마농지, 2021, 61쪽.)

자신의 목숨을 구하고자 하는 자들의 생존욕구와 프림 빌리지에서의 삶을 지키려는 이들의 공동체에 대한 소망이 대립하면서 이내 프림 빌리지는 마치 돔처럼 폐쇄적이고 공격적인 공동체로 변해가기 시작한다. 구성원들은 더 이상 더스트와도, 모스바나와도, 심지어 같은 내성종과도 분쟁을 일으키며 개개인으로 와해되어 간다. 분쟁적인 공존 위에서 균형을 이루었던 공동체는 이렇게 다시 생존 앞에서 무너진다.

경계를 넘나드는 전염을 허용하는 공동체는 분쟁을 동반하고, 그 속에서 공존의 싹을 지켜나가는 과정은 자기보존적 욕구와의 끊임없는 갈등 속에 있다. 그럼에도 한 번의 실패가 영원한 실패를 의미하지는 않는다. 분쟁과 생존욕구가 그러하듯 공존과 공동체를 향한 욕망 역시 계속될 수 있다고 『지구 끝의 온실』은 말한다. 이는 프림 빌리지가 무너지면서 흩어진 개인들이 공존의 소망과 약속을 잊지 않고 모스바나 종자를 퍼트리고, 그렇게 퍼져 나간 모스바나가 전세계 곳곳에서 작은 프림 빌리지를 만들며 더스트를 분해한 역사를 통해 증명된다. 모스바나가 더스트를 정화할 때, 달리 말해 더스트가 상호작용할 때 나타나는 푸른빛은 과거와 현재를 연결하는 생명 복원 및 연구를 지속하게 만들었다. 인간의 도시를 뒤덮으며 다시 나타난 모스바나는 더스트 시대의 인간, 더스트, 그리고 식물의 분쟁과 공생을 동시에 일깨우며 인간 사회에 새로운 전환을 가져온다. 끊임없는 과정 중의 공동체를 상징하는 모스바나는 계속해서 새로워지는 몸으로서의 유기체, 사회, 그리고 지구 생태계를 상징한다.

단일종의 환상을 깨는 오염과 전염의 수사는 『파견자들』에서 면역관용을 통한 중대한 존재론적 전환으로 발전한다. 인류에게 범람체는 물리적 차원을 넘어 존재론적 차원의 위협으로 작동한다. 범람체는 접촉한 인간 내부에 일종의 기생물처럼 자리잡는데, 단일한 자아를 굳게 믿는 인간에게 범람체의 기생은 치명적인 감염으로 작동한다. 단일성 붕괴를 버티지 못한 자들은 광증과 자기파괴를 일으키고 범람체는 다른 인간에게 전염되기도 한다. 그러나 『지구 끝의 온실』에서 더스트와 공존하며 살아남은 내성종처럼, 범람체와 접촉하고 오염됨에 따라 '불온'한 존재가 된 인간들 중 일부는 광증에 빠지는 대신 배타적인 자아를 개방하여 새로운 존재로 변이한다.

범람체와 접촉한 인간은 범람체에 녹아들고서도 자아를 유지하거나, 신체의 일부를 범람체에 내어주는 늪인이 되거나, 혹은 범람체와 내면을 공유하면서도 온전한 공생을 허용하는 등 다채로운 방식으로 공진화한다. 이들은 기존의 단일한 자아를 굳건히 유지하는 기존의 인간과는 다른 "더는 순수한 인간이 아닌"(375) 존재이다. 범람체와의 접촉을 통해 상호배움을 이루는 이 존재들은 생물종을 과정 중의 것으로 재의미화하는 분류되지 않는 생명이다.[32] 이들은 경계가 불분명한 '자기(自己)'와 함께하는 '우리'로서의 '나'를 유지한다는 점에서 일종의 면역관용을, "공유되는 개별성" 혹은 "개별성의 공유"[33]를 이룬다. 이때 면역관용은 단순한 노출과 접촉이 아니라 이질성, 타자에 대한 무한한 열림으로 공동체를 생성하는 힘을 창발한다. 이 힘은 면역의 본질로 여겨졌던 삶의 보존을 넘어서는, 희생을 통한 초월을 통과한다. 에스포지토에 따르면 공동체란 "존재의 열림"이자 "스스로를 선사하고, 스스로를 제공하면서 사라진다."[34] 닫혀 있는 단일한 주체의 포기, 생존본능에 반하는 힘에 이끌려 이루어지는 전염에 대한 무한한 열림, 타자와의 만남이 '우리'라는 공동체를 가능하게 하는 것이다. 이러한 면역관용의 가능성은

---

32 애나 칭은 생물종이 명확하게 경계지어지고 분류되는 것이 아니며, 그 경계는 끊임없이 새로운 기준과 발견에 따라 달라지고 있음을 근거로 생물에 대한 종적 구분을 비판한다. 또한 하나의 생물종으로여겨지는 단위가 개체적으로 들여다볼 때 수많은 미생물들과 유동적인 공생관계에 있기에 생물종의 단위부터가 근본적으로 고정될 수 없다고 말한다. 애나 칭의 관점에서 생물종은 명확하게 규정될 수 없고 끊임없이 공생적으로 변화하는 과정 중에 있는 것이고, 나아가 그러한 종적 구분을 무너트리는 경계교란적 생명들은 과학적으로 합리적으로 분류되지 않는 생명들로서 끊임없는 교류와 창조의 과정에 놓인다.(애나 로웬하웁트 칭, 『세계 끝의 버섯』, 노고운 옮김, 현실문화, 2023, 412-413쪽.)

33 로베르토 에스포지토(2022b), 앞의 책, 331쪽.

34 로베르토 에스포지토(2022a), 앞의 책, 38쪽.

『파견자들』에서 자기파괴를 통해 자기보존을 이루는 역설적인 사랑의 형태로 제시된다.

태린과 태린의 뇌에 침투한 것으로 짐작되는 범람체의 파편 쏠은 태린의 신체에서 단순히 공존하고 있었다. 불편한 동거를 이어가는 동안 태린과 쏠의 존재는 서로에게 위협이 된다. 태린은 쏠에 의해 자아의 혼란을 겪고, 범람체를 지하도시에 퍼트리려는 쏠에게 신체에 대한 통제력을 잃었을 때 가족과 자기를 파괴하는 테러리스트로 낙인찍혀 목숨을 건 위험한 임무에 내몰렸다. 쏠 역시 원래의 몸 주인이 자신임을 주장하는 태린에 의해 얼마든지 추방되거나 존재의 의미를 잃을 수 있다는 것을 경계해야 했다. 물리적 몸을 지닌 근대적 인간인 태린의 생존 및 통제본능과 고유성을 가질 수 없는 범람체[35]로서 쏠이 갖는 침투본능이 대립하는 양상은 마치 임무니타스와 코무니타스의 대립처럼 보이기까지 한다. 이 대립은 한 쪽의 패배나 동화의 방식으로 마무리되거나 위태로운 평화협정으로 해결되지 않는다. 그와 반대로 태린과 쏠은 계속된 갈등 속에 상대방이 나에 대한 위협이기만 한 것이 아니라, 자기 자신 또한 상대방을 파괴하는 위협이기도 하다는 것을 깨달으면서 새로운 공생을 모색하게 된다. 아이러니하게도 이 모색은 태린이 쏠이 자신을 위해 희생했던 과거를 깨닫고 쏠과 자신이 하나라는 것을 깨닫는 과정과 쏠이 범람체이면서 동시에 '쏠'이라는 독자적인 이름을 포기하지 않는 하나의 존재이기를 바라게 되는 과정이 교차하면서 이루어진다. 그리고 마침내 서로가 서로의 본능을 희생하게 되었을 때 둘은 개별적인 '나'에서 '우리'로서의 '나'로 재탄생한다.

　　　―사랑해. 이제 모든 걸 함께 잊어버리자.

35　물리적 실체가 없고 균류와 유사하게 기생체로 존재하면서 자아를 무너트리는 범람체의 속성은 코무니타스가 고유성이 아니라 오히려 고유성의 부재를 중심으로 하는 일종의 결핍의 공동체라는 지점과 통한다.

그리고 쏠은 스스로를 죽였다.

범람체의 본능을 거스르는 방식이었다. 불가능한 일이었다. 억압되어 있던 감각들이, 쏠이 그 순간에 느꼈던 고통과 두려움이 아주 짧은 시간 태린에게 밀려들었다. 쏠은 그 고통을 견디고 스스로 사라지기를 선택했다. 태린의 자아가 찢어져 죽음을 맞이하기 전에.

그렇게 쏠은 사라졌고 태린은 모든 것을 잊었다. 그렇다고 생각했다. 오랫동안 잊은 상태로 무언가를 그리워했다. 자신이 무엇을 그리워하는지, 무엇을 잃어버렸는지 알지도 못한 채 그것을 갈망했다.

"하지만 사라질 수 없었던 거야. 왜냐하면……"

태린은 연구소의 문으로 손을 뻗었다.

"네가 이미 나의 일부였고, 내가 네 일부였기 때문에."

(『파견자들』, 374-375쪽)

생존 본능을 거스르는 사랑은 전체의 생존을 위해 정당화된 일부의 희생과 달리 분리될 수 없는 '우리'가 되기 위한 '나'의 진화를 가능하게 한다. 쏠의 죽음은 쏠이라는 존재를 완전히 지우는 것이 아니라 "'나의' 것도 '그의' 것도 아닌 탈고유화 그 자체"[36]로서 침투를 가능하게 하는 존재론적 도약으로 재의미화된다. 태린이 끝없이 희생한 쏠을 그리워하면서 결핍을 느끼는 것 역시 완전한 단일성을 넘어 타자와의 만남을 욕망하는 것이며, 이를 태린이 마침내 인정할 때 두 존재의 공생이 열리게 된다. 태린과 쏠은 각자의 '나'를 유지하면서도 그 '나'가 언제나 서로에게 열려 있음을 이해하는 방식으로 '우리'를 이룬다는 점에서 근대적 면역화 패러다임의 동일성과 고유성의 공동체를 넘어선다. 코무니타스로서 공동체는 타자 속에서 '나'가 사라지거나 그 반대가 되는 방식으로는 성립되지 않는다. 코무니타스는 주체가

---

[36] 로베르토 에스포지토(2022a), 앞의 책, 247쪽.

자신의 고유성에서 벗어날 때 타자 역시 그렇게 하는 상호 열림을 통해서 성립된다. "공동체의 정체를 개인적인 삶의 경험 속에서 발견"[37]할 때 이것이 바로 주체도 타자도 아닌 '우리'의 공동체를 가능하게 한다. 서로의 고유성을 고집하지 않았고 오히려 서로를 향해 죽음을 감수했기 때문에 태린과 쏠은 근대 면역화의 파괴성이 낳은 자아의 죽음을 넘어서는 새로운 존재가 되었다. 나아가 쏠과 태린의 관계는 죽음을 넘어 면역의 배타성, 파괴성의 부정성을 중단시키는 면역관용에 바탕을 둔 면역 사회의 가능성으로 확장된다. 태린과 쏠이라는 새로운 '나-우리'의 탄생은 그들처럼 오염된 이들과 새로운 연결을 이루면서 끊임없이 전염을 일으키기 때문이다. "어떤 면역체계보다도 훨씬 더 강렬한 이 만남, 이 기회, 이 전염의 이름이 바로 공동체다."[38]

그 과정은 탐색과 통행, 연결의 과학, 알아차림의 기술을 요청한다. 범람체와 접촉하여 각자의 새로운 존재성을 획득한 인간(이었던 존재)들은 기존의 언어와 시각에 의존한 방식과는 다른 의사소통으로 연결된다. 그들의 방식은 범람체의 촉수처럼 촉각적이다. 진동을 추적하는 이들의 의사소통 방식은 얽힘의 존재성을 보지 못하는 근대적 인간의 시각과 언어의 배타적 규정성을 넘어선다. 이를 통해 이들이 형성하는 지식은 시각과 언어에 기초한 분류와 정복의 지식이 아니라 존재가 남긴 삶의 형태, 흔적을 찾아나서는 탐색의 기억으로 구성된다. 이는 쉽게 발견하고 공유할 수 있는 진동처럼 공통의 삶의 형태로부터 출발하여 각 존재의 이질적인 삶의 방식들을 되짚어 배워나가는 상호배움의 형태를 띤다. 촉각을 통한 알아차림의 기술은 연결의 과학을 형성하고 오염 속에서 피어나는 다양성의 생태계를 확장할 수 있게 한다.[39]

---

37 위의 책, 245쪽.

38 위의 책, 40쪽.

39 애나 칭에 따르면 송이버섯 채집인들이 버섯이 성장해온 흔적으로서의 활동선을 따라 그 공통의 삶의 형태를 인식하고 "감각, 움직임, 방향 설정orientations을 통해 생명선을 추구"

중요한 것은 그러한 죽음의 감수, 탈고유화의 상호성을 가능하게 하는 근거로 『파견자들』이 사랑을 제시한다는 점이다. 쏠이 죽음을 택하면서 태린에게 사랑을 고백했듯, 범람체의 일부가 되기를 택한 마일라 역시 사랑하는 연인과 함께하고자 하는 사랑으로 자신의 고유성을 버렸다. 그리고 그 사랑이 오웬과 마일라가 범람체라는 거대한 네트워크의 일부이면서도 자신의 이름, 서로에 대한 애정을 기억하는 공동체에 열린 개별성을 가능하게 한다. 지하도시의 벽을 넘어 늪인과 도시시민, 범람체 덩어리인 늪이 경계가 모호한 공존을 시작하면서 오염은 자아의 붕괴가 아니라 면역의 배타성을 넘어서는 역설적 사랑을 통해 변화하고 결합하고 연결되는 새로운 삶의 형상이 된다. 협약을 받아들였으나 계속해서 경계를 필요로 하는 지하도시, 범람체의 늪, 그리고 그 사이에 존재하는 태린과 같은 새로운 존재들의 경계 지대는 임무니타스와 코무니타스의 끝없는 대립처럼 불안정하다.[40] 그러나 『파견자들』은 이 불완전함을 두려워하며 다시 서로 단절되는 대신 불화하더라도 끊임없이 움직이고 변화할 것을 제시한다. 영원한 평화나 균형, 고정된 삶이 아니라 서로 마주치고 부딪히고 오염되며 새로워지는 열림으로서의 삶을 지향하는 것이다. 이질적인 존재들이 서로를 파괴하기만 하는 대신 서로에게 침투하고 열리면서 공생하는 새로운 삶의 형태를 만들어가는 것, 그것이

하면서 숲을 공부한다. 칭은 숲을 알아차리는 이 행위들을 '춤'이자 "숲 지식의 한 형태"라고 칭한다. 온 감각을 동원한 춤은 숲을 경계 짓고 가르면서 불분명한 유형을 만들어내는 분류가 아니라 탐색이다. 당연하게도 이 탐색의 춤은 인간 채집인뿐만 아니라 비인간 채집인이 남긴 흔적도 아우르며 그 흔적은 인간 채집인들의 춤에 좋은 안내서가 되기도 한다. 이러한 춤추기 즉 탐색의 과정에서 숲의 생명들, 존재들은 대상이 아닌 주체로 경험되고 흙의 박테리아나 벌레에서부터 버섯과 야생동물, 채집인들에 이르는 모든 존재들의 생명선은 서로 얽힌다.(애나 로웬하웁트 칭, 앞의 책, 429-433쪽.)

40 "경계 지역은 불완전했다. 범람체와 인간은 너무 달랐고, 여전히 경계 지역 밖에서 범람체는 인간을 파괴했다. 그러나 사람들은 계속해서 더 멀리 가고 싶어 했다. 앞으로도 그 균형이 지금처럼 유지되리라는 법은 없었다. … 단지 불균형과 불완전함이 삶의 원리임을 받아들이는 것, 그럼에도 끊임없이 움직이며 변화하는 것, 멈추지 않고 나아가는 것만이 가능한 방법일지도 모른다."(『파견자들』, 418-419쪽.)

바로 범람체 즉 범람하는 이질성을 통하여 상상하는 전염으로서의 공동체의 미래이다.

> 태린과 같은 일을 겪은 사람들. 변해버린 사람들. 변화를 선택하지 않았고 원하지도 않았지만, 결국은 변한 사람들. 결합되었고 오염된 사람들. 더는 순수한 인간이 아닌 사람들. 그럼에도 그들은 살아 있고 이전과 다르게 세상을 보고 있었다. 태린이 변한 채로 살아가기를 택했듯, 그들 역시 변했지만 살아가기를 선택했다. 삶은 여전히 삶이었다. 어쩌면 이전보다 더 생생한 형태로 존재하는.
>
> (『파견자들』, 375쪽)

4. 나가며: 파괴의 역사를 넘어서

지구에 발생하거나 지구 밖에서 도래한 낯선 존재로부터 인류가 지상에서 추방된 미래를 배경으로 하는 김초엽의 장편소설 『지구 끝의 온실』과 『파견자들』의 오염의 서사는 근대 면역화 패러다임의 파괴성을 극복하는 대안적 면역 공동체를 모색한다. 애나 칭이 지적한 것처럼 근대적 세계에서 인간 문명은 생존과 파괴가 연루되는 파괴적 생존주의를 통해 존속해왔다.[41] 비윤리적 실험, 사냥과 추방, 살생, 정복욕을 특징으로 하는 생존주의의 확장성은 희생의 정당화를 수반하며, 이로 인해 인류 내부에서조차 끝없는 혐오와 차별을 양산하는 파괴적 체계를 지속시킨다. 이때 정복하고 분류하기 위한 과학은 파괴와 혐오의 역사를 촉진하는 훌륭한 도구이자 목적으로 존재했다. 이는 과학의 무한한 발전이 인류의 풍요와 안전, 존속을 위해 지구의 모든

---

[41] 애나 칭은 20세기가 확장성과 팽창을 진보로 규정하였고, 그에 따라 인류의 생존과 번영이 자연과 다른 생물종에 대한 파괴의 역사를 형성해왔다고 비판한 바 있다.(앞의 책, 64, 76, 243쪽.)

생명과 존재들을 바꾸고 통제하는 지배적 힘이 될 것이라 믿어 의심치 않았던 근대적 면역 패러다임과 일치한다. 『지구 끝의 온실』과 『파견자들』이 그려낸 오염의 미래는 그러한 파괴의 역사의 결과이고 돔(지하도시)의 배타적 면역 정치는 그 역사의 반복이다.

그러나 동시에 김초엽의 두 장편소설은 생존과 파괴의 연루에 대조되는 생존주의와 면역 공동체를 지향하는 존재들을 모색해나간다. 지구라는 삶의 터전을 파괴하고 자기 삶마저 파괴해버리는 근대 면역화의 파괴성을 극복하기 위해 김초엽이 내놓는 대안은 생존이라는 기본적 욕구마저 넘어서는 사랑이다. 그 사랑은 오염을 두려워하기보다 오히려 오염에서 태어나며 이질성들을 향해 열려 있다. 이러한 상호침투적인 면역관용에 바탕을 둔 오염된 존재들의 공동체는 이질성들이 서로 얽히면서 퍼져나가는 전염의 세계이다. 이처럼 이질적인 생명들이 함께 만들어가는 상호 열림의 공동체를 그리는 김초엽의 SF적 상상력은 팬데믹이 촉발한 오염에 대한 공포와 불안을 넘어 다시 연결을 사유한다는 점에서 중요한 의의를 갖는다. 뿐만 아니라 『지구 끝의 온실』과 『파견자들』의 결말은 공통적으로 새로운 지식체계와 다른 역사의 형성을 암시하면서 파괴의 역사를 넘어 새로운 삶을, 새로운 미래에 대한 사유를 촉구한다. 물론 그 과정은 분쟁과 죽음, 희생을 동반한다. 그러나 『지구 끝의 온실』이 시사하듯 "고통은 늘 아름다움과 같이 온다 … 아니면 아름다움이 고통과 늘 함께 오는 것이거나."(234) 그러므로 우리는 고통을 감수하고 새로운 공동체를 끝없이 추구하는 과정에 참여해야 한다. 먼 우주가 아닌 생명의 터전이자 인간의 조건인 지구를 낯선 이질성의 세계로 재사유하는 두 소설의 힘은 파괴의 사슬을 끊어낼 때 지구와 인간이 죽음이 아닌 새로운 마주침으로 다시 연결될 수 있음을 상기한다.

참고문헌

1. 기본자료

김초엽, 『우리가 빛의 속도로 갈 수 없다면』, 허블, 2019.

______, 『방금 떠나온 세계』, 한겨레출판사, 2021.

______, 『지구 끝의 온실』, 자이언트북스, 2021.

______, 『파견자들』, 퍼블리온, 2023.

김초엽 외, 『팬데믹: 여섯 개의 세계』, 문학과지성사, 2020.

2. 논문 및 단행본

김윤정, 「한국 SF 문학에 나타난 생존의 역설과 노년 정동」, 『현대문학이론연구』 85, 현대문학이론학회, 2021, 25-56쪽.

김은주, 「어떠한 이야기들이 세계들을 만들고, 어떠한 세계들이 이야기들을 만드는가?: 동시대 페미니즘과 SF의 조우로서 김초엽의 「관내분실」」, 『문화과학』 111, 문화과학사, 2022, 117-133쪽.

도나 해러웨이, 「인류세, 자본세, 대농장세, 툴루세: 친족 만들기」, 김상민 옮김, 『문화과학』 97, 문화과학사, 2019, 162-173쪽.

______________, 『트러블과 함께하기』, 최유미 옮김, 마농지, 2021.

로베르토 에스포지토, 『코무니타스』, 윤병언 옮김, 크리티카, 2022a.

______________, 『임무니타스』, 윤병언 옮김, 크리티카, 2022b.

______________, 『사회 면역』, 윤병언 옮김, 크리티카, 2023.

손혜숙, 「'작은 가능성'에 대한 끝나지 않은 이야기−김초엽, 『지구 끝의 온실』, 자이언트북스, 2021」, 『리터러시연구』 13(2), 한국리터러시학회, 2022, 539-555쪽.

애나 로웬하웁트 칭, 『세계 끝의 버섯』, 노고운 옮김, 현실문화, 2023.

연남경, 「사변적 페미니즘으로 본 SF 현상과 연결됨의 윤리−「얼마나 닮았는가」, 「리셋」, 「오래된 협약」」, 『이화어문논집』 60, 이화어문학회, 2023, 65-102쪽.

윤애경, 「한국 SF소설에 나타난 포스트휴먼의 자유의지와 젠더 수행성」, 『국제언어문학』 53, 국제언어문학회, 2022, 81-106쪽.

이소연, 「재난서사의 새로운 동향과 포스트휴먼 감수성의 출현−김초엽, 정세랑, 듀나의 소설을 중심으로」,『탈경계인문학Trans-Humanities』15(2), 이화인문과학원, 2022, 55-57쪽.

이양숙, 「한국소설의 비인간 전환과 탈인간중심주의」,『한국문학과예술』34, 숭실대학교 한국문학과예술연구소, 2020, 227-259쪽.

______, 「인류세 시대의 유스토피아와 사이보그-'되기': 『지구 끝의 온실』을 중심으로」,『도시인문학연구』15(1), 서울시립대학교 도시인문학연구소, 2023, 161-193쪽.

조르주 아감벤,『호모 사케르』, 박진우 옮김, 새물결, 2008.

지오반나 보라도리,『테러 시대의 철학: 하버마스, 데리다와의 대화』, 손철성·김은주·김준성 옮김, 문학과지성사, 2004.

표유진, 「초생명성(Epivitality) 시대를 위한 포스트휴먼 윤리 – 천선란 장편소설『무너진 다리』를 중심으로」,『이화어문논집』60, 이화어문학회, 2023, 181-208쪽.

한나 아렌트,『인간의 조건』, 이진우 옮김, 한길사, 2019.

황지영, 「테라포밍(Terra-Forming) 서사와 면역의 생명정치 – 코로나19 팬데믹 시기의 한국 SF를 중심으로」,『국제어문』98, 국제어문학회, 2023, 405-430쪽.

3. 기타자료

김초엽, 「차가운 우주의 유토피아」,『Axt』27, 2019, 69-72쪽.

10장

면역학의 수사를 다르게 상상하기
―김초엽, 「공생 가설」, 「오래된 협약」을 중심으로

조하린

1. 들어가며

코로나는 우리의 일상과 감각들을 많은 부분 바꾸어 놓았다. 일부는 코로나 팬데믹 경험이 질병의 감염 여부가 인과응보의 논리에 따라 작동하지 않는다는 사실을 확인시키는 계기가 되었다고 평하기도 한다. 하지만 정말로 그러한가? "누구나 코로나에 감염될 수 있다는 평등주의적 환상에 기반을 둔 대중 담론"[1]과는 달리, 사회경제적 자원의 소유에 따라 감염 확률은 계층화되었다. 자신만의 안전한 격리 공간을 가질 수 있는 사람들과 그러한 공간을 장기적으로 유지 시켜 줄 수 있도록 돕는 노동자들(배달 노동자, 의료 노동자 등)의 감염 위험성은 차이가 있을 수밖에 없다. 또한 안전을 이유로 타인을 비롯한 외부와의 차단과 격리가 강제되는 상황은 감염자에 대한 비난의 강도를 키워갈 뿐이었다. 이러한 상황 속에서 타자를 향한 혐오와 차별의 감정도 더욱 커졌다.

---

1   한우리, 「섹슈얼리티를 통해 팬데믹의 규범성과 집합적 돌봄을 상상하기」, 『한국언론정보학보』 110, 한국언론정보학회, 2021, 50쪽.

팬데믹의 일상을 좀 더 세밀하게 복기해 보자. 보건복지부는 코로나바이러스의 확산을 제한하기 위해 사용한 한국의 검역 시스템을 포괄적으로 나타내는 말을 'K-방역'이라고 명명했다. 초기 K-방역의 핵심에는 '사회적 거리두기'와 '확진자 동선 공개'가 있었다. 이 두 전략이 만들어 내는 감각은, '나'를 제외한 타인들은 모두 잠재적 보균자라는 것이다. 사람들은 서로의 동선을 강박적으로 확인하고 스스로를 검열했다. 이 감시와 검열은 자발적인 동시에 자발적이지 않다. 코로나 검열과 감시에는 '시민의식의 발로'라는 표현만으로는 설명할 수 없는, 난감한 구석이 있다. 감시와 비난의 '미시물리학'[2] 속에서 시민들의 자기 검열은 자발적이기도 하고 비자발적이기도 하다. 이러한 미시물리학의 계(系, system)가 포착될 때, K-방역의 일부는 시민들의 (비)자발적 상호감시망에 기댈 수밖에 없음이 드러난다.

서로가 서로의 감시자이며 오염의 가능성을 품고 있을 때, 잠재적 보균자라는 경계 없는 적은 '슈퍼전파자'들이 등장하며 점점 정확하게 적의를 퍼부을 수 있는 뚜렷한 실체가 되어갔다. 2020년 5월, 이태원 클럽발 감염자의 동선이 공개되었을 때 그 뚜렷한 얼굴은 '변태적인' 게이가 되었다.[3][4][5] 이때 게이들의 반대편에 있던 '바람직하고 건강한 시민'은 바로 학부모를 필두로

---

2   미셸 푸코는 일상에서 행하는 사소한 모든 행동에도 권력이 작동하고 있다고 보았다. 사람들은 늘 누군가로부터 감시당할지도 모른다는 두려움 때문에 규율에 맞게 행동을 제어한다는 것이다. 푸코는 이를 '미시물리학(microphysique)'이라고 명명했다. 미시물리학은 사람들 간의 상호작용에서 의식적 혹은 무의식적으로 발생해 사회에 영향을 준다.(미셸 푸코, 『감시와 처벌』, 오생근 옮김, 나남출판, 2016.)

3   실제 2020년 5월 한 달간 소셜미디어에서 성소수자 혐오 발언의 수위와 양은 큰 폭으로 상승했다.(한우리, 앞의 글, 50쪽.)

4   유영대, 「[단독]이태원 게이클럽에 코로나19 확진자 다녀갔다」, 『국민일보』, 2020.05.07., https://www.kmib.co.kr/article/view.asp?arcid=0014552714, 접속일: 2024.05.02. 해당 기사는 성소수자 혐오라는 지적 이후 기사 명에서 '게이클럽'을 '유명 클럽'으로 바꾸었다.

5   이대웅, 「동성애자가 털어놓은, 이태원 게이클럽과 찜방(블랙수면방) 실태」, 『크리스천투데이』, 2020.05.12., https://www.christiantoday.co.kr/news/331435, 접속일: 2024.05.02.

상상되는 이성애 가족 구성원이다. 게이 남성들의 클럽 방문과 성적 실천들이 코로나 감염 확산에 따른 등교 개학 연기의 주범으로 지목되는 과정[6][7]이 보여준 것은, 한국의 생명 관리정치가 민족주의, 신자유주의, 이성애규범성과 결합하여 사회성의 규범들을 재구성·재정의하였다는 사실이다. 한국의 생명 관리 정치는 비규범적 섹슈얼리티와 몸을 전염병의 매개물이자 혐오의 원인으로 자연화함으로써 발전주의적 민족주의, 신자유주의, 이성애규범성을 강화한다.[8]

이처럼 생명 관리정치가 이성애규범성과 결합하는 것은 코로나 시기뿐만이 아니다. 에이즈 쇼크 때에도 북미 언론은 "성적으로 탐욕스럽고, 살인적으로 무책임한 동성애자의 절대적 형상인 '페이션트 제로'를 창조"[9]하여 비규범적 성적 실천들을 감염병의 매개물이자 확산 원인으로 서사화하였다. 감염병 위기관리는 삶과 죽음의 문제를 둘러싸고 '살만한 삶'을 범주화하여 시민을 관리하고 통제하는 생명 정치의 도구이다. 이때 '무책임한' 게이들은 "이성애 가족이라는 안전한 울타리 안 책임 있는 개인"[10]들과 대비되며 (이성애자) 시민들의 안전한 삶에 위해를 끼치는 존재들로 상상되고 쉽게 비난의 대상이 된다. 침입자와 방어자가 나뉘는 것이다.

우리는 서로의 얼굴을 감염의 매개가 아닌 다른 것으로 상상할 수 있을까? 그 얼굴은 어떠한 얼굴일까? 안전하고 청정한 얼굴? 그러나 나 아닌 '너'는

---

6 이효석, 「'클럽발 감염' 미성년까지 확산…등교 추가연기 고민하는 교육부」, 『연합뉴스』, 2020.05.14., https://www.yna.co.kr/view/AKR20200513140400004?sectI on=search, 접속일: 2024.05.02.

7 박성진·이효석, 「'등교 미뤄주세요' 靑청원 20만명 돌파…교육부 '계획 없다'」, 『연합뉴스』, 2020.05.15., https://m.yna.co.kr/view/AKR20200515063700004, 접속일: 2024.05.02.

8 한우리, 앞의 글, 52-53쪽.

9 더글러스 크림프, 『애도와 투쟁: 에이즈와 퀴어 정치학에 관한 에세이들』, 현실문화, 2021, 77쪽.

10 한우리, 앞의 글, 62쪽.

모두 감염의 확률로 환원되는 방역의 수사 안에서 '안전' 혹은 '청정'도 언제든 깨어질 수 있는 환상에 불과하다. 나를 제외한 모두가 잠재적 오염군일 때 사람들은 불안을 다스리기 위해서라도 여기서 만큼은 안전하다는 '청정 구역'을 가지고 싶어 하고 또 그 청정 구역(이라는 믿음)을 만들어 내는 데 성공하기도 한다. 하지만 감염 유무로 경계 지어지는 구역은 언제나 유동적이며 오염의 가능성을 품고 있다. 안전하고 청정한 이웃은 언제나 잠재적인 오염자이다. '너'가 언제나 침범의 가능성을 품은 잠재적 오염자일 때, 비규범적 실천들은 안전을 이유로 언제나 쉽게 비난의 대상이 된다. 우리에게는 침입과 방어의 언어로 이루어진 면역의 수사가 아닌 다른 언어를 가진 면역의 수사가 필요하다.

2. 개체중심적 면역학의 수사를 벗어나기

이미 우리는 방역에서 세계를 선도하는 나라가 되었습니다. K-방역은 세계의 표준이 되었습니다. 대한민국의 국가적 위상과 국민적 자부심은 어느 때보다도 높아졌습니다. 방역당국과 의료진의 헌신, 수많은 자원봉사자들의 자발적 참여, 연대와 협력의 정신을 유감없이 발휘해준 국민의 힘입니다. 우리는 국민의 힘으로 방역전선을 견고히 사수했고, 바이러스와의 전쟁을 이겨왔습니다. 국내 상황이 안정화 단계에 들어서며 방역과 일상이 공존하는 새로운 일상으로 전환하였습니다.[11]

'바이러스와의 전쟁'. 면역학의 수사와 논리는 언제나 침입과 방어로 이루

---

11   외교부, "문재인대통령 취임3주년 특별연설", 2020.05.11., https://overseas.mofa .go.kr/ps-ko/brd/m_11742/view.do?seq=1336863, 접속일: 2024.05.02.

어져 있다. 생물학적 면역을 특정 유기체가 외부의 공격(세균과 바이러스 침투)에 맞서 취하는 일종의 방어 전략이나 심지어는 반격의 형식처럼 정치·군사적 용어들이 의학의 어휘에 접목[12]될 때 근대적 몸-자아(body-self) 개념에 따른 외부의 침입에 대한 개체의 자기방어라는 면역학적 논리는 몸을 일종의 경계 지어진 영토로 구획할 수 있게 한다. 이는 보호해야 할 자기 자신과 자기 자신이 아닌 것이 자연스럽게 구별 가능하다는 전제를 기반한다. 신체를 인간에게 주어진 가장 기본적인 소유물로 상정하고, 이를 보존하기 위한 끊임없는 투쟁을 상정하는 자유주의적 인간관과 정치철학은 면역학적 논리를 통해서 자연성을 획득하게 된다. 바이러스를 침입자로 규정하는 면역의 은유는 자아와 타자 사이의 구분과 대립을 자연화한다.[13] 이러한 은유 안에서 타인과의 접촉은 안전과 곧장 직결되어 상상될 수밖에 없기에, 언제나 아군과 적군이 존재한다. 그러므로 전 세계적인 감염병 위기 상황에서 타자에 대한 혐오와 인종차별적 폭력이 증가하는 양상은 근대 면역학의 논리 속에서 전혀 놀랍지 않다. 면역, 외부의 병원체에 대한 숙주의 자기방어는 기원이 다르다고 여겨지는 것에 대한 공포와 회피, 제거를 자연적 상태로 규정하고 있기 때문이다.

그러나 인간 신체와 바이러스의 상호작용은 엄밀히 말해 침탈보다는 상호연루에 가깝다. 바이러스는 독립적으로 존재할 수 있는 생명 형식이 아니기 때문이다. 바이러스는 일종의 정보전달 단위로서 바이러스에게 증식 가능성이라는 생명력을 불어넣는 것은 본질적으로 숙주 세포이다.[14] 따라서 감염과 면역은 개별 유기체의 속성이 아니라 인간, 다른 유기체 및 환경 간의 복잡한 상호작용에서 창발적으로 나타나는 현상인 것이다. 인간이든 바이러스와 같

---

12   로베르토 에스포지토, 『사회 면역』, 윤병언 옮김, 크리티카, 2023, 36쪽.
13   서보경, 「서둘러 떠나지 않는다면 ― 코로나19와 아직 도래하지 않은 돌봄의 생명정치」, 『문학과사회』 33(3), 문학과지성사, 2020, 25-26쪽.
14   위의 글, 26쪽.

은 비인간 행위자이든 간에 양자 모두가 서로의 존재에 깊이 연루되어 있다.

도나 해러웨이는 복수 종 생물들의 상호 구성적이고 상호 유도적인 방식을 설명하기 위해 '함께-만들기'를 뜻하는 '공-산(共-産,sympoiesis)'[15]이라는 단어를 사용한다. 공-산은 "함께-세계 만들기를 위해 쓰이는 말"[16]로, 지구상 모든 생명체가 결코 혼자가 아님을 함의한다. 해러웨이는 린 마굴리스[17]의 공생 발생 이론(symbiogensis)과 마이크로바이옴[18] 개념을 차용하여 공생적 집합체, 그 실체를 홀로바이온트(holobiont)라고 명명한다.[19] 홀로바이온트들은 중첩된 시간과 공간의 매듭 속에서 우발적, 역동적으로 함께 뭉치고 복잡한 패턴 만들기에 다른 홀로바이온트들을 관여시킨다. 해러웨이가 "크리터(critter)"[20]라고 부르는 대지 위의 다양한 존재자들은 관계 맺기 이전에는

---

15 도나 해러웨이, 『트러블과 함께하기』, 최유미 옮김, 마농지, 2021, 107쪽.

16 공-산(sympoiesis)이라는 용어 자체는 1998년 배스 뎀스터(M. Beth Dempster)가 처음으로 제안한 것이다.(위의 책, 111쪽.) 이 용어는 칠레의 생물학자 옴베르토 마투라나와 프란시스코 바렐라가 제안했던 "오토포이에시스"에서 왔다. 오토포이에시스는 스스로 만든다는 의미로, 그리스 어원으로 '자율'을 의미하는 'auto'와 '산출'을 의미하는 'poiesis'의 합성어이다. 오토포이에시스, 즉 '자율 생산'은 다친 손가락의 상처가 저절로 아물 듯이 개체성을 유지하고자 하는 생명의 작동적인 메커니즘을 말한다. 하지만 해러웨이는 벤 손가락의 상처가 아무는 과정에서 조직의 세포들과 그 세포막을 들락거리는 무기물들 그리고 그 주변의 미생물들이 서로를 떠받치면서, 손상된 부분을 재구성한다고 보았고, 이에 'auto'대신 '함께'라는 의미의 'sym'으로 바꾼 심포이에시스(sympoiesis)를 제안한다.(최유미, 『해러웨이, 공-산의 사유』, 도서출판b, 2020, 67-68쪽.)

17 미국의 진화생물학자로 공생발생(symbiogenesis)을 통한 진화, 즉 공생진화론의 주창자다. 이전까지는 다윈주의적 적자생존 이론이 진화론의 주를 이루었다. 공생진화론은 진핵세포의 진화는 세균의 공생적인 통합의 결과라는 주장이다.

18 미생물군집(Microbiome)은 마이크로바이오타(microbiota)와 게놈(genome)이 합쳐서 만들어진 합성어로 주어진 환경에서 생존하고 있는 모든 미생물의 집단 전체를 지칭하는 용어다. 미생물 집단 전체의 유전체를 의미하기도 한다.

19 도나 해러웨이(2021), 앞의 책, 108-109쪽.

20 "크리터(critter)는 미국에서 온갖 종류의 성가신 동물을 가리키는 일상적인 관용어다. 과학자들은 늘 자신의 크리터에 대해 이야기하고 일반인들도 이 용어를 사용하는데, 아마도 서부 지역에서 특히 더 그럴 것이다. '크리터'라는 말에는 '창조물creature'이나 '창조creation' 같은 얼룩이 붙지 않는다. 만약 당신이 그런 기호론적 딱지를 본다면, 벗겨버려라.

생겨나지 않는다. 크리터들은 그러한 얽힘의 존재들로부터, 기호론적이고 물질적인 "안으로 말림(involution)"[21]을 통해 서로를 만든다. 이종혼효적인 결합인 인볼루션은 서로 다른 것들이 상호적인 결합을 통해 새로운 존재자로 거듭나는 것이다.[22] 이러한 인볼루션을 가능하게 하는 동력은 부분적인 실패와 누군가에게 이끌려서 예기치 못한 삶으로 끌려 들어가는 것이다. 아무 관련이 없었을 수도 있었던 누군가의 삶으로 뛰어드는 것이다. 연루되는 것이다. 서로의 삶에 개입하는 것이다. 순진무구하지 않고, 위험하고, 헌신적인 "서로의 삶에 참여하는 되기"[23]이다. 홀로는 생명 형식으로 존재할 수 없는 바이러스는 그 자체로 공-산적이다.

이처럼 개체중심적인 근대 면역학의 수사를 이해하고 또 이것을 다른 수사로 재형상화하는 작업은 왜 중요할까? 바이러스의 일생을 어떻게 서술할 것인가가 무엇보다 중요한 이유는 바이러스에게 어떤 삶의 형식을 부여하느냐에 따라 대응도 달라지기 때문이다. 해러웨이에게 세계를 이해하는 일은 이야기 속에서 사는 문제이다. 해러웨이는 형상화라는 수사적 장치를 통해 지배적 기술 과학 담론에 대한 대안 서사를 제시하고 현실 세계를 보다 복합적이고 혼종적인 시선에서 묘사한다. 형상화 작업을 통해 우리는 다른 판단의 틀을 제공받는다. 이를 통해 행동과 이해의 다른 방향성을 제안받을 수 있다.[24] 바이러스의 일생을 주체에 대한 침탈이 아닌 이종혼효적인 결합을

이 책에서 크리터라는 말은 미생물, 식물, 동물, 인간과 비인간, 그리고 때로는 기계까지 포함해 잡다한 것들을 의미한다."(도나 해러웨이(2021), 앞의 책, 233쪽.)

21 해러웨이는 칼라 허스택(Carla Hustak)과 나타샤 마이어스(Nastasha Myers)의 논문 「안으로 말림의 모멘텀(Involutionary momentum)」에서 아이디어를 얻었다. 인볼루션은 서로 다른 계통수 가지들의 이종혼효적 결합을 의미한다. 인볼루션은 이볼루션(진화, evolution)과 구분되며 진화는 계통수의 분기를 의미한다.(위의 책, 121-123쪽.)

22 최유미, 앞의 책, 83쪽.

23 도나 해러웨이(2021), 앞의 책, 127쪽.

24 김애령, 「사이보그와 그 자매들: 해러웨이의 포스트휴먼 수사 전략」, 『한국여성철학』 21, 한국여성철학회, 2007, 72-73쪽.

통해 새로운 형식을 만들어 내는 과정으로 서술한다면 인간이 이미 다종다양한 비인간 행위자들과 맺고 있는 복잡한 사회성을 인지할 수 있게 된다. 이처럼 바이러스는 진화의 긴 과정에서 인간종의 형성 자체에 영향을 끼친 생명의 창발성을 이루는 일부임을 기억하게 하는 창발적인 면역학의 수사는 전염병의 시대를 살아가는 우리에게 혐오와 배제가 아닌 다른 방식의 "응답-능력(response-ability)"[25]을 배양시킬 것이다.

다음 장에서는 개체중심적이지 않은 면역학의 수사가 어떠한 응답 능력을 불러일으킬 수 있는지 김초엽의 SF 단편 「공생 가설」, 「오래된 협약」의 상상력을 통해 살펴보고자 한다.

3. 침입에서 상호연루로, 면역학의 수사를 다르게 상상하기

3.1. '고유한 자기'라는 환상: 「공생 가설」

김초엽의 소설집 『우리가 빛의 속도로 갈 수 없다면』에 수록된 단편 「공생 가설」[26]에 나타난 감염의 감각은 다소 독특하다. 서울 광진구에 위치한 '뇌의 해석 연구소' 소속 '브레인 머신 인터페이스 연구팀'은 뉴런의 패턴을 분석하여 피험자들의 생각을 언어 표현으로 옮기는 생각-표현 전환 기술을 연구하고 있다. 이들의 목표는 신생아의 울음을 대략적으로나마 분석하는 것이다. (109-113) 순조롭게 진행되던 연구는 어느 날부터 데이터를 오염시키는 "외부의 잡음"(114) 때문에 난항을 겪는다. 데이터 분석 결과에 나타난 아기들이 생각이 도저히 미숙한 언어구사력을 가진 아기들이 할만한 생각이 아니었기

---

25   도나 해러웨이(2021), 앞의 책, 25쪽.

26   김초엽, 「공생 가설」, 『우리가 빛의 속도로 갈 수 없다면』, 허블, 2019. 이후로 본문에서 인용 시 제목과 쪽수를 병기한다.

때문이다. "어떻게 하면 더 윤리성을 부여할 수 있을까?"(114)

연구가 진행될수록 밝혀지는 사실들은 더욱 경악스럽다. 아이들의 뇌 패턴을 분석할수록 한 사람의 머릿속에서 여러 인격이 대화를 나누는 것만 같은 결과가 도출되었기 때문이다. 그들은 아이들과 함께 "감정과 마음, 사랑, 이타심"(122)에 관해 토론하며 아기들에게 '인간성'을 가르친다. 연구원들은 이 인격들을 '그들'이라고 부르며 그들의 근원을 추적하기 시작한다. 그들은 수만 년 전부터 인류와 공생해 온 이질적인 존재로 갓 태어난 아기들이 최초로 외부와 접촉할 때 '전염'된다. 이들은 아기의 뇌에 공생하며 이들을 윤리적 주체로서 훈련시킨다. 그리고 유년기가 지나면 이들은 떠난다. 해당 소설의 세계에서 감염은 이타성을 획득하는 수단이다. 그래서 사람과 접촉하지 못한 "상자 속의 아기"(28)들은 이타성을 획득하지 못한다.

> 만약에 뇌 속의 '그들'이 인간에게 태생적으로 존재하는 것이 아니라 외부에서 유입되는 것이라면 어떨까? 마치 기생충이나 미생물이 사람에게서 다른 사람으로 전염되듯 말이다. 그들은 공기 중에 분포해 있거나, 바이러스처럼 환경에 널리 퍼져 있을 수도 있다. 하지만 어느 쪽이든 감염을 위한 최초의 접촉이 필요할 것이다.(「공생 가설」, 125-126쪽)

> 지구에서도 유래하지 않은 것, 수만 년 전, 어쩌면 그보다 더 오래전에 지구 밖의 어느 행성에서 온 것이라면. 그것이 우리의 뇌에 자리 잡았고, 우리의 유년기를 지배했고, 우리를 윤리적 주체로 가르쳐왔다면. 인간을 비인간동물과 구분하는 명백한 특질들이 사실은 인간 밖에서 온 것들이라면.
>
> "우리가 인간성이라고 믿어왔던 것이 실은 외계성이었군요."(「공생 가설」, 129쪽)

'인간을 비인간동물과 구분하는 명백한 특질'이라고 믿어온 인간성이 실은 '그들'이라는 타자와의 교섭과 반응을 통해 생성된 구성물임이 밝혀질 때 '고유한 자기'라는 근대적 믿음은 무너진다. 그간 고유한 자기라는 개념은 면역학 담론을 통해 더욱 공고한 자연성을 획득해 왔다. 첨단 과학은 인간을 구성하고 있는 세포 중에 약 10%만 인간 게놈이고 나머지 약 90%는 박테리아나 미생물이라고 보고한다. 어떻게 10%의 인간 게놈과 90%의 나머지가 하나의 '나'로 구성될 수 있는가? 면역학은 이에 대한 해답을 주는 듯 보인다. 생물학 담론에서 면역이란 자기와 비자기를 구분하는 시스템으로 이해되었기 때문이다.[27] 따라서 이러한 면역 담론 안에서 감염은 자기 동일성을 위협하는 일이 된다.

감염은 정말로 자기 동일성을 위협하고 고유한 자기를 무너뜨리는 일일까? 감염의 침입 논리는 분자생물학 분야의 발전과 새로운 발견들로 인해 조금씩 내파되고 있다. 도나 해러웨이에게 생의학적 몸은 기호학적인 체계와 복잡한 의미 실천의 장이다. 특히 면역 담론은 여러 가지 이해관계가 첨예하게 얽힌 고도의 실천이다.[28] 해러웨이는 "오로지 방어된 자기만을 목표로 삼는"[29] 면역 개념을 단호하게 거부한다. 면역계는 대략 10^{12}개의 어마어마한 양의 세포들로 구성되는데 이들은 면역계·신경계·내분비계와 분자를 공유하며 이를 통해 몸의 다중 통제 및 조정 장소와 기능들을 연결한다. 그리고 면역계 세포의 유전학은 "수용체들과 항체들을 만들어 내기 위해 엄청난 비율로 체세포 돌연변이와 유전자 산물들을 접합하고 재배치"[30] 한다. 이를 통해 면역은 수많은 세포 사이에서 이루어지는 분자 단위의 연결과 교섭으로 재정의된다. 이처럼 네트워크화된 몸은 자기 동일화를 거부하고 '침입자'라는 개념을 거부한다. 네트워크로 재정의된 면역학의 수사 안에서 '자기'와

---

27   최유미, 앞의 책, 263쪽.

28   도나 해러웨이(2023), 앞의 책, 382쪽.

29   도나 해러웨이, 『유인원, 사이보그, 그리고 여자』, 황희선·임옥희 옮김, arte, 2023, 393쪽.

30   위의 책, 394쪽.

'타자'는 더 이상 대립하는 개념이 아니라 "부분적으로 반영된 읽기와 반응이 겨루는 미묘한 놀이"[31]가 된다.

김초엽의 「공생 가설」은 감염을 이타성을 획득하는 수단으로 상상하면서 자기와 비자기를 구분하는 경계를 의문 삼고 고유한 인간성을 탈 자연화한다. 김초엽의 이러한 상상력은 우리에게 감염과 면역의 담론이 구성해 온 고유한 자기에 대한 믿음을 재고해 보라고 요청한다. 네트워크로 재정의된 면역학의 수사 안에서 '자기'와 '타자'가 더 이상 대립하는 개념이 아닐 때 침입자와 방어자라는 감염자와 비감염자의 대립 항도 힘을 잃는다. 이는 감염과 그에 따른 피해들을 가볍게 여기는 태도가 아니다. 오히려 감염에 따른 낙인과 혐오를 멈춤으로써 감염에 대한 새로운 응답-능력을 요구하는 것이다. 이 새로운 응답-능력을 위해서는 면역의 수사를 다르게 상상할 의무가 요청된다.

3.2. 도래할 테라폴리스의 면역학: 「오래된 협약」

도나 해러웨이는 인류세의 시대에 "트러블과 함께 하기(Staying with the trouble)"를 실천할 것을 제안한다. '트러블과 함께한다는 것'은 "창의적인 연결망 안에서 친척을 만드는 것"이자, '두꺼운 현재' 속에서 함께 잘 살고 잘 죽는 법을 배우고 실천함을 의미한다. 그리고 이를 구체화하기 위해 해러웨이는 인류세 대신 쑬루세(Chthulucene, 지하세, 地下世)[32]라는 새로운 명명을 제안했다. '쑬루(Chthulu)'는 땅속 존재들과의 복잡하고 역동적인 연결, 촉수

---

31 위의 책, 395쪽.

32 쑬루세(Chthulucene)는 '땅'이라는 의미의 그리스어 크톤(khthôn)과 카이노스(kainos)의 합성어로 '피모아 크툴루(Pimoa cthulhu)'라는 거미의 이름을 토대로 만든 용어이다. 쑬루세는 손상된 땅 위에서 응답-능력을 키워 살기와 죽기라는 트러블과 함께하기를 배우는 시공간을 의미한다.(도나 해러웨이(2021), 앞의 책, 8쪽.)

적인 연결을 함의한다. 따라서 쏠루세는 지금과는 다른, 있을 법하지 않은 연결을 시도하는 것이고, 이러한 연결을 통해 우리는 복수종들과의 창의적인 관계 변화를 가져올 수 있다. 해러웨이는 이러한 복수종 크리터들과의 혼종 적인 결합을 통해 "친척을 만드는 것"을 제안하며 이것이 이루어지는 공간으로서 사변적 우화인 '테라폴리스(terrapolis)'를 제시한다. 테라폴리스는 복수종들과의 상호 의존적인 윤리적 환경 정치인 '코스모폴리틱스(cosmopolitics)'가 이루어지는 시공간이다. 이 시공간에서 복수종 크리터들은 서로에 대한 "응답-능력(response-ability)"을 키워야 한다.[33]

김초엽의 소설집 『방금 떠나온 세계』에 실린 단편 「오래된 협약」[34]의 배경인 행성 '벨라타'는 테라폴리스로서의 가능성을 가진 시공간이다. 벨라타인들은 지구인의 관점에서는 진실을 마주하지 못하고 천천히 자살을 향해 가고 있다. 벨라타인은 30년 정도의 짧은 수명을 가지고 살아가는데 말년이 되면 "몰입"(203) 상태에 들어가 광기에 시달린다. 벨라타인들의 짧은 수명과 '몰입'이라고 불리는 광기는 벨라타의 공기 중에 있는 "루티닐"이라는 성분 때문이다. 그들의 종교적 금기에는 '오브'를 건드리는 것이 있는데 이 오브는 루티닐 분해성분을 가지고 있어서 오브를 먹으면 벨라타인들은 더 오래 생존할 수 있고 광기에도 시달리지 않을 수 있다. 하지만 벨라타인들은 그렇게 하지 않는다.

지구인의 관점에서 벨라타인들은 종교적 금기라는 어리석은 관행 때문에 죽음을 자초하는 것처럼 보일 것이다. 그러나 소설의 말미에 반전이 드러난다. 사실 행성 벨라타는 오브들의 행성이었고 벨라타인들은 오래전 벨라타에 불시착한 인류였던 것이다.

---

33 위의 책, 7-9, 24-26쪽.

34 김초엽, 「오래된 협약」, 『방금 떠나온 세계』, 한겨레출판사, 2021. 이후로 본문에서 인용 시 제목과 쪽수를 병기한다.

> 오래전 우리가 벨라타에 도착했을 때, 이곳은 오브들의 행성이었습니다. 그들에게 우리는 불청객이었습니다. 사람들은 이 행성이 겉보기와 달리 인간에게 결코 호의적이지 않은 환경임을 곧바로 알아차렸죠. 인간의 뇌는 행성 대기의 루티닐에 의해 급격히 손상되었고, 그것은 이 행성을 지배하는 오브들에 의해 발생되는 것이었습니다.(「오래된 협약」, 219쪽)

오브가 벨라타인들의 '트러블'이 아니라 벨라타인들, 즉 고대 벨라타에 불시착한 인류가 벨라타의 "불청객"(219)이었다. 벨라타인들에게 치명적인 루티닐도 오브들의 생명 활동과 대사 작용으로 발생하는 것이다. 그 사실을 알았던 최초의 벨라타인들은 오브들을 학살한다.

> 그러나 우리에게는 갈 곳이 없었습니다. (…) 우리는 공존을 선택할 수 없었습니다. 단 두 가지의 선택지만 있었어요. 그들의 죽음, 혹은 우리의 죽음.
> 우리는 살기 위해 오브들을 죽였습니다. 오브들을 모두 몰아낸 장소에서는 일시적으로 호흡이 가능했고, 오브의 사체를 먹으면 루티닐을 약간이나마 해독할 수 있다는 사실도 알아냈습니다.(「오래된 협약」, 220쪽)

오브들을 죽이면 인간들은 일시적으로 숨을 쉴 수 있었고 그 사체를 먹으면 체내 루티닐을 일부 해독할 수 있었다. 하지만 오브들은 벨라타 행성 그 자체였기 때문에 멸종시킬 수 없었다. 오히려 이 학살은 인류에게 더 치명적인 결과를 불러일으킨다.

> 오브들은 행성의 생명체일 뿐만 아니라, 행성 자체였습니다. 몰아냈다고 생각한 곳에서도 오브들은 다시 무서운 속도로 증식했습니다. 땅 위와 땅 아래, 행성 전체에 뿌리내린 그들의 몸이 행성 환경을 조절했어요. 오브들이 없는 장소로도 바람이 루티닐을 실어 날랐죠. 그들은 대기 중의 수분을 순환시켜

온종일 폭우를 내리게 했습니다. 벨라타는 물의 행성이 되었고 우리는 루티닐 외에도 수많은 이유로 죽음을 맞닥뜨렸습니다. 먹을 것을 찾지 못해서, 물살에 휩쓸려 절벽 아래로 추락해서, 강으로 떠밀려 익사해서. 침략자들에 맞서는 오브들의 생명 활동이 활발해질수록 대기 중의 루티닐도 증가했습니다.(「오래된 협약」, 220쪽)

해러웨이는 그간 "사이보그", "반려종" 등 비유적 형상과 같은 수사학적 장치를 통해 지배적 기술 과학 담론에 대한 대안 서사를 제시하고 현실 세계를 보다 복합적이고 혼종적인 시선으로 묘사해왔다.[35] 이러한 수사학적 전략의 일종인 실뜨기(string figures)는 테라폴리스에서 이루어지는 "복수종의 스토리텔링"을 위한 형상화이며 사변적 우화이다.[36] 이때 빽빽하게 엉킨 사건들과 실천들 속에서 난잡하게 실을 뽑으며 (특정한 현실의 장소와 시간에서 트러블과 함께하는데 중요한) 실들의 엉킴과 패턴을 따라가는 것은 누가 살고 누가 죽는지 그리고 어떻게 살고 어떻게 죽는지 분명히 알아가기 위한 행위이다. 또 실뜨기의 형상은 현재 진행형으로 이루어지는 패턴을 주고받기이다. 테라폴리스의 시민들은 코스모폴리틱스를 실천하며 실뜨기 게임을 이어가는데 이 과정에서 실뜨기의 플레이어들은 연결망 속에서 잘 살고 잘 죽기 위해, 어떻게든 서로에 대한 응답-능력을 키운다. 응답하지 않거나, 성의 없이 기계적으로 응답하면 실뜨기 게임은 끝나게 되고, 직물은 풀어져서 공멸한다.[37] 벨라타인들이 오브들을 학살하자 벨라타의 생태계가 무너져 인류 또한 갑작스러운 기후변화와 재난으로 죽음을 맞는다. 오브라는 치명적인 반려종의 실뜨기 패턴에 제대로 응답하지 않자 인류에게 돌아온 것은 공멸이

---

35   김애령, 앞의 글, 71쪽.
36   도나 해러웨이(2021), 앞의 책, 21쪽.
37   위의 책, 10-11, 23-28쪽.

었다.

　반면 오브들은 벨라타인들과 공생하려 대사 작용을 일시적으로 멈춤으로서 그들에게 시간과 공간을 허락한다. 대신 벨라타인들은 오브를 죽이지 않고 짧은 수명이나마 받아들이며 빌린 시간을 살아간다. 그렇게 오브와 벨라타인들 사이의 '협약'이 탄생한다. 벨라타인들은 세대가 지나도 협약이 존속될 수 있도록 '오브를 건들면 안 된다'라는 종교적 금기를 만든다. 그래서 벨라타인 사제 노아는 지구 탐사대의 이정에게 "벨라타에서 우리를 구원하는 것은 앎이 아닌 무지"(226)라고 말한다. 진실을 알고 있음에도 금기에 대한 복종을 고수하는 벨라타인들의 태도는 지구인으로서는 이해하지 못할 만한 것이다. 하지만 노아는 "언젠가 우리와 오브들이 하나의 행성에서 같은 시간을 공유하며 살아갈 가능성이 있다고 믿"(226)는다. 노아를 비롯한 벨라타 사제들이 이러한 태도는 오브들이 벨라타인들에게 행성의 시간을 나눠준 것이라는 것을 알기 때문이다. 그래서 벨라타인들은 비인간 행위자로서 자신들과 세계를 공유하는 오브들을 존중하고 오래된 협약을 자발적으로 지켜나간다. 벨라타인들은 '오래된 협약'을 통해 도래할 면역을 얻는다.

　행성 벨라타는 이처럼 김초엽의 사고 실험이 이루어지는 시공간이다. 벨라타는 해러웨이 사유의 뒤집힌 버전으로 오브들은 인류라는 '트러블'과 함께하기 위해 자발적으로 "행성의 시간을 나누어"(223)준다. 스스로 대사 작용을 늦춘 것이다. 공생은 무고하지 않으며 서로의 살을 먹는 행위, 살기와 죽기가 치열하게 얽힌 시공간이다.

　　언뜻 죽은 고목처럼 보이는 오브들은 이 행성 전체에 깊이 뿌리를 내리고, 땅 위로는 몸의 일부를 드러낸 채, 행성 자체로 기능합니다. 그들은 개체인 동시에 집단이며, 개체로서의 지성과 집단으로서의 지성을 모두 지닙니다.(「오래된 협약」, 221-222쪽)

오브들이 벨라타인들에게 기꺼이 시간을 나눠줄 수 있었던 이유는 그들이 개체중심적 사고방식만이 아닌 집단 중심적 사고방식을 할 수 있었기 때문이다. 벨라타인들도 "중추신경계를 가진 개체중심적 사고에서 벗어나"(221)고 나서야 오브가 건네는 목소리를 알아들을 수 있게 된다. 그러나 벨라타인들이 완전히 개체중심적 사고에서 벗어난 것은 아니다. '몰입'이라는 은유는 여전히 자아와 타자를 나누는 근대적 개체 개념에 기대고 있다. 벨라타인들의 면역은 오브와의 상호연루를 통해 완성되지만, 여전히 금기를 통한 면역 서사라는 것에서도 한계를 지닌다.

카이노스는 물려받은 것들, 기억하기, 그리고 도래할 것들, 여전히 존재하는 시간들이다. 예측의 시간이 아니라 과거의 많은 이야기들을 현재 속으로 불러들여서 기억하고 배우는 두꺼운 현존의 시간이다. 우리는 순간을 사는 것이 아니라, '두꺼운 현재(a thick now)'를 산다.[38] 곧 벨라타에 도래할 집단 면역은 복수종들이 서로가 서로에게 빚지고 있음을 인지하는 시공간, 개체중심적 면역학의 논리에서 벗어난 시공간 속에서 탄생할 테라폴리스의 면역학이다.

4. 나가며

개체중심적인 근대 면역학의 수사는 국가 주도 방역 사업이 품고 있는 문제들을 드러내기 어렵게 만들고 안전을 이유로 비규범적 실천들은 쉽게 비난의 대상으로 삼는다. 개체중심적 면역학의 논리 속에서 타인의 얼굴이 감염의 매개로 상상될 때 혐오와 적대의 양상은 증가할 수밖에 없다. 그렇다면 도래할 테라폴리스의 면역학적 언어는 무엇이 되어야만 하는가?

---

38 위의 책, 8-9, 61쪽.

로베르토 에스포지토는 면역 체계에 대해 개인의 정체성을 보호하는 어떤 경직된 형태의 방어벽이 아니라 외부 환경에 대처하는 일종의 변증법적 필터로 이해해야 한다고 말한 바 있다. 인체의 면역 체계를 유기체의 안과 바깥의 지속적인 교환 장소로 간주해야 한다는 것이다.[39] 한편 해러웨이는 인간과 비인간 행위자 간의 상호 연루와 이종혼효적 수사에 주목하면서 과학 담론이 문화적인 산물임을 주장한다. 과학이 문화이며 사회적으로 구성된 담론일 때 면역은 '고유한 자기'를 방어하는 시스템이 아닌 분자와 세포 단위에서 이루어지는 연결과 교섭으로 재정의된다.

일각에서는 집단 면역의 가능성에 대해 조심스럽게 꺼내놓기도 한다. 집단 면역은 우리가 집단으로 "서로에게 몸을 빚지고"[40] 있으며, 이를 통해 서로를 보호할 수 있다는 사회적 개입의 가능성을 제시한다. 이러한 개입의 가능성은 김초엽의 단편들에 드러난 SF적 상상력을 통해 보다 구체화된다. 김초엽의 「공생 가설」은 감염을 이타성을 획득하는 수단으로 상상하면서 자기와 비자기를 구분하는 경계를 의문 삼고 고유한 인간성을 탈자연화한다. 「오래된 협약」에서는 혼종적이고 상호 의존적인 집단 면역을 도래할 테라폴리스의 조건으로 보았다. 이처럼 김초엽의 단편들은 비 개체중심적 면역학의 상상력을 보여준다.

현재는 '포스트 코로나'의 시대로 사회적 거리두기의 극적인 완화를 통해 감염의 위험으로 얼어붙었던 사회는 옛일처럼 느껴지기도 한다. 그럼에도 불구하고 우리는 개체중심적 면역학의 수사에서 벗어나 새로운 면역학의 수사를 계속해서, 다양하게 발명해야 한다. 급격한 도시화와 그에 따른 인구 집중과 슬럼화, 기후 위기와 그에 따른 생태 환경의 급속한 변화, 농축산 자본주의에 의한 단일 작물, 축산물의 집약 생산 등과 같은 조건들이 모두

---

39   로베르트 에스포지토, 앞의 책, 23-24쪽.

40   율라 비스, 『면역에 대하여』, 김명남 옮김, 열린책들, 2016, 33쪽.

신종 감염병의 출현과 대규모 유행을 언제든 가능하게 하는 도화선이 될 수 있다. 우리는 이미 에이즈 쇼크와 코로나로 개체중심적인 근대 면역학의 수사가 비규범적 실천을 하는 타자들을 어떤 식으로 배제하고 혐오했는지 목격했다. 코로나는 아직 종식되지 않았다. 전염은 여전히 진행 중이다. 이때 타인의 얼굴을 감염도 청정도 아닌 다른 것으로 상상하기 위해 우리는 면역에 대한 새로운 수사가 필요하다. 감염의 수사를 침탈이 아닌 상호연루로 다르게 상상하자는 제안은 감염에 따른 피해를 가볍게 여기는 태도가 아니다. 오히려 감염에 따른 낙인과 혐오를 멈춤으로써 감염에 대한 새로운 응답-능력을 요구하는 것이다. 그러기 위해 우리에게 필요한 것은 사변적 우화, 다르게 연결하고 다르게 상상하는 방법이다. 우리에게는 침입과 방어의 언어로 이루어진 개체중심적 면역의 수사가 아닌 다른 언어를 가진 면역의 수사를 위한 상상력들이 더 필요하다.

참고문헌

1. 기본자료

김초엽, 「공생 가설」, 『우리가 빛의 속도로 갈 수 없다면』, 허블, 2019.
______, 「오래된 협약」, 『방금 떠나온 세계』, 한겨레출판사, 2021.

2. 논문 및 단행본

김애령, 「사이보그와 그 자매들: 해러웨이의 포스트휴먼 수사 전략」, 『한국여성철학』 21, 한국여성철학회, 2007, 67-94쪽.
더글러스 크림프, 『애도와 투쟁: 에이즈와 퀴어 정치학에 관한 에세이들』, 현실문화, 2021.
도나 해러웨이, 『트러블과 함께하기』, 최유미 옮김, 마농지, 2021.
____________, 『영장류, 사이보그, 그리고 여자』, 황희선·임옥희 옮김, arte, 2023.
로베르토 에스포지토, 『사회 면역』, 윤병언 옮김, 크리티카, 2023.
미셸 푸코, 『감시와 처벌』, 오생근 옮김, 나남출판, 2016.
서보경, 「서둘러 떠나지 않는다면─코로나19와 아직 도래하지 않은 돌봄의 생명정치」, 『문학과사회』 33(3), 문학과지성사, 2020, 23-41쪽.
율라 비스, 『면역에 대하여』, 김명남 옮김, 열린책들, 2016.
최유미, 『해러웨이, 공-산의 사유』, 도서출판b, 2020.
한우리, 「섹슈얼리티를 통해 팬데믹의 규범성과 집합적 돌봄을 상상하기」, 『한국언론정보학보』 110, 한국언론정보학회, 2021, 49-79쪽.

3. 기타자료

박성진·이효석, 「'등교 미뤄주세요' 靑청원 20만명 돌파…교육부 '계획 없다'」, 『연합뉴스』, 2020.05.15., https://m.yna.co.kr/view/AKR20200515063700004, 접속일: 2024.05.02.
유영대, 「[단독]이태원 게이클럽에 코로나19 확진자 다녀갔다」, 『국민일보』, 2020.05.07., https://www.kmib.co.kr/article/view.asp?arcid=0014552714, 접속일: 2024.05.02.

이대웅, 「동성애자가 털어놓은, 이태원 게이클럽과 찜방(블랙수면방) 실태」, 『크리스천
　　투데이』, 2020.05.12., https://www.christiantoday.co.kr/news/331435, 접속일: 2024.
　　05.02.

이효석, 「'클럽발 감염' 미성년까지 확산…등교 추가연기 고민하는 교육부」, 『연합뉴스』,
　　2020.05.14., https://www.yna.co.kr/view/AKR20200513140400004?section=search,
　　접속일: 2024.05.02.

외교부, "문재인대통령 취임3주년 특별연설", 2020.05.11., https://overseas.mofa.go.kr/
　　ps-ko/brd/m_11742/view.do?seq=1336863, 접속일: 2024.05.02.

11장

지속가능한 미래를 위한 포스트휴먼적 긍정의 정치학

―이원 시를 중심으로

황희재

1. 이원 시의 포스트휴먼적 논의 가능성

기존에 서양에서 '인간/휴먼'은 "데카르트의 코기토 주체, 칸트의 이성적 존재들의 공동체, 시민, 권리보유자, 재산소유자로서의 주체"[1]를 의미했다. 그러나 이 '휴먼' 범주에는 포함되지 못하는 사람들이 존재했고, 여전히 존재한다. 이에 서양/성인/남성/백인/건강/이성애/이성 중심으로 정의되었던 '휴먼' 개념은 20세기 중반 이후 탈식민주의, 페미니즘, 인종이론, 해체주의 등을 통해 붕괴되고 해체되는 흐름을 지속적으로 거쳐왔다.[2] 그리고 지금 포스트휴먼 곤경에 의해 '휴먼'에 대한 정의는 또다시 새롭게 논의되고 있다.

로지 브라이도티는 인간 중심적 사고에서 벗어나 종과 범주와 영역을 횡단하며 재연결하는 "조에중심의 평등주의"[3]를 토대로 포스트휴먼에 대해 논의한다. 조에의 생산적인 힘을 매개로 인간과 인간-아닌 타자들이 연대할 수

---

[1] 로지 브라이도티, 『포스트휴먼』, 이경란 옮김, 아카넷, 2022, 8쪽.

[2] 이경란, 「로지 브라이도티의 포스트휴먼: 포스트휴먼 주체와 비판적 포스트휴머니즘을 향하여」, 『탈경계인문학』 12(2), 이화여자대학교 이화인문과학원, 41쪽.

[3] 로지 브라이도티, 위의 책, 82쪽.

있는 가능성을 확인하고, 이를 바탕으로 포스트휴먼의 개념을 포착한다. 그동안 인간을 위한 도구로써 소모되었던 동물, 지구, 기계를 '-되기'의 축으로 소환하며, 인간-아닌 타자의 유목적 연대를 지향한다. 그리고 죽음정치의 맥락에서 '죽음'을 주체의 '지각불가능하게-되기'로 재사유하며 '-되기' 연속체에 포함시키는데, 이로써 죽음은 하나의 과정으로 이해되며 생기적 연속체로서 개인의 인격적 죽음 너머의 우주적 생성의 힘을 발견하게 한다.[4] 포스트휴먼적 접속들이 만들어내는 유목적 그물망과 죽음정치를 통한 긍정의 정치학은 "서로 다른 위치에 있는 다양한 포스트휴먼 주체들인 우리"[5]의 존재와 우리의 현재이자 미래인 포스트휴먼 시대를 긍정적으로 상상할 수 있는 지도가 된다.

이원은 1992년 「시간과 비닐 봉지」 외 3편으로 시단에 데뷔한 이래 지금까지 총 다섯 권의 시집을 발표했다. 그동안 이원의 작품들에 대한 연구는 주로 소재나 기법, 또는 심리적 내면을 중심으로 이루어졌고,[6] 최근 포스트휴먼적으로 논의하려는 시도들이 있었다. 포스트휴먼과 연결하여 진행된 연구에서는 주로 여성의 자의식, 매체성 혹은 신체성에 주목한 논의[7]가 이루어졌

---

4 위의 책, 176쪽.

5 위의 책, 250쪽.

6 오규원, 「다원주의의 그물」, (이원 시집)『그들이 지구를 지배했을 때』, 문학과지성사, 1996, 91-116쪽; 이광호, 「전자사막에서의 유목」, (이원 시집)『야후!의 강물에 천 개의 달이 뜬다』, 문학과지성사, 2001, 139-152쪽; 문혜원, 「살아 있는 모든 것들은 어둠 쪽으로 깊어진다」, (이원 시집)『세상에서 가장 가벼운 오토바이』, 문학과지성사, 2007, 119-138쪽; 함돈균, 「불가능의 고도, 절벽의 꽃나무」, (이원 시집)『불가능한 종이의 역사』, 문학과지성사, 2012, 150-172쪽; 박상수, 「희망을 꿈꾸는 천진한 행진」, (이원 시집)『사랑은 탄생하라』, 문학과지성사, 2017, 148-172쪽.

7 이혜원, 「디지털 시대와 시의 대응 방식-이원의 시를 중심으로」,『어문학』 86, 한국어문학, 2004, 361-388쪽.
   김순아, 「이원의 시로 본 포스트휴먼-여성적 신체의 전회와 조에의 윤리」,『인문사회과학연구』 23(4), 부경대학교 인문사회과학연구소, 2022, 121-155쪽.
   이지윤, 「이원 시의 포스트휴먼-여성 주체 연구」, 명지대학교 대학원 석사학위 청구논문,

는데, 신체성과 관련해서는 사이보그 페미니즘과 관련된 기계-몸에 대한 연구[8]가 활발하다.

이 글은 이원의 시가 사이보그를 소재로 차용하며 디지털 시대의 시적 실험을 구사한다는 기존의 논의들에 동의하며, 더 나아가 브라이도티의 포스트휴먼 이론으로 분석할 지점이 충분하다고 보았다. 이원의 시에는 동물-되기, 기계-되기 등 포스트휴먼 주체-되기를 실험한 흔적들을 찾을 수 있고, 그 흔적들은 어느 한 곳에 뿌리박혀있지 않다. 즉, 유목적인 양상으로 나타나는데 이는 브라이도티가 주장하는 지도그리기와 이어지는 지점이다. 한편, 계속해서 변형하고 이동하는 유목적 지도의 형상으로 그려지는 포스트휴먼적 존재들에게도 죽음과 같은 소멸에 대한 사유는 두려운 무엇이고, 언젠가 마주할 수밖에 없는 것이다. 그러나 죽음에서 소멸이 아닌 새로운 생성을 발견해 내는 이원의 시는 죽음정치를 통해 죽음을 긍정의 정치학으로 치환하는 브라이도티의 포스트휴먼 논의와 연결된다.

이 글에서는 그의 시집 전권, 『그들이 지구를 지배했을 때』(1996),[9] 『야후!의 강물에 천 개의 달이 뜬다』(2001),[10] 『세상에서 가장 가벼운 오토바이』(2007),[11] 『불가능한 종이의 역사』(2012),[12] 『사랑은 탄생하라』(2017)[13]를 연구

2023.

8　　김순아, 「현대 여성시에 나타난 '다른 몸-되기'의 전략화 양상－이원, 김행숙의 시를 중심으로」, 『한어문교육』 34, 한국어문교육학회, 2015, 181-216쪽.

　　　______, 「2000년대 이후 여성시로 본 사이보그 페미니즘적 특성－이원, 정진경의 시를 중심으로」, 『인문사회과학연구』 21(1), 부경대학교 인문사회과학연구소, 2020, 145-177쪽.

　　　______, 「90년대 이후 여성시에 나타난 육체의 감각화 방식의 변화: 이원, 진은영의 시를 중심으로」, 『한국문학논총』 86, 한국문학회, 2020, 245-285쪽.

9　　이원, 『그들이 지구를 지배했을 때』, 문학과지성사, 1996. 이후 본문에서는 '제1시집'으로 표기한다.

10　이원, 『야후!의 강물에 천 개의 달이 뜬다』, 문학과지성사, 2001. 이후 본문에서는 '제2시집'으로 표기한다.

11　이원, 『세상에서 가장 가벼운 오토바이』, 문학과지성사, 2007. 이후 본문에서는 '제3시집'으로 표기한다.

대상으로 삼는다. 이어지는 장에서는 이원 시에서 발견할 수 있는 포스트휴먼 곤경에서 발생하는 죽음의 다양한 양태를 확인할 것이다. 그리고 3장에서는 죽음을 창조적으로 재사유하는 포스트휴먼 죽음정치로 그의 작품을 분석할 것이다. 브라이도티의 포스트휴먼 사유를 경유하여 해석할 요소들이 존재하는 이원의 시는 포스트휴먼 인문학의 긍정적인 전망의 하나로 읽힐 수 있다. 이원의 시편들이 보여주는 포스트휴먼-죽음정치적 상상력을 통해 이미 우리의 일상에 침투된 포스트휴먼 곤경을 지속가능한 미래에 대한 긍정적 전망으로 변화시킬 수 있는 가능성을 발견할 수 있기를 기대한다.

2. 포스트휴먼 곤경에서 발생하는 죽음의 다양한 양태

과거 자본주의에서 사물화를 통해 인간이 소외되고 상품화되는 인간성 상실의 측면에서 비인간 형상이 나타났었다면, 포스트휴먼 곤경이 도래한 지금은 역사적 맥락이 모더니즘에서 정의하던 비인간 형상을 포스트휴먼적이고 탈-인간중심적인 실천들로 변형시켰다. 이는 인간과 기술적 타자 사이의 관계와 그 관계에 관련된 복잡한 정서들이 근본적으로 변화했기 때문이다. 인간-기술의 상호작용의 성격이 젠더, 인종, 종들 사이의 경계를 해체하였다.[14] 이에 포스트휴먼 곤경에서 휴먼은 기존에 정의되던 휴먼 개념과는 다른 정의를 필요로 한다. 인간과 기계의 구분이 모호해지며 "몸 속에 웹 브라우저를 내장"(「몸이 열리고 닫힌다」, 제2시집, 12쪽)한 포스트휴먼은 "허공에 주소를 갖게 되었다". "이제 사람들은 허공이라는 시스템", "전자 사막"(「콘

---

12   이원, 『불가능한 종이의 역사』, 문학과지성사, 2012. 이후 본문에서는 '제4시집'으로 표기한다.
13   이원, 『사랑은 탄생하라』, 문학과지성사, 2017. 이후 본문에서는 '제5시집'으로 표기한다.
14   로지 브라이도티, 앞의 책, 142쪽.

센트에 관한 명상」, 제2시집, 60-61쪽)을 부유한다.

전자 사막에서 유목하며 살아남기 위해
노새를 살까 양을 살까/ 낙타 한 쌍을 살까

(중략)

외로움은
낙타의 육봉에 넣어둘까 양의/ 꼬리에 넣어둘까

(중략)

유목민으로 살아남기 위해 야생 아네모네 씨를
구해볼까 개양귀비 씨를/ 구해볼까 튤립 씨도 구해볼까
코오롱 텐트를 하나 살까
복숭아향과 레몬향이 첨가된 생수를
한 박스 사둘까 김춘수 시전집을 따로 하나
포장해놓을까 액정이 푸른 손목시계를
하나 살까 트렉스타 등산화를
하나 맞출까 약한 위장과 심장을
하나씩 더 주문 예약해둘까
소니에 신형 워크맨 구입 예약을 해놓을까
휴대폰의 배터리를 열 개쯤 더 구입할까
이리듐 위성전화를 12개월 할부로 구입할까

(중략)

증발되기 쉬운 물질인 나를/ 일몰 무렵의 안락사로 예약해놓을까

　　　—이원, 「전자 사막에서 살아남기 위해」 부분(제2시집, 50-51쪽)

　떠다니면서 "전자 사막에서 유목"하는 포스트휴먼에게 삶과 죽음은 단순히 신체적 죽음 여부만을 의미하지 않는다. 생존을 위해서는 "외로움"이라는 정신적 죽음에 대한 문제를 해결해야 하고, 지금의 인간적 삶과 생명을 유지하는 시스템들을 갖추어야 한다.

　정신적 죽음은 기존의 인간 죽음에 대한 개념인 신체의 죽음에서 벗어나기에 비-인간적이다. 기본적인 사회적 서비스들이 없는 상태로서 형상화되는 죽음은 인간적이지 못한 삶이라는 점에서 비-인간적이다. 이처럼 비-인간적 죽음으로 죽음의 양태가 다양해졌음에도 인간은 "안락사"와 같이 여전히 인간의 기술로 죽음을 통제할 수 있다고 믿곤 한다. 그러나 포스트휴먼 곤경에서 죽음은 인간의 영역 안에 가둬질 수 없다.

　　　한순간에 철제 고가 사다리가 뒤틀렸다
　　　한 사내는 방패를 놓쳤다 두 발은 아직도 사다리를 딛고 있다
　　　한 사내는 방패와 진압봉을 양손에 든 채였다
　　　한 사내는 벽 밖으로 뽑혀져나온 철근 사이에 박혔다
　　　한 사내는 이미 시멘트 바닥에 머리를 박고 있다

　　　(중략)

　　　뒤틀린 것은 철제 고가 사다리였다
　　　떨어진 것은 농성 중인 행성에 진입하던 사내들이었다
　　　바로 그 순간을 정지시킨 것은 한 번의 셔터였다
　　　화학 약품 처리된 정지된 추락은 대량으로 복제되었다

누구나 죽음의 신선한 부위를 조금씩 맛볼 수 있다

　　　　　　　　　－이원, 「죽음의 복제」 부분(제2시집, 96-97쪽)

위의 시에서는 "철제 고가 사다리가 뒤틀"리는 사고가 발생했다. 사고의 경위가 서술되어 있지는 않지만, 중요한 것은 "한순간에" 사고가 발생했고 그로 인해 많은 인명 피해가 일어났으며 인간의 힘으로는 이 사고와 죽음을 막을 수 없었다는 사실이다. 기술과학의 발전이 이룩한 밝은 영향 이면에는 인간의 욕심과 이기심과 부주의로 발생한 수많은 사고들이 있다는 것을 부정할 수 없을 것이다. 이처럼 포스트휴먼 곤경에서는 기후변화로 인한 사고나 기술적 사고 등 인간이 의도하지 않은 결과로 발생하는 죽음이 존재하고, 이는 인간의 영향력 밖에서 벌어지는 죽음이기에 비-인간적이다.

한편, 시에서 이 죽음은 카메라에 담겨 신문, TV, 인터넷 등을 통해 "대량으로 복제되었다." 만약 사다리에서 사내들이 떨어질 것 같을 그 시점에 그 장면을 사진으로 담기 위해서 카메라를 챙기고 설치하는 등의 준비를 하는 것이 아니라 위험한 상황을 대비하기 위한 준비를 했더라면, 긴박한 장면을 포착하고자 카메라 셔터를 누를 적절한 순간을 기다리는 것이 아니라, 위태로운 상황이라는 것을 알리며 구급을 위한 조치를 취하려 노력했더라면, 어쩌면 사고의 크기를 줄일 수 있었을지도 모른다. 그러나 대중문화와 인포테인먼트 산업이 활발한 현재에 죽음은 더 이상 비극이나 애도의 대상으로 머무르지 못하고 희화화되거나 오락성을 가지는, 그리고 때론 정치적으로 이용되기도 하는 그런 비-인간적 개념으로 변화해버렸다. 이처럼 비-인간적 죽음 양태들이 넘쳐나는 지금 지구는 마치 무덤과 같다. 이 "무덤은 크고 둥글고 푸르다."(「지구는 미끄럽고 둥글다」, 제2시집 73쪽)

골목 끝에 집이 있다

집이 그늘이다

나는 어제의 집에 그늘로 앉는다

공기가 육친처럼 불편하다

　　　－이원, 「너는 어디에서 왔으며, 무엇이며, 어디로 가는가」 부분

(제1시집, 69쪽)

　　TV위에 거울, 거울 옆에 달려 있는 달력, 달력 속의 폴 고갱의 그림. 거울 한쪽 구석에 붙어 있는 턱을 괴고 앉아 있는 꼬마 아이. 그 꼬마 아이를 떼내고, 5월에 머물러 있는 폴 고갱의 그림을 한 장 찢고

　　　－이원, 「밥그릇과 그림자 사이」 부분(제1시집, 19쪽)

　　첫 번째 인용시 「너는 어디에서 왔으며, 무엇이며, 어디로 가는가」는 '우리는 어디에서 왔는가? 우리는 누구인가? 우리는 어디로 가는가?'로 번역되는 폴 고갱의 그림 <Where did we come from? Who are we? Where are we going?>에서 제목을 차용했다. 두 번째 인용시에 등장하는 "달력 속의 폴 고갱의 그림"은 바로 이 그림을 지칭하는 것일 것이다.

[그림 1] 폴 고갱, <Where did we come from? Who are we? Where are we going?>

　　삽입된 [그림 1]을 보면 고갱의 그림에는 동쪽에서 서쪽으로 시간의 흐름

이 나타나는데, 우리의 과거(어디에서 왔는가), 현재(누구인가), 미래(어디로 가는가)가 그려져 있다. 동쪽에 위치한 갓난아기(과거)와 서쪽에 위치한 노인(미래) 사이에 선악과를 따먹는 우리(현재)가 있다. "턱을 괴고 앉아 있는 꼬마 아이"는 그림에서 아기와 선악과 따는 사람 사이에 있는 인물로 과거와 현재 그 중간 어디쯤, 일년 중에서는 5월쯤 될 그 어느 날의 우리이다.

　첫 번째 인용시에서 "골목 끝의 집"으로 형상화되는 "어제의 집"은 과거의 시간을 상징하는데, 현재의 화자는 이 과거에 존재하는 집에 들어가면 그늘 같은 갑갑함을 느끼고 불편하다. 포스트휴먼 곤경으로 "과거와 현재 사이의 발자국은 끊겨 있"(「드라마」, 제1시집, 32쪽)기 때문이다. "아날로그의 시간과 디지털의 시간이 범벅이 되어 흐드러지는 그 사이"(「드라마」, 제1시집, 32쪽)에 "몸 밖에 플러그를 덜렁거리며 걸어"(「거리에서」, 제1시집, 12쪽)가는 사람들이 "무표정하게 시간 밑으로 들어가거나 시간 밑에서 걸어나온다."(「드라마」, 제1시집, 32쪽) 인간과 기계의 혼종적 신체, '기계-되기'의 실험적 주체인 비-인간 포스트휴먼들에게는 신체적 죽음 외에 무관심과 같은 정신적 죽음이 생성되었다. 기존의 죽음 매커니즘과 다른 비-인간적 죽음 개념이 만들어지는 것이다. 따라서 두 번째 인용시에서 화자는 지금까지와는 다른 방식의 사유가 필요함을 느끼며 "5월에 머물러 있는 폴 고갱의 그림을 한 장 찢"는다.

3. '지각불가능하게-되기'로 재사유하는 비-인간적 죽음

　인간의 신체를 비인간/비인도적으로 하나의 경제적 가치로 환원한 우리 시대의 자본주의는 살아있는 모든 것을 통제하고자 한다는 점에서 푸코가 주장하듯 '생명정치적'이다. 하지만 이전의 논의에서 살펴보았듯 포스트휴먼 곤경이 도래한 현재에는 비-인간적 죽음 양태가 넘쳐나고 생명은 인간만의 특권이 아니다. 따라서 로지 브라이도티는 포스트휴먼 곤경이 조에정치적

혹은 탈-인간중심적 차원에서 접근할 필요성을 요구한다고 보며, 특히 생명
정치에서 논하는 살아있는 것의 통치 문제뿐 아니라 죽어감의 문제를 다루어
야 한다고 역설한다.[15] 그리고 죽음을 생성적인 과정의 또 다른 단계로 재고
해야 한다고 주장한다. 조에의 문제를 죽음의 지평 위에서 혹은 생명-아님이
라는 문턱 상태의 지평에서 다루는 습관에서 벗어나고, 죽음을 포함하면서
그 너머로 나아가는 생명 자체의 정치학을 논하자는 것이다.[16]

> 꽃: 뿌리가 밀어낸 죽음 줄기와
> 가지가 밀어낸 죽음 죽음들
>
> (중략)
>
> 꽃: 더 이상 밀릴 수 없는 벼랑
>
>   —이원, 「꽃의 몸을 찾아서」 부분(제3시집, 117-118쪽)

꽃이 피어나는 순간
푸르고 연하고 길기만 한 가지와 줄기의 내면은
완전한 공허를 끝마치고 있었던 것이다

중단과 계속과 해학이 일치되듯이
어지러운 가지에 꽃이 피어오른다
과거와 미래에 통하는 꽃
견고한 꽃이

---

15   로지 브라이도티, 앞의 책, 144-145쪽.
16   위의 책, 157쪽.

　　공허의 말단에서 마음껏 찬란하게 피어오른다

―김수영, 「꽃2」 부분[17]

　첫 번째 인용시인 이원의 시에서는 꽃에 대해 두 번의 정의를 내린다. 첫 번째 정의에서 꽃은 "뿌리가 밀어낸 죽음"이자 "줄기와 가지가 밀어낸 죽음"으로 "죽음들"에 해당한다. 그리고 두 번째 정의에서 꽃은 "더 이상 밀릴 수 없는 벼랑"이다. 두 번째 정의는 생명력이 뿌리에서 시작해서 줄기와 가지를 지나 올라가 더 이상 밀릴 수 없는 끝에 도달했을 때 피어나는 것이 꽃이라는 의미로, 김수영의 시 「꽃2」의 구절을 연상시킨다.[18]

　두 번째 인용시인 김수영의 시에서 "꽃이 피어나는 순간" "가지와 줄기의 내면은 완전한 공허를 끝마"친다는 진술과 연결되는 지점이다. 이처럼 꽃의 생명력을 내포하는 꽃을 이원의 시에서 화자는 첫 번째 정의를 통해 "죽음"이라 정의하고 있다. "죽음"이라는 시어를 '생명'이나 '생명력'으로 바꾸어 꽃에 대한 두 정의를 이을 때, '뿌리가 밀어낸 생명, 줄기와 가지가 밀어낸 생명, 이 생명력이 더 이상 밀릴 수 없는 벼랑'이라는 진술이 되며 더욱 김수영의 시와 연결되는 것을 확인할 수 있다.

　궁극적으로 화자가 생각하는 꽃은 생명력이 모여 피어나는 것이지만 이것이 죽음에서 비롯되는 일이라는 의미가 내포되어 있다. 뿌리와 줄기와 가지가 차례로 밀어내는 것은 생명이지만 사실 이는 죽음에서 시작된 것이며, 만물의 생명력을 지닌 대지, 지구는 생명뿐 아니라 죽음도 동시에 존재하기에 마치 무덤과 같은 공간이다. 죽음을 생명의 끝이 아닌 시작으로 인식하는 이원의 상상력은 죽음을 '지각불가능하게-되기'로 재사유하며 '-되기'의 순환 속에 포함시킨 로지 브라이도티의 죽음정치를 떠올리게 한다. 그리고

17　김수영, 『김수영 전집』 1: 시, 민음사, 2007, 125쪽.
18　문혜원, 앞의 글(「살아 있는 모든 것들은 어둠 쪽으로 깊어진다」), 137쪽.

이원의 시에서는 꽃의 정의에서 죽음을 먼저 적으며 죽음과 생명의 순환에서도 죽음에 생명의 근원이 있음이 드러나는데, 이는 죽음에서 생명이 피어날 수 있기에 작동되는 원리이다. 이는 다음의 시에서도 재차 확인할 수 있다.

> 흙 속에 파묻혔던 것들만이 안다. 새순이 올라오는 일.
> 고독을 품고 토마토가 다시 거리로 나오는 일.
> 퍼드덕거리는 새를 펴면 종이가 된다
> 새 속에는 아무것도 써 있지 않다
> 덜 펴진 곳은 뼈의 흔적
> —이원, 「불가능한 종이의 역사」 부분(제4시집, 35-37쪽)

"흙 속에 파묻혔던 것들", 즉 죽음을 경험한 것들만이 생명, 즉 "새순이 올라오는 일"을 알 수 있다. 죽음을 표상하는 "고독"을 경험한 토마토가 고독에 함몰되지 않고 "고독을 품고" "다시 거리로 나오는 일"은 죽음이 생명으로 순환되는 과정이다.[19] 죽음에서 순환성과 조에의 힘을 발견해내는 브라이도티의 논의와 연결되는 지점이다.

> 사람은 절망하라
>
> 사람은 탄생하라
> 사랑은 탄생하라
> —이원, 「사람은 탄생하라」 부분(제5시집, 136쪽)

이원의 다섯 번째 시집의 제목은 『사랑은 탄생하라』이다. 대게 시집의

---

19 김순아, 앞의 글(「이원의 시로 본 포스트휴먼—여성적 신체의 전회와 조에의 윤리」), 142쪽.

제목은 해당 시집에 수록되는 시편들 중 하나의 제목을 가져와 짓는 경우가 일반적이다. 그러나 이 시집에는 '사랑은 탄생하라'라는 이름을 가진 시편이 존재하지 않는다. 대신 비슷한 이름으로 「사람은 탄생하라」라는 시편이 실려 있다. 이 시편 하단에 있는 "*사람은 절망하라/사람은 탄생하라: 이상, 「선에 관한 각서2」에서"(제5시집, 36쪽)라는 각주를 통해, 위에 인용된 시의 "사람은 절망하라// 사람은 탄생하라"라는 구절이 이상 시의 구절을 차용한 것이라는 사실을 알 수 있다. 따라서 이원 시의 구절을 독해하기에 앞서 이상의 시편에서 해당 구절이 어떤 의미를 내포하고 있는지를 먼저 볼 필요가 있다.

$$1+3$$
$$3+1$$
$$3+1 \quad 1+3$$
$$1+3 \quad 3+1$$
$$1+3 \quad 1+3$$
$$3+1 \quad 3+1$$
$$3+1$$
$$1+3$$

선상의한점A
선상의한점B
선상의한점C

$$A+B+C=A$$
$$A+B+C=B$$
$$A+B+C=C$$

(중략)

> (태양광선은, 凸렌즈 때문에수렴광선이되어한점에있어서혁혁히빛나고혁혁
> 히불탔다, (중략) 사람은절망하라, 사람은탄생하라, 사람은탄생하라, 사람은절
> 망하라)
>
> —이상, 「선에 관한 각서2」 부분[20]

이상의 「선에 관한 각서2」의 첫 연은 "1+3"과 "3+1"이라는 수식이 'A-B-B-A'의 구조로 반복해서 등장한다. "1+3"과 "3+1"의 수식 값은 모두 '4'인데, 이는 죽음을 의미하는 한자 '사(死)'와 동의어로 죽음을 표상한다. 이 수식들의 배열로 이루어진 첫 번째 연을 왼쪽 방향으로 90° 돌려서 보면, 볼록함을 의미하는 한자 '철(凸)'의 형상을 띈다. 이 '철(凸)'은 마지막 연에 등장하는 "凸렌즈", 즉 볼록렌즈를 의미한다. 태양광선을 하나의 점에 수렴시키는 볼록렌즈는 대개 세상의 이치를 하나의 정답으로 수렴하곤 하는 수학, 과학, 기하학 등으로 대표되는 서양의 문명을 의미한다. 이는 태양광선이 볼록렌즈를 통과하며 수렴광선이 되어 불타듯이, 서양의 문명인 수학적 과학적 사고에 지나치게 함몰되면 '4(死)' 즉, 죽음과 같은 위험에 빠질 수 있음을 경계하는 진술이다.

그리고 이 진술에는 또 다른 의미가 내포되어 있다. "철렌즈"를 구성하는 숫자 1과 3은 상당히 상징적이다. 1과 3은 이 시편뿐 아니라 이상의 다른 시편 「오감도」에서도 13이라는 숫자로 등장하는 상징적 기호에 해당하는데, 일반적으로 이는 3·1운동을 함의하고 있는 것으로 읽힌다. 1연에서 "1+3"과 "3+1"로 점철된 이 수식들은 2연에서 그래프로 옮겨지며, 선 위의 점 A, B, C로 치환된다. 수식의 값이 같으니 그래프에서 각각의 점들의 위치는

---

20   이상, 『이상 전집 1』, 문학에디션 뿔, 2009, 276-277쪽.

동일할 수밖에 없고, 이는 3연에서 "A+B+C"의 값이 A이기도 하고, B이기도 하며, C이기도 하다는 수식적 진술을 통해 증명된다.

숫자 3과 1에서 3·1운동을 연상할 때에, 이 점 A, B, C는 독립운동을 주창하고 희생되었던 개인들로 해석할 수 있다. 이들은 같은 목적성을 가졌기에 그래프에서 같은 위치에 자리한다. 그러나 이들은 모두 각각이 3·1운동의 주역들이며, 어느 하나 놓쳐서는 안 되는 중요한 주체들이다. "철렌즈"와 같이 개인을 짓누르는 압력에 의해 모두가 죽음, 4(死)로 수렴되는 것처럼 보이지만, 굳이 A, B, C로 각각의 존재를 구분하고 4라는 숫자를 가시적으로 명시하지 않은 이유는 이들이 가진 개별적인 주체성을 인정함과 동시에 죽음으로 이들의 정신까지 사라지는 것은 아니라는 뜻을 함의한다.

그런 의미에서 마지막 연의 끝을 장식하는 "사람은 절망하라, 사람은 탄생하라"라는 시구는 이 주체들 개개인을 통해서 발현되는 가치로서 절망 속에서 피어나는 희망, 죽음 속에서 탄생하는 정신으로 해석된다. 또한 1연에서 "1+3"과 "3+1"이라는 수식이 가졌던 'A-B-B-A'의 구조를 동일하게 가져와 '절망-탄생-탄생-절망'의 순서로 구성되는데, 이는 이러한 절망과 탄생이 어느 한 지점에서 끝나는 것이 아니라 계속해서 반복되는 순환성을 가진다는 것을 의미한다.

지금까지의 이상 시의 독해를 바탕으로 보면, 이원 시의 "사람은 절망하라 // 사람은 탄생하라"라는 시구 또한 「선에 관한 각서2」에서 나타나는 죽음과 탄생의 순환성을 내포하고 있다고 볼 수 있다. 한편, 이원의 시에서는 이상의 시편에서 보이는 'A-B-B-A'의 구조를 그대로 가져가지 않고, 이어지는 행에서 "사랑은 탄생하라"라고 시구를 변주하며 시구가 함의하는 가치를 확장하고 있다. 시집의 이름에서 '사랑은 탄생하라'의 변주된 구절을 사용한 것은 이렇게 확장된 가치를 직접적으로 실현하고자 하는 의지가 드러나는 부분이라고 이해할 수 있다. 이처럼 이원의 시편들에서는 죽음을 생명의 근원으로 이해하며 죽음과 생명의 순환성을 노래하고 있고, 이러한 사유는 로지 브라이도티의 죽음정치와 공명하며 '지각불가능하게-되기'로서 지속가능한 미래를 향한 포스트휴먼 주체들을 위한 용기로 작용한다.

4. 절망과 탄생의 순환으로 존재하는 포스트휴먼의 미래

> 나는 클릭한다 고로 나는 존재한다
>> ―이원, 「나는 클릭한다 고로 나는 존재한다」 제목(제2시집, 44쪽)

> 나는 부재한다 고로 나는 존재한다
>> ―이원, 「나는 부재한다 고로 나는 존재한다」 제목(제3시집, 64쪽)

"엄지에게 전권을 주"(「뜻밖의 지구」, 제5시집, 28쪽)고 스마트폰과 일체가 된 우리는 이미 사이보그화되어 '기계-되기'를 실현하는 혼종적 주체들이다. 이에 이원은 오랫동안 휴먼 존재를 정의내리던 데카르트의 명제 '나는 생각한다 고로 나는 존재한다'를 지우고, "나는 클릭한다 고로 나는 존재한다"라고 선언하며 포스트휴먼은 무엇이라 정의할 수 있느냐는 물음에 실마리를 제공한다. 그리고 "나는 부재한다 고로 나는 존재한다"라고 재선언하며 부재, 즉 죽음이자 '지각불가능하게-되기'로부터 조에의 생명력이 생성되고 순환되며 그것이 포스트휴먼-되기의 일환이자 포스트휴먼-주체로서 존재하는 것임을 보여준다.

이원의 다섯 번째 시집인 『사랑은 탄생하라』에는 세월호의 비극과 연결되어 읽히는 시편들이 많다. 그런 점에서도 죽음을 인간 삶의 끝이 아닌 시작으로 보고자 하는 이원의 사유는 감동을 준다. 인간의 이기심과 부적절한 대응으로 발생한 사고에 의한 비-인간적 죽음, 그리고 정치적으로 이용되거나 클릭 수를 높이기 위한 도구로 사용되는 비-인간적 죽음의 양태로 이 세상에 알려진 아이들이지만, 이 죽음으로 그 아이들이 세상에서 그저 사라진 것이 아니라는 것, 그리고 이들로 인해 탄생한 것들이 분명 존재한다는 것을 이원의 시편들은 말하고 있다. 이원의 시집 『사랑은 탄생하라』부터가 그 탄생들 중 하나이며, 이 시집을 포함한 이원의 시집들과 그에 실린 시편들은 절망-탄생이 반복되며 죽음과 삶의 순환이 계속해서 이어질 것임을 암시한다.

　포스트휴먼이 서 있는 위치는 볼록렌즈를 통과한 빛처럼 어느 한 지점으로 수렴되는 자리는 아니다. 이원의 시편들에서처럼 실험적이고 유목적으로 계속해서 변주되어 위치 지어지는 사막 같은 공간이다. 전자사막을 지나 이제는 포스트휴먼 곤경으로 이름 지어지는 이 사막에서 지구는 비-인간성을 띄는 죽음이 난무하는 무덤 같은 공간이지만, 죽음이 그저 끝이 아닌 '-되기'의 일부임을 이해할 때, 우리는 새로운 희망을 가질 수 있을 것이다.

참고문헌

1. 기본자료

이원, 『그들이 지구를 지배했을 때』, 문학과지성사, 1996.

___, 『야후!의 강물에 천 개의 달이 뜬다』, 문학과지성사, 2001.

___, 『세상에서 가장 가벼운 오토바이』, 문학과지성사, 2007.

___, 『불가능한 종이의 역사』, 문학과지성사, 2012.

___, 『사랑은 탄생하라』, 문학과지성사, 2017.

2. 논문 및 단행본

김수영, 『김수영 전집』 1: 시, 민음사, 2007.

김순아, 「현대 여성시에 나타난 '다른 몸-되기'의 전략화 양상-이원, 김행숙의 시를 중심으로」, 『한어문교육』 34, 한국어문교육학회, 2015, 181-216쪽.

_____, 「2000년대 이후 여성시로 본 사이보그 페미니즘적 특성-이원, 정진경의 시를 중심으로」, 『인문사회과학연구』 21(1), 부경대학교 인문사회과학연구소, 2020, 145-177쪽.

_____, 「90년대 이후 여성시에 나타난 육체의 감각화 방식의 변화: 이원, 진은영의 시를 중심으로」, 『한국문학논총』 86, 한국문학회, 2020, 245-285쪽.

_____, 「이원의 시로 본 포스트휴먼-여성적 신체의 전회와 조에의 윤리」, 『인문사회과학연구』 23(4), 부경대학교 인문사회과학연구소, 2022, 121-155쪽.

로지 브라이도티, 『포스트휴먼』, 이경란 옮김, 아카넷, 2022.

문혜원, 「살아 있는 모든 것들은 어둠 쪽으로 깊어진다」, 『세상에서 가장 가벼운 오토바이』, 문학과지성사, 2007, 119-138쪽.

박상수, 「희망을 꿈꾸는 천진한 행진」, 『사랑은 탄생하라』, 문학과지성사, 2017, 148-172쪽.

오규원, 「다원주의의 그물」, 『그들이 지구를 지배했을 때』, 문학과지성사, 1996, 91-116쪽.

이경란, 「로지 브라이도티의 포스트휴먼: 포스트휴먼 주체와 비판적 포스트휴머니즘을 향하여」, 『탈경계인문학』 12(2), 이화여자대학교 이화인문과학원, 33-58쪽.

이광호, 「전자사막에서의 유목」, 『야후!의 강물에 천 개의 달이 뜬다』, 문학과지성사, 2001, 139-152쪽.

이상, 『이상 전집 1』, 문학에디션 뿔, 2009.

이지윤, 「이원 시의 포스트휴먼-여성 주체 연구」, 명지대학교 대학원 석사학위 청구논문, 2023.

이혜원, 「디지털 시대와 시의 대응 방식: 이원의 시를 중심으로」, 『어문학』 86, 한국어문학, 2004, 361-388쪽.

함돈균, 「불가능의 고도, 절벽의 꽃나무」, 『불가능한 종이의 역사』, 문학과지성사, 2012, 150-172쪽.

4부

생태학적 상상력과 대안세계의 모색

12장

'위기'에 대한 사유와 SF의 대안적 상상력*
─천선란, 『나인』을 중심으로

이지연

1. 기후 위기의 자장에서 SF와 만나기

2020년대는 전 세계를 덮친 코로나 19와 함께 막을 올렸다. 오늘날 바이러스와 백신이라는 단어는 어느 때보다도 일상 언어처럼 우리의 삶 속에 들어와 있다. 끊임없이 변종을 만들어내며 새롭게 업데이트되는 바이러스는 그들을 막아내려는 인간의 노력을 비웃는 것처럼 보이기도 한다. 이제 팬데믹 상황의 완전한 종식은 누구도 장담할 수 없는 일이 되었다. 그런가 하면, 하루에도 몇 번씩 들려오는 이상기온, 가뭄과 홍수, 해수면 상승, 폭염, 바다 생물들의 떼죽음과 관련된 뉴스들은 어떤가. 전 지구적 기후 변화와 그에 따른 생태계의 변화는 신종 감염병의 발생과 확산에 지대한 영향을 미치는 변수다. 코로나 팬데믹이 입증했듯이 인간과 인간이 만들어 놓은 시스템은 그러한 전 지구적 재난에 놀랍도록 취약하다. 말하자면 인간은 지구 환경에

---

* 이 글은 2023년 7월 1일 이화어문학회에서 주관한 <국제학술대회 학문후속세대 발표>에서 「'지구'를 읽고 쓰는 SF적 상상력: 천선란의 『나인』(2021)을 중심으로」로 발표하고, 2023년 8월 『이화어문논집』 제60집에 「'위기'에 대한 사유와 SF의 대안적 상상력─천선란의 『나인』(2021)을 중심으로」로 실린 것을 수정·보완한 것임.

스스로가 일으킨 문제로 인해 멸종의 시나리오에 다가서고 있으며, 코로나 19는 그것의 수많은 예고편들 중 하나일 수 있다.

인류세(Anthropocene)라는 지질학적 용어는 바로 그러한 전 지구적 변화에 대하여 인류가 수행해 온 중심적 역할, 그리고 앞으로 수행해야 할 막중한 책임을 강조하기 위해 도입되었다.[1] 하지만 인류세를 살아가는 작금의 인간들에게 희망이란 있는 것일까. 기후 위기가 가져올 어마어마한 재난을 상상하는 각본들에서 앞으로의 상황을 낙관하기란 쉽지 않아 보인다. 미국의 가장 성공한 환경 관련 저술 중 하나인 『침묵의 봄』에서 레이첼 카슨은 이렇게 말한다. "20세기에 들어서 오직 하나의 생물종(種), 즉 인간만이 자신이 속한 세계의 본성을 변화시킬 수 있는 놀라운 위력을 획득했다."[2] 그에 따르면 지구의 역사는 그 안에 거주하는 생명체와 그 환경의 상호 작용으로 구성되는데, 인간만큼 지구에 불필요한 독성을 퍼뜨린 생물종은 없다고 보아도 무방하다. 인간이 망가뜨린 지구의 미래는 자못 비관적이다. 『2050 거주불능 지구』에서 데이비드 월러스 웰즈가 단호한 어조로 경고하듯 상황은 더욱 악화될 것이며 결코 멈출 수 없을지도 모른다.[3] 종말에 대한 상상력은 이렇듯 환경 위기의 심각성을 역설하고 시급한 행동을 요구하는 담론들에서 효과적으로 작동한다. 그 때문에 이제까지 많은 과학소설(SF)들이 환경 문제로 인류가 멸망한 이후의 디스토피아를 제시하며 위기감을 제고하는 선택을 해 왔다

---

1   사이먼 L. 루이스·마크 A. 매슬린, 『사피엔스가 장악한 행성』, 김아림 옮김, 세종, 2020, 25-26쪽.

2   레이첼 카슨, 『침묵의 봄』, 김은령 옮김, 청림출판, 2020, 29쪽.

3   "일상 자체가 종말을 맞이할 것이다. 일상이 더 이상 존재하지 않게 될 것이다. 우리는 인간이라는 동물이 어느 지점까지 견딜 수 있을지 확신도 계획도 없는 도박이라도 하듯 애초에 인간이 진화할 수 있었던 환경적인 조건을 벗어던져 버렸다. 인류 자체는 물론 우리가 문화와 문명이라고 일컫는 모든 것을 자식처럼 길러 낸 기후 시스템은 이제 고인이 된 부모나 마찬가지다."(데이비드 월러스 웰즈, 『2050 거주불능 지구』, 김재경 옮김, 에코리브르, 2012, 39쪽.)

고도 할 수 있겠다.

문제는 그러한 위기를 읽어내는 대안적 상상력에 있다. 코로나 19 팬데믹과 같이, 기후 변화가 부쩍 구체적인 형상으로 가시화되어 평범한 일상으로 침투할 때 필요한 대안을 상상하는 일은 가능한가? 다시 말해, "처형대"[4]에 오른 인간이 심각하게 망가진 지구와의 관계를 재조정하기 위해서는 어떤 방향으로 나아가야 하는가? 조애나 러스가 설명하는 SF의 정의는 이 질문들에 대한 문학적 답변이 가능함을 시사하는 것 같다. 러스는 SF와 판타지의 차이점이 '일어나지 않은 일'과 '일어날 리 없는 일'의 차이에 있다고 말한다. SF는 아직 일어나지 않은 일, 그렇지만 앞으로 일어날지 일어나지 않을지도 모르는, "가능하지도 불가능하지도 않은 중간지대"[5]에 관해서 쓰는 소설이라는 것이다. 즉 그것은 "현실을 위반하지 않으면서 재현하지도 않는"[6] 소설이기에, SF가 열어놓는 상상력의 영역은 현실의 환경 위기를 고려하면서도 그것을 비단 위기로만 끝내지 않고 대안적 세계를 그려볼 수 있는 사유의 공간이 된다.

이지용(2020)은 2010년 이후 제출된 한국 SF 소설들에서 이러한 공간의 가능성을 탐색하는데, 그들이 새롭게 보여주는 환경 위기 인식이 포스트-에코토피아 담론으로서 위기의 재현을 넘어 극복의 방안을 다양하게 제시하는 사고실험이라고 본다는 점에서 그러하다.[7] 연구의 말미에 그가 제기하고 있는바 인류세 이후 새로운 환경 위기를 말하는 문학적 담론의 필요성은, "인간과 사물(객체) 공동의 '지구이야기'(geostory)"[8]에 대한 복도훈(2020)의 언급과

---

4   위의 책, 38쪽.

5   조애나 러스, 『SF는 어떻게 여자들의 놀이터가 되었나』, 나현영 옮김, 포도밭출판사, 2020, 67쪽.

6   위의 책, 56쪽.

7   이지용, 「한국 SF에서 나타난 환경 위기 인식 연구」, 『반교어문연구』 56, 반교어문학회, 2020, 53-74쪽.

8   복도훈, 「인류세의 (한국)문학 서설」, 『한국문예창작』 19(3), 한국문예창작학회, 2020, 12쪽.

도 맞물리는 측면이 있다. 팬데믹과 기후 변화는 주체-인간/객체-바이러스라는 이분법이 아닌 방식으로 세계를 이해하는 색다른 서사를 요구하기에 소설 장르의 '혁신'으로 나아갈 계기를 마련한다. 따라서 새로운 소설에 대한 새로운 비평은 "인간/비인간, 파국/일상, 배경/전경에 대한 배치를 급진적으로 재조정하는 해석학"[9]의 편에서 이루어져야 한다는 것이 복도훈의 결론이다. 이들의 논의는 현재의 기후 변화와 관련하여 지구 또는 환경을 다루는 문학적 상상력을 다루고 있다는 점에서 이 글의 참조점이 되어주었다.

이 글은 선행연구들의 성과를 이어받는 한편 한 발짝 더 나아가, 한국 SF가 활발히 제출하고 있는 '비인간(non-human)' 존재들의 이야기를 기후 위기의 자장에서 새롭게 읽어내는 것을 목표로 삼는다. 이양숙(2020)에 따르면 최근 한국소설들에서 활발하게 등장하고 있는 비인간들은 저마다의 행위성을 가진 '행위자'로서 문학의 인간중심주의적 전통을 탈피하려는 시도 속에 놓여 있다고 할 수 있다.[10] 이들은 이종(異種)의 경계를 넘어서며 새로운 연결의 가능성을 모색할 뿐 아니라, 포스트휴먼(posthuman) 세계에서 인간의 정의를 되묻기도 한다. 그런데 이러한 SF의 포스트휴먼 담론이 기후 변화와 팬데믹이라는 초유의 현실과 조응하는 과정을 면밀히 살펴보기 위해서는 반드시 검토해야 하는 것들이 있다. 노대원·황임경(2022)[11]의 연구는 여기에 중요한 실마리를 제공하는데, 저자들은 이 논문에서 생태계의 '공생'을 강조

---

9   위의 글, 17쪽.

10   이양숙(2020)은 이러한 사유 방식의 경향을 "비인간 전환"이라고 부르며 인간을 비롯해 로봇과 사이보그, 마인드 프로그램, 복제인간 등 과학기술에 의해 확장된 존재들이 맺는 대칭적 관계를 탐색하였다. 그에 따르면 비인간 전환이란, "인간과 비인간의 결합 혹은 연계를 전제하는 제반 학문경향을 지칭하는 것으로 근대의 구성 원리인 인간중심주의에 대한 비판적 문제의식을 공유"(227쪽)하는 개념이다.(이양숙, 「한국소설의 비인간 전환과 탈인간중심주의」, 『한국문학과 예술』 34, 숭실대학교 한국문학과예술연구소, 2020, 227-259쪽.)

11   노대원·황임경, 「포스트휴먼, 바이러스, 취약성」, 『국어국문학』 193, 국어국문학회, 2020, 93-120쪽.

하는 포스트휴머니즘 생태학(posthumanist ecology)의 환경 윤리가 팬데믹 상황에 포괄적으로 적용되어서는 안 된다고 주장한다. 바이러스를 포함한 생태 환경과 인간의 이상적인 공생만을 상정하는 포스트휴먼 담론은 그것을 유지하기 위한 현실의 '역동성'을 간과한 지식인의 공허한 담론이 될 위험이 있기 때문이다.[12]

따라서 이 글은 그러한 역동성을 잊지 않으면서도 포스트휴먼 담론과 기후위기가 만나는 지점에서 어떠한 문학적 사유가 가능한지를 보여주는 하나의 프리즘으로서 작가 천선란의 SF에 접근한다. 천선란의 소설에서 흔히 지구는 단순한 행성의 이름으로 등장하지 않는다. 그것은 인물의 행동과 사건이 펼쳐지는 공간(space)에 머물지 않고 감각적 환기를 통해 또 다른 서사를 구성해내는 장소(place)로서 존재하며[13] 따라서 인간과 비인간들이 만들어갈 대안적 미래에 대해 질문한다. 그것은 가능한가? 불가능하다면 왜 그러하고, 가능하다면 어떻게 가능한가? 이에 대한 기존의 답변으로 확인되는 것은 천선란 소설을 다룬 선행연구들[14]의 공통적인 성과이다. 이들은 주로 대표작인 『어떤 물질의 사랑』과 『천 개의 파랑』을 중심으로, 소설 속 인간과 비인간 존재들이 맺는 새로운 관계망과 그 가운데 나타나는 환대, 사랑, 수평적 연대와 같은 유의미한 지점들을 도출해내고 있다. 이는 천선란의 SF가 새로운 '관계 맺기'를 통해 생명의 윤리를 다시 검토하고 제시하는 탈-인간중심주의적 성취를 보여주고 있음을 증명한다고 할 수 있다.

---

12 위의 글, 110쪽.

13 Erin James and Eric Morel, *Environment and Narrative:New Directions in Econarratology*, The Ohio State University Press, 2020, p.3.

14 양윤의·차미령, 「천선란 소설에 나타난 '비인간'의 가능성-페미니즘과 SF의 동맹에 주목하여」, 『현대소설연구』 84, 한국현대소설학회, 2021, 233-263쪽; 진선영, 「기술철학적 관점에서 본 SF 성장소설과 인간-비인간의 앙상블」, 『현대소설연구』 87, 한국현대소설학회, 2022, 541-567쪽; 진설아, 「경계를 해체하는 한국 SF − 김보영, 김초엽, 천선란을 중심으로」, 『한국문예창작』 21(3), 한국문예창작학회, 2022, 75-95쪽.

이 글에서 주목하는 장편소설 『나인』[15]에서도 천선란은 계속해서 '관계'에 대한 성찰을 보여준다. 이때 나타나는 관계 맺기는 좀 더 직접적이고 적극적으로 지구에서 살아가는 존재들과 그 존재론적 환경인 지구의 사이(間)에서 일어나는 상호 작용의 모습을 띤다. 즉 통념상의 지구를 읽고 쓸 수 있는 텍스트 '지구'로 변환하여 '위기 이후'의 상상력으로 나아가는 움직임이 발견되는 것이다. 이 글의 목적은 그러한 상상력에서 기후 변화의 문제를 직면하는 새로운 사유의 공간을 작게나마 엿보는 데 있다.

당도한 위기를 인식하면서도 두려움과 불안에 그치지 않고 대안적 세계를 그려보기 위해, 『나인』에서 천선란이 선택한 방법은 상생(相生)이다. 지구를 거주지 삼은 모든 존재들의 상생은 다양한 상호 작용의 국면에서 그 양상을 드러낸다. 먼저 본론의 2장에서는 환대를 기반으로 한 식물-인간의 사랑이 '지구'라는 장소를 식물적인 것으로 재구성하는 과정을 살펴보고, 3장에서는 진실을 담보한 대지(the earth)의 존재들이 적극적으로 지구의 사건에 연루됨으로써 나타나는 행위성을 고찰할 것이다. 나아가 4장에서는 혈통에서 벗어난 '친척(kin)' 만들기를 통해 위기의 문턱에서 도래할 '내일'을 상상하는 소설적 시도를 확인한다. 이를 통해 어느 때보다 적극적으로 제출되고 있는 한국 SF가 팬데믹과 기후 변화라는 초유의 현실에 대응하는 하나의 방식을 발견할 수 있기를 바란다.

2. 종(種)들의 얽힘과 '지구'의 장소성

『나인』을 구성하는 두 개의 주요 플롯은 행성 '리겔리'에서 온 외계 종족 '누브'들의 이야기와 지구에서 벌어진 한 소년의 실종 사건에 얽힌 미스터리

---

15   천선란, 『나인』, 창비, 2021. 이후 본문의 인용은 괄호 속 쪽수로 표기한다.

다. 전혀 접점이 없을 것 같은 외계인과 지구인의 이야기는 누브 족의 후손이
지만 지구에서 태어난 존재인 주인공 '나인'을 매개로 뒤얽혀 하나의 서사를
만든다. 나인이 소설에서 별개의 플롯이 서로 만나는 교차점에 위치해 있다
면, 숱한 등장인물들과 크고 작은 이야기들이 모였다가 마주치고 다시 흩어
지는 구심점에는 화원 '브로멜리아드'가 있다. 이 화원은 나인과 함께 사는
'지모'가 오래전 비료 공장의 불법 폐기물 매립지였던 땅을 되살려 지은 곳으
로 온갖 특이한 식물이 자라나는 생명의 공간이기도 하다. 자신이 누브 족이
라는 사실을 모르던 시절 나인은 죽었던 식물도 살려내고 영원히 살게도
만드는 지모의 '실력'에 감탄하지만, 곧 그것이 누브라면 누구나 갖고 있는
식물의 힘이라는 것을 알게 된다. 역시 지구에 사는 누브 족인 '승택'이 찾아
와 나인이 지모의 손끝에서 피어난 새싹이었음을 알려주었기 때문이다.

　인간처럼 '피와 살'로 이루어졌으나 곧 새싹을 틔워내고 마는 식물-인간의
세계에서, 소설은 '식물인간'이라는 기존의 단어가 포함하는 식물적인 것의
의미를 넘어선다. 무력함, 정지됨, 운동성의 상실이라는 이전의 뜻을 허물고
재생과 복원, 생성이라는 새로운 의미망을 형성하는 것이다. 이러한 재발견
은 '다름'을 대하는 소설 속 인물들의 태도, 즉 소수자를 향한 '환대'의 가치
와 당위를 꾸준히 옹호해 온 작가 천선란의 태도와도 관련이 있다.[16] 나인이
자신의 출생에 담겨 있는 비밀을 알게 되었을 때 지모가 건넨 말, "너도
피와 살로 이루어져 있어. 절대로 다르지 않아. 그러니까 괜히 쫄지 마."(39쪽)
가 그러하거니와 자신이 외계인임을 털어놓은 나인의 고백을 비웃거나 무시

16　천선란의 SF에서 '환대(hospitality)'가 갖는 의미에 대해서는 양윤의, 차미령의 논문에서
　자세히 서술되고 있다.(양윤의·차미령, 앞의 글, 241-251쪽.) 저자들에 따르면, 천선란의
　「레시」와 「어떤 물질의 사랑」에 나타난 환대의 개념은 각각 인간과 외계인 사이 주인/손님
　의 이분법에 문제를 제기하거나, "포스트젠더적 상상력이 포스트휴먼의 문제의식과 이어지
　는 지점"(250쪽)을 드러내는 데 활용되고 있다. 여기에는 '사랑'에 대한 천선란 특유의 사유
　가 반영되어 있는데, 이 글은 『나인』에서 그것이 '식물적' 특징을 가진다는 것에 주목하여
　논지를 전개한다.

하지 않고 진지하게 받아들이는 '미래'와 '현재'의 반응은 나인이 살아가는 지구의 세계를 환대와 사랑의 세계로 구성해낸다. 브로멜리아드 화원에서 서로 뒤얽혀 자라나는 수십 종의 식물들처럼, 나인을 둘러싼 이 사랑의 형태 는 나인의 탄생이 그러했듯 '식물적'이다.

> "그래서 네 이름이 나인이야. 내게서 난 싹 아홉 개 중 가장 마지막에 핀 아홉 번째. 제일 강했어, 네가. 나는 엄마가 되는 게 두려워서 이모가 되었고, 언제나 거리를 두고 너와 함께 공간을 나눴어. 나는 여전히 내가 엄마라고 생각 하지 않아. 하지만 너를 진심으로 사랑한다는 건 알아. 네가 미래와 현재를 사랑하듯, 그리고 그 아이들이 너를 사랑하듯 나도 너를 진심으로 사랑해."(『나 인』, 289쪽)

마이클 마더에 따르면 식물은 전체에 종속된 기관들로 이루어진 유기체가 아니라, 각각의 부분이 독립성을 유지하면서도 서로 더불어 자라는 '공동의' 존재이다. 따라서 단순한 이합집산이 아닌 이 다수성의 공동체에는 언제나 괴리(disjunction)가 있다.[17] "언제나 거리를 두고 너와 함께 공간을 나눴"다는 지모의 사랑이 마더가 말하는 '식물의 방식'을 연상시키는 것은 그러한 이유 에서다. 총체에 용해되지 않으면서 지구 행성의 모든 원소들과 토대를 공유 하는 식물의 존재성은 이와 같은 방식의 사랑에 의해 서로를 침범하지 않으 면서도 긴밀한 관계 속에서 서로 연결된다. 『나인』에서 이 식물적인 사랑, 서로 다른 존재들의 상호연결성을 가장 잘 보여주는 것은 브로멜리아드 화원 이라는 공간이다. 이곳은 지모가 "죽은 땅"(7쪽)에 불어넣은 생명력의 근원이 자 나인과 친구들, 실종된 소년 박원우의 아버지와 또 다른 누브의 후손인 승택, 그리고 각종 식물들이 교차하는 만남과 대화의 장소(place)이기도 하다.

---

17 루스 이리가레·마이클 마더, 『식물의 사유』, 이명호·김지은 옮김, ALEPH, 2020, 270쪽.

‘식물인간’이 아니라 ‘식물-인간’들이 보여주는 식물적 사랑의 장소인 브로멜리아드 화원에서 외계인과 식물, 땅과 인간들은 거리낌 없이 서로의 양분(養分)과 에너지를 주고받는다. 이때 두드러지는 것은 지구를 거주지로 삼은 무수한 종(種)들의 존재가 서로 긴밀하게 연결되어 있다는 ‘얽힘’의 사유다. ‘반려종’을 사유하는 도나 해러웨이는 “모든 종류의 종은 주체와 객체 형성의 얽힘의 결과”[18]라고 말한 바 있다. 그의 통찰을 조금 더 밀어붙인다면, ‘얽힘’이 모든 개체의 존재(또는 명명)에 선행하며, 존재자들은 그러한 얽혀 있음 속에서 주고받는 상호 작용을 통해 만들어진다고 할 수 있다.

소설 속에서 브로멜리아드 화원을 중심으로 한 존재들 간 ‘얽힘’의 양상들은 다양한 방식으로 나타난다. 우선 인간의 외형을 갖고 있지만 포유류의 배꼽 대신 식물의 뿌리와 새싹의 흔적을 지닌 나인과 지모의 신체는 그 자체로 얽힘을 체현하는 존재다. 식물과 인간 간의 경계를 무화하고 차이를 횡단하는 이들의 몸은 대지(the earth)와의 연결을 통해 서로의 힘을 주고받고 생명을 복원함으로써 새로운 ‘장소’를 생성해내기 때문이다.[19] 죽어가던 식물들뿐 아니라 이방인이자 외계인인 나인도, 가난하고 힘이 없어 소외된

---

18   도나 해러웨이, 『트러블과 함께하기』, 최유미 옮김, 마농지, 2021a, 28쪽.

19   이-푸 투안에 따르면 기하학적 단위인 공간(space)과 달리 장소(place)는 추상적인 공간에 구체적인 의미와 가치가 부여됨으로써 탄생한 개념이다. 달리 말하면 공간을 ‘어떤 것’으로 정의하는 순간 그것은 장소가 될 수 있으며, 그러한 장소감은 흔히 친밀한 보살핌에 대한 경험으로 인해 촉발된다.(이-푸 투안, 『공간과 장소』, 윤영호·김미선 옮김, 사이, 2020, 55-59쪽.) 소설에서 브로멜리아드 화원은 식물적인 ‘사랑’이 이루어지는 곳으로서 나인과 승택, 죽어가던 식물들과 같은 소수 종(種)들에게 보살핌의 경험을 제공한다는 점에서 추상적인 공간을 넘어 장소의 의미를 갖게 된다. 그런데 이 보살핌의 경험은 브로멜리아드 화원에만 한정되지는 않는다. 지모나 나인을 비롯한 외계인들과 인간, 식물, 땅의 존재들이 서로 ‘얽힘’을 확인하면서 화원 내부에서만 유효했던 환대와 사랑의 가치가 지구의 다른 공간으로도 확장되기 때문이다. 이 글은 그러한 확장의 과정이 지구 행성을 추상적인 공간이 아닌 ‘장소’로 구성하는, 일종의 장소성의 회복이라고 보았다. 나아가 그것은 브로멜리아드 화원을 중심으로 여러 서사가 서로 얽히면서 또 다른 서사를 만들어내는 이야기 생성의 차원을 보여주며, 따라서 ‘텍스트’로서의 의미를 ‘지구’에 부여한다.

노인인 원우의 아버지도, 줄곧 홀로 방안에 갇혀 살아왔던 승택도 브로멜리아드 화원에서는 서로를 환대하고 환대받으며 지극히 '식물적'인 서로의 얽힘을 확인한다. 그러한 장소의 힘은 다시 다른 존재들과의 얽힘을 더 많은 존재들에게 전염시키며, 얽힘의 장(場)을 확장해 나감으로써, 거주지인 지구 행성을 고정된 배경이 아니라 생동하는 세계인 '지구'로 재구성한다.

그런데 이러한 '지구'라는 환경적 맥락이 재생/복원과 죽음/멸종을 모두 포괄하는 텍스트로서 출현하는 것은 복원과 재생의 공간인 이곳에 거짓과 폭력의 세계, 멸종과 위기의 서사가 끼어들면서이다. 브로멜리아드 화원은 이제 지구라는 행성과 외계 행성 '리겔리'의 이야기가 교차하는 가운데 하나의 물음이자 대안으로 등장하게 된다. 생태 위기, 자연재해, 식량 위기, 대전쟁이 발생해 더는 살 수 없게 된 고향 행성 리겔리에서 지구로 이주해 온 누브 족은 현재 "멸종 중"(56쪽)이다. 수십 년간 지구의 기후 변화로 인해 승택과 나인을 제외한 어떤 누브도 피어나지 못했기 때문이다. 누브 책임자 협회는 지모가 기른 나인이 엄청난 힘을 가진 누브라는 것을 알고 그를 이용해 종족을 유지하고, 지구를 떠나 새로운 행성으로 다시 이주할 계획을 세운다.

그러나 문제는, 종족의 생존을 꾀하는 이들의 방식이 다분히 폭력적이라는 데 있다.

> 세상을 집어삼킬 듯 쏟아지는 소나기도 결국 땅에 스몄다가 낮은 곳으로 흘러 강이 되고, 호수가 되고, 다시 비가 되는. 모든 행성을 망라하여 반복되는 우주의 순환. 파도가 치면 치는 대로, 해일이 몰려오면 몰려오는 대로 휩쓸리면 그만인 것을. 그것을 거스르려 발버둥 치는 순간부터 평생토록 허공을 휘저으며 살아야 한다는 진리. 그렇게 표류하다 도착한 해안가에서 살아가면 되는 단순한 삶. 그들은 그걸 하지 못했다. 종족을 유지해야 한다는 사명감 탓에 많은 누브를 죽이는 과오를 저지를 정도로.(『나인』, 266-267쪽)

고향을 떠날 때 그들은 약자들을 죽이고 약탈하여 살아남은 소수만이 우주선을 타고 지구로 도망쳐 올 수 있었다. 사십칠 일 동안 이어진 대량학살은 리겔리를 붉은 피로 물들였고, 살아남은 이들은 식량이 모자라다는 이유로 다른 우주선에 탄 동료 누브인들을 닥치는 대로 죽였다. 작금의 멸종 위기는 누브 족 스스로가 초래한 어리석음과 잔인성의 소산인 것이다. 지모는 그들의 '과오'가 계절의 변화와 바다의 흐름과 같은 우주적 질서를 거부하고 거스르려 한 데에서 비롯되었다고 생각한다. "우주의 순환"(266쪽)이라는 순리를 받아들이지 못해 거주지 행성을 죽게 만든 누브 족의 역사, 멸종 위기에도 오로지 자신들의 종족 유지에만 관심 있는 누브들의 이기심은 환경 위기가 현재 진행 중인 지구와 지구인들의 유비이기도 하다.

리겔리와 누브 족의 운명은 '인류세'에 이르러 인간 삶과 그것을 둘러싼 물질적 조건으로서 기후 변화를 더욱 심각하게 인지하여야 하는 인류의 현주소, 또는 현 상태가 지속될 경우 가능한 시나리오 중 하나를 보여준다고 할 수 있다. 그러나 중요한 것은『나인』이 제법 직접적으로 "인류세 시대의 '지구형태변형'"[20]을 다루면서도 다가올 지구의 미래를 디스토피아로 묘사하지 않는다는 점이다. 지구는 나인의 하나뿐인 고향이자 삶의 터전으로서, "서로에게 중요한 타자"[21]들과 관계를 맺는 특별한 장소이기 때문이다. 여기에는 나인의 소중한 친구들과 지모를 포함하여 그들이 세 들어 사는 집주인 부부와 할머니도 포함되어 있다. 예컨대 브로멜리아드 화원이 그랬던 것처

---

[20] 브라이도티는 흔히 기후·환경 위기, 생태적 지속 가능성 등의 부정적 용어로 표현되는 '지구형태변형(geo-morphism)'을 한편으로는 긍정적 차원에서 접근할 수도 있다고 말한다. 이제까지 지구를 단순히 인류와 무관한 '자연'으로 명명해 왔던 것과 달리, 기후 변화를 포함하여 전 지구에 일어나고 있는 형태 변형의 문제는 모든 존재의 공통된 토대로서 지구와 우리(인간)의 관계를 재구성할 것을, 달리 말해 본질적인 관점의 변화를 요청하기 때문이다.(로지 브라이도티,『포스트휴먼』, 이경란 옮김, 아카넷, 2015, 108쪽.) 이 글은『나인』이 다루는 전 지구적 변화 역시 위기에 대한 부정적 경고만이 아니라 관점의 변화를 요구하면서 대안적 가능성을 제시하고 있다고 보고, 전술한 브라이도티의 설명을 참고하였다.

[21] 도나 해러웨이,『종과 종이 만날 때』, 최유미 옮김, 갈무리, 2021b, 26쪽.

럼, 지모가 되살려낸 담장 아래 화단과 텃밭은 식물과 땅의 생명뿐 아니라 그곳을 둘러싼 사람들 사이의 관계 회복으로도 이어진다.

> 말을 잇지 못하던 집주인 부부는 돌연 웃음을 터뜨렸다. 아름답게 꾸며진 화단을 보자 웃음이 날 만큼 행복해졌기 때문이다. 다음 날 부부는 함께 2층을 찾아 반찬을 나누어 주며 화단을 언제 저렇게 꾸몄느냐고 묻고, 식물의 이름을 묻고, 키우는 법을 물었다. 그 뒤 아무리 일이 고되어도 집에 오면 꼭 화단에 있는 식물을 손질했다. 잠자는 시간은 줄어들었지만 부부의 낯빛에는 생기가 돌았다.(『나인』, 145쪽)

공장 일로 바빠 얼굴조차 보기 힘들었던 집주인 부부와 늘 피곤한 기색이 역력했던 할머니는 되살아난 화단을 스스로 가꾸면서 잃어버렸던 '웃음'과 '생기'를 되찾고, 나인이나 지모에게도 적극적으로 고마움을 표시하며 대화를 나누게 된다. 이는 무엇보다 '식물적'인 장소성의 회복을 의미한다. "생성된 존재이지만 또한 세계 전체를 생성"[22]하는 식물의 힘은 종(種)들의 얽힘을 횡단하며 거주지이자 안식처로서 지구 행성과 생명 존재가 맺는 전혀 새로운 관계를 제시해준다. 새롭게 조정된 지구와의 관계 속에는 되살아난 텃밭과 화단을 마주한 집주인 부부의 기쁨, 그들이 기른 자두와 토마토의 열매들, 그 식물들에게 이야기를 들려주며 일상을 채워 나가는 집주인 할머니를 포함하여 긍정적 전화(轉化)를 이룬 존재들의 흔적이 포진해 있다.[23]

따라서 나인이 사랑하는, 그리고 나인을 사랑하는 수많은 관계들의 네트워크로 형성된 '지구'의 현재와 미래는 절망적인 비극보다는 모종의 가능성을 배태하게 된다. 주인공 나인은 물론이고, '현재'와 '미래'라는 이름을 가진

---

22 루스 이리가레·마이클 마더, 앞의 책, 210쪽.
23 로지 브라이도티, 앞의 책, 134쪽.

나인의 친구들이 청소년으로 설정된 것은 그러한 가능성의 서사를 전달하려는 작가의 의도를 대변한다고 할 수 있다. 붉게 물든 리겔리와 멸종을 앞둔 누브 족의 모습은 현실의 지구에 닥친 환경 위기에 대한 경고로 문제없이 읽히지만, 소설은 거기서 한 발짝 더 나아가 위기를 극복할 대안으로 식물-인간의 생성적 힘을 상상하는 것이다. 그것은 멸종 위기를 극복하는 방법이 누브 협회가 상징하는 이기와 탐욕이 아니라 식물적인 사랑이 일어나는 곳, "상생"(59쪽)이 이루어지는 장소로서의 '지구'에 있음을 명징하게 보여준다.

3. 사건에 관여하는 대지(大地)의 행위성

그런데 위기를 극복할 대안적 상상력이 모든 생명의 이상적인 공존(共存)을 말하는 무조건적 낙관으로 이어지게 하지 않기 위해서는, 앞서 서술한 것처럼, '상생'을 유지하기 위해 겪어야 할 여러 충돌과 갈등의 역동성을 간과하지 말아야 한다. 이를 위해 천선란이 선택한 한 가지 방식은 리겔리 행성과 누브 족의 이야기 맞은편에 브로멜리아드 화원의 세계와 '선연시 5등급'으로 대표되는 폭력적 질서의 세계를 배치하는 것이다. 이들은 지구에서 한 소년이 사라진 사건을 계기로 서로 뒤얽히게 되는데, 사건을 해결하는 과정에서 두드러지는 것은 진실을 품고 있는 땅(大地)과 그곳에서 살아가는 식물들의 적극적인 관여이다. 이 장에서는 인간의 세계에 능동적으로 침투하고 관여하는 비인간 존재의 행위성과, 그를 통해 새롭게 제시되는 인간/비인간의 상호작용의 양상을 살펴보고자 한다.

어느 날 나인은 학교에 찾아온 한 노인이 경찰에 끌려나가는 것을 보고 그가 실종된 소년 '박원우'의 아버지라는 사실을 알게 된다. 외계인을 봤다고 공공연하게 말하고 다닌다는 이유로 주민들과 학교 친구들이 모두 꺼리는 아이였던 원우는 이 년 전 친구를 만나고 오겠다고 집을 나선 뒤 돌아오지 않았다. 유력한 용의자로 소년의 같은 반 친구였던 '권도현'이 지목되었지만 경찰에서는 단순 가출로 처리하고 사건을 종결해 버린다. 원우의 아버지가 사람 없는 곳에 실종 전단지를 붙이고 있는 것을 우연히 본 나인은 브로멜리아드 화원에 전단지를 두고 화원을 찾아오는 사람들에게 나누어 주겠다는 제안을 한다. 며칠 후, 원우의 아버지는 요구르트가 잔뜩 담긴 비닐봉지를 들고 화원 앞을 서성거리다 나인과 마주친다. 나인은 그가 말을 하지 않아도 고마움을 표시하기 위해 자신을 찾아왔다는 것을 알아차린다.

> "사 오신 거예요?"
> "아녀, 그냥 지나가다가……."
> 이 근방은 차 없이 지나갈 만한 곳이 아니었다. 고마움을 지나치지 못하는 것이다. 나인이 지내는 다세대 주택 집주인 부부도 그랬다. 거실 형광등을 갈아 주거나 자전거 바퀴에 바람을 넣어 주면 고맙다는 말을 수차례 하고도 부족하다 느꼈는지 다음 날 삶은 고구마나 옥수수 같은 걸 한 바구니 주고 갔다. 지모는 노인들의 커뮤니티라고 했다. 메시지를 주고받듯이 신세를 갚는 것이다.(『나인』, 75쪽)

'마음'을 주고받으며 서로의 곁에서 서로의 존재를 확인하는 데 익숙한 "노인들의 커뮤니티"(75쪽)는 나인이 살아가는 브로멜리아드의 세계, 그러니까 식물적 존재들이 맺는 수평적 상호관계의 공동체와 닮아있다. 그들은 마음을 주고받으며 서로의 곁에서 서로의 존재를 확인하는 데 익숙하다. 나인이 잘 알지도 못하는 박원우의 실종에 자꾸만 관심을 갖게 되는 것도, 소년의 아버지가 고마움이나 슬픔을 타인과 나눌 줄 아는 '마음'을 가진 존재이기 때문이다. 그에게서 고마움이나 슬픔을 타인과 나누려 하는 '마음'을 확인한 나인은 기꺼이 탐정이 되어 사건에 뛰어든다. 그리고 사건의 미스터리를 풀기 위해 그날의 '진실'을 목격했거나 증언할 자를 찾아 나선다.

흔히 추리소설에서 탐정의 역할은 목격자들이 내어놓은 기억의 조각들을 재구성하여 하나의 이야기를 완성하고, 가두어졌던 진실을 해방하는 것이다. 중요한 것은 이때 소설에서 지목되는 진실의 목격자 혹은 증언의 주체가 대지(지구) 그 자체라는 점이다. 박원우가 실종 직전 마지막으로 갔다는 선연산에서 나인은 그곳에 뿌리박힌 모든 비인간 존재들과 교감을 시도한다. 그리고 산과 숲, 나무와 풀, 그리고 땅이 전달하는 그날의 이야기를 통해 박원우의 실종에 숨겨진 진실을 접하게 된다. 도현과 함께 산으로 갔던 원우는 실랑이 끝에 절벽 아래로 떨어져 죽었으며, 그의 죽음은 도현의 부모와 뇌물에 매수된 경찰들에 의해 은폐되었던 것이다. 그날의 일을 기억하고 있는 지구의 존재들은 생생하게 살아 움직이는 행위자로서 인간 권력자들이 거짓으로 무마하려는 사건의 진실에 적극적으로 관여한다. 그러한 대지(大地)의 행위성은 '말하는 인간'에 초점을 맞추고 있는 '목격자' 또는 '증인'이라는 단어들을 넘어선다.

> 수만 개의 기억이 한데 뒤섞여 형태가 온전한 것이 없었다. 사람인지, 바위인지, 동물인지 혹은 다른 형태의 괴물인지 모를 형태들이 뒤섞여 있었다. 입자들은 소리가 들릴 때마다 소리의 파동을 따라 흩어졌다가 뭉치기를 반복했다. 그중 뭉치지 않고 물처럼 흘러가는 것은 바람 소리이고, 미러볼처럼 동그랗게 반짝이며 자유자재로 날아다니는 것은 새라는 걸 깨달았다. 식물이 바라보는 세상은 이렇게 해 질 녘 해변의 모래사장처럼 빛났고 강에 뜬 윤슬처럼 잔잔하게 흘러갔다. 하지만 그것이 아름다웠냐고 묻는다면 나인은 그렇다고 대답할 수 없다. 어지럽게 얽힌 장면들은 땅과 하늘을 구분할 수 없게 했다. (…) 바닥을 잃지 않기 위해 손에 잡히는 풀을 꽉 쥐었다. 풀은 이끼나 포자처럼 작은 입자로 나인의 손등을 감쌌다. 수많은 장면이 중첩되었다. 나인은 그만하라고 소리치고 싶었다.(『나인』, 255-256쪽)

　"땅에 뿌리내린 모든 것"(255쪽)의 기억. 논리적인 선별이나 배열의 과정 없이 나인을 압도하는 땅의 기억은 형태가 불분명한 '감각'의 향연이다. 빛의 입자와 소리의 파동이 뒤섞여 폭발하듯 움직이는 기억들의 역동성은 결코 언어화할 수 없는 얽힘의 현장을 그려낸다. 그것은 지구에 뿌리박고 사는 모든 생명 존재들의 참여이며, 그들과의 네트워크 속에 우리 역시 존재한다는 사실을 보여준다.[24] 산과 땅, 대지와 지구를 아우르는 물질적 환경은 단순히 사건이 벌어진 공간이나 배경으로만 존재하는 것이 아니라 기억을 재구성하여 스스로의 이야기를 만들어내는 하나의 텍스트가 된다. 그런데 누브족인 나인은 식물의 말을 듣고 그들과 대화를 나눌 수도 있지만, 식물들의 말은 인간의 언어와 같은 방식으로 재현되지 않는다. 그것은 그저 어떤 '소리'로 들릴 뿐이다. 나인은 기억의 전달을 통해 땅과 땅에서 살아가는 모든 것들이 세상을 바라보는 관점을 공유하면서도, 그렇게 본 세상의 풍경이 아름다웠느냐고 묻는다면 그 질문에는 '대답할 수 없다.' 인간 세계의 언어적 질서로는 비인간 존재들의 인식 체계를 온전히 파악하거나 표현할 수 없기 때문이다.

　비인간 존재의 행위성을 인간이 논하는 일에는 늘상 위험이 따르기 마련이다. 그 방식이 인간 중심적인 데 머물러 있다면 "땅에 뿌리내린 모든 것"의 행위성이 갖는 의미가 다분히 '인간'적으로 전유될 테니 말이다. 이를 피하고자 『나인』은 인간의 것이 아닌, 인간의 언어로 재현될 수 없는 의미화 방식의 '다름'을 몸을 통한 접촉으로 이루어지는 감각적 경험으로 구현해내고 있다. 나인은 선연산에 누운 채 시각과 청각, 촉각을 모두 동원하여 땅과 식물들이 전달하는 기억을 받아들인다. 그것은 나무로 변했으나 여전히 인간의 언어로 소통이 가능한 '금옥'과는 "전혀 다른 방식"(257쪽)의 대화이기도 하다. '어지

24　브뤼노 라투르, 『지구와 충돌하지 않고 착륙하는 방법: 신기후체제의 정치』, 박범순 옮김, 이음, 2021, 124-125쪽.

러움'과 '메스꺼움'이라는 신체적 감각으로 표현되는 땅과의 대화는 종 간의 얽힘, 체현된 맞물림을 보여주며, 전유하지 않는 감각으로서의 상호 작용과 비언어적 소통을 통해 차이를 횡단하는 존재들의 네트워크가 '어떻게' 가능할 수 있는지를 이야기한다.[25]

대지가 사건과 적극적으로 연루되려는 행위성을 담보할 때 비로소 드러나는 것은 '상생'이 지닌 본질이다. 그것은 "살인적 폭력과 적대적 태도가 지배하는 경우에도 일어나고 있"[26]는 것이다. 달리 말해, 브로멜리아드 화원의 식물적 세계와 도현의 부모인 '권 목사'나 '원장'이 대변하는 거짓과 폭력의 세계는 결코 분리되어 있지 않으며, 땅이 전하는 진실을 통해 서로 연결된다. 이때 진실의 운반자는 식물-인간인 나인이다. 그리고 그 역시 인간들의 일에 망설임 없이 뛰어드는 비인간 행위자에 속한다.

> 나인은 이상하다. 에너지가 유난히 강하고 선명하다.
> 죽은 인간을 위해서도 힘을 쓰려고 한다. 이해할 수 없다. 복잡하게 산다. 긁어 부스럼을 만든다. 굳이. 정말 굳이.(『나인』, 172쪽)

같은 누브 족 후손인 승택이 더 이상 인간의 일에 관여하지 말자고 만류하자, 나인은 원우의 죽음 역시 하나의 '멸종'이기에 모른 척할 수 없다고 대답한다. 이 '모른 척할 수 없음'이야말로 소설이 포착하는바 상호 관계망으로

---

25   여기에서 동물-되기에 대한 브라이도티의 신유물론적 설명을 참고할 수 있다. 들뢰즈·가타리의 통찰을 이어받아 일원론적인 포스트휴먼 주체성을 주장한 브라이도티는 "힘들의 놀이, 강도들(intensities)의 표면, 원본이 없는 순수한 시뮬라크르"(48쪽)로서 신체는 '체현된 주체'의 과정적 개념이라고 말한다. 따라서 육화된 주체성으로서 '되기'의 과정은 정동적 접촉을 통해 질적 변형을 일으키며, "인간과 비인간 사이의 구분을 혼란스럽게 하고, 심지어 그 이상―세 번째와 N번째 종류의 접점에 경계를 개방"(277쪽)하는 존재론적 윤리를 출발시킨다.(로지 브라이도티, 『변신: 되기의 유물론을 향해』, 김은주 옮김, 꿈꾼문고, 2020 참고.)

26   루스 이리가레·마이클 마더, 앞의 책, 311쪽.

이루어진 세계의 비분리성을 가리킨다. 나인에게 '식물적 사랑'은 '굳이' 자기 종족의 일도 아닌 사건에 뛰어들어 '복잡하게' 사는 관계적 삶의 방식과 가까우며, 이 '복잡함'에는 아름다운 평화보다는 고통스럽고 적대적인 충돌과 갈등이 담겨 있다. 그러나 나인은 지구로부터 받은 생명의 에너지를 다시 지구에게 돌려주듯, 자신이 경험한 환대의 가치를 폭력적 세계에 능동적으로 맞서는 방식으로써 돌려주려 한다. 그것은 죄책감으로 괴로워하던 도현을 찾아가 그날의 진실을 폭로하고, 원우가 있다고 믿었던 외계인이 바로 자신이었음을 밝히며 그가 옳았다는 것을 증명하는 일로 이어진다. "박원우는 선배한테 거짓말한 적 없어요. (…) 박원우를 이상한 사람으로 만들었던 건 선배예요."(362쪽)

나인을 비롯한 대지와 식물들의 증언은 생전 누구에게도 이해받지 못하는 이방인이었던 원우에게 전하는 환대의 메시지이기도 하다. 나아가 그것은 나인이 감각한 '모든 것'들의 기억이 서로 구분할 수 없을 만큼 뒤얽혀 있었듯, 지구를 거주지 삼아 살아가는 모든 존재들이 공통된 토대인 '지구'와 서로 연결되어 있음을 말해준다. 이 촘촘한 연결망 안에서 지구는 정지되어 있는 배경이 아니라 능동적인 행위자로서 출현하며, 그러한 행위성 앞에서 인간만이 주체이며 비인간은 객체라는 오랜 위계화의 전통은 깨어지고 거부된다.

도현은 죄책감이 만든 환상 속에서 늘 무서운 속도로 자라나는 나무뿌리와 가지, 잎사귀 속에 앉아 있는 원우를 본다. 그가 마침내 나인을 만나 진실을 접하고 자신의 과오를 자백하게 만든 것은 방을 가득 채운 그러한 나무들의 위협적인 형상이었다. 이렇듯 사건에 연루되고 그것에 참여하려는 식물의 능동성은 인간에 의해 통제되거나 사라지지 않는다. 때로는 공포스러운 모습으로 현현하는 대지의 비인간 존재자는, 그들을 지배하고 통제할 수 있다고 믿는 인간의 착각을 침식하고 무너뜨리며, 존재들 간의 연결을 활성화한다.

4. 멸종을 '보류'하는 관계 맺기의 윤리

앞서 살펴본 것과 같이, 『나인』이 이야기하는 "상생"(59쪽)은 '복잡함'을 무릅쓰고 서로 연결되려는 행위자들의 능동적인 움직임으로부터 가능해진다. 그것이 은폐된 진실을 해방하는 과정은 선연산에 누운 나인이 그러했듯 고통스러움이나 메스꺼움을 동반하기도 하고, 도현이 목격한 대로 두렵고 위협적인 모습으로 나타나기도 한다. 이를 통해 『나인』이 전하려는 메시지는 선명하다. 서로 다른 개체들이 저마다 연결되어 있음을 확인하며 함께 살아가야 함을 인정하는 과정이 마냥 평화롭고 순조로울 수만은 없다는 것. 소설이 말하는 '상생'의 본질은 우리가 직면하기에 다소 불편한 진실마저도 포함하고 있기 때문이다.

나인과 박원우 실종 사건과는 별개로 진행되는 누브 족과 지모의 이야기 역시 기본적으로 미스터리 플롯의 구조를 갖추고 있다. 리겔리 행성에서 지구로 이주해 온 누브 인들은 이주 과정에서 일어난 끔찍한 사건을 비밀에 부치고, 종족의 번식을 위해 아직 어린 누브인 승택과 나인을 이용하려 한다. 이때 이들의 진실을 밝혀내고 승택과 나인을 구하려는 사람이 바로 지모이다. 지모는 승택에게 그가 평생 갇혀 살 수밖에 없었던 진짜 이유와 누브 족의 비밀을 알려주며, 자신의 비밀 서고와 브로멜리아드 화원의 관리를 맡긴다. 화원을 나인이 아닌 승택에게 물려주는 이유는 나인이 자신의 뿌리인 누브 족의 진실을 모른 채 그저 평안하게 살기를 바라는 마음 때문이다. 지모는 그런 자신의 마음이 "이기적"(311쪽)이라고 말한다. 외부의 폭력으로부터 나인을 지키겠다는 그녀의 '이기심'은 끝내 승택의 아버지인 누브 협회장을 죽인 뒤 스스로 자취를 감추는 행위로 이어지게 된다.

그렇다면 원우의 죽음을 외면하지 못한 나인의 '마음'과, 나인을 지키기 위해 살인까지 불사한 지모의 '이기심'은 얼마나 같고 또 다른 것일까. 이 불편한 질문은 『나인』을 이해하기 위해 반드시 통과해야만 하는 관문이기도 하다. 먼저 눈여겨보아야 할 대목은 누브 인과 지모의 갈등에서 두 가지의 '이기심'이 충돌하는 부분이다. 지모는 협회장의 집에서 책 한 권을 훔치는데, 거기에는 누브 족이 오로지 자신들의 존속을 위해 얼마나 많은 생명을 잔인하게 학살했는지에 대한 기록이 낱낱이 실려 있다. 기록자에 따르면 누브 인들은 새로 피어난 어린 새싹들까지도 자신들을 위해 이용했다. "언젠가 또다시 강한 힘을 가진 아이가 태어난다면 그 아이는 꼼짝없이 그들을 위해 자신의 삶을 소진할"(307쪽) 것이라는 책의 우려대로 누브 책임자 모임은 지모에게 나인을 데려오라고 요구한다. 이때 지모는 그들의 요구를 거절하며 말한다. "걔를 여기 왜 데리고 와요? 죄다 나이 든 사람들밖에 없는 곳에 데리고 오라는 것도 본인들 **이기심**이에요."(171쪽, 굵은 글씨-인용자)

지모가 지적한 누브 인들의 **이기심**은 리겔리 행성의 멸망뿐 아니라 승택을 향한 오랜 학대의 원인이기도 하다. 승택은 몸이 약하게 태어났다는 이유로 나인을 만나기 이전까지 좁은 방안에 갇혀 살아왔다. 승택이 가진 복원의 힘을 잃을까 두려워한 그의 '아버지' 협회장이 그를 안에 가두어 놓고 치료만 받게 했기 때문이다. 지모는 그런 승택에게 그가 아버지에게 느끼는 감정은 사랑이 아니라 공포라고 단언한다. 승택의 에너지를 일방적으로 이용하려 했던 아버지는 승택에게 사랑이 아닌 두려움과 복종만을 가르쳤다는 것이다. 그 말을 입증하듯 승택은 나인을 만나기 위해 집 밖으로 나온 뒤에야, 서서히 고립된 자기만의 세계에서 브로멜리아드 화원을 중심으로 한 관계적 세계로 들어서게 된다. 거기에서 비로소 "사랑이 무엇인지를"(313쪽) 깨달았다는 승택의 독백은 브로멜리아드 화원에서 경험한 '사랑'이 아버지와의 관계에서는 결코 얻을 수 없었던 것임을 말해준다.

마침내 승택은 아버지의 지시를 거부하고 지구에 남아 지모의 서고와 화원을 지키기로 한다. 지모의 비밀 서고에는 협회장이 가지고 있었던 책처럼 누브 인들이 없애려 했던 수많은 진실들이 보관되어 있는데, 늘 수동적이고 소극적이었던 승택이 그러한 진실의 관리자가 된 것이다. 이는 그가 더 이상 좁은 방 안에 고립되어 세계와 단절된 개체가 아니게 됨을 뜻한다. 누브 족의 과거-현재-미래를 모두 아우르는 활성화된 네트워크의 세계에서, 이주를 '보류'하겠다는 승택의 결정은 곧 누브 족의 멸종을 '보류'하겠다는 말과도 겹쳐진다. 후손에게 진실을 알려 줄 사람이 있다면, 그리고 저마다의 생명을 돕는 공동의 생태계로서 브로멜리아드 화원이 남아 있다면, 누브 족은 멸종하지 않을 수 있기 때문이다.

> "근데 떠난다고 하지 않았어? 여기."
> "보류."
> "보류?"
> "응, 일단은 보류."(『나인』, 385쪽)

브로멜리아드 화원을 부탁한다는 지모의 말에 승택은 "집안 대대로 내려오는 가업"(311쪽)을 가족도 아닌 자신이 맡아도 되냐고 묻는다. 지모는 자신에게 서고를 물려준 열 번째 주인 역시 '엄마'가 아니었으므로, 선택은 승택의 자유라고 대답한다. 폐기당할 위기에 처한 역사를 살리고 보존하여 후손에게 물려주는 것이 종족의 멸종을 보류할 수 있는 한 가지 방법이라면, 지모가 선택한 관계의 방식이 혈연 또는 가족을 중심으로 이루어지지 않는다는 점은 주목할 만하다. "직계 가족 호칭"(170쪽)을 쓰지 않을 것을 고집하고, 나인에게도 '엄마'가 아니라 '이모'로 불리고자 하는 그는 누브 협회의 사람들 사이에서도 특이한 존재이기 때문이다. 이는 직계 가족 중심의 가족주의적 관계 맺기가 더 이상 유효하지 않다는 소설의 성찰, 나아가 새로운 관계 형성에 대한 급진적 요구를 드러낸다.

"자식이 아니라 친척(kin)을 만들자"[27]는 해러웨이의 제안은 혈통이나 계

---

27   도나 해러웨이(2021a), 앞의 책, 176쪽.

보에서 벗어난 친척, 모두가 서로에게 이방인인 동시에 모두가 공통된 '육신'
의 토대를 가진 지구상의 거주자들이 핏줄로 이어지지 않은 파트너와 관계
맺기를 요청하는 문장이다. 해러웨이는 "지구에 사는 모든 것이 가장 깊은
의미에서 친척이라는 사실"[28]이야말로 친척이 친척을 만들고, 친척과의 관계
를 재구성하게 한다고 말한다. 말하자면 나의 존재에 선행하는 타자와의
'얽힘'이 끝없이 확장되고 전염되는 공통 거주지 '지구'에서는, 혈연 가족에
국한되지 않는 새로운 관계 맺기가 필요하다는 것이다. 전통적 가족주의에
대한 소설의 문제 제기와 새로운 관계에 대한 요청은 승택의 아버지나 누브
인들의 **이기심**과 그에 맞서 나인을 지키려는 지모의 '이기심'을 대비시키는
가운데 뚜렷하게 드러난다.

> 화원의 비밀 서고에서 밤새 책을 읽고 난 다음 날, 승택은 아버지에게 물었다.
> 떠난다면 정말 모두가 함께 갈 수 있나요? 지구에 있는 누브족을 전부 다 데리고
> 가실 생각이죠? 그럴 만한 우주선은 준비되어 있나요? 쏟아지는 승택의 질문에
> 아버지는 단 한 가지도 제대로 대답하지 못했다. (…) 그저 그 아이만 데려가려
> 했겠지. 척박한 행성에서 꽃을 피울 수 있는 열일곱 살 아이만을. 그 열일곱
> 살 애는 죽어 버린 사람조차도 구원하기 위해 자신의 한계치를 넘어서고 있는데
> 아버지는 함께 살아가는 종족을 버리려 하고, 누군가를 이용하려 했다. 그래서
> 였을까. 아버지의 죽음을 보고도 마음이 동요치 않았던 것은. 당신의 이기가
> 되돌아왔을 뿐이라는 생각이 들었다.(『나인』, 383쪽)

협회장이 죽은 시점에 지모가 홀연히 종적을 감춘 것이 "기가 막힌 우연"
(384쪽)이라고 생각하면서도, 승택은 아버지의 죽음에 그다지 슬퍼하지 않는
다. 오히려 조상들이 저지른 잔혹한 짓을 반성하지 않고 되풀이하려 했던

---

28 위의 책, 178쪽.

그의 욕심이 죽음을 자초했다고 생각한다. 이 지점에서 나인을 지키려는 지모의 '이기심'은 승택의 아버지를 비롯한 누브 인들의 탐욕과 결별한다. 협회장의 **이기심**은 아버지-아들이라는 직계 가족의 호칭을 빌려 폭력을 정당화하지만, 그를 없애서라도 나인을 지켜내고자 한 지모의 '이기심'은 승택마저도 새로운 관계의 장(場) 속으로 진입하게끔 하기 때문이다. 그것은 지구의 대지와 식물들, 브로멜리아드 화원의 세계뿐 아니라 '내일'을 상상할 수 있게 된 누브 족의 새로운 세계이기도 하다.

내일, 즉 다가올 미래에 대한 소설의 상상력은 마음속의 '점이 지대'에 대한 작가 천선란의 사유와도 밀접한 관련이 있다. 지모는 자신의 비밀 서고에 승택을 초대하여 점이 지대에 대한 이야기를 들려준다. 그것은 한번 넘어가면 다시는 돌아올 수 없는 경계 영역의 이름으로, 지모에 따르면 점이 지대를 넘어간 자들은 자신이 저지른 죄가 죄임을 깨닫지 못한 채 죄책감이 주는 고통조차 모르고 살아간다. 그러나 가까스로 경계를 넘지 않는 사람들은 비록 고통스럽더라도 '야만성'에 잠식되지 않을 수 있다. 승택이 고통스럽다면 좋지 않은 게 아니냐고 묻자, 지모는 고통스럽다는 것은 "살아 있다는 증거"(310쪽)라고 대답한다. 살아 있다는 것은 고통을 아는 일인 것이다. 비록 고통스럽더라도 죄책감이라는 감정이 유효한 세계, 그것이 바로 죽음이 아닌 삶의 세계이다.

도현은 경계에 서 있다. 붉은 선의 경계. 넘으면 돌아갈 수 없다. 그 경계를 넘으면 아무것도 느끼지 못할 것이다. 무언가 들려도 신경 쓰이지 않을 것이고, 보여도 대수롭지 않게 생각할 것이다. 경계 너머는 현실과 비현실이 혼잡하게 섞인 세계. 피는 꽃처럼 터지고, 길고양이는 솜 인형처럼 느껴지는 부드럽고 잔혹한 세계.

도현이 그 경계의 선을 밟기 전에 누군가가 다시 이곳으로 끌고 와야 한다. 비린 냄새와 어두운 산이 존재하는, 고통이 잇따르는 잔혹하기만 한 세상으로.

그렇지만 내일이 있는 세상으로.(『나인』, 252쪽)

그러므로 나인과 대지의 모든 존재들이 보여준 능동적 참여는 박원우의 죽음에 얽힌 진실을 해방할 뿐 아니라, 원우를 죽게 만든 도현조차도 죽음에서 삶의 영역으로 데려올 힘을 가진다. 그들이 가진 재생과 복원의 힘은 울부짖으며 자신의 죄를 자백한 도현으로 하여금 '내일이 있는' 세상으로 이행하게 할 것이다. 그렇다면 끝내 자신들이 살던 행성을 멸망시키고 지구로 이주해 왔으면서도 나인을 이용해 종족을 유지할 생각만을 하는 누브인들은, 지모의 말을 빌리면, '내일이 없는' 즉 미래를 상상할 수 없는 존재들이다. 바로 그렇기 때문에 그들은 다시금 멸종 위기에 처한 것이다. 지구를 떠나 다른 곳으로 거주지를 옮긴다 해도 그들에게 곧 멸종의 순간이 다가오리라는 것은 어렵지 않게 상상할 수 있다.

승택의 아버지를 죽이는 선택을 함으로써, 지모는 "지키기 위해 버리고 왔다"(174쪽)라는 말로 조상들의 과거를 합리화했던 그의 말을 비틀어 '상생'에 대한 새로운 질문을 던진다. '무엇을 지키고, 무엇을 버릴 것인가?' 이 질문에 대답하지 못한다면 다가올 멸종은 결코 '보류'할 수 없을 것이기 때문이다. 나인을 지키려 한 지모의 선택, 그리고 지구에 남아 이주를 '보류'하기로 한 승택의 선택은 '내일'에 대안적 상상력을 추동하는 윤리적 선택을 의미한다. 이들이 선택한 '친척(kin)' 만들기, 즉 새로운 관계 맺기는 이렇듯 미래를 상상하는 일을 가능하게 만듦으로써 다시금 '상생'의 윤리를 지향하게 된다.

그러나 그것은 모든 존재들이 아무런 갈등 없이 아름답게 화합하며 공존할 수 있다는 단순한 낙관을 지향하지 않는다. 폭력에 맞서 때때로 갈등과 충돌을 감수하면서도, 촘촘한 연결망 속에서 '점이 지대'를 넘어가지 않을 수 있는 힘을 보전하는 것. 그렇게 더 나은 '내일'을 상상함으로써 희망을 담보하는 상생의 진실은, 혈연관계를 벗어난 새로운 관계에 대한 사유가 복원과 재생의 힘을 추동하는 식물적 사랑의 양상이자 멸종의 위기를 보류하기 위한 소설의 한 방식이라고도 할 수 있다.

5. 인류세 시대, '내일'을 상상하는 힘

천선란의 『나인』이 보여주는 외계인의 형상은 식물이면서 인간인, 혹은 식물과 인간의 종적 구분에 이의를 제기하는 모호한 비인간 존재를 통해 인류세 시대 생명 존재들의 유동적 네트워크로 '지구'를 다시 사유하는 데 중요한 실마리를 제공한다. 이들이 보여주는 지구와의 새로운 관계는 마치 식물이 그러하듯, 각각의 개별 단독자들이 서로의 생명을 공유하고 횡단하며 통합된 "지구 시스템"[29]을 이룬다. 그렇게 우리의 거주지인 지구 행성은 종 (種) 간의 '얽힘'이 생동하는 세계이자 장소로서의 '지구'로, 그러한 얽힘을 체현하는 비인간 존재자들은 인간을 압도하는 능동적인 행위자로 구현되며, 혈연 중심적 가족주의를 탈피한 관계 맺기를 통해 비로소 멸종을 '보류'하고 다가올 내일을 보전할 가능성을 담보하게 된다.

존재들의 역동하는 네트워크 속에서 인간(human)은 더 이상 무소불위의 권력을 자랑하는 유일한 주체로 존재할 수 없다. 그들은 오히려 인간이 아닌 것들, 다른 행성에서 온 외계 종족과 식물-인간, 모든 것을 기억하고 이야기

---

29 사이먼 L. 루이스·마크 A. 매슬린, 앞의 책, 13쪽. '지구 시스템'이라는 개념에는 지구가 인간 삶과 분리된 '(자연)환경'에 머물지 않고 물리적·화학적·생물학적·인적 요소가 상호 작용하는 통합적인 시스템이라고 보는 관점이 반영되어 있다. 이러한 관점에서는 기후 변화를 단순한 기후의 문제가 아니라 모든 생명 존재들에 영향을 미치는 시스템 자체의 변화, 즉 '전 지구적 변화' 현상으로 간주한다. 2000년 국제 지도 생물권 계획(IGBP)의 과학자들은 '전 지구적 변화'라는 개념을 정립하고 관련된 연구를 조정하기 위한 회의를 열었는데, 이 회의에서 파울 크뤼첸(Paul Crutzen)과 유진 스토머(Eugen F. Stoermer)가 전 지구적 변화를 새롭게 인식하기 위한 용어 '인류세'를 처음으로 제안하였다.

하는 대지의 행위성을 마주하고 고전 휴머니즘이 신봉하던 허구적인 보편성에 대한 믿음을 상실한다. 인간중심주의의 오만이 물러난 자리에서 새롭게 요구되는 서사는 결코 우리는 멸종하지 않으리라는 맹목적인 믿음이 아니라, 현재진행형인 위기를 받아들이고 인정하면서 종(種)을 횡단하여 끈질기게 연결되려는 시도를 품어야 한다. 그러한 시도는 절망이나 비관, 무기력과는 필연적으로 거리를 둔다. 산과 들, 나무와 풀을 포함하여 땅의 모든 존재자들과 교감하는, '모든 것이 살아 있는'[30] 지구(the earth)와의 새로운 관계 맺기를 통해 위기 속에서 희망을 건져 올리고, 그리고 그 희망을 향해 현실의 실천을 엮어내는 상상력의 표지로서 천선란의 소설이 읽힐 수 있는 것은 그런 이유에서다.

『나인』의 마지막 장면에서 작가는 나인처럼 배꼽이 없는 존재인 또 다른 인물 '심라현'을 등장시켜 새로운 이야기의 시작을 예고하고 있다. 그가 작가의 전작 「어떤 물질의 사랑」의 주인공이었다는 점을 떠올려 보면, 관계적 세계 만들기는 개별 텍스트 내부에 한정된 것이 아님을 알게 된다. '지구'를 다시 쓰는 천선란의 작업은 나인이나 심라현과 같이 지구에 찾아온 "방문객"(387쪽)들을 통해 서로 뒤얽히고 중첩되며 네트워크를 형성한다. 텍스트의 종(種)을 뛰어넘어 소설 세계 자체가 관계망을 이루고 있는 것이다. 그렇게 계속해서 얽힘의 상상력이 또 서로 뒤얽히며 확장되어 간다면, 우리는 언젠가 비로소 멸종을 확정하지 않을 수 있지 않을까.

『나인』이 발표된 지 1년 만에 지구의 인구는 80억을 넘어섰다. 이 어마어마한 숫자 앞에서 밀려오는 막연함과 두려움을 느끼지 않기란 쉽지 않은 일이다. 그럼에도 불구하고 꺾이려는 무릎을 다시 일으켜 세우기 위해서는, 그것이 주는 두려움의 무게를 인식하면서도 우리에게 주어진 책임을 다할

---

30   브뤼노 라투르, 『나는 어디에 있는가?: 코로나 사태와 격리가 지구생활자들에게 주는 교훈』, 김예령 옮김, 이음, 2021, 39쪽.

힘 역시 필요하다. 꾸준히 '상생'의 가치를 말하는 천선란의 SF가 그러한 힘을 추동할 수 있다면 그것은 전 지구적 위기를 사유하면서도 멸종의 시나리오를 조심스럽게 '보류'하는, 대안적 상상력으로부터 가능해지는 일일 것이다. 나아가 그것은 인류세 시대 문학의 '지금, 여기'를 변혁할 가능성이 빛나는 지점이기도 하다.

참고문헌

1. 기본자료

천선란, 『나인』, 창비, 2021.

2. 논문 및 단행본

노대원·황임경, 「포스트휴먼, 바이러스, 취약성」, 『국어국문학』 193, 국어국문학회, 2020, 93-120쪽.

복도훈, 「인류세의 (한국)문학 서설」, 『한국문예창작』 19(3), 한국문예창작학회, 2020, 13-34쪽.

양윤의·차미령, 「천선란 소설에 나타난 '비인간'의 가능성－페미니즘과 SF의 동맹에 주목하여」, 『현대소설연구』 84, 한국현대소설학회, 2021, 233-263쪽.

이양숙, 「한국소설의 비인간 전환과 탈인간중심주의」, 『한국문학과 예술』 34, 숭실대학교 한국문학과예술연구소, 2020, 227-259쪽.

이지용, 「한국 SF에서 나타난 환경 위기 인식 연구」, 『반교어문연구』 56, 반교어문학회, 2020, 53-74쪽.

진선영, 「기술철학적 관점에서 본 SF 성장소설과 인간－비인간의 앙상블」, 『현대소설연구』 87, 한국현대소설학회, 2022, 541-567쪽.

진설아, 「경계를 해체하는 한국 SF－김보영, 김초엽, 천선란을 중심으로」, 『한국문예창작』 21(3), 한국문예창작학회, 2022, 75-95쪽.

데이비드 월러스 웰즈, 『2050 거주불능 지구』, 김재경 옮김, 에코리브르, 2012.

도나 해러웨이, 『트러블과 함께하기』, 최유미 옮김, 마농지, 2021a.

＿＿＿＿＿＿＿, 『종과 종이 만날 때』, 최유미 옮김, 갈무리, 2021b.

레이첼 카슨, 『침묵의 봄』, 김은령 옮김, 청림출판, 2020.

로지 브라이도티, 『포스트휴먼』, 이경란 옮김, 아카넷, 2015.

＿＿＿＿＿＿＿, 『변신: 되기의 유물론을 향해』, 김은주 옮김, 꿈꾼문고, 2020.

루스 이리가레·마이클 마더, 『식물의 사유』, 이명호·김지은 옮김, ALEPH, 2020.

브뤼노 라투르, 『나는 어디에 있는가?: 코로나 사태와 격리가 지구생활자들에게 주는 교훈』, 김예령 옮김, 이음, 2021.

___________, 『지구와 충돌하지 않고 착륙하는 방법: 신기후체제의 정치』, 박범순 옮김, 이음, 2021.

사이먼 L. 루이스·마크 A. 매슬린, 『사피엔스가 장악한 행성』, 김아림 옮김, 세종, 2020.

이-푸 투안, 『공간과 장소』, 윤영호·김미선 옮김, 사이, 2020.

조애나 러스, 『SF는 어떻게 여자들의 놀이터가 되었나』, 나현영 옮김, 포도밭출판사, 2020.

James, Erin, & Morel, Eric, *Environment and Narrative: New Directions in Econarratology*, The Ohio State University Press, 2020.

13장

공생적 미래의 가능성과
쑬루세의 레퓨지아 모색

─천선란, 『이끼숲』을 중심으로

임혜민

1. 들어가며

우리는 모두 이끼다. ─ Gilbert Scott F.[1]

도나 해러웨이는 현 시대를 "전례 없는 눈길 회피의 시대"[2]로 진단한다. 그리고 인간을 포함한 복수종에게 인류세(Anthropocene)라 불리는, 대규모의 죽음과 멸종을 목전에 둔 이 시대를 긴급성의 시대라고 호명한다.[3] 해러웨이는 '인류세' 논의 안에서 "인류세를 하나의 세라기보다는 경계사건으로 다루어야 한다고 주장"[4]했다. 돌이킬 수 없을 정도로 멀리 와버린 지금, 인류세는 그 자체로 하나의 '경계'가 되어 지워지지 않는 자국을 남기고 있기 때문이

---

1   도나 해러웨이, 『트러블과 함께하기』, 최유미 옮김, 마농지, 2021, 57쪽.

2   위의 책, 66쪽.

3   위의 책, 같은 쪽 참조.

4   손희정, 「인류세 시대 대중문화의 포스트휴먼화와 레퓨지아의 윤리: <이어스 앤 이어스> (BBC)와 <서던 리치: 소멸의 땅>(2018)의 '인간-이후' 형상 비교」, 『젠더와문화』 15(1), 계명대학교 여성학연구소, 2022, 85쪽.

다. 그러므로 그는 지구를 '피난처' 없는 공간이라고 명명하며 "바로 지금, 지구는 인간이든 아니든 피난처 없는 난민들로 가득하다."[5]고 단언한 바 있다. 이는 애나 칭(Anna Tsing)이 언급했던 '레퓨지아' 개념과 이어지며 "인류세를 경계사건으로 횡단하고 그 이후에 더 많은 피난처, 레퓨지아를 구상할 수 있는 새로운 세"[6]의 필요성을 강조한다. 칭에게 손상된 지구가 지닌 일말의 가능성이 "인간에 의해 훼손된 땅에 등장하는 버섯"[7]에 있었다면, 천선란 작품 속 지금-여기에는 '이끼'가 있다.

천선란은 연작소설 『이끼숲』에서 인간이 지상에서 쫓겨난 이후의 시간을 다룬다. '피난처'를 찾아 새로운 보금자리를 모색했으나, 그곳에서도 자본주의는 여전하며 그것이 동반하는 인권 문제가 오히려 심각해진 상황을 그린다. 이를 통해 쫓겨난 인간들은 공고한 위계질서와 산재한 다른 형태의 위험 속에서 지상에서보다도 못한 삶을 산다. 피난처인 줄 알았던 땅 밑의 공간이 또 다른 착취의 공간으로 변모한 것이다. 노동이 중심이 된 사회에서 쳇바퀴 같은 삶을 굴리고, 모든 것이 '돈'으로 셈해진다. 게다가 지하도시에서 나고 자라 지상의 삶을 경험해 본 적 없는 『이끼숲』의 어린 인물들은 때문에 제대로 된 감정을 다루는 방법조차 알지 못한다. 이에 치밀어 오르는 감정적 정동들을 그저 "덩어리"[8]로 치부하여 혼란을 가중시킬 수밖에 없는, 주어진 일들을 반복적으로 수행하는 것만이 익숙한 인물들이 전면화된다. 그러나, 이곳에 조금씩 '균열'이 보인다. 천선란의 인물들은 햇살 한 줌 비치지 않던 캄캄한 그곳에서 "쿵"(94)하는 낯선 소리들을 감각하며 성장한다. 더디지만 명료한 감각을 획득하며 자라나는 인물들의 모습은 손상된 지구를 재기하게

---

5   최유미, 『해러웨이, 공-산의 사유』, 도서출판b, 2020, 132쪽.

6   손희정, 앞의 글, 103쪽.

7   노고운, 「비인간 생물은 역사의 주인공이 될 수 있는가?」, 『21세기 사상의 최전선─전 지구적 공존을 위한 사유의 대전환』, 이성과감성, 2020, 106쪽.

8   천선란, 『이끼숲』, 자이언트북스, 2023, 153쪽. (이후 인용은 본문에 쪽수로 표기.)

하는 유일한 방법이 익숙함을 벗어 던지고 사회에서 지워졌던 것들과 함께-되는 것뿐임을 지적하는 뾰족한 시선에 의해 추동된다.[9]

　'인류세'의 한가운데서 『이끼숲』은 「바다눈」, 「우주늪」, 「이끼숲」으로 시선을 넓혀 가며 '인류세'로 가려서는 안 되는 현대 '자본세'의 면면을 짚어낸다. 이때 재세계화(reworlding) 불가능성으로 논의의 초점을 매몰시키지 않기 위해 해러웨이가 '쑬루세'라는 새로운 시공간성을 고안해냈음도 잊지 않는다. 천선란은 「이끼숲」에 이르러 "크리터"[10]들이 '퇴비덩어리'로 함께-되어가는 모습을 선명히 보여 주기 때문이다.[11] 이에 이 글에서는 먼저 2장에서 「바다눈」이 지난하게 묘사하는, 대개 '인류세', '자본세'로 호명되어 온, 여전히 폭력적인 현실의 모습을 지적한 뒤 3장에서 그러한 경계사건을 벗어나는 과정에서 「우주늪」이 일으키는 '트러블'을 들춰보고자 한다. 이후 4장에서는 「이끼숲」을 통해 '뿌리'로 표상되는 '촉수'로 더듬으며 해러웨이와 공명하는 천선란의 '쑬루세'를 조망해볼 것이다. 특히 인간들을 초점화해 구성되었던 이전 두 편의 단편과 달리, 인간-비인간의 경계를 흐리며 '이끼-되기'하는 모습에 주목해 '함께-되기'를 실현하는 「이끼숲」은 어떤 청사진처럼 그 다음 단계를 가늠하게 한다.

2. 분열하는 자본세의 이분법 사이에서 「바다눈」

　「바다눈」은 도망친 곳에서도 여전한 권력과 끊임없이 분열하는 이분법을

9　최유미, 「곤란함과 함께하기」, 아트앤스터디 강의록, 2023, 7쪽 참조.

10　"이 책에서 크리터라는 말은 미생물, 식물, 동물, 인간과 비인간, 그리고 때로는 기계까지 포함해 잡다한 것들을 의미한다."(도나 해러웨이, 앞의 책, 233쪽.)

11　현남숙, 「D. 해러웨이의 다종적 생태정치: '함께-되기'와 '응답-능력'을 중심으로」, 『한국 여성철학』 35, 한국여성철학회, 2021, 83쪽 참조.

전경화한다. 심각해지는 미래의 자본세 안에서 도망쳐 도착한 지하세계는 레퓨지아 없는 몰락한 지구에 다름 아니다. "땅속으로 기어들어 가야만 자랄 수 있는 땅콩은 땅속이어야만 살 수 있는 인간과 닮았다. 지금 우리의 삶은 예전 문명으로부터 떨어진 꽃처럼 느껴진다."(147)는 소설 속 한 문장은 지상에서 쫓겨난 인류의 막다른 길을 명료하게 묘사한다. 해러웨이는 칭을 인용하며 그의 "<야생 생물학>이라는 최근 논문에서, 홀로세와 인류세 사이의 변곡점은 주요 사건들(사막화나 나무를 모두 베어내는 것, 또는, 또는 ……) 이후에 사람들이 함께하든 아니든 다양한 종의 무리가 재구성될 수 있는 대부분의 레퓨지아가 몰락한 것일 수도 있다"[12]는 제안을 유심히 들여온다. 이에 따르면 「바다눈」의 사람들이 찾았다고 생각했던 '레퓨지아' 또한 단 한순간도 피난처인 적이 없었던 것이 된다. 기실 그곳은 '자본세'의 영향 아래 존재하는 디스토피아로, "자본주의적·식민주의적 생산 체제의 도입 등 인간 활동"[13]이 여전한 공간이다. 특히 「바다눈」의 배경이 되는 곳은 "사억오천만 헥타르 규모의 지하 도시"(17)로, 지상에서 퇴출당한 인간들의 대안적 공간이다. '지하도시'에서는 수력이나 풍력 혹은 각종 석탄, 석유 자원을 이용할 수 없으므로 오로지 인간의 노동력만이 자원이 된다. 어쩔 수 없는 상황 속에서 자본세가 이전에 비해 훨씬 더 빠른 속도로 가속화되므로, 그곳은 인간이 상상했던 어떤 디스토피아보다 심각한 디스토피아가 될 수밖에 없다. 동시에 신경을 곤두세워 균열을 찾고, 이를 보완하지 않으면 지하세계 전체가 무너질 수 있다는 불안감은 감시자들의 통제를 정당화시키며 자본세의 끝에 형상화 될 수 있는 미래의 모습 중 가장 극단적인 모습을 한 자본세의 어떤 '끝'을 날카롭게 조망한다.

태어날 때부터 지하세계에 있던 마르코는 아무리 열심히 해도 "노련해진

---

12   도나 해러웨이, 앞의 책, 172쪽.

13   황희선, 「지구에서 어떻게 삶의 지속을 추구할 것인가?」, 『21세기 사상의 최전선—전 지구적 공존을 위한 사유의 대전환』, 이성과감성, 2020, 35쪽.

다는 말이 적용되는 일"(23)이 될 수 없는 '막일'을 한다. 때문에 제대로 된 근무 시간은커녕 정당한 월급조차 보장되지 않는 상황을 연속적으로 경험한다. 이는 일의 위계질서를 생성하며 한 집단이 다른 집단을 '지배'함으로써 굴러가는 자본주의적 생산체제를 부각시킨다. 노동자로서의 당연한 권리를 부르짖는 회사 선배 커커스의 목소리는 점점 작아지고, 작아진 목소리만큼 줄어든 몸집은 결국 그 세계에서 사라져버리기에 이른다. 자연히 일터에서 커커스의 공백은 마르코처럼 남은 사람들이 담당했다. 그들의 숨을 빼앗아 쉬는 방식으로 더 많은 자본을 획득하게 되는 기이한 구조는 자본으로 얽힌 공동체가 반드시 자본으로 와해될 수밖에 없음을 암시한다. 더불어, 분명 두 배를 더 일하면서 이전에 비해 돈을 더 많이 벌게 된 마르코 역시 일한 만큼의 당연한 보수를 받지는 못하는 상황에 처해있다는 점은 노동자들 간에 또 다른 위계질서를 부여함으로써 이중으로 예속시키는 것이 사용자의 지배 전략이라는 점을 내포한다.

같은 맥락에서 현실에 안주하는 사람들 속에서도 또 한 번의 계층화가 일어난다는 점은 자본주의의 유구한 생존방식을 예리하게 짚어낸다. 마르코와 은희는 같은 경비 일을 맡은 인물들이다. 그러나 두 사람의 일의 양과 방식은 판이하다. '돈이 필요하다'는 이유로 어쩔 수 없이 자본주의 안에 남은 은희와 '판단력이 부족해서' 어쩌다보니 계속 일을 하게 된 마르코는 같은 곳에 서 있지만, 다른 처지에 있다. "성차가 무엇보다 지배/종속과 연관"[14]되어 있다는 것이 빼놓을 수 없는 하나의 층위로 작용한 것이다. 당연한 듯 "자꾸 은희만 먼 곳에 배정"(43)되는가 하면, "퇴근하려고 옷까지 다 갈아 입었는데 갑자기 가져가서 잘 개어달라고 옷을 뭉텅이로"(22)넘겨받는다. 빨래를 개는 일은 당연하게 업무 외 시간에 배정되었고, 이에 따른 추가수당

14 　양윤의·차미령, 「천선란 소설에 나타난 '비인간'의 가능성 ―페미니즘과 SF의 동맹에 주목하여」, 『현대소설연구』 84, 현대소설학회, 2021, 248쪽.

은 없다. 어떤 위기 상황 속에서도 노동으로 셈해지지 않는 사적 영역에 대한 책임은 여자에게 지우는 문제적인 상황들로써, 미래시대에도 여전히 반복된다. 성차는 빼놓을 수 없는 자본주의의 간편한 기제로써 계층화에 기여한다.

부당한 상황들은 지난하게 반복된다. 관리층이 내세우는 번지르르한 이유는 대개 이런 식이다. "지하 도시의 인간은 다음 세대, 그러니까 다시 지상으로 올라갈 세대들을 위해 인류 문명을 지속시키는 중간 다리이자 충실한 일꾼에 불과했으므로 나태함은 허락되지 않는다."(168)는 것. 이들은 '과도기'로 명명한 사회 속에 살기 때문에 열심히 일을 해야만 한다. 이를 통해 보다 명확해지는 것은 '인류세'로 가릴 수 없는 복잡다단한 현실이 중층적으로 얽혀있다는 사실이다. 해러웨이가 강조한 것처럼, 무수한 계층으로 사람을 나누고, 이들을 엄격히 관리하는 일련의 상황들은 인류세라기보다 '자본세'인 현재를 여실히 보여주는 장치로 자리매김한다.[15] 그때, 벽에서 "쿵"(94)하는 소리가 들려오고, "지하 도시가 무너질지도 모른다는 약간의 가능성도 믿지 않았"(18)던 마르코가 "모든 것이 무너지"(70)는 상상을 한다. 커커스의 간절한 부탁에도 꿈쩍 않더니 노조 파업에 대한 지지 서명을 한다. 견고한 사회에 작은 균열이 지는 순간이다.

한편, 마르코가 은희를 사랑함은 '목소리'를 통해 시작되고, 지속되며, 견고해진다는 점에도 주목해야 한다. 지하 세계에 사는 포스트휴먼들은 통역기가 없으면 서로 소통하지 못하는 처지에 놓이게 되었다. 그러나 은희와 처음 만나던 날, 마르코는 감미로운 노랫소리에 홀려 "오로지 그 목소리에 집중하기 위해"(19)통역기를 끈다. 은희와의 관계가 사회적으로 제공된 언어의 문법 밖에서 시작된 것이다. 정해진 소통방식을 강제하는 '통역기'와 비슷하게,

---

15   "그래도 우리가 이 SF시대에 단 하나의 단어를 가질 수 있다면, 그것은 분명 자본세여야 한다."(도나 해러웨이, 앞의 글, 87쪽.)

'눈'이라는 한 가지 감각에 집중하게 하는 세상에 반기를 들며 '눈'이 "유용한 감각기관이기는 하지만 정해진 대로만 감각하고 인식하게 만들기에 흥미로운 일이 일어나는 것을 차단"[16]한다고 보는 해러웨이의 입장에서 '목소리'라는 또 다른 감각기관의 등장은 고무적이다. 통역기를 끈 채 맨 목소리로 소통하는 것이 정해진 대화법을 강요하는 사회에 반기를 드는 행위이기 때문이다. 동시에 고유성을 지닌 '목소리'는 거꾸로 그 사람을 구성한다는 점에서 개별적 '존재'에 주목하게 하기도 한다. 이에 가상의 아바타에게 '목소리를 파는' 행위는 돈 때문에 고유성을 삭제하는 행위로, 자본의 영향력을 또렷하게 강조하는 사례가 된다. 소설 말미에 목소리를 팔 수 밖에 없는 은희의 모습은 견고한 자본주의의 쳇바퀴 안에서 절대로 벗어날 수 없는 무력함을 그대로 보여준다. '목소리'를 통한 온전한 소통으로 나아간 줄 알았던 인물들이 다시 좌절하는 결말은 분절된 상태에서는 아무런 변화도 일어나지 않는다는 점을 보여주는 듯하다. 자본세 안에서 연결되지 못하고 사회가 구획한 틀 안에서 존재하는 인물들이 만들어내는 변화에는 한계가 있을 수밖에 없는 것이다. "눈앞에 있는 것보다 더 큰 걸 지키기 위한 선택"(76)으로 피골이 상접했던 커커스도 종내에는 아무것도 얻지 못했다. 오히려 회사와 일개 노동자의 권력 차만 선명히 부각시켰다. 커커스의 실종 이후 임금을 인상해주겠다며 태도를 바꾼 회사에 눈물 겨운 변화를 얻어냈다고 믿었던 사람들을 기다리고 있던 것은 회사의 부도소식이었다. 다시 원점이다. 달라진 것은 전혀 없지만 먹고 살기 위해서는 새 회사에 종속되지 않을 수 없고, 다시 자본주의를 선택한 뒤 남는 것은 결국 비참함이었다.

은희는 지하도시를 꼭 '잠수함'같다고 말했다. 도망, 추방, 타락으로 요약되는 조급함과 초라함과 두려움 속에서 그들은 다만 "산 채로 묻힌 거야."(83)라는 말밖에 할 수 없었다. 바다와 땅, 모험과 도망, 발견과 추방, 미지의

---

16   최유미(2020), 앞의 책, 124쪽.

세계와 타락한 세계라는 이분법 속에서 늘 후자에 속하는 상황들은 이분법을 통해서 거꾸로 이분화 된 세상을 셈하게 한다. 이 지점에 이르면 '인류세'라는 용어를 지양하고자 했던 해러웨이의 의도를 십분 이해할 수 있게 된다. 이해할 수 없는 자본주의의 상황들은 '인류세'라는 용어 안에 숨었고, "실제로 일어난 일을 지극히 단순화"[17]했으며 면밀히 파고들어 해체시켜야 하는 생명정치의 기제들을 어떤 장막 안에 가려버렸다. 그러므로 기성 질서와 그로부터 층층이 타자화 된 사람들(노동자, 여성 등)은 분리된 채 존재하게 되고, 불충분한 설명 안에서 위기의 현실만을 응시하게 한다.

은희가 마르코에게 소개해 준 '바다눈'은 "커다란 바다 생물의 사체에서 나오는 배설물이나 미생물이 눈처럼 내려서 붙여진 이름"(50)이고, "죽음의 잔해"(50)이자, "고래의 똥"(50)이다. "그 구성성분은 실로 다양하여, 미생물, 플랑크톤, 원생동물, 쇄설성 입자, 기타 여러 무기물질들로 구성되어 있다. 해설(海雪)은 하나의 작은 생태계로 볼 수 있으며, 영양분이 풍부하여 광합성 또는 미생물의 활동도가 주변 해수보다 매우 높다."[18] 인간의 '눈(目)'으로 봤을 때 '바다눈(雪)'은 아름다운 '눈(雪)'에 불과하지만, 면밀히 보면 그것은 하나의 작은 생태계다. 즉, 자율생산(autopoiesis)을 지향하나, 그럴 수 없음을 단적으로 보여주는 장치인 것이다. '바다눈'은 상생적 가능성을 담지하기에 이를 '눈(雪)'의 모양으로 가시화하면서, 생동적으로 연결되어야 할 필요성을 주지시킨다. 해러웨이는 자신을 '퇴비주의자'라고 강조한다. 퇴비는 땅을 비옥하게 하는 배설물로, 땅 위의 죽은 유기체가 박테리아에 의해 먹혀서 만들어진다. 먹고 먹히는 데서 또다시 생성이 일어나는 퇴비의 존재론적 특성을 떠올려볼 때, 퇴비는 삶과 죽음의 뒤얽힘을 상상하게 한다. 그러므로 「바다눈」이라는 기표로써 퇴비는 긴급한 경계상황에서도 제자리에 머물게 하는 '자본

---

17   위의 책, 114쪽.

18   조병철, 「해양미생물의 세계—바다 속에 내리는 눈」, 『과학과기술』 35(4), 한국과학기술단체총연합회, 2002, 19쪽.

세’를 폭로함과 동시에 끊임없이 ‘연결’의 필요성을 상기시킨다. 고래의 배설물이 다른 크리터와의 ‘연결’로써 생태계의 재생을 표상하듯, 레퓨지아 없이 몰락한 지구에서도 공생을 통한 소생의 가능성이 잔존한다.

3. 견고한 사회구조에 트러블을 일으키는 「우주늪」

「바다눈」이 ‘위기’의 순간에 새로 찾은 공간에서도 ‘인류세’라는 말 속에 숨어 여전히 지속되는 ‘자본세’를 지적한다면, 「우주늪」은 「바다눈」과 「이끼숲」 사이에서 점진적으로 확산되는 ‘트러블’들을 그려 낸다. 통역기로만 소통할 수 있으므로 말을 잃은 채 분리되었던 사람들이 ‘연결’의 가능성을 내비치기 시작하는 것이다. 이때 「우주늪」은 ‘일시정지’의 시간성을 지닌다. 의조는 의주의 쌍둥이로 태어나 인구정책에 의해 사회적으로 삭제된 비인간이다. 때문에 지하세계 인간이라면 모두 이식받아야 할 ‘칩’도 없고, 통역기도 없으므로 타인과의 상호작용은 의조에게 불가능한 일이다. 그러나 진작 없어졌어야 할 ‘의조’의 시간은 우유부단한 부모에 의해 은밀히 흐른다. “입력되지 않은 공간”(108)에서. 따라서 현실경계 밖에서 은밀하게 흐르는 예외의 시간이 ‘멈춘’시간으로써 이름 붙여지게 된다. 그러나, ‘인볼루션(involution)’을 가능하게 하는 힘을 ‘일시정지’라고 본 바, 의조의 시간은 엄청난 잠재력을 지닌 생동적 시간으로 발돋움할 수 있게 된다. 인볼루션이란 해러웨이가 지향하는 공생적 진화방식이다. 이는 들뢰즈와 가타리가 제시한 개념으로, 이볼루션(evolution)으로써의 ‘진화’와 구별되는 “어떠한 가능한 계통도 없이, 전혀 다른 생물계와 등급에 있는 존재자들을 이용하는 공생”[19]으로 정의된다.

<段>

19 질 들뢰즈, 펠릭스 가타리, 『천 개의 고원』, 김재인 옮김, 새물결, 2003, 453쪽; 최유미 (2020) 앞의 책, 82쪽에서 재인용.

‘일시정지’가 힘을 가지는 것은 그것이 내재한 “실패는 진행되고 있는 일, 혹은 진행되기로 예정되어 있는 일을 ‘일시정지’시키는 효과”(83) 덕분이다. 이 지점에서 의조의 비공식적 시간과 “입력되지 않은 공간”(108)인 ‘우주늪’ 은 ‘인볼루션’을 예비하는 공백의 요소들이 된다.

소설 속에서 ‘우주늪’은 “배관통로”(110)로 형상화된다. 배관통로만이 치 밀하게 건설된 ‘지하 세계’에서 삼엄한 경계가 적용되지 않는 유일한 공간이 기 때문이다. 이때 비인간 존재자인 의조는 생물학적으로는 ‘인간’이기에 지하세계의 인간들과 대별되는 이종적 존재는 아니지만 그러한 사회 밖으로 밀려난 존재라는 점에서 ‘반려종’으로 호명할 수 있다. 더욱이 의조가 직조하 는 치유키와의 관계성은 반려종으로서 의조의 위치성을 부각한다. 인간으로 셈해지지 않는 의조는 치유키와 관계하며 비로소 ‘인간’에게 영향을 주고, 다시 ‘인간’으로부터 영향을 받기 때문이다.[20] 하루가 온통 의주로 채워졌던 의조는 치유키를 만나며 통역기 없이 대화하고, ‘글자’를 배운다.[21]

> “내 생각이 글자로 옮겨지다니, 엄청난 일이야. 이건 어떤 세상을 옮기는 일이라고. 그래서 매번 문장을 쓸 때마다 건축하는 마음으로 해. 나는 건축도 뭔지 잘 모르지만, 이 지하 도시와 같은 거 아니겠어? 무너지지 않게, 헷갈리지 않게, 망가지지 않게.”(『이끼숲』, 107쪽)

이 만남은 의조에게도, 치유키에게도 ‘사건’에 다름 아니다. 의조에게 치유

20　“반려종은 홀로 되는 것이 아니다. 하나의 반려종을 만들려면 적어도 두 개의 종이 있어야 한다. 반려종은 통사론 속에, 육신 속에 있다. (…) 이러한 공구성적 관계를 이루는 어느 쪽도 관계보다 먼저 존재하지 않고, 이런 관계는 한 번에 맺어 완성할 수도 없다.”(도나 해러웨이, 『해러웨이 선언문』, 황희선 옮김, 책세상, 2019, 129-130쪽.)

21　“사실 한 번에 알아듣지는 못했어. 그때 나한테 통역기가 없었잖니. 근데 그런 건 손짓만 봐도 알 수 있잖아. 치유키는 정확히 나한테 그렇게 말하고 있었어. 이리 오라고.”(120)를 통해 알 수 있듯, 지하 세계’라는 시스템의 ‘에러’에 불과하기에 의조에게는 당연히 통역기 가 없다.

키가 가르쳐 준 세상은 웃어넘기는 방식으로 증오를 그저 견디던 의조가 명확한 분노의 대상과 극복의 의지를 다지는 분기점이 되었다. 시스템으로부터 자유롭지만, 그 자유가 진정한 의미의 '자유'가 아니라는 것을 절감하고 자신의 '무지'를 학습한다. 의조가 글자를 배우고 한 일이 '이정표를 만드는 일'이라는 점은 입력되지 않은 공간에 '세상'을 옮겨 넣는 행동으로 선명히 자신의 자국을 남기는 일이다. 특히 이정표는 다른 사람과 연결될 가능성을 짙게 내포한다는 점에서 유의미하다.

한편 "미입력자를 죽이거나 그 시체를 치우는 일을 했던"(123) 치유키의 삶에서 의조는 변곡점이었다. '글자'에서 시작된 사유는 치유키를 오염시키기에 이른다. 의사로서 사람을 살려야 하는 치유키는 '이 세계'에서 지워진 존재들을 제거하는 모순적인 행동을 해야만 한다. 그 와중에 의조를 계속 살려두고 '이 세계'의 언어를 가르쳐 준 치유키의 심중에 주목해볼 필요가 있는 것이다. 죽고 싶은 마음을 한 켠에 두고 소중한 사람들을 위해 끔찍한 연명을 지속하는 것, 그러면서도 "이 도시를 전부 날릴 수 있는 폭탄이 담긴 방"(133)을 찾는 마음은 분열적이기에 더욱 현실적이다. 그 때문에 '우주늪' 은 의조와 치유키의 관계를 통해 결국 촘촘한 균열이 된다. 지난한 자본세에서 빠져나오게 하는 단 하나의 '늪'이 된다.

의조는 묻는다. "치유키가 나에게 왜 언어를 알려줬다고 생각해? 너랑 닮아서? 그럴 수도 있어. 일종의 연민이자 동정이자, 사랑의 전염이지. 오염인가?"(123) 전염까지는 그렇다 치더라도, '오염'이라는 단어를 꺼내들었다는 점이 마음에 남는다. 의조는 "나는 비밀이라기보다 덜 지워진 자국인거지. 안 지우고 감춘 게 아니라 지웠다고 생각하고 잊어버려 초라하게 남아버린 찌꺼기."(122)라며 스스로를 '오물'로 의미화하고 이후 치유키를 '오염'시켰다. 이를 통해 '오염'의 행위성을 재사유할 수 있다. 역시나 미입력자인 의조를 죽이지 않고 살려두는 것도 모자라 '말'까지 알려준 치유키는 감염되었음에 틀림없다. 이 지점에서 "반려종은 항상 서로를 감염시킨다."[22]는 해러웨이의 말을 떠올릴 때 그러한 과정은 공구성적 존재로서의 타자를 재조명하게 한다. 그럼으로써 종내에는 "덜 지워진 자국"(122)이자 "비밀"(122)이었던 경계의 존재들을 세상 안으로, 기억 속으로 다시 기입한다. 마침내 비가시화 되었던 'no-member'(멤버가 아니었던 사람)가 're-member'(다시 멤버가 된다)로써 활성화된다.[23] 그렇게 배제된 자들이 가시화되고 제자리를 되찾을 수 있게 된 것이다.

이 때 천선란이 발화자의 지위를 의조에게 두고 있다는 점은 당사자에게 목소리를 주는 방식으로 "내가 아닌 이유, 너여야만 하는 이유"(114)란 없음을 강조한다. 이는 권력의 원본 없음과 진화의 맥락 없음을 왜곡 없이 전달할 수 있게 한다. 의주와 의조의 삶을 가른 '한 판'이 "가위바위보"(104)라는 사실은 이를 날카롭게 지적한다. 의주가 사는 '시스템 속' 세상은 모든 사람들의 "머리에 엄지손톱만한 칩"(113)을 강제로 이식하는 곳으로, 일거수일투족을 감시하는 곳이자, "부부의 출산 계획을 위원회에 전부 보고"(35)하며 자산규모가 일정 수준 이상일 때 원하는 만큼의 아이를 출산할 수 있도록 하는, 권력적으로 통제된 곳이다. 의조는 대신 자유를 누린다는 죄책감에 사로잡힌 의주를 위로하며 "머리에 칩이란 걸 심을 생각을 한 머저리들이 죄란다."(132)라고 과녁의 표적을 정확히 겨냥한다. 그리고 **"여기로 가면 냉동실, 위험/광장 방향/해변 방향/계단……"**(128) 쉬지 않고 그려나간 이정표의 어느 부분에 "고마워요."(132), 서툰 글씨가 적혀있다는 점은 더 존재할지도 모를 미입력자들의 존재감을 극적으로 상기시킨다. 직접 연결되지는 않았지만 '촉수'처럼 뻗어있는 '이정표'가 접합지점이 되어 "있을 법하지 않은 연결들을 만들어"[24]낸 것이다. 이정표로 '연결'된 사람들은 서로를 볼 수는

---

22   도나 해러웨이(2021), 앞의 책, 52쪽.

23   위의 책, 46쪽.

24   최유미(2020), 앞의 책, 126쪽.

없어도 서로에게 분명한 힘이 된다. 이처럼 「우주늪」은 촉수가 다시 붙는 순간에 주목한다.

해러웨이에게 '트러블'이란 "문제를 쉽게 해소해버리기보다는 더욱 곤란하게 만드는 것이고, 문제 해결을 위해 상황을 잘 정리한기보다는 더욱 뒤섞어버리는 것이고, 무언가를 불러일으키는 것"[25]이다. 해러웨이는 '트러블'이라는 단어를 통해 "그 트러블과 마주하면서 지금 당장 가능한 응답을 모색"[26]하자고 말한다. 그래야만 '응답-능력'이 고양될 수 있기 때문이다. '늪'에는 늘 물이 괴어있다. 그렇기에 늪은 생명이 자랄 가능성이 농후하다. 여러 미생물이 보이지 않지만 서로 교차되고 어울리기에 적절한 공간인 것이다. 그러므로 이 지점에서 '늪'은 동시에 오염시키기도, 감염되기도 쉬우니 트러블을 촉발시킬 농후한 가능성을 내포한다. '인볼루션'을 성공시킨 것은 아니지만, '기반'으로서의 잠재성을 제시한다. 다음을 기약하는 장소이자 틈으로써 전체를 조망하게 하는 것이다. 소설 말미에서 의조는 그들의 '레퓨지아'가 또다시 위기상황에 처해 있음을 환기시킨다. "아 참. 한 가지 말해줄 게 있어. 가끔 통로에서 이전에 없던 바람의 흐름이 느껴져. 조심해. 어쩌면 이곳, 붕괴하고 있는 걸지도 몰라."(133) '우주늪'은 그렇게 "지금 당장 가능한 응답"[27]들을 불러일으킨다. 붕괴의 조짐은 '트러블'로 변주되며 이전과는 다른 '흐름'을 실어올 것을 암시한다.

4. 공생의 촉수로 더듬어나가는 쑬루세의 「이끼숲」

해러웨이가 인류세, 자본세의 한계를 짚으며 최종적으로 제안하는 대안적

---

25 위의 책, 120쪽.
26 위의 책, 같은 쪽.
27 위의 책, 같은 쪽.

시간장소(timeplace)개념은 '쑬루세'다. 인간중심주의를 전제하는 '인류세'나 환경위기 시대의 '미래 없음'을 전망하는 '자본세'라는 용어로는 한계가 있기 때문이다.[28] 다시 말해 이는 "트러블과 함께 머무는 것을 배우는 일종의 시간장소의 이름"[29]이다. 트러블과 함께하는 지금-여기의 시공간성은 '애도'에서 출발한다.[30] 그러나 천선란이 묘사하는 쑬루세는 불완전한 애도로부터 길어 올려진다.

> 우리는 그가 죽고 나서야 그것들이 자신을 살리기 위한 발악이었다는 걸 깨달았다. 팀원들 모두가 안타까워했지만 그를 애도할 시간은 그가 남긴 업무로 채워졌고 우리는 빈자리에 새 주인이 들어올 때까지 힐끔힐끔 서로를 쳐다만 보다가 어느 순간 애도를 끝냈다.(『이끼숲』, 164쪽)

위의 인용문이 보여주는 것은 완결되지 않은 '애도'이다. "전날까지만 해도 웃으며 일했던 팀원"(164)이 자살한 채 발견되었을 때, 슬퍼할 여유도 없이 업무에 매몰된 인간들은 불완전한 애도로 부지불식간에 "죽은 자들의 존재를 삭제"[31]하게 된다. 이에 상실을 과거에 둠으로써 자연히 팀원에 대한 기억은 사라지고, 사람들은 진실한 애도의 기회를 박탈당한다. 애도는 "상실을 슬퍼하는 것이지만 상실이 삶과 함께 있음을 기억하는 것이다. 따라서 사회가 빼앗은 애도는 잘못 끼운 첫 단추가 된다. 그러므로 여기서 출발하는 천선란의 쑬루세는 진실된 애도로부터 나아갈 것을 요청한다.

「이끼숲」의 초점화자는 통신국에서 일하는 소마이다. 부끄러운 마음에 마음껏 안고 체온을 가늠해보지도 못했던 사랑하는 유오는 산재로 인해 사망

---

28 현남숙, 앞의 글, 82쪽 참조.
29 위의 글, 85쪽.
30 최유미, 앞의 글, 141쪽 참조.
31 위의 글, 140쪽.

했다. 자살한 팀원 키머러의 상실을 얼렁뚱땅 묻어두고 온 곳에서, 유오까지 잃고 나자 소마는 침잠한다. 이 지점에서 습관적으로 애도를 불완전하게 마쳤던 노동자였던 소마가 유오와의 '기억' 안에 살게 된다. 환영으로, 환청으로 끊임없이 유오를 감각한다. 제대로 된 일상을 영위하지 못하고 매일을 사는 소마는 그 모습 그대로, 진실된 슬픔 안에서 진지한 애도를 표상한다. 그러므로 그런 소마를 중심으로 촉발되는 「이끼숲」은 진실된 슬픔, 애도의 서사라고 할 수 있다.

소마는 지하 세계에서의 삶을 지속하는 노동자였다. "도청하고, 감시하고, 의심하는 일"(158)을 하기 때문에 적극적으로 지하 세계 권력유지에 일조하는 인물이기도 하다. 그런 소마가 불행해진 것은, 일하다가 사망한 연인 유오의 죽음을 막지 못했다는 사실 때문이다. 소마는 한쪽 귀로 유오가 일하던 건설 회사의 무전을 훔쳐 듣곤 했고, 사고가 있던 그날도 이어폰을 통해 '펑'하는 굉음을 들었다. 그럼에도 소마는 아무 일도 할 수 없었고, 그저 하던 일을 계속 할 따름이었다. 건설회사에서는 목숨이 오가는 위험한 일들을 하기 때문에 노동자들에게 '클론'을 만들어준다. 소마의 이야기는 폐기가 하루도 채 남지 않은 유오의 클론을 데리고 그가 그토록 가고 싶어 했던 지상의 숲으로 향하는 여정이다. "그 애를 생각하며 얽혔던 수만 가지의 감정들은 그렇게 뭉쳐 나에게 끈적끈적한 덩어리로 남았다. 그 덩어리는 이제 내 심장에 달라붙었다. 평생 떼어놓을 수 없다."(201)며 자신을 압도하는 무수한 감정적 정동들은 가슴 속에 그대로 묻어 둔다. 유오와 클론의 유사성을 일일이 따지는 일은 필요치 않다. 환영으로 소마의 곁을 맴돌던, "방금까지 나에게 말을 걸던 것이 세상에 흩어진 무수히 많은 너 중 하나라고 생각한다면 내게 업힌 이것이 더욱 너처럼 느껴져서"(240), 그거면 충분하니 말이다.

유오는 그런 소마를 지상으로, '숲'으로 이끈다. 유오는 늘 식물에 관한 책을 읽던 인물로, '나무'를 상징한다. 그런 그가 '죽음'을 거쳐 비인간의 형태로 소마의 곁을 지킨다는 점이 유의미하다. 심지어 그것은 '폐기 직전의 존재'로, 무용한 존재에 가깝다. 소마는 그런 비인간 클론 크리터 유오와 함께 '지상으로' 올라간다. 그런데 그들을 기다리고 있는 것은 완전한 황폐가 아니었다. 그곳에는 "이끼로 뒤덮인 대지 뿐"(241)이었다. 이끼는 터를 잡은 이후 물러섬 없이 그 자리를 지키는 존재이자 "가장 낮은 곳에, 다른 식물이 자랄 수 없는 축축한 틈 곳곳에 머"(163)무는 존재이다. 그런 이끼들이 곳곳에 핀 '지상'의 지구는 식물도, 동물도 생겨나기 전, 이끼가 터를 잡았던 태초의 지구를 떠올리게 한다. 그러므로 "소마, 나는 우리가 이끼였으면 좋겠어." (247)라고 털어놓는 비인간 동반자의 말은 손상된 삶을 엮는 '함께-되기'의 가능성을 떠올리게 한다.

바위틈에도 살고, 보도블록 사이에도 살고 멸망한 도시에서도 살 수 있으면 좋잖아. 고귀할 필요 없이, 특별하고 우아할 필요 없이 겨우 제 몸만한 영역만을 쓰면서 지상 어디에서든 살기만 했으면 좋겠어. 햇빛을 많이 보기 위해 그림자를 만들지 않고, 물을 마시지 못해 메마를 일도 없게. 그렇게 가만 하늘을 바라보고 사는 거야. 시시하겠지만 조금 시시해도 괜찮지 않을까? (……) 가까이 다가온 그것의 몸에는 푸릇푸릇한 이끼가 붙어 있다. (……) 나는 내 손등에도 붙은 이끼를 본다. 붙었다고 해야 할지 돋아났다고 해야 할지 알 수 없다. 하지만 그것은 중요하지 않다. 나는 내 앞에 있는 그 애를 끌어안는다. (……) 주변에서 악취가 풍기고 이끼가 몸을 뒤덮지만 나는 그 애를 놓지 않는다. 절대로.(『이끼 숲』, 247-248쪽)

그런 한편, 숲으로 들어갔을 때, 기괴하게 피어있는 식물들은 독이 있고, 악취가 풍긴다. 이에 소마는 호흡이 어려워져 끝내 쓰러지고 만다. 소마가 잠에서 깨어났을 때 유오는 클론의 몸으로 자유롭게 지상 세계를 돌아다닌다. 지하세계에서 솟아오른 존재이자 환경을 조작하기보다 그곳에 있는 그대로 순응하는 소마와 유오를 '식물-되기'를 통해 싹튼 존재라고 의미화한다면,

악취가 풍기는 지상의 식물들은 인간 없는 세상을 지배하며 동물이 되어버린 것일까. 식물성과 동물성이 혼재되고 교차된 상황은 해러웨이식의 혼종적 함께-되기를 암시한다. 이어 등장하는 장면, 지하 세계에서 '피어난' 소마와 유오의 손에 "붙었다고 해야 할지 돋아났다고 해야 할지 알 수 없"(250)는 이끼는 '식물'이 된 두 존재의 모습을 극화한다. 각각의 손상된 삶들이 서로 얽혀 '재기'할 가능성을 제시한다.[32] 완전히 다른 모양의 크리터가 모여 '실뜨기'하듯, 새로운 패턴을 주고받는다. 그러다 보면 그럴싸한 모양의 역사가 탄생하고, 그렇게 모든 존재들이 "연결되고 쪼개지고 뒤얽힌 역사 속에서"[33] 살게 될 것이다. 훼손되었던 공간을 상생의 '레퓨지아'로 전환시키며 그들은 그곳에서 다시 새 삶으로의 도약을 기약한다. 동물과 바람과 얽힌다면, 뿌리를 박은 상태에서도 가장 멀리갈 수 있는 나무처럼, 끊김과 이어짐을 반복하는 '촉수'로 세상을 더듬으며 나아갈 것이다.

5. 나가며

천선란의 세계는 해러웨이가 제안하는 세계와 마주칠 때 더 깊어진다. 자본세의 민낯을 여과 없이 드러내 분열하는 이분법과, 그 이분법으로 다시 이분화된 세상을 가늠하게 하는 힘을 부여하는가 하면, 자본세 안에서 '트러블'을 일으켜냈다. 구조 내부에서 셈해지지 않던 비인간들이 부러 일으킨 '트러블'들은 공고했던 사회구조의 '틈'을 감각하게 하는 서늘한 시선을 만들어냈다. 트러블이 없었더라면 사회는 가지각색의 계층화를 활용해 인간을 자본으로 삼고, 이를 은밀하게 "생명권력(biopower) 및 생명 사회성(biosociality)"[34]

---

32 최유미(2023), 앞의 글, 7쪽 참조.

33 도나 해러웨이(2021), 앞의 책, 48쪽.

안에 숨긴 채 영원히 존속했을 것이다. 그리고 그것이 '인류세'라는 단어 안에 숨겨왔던 자본주의의 생존방식이었다. 천선란이 그려낸 미래의 '지하세계'는 이를 어느 공간보다도 적실하게 묘사해냈다. 인간의 자본화가 한낱 자본주의의 전유방식에 불과함을 직시한 채로 폭로된 자본세는 해러웨이의 '쏠루세'와 연결되며 「이끼숲」으로 확장되었다. 지하세계에 매몰됐던 크리터들이 지상에서 다시 만날 때, 그들은 이해할 수 없는 모든 '경계'와 '이분법'을 무화시키며 '식물'로써 새로 태어났다.

아니나 다를까, 기대했던 지상낙원은 존재하지 않았다. 지상 세계는 여전히 황폐하고 악취가 풍긴다. 이전 세대 인간이 일으켰던 죄를 대속(代贖)하다 올려다 본 '진짜' 하늘은 아름답기보다 뿌옇고 쓸쓸하다. 더 이상 미래가 보이지 않는 지상을 떠나 땅콩처럼 땅을 파고든 인간들을 생존경쟁에서 밀려났다고 볼 수 있을까. 땅콩이 촉발시킨 소마와 유오의 대화는 아몬드로 이어진다. 원래라면 먹지 못했겠지만 지상시대의 인간은 우연히 '돌연변이 아몬드'를 고른 덕에 과일의 씨앗인 아몬드를 내내 견과류의 대표주자로 이해할 수 있었다. 소마가 비인간으로 변한 유오와 함께 지상에서 발견한 첫 번째 식물이 '아몬드'이고, 이를 입에 넣어보는 행위는 그러므로 그들의 입안에서 부서지게 될 아몬드가 '돌연변이 아몬드'일 희박한 확률을 믿어보는 행위와 같다. 이번에도 '돌연변이 아몬드'라면 소마와 유오에게 지상의 인간으로서의 두 번째 기회가 주어진 것일 테다. 역시나 독이 들었다면 다가오는 초봄에 그들의 육체로 복숭아꽃을 닮은 오판화(五瓣花)를 피워낼 것이다. 손등에 붙었던 이끼를 떼어내고 적극적으로 구체적인 모양의 '식물'이 되어가는 것이다. 그러므로 둘 중 어느 쪽도 비극이 아니다.

소마는 이끼숲의 초입에 있다. 이끼가 잔뜩 피어 있을 그곳은 숲의 생명력으로 "종의 분할선과 시간의 구분선을 가로지르는 무수히 많은 관계들의

산물이며 따라서 연속성과 가능성의 지대"[35]이다. 이에 미래는 재-현전됨으로써 현재에 영향을 주기 때문에 소마가 걸어갈 숲 속의 길은 시간을 거슬러 황폐화된 지구를 구해낼지도 모른다.[36] 따라서 방향을 노정하는 다음 한 걸음이 중요하다. 손에 감겨오는 이끼를 걷어낼 것인지, 이끼와 하나 되어 걸어갈 것인지 질문해보는 것은 물론, 비인간이 되었지만 유오를 두 번 다시 놓치지 않기 위해서는 '하던 가락'에서 얼마나 멀리 달아나야 하는지를 새로운 기관으로 감각해보아야 할 것이다. 조심스럽게 디디다 보면 소마의 걸음은 하나의 길을 만들 것이고, 그때마다 찍힌 발자국은 결국 이정표로 남을 것이다. 해러웨이가 "한 가닥 한 가닥을 엮어서 작은 꾸러미에서 실을 자아낼 때, 이런 세부사항들을 갖고 바로 이 세상에서 살고 죽는 데 필요한 세계들을 다시 감아나가는"[37] 방식으로 세상을 다시 직조하려 했다면, 천선란의 『이끼 숲』은 소마의 걸음이 다시 세워나가는 '이정표'를 통해 재세계화(reworlding)를 도모한다. '잘 살고 잘 죽어'보기 위해서 퇴비와 이끼, 그리고 꽃으로 꾸려지는 '식물'의 마음이 되어본다.[38] 그랬을 때 이미 세워진 표지판의 글씨는 표백되고, 폭력적인 기호작용을 잘 빗겨나면서 다시 만난 울창한 숲으로 성큼 다가갈 수 있게 될 것이다.[39] 그렇게 희망을 걸어볼 수 있는 미래는 지금-여기의 한걸음으로부터 시작된다.

35　에두아르도 콘, 『숲은 생각한다』, 차은정 옮김, 사월의책, 2018, 332쪽.

36　위의 책, 352쪽 참조.

37　도나 해러웨이(2019), 317쪽.

38　위의 책, 366쪽 참조.

39　"기호는 살아있으며 모든 자기들은 인간이든 비인간이든 기호적이다. 가장 최소한의 의미에서 자기란 기호 해석을 위한－덧없는－처소다. 즉 자기는 그에 앞서는 저 기호들과 연속성 속에 있으면서도 또한 참신한 기호를 산출하는 처소다. 인간이든 비인간이든 단순하든 복잡하든, 자기는 기호 과정의 경유지다. 자기는 기호작용의 결과이며, 나아가 미래의 자기로 결실을 맺는 새로운 해석의 출발점이다. 자기는 현재에 확고히 존재하지 않는다. 자기는 그것이 해석될 미래에 있는 해석의 처소들－미래의 기호적 자기들－에 의존하기 때문에 (……) 모든 기호작용은 미래를 창출한다."(에두아르도 콘, 앞의 책, 351쪽.)

참고문헌

1. 기본자료
천선란,『이끼숲』, 자이언트북스, 2023.

2. 논문 및 단행본
김환석 외,『21세기 사상의 최전선−전 지구적 공존을 위한 사유의 대전환』, 이성과감
　　성, 2020.
도나 해러웨이,『트러블과 함께하기』, 최유미 옮김, 마농지, 2021.
＿＿＿＿＿＿,『해러웨이 선언문』, 황희선 옮김, 책세상, 2019.
손희정,「인류세 시대 대중문화의 포스트휴먼화와 레퓨지아의 윤리: <이어스 앤 이어
　　스>(BBC)와 <서던리치: 소멸의 땅>(2018)의 ‘인간 이후’ 형상 비교」,『젠더와 문화』
　　15, 계명대학교 여성학연구소, 2022, 87-107쪽.
양윤의·차미령,「천선란 소설에 나타난 ‘비인간’의 가능성−페미니즘과 SF의 동맹에
　　주목하여」,『현대소설연구』 84, 현대소설학회, 2021, 233-263쪽.
에두아르도 콘,『숲은 생각한다』, 차은정 옮김, 사월의책, 2018.
조병철,「해양미생물의 세계−바다 속에 내리는 눈」,『과학과기술』 35, 한국과학기술
　　단체총연합회, 2002, 19쪽.
최유미,「곤란함과 함께하기」, 아트앤스터디 강의록, 2023.
＿＿＿,『해러웨이, 공−산의 사유』, 도서출판b, 2020.
현남숙,「D. 해러웨이의 다종적 생태정치: ‘함께−되기’와 ‘응답−능력’을 중심으로」,『한
　　국여성철학』 35, 한국여성철학회, 2021, 79-106쪽.

5부

가상성 시대로의 진입과 정보-신체성의 체현

14장

팬데믹 이후 포스트-픽션의 체현적 미래
—정지돈, 『…스크롤!』을 중심으로

김소정

1. 들어가며

정지돈은 2013년에 등단해 길이와 장르를 가리지 않고 왕성한 작품 활동을 이어오고 있다.[1] 그는 문학을 필두로 예술, 정치, 공간, 건축, 도시, 산책과 같은 다방면의 주제에 관심을 두고 정보를 명확한 기준 없이 나열해서 책 속에서 풀어놓기 때문에 도서관 작가[2]라는 별명을 얻기도 했다. 그의 글쓰기 스타일은 폴 오틀레가 처음 제시하고 르 코르뷔지에가 후에 제안한 문다네움(Mundaneum)[3]이라는 개념과 닿아있다. 지식과 정보의 자유로운 이용이 가능

---

[1] 최근작으로는 산문집 『당신을 위한 것이나 당신의 것은 아닌』, 문학동네, 2021; 논픽션 『스페이스 (논)픽션』, 마티, 2022; 소설집 『땅거미 질 때 샌디에이고에서 로스앤젤레스로 운전하며 소형 디지털 녹음기에 구술한, 막연히 LA/운전 시들이라고 생각하는 작품들의 모음』, 작가정신, 2023; 『인생 연구』, 창비, 2023 등이 있으며, 목록에서도 알 수 있듯이 픽션과 논픽션의 경계를 넘나들며 집필을 하고 있다. 이러한 정지돈의 작법은 『…스크롤!』에서도 비슷하게 나타난다.

[2] 김요섭, 「역사의 도서관과 번역어들—정지돈·한정현의 소설과 역사성의 재고(再考)」, 『문학들』 57, 심미안, 2019; 우찬제, 「도서관 작가와 콜라주 스토리텔링」, 『문학과 사회』 110, 문학과지성사, 2015.

[3] 문다네움은 "책, 신문, 잡지, 엽서, 포스터, 광고 전단 등 저장 가능한 세계의 모든 정보를

하도록 하는 시스템처럼 정지돈은 마치 인간 구글을 떠올리게 만드는 방식으로 자신이 알고 있는 수많은 정보를 재조합하고 배치하고 조립하며 소설을 쓴다.[4] 이러한 정보와 공간에 대한 통찰과 함께 가는 그의 분산적이고 산발적인 글쓰기는 중장편소설 『…스크롤!』[5]에서 특히 잘 드러난다.

소설은 윌리엄 버로스의 소설에서 이름을 따 온 노바 익스프레스(Nova Express, NE)와 구스타브 플로베르의 『감정 교육』에서 착안한 센티멘털 에듀케이션(Sentimental Education, SE), 두 축의 이야기로 이루어져 있다. 소설 자체가 근미래를 배경으로 장하고 있지만 NE는 조금 더 먼 미래를 다루고 있고, SE는 소설 속에서는 2021년이라고 설정되는 현재를 배경으로 한다. NE는 음모론자들을 쫓는 미신파괴자들이라는 초국가적 기관에서 일하지만 작가가 꿈인 '나'를 중심으로 다소 환각적인 이야기가, SE는 메타플렉스라는 중심이 없지만 경계가 없어 끝없이 확장할 수 있는 독특한 공간 속에 있는 서점 메타북스에서 일하는 프랜, 정키, 아타리(공돌이), 지우 등의 등장인물들을 중심으로 그들의 일상적인 이야기가 서술된다. 두 축의 이야기를 공통적으로 이루고 있는 분위기는 혼돈이다. 서사가 잘 이어지지 않을 뿐만 아니라 독자에게 제공되는 정보가 너무 많아서 어떤 것이 진실이고 어떤 것을 받아들여야 할지 혼란을 주기 때문이다. 따라서 소설의 줄거리를 한 문장으로 요약한다는 것은 불가능에 가깝다. 또한 소설 내에서 현실 세계와 가상 세계는 서로 얽히고 혼합되며 무엇이 '진짜'인지 알 수 없게 한다. 이야기 속에 많은 층위가 섞여 있어 한 번에 서사를 받아들이기 어렵다는 점이 정지돈의

모은 지식 박물관"을 말한다. 정지돈, 『스페이스 (논)픽션』, 마티, 2022, 62쪽.

4   "가장 인간적이어야 할 문학작품을 정지돈은 단지 정보와 지식의 영역에서, 재조합·배치·조립의 방식으로 썼다는 것이다. 그러므로 그의 소설은 감정을 상실한 비인간적인 소설이다. (…) 친구들은 나를 인구(인간 구글)라며 놀리기도 했다." 임인택, 「'나무위키' 해방하러…파라과이로 간 혁명가 또또」, 『한겨레』, 2023.05.26., 접속일 2023.06.07., https://www.hani.co.kr/arti/culture/book/1093426.html.

5   정지돈, 『…스크롤!』, 민음사, 2022. (이하 인용시 책 제목과 쪽수만 밝힌다.)

소설에 늘 따라붙는 평이기도 하다.

일관적인 서사를 해체하고 진실을 뒤섞는 정지돈의 작법은 언뜻 보기에 가상성을 빼놓고는 말할 수 없는 포스트-진실의 시대를 비관적으로 보여주고 있는 듯하다. 정보의 폭증으로 진실을 찾기 힘든 혼란스러운 현재를 산발적인 서사를 통해 제시하고 있는 것처럼 보이기 때문이다. 바이러스의 창궐과 같은 전무후무한 팬데믹 시대에서 불확실성은 더욱 커진다. 국경을 넘어 인터넷으로 모든 것이 연결되어 있는 세상에서 개인에게 전달되는 정보는 폭발적으로 많아지고 세상의 이해관계는 더 복잡해진다. 음모론이 만연하고 진실은 더더욱 찾기 어려워진다.[6] 이러한 현상을 '블랙박스'라는 개념으로 설명할 수 있는데 이는 분명 세상은 더 많은 일들이 벌어지고 있는데 그것이 정확히 어떤 원리로 작동하는지는 알 수 없다는 것을 뜻하는 말이다. 소설 속에서도 인물들이 처한 상황을 말하는 맥락에서 직접적으로 언급되기도 한다.[7]

하지만 정지돈의 소설을 기존의 재현 체계와 서사를 모두 해체한 냉소적이고 허무주의적인 포스트모던 이후의 소설이라고만 보기에는 아쉬운 지점이 있다. 그는 무의미해보이고 불확정적인 포스트모던한 세상에서 무작위로 정

---

[6]　실제로 작가는 팬데믹 시대에 퍼지는 음모론에 대응하기 위해 세계보건기구(WHO)가 새로운 조직을 만들었다는 것을 알게 되면서 음모론에 관심을 가지게 되었고 그로부터 소설이 시작되었다고 밝힌 바 있다. NE에 등장하는 미신파괴자들은 WHO의 미스버스터스(mythbusters)를 모델로 삼았다. 김재희, 「'가상현실'과 '메타북스'가 빚어낸 우연한 이야기」, 『동아일보』, 2022.05.26., https://www.donga.com/news/article/all/2022 0526/113624196/1 접속일: 2023.06.18. 참고.

[7]　"우리 삶에 직간접적으로 영향을 미치는 일이 벌어지고 있지만 우리는 절대 그 속사정을 알 수 업사고, 안다 해도 되돌리거나 움직일 수 없고 움직인다 해도 우리가 원하는 방향으로 흘러가지 않을 거라고. … 지우는 그런 관점에서의 세상을 블랙박스라고 불렀다. 다들 스마트폰을 조작하지만 스마트폰이 어떤 원리로 작동하는지는 모른다. 세상은 블랙박스가 증폭하는 형태로 나아가고 있다. 우리를 둘러싼 모든 기기, 사물, 조직, 제도, 관계들이 블랙박스가 될 것이다. 블랙박스를 만든 사람조차 블랙박스를 이해하지 못할 것이다." 『…스크롤!』, 148-149쪽.

보를 조합하고 수집하는 것이 아니라 '목적과 의도'를 가지고 정보를 재맥락화하고 확장해나간다.[8] 그것이 그가 소설을 쓰는 이유이고 작가의 말에서 언어가 어떤 일을 하는지 설명할 수는 없지만 언어가 그것이 담고 있는 의미보다 훨씬 많은 일을 하고 있기 때문에 언어의 힘을 믿는다고 말하는 이유일 것이다.[9] 그것이 언어의 본질이라고 정지돈은 믿는 듯하다. 그렇기에 '언어는 바이러스다'라는 윌리엄 버로스의 말을 적극적으로 끌고 오는 것이라고 볼 수 있다. 그는 언어를 통해 사태를 설명하려 하지 않는다. 다만 소설을 써나가면서 실천하고 작가로서 목도하고 있는 시대를 여러 정보와 함께 제시한다.

정지돈은 우리는 언제나 픽션 속에서 살고 있었다고 말하며 가상 세계 속에서 픽션을 경험하는 우리의 모습을 '스크롤'이라는 제목으로 표현한다. 과거에는 종이를 넘기는 방식으로 책을 읽었다면 현재의 우리는 스크린을 위아래로 움직이면서 픽션을 체험한다는 것이다.[10] 그가 소설이라는 픽션의 범위를 넓히면서 말하는 것은 메타버스와 NFT와 같이 가상성이 강조되는 세상에서 픽션을 다르게 인지하는 우리의 모습이다. 매체가 달라지면서 변화할 수밖에 없는 소설을 경험하는 방식을 정지돈은 적극적으로 고려하고 미래의 소설의 양식에 대한 탐구를 이어나가고 있는 것이다. 그는 언어가, 혹은

8　이소는 박민정, 신종원, 정지돈, 한정현과 같은 작가들을 대규모 데이터베이스들을 상대하면서도 단순히 알고리즘적인 자동화의 과정으로 소설을 써내려가는 것이 아니라 '무엇'을 '왜' 말할 것인지에 대해 고민하는 큐레이터나 아키비스트로 바라본다. 그렇기 때문에 이들은 포스트모던한 기법을 사용하지만 모더니즘에 반항적인 포스트모더니즘의 기조 아래에서 읽히지 않는다. 대신 이소는 이들을 선별한 정보들을 촘촘하게 엮어 미래를 전망하는 큐레토리얼 문학주의자라고 분석한다. 이소, 「부재하거나 사라졌거나 영원한—역사와 사물의 큐레이터」, 『문장웹진』 2021년 4월호, https://webzine.munjang.or.kr/board.es?mid=a20104000000&bid=0004&list_no=2489&act=view, 접속일: 2023.06.18. 참고

9　「작가의 말」, 『…스크롤!』, 195쪽.

10　박동미, 「"언어 생겨난 이래 우린 이미 메타버스에 살고 있어"」, 『문화일보』, 2022.05.23., https://www.munhwa.com/news/view.html?no=2022052301032412056001, 접속일: 2023.06.07.

문학이 진실이나 실재와 같은 믿음을 전달하는 것이 아니라고 본다. 그렇기에 삶에 영향을 미치는 일이 벌어지고 있지만 그에 대해 손쓸 수 있는 방법은 없는 '블랙박스'[11]와 같은 현재, 문학 혹은 작가에게 닥친 위기를 말하고 있다고도 볼 수 있다. 그러나 매체와 장르를 넘나들며 글쓰기를 이어오고 있는 정지돈은 오히려 이러한 글쓰기를 통해 문학의 미래를 말하고자 하는 것처럼 보인다. 이렇게 정지돈은 『…스크롤!』을 통해서 픽션이 단순히 재현물로만 여겨지는 것에 반기를 들고 소설에서 현실과 가상 세계의 경계가 흐릿해지는 것처럼 픽션과 현실의 경계가 무너지는 가상성의 시대 속에서 문학이 실천할 수 있는 일을 말한다. 그는 문학이 현실과 상호작용하기에 물질적인 세계만큼 중요할 수 있다는 점을 짚고자 한다.

정지돈이 『…스크롤!』을 통해 하고자 하는 현대적 글쓰기의 미래는 캐서린 헤일스가 『우리는 어떻게 포스트휴먼이 되었는가』[12]에서 강조했던 신체화와 연결지을 수 있다. 사이버네틱스의 역사 속에서 정보가 어떻게 탈신체화되었는지에 대한 과정을 분석한 헤일스는 한스 모라벡식의 마인드 업로딩[13]을 반대하며 정보의 물질성과 비물질성을 동시에 고려해야 한다는 것을 강조한다. 헤일스는 정보사회에서 인간과 기술의 결합이 이루어질 때 반드시

---

11 "우리 삶에 직간접적으로 영향을 미치는 일이 벌어지고 있지만 우리는 절대 그 속사정을 알 수 없다고, 안다 해도 되돌리거나 움직일 수 없고 움직인다 해도 우리가 원하는 방향으로 흘러가지 않을 거라고. 그것이 때로 우리를 절망하게 할지 모르지만 대부분의 경우 아주 작고 표면적인 일을 통제하고 실천하는 것에 만족하며 살 거라고.
지우는 그런 관점으로서의 세상을 블랙박스라고 불렀다. 다들 스마트폰을 조작하지만 스마트폰이 어떤 원리로 작동하는지는 모른다. 세상은 블랙박스가 증폭하는 형태로 나아가고 있다. 우리를 둘러싼 모든 기기, 사물, 조직, 제도, 관계들이 블랙박스가 될 것이다. 블랙박스를 만든 사람조차 블랙박스를 이해하지 못할 것이다."(『…스크롤!』, 148-149쪽.)

12 캐서린 헤일스, 『우리는 어떻게 포스트휴먼이 되었는가』, 열린책들, 2021.

13 각종 SF적 상상력에 많이 동원되는 개념으로 정신과 신체가 분리될 수 있다는 전제 하에 정신을 온라인에 업로딩하여 자아를 보존할 수 있다고 믿는 방식이다. 한스 모라벡은 이러한 방식으로 인간의 취약점인 신체를 극복하고 더 나은 인간으로 발전할 수 있다고 믿었다. 대표적인 트랜스휴머니즘적 사고방식이다.

체현에 대한 문제를 고려해야 한다고 주장한다. 그러한 측면에서 보게 된다면 포스트휴먼을 단지 미래에 도달해야 할 막연한 무언가로 보는 것이 아니라 이미 기술과 함께할 수밖에 없는 필연적인 현실을 마주할 수 있게 하는 개념으로 바라볼 수 있을 것이다. 그렇게 되면 기계가 인간을 지배한다거나 혹은 인간이 기술을 이용해 장밋빛 미래를 맞는다는 이분법적인 시선에서 벗어나 기술과 함께 살아왔고 또 새로운 기술과 살아갈 우리의 모습을 그려볼 수 있다.

이런 헤일스의 논의는 팬데믹 이후 더욱 더 확장되는 가상성의 세계에서 픽션을 '스크롤'하며 체험할 수밖에 없는 현실을 다루는 정지돈의 소설과 맞닿아 있다. 헤일스가 정보의 물질성에서 나아가 문학 즉, 텍스트의 물질성을 강조하며 '테크노텍스트(technotext)'[14]라는 표현을 말한 것처럼 정지돈 또한 문학이 가상성과 만나면서 매체의 변화를 겪을 수밖에 없다는 것을 말한다. 소설에서 내내 강조되는 것도 가상과 현실이 뒤섞이면서 생기는 혼돈이며, 이는 가상이 곧 현실이 될 수 있다는 점에서 비롯된다. 물질 세계와 가상 세계를 오가며 현존과 부재, 패턴과 임의성의 문제를 건드리는 그의 소설은 소설 내부의 서사에서부터 시작해서 소설 바깥의 현실까지 영향을 미친다.

따라서 이어지는 2장에서는 소설에서 현실과 가상 세계의 경계를 무너뜨리는 중요한 기제인 환각제에 대해 살펴본다. 소설 전반을 혼란스럽게 만드는 마약과 사이키델릭, 그리고 사이버네틱스의 관계를 시스템과 관찰자의 경계에 대해 다루는 재귀성 개념으로 살펴본다. 3장에서는 소설이 진행되는 방식과 분산적인 구조를 통해 폭발하는 엔트로피를 창발하는 가상성 개념으로 분석해보고자 한다. 마지막 4장에서는 현실과 가상의 경계가 흐려지게 하는 소설 내적인 요소를 바탕으로 그것이 어떻게 메타적으로 소설 외적인

---

14   Lisa Gitelman, 「'Materiality Has Always Been in Play,'」, 『Iowa Journal of Cultural Studies』 2.1, 2002, 12쪽.(이동신, 『포스트휴머니즘의 세 흐름: 캐서린 헤일스, 캐리 울프, 그레이엄 하먼』, 갈무리, 2022, 52-53쪽에서 재인용.)

현실까지 영향을 미치는지 살펴보려 한다.

2. 환각이라는 가상세계의 진입로

소설 전반을 지배하고 있는 분위기는 혼란스러움이다. 연결되지 않는 두 갈래의 서사도 물론 그렇지만 소설 내부에서 인물들을 혼란스럽게 만드는 캔-D와 같은 향정신성 약물의 영향이 가상과 현실의 경계를 무너뜨린다. 캔-D는 필립 K. 딕의 소설 『파머 엘드리치의 세 개의 성흔』에 나오는 환각제와 같은 이름으로 작가가 딕의 소설에서 차용했다고 참고 문헌에 직접 밝히고 있기도 하다.[15] 캔-D가 NE에서 중심적으로 나오는 약물이라면, SE에서도 두꺼비 독이 들어있는 음료나 합성 사이키델릭 약물을 통한 실험과 같이 환각제라는 소재가 중요하게 부각된다. 이러한 환각제들을 통해 소설 속의 인물들은 현실과 가상의 구분이 어려워지고 자아가 망실되는 경험을 한다. 그들은 더 큰 무언가와 통합되거나 알고 있던 것의 경계가 무너지는 일을 겪는다. 이를 통해 권위 있고 신뢰할 수 있는 무언가가 존재하지 않는다는 점을 실감하게 된다. 이는 소설에서 음모론을 주요하게 다루고 있는 이유가 되기도 한다.

이러한 경계의 혼란은 1단계 사이버네틱스에서 2단계 사이버네틱스로 넘어가게 하는 중대한 기점이 된다. 1단계 사이버네틱스는 항상성을 강조하며 자유주의적 휴머니즘 주체의 독립적이고 자율적인 자아가 유지되는 것을 중시한다. 하지만 사이보그와 같은 기계와 결합한 신체가 점점 필연적으로 마주칠 수밖에 없는 존재가 되면서 기계도 인간처럼 자율적인 개체로서 존재할 수 있다는 가능성은 자유주의적 휴머니즘 주체로서의 인간 개념을 위협한

---

15 『…스크롤!』, 197쪽.

다. 따라서 내부와 외부와의 경계가 자꾸만 흐려지고 인간이 통제할 수 있다고 믿었던 정신이 바깥에도 존재할 수 있다는 가능성은 2단계 사이버네틱스가 등장하게 된 배경이 된다.

재귀성(reflexivity)을 중시하는 2단계 사이버네틱스는 시스템을 설명하는 데 관찰자를 포함시킨다는 점에서 획기적인 변화를 가져왔다. 자기반영성이라고도 번역되는 재귀성은 꿈속의 꿈처럼 무한히 반복된다. 현실을 만들어내는 시스템이 다시 현실의 일부에 포섭된다는 개념의 재귀성은 "세상을 이해하기 위해서 이 세상에 부여한 경계를 헝클어뜨리고 혼란스럽게 만들기 때문에 전복적인 효과"[16]를 가진다. 그리고 이렇게 경계가 흐려지면서 자아가 확장될 수 있다는 믿음은 마약과 같은 약물을 이용한 사이키델릭과 연관성이 높다. 헤일스는 "마약중독자의 신체는 현존이 어떻게 저항과 증폭 지점을 거쳐 <정보로서의 마약>의 흐름이 만들어 내는 조립과 해체 패턴으로 대체되는지 증명하기 때문에 포스트모던 돌연변이종을 보여 주는 전조"[17]라고 설명한다. 이렇게 환각제는 지각하는 주체와 대상이 하나의 개체로 통합되는 경험을 선사하며 현실과 가상의 경계를 흐린다.

2단계 사이버네틱스의 재귀성 개념을 탐구한 사회학자 그레고리 베이트슨은 특히나 사이버네틱스와 사이키델릭과의 연관성에 천착한 연구자다. 그는 마음과 자아의 확장을 예술 분야에서 실험했는데 LSD가 일으키는 마음의 차원에 대해 관심을 가지고 "자아와 음악의 구분이 사라지고 지각하는 주체와 대상이 기이하게도 하나의 개체로 통합되는 경험"을 말한다. 그는 "마약 경험이 일으키는 환각의 마음 상태가 참여의 감각을 회복하도록 하여 수동적인 수신인 관람에서 능동적인 발신인 창작, 나아가 송수신에 대한 비평까지 동시에 일어나게 한다고 주장"했다. 그는 이러한 환각제를 통한 참여적인

---

16   캐서린 헤일스, 앞의 책, 34쪽.

17   위의 책, 91-92쪽.

예술의 실현이 여러 차원의 마음을 통합하고 커뮤니케이션을 활발하게 한다고 보았다.[18]

　　캔-D를 맞으면 뇌에서 자아를 담당하는 부위들의 연합인 디폴트 모드 네트워크가 비활성화된다. 성인들에게만 관찰되는 영역인 DMN은 자아 성찰, 도덕적 추론, 타인의 감정과 미래에 대한 계획 같은 메타인지 과정을 수행할 때 활성화되며 변연계 영역을 억제한다. 다시 말해 뇌의 엔트로피를 억제해 자아라는 일관성 있는 정신, 프로이트가 2차적 의식이라고 말한 고집불통의 인간성을 만들어 내는 것이다. 중심이 있어야 주변도 있다. 내가 존재해야 세계가 질서정연하게 파악된다. 그런 나를 뇌의 작용이 만든다는 거. 세계와 나의 분리감 형성, 필수 거리 확보. 이거 없으면 우리 다 죽음. 문제는 캔-D를 너무 많이 맞으면 DMN이 비활성화되는 정도를 넘어 실제 물리적 경계가 와해된다는 사실이다. 진짜 진짜 내가 없어진다. 존행불은 깜빡깜빡 하는 신호 같은 거다. 있다 없다 하는. 그런데 치사량이 넘으면 자칫 완전 소멸, 완전 통일, 진짜 진짜 현실과 하나가 되는 거지"(『…스크롤!』, 99-100쪽)

정지돈 또한 사이키델릭 약물이 특히나 2020년대의 가상 세계에서 자아의 확장에 어떤 영향을 미치는지에 골몰하고 있다. 위의 인용문은 캔-D를 맞게 되면 자아에 생길 수 있는 상황을 묘사한 것이다. 환각제를 신체에 주입하게 되면 자아를 관장하는 디폴트 모드 네트워크(Default Mode Network, DMN)가 비활성화되고 이성적인 정신을 유지하지 못하게 된다. 나를 중심으로 세계를 인식할 수 있는데 자아의 경계가 흐트러지기 때문에 세계 또한 명확하게 판단하지 못하는 지경에 이른다. 소설에서는 이런 상태에 이른 사람들을

18　김성은, 「사이버네틱스 서정: 그레고리 베이트슨과 백남준의 '마음' 접속사」, 『NJP 리더 #7 공동진화: 사이버네틱스에서 포스트휴먼』, 백남준아트센터, 2017, 160-161쪽.

존재론적 행불자(존행불)이라고 부른다. NE에서 '나'는 음모론을 쫓는 미신 파괴자들로 일하는데 이들이 쫓는 것이 바로 존행불자이다. 음모론의 중심에는 인도주의 양파 연합(인양연)이라는 단체와 「어니언 월드」라는 게임이 있는데 이 게임을 클리어하기 위해서는 「월드 게임」 확장팩을 설치해야 하고 거기서 증강 현실판인 「어니언 월드」에 진입해야 한다. 다만 이 세계에 진입하기 위해서는 환각제에 취한 존행불자가 되어야 한다는 것이 문제다.

존행불자는 처음에는 온라인 게임 속에 빠져들어간 사회의 부적응자 및 정신병자, 중독자로 여겨졌다. 하지만 점점 캔-D가 만들어내는 연결이 물질적인 영역으로까지 침범하게 된다. "수소가 헬륨으로 헬륨이 베릴륨과 탄소로, 탄소가 단백질 분자로 결합해 중합체를 이루고 RNA와 생명을 창발했듯 물질적 현실의 영역을 창발시켰다"[19]는 소설의 문장처럼 이들의 존재는 물질적인 현실까지 영향을 미치기 시작했다. 이들은 더 많은 음모론이 퍼지길 원하고 더 많은 연결을 원한다. 인양연은 디지털과 아날로그의 구분이 무의미한 '마리아나스 웹'과 같은 공간[20]에서 존행불자들의 데이터를 거래한다. 이것을 소설에서는 죽은 혼 거래(데드스왑)라고 부르고 동료인 에프와 지와 함께 '나'는 캔-D를 맞고 존행불자가 되어 두 공간에 동시에 존재해 인양연의 이와 같은 거래를 단속하러 간다. 무엇이 진실이고 실재일까. 소설에서는 내내 무엇이 현실인지, 게임이 온라인 공간에서 일어나는지, 그것이 오프라인에까지 어떻게 영향을 미치는지 명확하게 설명해주지 않는다.

SE에서도 현실과 가상의 경계를 흐리는 지점은 여러 군데에서 나타난다. '나'와 공돌이와의 대화에서는 「폴리비우스」라는 한 게임이 언급된다. 게임은 2주 동안만 유통되었는데 실제로 플레이한 사람들에게 환각을 일으키고

19　위의 책, 139쪽.

20　'웹'이라는 이름이 붙었지만 이곳은 사실 오프라인 공간이기 때문에 찾기 힘든 전설 속의 웹이다. 소설 속에서 온라인과 오프라인의 경계를 무화시키는 하나의 장치이다.(위의 책, 79-80쪽 참고.)

기억상실, 광과민성 발작, 살인 충동, 자살까지 일으키기 때문이었다. 프로그래머 또한 게임계를 떠나고 후에 이에 의문을 품은 다른 플레이어들조차 의문의 사건에 휘말린다. 또한 메타플렉스를 찾은 손님에게서 상상의 동물로 알려진 유니콘을 보았다는 목격담이 들려오는데 이는 유니콘을 조작하는 「포니 아일랜드」라는 AR(Augmented Reality, 증강현실) 메타인디게임 때문인 것으로 추정된다. 게임 내에서 오류가 생겨 유니콘이 현실로 유출된 것이다. 증강현실게임이라는 특성 자체에서부터 게임이라는 가상이 현실에 실제로 영향을 미친다는 것을 함의한다고 볼 수 있는데 소설에서는 한 발 더 나아가 가상이 실재가 되는 모습을 보여준다. 「폴리비우스」처럼 「포니 아일랜드」를 플레이하는 플레이어들은 현실의 자아를 게임 속의 세계와 일치시켜야만 한다. 가상의 세계에만 영향력이 머무른다고 생각했던 것이 경계를 넘어 현실 세계에까지 치명적인 영향을 미치는 것은 역시 혼돈을 불러일으키는 부분이다.

또한 소설의 후반부에 프랜과 아타리는 모종의 사건을 계기로 메타북스를 그만두고 비트(bit) 호텔에서 일하고 있는 정키를 만나러 미국의 데저트 핫 스프링스 지역으로 향한다. 정키는 친구들에게 합성 사이키델릭 약물 임상 시험에 참여해줄 수 있냐고 묻는다. 정키가 일하고 있는 비트(bit) 호텔이 소설에서 주요하게 참고하고 있는 윌리엄 버로스와 같은 작가들을 일컫는 비트(beat) 제너레이션에서 따왔다는 점과 '정키(junkie)'라는 이름이 마약중독자를 뜻하고 버로스의 소설 제목과 일치한다는 점에서 정키가 임상 시험을 제안한다는 점은 의미심장하다.

검사가 끝나고 미스티컬 익스피리언스 퀘스처너리, 줄여서 MEQs라는 제목의 설문지를 작성했다.

매우 그렇다에서부터 전혀 그렇지 않다까지 5점 척도로 평가한다면, 귀하가 평상시 갖고 있던 정체성을 얼마나 잃어버렸습니까? 순수한 존재를 어느 정도

경험했다고 느낍니까? 더 큰 전체와의 융합을 어느 정도 느낍니까?(『…스크롤!』, 107쪽)

임상 시험을 한 참가자에게 주어지는 질문지에는 위와 같은 질문들이 적혀 있다. 얼마나 평소의 자아를 유지할 수 없었느냐에 대한 질문이다. 이런 질문을 하는 이유는 똑같은 약물을 복용한다고 해도 그 효과는 그것을 복용하는 사람에 따라, 복용시기에 따라 달라지기 때문이다. 물론 약물을 통해 독립적인 자아를 유지하는 것이 어려워지는 것은 누구나 공통적으로 경험하는 것이겠지만 어느 정도인지는 구체적인 상황 속에서 달라진다. "사이키델릭 약물은 언제나 관계 속에서 상호작용했다. 이 점이 이 약물을 시험하는 데 어려움을 겪는 가장 큰 이유라고 했다. 동시에 그 점이 가장 중요한 특징이기도 했다. 인간이 생화학적 기계인 동시에 예측 불가능한 생명이라는 뜻이니까."[21] 환각제가 그것을 복용하는 사람과 개별적인 관계 속에 놓여 있다는 것을 강조하는 이 문장은 단순히 인간이 환각을 통해 자아의 확장을 이뤄 기계처럼 작동할 수 있다는 트랜스휴머니즘적인 가능성만을 고려하는 것이 아니라 예측할 수 없는 생명체이며 약물이 신체에 적용되어 체현되었을 때를 고려해야 한다는 것을 강조하는 것으로 읽힌다. 그리고 이러한 예측 불가능성과 복잡성은 『…스크롤!』이 단지 폐쇄적인 재귀성 개념에서만 분석될 수 있는 것이 아니라 창발적인 가상성 개념과 연결될 수 있다는 근거가 된다.

3. 자본주의와 문학적 현실의 증가하는 엔트로피

소설을 선형적이고 일관적인 단일한 서사로 파악할 수 없는 또 다른 이유

---

21   위의 책, 186쪽.

는 너무 많은 정보가 어떤 중심 줄기로 꿰어져 있지 않기 때문이기도 하다. 일반적으로 우리가 받아들이는 전통적인 서사는 인과관계가 분명하고 등장하는 정보들이 결말 부분에 가면 통합되고 봉합된다. 하지만 『…스크롤!』에서의 정보는 하나의 이야기로 수렴되지 않고 각각의 방향으로 분산된다. 정지돈은 이러한 방식으로 소설을 쓴 이유를 그것이 우리의 일상과 더 닿아 있기 때문이라고 말했다. 인과가 분명한 서사를 받아들이면서 우리는 그것을 우리 삶의 내러티브라고 여기는데 사실 일상은 그렇게 뚜렷한 원인과 결과로 이루어지지 않고 뚝뚝 끊기는 경우가 많다. 어떤 것에 대한 진실을 찾지 못하는 경우도 많다. 그런 지점을 남겨 놓기 위해 그는 소설 속에서 분명 연결되는 지점은 있지만 확실하게 연결되지는 않도록 정보들을 산발적으로 흩뜨려 놓은 것이다.[22]

소설이 분산적으로 읽히는 것은 무엇보다도 NE와 SE로 나뉘어져 따로따로 전개되는 서사구조 때문일 것이다. 소설 전체를 보았을 때 서사를 이끌어 나가는 중심인물은 존재하지 않는다. NE에는 '나'라는 일인칭 화자가 등장하긴 하지만 NE의 '나'가 SE의 특정 인물과 연결되어서 소설의 완결된 서사를 제공하는 데 일조하지 않는다. 그런가 하면 SE에는 프랜, 정키, 지우, 경태, 아타리(공돌이) 등의 인물들이 등장한다. 많은 인물들 중 누구 하나가 서사를 이끌어나가는 중심인물이라고 보기 어려운 것은 이들의 이야기가 누군가에게 치우쳐지지 않고 서술되고 있기 때문이다. 이러한 면면을 잘 보여주는 것은 특히 이들이 함께 대화를 나누는 모습이 소설에서 서술될 때이다.

22　신재우, 「[신재우의 작가만세] 정지돈 "제 소설이 이해가 안 된다고요? 현실도 그렇잖아요"」, 『뉴시스』, 2022.06.06., https://newsis.com/view/?id=NISX20220605_0001897335&cID=10701&pID=10700, 접속일: 2023.06.19.

프랜 정키 지우

  아라비안란타(Arabianranta)는 헬싱키 북동쪽 아라비아만에 접해 있는 지역의 이름이라고 정키가 말했다. 란타(ranta)는 헬싱키어로 해안이라는 뜻이다. 헬싱키 가상 마을(Helsinki Virtual Village). 일명 HVV는 이곳에 만들어진 신도시다. 그럴듯해 보이지만 송도나 세종시에서 도입한 스마트 시티와 별다를 게 없는 곳으로 도시의 모든 장소에서 인터넷에 접속할 수 있으며 웹의 모든 활동과 데이터의 영역을 물질적 층위와 겹치는 걸 목적으로 한다. 물론 가상 공간 역시 물질적이다. (…)

  그렇지만 가상 음식을 먹을 순 없지. 지우가 말했다. (…)

경태 그 외

  정보과학의 숨겨진 아버지 폴 오틀레의 인터넷에 대한 구상은 바네바 부시보다 10년, 테드 넬슨보다 30년, 팀 버너스 리보다 60년 앞섰지만 거의 대부분의 사람들에게 알려지지 않았다. (…) 최초의 개인용 정보검색기 몬도테크(Mondothèque)에 대한 구상은 브뤼셀 레오폴드파크의 창고 속에서 썩어 가고 있었다. 폴 오틀레가 다시 발견된 건 사후 60년 뒤였고 구글은 재빨리 그를 자신의 시조로 삼아 정전 작업에 들어갔다.

  직는 폴 오틀레의 요점이 인터넷이나 하이퍼텍스트 운운에 있지 않다고 했다. (…)

(『…스크롤!』, 46-50쪽)

  46쪽에서부터 50쪽까지 걸쳐 서술되어 있는 두 그룹의 대화는 이런 식으로 개별적인 단으로 구성되어 따로 서술된다. '프랜 정키 지우' 그룹의 이야기는 각 페이지의 왼쪽 단을 차지하고 있고 '경태 그 외'로 구성된 그룹의 이야기는 오른쪽 단을 차지하고 있다. 이들은 각각 헬싱키 가상 마을과 폴 오틀레의 인터넷에 대한 구상 및 정보 폭증에 대해 말하고 있다. 이러한 서술은 한 번에 하나의 이야기만 전달한다는 이야기 구조의 전형성을 깨고 여러 개의 목소리가 동시에 존재할 수 있음을 보여준다. 스크롤을 내려서 읽어야 하는 현대의 읽기 방식을 반영한 것처럼 보이기도 하는 나열을 통해 독자는 서로 다른 두 가지의 이야기를 동시에 받아들이는 분산적인 읽기를 체험한다.

이렇게 최대 엔트로피를 향해 가는『…스크롤!』의 세계에서 인물들은 비동시성을 감각하고 혼돈을 겪으며 살아간다. 지우는 도시인류학을 연구하고 참여와 현장 연구에 큰 가치를 부여하는 인물인데 그는 "4차 산업혁명, 통섭, 공유 경제, 가상 경제, 디지털, 미디어 철학, 기술 철학, 포스트휴먼, 트랜스휴머니즘, 사이퍼펑크, 암호 화폐, 게임 이론"[23]과 같은 유행에 싫증을 느낀다. 이런 모든 것들은 실체가 없고 변화나 새로움 혁신 같은 것들은 부자들을 위한 것이라고만 느껴진다는 것이다. 프랜 또한 "모든 기준과 보편성이 물에 넣은 초콜릿 파우더처럼 녹아내리"[24]는 경험을 한다. 그 외에도 소설 속에 등장하는 인물들, 특히 현재로 설정되어 있는 SE의 일상을 살아가는 캐릭터들은 정보 사회의 영향 아래에 살면서도 각자 다른 삶을 살아간다. 소설은 이러한 다양한 인물들의 목소리를 지우는 방식이 아니라 그대로 드러냄으로써 문학의 민주주의를 시도하는 것처럼 보인다.

위와 같은 소설의 서술방식은 정보를 극단적으로 증가시키는 방법이다. 이는 복잡성과 혼돈을 야기하고 너무 많은 정보가 떠돌아다녀 엔트로피가 증가할 수밖에 없는 현실을 반영한다. 프레드릭 제임슨이 정보 사회가 자본주의의 가장 순수한 형태라고 말한 것처럼 극단적으로 폭발한 정보는 나아가 자본주의와 결합해 NFT나 크립토 자본주의와 같은 용어를 낳는다. 정보를 과잉 생산하는 것은 노이즈를 제거하고 엔트로피를 감소시키는 권력의 통제에서 벗어나 민주주의 혹은 자유주의를 실천하려는 노력의 일종이기도 하기 때문이다. 기존의 자본은 통제에서 벗어나기 힘든 반면 가상 세계 속에서

23　『…스크롤!』, 51쪽.

24　위의 책, 89쪽.

유통되는 가상 화폐나 NFT는 체계적인 관리 체제가 마련되어 있지 않아 국가나 은행의 감시에서 벗어나 개인이 자유롭게 거래할 수 있다. 소설에서 메타북스의 대표인 잭슨 주는 이러한 이상적 자유주의를 추구하는 인물로 등장한다. 그리고 메타피플은 크립토아나키 원리주의자들로서 자유주의를 극단으로 밀고 가 테러를 계획하는 단체로 NFT 작품을 훔치는 단체로 등장한다.

여기서 또 살펴볼 만한 것은 SE에 등장하는 메타북스가 속한 메타플렉스라는 독특한 공간이다. 메타플렉스는 중심이 없고 경계가 없는 곳으로 용산에 있지만 용산보다 규모가 큰 것으로 설정되어 있다. "그곳에 있지만 더 이상 그 자체의 이름으로 현전하지 않는, 그 자신의 실재로는 더 이상 가시화되지 않는 실재이자 개념으로 내용이나 형태 없이 명명 그 자체로 내재하는 어떤 '자산'"[25]인 메타플렉스는 인공생명처럼 끝없이 범위를 확장해나가는 가상성을 잘 표현하는 가상공간이다. 프랜과 정키가 일하는 서점 메타북스는 메타플렉스에 입점한 곳 중에 가장 대표적인 곳으로 소개되는데 메타북스는 한 곳에 정착되어 있는 것이 아니라 여러 군데에 산발적으로 배치되어 있다. 책과 관련된 디지털 정보가 메타북스의 촉수가 되는데 이는 여러 개의 촉수로부터 정보를 수집하고 통합하는 분산인지의 개념을 떠올리게 한다. 폭발하는 정보, 중심이 없는 분산인지, 창발적인 가상성을 모두 함축하고 있는 것이 이 메타플렉스라는 공간일 것이다.

NE에서는 '사람들이 어떤 상황을 현실이라고 정의하면 그 상황은 결과적으로 현실이 된다'는 제목이 붙은 부분에서 현실의 일관성을 어지럽히고 끊임없는 노이즈를 불러일으키는 음모론에 대해 이야기한다. 이는 대안 현실을 실제로 만들 수 있다는 주장을 담고 있기에 자기 계발의 표어로서 쓰이던 것인데 지금은 허황된 상상이라고 여겨지는 음모가 현실이 되기도 하므로

---

25   위의 책, 26쪽.

음모론의 슬로건으로 쓰인다. 음모는 곧 노이즈로써 현실의 엔트로피를 증가시키는 하나의 요인이 되는 것이다.

> 인양연의 말은 목적도 의미도 일관성도 없고 실체도 없는 단지 지껄이기 위한 말, 말을 위한 말에 불과하다. 어떻게 없음에서 있음이 출현한단 말인가. 인양연은 일반적인 음모론자와 달리 세계의 비밀을 밝히려고 하지 않았고 고뇌와 고통 속에 빠져 있지도 않았다. 그들이 원하는 건 단지 더 많은 음모론의 확산이다. 대안 현실의 무한한 복제와 충돌, 연쇄. 캔-D는 과거와 미래를 연결하는 자아를 뒤집어 우울과 불안으로부터 우리를 해방시킨다. 우리가 몰랐던 건 우울과 불안이 존재와 인간성의 핵심 구성 요소였다는 사실이다. 그렇다면 우리는 무엇인가. 존행불은 묻는다. 세계는 끊임없이 반향하는 질문의 에코로 가득찬다.(『…스크롤!』, 139쪽)

음모론자들의 단체인 인양연을 쫓는 미신파괴자들은 캔-D가 "기존의 연결을 해체하고 새로운 연결을 만들어 내는 방법이 아니라 이러한 연결이 물질적 영역을 넘어서는 시점"에 의문을 갖고 이를 파헤치려고 한다. 모든 것이 연결되어 있다고 가정하는 음모론자들 특유의 망상 체계 때문에 온라인상에서나 가능하던 것이 오프라인에서도 벌어지기 시작했고 물질적인 세계로까지 영향을 미치게 되었기 때문이다. 미신파괴자들에게 인양연의 주장은 단지 '말을 위한 말'로 들릴 뿐이다. 정지돈은 작가의 말에서 이러한 음모론에서 통용되는 언어의 논리를 가리키는 '라팔리사드(lapalissade)'에 대해 말하는데 그는 이것이 어쩌면 언어의 본질일 수도 있다고 말한다. 라팔리사드는 프랑스어로 동어반복과 같은 당연한 말을 일컫는다. 언어는 대단한 의미를 지니고 있지 않고 어떠한 의미를 전달하는 것이 아닌, 그러나 설명할 수 없는 무언가를 전달한다는 것이다.

이는 곧 사이버네틱스의 창발적인 가상성과도 연결된다. 바렐라는 재귀성

개념에서 나아가 가상성 개념을 적극적으로 사이버네틱스에 끌어온 학자이
다. 마투라나와 바렐라는 모두 재귀성 개념을 적극적으로 끌어와 유기체의
시스템을 설명했다. 하지만 관찰자가 시스템 외부에서 지켜보면서도 시스템
내부에 속할 수밖에 없는 순환적이면서도 폐쇄적인 이해방식은 또한 역시
경계 문제에 부딪히게 된다. 재귀성 개념에서 중요하게 다뤄지는 자기 생성
시스템이 다른 유기체 혹은 기계에서도 발견될 수 있다는 점 때문에 그러하
다. 따라서 자유주의적 휴머니즘 주체를 극복하면서도 다시 굴레에 갇히게
되는 닫힌 원형의 구조를 띠는 자기 생성 시스템의 한계를 깨달은 바렐라는
마투라나의 이론 노선에서 갈라져 나와 스프링의 모양으로 설명될 수 있는
창발적인 가상성 개념을 중시하는 쪽으로 나아간다. 소설의 구조와 서술
방식이 야기하는 정보의 과잉과 무수한 노이즈의 개입은 수많은 목소리의
출현을 가능하게 하고, 이러한 소설의 영향력은 단지 소설 내부에서만이
아니라 현실 세계에까지 영향력을 미쳐 스스로 창발하는 생명체처럼 스프링
의 모양으로 튀어오른다.

4. 감염시키는 언어와 문학 텍스트의 신체화

윌리엄 버로스가 이야기하기도 했던 '언어는 바이러스다'[26]라는 말은 정지
돈의 소설을 관통하는 하나의 메시지 같다. 정보의 나열은 혼란스러움을
유발하고 이 혼돈은 결국 언어를 통해 소설을 읽는 독자들에게 전달된다.
마치 바이러스처럼 텍스트를 넘어 실제 현실에까지 영향을 미치는 것이다.
그리고 이것은 그가 픽션과 논픽션의 경계를 오가며 전방위적인 글을 써내려
갔기 때문에 가능한 일이고 그렇기에 정지돈의 텍스트는 무엇보다도 실질적

---

26   위의 책, 37쪽.

인 물질성을 갖고 현실과 공명한다. "우리는 감각지각문서를 '텍스트의 신체화'라는 관점에서 접근해야 한다. 텍스트-정보가 유기적 신체를 가질 때 그것은 어떤 종류의 감각을 수반하는가. 감각-텍스트는 정보의 정의를 어떻게 변형하는가. 앎의 차원은 어디까지 이동할 수 있는가."[27]라며 인물의 말을 빌려 작가는 텍스트가 현실의 감각과도 연결될 수 있다는 점을 강조하고 있다.

『…스크롤!』이 메타픽션의 특성을 띠고 있다는 건 소설 곳곳에서 드러낸다. 우선 가장 쉽게 발견할 수 있는 건 NE와 SE에 모두 글쓰기와 관련된 공간이 드러난다는 것이다. 두 서사는 직접적으로 연결되지는 않지만 전자에는 노바스페이스라는 가상 텍스트 플랫폼과 후자에는 서점이 등장하며, 모두 글을 쓰는 인물들이 등장한다는 점에서 이 소설이 근미래의 혼란스러운 정보 과잉의 사회와 글쓰기를 연결 짓고 있는 메타소설이라는 것을 짐작해볼 수 있다.[28] 작가 또한 직접적으로 "두 이야기의 관계는 픽션과 현실의 영향력을 생각하게 만드는 장치"라며 "책과 현실 세계가 분리돼 있는 것 같지만 서로 영향을 주고받듯이, 별개인 것 같은 소설 속 두 갈래 이야기에서 공통적으로 등장하는 소재나 문장을 찾아내는 재미가 있을 것"[29]이라고 밝히고 있다.

---

27 위의 책, 50쪽.

28 "우선 다음 일곱 가지를 기억해. 리가 말했다.
첫째, 인사를 잘하자.
둘째, 합평에는 열린 태도.
셋째, 다른 사람을 질투하지 마세요.
넷째, 자신을 부끄러워하지 마세요.
다섯째, 쓴 물건은 제자리에.
여섯째, 꽃을 꺾거나 밟지 말고.
일곱째, 의미에 대해서 질문하지 말기."
위의 인용문은 노바스페이스에서 어떤 텍스트가 현실이라고 합의할 수 있는 자격을 취득하기 위해 지켜야 할 7개의 강령이다. 합평에 참여하기 위한 계명과도 같은 것이라 소설이 가상시대의 글쓰기를 염두에 두고 있다는 것을 짐작할 수 있게 만드는 구절이다.(위의 책, 12쪽.)

이거 봐 봐. 내가 설문지를 가리키며 말했다. 임상 시험에 대한 질문이 아닌
거 같지 않아? 프랜이 질문을 보려고 고개를 숙였다.

경험을 다른 사람과 공유하기 어렵다는 느낌은 어느 정도입니까.

경험을 표현할 적절한 언어가 없다는 감각은 어느 정도입니까.(『…스크롤!』,
191-192쪽)

소설의 가장 마지막 문장은 정키가 친구들에게 제안했던 임상 시험의 검사
지 질문이다. SE에서 프랜이 중심인물로 서술되었다면 가장 마지막 부분에
서는 '아타리 다이어리'라는 제목으로 메타북스에서의 일로 말을 잃은 아타
리의 시점에서 소설이 전개된다. 아타리가 미국에서 겪었던 일을 시간의
흐름대로 적고 있는 일기를 독자는 목도한다. 미국을 떠나는 비행기에서
'나'인 아타리는 다시 MEQs의 질문들을 살펴본다. 앞서 2장에서 인용된
문구에서는 약물이 신체에 주입되면서 생길 수 있는 특정한 현상들에 질문하
는 것으로 읽히는데 다시 살펴볼 때는 단지 임상 시험에 관한 질문으로만
읽히지 않는 의미심장한 지점이 있다. '경험을 다른 사람과 공유하기 어렵다
는 느낌'과 '경험을 표현할 적절한 언어가 없다는 감각'은 꼭 글을 많이 읽지
않는 시대에 글쓰기를 해나가는 작가들의 고뇌와 연결되는 것처럼 보인다.

언어가 생겨난 이래로 소통불가능성은 언제나 있어왔던 화두였다. 언어는
기표와 기의의 차이로 인해 수용자에게 언제나 온전한 의미를 전달하는 데에
실패한다. 그러나 가상의 세계가 현실의 세계에 침입해 들어오는 정보 사회
에서 불확실성은 더욱 더 커진다. 헤일스는 라캉의 부유하는 기표에서 나아
가 정보 기술이 작용하는 영역의 언어를 명멸하는 기표로 설명한다. 정보
사회에서 현존과 부재가 아니라 패턴과 임의성의 변증법이 강조되면서 언어

---

29 구은서, 「"난해한 소설 쓴 이유?…단숨에 읽히기보다는 생각할 거리 주려고"」, 『한경문화』,
2022.06.13., https://www.hankyung.com/life/article/2022061375251, 접속일: 2023.06.07.

에는 노이즈가 끊임없이 임의로 침입할 수 있게 되었고 이로 인해 기표는 차이의 풍요로운 내적 유희를 향해 열려 있는 곳이 된다.[30]

　이희우 또한 『…스크롤!』이 "정보 과부하와 무질서를 선으로 보느냐 악으로 보느냐"[31]에 대한 문제를 다루고 있으며 이것이 현대적 글쓰기에 대한 메타적인 소설이라고 보고 있다. 소설은 문학적 자유주의가 극단으로 치닫는 한 방향과 이러한 흐름에 역방향으로 보수적인 우경화 또한 함께 일어나는 현재의 정보 사회에서 나타날 수 있는 딜레마를 말하고 있는데 현대의 글쓰기 또한 그러한 경향을 띠고 있기 때문이다. 모더니즘적인 재현의 한계에 부딪히고 새로운 소설의 가능성을 모색하기 위해 현대의 글쓰기는 전위적이고 실험적인 방식을 추구하는 경향으로 나아가고 있다. 마치 정보의 엔트로피가 증가하는 것처럼 혼종적이고 의미를 명확히 규명할 수 없는 언어들로 가득 차게 되는 글쓰기가 늘어나고 있는 것이다. 이희우는 정지돈의 『…스크롤!』을 중심이 없지만 동시에 모든 곳에 존재하는 메타플렉스에 비유하며 이러한 현대적 글쓰기의 일종으로 보고 있다.[32]

　그러나 전위 문학으로서 자유주의적이고 민주주의적인 글쓰기가 늘어나는 한편으로 신자유주의적 자본주의 이념 아래에서 자기 실현을 위한 글쓰기 또한 증가하고 있다. 다양한 플랫폼에서 자신의 의견을 표출할 수 있게 되면서 모든 사람이 예술가가 될 수 있는 통로가 마련되었다. 그에 대한 반향으로 가벼운 에세이류가 많이 출간되는 것을 들 수 있다. 음모론의 증가 또한 "늘어나는 불안정성과 정보에 공백에 관한 편집증적 반작용"[33]으로 문학적 자유주의를 추구하면서 필연적으로 생겨날 수밖에 없는 현상이다.

<ol>
<li value="30">캐서린 헤일스, 앞의 책, 72쪽.</li>
<li value="31">『…스크롤!』, 49쪽.</li>
<li value="32">이희우, 「문학적 자유주의의 막다른 골목―정지돈, 『…스크롤!』(민음사, 2022)」, 『문학과사회』 139, 문학과지성사, 2022, 359-361쪽.</li>
<li value="33">위의 글, 359쪽.</li>
</ol>

정지돈의 글쓰기는 그렇기 때문에 진보적이고 자유적인 시도를 한다는 점에서 새로운 문학의 미래를 열어가는 데에 일조하기도 하지만 난해하고 이해하기 어렵다는 오명을 쓰기도 한다. 우리는 점점 더 복잡해지는 사회에서 단순하고 간결한 진실을 말하는 정보를 얻기를 원한다. 그러한 흐름에 반대하는 글쓰기가 바로 정지돈이 실천하는 글쓰기인 것이다. 정지돈은 정보 사회에서 언어로 생각을 교란시키고 오염시키는 일이 반드시 필요한 일이라고 본다. 이러한 시도들은 분명 반동과 역습을 불러일으키기도 하겠지만 이러한 시도가 있기에 우리는 문학의 종말이 아닌 새로운 문학에 대해 이야기해볼 수 있다.

정지돈은 우리가 경험하는 메타버스와 같은 가상의 세계가 사실은 우리가 이미 접하고 있는 픽션과 다를 바가 없다고 주장한다. 이는 우리는 이미 포스트휴먼이었다는 캐서린 헤일스의 말과도 닿아있다. 그러니까 소설과 같은 픽션은 매체에 따라 물질적인 형태를 달리 하겠지만 결국 다른 존재 양태로서 살아남을 것이라는 것이다.[34] 기술의 발전과 함께 맞이할 새로운 픽션의 형태를 고찰하기 위해 물질적인 측면을 고려해야 하는 것이 바로 그 이유다. '스크롤'하며 픽션을 경험하는 독자들은 종이와 스크린을 통해 각각 어떤 다른 경험을 하고 있을까. 그리고 작가들은 앞으로 어떤 물질성을 고려하여 픽션을 창조해낼까. 미래는 오지 않은 것이기 때문에 정확하게 그려볼 수는 없겠지만 창작자들은 픽션을 창조해나가며 새로운 길을 찾아낼 것이고 우리는 기술과 함께 살아가며 포스트휴먼으로서 픽션을 계속 향유해나갈 것이다.

무언가를 설명하기 위한 유일한 방법은 실천하는 거라고, 생명을 설명할 순

---

34 "물론 가상 공간 역시 물질적이다. 정키가 말했다. 사람들이 흔히 착각하는 문제가 이거야. 증강 현실이건 가상 현실이건 디지털은 물질의 한 형태다. 존재하지 않는 것이 아니라 존재의 양태가 다를 뿐이다. 그러므로 가상에 집착하는 사람들이나 가상에 매겨지는 가치를 허상으로 생각하면 안 된다. 그런 식으로 따지면 마찬가지거든.''(『…스크롤!』, 46-47쪽.)

없지만 생명을 창조할 순 있다고, 미래를 아는 유일한 방법은 미래가 오길 기다리는 거라고, 그게 우리가 할 수 있는 유일한 일이라고.(『…스크롤!』, 186쪽)

5. 나가며

캐서린 헤일스가 저작에서 내내 강조했던 것은 물질과 정보의 관계가 추상적인 패턴으로 단순화되는 것에서 머무르는 것이 아니라 신체화된 실재를 포착하기 위해 장황하고 소란스러워져야 한다는 것이었다. 헤일스는 자신이 사이버네틱스의 역사 속에서 정보가 어떻게 신체를 잃고, 사이보그가 기술적 인공물로 창조되었으며, 인간이 어떻게 포스트휴먼이 되었는지 밝혀낼 수 있었던 것은 문학과 과학의 상호 관계를 인정하면서 내러티브와 과학 담론을 함께 살폈기 때문이라고 말한다. 다른 분야의 두 텍스트는 서로를 보완하며 더 깊은 이해를 돕는다. 문학 텍스트는 과학 기술이 폭발적으로 발전하고 있는 정보 사회에서 "신체화된 말을 통해서 신체화된 세상을 살아가는 신체화된 존재"로서 우리를 이해하는 하나의 방법이다.[35]

그러한 점에서 정지돈의 『…스크롤!』은 무엇보다도 노이즈가 끊임없이 소통과정에 개입하며 패턴과 임의성의 변증법이 부딪히는 정보 사회의 일면을 잘 담아내는 텍스트이다. 정지돈은 소설에서 사이버네틱스와 사이키델릭 약물의 연관성을 탐구하며 현실과 가상 세계의 경계를 계속해서 흐리는 효과를 취한다. 자아를 이루는 경계가 무너지면서 자아가 바깥으로 확장될 수 있다고 믿는 것은 2단계 사이버네틱스의 주축이 되었던 재귀성 개념으로 읽어볼 수 있었다. 소설은 여기에서 더 나아가 약물이 신체에 적용되었을 때 나타나는 변화가 다르다는 점을 들면서 환각의 신체화가 복잡다단한 층위

---

35   캐서린 헤일스, 앞의 책, 59쪽.

를 지니고 있다는 것을 짚는다. 이렇게 흐려진 경계는 다종다양한 정보를 재조합하며 산발적으로 서술되는 방식과 연결되며 소설의 가능성을 폭발적으로 증가시키는 효과를 낳는다. 최대의 엔트로피를 향해 가는 텍스트는 이러한 측면에서 정보가 넘쳐나는 현대 사회의 면모와 맞닿는다. 따라서 마지막 부분에서는 현대적 글쓰기의 비유처럼 보이는『…스크롤!』의 메타픽션적 성격을 살펴보고 이를 통해 정지돈이 문학의 미래를 긍정하고 있다는 점을 톺아보았다.

정지돈은 문학이라는 픽션에 천착하면서도 사람들이 픽션을 향유하는 방식과 존재양태가 달라지고 있다는 것에 기민하게 반응하는 작가다. 그는 텍스트가 단지 현실과 동떨어진 허구의 것으로만 여겨지는 것에 의문을 품고 현실과 밀접한 영향을 주고받는다는 것에 집중하면서 집필 활동을 이어오고 있다. 정지돈은 챗GPT와 함께 소설을 쓰는 등 현재에도 물질성을 고려한 소설쓰기를 이어가고 있다.[36] 그의 지난 활동과 앞으로의 행보를 연결해 작품 세계를 조망하는 일은 우리가 급변하는 사회에서 문학을 대하는 태도를 마련하는 데 큰 도움이 될 것이다.

---

36 정지돈,「끝없이 두갈래로 갈라지는 복도가 있는 회사」,『인생 연구』, 창비, 2023.

참고문헌

1. 기본자료

정지돈, 『…스크롤!』, 민음사, 2022.
캐서린 헤일스, 『우리는 어떻게 포스트휴먼이 되었는가』, 열린책들, 2021.

2. 논문 및 단행본

김성은, 「사이버네틱스 서정: 그레고리 베이트슨과 백남준의 '마음' 접속사」, 『NJP 리더 #7 공동진화: 사이버네틱스에서 포스트휴먼』, 백남준아트센터, 2017, 147-166쪽.
김요섭, 「역사의 도서관과 번역어들－정지돈·한정현의 소설과 역사성의 재고(再考)」, 『문학들』 57, 심미안, 2019, 370-388쪽.
우찬제, 「도서관 작가와 콜라주 스토리텔링」, 『문학과 사회』 110, 문학과지성사, 2015, 323-340쪽.
이광석, 「현실공간에서 가상공간으로」, 『한국사회와 언론』 8, 한국언론정보학회, 1997, 70-88쪽.
이다민, 「가상, 현실, 그리고 허구－가상에 대한 철학적 진단」, 『미학』 88(1), 2022, 107-148쪽.
이동신, 『포스트휴머니즘의 세 흐름: 캐서린 헤일스, 캐리 울프, 그레이엄 하먼』, 갈무리, 2022.
이희우, 「문학적 자유주의의 막다른 골목－정지돈, 『…스크롤!』(민음사, 2022)」, 『문학과사회』 139, 문학과지성사, 2022, 353-365쪽.
정지돈, 『스페이스 (논)픽션』, 마티, 2022.
______, 『인생연구』, 창비, 2023.

3. 기타자료

구은서, 「"난해한 소설 쓴 이유? … 단숨에 읽히기보다는 생각할 거리 주려고"」, 『한경문화』, 2022.06.13., https://www.hankyung.com/life/article/202 2061375251, 접속일: 2023.06.07.
김재희, 「'가상현실'과 '메타북스'가 빚어낸 우연한 이야기」, 『동아일보』, 2022.05.26.,

https://www.donga.com/news/article/all/20220526/113624196/1, 접속일: 2023.06.18.

박동미, 「"언어 생겨난 이래 우린 이미 메타버스에 살고 있어"」, 『문화일보』, 2022.05. 23., https://www.munhwa.com/news/view.html?no=202205230 1032412056001, 접속일: 2023.06.07.

신재우, 「[신재우의 작가만세] 정지돈 "제 소설이 이해가 안 된다고요? 현실도 그렇잖아요"」, 『뉴시스』, 2022.06.06., https://newsis.com/view/?id=NISX20220605_00018 97335&cID=10701&pID=10700, 접속일: 2023.06.19.

이소, 「부재하거나 사라졌거나 영원한 - 역사와 사물의 큐레이터」, 『문장웹진』 2021년 4월호, https://webzine.munjang.or.kr/board.es?mid=a20104000000&bid=0004&list _no=2489&act=view, 접속일: 2023.06.18.

임인택, 「'나무위키' 해방하러…파라과이로 간 혁명가 또또」, 『한겨레』, 2023.05.26., https://www.hani.co.kr/arti/culture/book/1093426.html, 접속일: 2023.06.07.

15장

복제되지 않는 신체성―체현의 상상력
―김보영, 「촉각의 경험」과 김초엽, 「혼자인 사람들」을 중심으로

황정혜

1. 체현된 신체와 한국 SF 문학

　기술 복제의 시대에서 한스 모라벡의 마인드 업로딩은 우리가 경험하고 있는 정보와 신체가 분리 가능한 것으로 만들었다. 그러나 신체와 정보는 떨어질 수 없다고 보았던 캐서린 헤일스는 한스 모라벡이 정의한 것에 반하여 포스트휴먼을 신체성과 떼어놓지 않은 채 정의하려 시도한다. 캐서린 헤일스가 구체적으로 설명하고 있듯, 사이버네틱스가 인간의 탈신체화를 옹호하는 주장으로 나아간다 하더라도 결국 신체화된 정보의 주체성이 만들어 내는 복잡한 상호 작용이 드러난다. 결국 정보는 차원도 없고, 물질성도 없고, 의미와 필수적인 관계를 이루지도 않은 확률 함수로 정의되는 현존/부재가 아닌 패턴/우연이다.[1] 헤일스는 정보가 필연적으로 가지고 있는 신체성을 놓쳐서는 안 된다고 이야기하고 있다. 헤일스는 이러한 내러티브 안에 존재하고 있는 신체를 연구할 때 이러한 내러티브가 드러나는 문학 텍스트를 놓쳐선 안 된다고 주장한다. 내러티브 자체의 자원, 특히 추상화와 탈신체화

---

[1]　캐서린 헤일스, 『우리는 어떻게 포스트휴먼이 되었는가』, 허진 옮김, 열린책들, 2021, 49쪽.

의 다양한 형태에 대한 저항을 이용하고자[2] 하는 헤일스에게 있어 문학 텍스트는 그 자체로 신체화된 형태의 담론이다. 그렇기에 하이픈은 회로구조의 연결이 아닌 정반대의 한 쌍을 각각의 정체성을 유지 시키는 환유적 긴장 속에 연결하는 방식이다.[3] 헤일스가 분석한 울프의 소설『림보』에서는 인간이 본질적으로 하이픈으로 연결된 존재[4]라고 보고 있다. 영어에서 하이픈('-')은 여러 단어가 하나의 의미를 가진 복합어(Compound Word)를 이룰 때 사용한다. 하이픈의 사용에는 절대적인 원칙이 없고 하이픈을 이용한 복합어의 생성력은 매우 커서 모든 하이픈 단어를 사전에 수록하는 것은 불가능하다고 할 때[5] 이러한 하이픈의 생성력은 자기 생성 이론에서의 생성력과 병치 될 수 있을 것이다.

헤일스가 "명멸하는 신체"라고 현재의 포스트휴먼의 신체를 기호화했듯, 스마트 기기나 인터넷 사용의 보편화로 다양한 대중문화가 형성되며 서사 경계가 허물어지기 시작했다.[6] SF의 상상력은 점점 장르를 넓히며 한국문학 장르 분화에 영향을 미치고 있다. 맹목적인 유토피아적 낙관론과 냉철한 비판이 공존하는 SF 장르에서 외삽(extrapolation)이라는 방법론을 활용하는 한국 SF의 작가들이 등장하게 된 것은 당연한 귀결이기도 하다.[7]

그렇기에 복제인간을 상상하는 일은 지금 시대에 어려운 일이 아니다. 안드로이드라는 이름의, 인간과 밀접하지만 인간이라고 부를 수 없는 사이보그를 쉽게 상상할 수 있는 것처럼 나와 똑같이 생긴 복제인간을 쉽게 상상할

---

2   위의 책, 55쪽.

3   위의 책, 212-213쪽.

4   위의 책, 214쪽.

5   여상화·정한민·김태완·박동인·서정연, 「영한 기계 번역을 위한 하이픈 단어의 전처리」, 『한국정보과학회 학술발표논문집』 24(22), 한국정보과학회, 1997, 173쪽.

6   손혜숙, 「김초엽 소설의 '포스트휴먼' 연구」, 『어문논총』 42, 전남대학교 한국어문학연구소, 2023, 296쪽.

7   이지용, 「한국 SF가 보여주는 새로운 인식들」, 『자음과모음』 42, 자음과모음, 2019, 45쪽.

수 있다. 김보영의 데뷔작인 「촉각의 경험」이 발표되고 1년 뒤인 2005년에 개봉한 영화 〈아일랜드〉는 복제인간 상상력을 그대로 분출해낸다. 〈아일랜드〉에 뒤이어 2010년에 개봉한 〈네버 렛 미고〉는 이시구로 가즈오의 소설을 원작으로 하며 이 작품 또한 복제인간이 주인공인 영화이다. 이 두 작품을 통해 드러나는 점은 복제인간을 상상할 때, 카메라의 앵글과 영화적 세계에서 이 존재를 비인간으로 상정한다는 점이다. 인간의 DNA를 통해 만들어졌지만 '비인간'으로 격하된 복제인간은 인간의 대리보충된 존재로서만 그 존재를 인정받는다. 그런 보편적인 인식 속에서 복제인간은 자신들만이 살 수 있는 아일랜드를 꿈꾸거나(〈아일랜드〉), 자신들의 운명을 받아들인다.(〈네버 렛 미 고〉) 이 두 작품 모두에서 주목하고 있는 것은 복제인간과 인간은 완벽하게 구분이 가능한 것인가 라는 질문이다. 인간과 복제인간을 완벽하게 구별하여 인간을 살리기 위해서 복제인간을 이용하는 것이 과연 타당한 일인지에 대해 질문하는 두 작품은 복제인간의 생명권, 즉 비인간의 존재를 단순히 비인간으로 취급한 채 묻어버리는 것이 가능한 일인지 되짚게 만든다.

이러한 상상력 안에서 복제인간은 인간과 다를 바 없이 말하고, 생각하고, 뛰어다니며 스크린을 채운다. 인간과 다르지 않는 얼굴로 말하는 복제인간을 본다면 그 누구도 그 존재를 향해서 '인간이 아니다'라고 말할 수 없다. 하지만 영화 〈아일랜드〉의 초반, 주인공을 둘러싼 세계의 비밀이 밝혀지는 장면에서 노출되는 인공자궁 안의 복제인간은 큰 주목을 받지 못한다. 그 존재들은 영화 속 주인공과 같은 복제인간이지만 아직 태어나지 않은 존재로 '비인간'이기 때문이다. 〈아일랜드〉의 복제인간은 탄생성이 훼손된 존재로서 "처음부터 고객과 같은 나이의 성인으로 배양"[8]되는 탓에 성장 과정을 거치지 않으며 개개인의 고유한 역사를 지니지 않는다.[9] 비인간인 복제인간 중에서

---

8   영화 〈아일랜드〉 00:51:30~00:51:36.
9   곽은희, 「복제인간이라는 노붐(novum)에 대하여: 불평등의 귀환에 대응하는 SF의 상상력」, 『인문연구』 102, 영남대학교 인문과학연구소, 2023, 219쪽.

도 태어나지 않은 복제인간은 더더욱 '비인간' 존재로서 화면에 얼마 노출되지 않은 채 그저 세계의 비밀을 알려주고 퇴장할 뿐이다. 그러나 태어나지 않은 복제인간은 아무것도 없는, 그저 텅 빈 채로 존재한다고 볼 수 있을까? 김보영의 상상력은 이렇게 태어나기 이전 상태로 보이는 복제인간에게로 향한다. 우리가 기억하지 못하는, 신체가 태어나면서부터 처음부터 가지고 있었던 감각, 다른 무엇으로도 치환할 수 없는 신체성에 주목하고 있다. 김보영의 「촉각의 경험」은 2004년 등단작이지만 이후 김보영이 SF문학장 안에서 여러 차원에서 분석되던 것과는 달리, 진화론적 상상력의 안에서 스펙트럼 분석만이 되었을 뿐 「촉각의 경험」에서 읽을 수 있는 '유시헌'과 '클론'의 연결성과 이를 통해 발견 가능한 신체성은 살펴지지 않았다. 김보영이 그간 인간의 신체성과 여성성에 주목하며 사유를 확장해나가고 있듯, 이러한 김보영의 SF적 상상력과 신체성을 초기작 「촉각의 경험」에서 찾아볼 수 있을 것이다.

김초엽의 상상력 아래에 신체성은 완전히 합일할 수 없는 무언가, 나와 같다고 여겨지는 존재도 나와는 같을 수 없다는 감각 아래에서 조응한다. 김초엽의 선행 연구에서는 SF 서사의 환상적 경이의 문학적 형상화 양상을 살펴보거나, 첨단 과학 기술로 인한 인간과 기술의 연합이 더 좋은 세상을 열 것인지에 대한 분석과, 김초엽 소설에서 나타나는 포스트휴머니즘의 시각에서 의미를 도출하고, 김초엽 소설 속의 새로운 자아, 몸, 세계의 모습을 살펴보고 그 윤리적, 실천적 의미를 짚어보고 있다.[10] 그러나 이러한 비교

---

10 언급된 김초엽의 분석은 다음과 같다.

신성환, 「'확장된 마음'과 인간-기술의 올바른 연합: 김초엽 소설 두 편을 중심으로」, 『동남어문논집』 49, 동남어문학회, 2020, 137-167쪽.

오은엽, 「SF 서사에 나타난 환상적 경이와 과학적 상상력-김초엽의 <스펙트럼>을 중심으로」, 『우리문학연구』 72, 우리문학회, 2021, 339-428쪽.

김윤정, 「김초엽 소설에 나타난 포스트휴머니즘과 장애」, 『여성문학연구』 54, 한국여성문학학회, 2021, 77-107쪽.

분석 틀 안에는 2019년 10월 웹진 크로스로드에 실린 김초엽의 소설 「혼자인 사람들」[11]은 논의되지 않는 듯 보인다. 이는 복도훈이 짚은 바 있듯, 김초엽의 소설 중에서도 유독 「혼자인 사람들」 속의 복제인간 주인공들은 인간적 친밀성보다 비인간적 낯섦으로 기울어진 존재로 그려지며 이러한 언캐니 밸리(uncanny valley) 효과[12]를 창출하는 묘사가 인상적인 소설이기 때문도 있을 것이다.[13] 그러나 이러한 비인간적 낯섦만으로 「혼자인 사람들」을 바라보기엔 그 안에 담겨있는 복제인간과 인간 간의 관계는 각 주체의 신체성과 떨어질 수 없는 것으로 읽을 가능성이 포함되어 있는 것으로 여겨진다. 본고는 그러한 비인간적 낯섦과 신체성에 주목하여 비인간적 낯섦으로 보이는 부분은 오히려 나와 완전히 같은 존재라 정의하더라도 완전한 동일성이 발생할 수 없는 인간의 신체성과 SF적 상상력을 읽어보며 인간 신체성이 가진 정보성으로 확장해볼 가능성이 있을 것이다.

양윤의·차미령, 「김초엽의 SF에 나타난 새로운 존재론의 모색」, 『비교한국학』 30, 국제비교한국학회, 2022, 197–226쪽.

11 김초엽, 「혼자인 사람들」, 웹진 크로스로드 169, 2019. https://crossroads.apctp.org/cop/bbs/000000000000/selectArticleDetail.do?nttId=1480 접속일: 2024.07.19

12 언캐니 밸리는 1970년 로봇 공학자 모리 마사히로(森 政弘)가 주장한 개념으로 "머리, 몸통, 사지의 구조를 띤 로봇은 인간과의 외형적 유사성 때문에 친근감과 호감을 느끼지만, 로봇이 어느 정도의 유사성을 넘어 사람과 흡사한 외형과 행동을 보일 때는 오히려 두려움, 섬뜩함, 오싹함과 같은 부정적인 느낌을 받게 된다"고 설명한다. 이는 "로봇의 표정, 눈빛, 말투나 피부 등, 미세하게 부자연스러운 부분들이 실제 인간과 비교되면서 오히려 이러한 비인간적이고 부자연스러운 측면이 부각되기 때문이라고 설명했다."(이상윤, 「포스트모던 숭고로서 안드로이드의 언캐니 분석」, 『한국예술연구』 32, 한국예술종합학교 한국예술연구소, 2021, 174쪽.)

13 복도훈, 「SF와 새로운 리얼리티를 찾아서: 김초엽과 박문영의 소설을 중심으로」, 『창작과비평』 47(4), 창작과비평, 2019, 68쪽.

2. 하이픈 연결로의 복제-체현: 김보영 「촉각의 경험」

　김보영의 「촉각의 경험」은 복제인간이 보편화된 세계를 가정한 근미래의 시간을 배경으로 한다. 그러한 소설적 배경 속 주인공 유시헌은 복제인간(클론)이 잠들어있을 때 꾸고 있는 꿈을 보고 싶다는 욕망을 가진다. 그리고 이러한 욕망을 이루기 위해 유시헌은 클론과 뇌파공명기라는 기계로 서로 연결이 되는 내용이 중심을 이룬다. 유시헌은 뇌파공명기를 통해 클론이 가지고 있는 아주 원초적인 '감각'을 깨달으며, 동시에 본인이 느끼고 있는 감각을 클론에게 전해주기 위해 그를 가두고 있는 배양기를 부수며 클론을 눈뜨게 한다. 이때 클론이 잠들어있던 배양기는 "외부로 완벽하게 차단"된 곳으로, "움직이거나 눈을 뜰 수도 없고 안에서는 아무 소리도 들리지 않"는 "아무런, 일체의 정보가 제공되지 않"[14]는 공간으로 이 지점에서 클론과 태아가 구별된다. 태아는 어머니의 신체와 탯줄과 연결되어 감각을 공유받지만 클론은 그렇지 않기 때문에 존재하는 정보가 없다고 부연하고 있기 때문이다. 그러나 「촉각의 경험」에서 주목하고 있는 것은 이렇게 아무런 외부 정보가 존재하지 않다고 가정하는 클론이라 할지라도 본인이 존재하는 배양기 안의 배양액을 만지는 손, 그 손을 통해 무언가를 만지는 '촉각'을 경험하고 있다는 지점이다.

　캐서린 헤일스가 주목하고 있는 신체성은 단순히 정보로 여겨지지 않는 체현된 감각이다. 한스 모라벡의 마인드 업로딩 개념을 비판한 것은 이러한 체현된 감각이 뇌에 기록되어 삽입되는 정보나 패턴이 아니기 때문이다. 즉, 인간 존재는 뇌로만 설명되는 정보 존재가 아닌, 다양한 과정 안에서 신체성이 체현된 주체이다. 그리고 그 과정 안에서의 '신체'는 단순히 인간 신체만을 뜻하진 않는다. 헤일스는 사이버네틱스의 이론을 비판적으로 수용

14　김보영, 「촉각의 경험」, 『다섯 번째 감각』, 아작, 2022, 69쪽.

하며 물질이 아닌 정보를 몸의 기본 구성단위로 보고, 정체성의 유무 문제에서 어떤 패턴을 유지하는가 아닌가의 문제로 전환하여 몸에 대한 논의와 텍스트에 대한 논의가 한 자리에서 이루어질 수 있다고 주장한다.[15] 그 과정에서 헤일스는 창발의 시대에서는 시스템이 예측할 수 없는 물질성에 탄력적으로 반응하고 변화할 수 있도록 몸이 가진 물질성을 회복하는 것이 중요하다고 설명하며 포스트휴먼 몸이 필요하다고 주장한다.[16] 이렇듯 체현을 강조하는 헤일스의 논의 아래에 신체성은 다른 무엇으로 통제되거나 제거될 수 없다. 이러한 신체성을 생각해본다면 「촉각의 경험」 속 클론이 느끼는 촉각은 유시헌과 뇌파공명기로 연결이 되어있을 때 전달받은 정보가 아닌, 자신이 직접 감각하는 정보라는 것에 주목해볼 필요가 있을 것이다.

유시헌은 단순히 클론의 꿈을 꾸고 싶다는 욕망 하나로 '나'에게 클론과 자신을 연결해달라고 말하는 것은 아니다. "인간이 선천적으로 가진 정보"[17]를 궁금해하는 유시헌의 욕망 아래에는 '정보'라고 부를 수 있는 '정신'이 존재한다는 명제가 전제되어있는 것처럼 보인다. 이는 당연하게도 한스 모라벡의 마인드 업로딩 논의를 연상하게 한다. 인간이라는 존재가 가지고 있는 신체성은 당연하기 때문에 오히려 자각할 수 없다. 신체성에 대해 자각하기 전의 유시헌은 오로지 '정신'의 정보, 인간이 선천적으로 지니는 정보를 얻는 것이 가능하리라고 여기는 것이다. '나'는 그러한 유시헌의 욕망에 대해서 "그런 것은 없"[18]다고 대꾸하지만 결국 유시헌의 요구대로 그의 클론과 유시헌을 뇌파공명기로 연결해주게 된다. 클론은행에서 자신의 클론을 받고 유시헌은 "주먹을 쥐었다가 폈다가, 손가락을 서로 비비거나, 때로는 피아노를

---

15   이동신, 『포스트휴머니즘의 세 흐름: 캐서린 헤일스, 캐리 울프, 그레이엄 하먼』, 갈무리, 2022, 58쪽.

16   위의 책, 59쪽.

17   김보영, 앞의 책, 72쪽.

18   위의 책, 73쪽.

치듯이 부드럽게 움직이"[19]는 클론의 손을 목격한다. '나'는 이러한 손의 움직임을 "잭슨 반사운동"[20]이라고 설명하지만 이후 유시헌은 이러한 손의 움직임이 단순한 '움직임'이 아닌 외부를 감각하는 손이었다는 것을 깨닫게 된다. 외부를 감각하는 손은 포스트휴먼을 결정하는 연결 장치로서의 손이기도 하다. 포스트휴먼의 손은 단순히 도구를 사용할 수 있는 손이 아닌, 지능을 가진 기계와 매끄럽게 접합되게 만드는 도구이다.[21] 유시헌이 정신적인 정보에 집중하고 있었다 하더라도 "클론의 손가락을 유심히 살"[22]펴본 것은 이런 신체 정보들이 그저 지나칠 수 없는 하나의 형태를 가지고 있다는 것을 드러내는 장면처럼 보인다.

유시헌과 클론은 마치 태아와 엄마가 탯줄로 연결되는 것과 유사하게 기계장치인 뇌파공명기를 통해서 연결된다. "클론의 뇌파가 공명기를 통해 전기신호로 바뀌어, 연결된 전선을 따라 유시헌의 머리에 전기자극을 주"고 "유시헌의 뇌파가 클론과 같은 파형을 그리"[23]며 공명에 성공한다. 인공적으로 연결된 존재인 유시헌과 클론은 그 자체로 하이픈의 자장 아래에 놓인다. 헤일스는 울프의 『림보』 속에서 다양하게 분열되는 부분들을 하이픈을 통해 재조합하며, 하이픈의 사유는 사이보그의 이론을 전복한다고 보았다.[24] 하이픈으로는 연결된 단절을 유지하기 어렵고, 신체, 성, 정치라는 범주는 하이픈만으로는 떼어 놓지 못하게 되는 것이다.[25] 유시헌과 클론이 기계장치로 인해 연결하는 것을 접합이 아닌 하이픈의 연결로 이해해본다면 두 존재가 하나로 완전하게 연결되어 하나로 움직이고 그 이후 분열되는 것을 주목하는 것이

---

19   위의 책, 74-75쪽.

20   위의 책, 75쪽.

21   캐서린 헤일스, 앞의 책, 77-78쪽.

22   김보영, 앞의 책, 75쪽.

23   위의 책, 같은 쪽.

24   캐서린 헤일스, 앞의 책, 217쪽.

25   위의 책, 218쪽.

아닌, 재조합되지 못하고 이음새가 허물어지며 두 존재가 분리되는 지점이 더욱 중요해진고 볼 수 있다.

유시헌은 어느 순간 클론이 자신에 대해서 알고 있다는 사실을 알고 경악하게 된다. 정확하게는 "열 살 때 돌아가신 어머니의 꿈"[26]을 클론이 꾸고 있었고, 유시헌은 뇌파공명기로 그 꿈의 내용을 전달받는다. '나'는 "클론의 꿈은 시각적인 자극이 뚜렷하지 않"[27]다는 말을 더하며 유시헌의 설명을 기다린다. 그리고 유시헌은 "몸에 닿을 때의 피부의 감촉, 체온, 손가락의 길이, 안을 때의 힘"[28]을 설명하며 그것이 어머니가 맞다고 설명한다. 시각적인 정보를 전달받을 수 없는 클론이 꾸는 꿈 안에서의 감각은 모두 촉각과 연결되고, 이러한 촉각 정보는 유시헌에게 다시 돌아가는 것처럼 보인다. 그렇지만 이러한 연결 때문에 오히려 유시헌은 클론에 대한 깊은 불안과 혼란을 경험한다. 뇌로 연결되어 넘어오는 '정보'의 차원이 있으리라 여긴 것과 달리, 클론이 가지고 있는 '정보'는 촉각으로 이어지는 감각이었기 때문이다. 유시헌은 분노를 참지 못하며 잠들어있는 클론을 찾아가지만 유시헌은 결국 인큐베이터가 있는 밀폐상자를 치워내지 못한 채 "친구나 형제가 그 안에 들어 있는 듯한 얼굴"로 "모니터를 보며 앉아 있었다."[29]

유시헌은 이후 '나'에게 클론이 자신의 꿈을 꿀 수 있었던 것이 "촉각" 때문이었음을 말하며 "차단되지 않"[30]은 감각을 되짚는다. 클론이 감각을 원한 것은 그 존재가 가지고 있는 정보가 "촉각"이라는 감각 정보라는 것에서 이해할 수 있다. 신체적인 정보는 감각이다. 어떠한 지식이나 설명이 가능한 무언가가 아닌 신체가 느낄 수 있는 감각은 그대로 신체적인 정보로 연결

---

26   김보영, 앞의 책, 90쪽.

27   위의 책, 91쪽.

28   위의 책, 같은 쪽.

29   위의 책, 93쪽.

30   위의 책, 112쪽.

된다. 유시헌을 통해 더 많은 감각을 알게 된 클론은 "더…… 깊은…… 감각을 원"[31]한다. 그리고 이러한 감각이 있었기 때문에 클론은 유시헌과 뇌파공명기가 아닌 신체적으로 접촉한 뒤 숨을 멎는다. 뇌파공명기라는 하이픈의 연결로 둘은 분명 공명하지만 그 자체로 완전하게 동기화되듯 연결된 것이 아닌, 서로가 구별된 신체를 갖는 존재라는 것을 인지한다. 유시헌과 클론은 분리된 존재로서 서로를 감각하고, 그렇기에 서로를 통하여 더 깊게 감각하기를 원한 것이다. 하이픈의 자장 아래에서 재조합되지 못하고 두 존재는 분리되지만, 그 분리 속에서 유시헌과 클론은 서로를 인지하고 감각한다. 클론은 유시헌이 깨버린 인큐베이터의 파편 아래에서, 자신이 늘 만지고 있던 배양액의 너머에서 드디어 다른 존재를 감각하고 더듬는다.

3. 연결의 실패로 다시 나아가기: 김초엽, 「혼자인 사람들」

김초엽의 「혼자인 사람들」은 복제인간과 그 원본인 인간, 두 사람을 파트너 관계로 정의하고 있는 세계를 전제로 한다. 그러한 세계에서 복제인간과 원본인 인간은 "동기화"라는 과정을 통해 두 존재가 온전히 같은 감각을 공유하게 만든다. 소설의 배경이 되는 온유 섬은 이러한 파트너를 잃고 분리증을 겪는 존재들을 가두고 수용하는 재활의 공간으로 묘사된다. 그리고 이를 통해 "동기화"라는 정신적 연결을 통하여 서로의 감각을 공유하게 된다 하더라도 동일한 존재가 될 수 없는 인간 그 자체의 존재를 첨예하게 그려내고 있다. 이러한 소설 속 온유 섬에 들어온 '나'는 '파트너'와 분리 불가능한, 계속해서 연결되는 존재이다. 그렇기에 분리증은 '파트너'를 잃었을 때 겪는 하나의 정신 질환으로 온유 섬의 재활 시설은 이러한 분리증의 환자들을

31　위의 책, 113쪽.

격리하고 치료하는 목적으로 세워진 곳이다.

「혼자인 사람들」의 배경 속에서 '파트너'와 '나'의 관계는 다소 특별하다. 쌍둥이라고 서로를 호명하고 있지만 이들의 관계는 쌍둥이라고 설명할 수 없다. "그는 갓 복제된, 어제까지의 제 기억을 모두 가진, 사실상 저와 동일한 존재"로 '나'를 복제한 복제인간, 즉 클론이다. '나'를 복제한 클론인 '파트너'는 '나'와 사실상 다를 바가 없는 존재로 두 명이지만 하나로 기능한다. '나'와 '파트너'는 같은 직장에서 같은 업무를 다루며 같은 일을 한다. 똑같은 얼굴을 하고 똑같은 일을 하면서 '나'와 '파트너'는 동시에 작용하고 또 서로를 사랑한다고 믿는다. 그리고 그것을 가능하게 만드는 것이 "뉴런 동기화"이다. 상대를 완전히 사랑할 수 없다고 자각하고 있더라도 "동기화"는 서로를 사랑하는 것을 가능하게 만든다. 둘은 "사실상 하나이므로, 갈등할 이유가 없"다는 것이다. 둘이서 한 몸으로 살아온 것이나 마찬가지인 세계에서 지수는 파트너를 잃고 심각한 분리증을 경험하며 온유 섬으로 들어오게 된다. 그리고 재활 시설 안에서 지수는 자신이 몰랐던 파트너의 진실을 알게 되며 "동기화"의 가려진 이면을 바라보게 된다.

"뉴런 동기화"라는 용어에서 알 수 있듯, '나'와 나를 복제한 '파트너'는 서로의 뇌를 동기화하여 서로가 공유했던 기억뿐만 아니라 감각, 생각을 공유한다. 이런 지점은 김보영의 「촉각의 경험」의 뇌파공명기와 대조를 이룬다. 그러나 「촉각의 경험」에서는 유시헌과 클론이 기계를 통해 연결되어 서로를 자각하고 이를 통해 서로에게 개입하는 것이라면 김초엽의 「혼자인 사람들」에서는 서로의 감각과 생각 전부가 완전히 일치하게 되는 "동기화"를 주요하게 다룬다. '정보'라는 것은 단순히 비물질적인 것이 아닌 동사처럼 누군가 일으키는 과정이기에 필연적으로 콘텍스트와 체현화를 포함한다[32]고 본 헤일스에 따르면, 아무리 '나'와 '파트너'가 "동기화"를 한다 하더라도

32 　캐서린 헤일스, 앞의 책, 115쪽.

두 존재는 완벽하게 일치한다고 볼 수 없다. '나'와 '파트너'의 "뉴런 동기화" 안에는 '나'와 '파트너'가 직접 경험한, 체화한 감각이 다르기 때문이다.

K의 기록에서 이러한 지점은 분명하게 드러난다. 온유 섬에 출장을 갔다 온 뒤 급격하게 '파트너'와 분리감을 느끼는 K는 이러한 감각을 지워내기 위해 '파트너'와 동기화를 하게 된다. 그러나 그 과정에서 K는 "극심한 고통을 느끼고 있었"다. K는 고통에 휩싸여있었던 것에 비해 그의 파트너는 "아무 걱정 없는 얼굴로 잠들어 있었"다. 이것을 목격한 K는 다시 동기화에 접속하지 못한다. 아무리 "동기화" 과정을 통해서 '나'와 '파트너'가 하나의 영혼을 공유하고 있는 쌍둥이라고 여긴다 할지라도 서로가 느끼고 있는 감각, 체현하는 감각은 절대로 연결할 수 없으며 서로를 완전하게 이해하는 것처럼 여길지라도 체현하는 감각은 온전히 이해할 수 없다. K는 그 이후 '파트너'와 제대로 이어진다고 생각하지 못한 채 균열이 일어났다고 생각하지만 '파트너'는 그것에 대해 심각하게 여기지 않는다. "동일한 영혼"을 가지고 있다고 하지만 두 존재는 분명히 다른 존재이다. '나'와 나를 복제한 '파트너'를 쌍둥이로 묶었다 하더라도 그 두 존재는 개별적일 수밖에 없는 것이다. 존슨은 신체들이 만들어내는 다양한 신체화 경험에 따라 은유도 달라지며, 이 경험이 언어로 흘러들어 문화 내에서 작용하는 은유의 망에 영향을 미친다고 본다.[33] 즉, '나'와 '파트너'가 경험하는 신체화 경험이 다른 만큼 서로가 사용하는 은유의 망에 영향을 미칠 수밖에 없으며, '파트너'가 '나'의 경험을 완전하게 이해하지 못하고 균열이 일어나는 것은 당연하다.

지수는 파트너를 잃고 온유 섬에 있는 재활 시설에 들어가기 위해 기록을 조작하여 심리 상담 의사로 온유 섬에 들어간다. 지수는 파트너와의 분리로 인해 급격한 상실을 경험하는 다른 환자들을 만나 "어쩌면 그들을 돌보고 상담하면서 지수 자신의 고통을 치유할 수 있지 않을까" 기대한다. 그러나

---

33 위의 책, 367쪽.

지수가 보게 되는 풍경은 우울하거나 침울한, 침체된 분위기의 교도소가 아닌 밝은 미소를 띤 환자들이다. 분리증을 겪고 있는 환자라고 보기에는 밝은 미소를 가지고 있는 그들은 큰 문제가 있는 사람처럼 보이지 않기도 하다. 지수는 그러한 환자들과 상담을 진행하면서 이해할 수 없는 대화를 듣기도 한다. 그리고 지수는 그제야 하나의 질문을 생각한다. "그들은 죽은 쌍둥이를 그린 게 맞을까. 어쩌면 자신의 자화상을 그린 것에 불과하지는 않을까." 그리고 동시에 "하지만 어떻게 그것을 구분할 수 있을까?"하며 자신의 의문에 제대로 된 답을 구하지 못한다. 죽은 쌍둥이와 환자는 본질적으로 다른 존재이지만 밖에서 보았을 때 다른 존재로 인식하기 어렵다. 이는 그들이 서로 복제된 존재이며 연결되어 있는 것이라고 생각하기 때문이다. 그러나 두 존재는 완벽하게 같을 수 없다. 지수는 동기화의 불가능성에 대해 인지하지 못하다가 불현듯 깨닫게 된다. 아무리 똑같은 생김새를 하고 같은 DNA로 이루어진 존재라 하더라도 신체로 겪는 체현된 감각이 다르기 때문에 그들은 같은 존재일 수 없다.

파트너는 어릴 적부터 동기화로 연결되어 나와 똑같은 영혼을 공유하는 존재로 받아들일 수 있지만 동시에 같은 존재일 수 없다고 자각할 수 있는 이유는 바로 '나'가 "버튼"을 가진 존재이기 때문이다. "버튼"은 "동기화 시스템 개발 초기에 도입된 것으로, 치명적인 불일치 현상이 발생할 경우 결국은 한 사람이 그 문제를 해결할 수 있어야 한다는 문제의식에 기반한 툴"로 이 "버튼"의 유무로 파트너의 관계에서 한 명은 이러한 관계에서 우위를 점하게 된다. 지수의 파트너는 "정말로 평등한 형태의 사랑이라면, 한 사람에게 결정권을 주는 버튼은 불공평"하다고 말하지만 지수는 "버튼"을 포기하지 않는다. 이는 "동기화"가 둘을 완전히 묶어주는 틀로 작용하고 있다고 믿는 지수와 그것이 아니라는 것을 깨달은 지수의 파트너를 통해 더욱 초점화된다. 안토니오 다마시오는 정신과 신체의 복잡한 소통 메커니즘에 대해 논의하며 신체는 단순히 두뇌를 위한 생명 유지 장치가 아니라고 강조하며,

정상적인 정신 작용의 본질적인 부분, 즉 내용에 기여한다고 본다.[34] 지수와 지수의 파트너가 온전하게 같다고 여기고 "동기화"를 통해 서로를 완전히 같은 존재로 생각한다 하더라도 결국 신체는 그렇게 단순하게 같아질 수 없다. 두뇌의 뉴런 작용으로 서로를 연결한다 하더라도 둘은 합일된 존재가 되지 않는 것이다. 지수는 분명 잘 알고 있다고 확신하던 자신의 파트너가 온유 섬에서 했던 일에 대해서 알지 못했으며 결국 "7년 전 당신의 파트너가 이 모든 것을 시작했"다는 사라의 고백 앞에서도 지수는 아무것도 알지 못한다.

> "불일치가 그걸 증명하잖아요. 쌍둥이는 결코 같은 사람이 될 수도 없고, 서로를 동등하게 사랑할 수도 없다고요."

쌍둥이는 결코 똑같은 존재가 될 수 없다. 이 사실은 "뉴런 동기화" 연결이 사실상 실패할 수밖에 없다는 것을 의미한다. 접합되지 않는 연결은 미끄러지는 것이 아닌 완전히 다른 유기체라는 것을 온전히 받아들이게 만든다. 헤일스가 강경하게 주장하는 것 또한 이러한 맥락 안에서의 신체화이다. 신체는 인간 존재의 복잡성을 암시하고, 디지털 계산만으로는 이해될 수 없는 아날로그 의식을 포함한다는 점을 강조한다.[35] "동기화 불일치"를 만들어낸 지수의 파트너로 인해서 온유 섬은 그 자체로 해방의 공간으로 변모한다. 들어오는 환자는 있지만 나가는 환자는 없는 온유 섬은 "하나의 거대한 성채"이다. 연결은 실패되고 남아있는 존재는 나아가는 것을 망설이지 않는다. "그들은 앞으로도 혼자일 것이다. 혼자인 사람들은 더 늘어날 것이다. 그들은 지금부터 혼자인 채로 함께일 것이다." 그리고 이렇게 혼자로 남은 사람들은 자신의 감각을 다른 누군가와 "동기화"하지 않고, 자신을 닮은 파

---

34   위의 책, 432쪽.
35   이동신, 앞의 책, 83쪽.

트너를 만들지 않은 채 혼자로 남을 것이다. 체현된 감각은 동기화되지 않으며, 그 자체로 창발하는 또 다른 가능성으로 나아가게 한다.

4. 복제되지 않는 신체-체현

복제인간의 존재는 SF에서 자주 등장하는 노붐(Novum)[36]이다. 인간 게놈 해독을 통해 생명 유기체를 만들어내는 데 성공하여 생명을 창조하는 신의 경지[37]라고 부를 수 있는 복제인간은 그 생명 자체가 기술 과학의 산물이다. 캐서린 헤일스가 말하는 신체와 체현은 이곳에서 출발한다. 기술 과학은 앞다투어 발전을 이루고, 기계 문명이 언젠가 인간을 지배할지 모른다는 상상력 안에서 기계-컴퓨터가 가지고 있는 지능을 인간이 이길 수 없으리라 짐작한다. 그러한 상상력 앞에 캐서린 헤일스는 기계 문명이 도래하고, 인간과 기계가 불가분한 관계에 놓인다 하더라도 인간은 완전하게 기계로 대체되거나 혹은 기계로 이식될 수 없다고 말한다. 복제인간은 기계나 사이보그로 부를 수 없는 인공 생명체이지만, 캐서린 헤일스가 주장하는 신체와 체현 앞에서 상호작용할 수밖에 없다. "우리가 항상 포스트휴먼이었다"[38]고 말하는 헤일스의 앞에 포스트휴먼의 상상력으로 만들어진 복제인간은 그 자체로 신체이고 그 자체로 나와 구별되는 복제인간일 수밖에 없는 존재이다. 그러나 이러한 존재는 계속해서 인간 주체와의 연결을 요구받는다. 특정 DNA조

36　'노붐(Novum)'은 과학소설에서 나타나는 비현실적인 요소로, 우리가 어떤 것을 SF 이야기 서술이라고 부르기 위해 그 이야기 서술에서 논리적으로 필요하고 헤게모니를 가져야 하는 존재이자, 저자와 독자로 상정된 사람들의 현실 규범에서 벗어나는 총체적 현상이나 관계를 지칭한다.(셰릴 빈트·마크 볼드, 『SF 연대기: 시간 여행자를 위한 SF 랜드마크』, 송경아 옮김, 허블, 2021, 54-59쪽 참조.)

37　곽은희, 앞의 글, 219쪽.

38　캐서린 헤일스, 앞의 책, 509쪽.

각을 분리하여 벡터(vector)라고 불리는 플라스미드 혹은 바이러스 같은 작고 간단한 유전요소로 옮긴 후 이를 살아있는 생명체에 다시 도입하여 특정 유전자를 순수한 형태로 분리하거나 다양하게 이용을 하는 기술[39]인 클로닝(cloning)에서 파생된 단어인 클론(clone)은 단어 자체에 유전 공학과 복제를 함의하고 있다. 복제인간, 클론은 그 자체로 계속해서 유전학적으로 원본인 인간과 떨어지지 못하고 연결되는 존재로 SF 문학에 소환되어 SF적 상상력을 드러내는 존재로 호명된다.

김보영의 「촉각의 경험」에서 유시헌과 클론의 관계는 뇌파공명기로 연결된 유사 어머니-자녀의 형상을 보인다. 유시헌과 클론의 연결 경로를 반대로, 즉 유시헌의 꿈을 클론이 꿀 수 있도록 바꾸면서 유시헌은 "마치 '괜찮다. 이제 내가 왔어. 진정해.' 하고 말을 거는 것처럼"[40] 자신의 클론을 다정하게 바라본다. 클론과 뇌파공명기로 연결되어 있지 않음에도 연결되어 있다고 감각하는 유시헌은 클론이 요구하는 것을 이뤄줘야 한다고 설명하며 '나'에게 연결을 요구할 정도로 절박하다. 이후 클론을 이루고 있는 인큐베이터를 도끼로 깨부수는 장면은 "자궁에서 갓 태어난"[41] 듯한 클론을 통해 출산의 과정처럼 여겨지게 만든다. 이러한 두 존재의 연결은 오히려 두 존재가 하나라는 감각이 아닌 서로 다른 존재라는 것을 구별하게 만드는 하이픈의 연결처럼 느껴지게 한다.

하이픈으로의 연결 안의 유시헌과 클론의 관계는 단순 복제인간과 원본인 인간의 관계 이상의, 긴밀하게 연결되었으므로 서로를 구별할 수 있게 만드는 관계로 나아간다. 이러한 하이픈 연결 안에서 두 존재는 기계장치인 뇌파공명기로 연결된다. 캐서린 헤일스는 테크놀로지와 인간의 공-진화를 필연적

---

39 미생물학백과 [클로닝(cloning)], https://terms.naver.com/entry.naver?docId=5144767&cid=61232&categoryId=61232, 접속일: 2024.09.12.

40 김보영, 앞의 책, 105쪽.

41 위의 책, 107쪽.

으로 받아들이면서 둘 사이의 구분을 놓치지 않으며 이러한 테크놀로지로 인한 환경의 변화를 통해 인간은 후성적으로 변이하며 이는 더 나아가 인간 생리구조에 후성적 변화를 초래한다고 본다. 특히 이러한 후성적 변화는 두뇌, 중앙신경체계와 주변신경체계에서의 신경적 변화로 이어진다고 할 때,[42] 이런 테크놀로지에서 헤일스가 제안하는 것은 관심이다. 관심은 테크놀로지 개발의 배경이 되는 새로운 물질성을 만들며, 테크니컬 존재와 생명체는 지속적인 상호 인과관계를 이루고 있고, 이 관계를 통해 두 존재는 공조된 그리고 정말로 시너지 효과를 내는 방식으로 같이 변화한다고 말한다.[43] 유시헌이 클론에게 가진 관심으로 인하여 두 존재는 뇌파공명기(테크놀로지)로 연결되고 서로의 감각을 공유하면서도 "더…… 깊은…… 감각을 원"[44]하는 클론의 바람을 유시헌은 이루어주는 보완적 관계로 나아갔다고 볼 수 있다. "더…… 깊은…… 감각"은 그 자체로 다른 감각이다. 손을 움직여 배양액을 만지는 것만이 아닌, 서로를 끌어안고 만지고 더듬는 체험은 클론이 알고 있는 우주에서 가장 원초적으로 바라는 근본적인 감각이었을 것이다. 「촉각의 경험」의 마지막, 유시헌과 클론이 서로를 끌어안는 장면은 뇌파공명기로 계속해서 연결됐던 두 존재가 그제야 진실로 연결이 되는 것처럼 보인다. 이것은 단순히 뇌를 전선으로 연결하는 것이 서로를 연결하고 이해하게 만드는 것이 아니라 몸으로 만나고 감각하는 것이 인간의 주요한 정보라는 김보영의 사유를 알 수 있게 한다.

복제인간은 인간과 구별되는 존재로서 '비인간'으로 규정되는 경우가 대부분이다. 「촉각의 경험」에서는 클론은행에서 배달되어 오는 클론이 그런 존재이며, SF 문학뿐만이 아닌 SF 영화에서 복제인간은 '비인간'으로 규정된

---

42 이동신, 위의 책, 88쪽.

43 N. Katherine Hayles, *How We Think*(Chicago, University of Chicago Press, 2021), p.104. 위의 책, 89쪽 재인용.

44 김보영, 앞의 책, 113쪽.

다. 그러한 비인간 존재로 바라보는 복제인간이 아닌, 완벽하게 밀착한 존재로 복제인간을 사유한다면 '나와 똑같은 존재'로 완벽하게 인식할 수 있는가? 마치 이러한 질문에 사고실험을 하는 것만 같은 김초엽의 「혼자인 사람들」은 복제인간인 '파트너'를 '나'의 쌍둥이로 규정하면서 "뉴런 동기화"라는 기술을 통해 '나'와 '파트너'를 수시로 연결한다. 그러나 그러한 연결 안에서도 '나'와 '파트너'는 지속적으로 불화를 일으키며 엇나가고야 만다. "동기화 불일치"라는 말을 만들어내며 동기화의 불안정성을 만들어낸 지수의 파트너는 지수가 가지고 있는 "버튼"을 포기할 수만 있으면 원본과 복제인간은 공존할 수 있을지도 모른다고 생각한다. 그러나 지수는 "버튼"을 포기하지 않고 동기화를 선택하고 지수의 파트너는 결국 극단적인 선택을 하고야 만다. 의식이나 사고가 동기화를 통해서 연결되어 '나'와 같은 생각을 공유하고 같이 움직인다 하더라도 '나'와 '너'는 구별되는 존재일 수밖에 없다. 그것이 설령 '나'와 유전정보가 완전히 똑같은 복제인간이라 하더라도 그것은 변하지 않는다.

안토니오 다마시오가 말한 것처럼 신경 회로는 물리적, 사회적 환경의 자극을 받아 혼란을 느낄 때, 그리고 그러한 환경에 작용할 때 유기체를 대표한다. 만약 이러한 표상의 기본 주체가 신체에 단단히 고정된 유기체가 아니었더라도 우리는 어떤 식으로든 형태를 가진 정신을 가지고 있을 것이다. 즉, 인간의 신체가 없는 인간의 정신은 인간의 정신이라 할 수 없다는 것이다.[45] '나'와 '파트너'의 정신을 "뉴런 동기화"로 연결하는 과정은 사실상 '나'와 '파트너'의 신체를 동일하게 만드는 작업처럼 여겨지고, 실제로 그러한 것으로 묘사되지만 이면은 그렇지 않다. '나'의 고통을 '파트너'는 이해하지 못하고, 편두통을 겪는 '나'는 동기화에 실패하지만 '파트너'는 그것에 대해서 이해하지 못한다. 신체가 없는 정신이 존재할 수 없다면, 동기화

---

45   헤일스, 위의 책, 433쪽.

가 가능한 정신은 사실상 존재하지 않는다고 볼 수 있다. 그렇기에 "뉴런 동기화"는 하나의 이데올로기처럼 작동하고 있을 뿐, 실제한다고 보기 어렵다. 정신이 연결되는 것만으로 상대를 사랑한다고 여기는 것은 환상에 불과하다. 지수는 "그를 사랑했"고 "그건 진심이"라고 설명하지만 혼자 남은 사람들은 그것을 부정한다. 사라는 지수에게 "당신은 파트너와 다른 존재"라고 잘라낸다. 지수는 자신 스스로를 사랑했을 뿐, 파트너를 사랑한 것이 아니라고, 그렇기에 당신과 파트너는 다른 존재라고 말한다. 동기화로 인해 서로를 사랑한다고 느끼는 감각은 사실상 환상일 수밖에 없다. 결국 지수는 "여기 머물 자격이 없"다며 죽음에 이른다. 「혼자인 사람들」은 김초엽의 상상 안에서 복제인간인 '파트너'와 원본인 '나'는 구별될 수밖에 없는 존재이며, 그것은 감각으로 말미암아 촉발된다. 인간의 신체는 쉽게 복제되지 않으며 그것은 단순 유전 배열의 복제인 클로닝이 아닌, 인간이 체현한 감각에서 촉발되는 것이다. 경험과 감각은 인간이라는 존재를 다른 존재와 구별할 수 있는 존재로 만들며, 이는 정신의 연결 혹은 유전 배열의 복제로 옮겨지지 않는 단일한 감각이다. 그러므로 「혼자인 사람들」의 마지막, "그들은 지금부터 혼자인 채로 함께일 것이다."라는 선언과 "그들은 그것이 마음에 들었다."는 문장은 인간의 개별성을 드러내면서도, 동시에 함께하는 것이 가능하다는 것을 내포한다. 완전히 하나의 정신으로 연결되어 '우리'로 묶이는 것이 아닌, 혼자인 것으로서 '우리'일 수 있다. 김초엽의 사고실험은 인간과 복제인간은 같은 존재가 아니라는 것을, 그러나 오히려 다르기 때문에 공존의 가능성이 존재한다고 사유하고 있다는 것을 보여준다.

김보영의 「촉각의 경험」과 김초엽의 「혼자인 사람들」은 복제인간의 사유를 통해 인간의 신체성은 정보와 밀접하게 연관되어 있으며 이것은 정보를 단일하고 유일한 것으로 만들지 않으며 체화된 감각과 떨어지지 않는다는 것을 보여준다. 기술의 상상력과 SF는 계속해서 미래로 나아가고 더 나은 상상력으로 나아갈 것이다. 그런 가운데에 인간의 영생을 향한 열망으로 빚어낸 복제인간을 향한 욕망은 점층적으로 현실에 다가오고 있다. 그러나 이러한 복제인간에 대한 사유를 단순히 유전자가 복제된 나의 대리보충된 무언가에서 멈추는 것이 아닌, 내가 아닌 다른 존재로 보게 하는 신체성에 주목하는 것은 나아가 비인간 존재를 다르게 주목하게 하는 하나의 가능성을 열게 한다. 헤일스는 『비사고』를 통해 인간의 윤리적 의미를 추구하고자 한다. 인간의 사고·의식·주체가 모든 논의와 행위의 구심점이 되어야 한다는 환상을 깨트리면서도, 헤일스는 인간이 정신과 몸을 모두 갖춘 인간으로서 남아야 할 당위성을 찾고자 한다.[46] 인간의 몸이 가지고 있는 체현된 감각은 인간만이 유일하게 느끼는 게 아닐 것이며, 그것은 계속해서 사유되어야 할 것이다. 그런 하나의 가능성으로 복제인간이 느끼는 체현과 가능성을 바라보는 것으로 우리는 또 다른 포스트휴먼의 가능성을, 나아가 미래의 방향을 더욱 모색해볼 수 있을 것이다.

---

46 이동신, 위의 책, 93-94쪽.

참고문헌

1. 기본자료

김보영, 『다섯 번째 감각』, 아작, 2022.

김초엽, 「혼자인 사람들」, 웹진 크로스로드 169, 2019. https://crossroads.apctp.org/cop/bbs/000000000000/selectArticleDetail.do?nttId=1480 접속일: 2024.07.19.

2. 논문 및 단행본

셰릴 빈트·마크 볼드, 『SF 연대기: 시간 여행자를 위한 SF 랜드마크』, 송경아 옮김, 허블, 2021.

여상화·정한민·김태완·박동인·서정연, 「영한 기계 번역을 위한 하이픈 단어의 전처리」, 『한국정보과학회 학술발표논문집』 24(22), 한국정보과학회, 1997, 173-176쪽.

이동신, 『포스트휴머니즘의 세 흐름: 캐서린 헤일스, 캐리 울프, 그레이엄 하먼』, 갈무리, 2022.

곽은희, 「복제인간이라는 노붐(novum)에 대하여: 불평등의 귀환에 대응하는 SF의 상상력」, 『인문연구』 102, 영남대학교 인문과학연구소, 2023, 203-232쪽.

김윤정, 「김초엽 소설에 나타난 포스트휴머니즘과 장애」, 『여성문학연구』 54, 한국여성문학학회, 2021, 77-101쪽.

복도훈, 「SF와 새로운 리얼리티를 찾아서: 김초엽과 박문영의 소설을 중심으로」, 『창작과비평』 47(4), 창작과비평, 2019, 53-71쪽.

손혜숙, 「김초엽 소설의 '포스트휴먼' 연구」, 『어문논총』 42, 전남대학교 한국어문학연구소, 2023, 296쪽.

신성환, 「'확장된 마음'과 인간-기술의 올바른 연합: 김초엽 소설 두 편을 중심으로」, 『동남어문논집』 49, 동남어문학회, 2020, 137-167쪽.

양윤의·차미령, 「김초엽의 SF에 나타난 새로운 존재론의 모색」, 『비교한국학』 30, 국제비교한국학회, 2022, 197-226쪽.

오은엽, 「SF 서사에 나타난 환상적 경이와 과학적 상상력-김초엽의 <스펙트럼>을 중심으로」, 『우리문학연구』 72, 우리문학회, 2021, 339-428쪽.

이상윤, 「포스트모던 숭고로서 안드로이드의 언캐니 분석」, 『한국예술연구』 32, 한국예술종합학교 한국예술연구소, 171-193쪽.

이지용, 「한국 SF가 보여주는 새로운 인식들」, 『자음과모음』 42, 자음과모음, 2019, 78-88쪽.

캐서린 헤일스, 『우리는 어떻게 포스트휴먼이 되었는가』, 허진 옮김, 열린책들, 2021.

3. 기타자료

영화 〈아일랜드〉, 2005, 마이클 베이.

저자 소개
연남경 이화여자대학교 국어국문학과 교수
공라현 이화여자대학교 국어국문학과 박사수료
김선빈 이화여자대학교 국어국문학과 박사수료
김소정 이화여자대학교 국어국문학과 석사졸업
오해인 이화여자대학교 국어국문학과 박사과정
이지연 이화여자대학교 국어국문학과 박사수료
임혜민 이화여자대학교 국어국문학과 석사과정
정우주 이화여자대학교 국어국문학과 박사과정
조하린 이화여자대학교 국어국문학과 석사수료
표유진 이화여자대학교 국어국문학과 박사수료
황정혜 이화여자대학교 국어국문학과 석사수료
황희재 이화여자대학교 국어국문학과 박사수료

한국문학의 SF적 전회와 윤리적 사변들

초판 1쇄 인쇄 2024년 10월 11일
초판 1쇄 발행 2024년 10월 21일

지은이 연남경 공라현 김선빈 김소정 오해인 이지연
　　　　임혜민 정우주 조하린 표유진 황정혜 황희재
펴낸이 이대현
편집 이태곤 권분옥 임애정 강윤경
디자인 안혜진 최선주 강보민 | **마케팅** 박태훈
펴낸곳 도서출판 역락 | **등록** 1999년 4월 19일 제303-2002-000014호
주소 서울시 서초구 동광로46길 6-6 문창빌딩 2층(우06589)
전화 02-3409-2060(편집부), 2058(영업부) | **팩스** 02-3409-2059
전자우편 youkrack@hanmail.net | **홈페이지** www.youkrackbooks.com

ISBN 979-11-6742-867-7 94810
　　　979-11-5686-225-3 94080(세트)